国語教育における文学の居場所

言葉の芸術として文学を捉える教育の可能性

鈴木愛理 著

ひつじ書房

目次

序章　「文学で」教えるから、「文学を」教えるへ　　　　　　　　1
1.　「文学」を教えることは可能なのか　　　　　　　　　　　　1
2.　芸術としての文学教育の成立を求めて　　　　　　　　　　　5

第1章　文学教育における文学の定義　　　　　　　　　　　　7
1.　言葉の教育の一環としての文学教育―時枝誠記と西尾実―　　8
2.　文学の特殊性とその読みの独自性　　　　　　　　　　　　15
　2.1.　文学の特殊性について―なにを読めばよいのかの視点から―　15
　　　　文学と生活のかかわりの追究　　　　　　　　　　　　15
　　　　言語生活主義に基づく文学教育においての文学観　　　19
　　　　荒木繁「民族教育としての古典教育」の場合　　　　　22
　　　　大河原忠蔵「状況認識の文学教育」の場合　　　　　　28
　　　　熊谷孝「文学的認識の文学教育」の場合　　　　　　　44
　　　　文学観を強要しない文学教育を求めて―2.1. まとめ―　58
　2.2.　文学の読みの独自性について―どう読めばよいのかの視点から―　59
　　　　太田正夫「十人十色の文学教育」の場合　　　　　　　60
　　　　西郷竹彦「関係認識・変革の文学教育」の場合　　　　63
　　　　読みかたを強要しない文学教育を求めて―2.2. まとめ―　66
　2.3.　文学教育がめざしてきたもの―人格陶冶、人間形成、徳目・道徳的側面―　67
3.　環境としての文学教育　　　　　　　　　　　　　　　　　72
4.　国語科から独立した文学教育の提案　　　　　　　　　　　76
　　　　読み続けるひとの育成をめざして―難波博孝、倉沢栄吉、奥野庄太郎の提案―　77
5.　国語科教育における文学の定義　　　　　　　　　　　　　89

第 2 章　生活における言葉の芸術の役割　　103

1. ある言葉を文学とみなす行為について　　103
    - 1.1. 文学とはなにか　　104
        - 難波博孝―「他者される」行為としての文学―　　104
        - 吉本隆明―「自己表出」の言語としての文学―　　109
        - 松永信一―「感動」の「行動」としての文学―　　123
    - 1.2. 文学とみなす行為の必要性について　　127
2. 生にとっての芸術の必要性　　129
    - 福田恆存―「カタルシス」としての文学―　　129
3. 生にとっての文学の必要性　　136
    - 読む目的の無償性　　136
    - 読まれる言葉の非道具性　　139
    - 書かれたものであることの親和性―他者との交際として―　　144
    - 言葉の芸術の所在―読む者にとって―　　151
    - 文学の固有性―言葉という媒材―　　155
4. 生活における文学の必要性　　159
    - 語り合う材としての文学　　159
    - 語り合う場を生むための条件　　161
    - 尋ね合う場を醸す材としての芸術　　162

第 3 章　芸術を教育する現在的意義　　177

1. 芸術と教育のつながり　　178
    - 1.1. 目的の同一性　　178
    - 1.2. 目的に求めるものの相違　　179
2. 芸術教育により育成される力とその意義　　181
    - 2.1 「受け入れる力」　　181
        - 姜尚中氏自身の「受け入れる力」の経験　　182
        - 「受け入れる力」とは　　183
        - いま、なぜ「受け入れる力」なのか 1―姜尚中氏からみた現代の状況―　　184

　　　　いま、なぜ「受け入れる力」なのか 2 ―「受け入れる力」を
　　　　　　引き出さねばならない理由―　　　　　　　　　　　　　　186
　　　　「受け入れる力」はどのように引き出されるか　　　　　　　188
　　　　「受け入れる力」を引き出す教育的意義　　　　　　　　　　189
　　2.2. 「自己安心感をもつ力」　　　　　　　　　　　　　　　　　190
　　　　「自己安心感」のもてなさ　　　　　　　　　　　　　　　　190
　　　　属性の外化を要請される時代 1 ―自分という属性を発見することの強要―　193
　　　　属性の外化を要請される時代 2 ―ネガティブな属性も承認することの強要―　196
　　　　属性に仕分けられない部分への困惑―「自己安心感」の喪失―　200
　　　　「自己安心感」喪失の時代に求められる教育　　　　　　　　204
　　2.3. 「語り合う力」　　　　　　　　　　　　　　　　　　　　　210
　　　　語り合う場の縮小とその問題　　　　　　　　　　　　　　　210
　3. 言葉の芸術としての文学教育の可能性　　　　　　　　　　　　212
　　3.1. 「受け入れる力」の場合　　　　　　　　　　　　　　　　　212
　　3.2. 「自己安心感をもつ力」の場合　　　　　　　　　　　　　　219
　　　　「個性」を伸ばしていくこと　　　　　　　　　　　　　　　219
　　　　「自己安心感」を育てる場の条件―畏怖と安堵の経験の場であること―　221
　　　　芸術教育の方法としての可能性　　　　　　　　　　　　　　223
　　　　「自己安心感」をもたらす文学教育　　　　　　　　　　　　236
　　3.3. 「語り合う力」の場合　　　　　　　　　　　　　　　　　　238
　　　　尋ね合う文学教育　　　　　　　　　　　　　　　　　　　　238
　　　　「尋ね合う文学教育」と「伝え合う力」の関係について　　241
　4. 芸術を教育する意義　　　　　　　　　　　　　　　　　　　　243

第4章　言葉の芸術としての文学教育の可能性　　　　　　　　251

1. 言葉の芸術としての文学の定義　　　　　　　　　　　　　　　251
　　1.1. 言葉の芸術としての文学教育観　　　　　　　　　　　　　251
　　　　指導内容　　　　　　　　　　　　　　　　　　　　　　　254
　　　　読みの技術　　　　　　　　　　　　　　　　　　　　　　254
　　　　読むおもしろさ　　　　　　　　　　　　　　　　　　　　255
　　　　読みの技術と読むおもしろさの関係　　　　　　　　　　　259

　　　　　教育目標　　　　　　　　　　　　　　　　　　　　　　　　　260
　　　　　教材選択　　　　　　　　　　　　　　　　　　　　　　　　　264
　　1.2.　言葉の芸術としての文学教育における言葉観　　　　　　　　　267
　　　　　「文学＝言葉を媒材とする芸術」という文学観―熊谷孝氏の理論の援用―　269
2.　国語科教育における言葉の芸術としての文学教育の方法　　　　　　　270
　　2.1.　「『言葉とは媒材である』という言葉観」の教育　　　　　　　　270
　　　　　「『言葉とは媒材である』という言葉観」とは　　　　　　　　　274
　　　　　「『言葉とは媒材である』という言葉観」と文学教育のつながり　277
　　　　　「『言葉とは媒材である』という言葉観」を教育するための構想　280
　　　　　①うつくしいものを定義すること―美は、ひとをカタルシスに導く―　281
　　　　　②うつくしいものは、どこにあるか知らせること
　　　　　　　―つよく、はかなく、うつくしく―　　　　　　　　　　　281
　　　　　③「うつくしいものとは、世界と自分を結びつけるもの（媒材のひとつ）」と、
　　　　　　　感服する時間を与えること　　　　　　　　　　　　　　　283
　　　　　芸術の媒材としての言葉の教育の学校教育上の位置づけ　　　　287
　　　　　芸術の媒材としての言葉の教育の芸術教育上の位置づけ　　　　290
　　2.2.　川上弘美「神様2011」による文学教育　　　　　　　　　　　　293
　　　　　同時代文学の教材性　　　　　　　　　　　　　　　　　　　　295
　　　　　3.11以降の文学の教材性　　　　　　　　　　　　　　　　　　296
　　　　　川上弘美「神様2011」について　　　　　　　　　　　　　　　298
　　　　　「神様2011」の教材化　　　　　　　　　　　　　　　　　　　304
　　　　　「神様2011」の同時代文学としての教材性　　　　　　　　　　308
　　　　　現代文学の教材化についてのまとめ　　　　　　　　　　　　　310
3.　言葉の芸術としての文学教育の課題　　　　　　　　　　　　　　　　311

第5章　言葉の芸術としての文学教育を可能にする評価観　　　　329

1.　言葉の芸術としての文学教育における評価の問題　　　　　　　　　　330
　　1.1.　評価することの問題―教育する側から―　　　　　　　　　　　330
　　1.2.　評価されることの問題―学習する側から―　　　　　　　　　　332
　　1.3.　文学教育という文脈上で読むことの問題　　　　　　　　　　　336
2.　言葉の芸術としての文学教育における評価の検討　　　　　　　　　　340

	2.1. 目標とその現在的妥当性	342
3.	言葉の芸術としての文学教育に求められる評価観	357
4.	言葉の芸術としての文学教育にできること	362

終章　「文学を」教える国語教育の可能性　　　367

解説にかえて	山元隆春	373
あとがき		377
参考文献		381
索引		393

序章 「文学で」教えるから、
　　　「文学を」教えるへ

1. 「文学」を教えることは可能なのか

　学校教育ではどの教科においても、基本的には教科書を用いて授業や学習が進められる。なぜなら、教科書とは子どもたちが学ぶ内容が書かれているものだからである。ただし国語科の教科書は、学ぶ内容そのものではなく、学ぶための材料が掲載されている[1]。

　たとえば、ある文学作品を読むとき、子どもたちが学ぶのはその文学作品の内容そのものではなく、その作品を読むことを通して学べるなにかである。あるいは、その作品の読みかた自体である。いずれにしても、子どもたちは国語の力をつけるためにそれを読むのであり、その文学作品の内容自体を学ぶのではない。文学教育とは、ある国語の力をつけるためという目的をもちながらある作品を読んでいくものであり、その意味でこれまでのどのような文学教育も「文学で」教えるものであったということができる。

　しかし、もともと文学作品は教材文として読まれるために書かれたものではない。国語の力をつけるために、また読むことによってなにかが学ばれるように、意図して書かれてはいない。したがって、それをある力をつけるためという目的をもって読むことによってでは学べないことがあるのではないか——これが、本書における問題の所在である。

　これまでの文学教育は、ある作品を学ぶための材として機能させるにはどのようにすればよいのかについて、その方法や工夫を積み重ねてきた。だが文学を読むという行為は、本来、結果としてなにかが学ばれることはあるとしても、なにかを学ぶためという目的のためだけに行うものでもない。

　生活における読書は、明確な目的をもたなくともよい行為である。文学の読みにおいて、あらゆる目的は副次的・付随的なものである。ところが教育という文脈においては、学ぶという目的が一次的なものとされる。教育と

は、つねに目的をもった行為であって、なにを学ぶのかはそのときどきで異なるが、どのような文学教育でもなにかを学ぶために作品が読まれることに変わりはない。

　このような国語科教育においての読むこと（教育的・学習的行為としての読み）と、日常生活においての読むこと（教育や学習を必ずしも目的としない読み）の性質的な違いが考慮されないまま、文学が教育の材として用いられることには、文学が文学として読まれない事態を招く恐れがあり、文学が文学として学ばれない恐れがある。

　実際、教室では「文学教材による国語の授業」は行われているが「文学教育」はなされていないという指摘もある。

　　そしてこの際明らかにしておきたいのは、これまで「文学教育への偏重」という言葉が使われているが、これは適切な言い方ではなく、実際教室で行われているのは、「文学教材による国語の授業」であって、「文学教育」そのものが実施されているのではない、ということである。
　　「文学教育」という呼称は、現在はごく一部の国語教育理論家たちの言うことであって、小中高の「国語」の教育に携わる圧倒的多数の先生たちには「文学」を教えるという意識はみられず、文学教材を使って「国語」の指導をしているとの認識に立っている、とみるのが適切であると考える。さらに、文学教材を使っての読解・鑑賞の指導に専念しているとみるのも正しくはない。教科書をのぞいてみるまでもなく、説明、記録、評論、論説等のいわゆる「説明的文章」の読解指導と併せて読みの学習指導を実施しているわけで、いまどき「文学教育」の名のもとに国語の授業をやっている教師はまずいない、と言ってよいのである。
　　（大平浩哉「読みの指導の改革をめざして─文学教材を中心として─」『日本語学』1998.1 臨時増刊号、pp.79–80）

　このように、文学教育は言葉の芸術を教育してきたというよりは、言葉の芸術で教育してきたといえよう。そもそもこれまでの文学教育において、「文学で」教えているのか「文学を」教えているのかという切り口から、その研究や実践が精査されてきたわけでもない。文学教育とは、「文学で」教

育するのか「文学を」教育するのか、という点があいまいなまま、文学教育の意義や方法が展開されてきたことは、言葉の芸術として文学を教育するという文学教育の創造を阻みつづけてきた一因でもあるだろう。

　文学とは言葉の芸術であるから、文学教育とは言葉の芸術を教育することである。そのような立場に立つ文学教育研究が、これまでにまったくなかったわけではない。たとえば奥野庄太郎氏や倉澤栄吉氏、難波博孝氏は、文学を読み続けるひとを育てる必要性について主張するとともに、文学教育を「国語科」や「読解」という枠のなかで行う限界について主張している。西尾実氏も、文学教育は国語科教育の特殊領域として扱うべきものだと述べている。これらの論考は、文学教育は言葉の教育であるという意味では国語科教育に違いないが、特殊性・独自性をもつ国語教育だということを示している。

　では、言葉の芸術としての文学教育の特殊性・独自性とは何なのか、それはどこに求められるのか。多くの論考は、それを教育の目標や内容にあるとしている。どのように読むかというところに文学教育の特殊性・独自性を定め、そのように読めるように指導することが文学教育であるという。

　しかし、そうした理論に基づいた方法においては、どのようなものを読むのかも、あらかじめ決められている。またそれは、論者それぞれの文学観が無意識裡に反映されたものとなっている。文学を言葉の芸術とする立場から文学教育の意義が述べられる場合、ある言葉にどのような芸術的価値があるのかが主張され、それがすなわち教育的価値であるというみなしかたがしばしばなされるのはそのためである。またある言葉が文学であるか否かという線引きをどのように行うのかについては言及しないことや、そのような線引きは不可能であると言及しながらも、論者の個人的な判断が開示されていることもすくなくない。

　その結果、文学とは言葉の芸術であるから文学教育とは言葉の芸術の教育であるという主張そのものは長らく続いているものの、文学とは言葉の芸術であるという立場における芸術の定義が明らかにされていないために、言葉の芸術としての文学教育の内実も不明確なままの現状がある。よって、文学教育が言葉の芸術を教育するものとして成立するとはどのようなことなのかについて、充分な考察や検討がなされてきたとは言いがたい。

　そこで文学とはなにか、文学を読むとはどういうことなのかについて考究

したうえで、言葉の芸術としての文学を教える文学教育とはどのようなものか、またその意義について示したい。

　そのためにまず、これまでの文学教育がどのような文学観を背景としていたのか、文学をどのようなものと捉えていたのかを整理をする。そしてそれぞれの文学観のもとにおいてなされた文学教育において、なにが果たされてきたのか、あるいは果たされてこなかったのかを明らかにする。これまでの文学教育における理論と実践を考察したうえで、その限界を乗り越えるものとして、言葉の芸術としての文学教育論を提唱することを目的としたい。

　もちろん、本書はこれまでになされてきた文学教育研究や文学教育実践が正しくないということを主張するものではない。ただこれからも文学教育をつづけていくためには、文学教育が国語科教育に存在する理由をいま一度考え、より確かなものとしていく必要があると考えるのである。なぜなら、文学とはなにかということについて社会的な共通認識が以前ほどは見いだせない現在、また情報媒体の多様化と時間のなさから大人の読書量が減少している現在、文学を読むこと、および文学教育の普遍的価値は見えにくくなっていると考えられるからである。これからはさらに、見いだしづらいもの、共有しづらいものとなっていくだろう。そのような時代であるからこそ、文学教育の存在意義自体について明らかにし述べていくことが、重要であると考える。

　現代において、たとえ文学が読めなくとも、また読まなくとも社会生活に支障はないだろう。しかし、だからといって文学を教育しなければならない理由は皆無であるといえるだろうか。確かに、文学は読まなくてもよいものかもしれないが、それでも文学を読むひとやときがあることもまた、事実である。なぜひとは、読まなくてもよいのに文学を読んだりするのだろうか、文学を読むことは私たちになにをもたらしてくれるのか、文学を読むとはどのようなことなのか、文学とはなにか──たとえばそのようなことを考えていくことが、文学を学ぶということであり、そうしたことを忘れさせるものが文学であるということもできるだろう。なぜ、いま・ここに、言葉の芸術は書かれ、読まれているのかを問い考えていくことが文学を学ぶということでもある。

　このように文学とは言葉の芸術であると捉えることを糸口として、「文学で」ではなく、「文学を」教育する文学教育について明らかにすることによ

り、これからの文学教育の存在意義を述べることができると考える。
　以上から、本書では文学教育の理論と実践を跡づけながら「言葉の芸術」として「文学」を捉える文学教育の独自性を探究し、文学教育の重要性をあらためて強調する。そして文学教育の現代における存在意義を理論的に考究したい。

2. 芸術としての文学教育の成立を求めて

　上述の目的を果たすために、本研究は、以下に示した(1)〜(5)の方法によって行うこととする。
　(1)〜(4)は研究の手順、(5)は研究の立場に関するものである。

(1)文学教育がなにをめざしてきたのか検討する。
　戦後を中心に、文学教育に関する理論とそれに基づく実践を検討する。とくにこれまでの文学教育において、文学はどのようなものとして考えられてきたのか(文学の定義)、文学を教育することにはどのような意義が見いだされてきたのか(文学教育の目標とその成果)、また文学を教育するにあたってどのような課題が残されてきたのかを明らかにする。

(2)生活における芸術の役割を検討する。
　(1)で見いだされた文学教育の課題を解決するために、生活における芸術の姿と乖離しないように文学を教育のなかに位置づけるための手がかりを求める。なぜ生活に芸術が存在するのかを明らかにしながら、なかでも文学がどのようなものとして生活に存在しているのかを検討する。

(3)芸術を教育する現在的意義について検討する。
　(2)で示した芸術の定義をもとにしながら、なぜ芸術を教育しなければならないのか、またどのように教育すべきであるのか、芸術を教育との関係から捉えていく。とくに、現在の社会における芸術の教育的価値について検討する。
　この検討を通して、国語科教育が引き受ける言葉の芸術としての文学教育がどのようなものであるか、その指導内容などを明らかにする。

(4) 言葉の芸術として文学を教育する意義と展望について考察する。

　(3)の検討を踏まえて言葉の芸術としての文学教育の可能性についての考察を行い、国語科教育における芸術教育の意義と展望を示す。

(5) 美学・哲学・社会学などの関連分野の研究成果を参照する。

　ひとを取り巻く生活・社会の様相をより幅広い視野から把握するとともに、本研究を学習者の生活や社会に位置づく文学教育論としていくために、美学や哲学、社会学など、国語科教育学に関連する諸分野の研究成果を参照する。

　注
1　そうした国語科の教科特性については、たとえば次のように説明される。「国語科以外の教科では教科書を読めばそこに習得すべき知識や方法が書いてあります。例えば、算数の教科書は、計算や図形に関する基礎知識や法則などについて、読めば分かるようになっています。では、国語科の教科書に掲載されている物語文や説明文のような読み物はどうでしょう。例えば、平成二十三年度版の教科書に掲載されている説明文『ウナギのなぞを追って』(光村図書　四年生)を読むと、ウナギがどのような生物であるのかといった知識や産卵行動などについての認識を深めることになりますが、それは国語科における第一の目的ではありません。第一の目的は、『ウナギのなぞを追って』を読んで、説明の組み立て方を学んだり、自分の考えをまとめたりすることです。／国語科は、言葉の学習を目的とする教科です。算数科や理科のように、書かれている内容そのものについて学ぶのではなく、書かれている内容を通して、言葉の使い方を学ぶのです。」(牛頭哲弘・森篤嗣『現場で役立つ小学校国語教育法』ココ出版、2012、pp.14–15)

第1章　文学教育における文学の定義

　この章では、これまでの文学教育において、文学がどのようなものとして捉えられ考えられてきたのかについて考察する。
　まず、『国語科重要用語300の基礎知識』を引いてみる。そこでは「文学教育」について、次のような説明が大槻和夫氏によってなされている。

> 　文学作品のもつ教育的機能を教育の現場に生かそうとする営みである。
> 　文学作品は、虚構の方法と形象的表現により、読み手に虚構の世界を体験させ、知的、情動的な働きかけをする。その結果、人間や人間を取り巻く世界についての認識を深め、時には変革を迫り、美的感動を呼び起こす。文学作品のもつこのような機能を、教育の場で意図的に発揮させようとするのが文学教育である。
> 　文学のもつこのような機能を教育の場に生かすためには、文学作品を読むために必要な言語能力と文学作品の読み方の習得が必要である。文学教育では、こうした言語能力の育成や「読み方」の習熟も同時にめざされる。
> （大槻和夫「70文学教育」大槻和夫編著『国語科重要用語300の基礎知識』明治図書、2001、p.82）

　上の引用を整理すると、文学教育における文学とは、「虚構の方法と形象的表現により、読み手に虚構の世界を体験させ、知的、情動的な働きかけをする」文章（＝文学作品）であり、それは「人間や人間を取り巻く世界についての認識を深め、時には変革を迫り、美的感動を呼び起こす」機能をもつので、それを意図的に発揮させるような言語能力および読みかたを教えることが文学教育であるということになるだろう。
　以下、さらに詳しく、これまでの文学教育がどのような文章を文学作品と

みなし、それをどのように読むことを文学の読みかたと認め、またそのような読みの教育によってどのような力の育成をめざしてきたのか、戦後の文学教育をふりかえり、これまでの国語科教育においての文学観と文学教育観[1]（とくにその指導内容）について考察する。

1. 言葉の教育の一環としての文学教育——時枝誠記と西尾実——

　ここでは文学を言葉の芸術であると考えた場合、言葉の教育のなかにどのような位置づけが考えられるのか、その可能性について検討する。なお検討にあたって、時枝誠記氏と西尾実氏の論考を参考とする。彼らは文学が言葉の芸術であることや、言葉の教育の一環として文学教育を行うべきである点では意見を同じくしながら、その文学観や文学教育観の違いやずれから対立する部分も多い。

　まず、時枝氏は、文学は言語であり、その言語とは思想の理解過程および表現過程そのものであるから、理解・表現の言語教育を行えばそこに文学教育も含まれると主張した。

> 　私は言語作品——論文とか随筆とかいった言語作品というものと、文学作品といわれているものとは、根本的に違ったものではないという考えに立っております。一般に文学は言語とは別のもののごとく考えられておりますが、私はどうもそれが適切でないと思う。文学は言語である。言語のあるものが文学といわれているに過ぎないのである、と考えるのであります。(中略)私は文学教育と言語教育と区別しないで考えるのでありまして、言語を正しく理解して行くところに自ら文学教育が成就されて行くと考えます。
> （時枝誠記の言葉「討論二　言語教育か文学教育か」『西尾実国語教育全集』別巻二、教育出版、1978、p.412（初出・全日本国語教育協議会、紀要第一集『国語教育の進路』昭森社、1950.9））

　彼は、「言語を正しく理解して行くところ」に「文学教育が成就」されるという立場から、文学教育は言語教育であるといって差し支えないという考えを明確にしていった。

しかし彼は、文学の感動や美を否定しているわけではない。

> 一体、文学を読むといふ生活は、決して作品を対象化することでもなければ、これを研究することでもない。作品の冒頭より始めて、順次これを読み下していくことで、そこに喜びや悲しみを味ひ、我々の生活に益する感銘を拾つて行くことに他ならないと思ふのである。文学教育とは、そのやうな読み方を指導し、喜びを喜びとして味ひとることの出来るやうな読書の力を養つていくことである。
> （時枝誠記「国語教育と文学教育」文学教育研究会編『国語科文学教育の方法』教育書林、1953、pp.20-21）

彼は、言語に対する確かな理解についての教育を抜きにした、ただ読ませ感化させるだけの文学教育を否定したのであって、文学教育そのものや読むことによる感動自体を否定しているのではなかった。むしろ彼は、言語美はいかにして成り立つのかということ、文学の特殊性を明らかにしようとしていた。

> 文学を言語と同意語と考へることを主張したのではない。古来、文学が言語とは別のものとして意識されて来たのは、それは文学が言語と異質なものとして対立されたのではなく、言語において特に価値ありと認められたものが、文学として意識されたものであらうと思ふ。
> （時枝誠記、前掲書、p.25）

彼は、言語のなかで「特に価値ありと認められたもの」が文学であって、どのようなものが価値ありと認められてきたのか、ということを問題とし、文学の特殊性に迫ろうとしていた。そして、文学の言葉としての特殊性とは「美的享受の対象」[2]として鑑賞に堪えることであるとした。

ただ、どのような言葉が「美的享受の対象」となり、鑑賞に堪えるのかを明らかにすることは困難で、「芸術的な言語と、芸術的でない言語」[3]を弁別することは不可能であるともした。なぜなら、現実に即していえば「言語において特に価値ありと認められたもの」が、結果的に「文学として意識され」ているに過ぎないからだ。

彼が文学の特殊性について、「文学もすべて言語の作品でありますが、そこに美的なものが加味されたところに、文学を感ずるのであります。」[4]、「言語にあるものがプラスしたのではなく、言語そのものがある一つの形をとって、それをわれわれは美と感ずるわけです。」[5]と述べるに留まっているのは、美的鑑賞の対象は言語自体である（としかいえない）という結論に行き着いたからである。これは、文学というものの定義については、その対象となる言葉だけから規定することには限界があること、究極的には読み手が主体的に（私的・個別的な）判断をするほかないこと、その総体として「言語において特に価値あり」と多くの人に広く認められたものが社会的に「文学として意識され」ている（そのような言葉を指して文学と呼んでいる）[6]のだという、現実における文学の姿を端的に指摘しているといえる。

そのようなことをふまえたうえで、彼は、「芸術的な言語と、芸術的でない言語との間に、一線を画すことが困難であること、そして、言語が、美的享受の対象となり、鑑賞に堪へる鑑賞性を持つといふことは、言語が、言語としての機能を果たすことに即して実現するものであること」[7]とまとめるのである。

時枝氏のいう「正しく理解して行く」読みとはなにかについては検討の余地があるが、いずれにせよ、「言語を正しく理解して行くところ」すべてにおいて、「そこに喜びや悲しみを味ひ、我々の生活に益する感銘を拾つて行く」読みかたが学ばれるわけではない。もし「言語を正しく理解して行く」ことができたとしても「喜びを喜びとして味ひとること」ができるとは限らないので、すべての言葉が「美的享受の対象」となるわけではないからだ。それだけでなく、「言語を正しく理解して行く」ことができたとしても、いわゆる正解がつねにひとつであるわけもない。

たとえば、寺田守氏が『文学教材の解釈』で紹介しているような、「作品の叙述を、一文を単位として引用し、読み取れる意味を記述」していくことも、作品の言葉を「正しく理解して行く」方法のひとつと考えられる。具体的には以下の通りである。

　　一文を単位として引用し、一文から読み取れる意味を紡ぎ出した。叙述の意味は、担当者の解釈に他ならない。「わすれられないおくりもの」（スーザン＝バーレイ）の一文を解釈した例をあげる。（中略）

だから、前のように体がいうことをきかなくなっても、くよくよ
　　　したりしませんでした。(作品本文の引用——引用者注)
　あなぐまは以前のように体が動かなくなっても、「心はのこる」ということが分かっていたので、死に対する恐怖心がなかった。「前のように体が動かなくなっても」に着目すると、元気だった以前のようには体がいうことをきかない、と読める。他方で以前にも体がいうことをきかなかったことがあったが、その時には元気になったというふうに読むこともできなくはない。
（寺田守『文学教材の解釈』京都教育大学国語教育研究会、2011、p.1）

　この例では、本文の「前のように」が「体がいうことをきかなくなっても」にかかっているのか、「くよくよしませんでした」にかかっているのか、どちらかをより妥当とすることはできるが、それによって他方を誤りとして斥けることはできないと考え、その意味で(時枝氏の言葉を借りれば)どちらも本文の言葉を「正しく理解して」いるものとして認めている。

　なお、そのような読みかたを教材研究の内容(方法ともいえるが)として提示している理由については、「文学を教材とした授業では、本文に書かれていることを根拠にして読み解くことが中心となる。とはいえ一文一文にしっかり目を通す機会は必ずしも多くない。教材研究で細かなところまで目を通しておくことで、対話の生まれる授業を構想する手がかりとなる。」[8]と述べている。

　「わすれられないおくりもの」の例で示したように、一文から読み取れる正しい言葉の意味はひとつであるとは限らない。時枝氏のいう「正しく理解して行くところ」も、一点の正しさを求めるということではなく、言葉の意味を正しく理解していこうとしていくところ、いくつかの正しい理解を突き合わせて考えていくところ、またあくまでその正しさは言葉(本文に書かれていること)を根拠としていくところを指しているのではないかと考える。

　時枝氏は、「正しく理解」することができなければ「そこに喜びや悲しみを味ひ、我々の生活に益する感銘を拾つて行く」ことはできないという一理を主張したのであり、ある言葉を「正しく理解」できた結果のひとつとして、「そこに喜びや悲しみを味ひ、我々の生活に益する感銘を拾つて行く」ことができたとき、自ずと文学教育が成就されるという立場をとった。すべ

ての言葉には「美的享受の対象」となる可能性が内在しているが、それを拓いていく前提として「正しく理解していく」ことがまずあることを彼は強調したのである。文学教育においてはある言葉が「美的享受の対象」となるかどうか、その言葉自体が文学であるか否かは問題とすべきではなく、ある言葉が「美的享受の対象」となるとき、それが「言語としての機能を果たすことに即して実現」していることこそ、言葉の教育として文学教育を成立させるうえで重要な点である、というのが彼の主張である。

　しかしこれでは、言語教育の結果的・付随的な教育としてしか文学教育が行えないということになる。また彼は、「言語において特に価値ありと認められたもの」が結果的に文学とされているに過ぎないという立場でもあるが、そのような言葉を読みの対象とする場合に、「喜びや悲しみを味ひ、我々の生活に益する感銘を拾つて行く」ことができなければ、「正しく理解」できたことにはならないのかどうか、という問題が残る。

　そのようなことから、西尾氏は「言語教育のなかに、文学教育という一つの特殊領域を認めるべきだ。」[9]と主張した。彼は文学教育も言語教育の一環であることを認めながら、言語を理解する教育を行えばすなわち文学教育も行われるわけではないことから、文学教育という特殊領域を設けなければならないと主張したのである。

　よって、彼は文学の特殊性はなにかということこそ文学教育を成立させるために問題とすべきことであると考え、文学の特殊性について言及を重ねていった。しかしそれらは、時枝氏が指摘した「芸術的な言語と、芸術的でない言語との間に、一線を画すことが困難である」ことを克服するものではなかった。文学とは言語芸術としての文章表現である、という域を出なかったからである。

　　　確かに西尾は、文学をことばの完成段階である「文化としての言葉の領域」の中に位置づけることで文学読書の言語生活における特殊性を明らかにした。また、「芸術性」とか「形象性」「形象的思惟」「主体的真実の実現」といったことばで他領域との相対的な特殊性をもほぼ明らかにした。しかし、言語を文学（芸術）たらしめるものは何か、言葉の形象性はいかにして成立するのか、それはどのような言語事実として成立しているのかにまでは踏み込んではいない。

（田近洵一『戦後国語教育問題史』［増補版］大修館書店、1991、p.49）

　また西尾氏は、言語教育においては日常生活における言葉の現実態こそ取りあげなければならないことを主張し、国語教育とは言語生活の教育であるという立場をとっていた。とくに『言葉とその文化』（岩波書店、1947）では、それについて具体的に明らかにしている。彼は国語科教育における実際的・具体的な視点の重要性を主張し、「こういう任務（言語文化の実現──引用者注）の遂行を目ざす、これからの国語教育は、まず、うえにのべてきた意味での言語の実態を把握することから出発しなくてはならぬ」[10]と述べている。さらに文学の読みにおいても「鑑賞においては、作品の普遍的、客観的な意味が問題なのではなく、作品が、ある時のある人に何をさゝやいたかという、個人的、主観的な真実が問題なのである。」[11]、「文学鑑賞は、ある作品が、ある読者の人間性に、何を印象し、喚起したかということに意義があるのである。」[12]と述べている。このことからは、時枝氏が、言語が鑑賞に堪えるという機能を果たし得たときにそれが文学になると論じたのに対し、西尾氏は、そのような鑑賞を触発する言葉の特殊性が文学の言葉にはあると考えていたことがわかる。

　ただし、「いま強調しなければならぬ言語教育は、さきにいったような過去の語学教育や文学教育じゃない。もっと広い日常性の大きい言語生活でなくてはならぬ。したがって、その言語生活は、文学という特殊性をもった言語生活も含まれなくてはならぬ。」[13]という発言からは、西尾氏が文学の言葉を、特殊性をもってはいるが、言語生活から乖離した言葉ではなくて、あくまで言語生活のなかに含まれる言葉として捉えていることがわかる。つまり西尾氏は、時枝氏の論の根底にある言語文学連続観を完全には否定していないのである。

　西尾氏がいうように、文学は文化として言語生活に含まれるものでありながら、その読みに独自性をもつ（求める）点で特殊性をもつ言葉であることは否定できない。それは、時枝氏にも否定されるものでもない。しかし、ある言葉がその読みに独自性をもたせる特殊性の内実について、明らかにできるのかできないのかということが両者間の問題であり、それは現在にも通じる問題である。

　このあと西尾氏は、主体における文学活動のうえに、「文学的契機」[14]の内

実を明らかにしようとした。そして、「社会的存在としての自己を発見し、人間解放の意義を自覚する」[15]ものである「人間の文学活動は、『人間いかに生くべきか』の可能態を、言語による形象的思惟として経験させるものであって、生の体験とその自覚を深める」[16]ものであると説明を加えていき、荒木繁氏の「民族教育としての古典教育」と出会うことによって「問題意識喚起の文学教育」として結実した。しかし、主体の生活問題を喚起するものを文学と定義するのか（主体の問題を喚起しない文学はありえるのか）、主体の問題を喚起することが文学の特殊性だとすればそれは具体的にどのような言葉であるのかについては、なお検討する必要がある。

時枝氏と西尾氏はともに、文学を生活の言葉と別ものとは考えず、国語科教育として行うべきと考える点では意見が一致している。また両者ともに、文学には特殊性・独自性があること自体は認めている。問題は、それがなにかということであり、それがどこまで一般的なかたちで明らかにできるのかということである。

西尾氏は、言語生活という言葉の現実態を意識した実際的・具体的な視点から国語科における文学教育を考えようとした。時枝氏も、「文学を読むといふ生活」の姿から国語科における文学教育を考えようとした。だが実際的・具体的な言葉の姿には個別的・私的な側面が多く、一般化することの限界を二人は感じたのであろう。

そこで時枝氏は、文学の言葉としての特殊性・独自性を明らかにすることが困難であることを明言し、それが明らかにされなくとも文学教育は可能であるとした。一方、西尾氏は、文学の特殊性・独自性を明らかにし、それを取りあげなければ文学教育にはならないとした。この点が、両者の文学教育に対する意見の異なりである。

時枝氏の、文学はあくまで言語であって、その言語の理解なくして感動はないという立場は、今日の国語科教育においても尊重すべきであろう。国語科教育の一環として文学教育をなす以上、そのことを忘れてはならない。

また時枝氏は、鑑賞を成立させる読みをめざすのが文学教育であるといい、それは言葉を「正しく理解して行くところ」に成立することを前提としているが、「正しく理解して行く」とはどのようなことであるのかについて、またそれと鑑賞の関係については明らかにしていない。さらに、言葉を「正しく理解」できたからといって鑑賞が成立するわけではないことについ

てはどのように考えていくのかという、検討すべき課題も残されている。
　そうした課題への答えきれなさには、時枝氏が西尾氏とも共通する（また筆者にも共通している）文学教育は言葉の教育にほかならないのだから国語科教育であるという見解をもちながらも、文学には言葉の理解の枠内におさまりきらない部分（「正しく理解して行く」だけではなく、それを超えた理解とでもいうところ）があるとし、文学教育とはそこを扱っていくことであるならば、それは言葉の教育でありながらそこをはみ出るような教育になるのか、それは国語科教育といっていいのかどうかという疑問が透けてみえる。
　その疑問に答えきるものではないが、文学教育は国語科教育と別のものではないが読むことの教育として特殊性・独自性があるという西尾氏の考えは、切り抜けかたのひとつとして尊重すべきである。言語理解としての読むことの教育にはおさまりきらない部分とはなんなのかについて、文学とされる言葉の特殊性や文学の読みの独自性を探究することによって明らかにすることは、文学教育が国語科教育にどのように位置づくのかを示唆するだろう。
　そこで、以下の2では、これまでの文学教育において、ある言葉の特殊性やある読みの独自性がどのように考えられてきたのかについて考察する。
　また3では、時枝氏と西尾氏ともに学習者の主体性を重視していることをふまえ、これまでの文学教育ではなにをもって主体性がある（主体的である）としてきたのかについて考察する。

2. 文学の特殊性とその読みの独自性

2.1. 文学の特殊性について ── なにを読めばよいのかの視点から ──

　文学はあくまで言葉である。ただし、すべての言葉が文学であるわけではない。
　ではどのような言葉が文学であるのか。ここでは文学教育においてはどのような言葉が文学として想定されてきたのか、文学教育（研究・実践）において文学とみなされてきた言葉にはどのような特殊性があるとされてきたのかについて考察する。

文学と生活のかかわりの追究

　文学とは言葉であり、それが読まれ、字義を理解され、主体的に意味づけ

られたときに存在しうる。しかし文学教育においては、主体(読み手)がなんらかの意味づけができる言葉すべてを文学であると考えられてきたわけではなかった。

　文学教育では、一般的に、ある言葉はどのような読まれかたをしても文学になる、そういう言葉がある、という立場をとらない。また、どのような言葉もある読みかたをすれば文学となる、という立場もとらない。文学教育において言葉と読みかたの関係は、どちらかが定数で、どちらかが変数となるものではないと考えられている。なぜならある言葉がある読まれかたをし、そこに文学があるとき、その言葉と読みかたが文学の成立に寄与したことが認められる、としかいいようがないからだ。これは生活における文学を読むことの姿からしても、まっとうな行きかたであるといえよう。

　また文学教育は、言葉と読みかたのどちらも文学の成立にとって決定的な要素とはならないことを認めながら、文学とみなされる言葉について、その言葉にはどのような特殊性があるのか、という論究を重ねてきた。そして、そのような特殊性のある言葉が文学教育の教材として適切であるとしてきたのである。そのような戦後の文学教育において、田近洵一氏は以下のように述べている。

　　　戦後の文学教育は、読みの方法論をほとんど問題にしなかった。文学教育において、その内容や方法を規定するのは、教材としての文学作品そのものであって、その研究(教材研究)が十分になされていれば、どのように読ませるかは、児童・生徒の関係でおのずから見出される、というのが、文学教育にたずさわる者の基本的な立場であった。特に、文学作品の読みはいかにして成立するのかといった読みの方法論には、ほとんど関心が持たれなかった。そのようなものが視野の中にははいって来ていなかったと言ってよいだろう。
　　(田近洵一、前掲書、pp.223–224)

　田近氏の指摘からは、戦後しばらくの文学教育は、ある特殊性をもつ言葉(＝文学)がある、という文学観を背景に行われてきたことがわかる。ある言葉の特殊性に支えられた読みが厳然としてあり、教師は綿密な教材研究によりそれを明らかにするとともに、いかにして学習者をその読みに至らせるか

という「読みの指導方法はさかんに研究されていた」[17]のである。つまりある言葉が文学となるときの、読みかたというよりは言葉の側の要因についての探究が盛んであった。

「文学教育にかかわる教師の中に、"いかに読むか""いかに指導するか"といった方法論で読みを成立させることはできないという、方法論軽視の傾向があったのは確か」[18]だったとしても、どのような言葉がどのように読まれることで文学は成立する（と考えることが文学教育において有効である）かという命題の、「どのような言葉が」の部分については、戦後まもないころの文学教育から学ぶことが多くある。

先に述べたとおり、戦後の文学教育は、生活とのかかわりのうえにいかに教育を打ち建てるかという意識が強くあった。たとえば森山重雄氏は「教材を一つの規範として、ひたすらその規範に拝跪し、ふえんし、しかして生徒にうけいれさせよう」[19]とし、実生活とのかかわりのみえない、教師の一方的な規範の押しつけとなっていたこれまでの文学教育のありかたを批判した。

森山氏は、「要するによい文学を享受することによって、生徒の表現能力を養い、あわせて人生に対する限界をひろめることにつきる。」[20]という文学教育観から、「教材たる一作品をあいだにはさんで教師が生徒にむかう時、その作品よりうける享受を根底として、教師の側も生徒の側も『われらいかに生くべきか』の問題を提示し対決している」[21]のだと文学教育の姿を捉えている。しかし、「よい文学」とは、「その作品よりうける享受」とはどのようなものなのかについては、明らかにはされていない。

しかし、彼の文学教育観をもとにすれば、彼は読み手（教師や学習者）が「いかに生くべきか」という問題について考えていけるような思想性をもつ作品を（よい）「文学」として想定していたのだろうし、「その作品よりうける享受」というのは、作品の思想性につながるようなその作品の印象や感動のことを指すのだろうと考えることはできる。

彼は、「作品よりうける享受」を取りあげない教養主義的な文学教育や、「その作品よりうける享受」を取りあげるだけで作品の思想に結びつけることのない文化主義的な文学教育は、生活とのかかわりを失っており、主体的なものとなっていないと批判し、そのような文学教育のありかたを否定した。そして、主体的な文学教育とは、まず読み手（学習者）が「作品からうけ

る享受」を取りあげ、それを作品の思想性との関係においてとらえ、（作品の言葉を媒介するかたちで）「いかに生くべきか」という問題について考えられていくことによって可能になる、としたのである。主体（学習者）が作品から受ける印象や感動を契機として、その作品の思想にふれ、その思想が主体の「いかに生くべきか」という問題を照射していくような指導がなされることに、文学教育が主体的なものとして成立する可能性をみたのである。

　森山氏は、教養としての文学の学びや、文化としての文学の学びの主体性自体を否定したわけではない。たとえば昭和22年・26年版の学習指導要領試案は、西尾氏の提唱した言語生活主義を反映したものであり、それまでの、与えられた文章を鑑賞し、知識を習得し、人格の修養に役立てるように読む姿勢や技術の重要性を認めながら、娯楽のために広く読む、というような、文学に親しみ、文学を楽しむ習慣や態度の指導に重点が置かれている[22]。これは、文学を言語生活のなかに位置づけるようになっている点で、西尾氏の言語生活主義を反映しており[23]、教養としての文学や文化としての文学を学ぶことを生活とのかかわりから意義づけてはいる。しかしそれは、読みもの指導、余暇活動としての文学を読むことの指導であり、文学作品および主体のもつ思想を問題にはしていなかった。文学に親しみ文学を楽しむという、実利的な生活技術を重視した指導であった[24]。

　そのような文学教育の状況において森山氏は、生活とのかかわりを見出すだけでは主体的ではないという主張を行ったのである。生活との接点があれば学びが自ずと主体的に繰り広げられるというほど、ことは単純ではないと彼はいったのであり、教養として、また文化として、文学を学ぶことを否定したわけでない。彼の主張は、表面的な主体（生活）とのかかわりのうえに文学教育を位置づけるだけでなく、内面的に主体とのかかわりを見出すことについての言及であるとみてよいだろう。

　以上より、ただ生活のなかにあるだけで、主体の思考停止を招くような没主体的な教育は否定されるべきものであるが、教養としての文学や文化としての文学というものについて学ぶことは、やはり文学教育として否定されるものではない（生活と文学との関わりのうえに文学教育をみようとするなら、なおさら重要である）ことが確認される。たとえば、「いかに生くべきか」ということは問題にしないで、主体的である文学教育の可能性についても検討する余地があるだろう。それについては後述することにして、ここで

は「いかに生くべきか」を主体に問うものが文学であるという文学観[25]から、学習者に「いかに生くべきか」が問題となる読みをさせることにより文学教育が成立するという文学教育観があったこと、そこでは文学の読みの、生活とのかかわりや主体性への着目があったことをおさえておく。

言語生活主義に基づく文学教育においての文学観

　戦後の国語教育は、表層的ではあれ言語生活主義の反映により、学習領域はひろがった。文学教育は、その内容を教化する指導から、娯楽のための態度・技能の指導に傾いた。それは、生活での読むことを射程に入れたものでありながらも、文学の特殊性を括弧にいれたかたちでの文学教育だったといえるだろう。桑原武夫氏は、戦前の文学教育が「文学をたんに教化の手段とせんとした」ことを批判したうえで、戦後は「文学をたんに娯楽品と見なそうとする空気が一般化し、教育者はただ無力にこれを嘆いてのみいる」[26]といった。

　さらに桑原氏は、すぐれた文学を「豊かで深い人生を新たに経験」[27]させることによって、「われわれの諸インタレストの体系に大きな振動を与え」[28]、「われわれを変革するもの」[29]と捉え、「われわれの心をより人間的にすることによって、今日のわれわれの生活をより充実せしめるとともに、明日のよりよき生活をつくり出す始動力となる構想力をつちかうものとしての文学を、選び与え、その正しい豊かな読み方を指導する」[30]必要を訴えた。

　また、国分一太郎氏は、文学教育を「子どもたちの人間としての生きかたを、概念や抽象によってではなしに、生きたコトバの形象、具体的な姿のなかで教えていこうとするもの」であると考え、「人間教育のひとつの方法」として文学教育を進めようとした[31]。

　西尾氏や森山氏、桑原氏や国分氏の文学観から、当時の文学教育においては、文学とは人生や生活を充実させることに寄与する特殊性（機能）をもった言葉であり、そうでないものとは一線を画したいと考えられていたことがうかがえる。その背景にあったのは、当時の低俗な児童文化状況への危機意識である。『文学教育』第一集「刊行の辞」には、次のような言葉がある。

　　今日の児童読物の現状は、まことにさんたんたるものでありまして、おびただしい低俗漫画や怪奇小説の氾濫は、いってみれば焦土に群生し

た醜草のありさまとも申せましょう。
　これを刈りとることは、もはや文学者の微力のよくなし得るところでは有ません。
　けれども、だからといって、手をこまねいてみすごすならば、児童たちはいたずらにその毒気に寄せられるでありましょう。
　ここに私たち、日ごろこの国の児童文学の正しい伝統を守り、健全な発達をねがうものが相たずさえて、今日の教育においてもっとも欠けているといわれる文学教育の問題を主張の根拠として、新しく発足いたします。
（「刊行の辞」文学教育研究会『文学教育』第一集、泰光堂、1951、p.191）

　教師が読ませたいものと学習者が読みたいものとのずれ(不一致)は、現在にも通じる課題であるが、学習者が楽しみを求めて読むものを低俗であると判断し、文学とは認めてはいなかった歴史があったことを確認しておく。ある言葉を文学教材として扱うことは、その背景にある教育する側のもつ文学観を教化することにもなるが、当時、そのことに無自覚であったのか、文学とはこういうものだということを教えることも意識して文学教育における文学観を形成していたのかは定かではない。ただ学習者が生活のなかで娯楽として読んでいるものを文学と認めなかったことによって、なぜある言葉を読むことが娯楽となるのかという追究の視点は失われていたと考えられる。
　のちに、大河原忠蔵氏は「私の現場なんかで出やすい問題ですが、『高校時代』という雑誌があるのですが、そこに連載されている"青春万歳"が面白いということを手放しで生徒に出させる必要があるのか、それともそれは間違いでなるべく"破壊"の方向に持っていくように指導するのが正しいのでしょうか。そういう"破壊"とか万葉集の系列の文学のさけ目が文学教育の中に持ち込まれている。そういう場合どういうふうにしたらいいでしょうか。」[32]と、西尾氏に問うている。これは、学習者が生活のなかでむさぼるように読み、おもしろい、といっている言葉を、国語科教育では文学として(の価値を)認めないということへの懐疑であり、このことはその座談会のなかではあまり問題とならなかったが、文学とはなにか、生活に根差した文学教育とはなにかという重要な問題を孕んだ発言であったといえるであろう。

(社会的に)高尚と認められる言葉を文学とし、低俗なものを排除するという共通認識を下敷きとして(またその背景として、高尚／低俗という基準を共有し、文学／非文学と線引きは、高尚／低俗という線引きにより可能という共通認識をもって)発展したのが、竹内好氏や丸山静氏に代表される、国民文学論である。その影響を受けて、文学教育はその任務として、文化を継承し克服する(発展させる)ことを掲げた[33]。

　たとえば伊豆利彦氏は、「われわれの文学教育は、その現実に対する抵抗の側面を強調するにしても、過去の文学遺産を絶対視するものであってはならない。むしろそれをのりこえ、偉大なる国民的文学の確立のためにこそ、われわれの文学教育は捧げられなければならない。」[34]と述べた。当時の文学状況は、戦中の文学に対し否定的であり、それを克服する新しい文学の創造を求めていた。そこで文学教育においては、過去の文学遺産を絶対視することが危惧され、伝統を発展させるというよりは克服するかたちによって新しい文学の創造をめざした、民族解放をめざした抵抗の文学教育が提唱されたのである。

　また、当時の文学教育における文学観では、「現在の問題、生徒が直面しているさまざまな問題と結合」させて読むもの(読めるもの)、すなわち、学習者が直面する現実認識を深めることができるものが文学とされている。

> 文学教育は生徒が体験を通して自分のものとしている現実認識――生徒の世界と文学の世界とを統合することであるといってもいいすぎではない。この作業はもちろんコトバの障碍をとりのけることも含むけれどそれがすべてではない。それ以上に、文学作品を現在の問題、生徒が直面しているさまざまな問題と結合し、読ませることなのである。
> (伊豆利彦「文学教育の任務と方法」『文学』岩波書店、1952.3、p.14)

　このような文学観から、「現実認識の文学教育」、「問題意識喚起の文学教育」、「状況認識の文学教育」が生み出されることになるが、それについては後述する。

　伊豆氏の論を受け、益田勝実氏は「真の国民文学を招来するには何としても新しい社会と新しい人間が出て来なくてはならない」[35]とし、「われわれの目的は文学者をつくることではなく、新しい文学をその中から担い出す『民

衆』をつくるのである。」[36] と述べ、文学教育の仕事とは、過去の文学遺産を克服するような（過去の文学遺産を絶対視しない）読み手を育成することであるとした。ただ与えられたものを楽しんで読むことができるだけでなく、その作品世界と自身の直面する現実とを重ね、現実への認識を深めていける、動的な読み手の育成をめざしたのである。

　しかし、動的とはいえ、学習者に自由な読みが許されていたわけではない。教師の捉えてほしい現実の認識を深めていける言葉を文学として認める読み手であることを、学習者は求められていた。また、低俗であるものを現実への認識を深めていくように読めることではなく、新たな国民文学として差し出されたものに対して、そのようにふるまうことを求められた。これにより、文学教育における文学概念の固定化が進むことになった。

　同様の問題は、「問題意識喚起の文学教育」においても、「状況認識の文学教育」においても発生する。学習者の直面する現実の切実な問題意識や状況認識に結びつけて読ませようとしても、また、そこにどんな有意義な学びがあったとしても、その言葉をそのように読まなければならない理由は教師が想定した学びをえるためという以外にはなく、そうではない読みかたはないものとして（あるいは価値の低いものとして）無視されるからである。自然発生的に問題意識が喚起され、状況認識が作用した場合があったとしても、そういう機能の働くものだけを文学として規定する文学教育ならば、生活における文学（この内実については２章に述べる）を充分には覆いきれてないというほかないだろう。

荒木繁「民族教育としての古典教育」の場合
　たとえば荒木繁氏の「民族教育としての古典教育」[37] では、教材論的には「民族の遺産として真にすぐれた作品を教材として用い」ることを、学習指導論的には「生活と結びつけて鑑賞する」ことを通し、「自ら味わい感動する力」を養い、「祖国に対する愛情と民族的自覚をめざめさせ」ることを目的とした。しかし、なにをもって「民族の遺産としてすぐれた作品」とするのか、なぜその作品を「生活と結びつけて鑑賞」しなければならないのか、それがわからないままに学習は進められている。ここでは、「自ら味わい感動する力」はその作品を「生活と結びつけて鑑賞する」ことができる力であり、それは感動と無関係ではないだろうが同義ではないだろう。「生活に結

びつけて鑑賞する」ことができたからといって、その作品に感動できるかどうかは別だからである。もちろん、生活に結びつけることによって感動できる場合もある。しかし、感動するための手立てとしてそのような工夫をできることが「自ら味わい感動する力」なのかは検討が必要である。そこから「祖国に対する愛情と民族的自覚をめざめさせる」ことを国語科教育(における文学教育)の目標として掲げることの妥当性についても、いまは認められるものではないだろう。

また荒木氏の報告を受け、西尾氏はそれを「問題意識喚起の文学教育」として意義づけた。

> 憶良のある歌が生徒の生活問題を喚起したということは、文学教育の新しい動きとして注目すべきであると思います。読者の生活問題を喚起するということは、たしかに文学機能の一つだと思います。今までの国語教育ではそれをまともに取上げなかった。文学作品の形象をどう受け取るかということだけを考えて、問題意識を喚起するという機能を認めていなかった。
> (西尾実の言葉「座談会 文学教育をめぐって――その課題と方法――」『続 日本文学の伝統と創造』岩波書店、1954、p.218)

この意義づけによって、荒木氏の実践は実践理論としての具体性を獲得し、一般化された。その一方で、民族教育という特色は失われ、問題意識の質が現実的で実体的なものから個人的で主観的な意見というレベルへ落ち込み、方向性としての深まりはみられなかった[38]。

こうしたことから、西尾氏によって整理された「問題意識喚起の文学教育」については、益田勝実氏、熊谷孝氏、高橋和夫氏、磯貝英夫氏、浜本純逸氏らによって厳しい批判がすでになされている[39]。確かに、西尾氏は、文学により喚起される「問題意識」やそれと結びつく「生活」というものを、彼自身の鑑賞理論に引きつけて論じているため、荒木氏の実践とは性格を異にする点もある。だが、文学を読むことにより喚起される「問題」があることや、そこには「生活」との結びつきがあること、それを押さえていくところに文学教育の仕事をみたこと、では共通している、ということもできるだろう。また、荒木氏の実践が方法として整理されたことで、「問題意識喚

起」という文学の機能は広義のものとなったが、そのことによって民族的自覚をするに至るだけではない文学教育を拓くことにもなっただろう。

　自分自身が直面する問題を見出すことができる言葉は、確かに教育の材として機能するだろう。その目標が「祖国に対する愛情と民族的自覚」をもつことであるかはともかくとしても、である。しかしそれは、芸術としての文学の機能を活用したものではありながらも、芸術としての文学を教えるものといえるだろうか。

　田近氏は、当時における荒木氏の実践の意義と問題について以下のように指摘している。

> 当時、古典の授業というと教師中心の語句の注釈と作品の読解・鑑賞および文学史的解説で終わるのが普通であった。現実との対決を求めながら、実際にはそのための有力な方法をもたなかった当時の国語教育の現場にとって、生徒の切実な問題意識とのかかわりで作品を読むという荒木の実践は、まさに画期的なものであったといってよいであろう。
> 　しかし、それだけにその新しい方向の実践は、厳密に検討すべき問題点も多く含んでいた。特に、生徒の生活と結びつけて鑑賞するということは読み手の側から見るならきわめてアクチュアリティーの高い行為だとは言え、それではたして作品が読めているのかどうか、荒木氏のいうように「万葉集を全人間的にうけとめている」ということになるのかどうかが問題になるのは当然であった。言うまでもないことだが、生活と結びつけることと、〈読み〉の成立とを短絡させてはならない。すなわち、生活と結びつけさえすれば「全人間的な」読みが成立したとは単純に言えないのであって、そこに、対象としての文学とその読みのあり方とが問題になってくる。

（田近洵一、前掲書、p.87）

　荒木氏の実践は、田近氏や西尾氏がいうように、それまでの国語教育では取りあげられなかった問題意識を喚起するという文学の機能のひとつを活用したこと、それによって「教師中心の語句の注釈と作品の読解・鑑賞および文学史的解説で終わる」のではない古典の授業を確立したことについては、画期的であった。そこでは学習者が、作品を「全人間的にうけとめている」

ことをもってその作品を読めていることとされていたが、自身の生活と結びつけた鑑賞をできることから全人間的にうけとめることへのつながりが明らかでないこと、さらにいえば、作品を全人間的にうけとめることと作品を読めていることを同義にしてよいのかについては、検討の余地を残している。

　荒木氏が注目した、ある言葉が読者の生活問題を喚起するということは、確かに文学の機能のひとつではある。荒木氏は実践において、それを機能させることに従事した。文学の機能を活かすことによって、民族教育としての古典教育を行ったのだ。その教育的意義（とくに当時においての）は、否定されるものではないし、それは文学の機能に則った国語の授業ではある。しかし、それは文学の機能の一部でしかないし、文学の機能を教えるものではない（すくなくとも、文学を教えることを第一の目標としたものではない）点で、「文学を」教えるというよりは「文学で」教えるものであった[40]ことを確認しておく。

　そうした批判については、当時も文学研究者の立場から広末保氏[41]や西郷信綱氏[42]が行っている。だが、彼らの指摘は文学を文学として教えていない（その意味で、文学の側からすれば、現実的ではない）というものではあったが、実践的な問題として、どうすれば文学を文学として教えたことになるのかという問いに答えるものではなかったことも事実である[43]。

　荒木氏は、「いままでうかつに表面的に見ていた現実をはっきりとみることを迫り、それの批判を教え、いままで妥協的で卑屈だった精神に鞭うち、あるいは虚偽と退廃の中にいた自己を目ざめさせる」[44]媒材として、学習者に作品を与え、そして、「鑑賞者が『問題意識』を自覚したということは、その作品の本質的なものにふれたことにはならないだろうか。」[45]という考えかたから、「問題意識」を自覚させる指導をもって文学を教えているのだ、と主張した。だが文学によって「問題意識」が喚起されたのだということ自体、つまり文学の機能自体を自覚させるわけではないため、付随的・結果的にしか文学を教えていないという印象が残る。また「『問題意識』というものはけっして個人的なものではあり得ない。」[46]という彼の立場は、ある正しさを学習者に強要するものとも解釈され、それまでの文学教育を批判していながらも、似た問題を孕んでいるようにもみえる。

　その点、西尾氏は「文学作品の鑑賞は、その作品を理解し、評価するに至らない前に、いち早く、われわれ自身の『問題意識』を喚起する場合が多

い。これは、文学作品の持つ文学機能そのものがもたらす、必然的な事実である。」[47]とし、「問題意識」の喚起を、文学の機能として認め、またそれを文学教育の方法として活かそうとしたところまでは荒木氏と同様であるのだが、その起点となる「問題意識」は「個人的主観による着色としてかたづけ、偶然的事情によるひずみとして退けたものの中」にあり、「その人の、その場における個人的、偶然的な着色やゆがみをもむげに切り捨ててしまうわけにはいかない。」[48]と述べ、「問題意識」は「その人の、その場の個人的、偶発的」なものであると考えた。そのため彼は、「鑑賞者である生徒の鑑賞をできるだけ純粋な鑑賞とするために、指導者の暗示や影響を極度に避けようとする潔癖を維持することが、欠くことのできない用意である」[49]と述べるのであった。

　荒木氏の実践報告に対する、文学研究者からの批判や、西尾氏による部分的で発展的な解釈における問題のひとつは、文学とはなにか、文学の教育的価値はなにかという立場や方向性が明らかにされないまま議論が進んでいたということである。文学観や文学教育観の突き合わせがないために、現実的で根源的な問題が取り残されたかたちになった。

　荒木氏は、文学作品から教育に資する文学の機能を抽出し、それを活かす方法でもって文学の教育的価値を保証しようとした。それは文学研究者からすれば、文学を用いた指導ではあっても文学を教えたことになってはいないということになるのだが、彼らはそもそも文学に教育的価値があるのか、あるのならどのような教育的価値があるのかについては言及していない。どうして文学を教育しなければならないのかは今日にも通じる文学教育の課題であり、教育に値する価値が文学自体にあるのかという問いに、ある文学にある教育の材としての価値を見いだしただけでは十分に答えたことにはならない。すくなくとも、荒木氏は民族教育として、祖国に対する愛情や民族的自覚をもつように直接呼びかけるのではなく、文学によることがより（あるいは、もっとも）有効であることを明らかにしなければならなかったし、問題意識の喚起の価値をそこに見出さなければならなかったのではないだろうか。

　文学自体の教育的価値については、西尾氏も明らかにはしていないが[50]、授業において「指導者の暗示や影響を極度に避けようとする」ありかたは、生活に存在する文学をそのままの状態で教材としようとする行きかたであ

り、教材としての文学でしかない国語科教育のなかでの文学の姿を改善するものであったといえよう。

　文学教育とは、作品に対する理解の深さや認識の確かさに基づいた鑑賞、および主体の変革を求めるのか、それとも主体的真実を喚起する（必ずしも理解や認識に基づいてはいない）芸術活動としての鑑賞を求めるのか。鑑賞は、理解や認識とどのような関係にあるものと考えるのか（比例するのか、相関するのか、相反するのか）という根本的な違いも、荒木氏と西尾氏との対立軸であった。西尾氏の「鑑賞は、必ずしも、作品に対する認識の確かさでもなければ、理解の深さでもない。むしろ、それとは違った方向に成り立つ、鑑賞者の主体的真実である。もちろん、作品に対する認識の確かさからも、そういう主体的な真実は喚起されるし、理解の深さからも喚起される。しかし、それは、鑑賞という芸術活動が、認識や理解のさまざまな段階において成立するということであって、鑑賞そのものが、対象の認識や理解とは方向を異にした動きであることに変りはない。」[51]という意見に対して、荒木氏は「私は、西尾氏の所論は、作品とそれによって喚起された問題意識との必然的な関係をあきらかにせず、したがって読者の主体的真実性が客観的真実性に高まる必要のあること、つまり正しい作品の鑑賞が指導される必要があること、を無視されている」[52]という。だが、西尾氏は「正しい作品の鑑賞」を「読者の主体的真実性が客観的真実性に高まること」だとは考えておらず、個人的・偶発的かもしれぬ「読者の主体的真実性」を取りあげること自体を重要としていた。それに対して荒木氏は、それを取りあげればそれでよいのか、「私たちは生徒の問題意識の主体性を尊重せねばならないが、同時にそれが作品のもつ客観的な教育的機能とむすびついて深められ発展させられるように指導しなければ、恣意的な鑑賞におわり、正しい鑑賞が指導されたことにはならない」[53]と指摘するのであり、なにをもって指導とするのかという指導観の違いもそこにはみてとれる。

　西尾氏と荒木氏には以上のような文学の鑑賞観や指導観の違いがあるが、いわゆる文学作品を教材とした読みの指導を広く文学教育と呼ぶのならば、どちらかを文学教育的にまっとうである、正しい、ということはいえない。両者の対立は、なぜ文学教育を行うのかという理由の差異の現れであって、その理由こそ、文学教育において吟味、検討していくべき問題なのである。

大河原忠蔵「状況認識の文学教育」の場合

　言葉による認識の変革によって主体の変革をめざす文学教育は、その後、大河原忠蔵氏や西郷竹彦氏らによって追究されていった。そこでは、荒木氏のいうところの「生活問題意識の追求と文学そのものの学習との関係およびその統一」[54] を、国語科においてどのように図るかの追究であったといえるだろう。

　それは、先述もした以下の引用にあるような、大河原氏が西尾氏に尋ねた問いを、いかに克服するかというものでもあった。

> 私の現場なんかで出やすい問題ですが、「高校時代」という雑誌があるのですが、そこに連載されている"青春万歳"というのを生徒たちはむさぼるように読んでいる。私は"破戒"を生徒に教えたが、「破戒も面白い。でも青春万歳の方がもっと面白い。」という。そういう"青春万歳"が面白いということを手放しで生徒に出させる必要があるのか、それともそれは間違いでなるべく"破戒"の方向に持っていくように指導するのが正しいのでしょうか。そういう"破戒"とか万葉集の系列の文学のさけ目が教育の中に持ち込まれている。そういう場合どういうふうにしたらいいでしょうか。
> （大河原忠蔵の言葉「四　文学教育について」『西尾実国語教育全集』別巻二、教育出版、1978、p.449（初出・『日本文学』1954.9））

　授業で読むものはつまらない、あるいは、授業で読むものよりいつも読んでいるもののほうがおもしろい、という学習者に、どういう文学教育をしていったらよいのかというのが、大河原氏の問題意識であった。また、たとえ「ヒューマニスティックな作品」を取り上げても、教師の求めるような主体の高まりはなく、「活発な授業」は「作品の主題からそれたところで」「自分の好奇心を、勝手に喋りあうときにしか」展開されないことを、大河原氏は指摘している[55]。

　しかしこういった疑問は、当時、あまり問題にはされなかったと田近氏は指摘している。

> 子どもたちの率直な感想や問題意識をどうやったら自然に引き出すこと

ができるかが話題になっている時、「今の子どもたちは万葉の歌よりも"青春万歳"の方をおもしろがるが、それをどうしたらよいか」という大河原氏の発言は、あまり問題にならならず、西尾の答えのあと、また話題は第一次鑑賞の問題にかえっていった。
（田近洵一、前掲書、p.170）

　大河原氏の発言が問題にならなかったのは、当時の文学教育では、作品鑑賞を成立させれば人間形成が行われるのだという立場が主流で、文学教育における問題はなにをもって作品鑑賞とするのか、どのように作品鑑賞をするのかであったからである[56]。それは、「人間いかに生くべきか」の教育である文学教育と道徳教育の関連について、その違いを明らかにしようとした結果でもあった。
　そういった時代背景においては、「型どおりの鑑賞が出来ても、それは他人事でしかないから、自分の生き方には関係ないと考える子どもたちがいる」という大河原氏の提起した問題は、十分に意識されなかったのである。

　読解はできているが、自分は自己中心的な殻の中から作中人物のできごとをよそごととしてしか見ていないというような作品鑑賞をもって人間形成につながるものとすることはできない。作品の鑑賞自体を、「今」というシチュエーションに生きる生徒の内面にくい入るものとせねばならない。どうしたら、作品鑑賞を生徒の内面と深く関わらせ、そのことで主体をその深部から変えていくことができるのかといった問題は、前にも述べたように、この時点では国語教師たちに明確に意識化されていなかったのである。それを問題にしたのが大河原忠蔵であった。
（田近洵一、前掲書、p.186）

　大河原氏は、授業で取り上げる作品に心からは響いてこない学習者、教科書教材よりも自分が普段、読んでいるものに心を強くゆさぶられている学習者をまえにし、同時代小説による文学教育を提案した。学習者が生活のなかで読んでいるものに近い文学を教材とすることにより、学習者が共鳴しやすい言葉を用いての文学教育の意義と方法を「状況認識の文学教育」として訴えたのである。

「状況認識の文学教育」の特徴のひとつは、学習者と同時代に生きる作家の作品を教材とすることである。また作品の読みかたとしては、作品の文体や作品構造に即して読み、作家が状況をイメージとしてどのように取り出しているか、その認識過程自体をつかませるという方法をとる。さらに作品を読むだけでなく、その認識過程を自分のものにするために、作品から離れた学習者自身をとりまく状況を自分の目や言葉で捉えさせて作文を書かせるという指導も行われた。ただしここでは、同時代小説を教材としてどのように読んでいくものだったのかという読むことの指導を中心に考察する。
　先述したように、大河原氏は作品鑑賞をどんなに教育しても、その作品自体に心からは響いていない学習者を目の当たりにしていた[57]。教材として読む文学には感動をおぼえない学習者に、これまでの文学教育では限界があると感じた彼は当時の文学教育を「主体を高める文学教育」として批判した。

　　しばしば、すぐれた文学作品により、生徒たちの正しいものの見方・考え方・感じ方を育てるということが言われる。しかし、そのことは、厳密に言うならば、正しいものの見方・考え方・感じ方をする主体を高めることにほかならない。高められたヒューマニズムの心情によって、人生や社会を見なおすということが基調になる。
　　（大河原忠蔵「主体を高める文学教育の限界と状況認識」『状況認識の文学教育』有精堂出版、1968、p.178（初出・「文学教育の課題」『教師のための国語』河出書房新社、1961））

　　「主体を高める文学教育」で、もっとも有効な教材とみなされているそのほとんどは、それ自体、生徒たちを芸術的に解放し、自分が人間として生きている事実をしみじみと味わう契機にはなるが、現在、一九六〇年代のシチュエーションにおいて、自分をとりまいているものへ、するどい現実認識の触角をのばしていく技術を提供することはできない。単に提供できないだけでなく、かえってその障害になる場合もある。
　　（大河原忠蔵、前掲書、p.180（初出・「文学教育の課題」『教師のための国語』河出書房新社、1961））[58]

　上記の引用からもわかるように、大河原氏は当時の主流であった「主体を

高める文学教育」を否定しているわけではない。彼は、学習者が「主体を高める文学教育」を通し、「芸術的に解放」され、「自分が人間として生きている事実をしみじみと味わう」ことができる点では認めている。

　しかし、その教育的価値に関しては認めていない。なぜなら、いま学習者が身につけなければならない力は「状況認識」の力であり、「主体を高める文学教育」はそうした力を与えないばかりか、その妨げとなると考えたからである。

　なぜ妨げになるかといえば、「主体を高める文学教育」は、作品を「味わう」にとどまるものであり、与えられた「正しいものの見方・考え方・感じ方」を知ることはあるが、それを学ぶことではないからである。そして、どんなに文学を「味わう」ことができるようになり、「正しいものの見方・考え方・感じ方」を知ることができるようになったとしても、それが学習者の現実の生活においてはなんの影響も与えてこない、まるで役に立っていないことを彼は問題とした。また、その根本的な問題として、教材とする作品は「すぐれた文学作品」であり、学習者はそれを「味わう」ことはできるかもしれないが心の芯からゆさぶられてはいない、そうしたところに原因があるのではないかと彼は考えた。文学の授業で扱う作品と学習者の生活や感覚との結びつかなさに、彼は「主体を高める文学教育」の限界をみたのである。

　大河原氏は、「主体を高める文学教育」を全面的に否定するのではなく、「主体を高める文学教育」だけでなく、「状況認識の文学教育」も行われなくてはならない、という立場をとる。そして、「主体を高める文学教育」の意義については以下のように認めている。

> 　状況認識を全く伴わなくても、主体がそれ自体で高まることがある。そのような高まり方は単に文学作品によるばかりでなく、芸術一般への共通点と見てよい。
> 　ベートーヴェンやショスタコヴィッチの音楽によって主体が高められるということは、いくらもありうるが、それらの音楽は、一定の状況認識を少しも要求しない。外界と遮断され、状況認識の全くないところで、主体は、その音楽の独自な世界のなかではげしく高揚される。そのような関係が、文学作品の場合にも考えられる。
> 　このようにして「主体を高める」ことと、「状況認識を深める」こと

とは、いちおう別個のはたらきとしてとらえるのが正しいのではないだろうか。
（大河原忠蔵、前掲書、p.194（初出・「文学教育の課題」『教師のための国語』河出書房新社、1961））

　そうした問題意識から大河原氏は、「状況認識を深める」ことなく「主体を高める」ことができる以上、それを「別個のはたらき」として捉えることで、「状況認識」を伴った「主体を高める」文学教育を求めた。そして「既成の文学作品を、たんねんに読ませることだけが、文学教育だろうか。生徒たちをとりまき、生徒たちをまきこんでいる状況、また、生徒たちの内部の状況、そうした状況を、文学の視点から、言葉でとらえさせていくところにも、文学教育の仕事があるのではないか」[59]と考えた。つまり、学習者の生活にも影響を及ぼすような、生活で生きてくるような文学教育も必要だと、考えたのである。こうした問題意識と方向性は、荒木氏や益田勝実氏、太田正夫氏がもっていたものと共通するものでもあるが、その目標とする学習者の姿に異なりを見出すことができる。
　繰り返すが、大河原氏は文学教育と学習者の生活が結びついていかないことを問題としていた。なぜなら、そうした文学教育がなされることによって、文学は生活とは結びついてこないものであるという文学観を学習者に植えつけてしまうことになりかねないからである。そういった文学観を植えつけないようにすることで、あるいは、そういった既存の文学観を壊していくことで、学校以外での生活で、さらには学校を卒業したあとの生活でも、生きる術のひとつとして文学を読んでいけるひとになっていってほしいと彼は考えた。この、文学のないところで文学を生活の役に立つものとして求める心性をめざすことを明確に示した点が、益田氏、荒木氏、太田氏と大きく異なるところである。
　以下の引用は、大河原氏が、卒業後に観光バスのバスガイドになった元教え子に再会したときのことを書いたものである。

　「文学？　ひまがあれば読みたいわ。でもいまの私に何か役に立つかしら」――名作鑑賞を中心にした文学教育の射程は、案外、短いのである。（大河原氏の元教え子で、バスガイドである――引用者注）彼女は、

文学のない多忙さにとじこもり、そこに別の刺激を求めて生きつづけていく。

　そうなっていく彼女に、もしまだ可能な文学があるとすれば、状況を認識するさいにつくり出す内部の文学である。それは、人間ともっとも正しい関係にある文学でもある。ゆれるバスで、マイクをにぎってしゃべりながらでも、文学をつくりながら客を見る。そのとき、彼女のなかに「生きる」ことの空虚さ、くだらなさがひらめく。このひらめきは、彼女の生きる姿勢を、大きく決定する。（大河原忠蔵、前掲書、p.201（初出・「状況認識と文学教育」『文学教育の理論と教材の再評価』明治図書、1967））

「主体を高める文学教育」で行われているような名作鑑賞も悪くない、だがそれは生きるうえで役に立つような読みかたではないと大河原氏は考えた。「文学をつくりながら客を見る」というような文学的なものの見方を学ぶ文学教育がなされなければ、文学を読むことの意味が日常生活のなかでは忙殺されてしまうからである。
　「状況認識の文学教育」がめざしたものは、生きる術を与えてくれるものとして文学を読めるひとであった。生きる術となるような読みの方法、すなわち文学的なものの見方が身につくような読みの方法を獲得させることが「状況認識の文学教育」の読みにおける目標であった。文学的なものの見方を知るために文学を読み、ゆくゆくは自分の現実を文学的なものの見方でみるときにそれを援用できるような姿をめざしたのである。
　具体的には、以下のような姿である。

　　ところで、私たちは、活字の列の上に目を走らせるときだけ、文学をつくりながらそれを読んでいるのだろうか。
　　目の前にある机について、文学をつくりながら、それを見るということはないだろうか。同じように、文学をつくりながら、テレビの画面を見ていることはないか。ある人間について文学をつくりながら、その人間と交際していることはないか。
　　そこには、活字が並んでいる白いページも、作家や作品の名前もない。既成の文学作品とは縁もゆかりもないものばかりが、それぞれなま

の表情をあらわに出して、そこに存在しているだけである。しかし、私たちは、そこでも、文学をつくりながらそれらと相対することができる。

　文学作品を読む場合は、活字になっている言葉にそって文学をつくっていくのだから、いわばレールの上を走るようなものだ。直接ぶつかっている物について、文学をつくりながらそれをとらえるときにはレールがない。物そのものに直接問いかけ、物との対話のなかで文学をつくり出すことになる。
（大河原忠蔵、前掲書、p.197（初出・「状況認識と文学教育」『文学教育の理論と教材の再評価』明治図書、1967））

　また彼は「現実を自分のおかれている地点から鋭く文学的に認識し、積極的な生き方を自己の内がわから把握できる意識構造」[60]を育てることを文学教育の目標とした。換言すれば、現実を自分の目でみて、そこに自分なりの文学をつくることができるようになることを目標とした。

　文学教育は、頭の中で文学をつくりながら状況をするどく認識する能力を育てるところに、その目標をおくべきである。
　既成の作品をマナイタの上にのせ、それを理論もなく、ただうまく料理して生徒に食べさせる文学教育、そういう文学教育にたてこもっている人たちは、異口同音に言うだろう。「名作をじょうずに料理して食べさせておけば、当然、文学をつくりながら、現代の状況を認識する力もついていく」と。だが、この「当然」は、ひどく無責任で、いいかげんな「当然」である。（中略）
　頭のなかで文学をつくりながら状況を認識する能力――それは、けっして、他の仕事の片手間に育てたり、他の仕事のなかで自然に身につくと考えたりすることのできるものではない。それ自体を文学教育の主要な目標、中心的な課題として、正面にすえてとりくまなければ、その能力を生徒の内部に育てていくことはできない。
（大河原忠蔵、前掲書、pp.199–201（初出・「状況認識と文学教育」『文学教育の理論と教材の再評価』明治図書、1967））

「文学をつくりながら」と大河原氏はいうが、それは生活において、まったく無意識の行為でもある。文学をつくりながら、というより、現実をみるときに文学をもみてしまうというほうが、正確な表現であろう。現実をみて、それから文学をつくろうと意図して文学をつくるのではなく、現実をみるそのとき、同時にそこに文学もみえているような主体の創造を、彼はめざしたのだと考えられる。

　誰にでも生まれつきそのような「文学の目」があるなら、教育によって「文学の目」を与える必要はない。だが彼が訴えるのは、「文学の目」をもつことの重要性だけではなかった。たとえば、自分はどうして現実にこのような文学を見てしまったのだろうとふり返らせ、そして自分がどういった「文学の目」をもっているのか、あるいはもっていないのかを知ること、自分がどういう「文学の目」をもっているかがどのようにすればわかるのかを知ることの、必要性でもあった。自分がどのように現実に触れているのか、その手触りを意識する、自覚することが「状況認識」なのであり、その方法を学ぶためにあるのが「状況認識の文学教育」なのである。

　大河原氏は「状況認識の文学教育」に適切な教材としては、同時代小説に価値を認めている。また彼は、同時代小説のなかでも思想に訴えてくる作品でなくてはならないという。「読解はできているが、自分は自己中心的な殻の中から作中人物のできごとをよそごととしてしか見ていない」[61]学習者を心の底からゆさぶるには、彼らの思想に直接訴えてくる作品でなくてはならないからである。学習者は理性や理論によって作中人物のできごとを捉えてはいるのだが、理性・理論が思想と分裂しており、その状態においては思想へと働きかける必要があるからである[62]。

　ここで、大河原氏のいう理性・理論、思想とはどういったものなのか、整理しておく。彼は、理性・理論、思想について、次のように説明している。

> 思想は、理性がやるような複雑な数式の計算、綿密な経済学の分析、周到な文献学の交渉などはやらないが、理性が決してできないこと、すなわち感覚、欲望、衝動、または行動を直接コントロールできる。それが思想の本質的な一面である。(中略)思想の次元では、その人間が持っている理論よりも、その人間が生活のなかで描いている行動の軌跡が一つ一つ問われる。行動に、それを直接コントロールしている人間の思想が

端的に暴露されるからである。(中略)あるこどもたちは、貧乏人のこども を軽蔑し、金持ちのこどものご機嫌をとる。しかしひとに親切にしなければならないという答案はちゃんと用意している。思想はこどもの内部でも理論と分裂する。そのようなこどもを教育の対象にするときには、思想に衝撃を与える必要がある。文学的認識の根拠はつねに思想であって、理論ではない。
(大河原忠蔵、前掲書、pp.16-17(初出・「文学的認識と作品鑑賞」『日本文学』1959.9))

　良識をもちあわせていても、それが実際の行動とは結びつかない場合があるのは、理性である良識を超えてしまう思想(衝動や欲望)があり、それに突き動かされて行動してしまうからである。つまり、理性よりも思想のほうが直接的な行動に結びつきやすい性質をもっているということである。それだけでなく、思想による行動は、自分で容易にコントロールできるものではない。引用の例にもあるように、「ひとに親切にしなければならない」と知っている、わかっている、ということは、実際にひとに親切に行動できるということの十分条件ではない。知っている、わかっているのにできないこと、つまり、理性を超えた思想による行動をとってしまう学習者に、それをきちんと捉えさせようとするならば、思想に衝撃を与えるほかないと彼はいうのである。
　思想に衝撃を与える作品の条件を、大河原氏は二つ挙げている。ひとつは、作中人物、すなわち作家の認識の姿勢が今日的であるということである[63]。そういった作品であれば、作中人物のものの捉えかたを作品の言葉から読みとることで、今日的状況と学習者自身の価値感覚や緊張感覚を突き合わせていくことができる。その方法を知ること、わかることができるからである。
　もうひとつの作品の条件は、文体・美の現代性を具えていることである。学習者が心の底からゆさぶられなければ、自分に必要な力として学ばれない(習得されない)ことから、そのような条件を掲げている[64]。
　学習者の生活における行動に影響を与えるような読みかたの教育を行うためには、思想に衝撃を与えるような作品でなくてはならない。田近氏が大河原氏の状況認識の読みを「言葉をたどることで、視点人物の立場に立ち、彼

が見たように見、感じたように感じ、そのことを通して、主体と状況との緊張関係を体験する行為」[65]とまとめているように、「状況認識の文学教育」においては、視点人物(にその言葉を与えた作者)の価値感覚がみずからの感覚として実感できなくてはならないのである。そのためには、自分の琴線に触れる言葉、感覚としてわかる言葉がそこになくてはいけない。「言葉は、言葉のままではその本質は味わえない。その一言から喚起されるものによって、初めてその豊かさが味わえるし、言葉が生きてくる」[66]と、小川洋子氏がいうように、言葉から喚起されるものがなければ、その言葉は実感としてわかっている言葉とはいえない。

　よって、文体や美の現代性がある作品とは、言葉自体や言葉の(美的)感覚が学習者の言葉に近い作品ということでもある。大河原氏は、学習者にとって近しいと思える言葉で書かれた作品を教材としなくては思想に衝撃を与えることはできない、行動に影響を与えることもできないと考えたのである。

　思想に衝撃を与える言葉について、さらに説明を加えたい。大河原氏は、学習者の価値意識と重なってくる言葉がその思想に触れてくるのだと述べている。

　　思想はかならずコトバのかたちで存在する。しかし、コトバなら、何でも思想になるかというと、そうではない。認識の道具としてのコトバに、温度が加わらなければならない。温度とは、主体の価値意識だ。温度を持っているコトバが思想のコトバである。「長いものには巻かれろ」というコトバに共鳴し、その考え方にネウチを感じるとき、それがそのまま思想になる。
　　(大河原忠蔵、前掲書、p.67(初出・「国語教育における思想の問題」『日本文学』1972.9))

　ここで彼は、思想とは言葉のなかに潜在的に存在しているものではないのだと説明している。ある言葉に読み手が共鳴する、その言葉の考え方・感じ方に価値があると読み手が判断したとき、その言葉は思想となるのであり、読み手が価値あると判断する言葉のなかにしか、思想は存在しない。学習者が「共鳴し」「ネウチを感じる」言葉による文学でしか、「状況認識の文学教育」は行えないのだ。

では、どのように読んでゆけばよいのか。条件を満たす作品であっても、ただ読むだけでは「状況認識の文学教育」にはならない。

状況認識の力をつけるための文学の読みを行うためにまず必要なことは、学習者を予定調和的な読みから解放することであると大河原氏はいう。

> 文学作品がほかの科目の中で役立つときの特徴は、「古代社会の知識」とか「正義という倫理的観念」といった目標があらかじめちゃんと決まっているということである。生徒は、作品のなかを潜りぬけると、否が応でもそこに到達するように誘導される。つまり教師による予定調和がすでにそこに考えられてあるということである。
>
> 文学教育の場合はどうであろうか。文学教育でなければ育てることのできない認識は、何を目標にしているか。この場合、そういう直接そこに到達しなければならないという目標が先に置かれていないというのが、その特徴でないかと思われる。認識の仕方、つまり認識のかたちは鋭くあっても、知識や観念を予想せず、あらゆる予定調和から解放されることによってのみ、文学教育で育てる認識の独自性が保証されるのではないだろうか。そこで、はじめて既存の知識や常識化された固定観念をつきぬけて、なまなましい現実とじかに接触できる道が開ける。
>
> (大河原忠蔵、前掲書、p.3(初出・「文学的認識と作品鑑賞」『日本文学』1959.9))

状況認識の読みでは、学習者は作中人物や作者がどのように作中の現実をみつめているのか、その認識のしかたを捉えるように読むことを求められる。ただし、その認識によって彼らがそれらにどんな価値を見出したのかは大きな問題とはしない。どのような認識をしているのか、それを掴むこと自体がもっとも重視されるべきであり、そこから学習者が、みずからの現実をみつめる方法をふり返ったり学んだりすることが文学教育において重要なことであると大河原氏はしている。

「主体を高める文学教育」は、作中人物や作者の考えかたではなく、考えそのものをよきものとして受容するように読ませる傾向があり、よき考えを読みとることこそ目的であるというような予定調和がある。そうした「予定調和から解放され」なければ、考えかたを読み取り考えかた自体を評価する

ことは難しいだろう。
　次に、作中人物や作者がどのように現実をみつめているのかという認識の方法を掴むために、言葉や文体といった表現への注目を促す。ただし、それは単に、作家の表現方法を自分のものとして回収するという読みではない。

　　　いったい文学作品は生徒の文学的認識をどのような点で深めていくことができるのだろうか。
　　　考えられる一つの場合は、文学作品の文章が、作家の文学的認識の反映である関係を、ごく浅いところで理解して、作家の使った言葉や文体の構造を、自分の認識にそのまま適用するという方法である。（中略）作品の文体を、自分の表現技術に機械的に結びつけるこの方法は、自分で自分の頭をはたらかせてイメージを選択し、エピソードを構成するエネルギーを麻痺させ、その欠陥をさらに言葉の知識で補っていくといういいかげんさを重ねることになる。
　　　作品は、イメージを選びとる思想そのもののところまでおりてこなければならない。つまり作品が知識の面で受けとめられてしまうのではなく、読者の思想とじかに触れ合うところまでおりてくることである。
（大河原忠蔵、前掲書、p.19（初出・「文学的認識と作品鑑賞」『日本文学』1959.9））

　自分の好きな作家の作品をいくつも読んでいると、知らないあいだに自分の書く文章がどことなくその作家に似てくるということがある。まねようとは思っていないのに、いつのまにか似ているということがある。そのようなときは、その作品や作家は「読者の思想とじかに触れ合うところまでおりて」きているのだといえる。それは書くことによって自覚化されるが、そういうことが起こる可能性のある作品を、言葉や文体に注目して読んでいくことが先に必要である。なぜなら文体は、作家の思想的な現実認識の軌跡であり、それと触れ合うことにより読者自身の文学的認識の方法や姿勢に内部からの衝撃を与えられるからである。

　　　文学的に捉える（認識する）というのは、自分たちをとりまいている「もの」に「言葉」をいれていくことです。「言葉」は「文体」を構成しま

す。従って、「言葉」をいれることは、「文体」をいれることになります。
　　　その文体は、生徒の思想的な内部状況と密接に関係しながら、決定されていきます。（中略）作品鑑賞は、そうした文体に、生徒の主体をくぐりぬけて影響を与えるものとして位置づけます。作品の文体は、作家の思想的な苦役によって生み出された彼自身の現実認識の鋭い軌跡であり、生徒はそれと主体的に触れ合うことによって、自分自身の文学的認識の方法と姿勢に、内部から衝撃を与えられます。
　　（大河原忠蔵「アンケート」『日本文学』1960.11）

　大河原氏のいう「認識」とは、「もの」を「言葉」で捉えていくことである。文体への注目は、作家がどのようにものを言葉で捉えているかに注目することであり、作家の認識方法に迫ることである。よって、状況認識の文学の読みでは、言葉や文体といった表現への注目が促されるのである。
　では、言葉や文体にどのように注目するのか。彼は、言葉や文体から読者が像を描くことが可能な部分（映像的な部分）と、そうでない部分（非映像的部分）、および、客観的事実の部分と主観的事実の部分があるという。その関係を整理していくことで、作中人物や作家がその状況をどのように思想的に把握しているのかが見えてくる。そういう読みを繰り返していくことで状況認識の思想的把握の目を学習者みずから手に入れることができると彼は述べている。

　　文学作品の文体には、それを読みながら読者が頭の中に不在像をえがくことが可能な映像的な部分と、映像的な部分の意味内容、思想性を深めるために抽象的な書き方をしている非映像的な部分が力学的な緊密度をもって、配列されてある。映像と思考との結合が、文体という自覚され、煮詰められた次元でなされている。読者は、作品の映像と非映像の緊密な相互媒体をくぐりぬけることによって（くぐりぬけるという言い方にはさらに分析がいるが）、状況認識の思想的把握の目を、自分のものにすることができる。
　　（大河原忠蔵、前掲書、p.161（初出・「状況の映像的把握」『日本文学』1964.10））

彼は、「状況認識の文学教育」に適切な教材例やそれを指導する際の問いと、学習者に書かれた作文のうちで優れたものを紹介しているが、具体的にどのような授業が行われたのか、そのときの学習者の反応はどうであったのかという授業の姿についてはほとんど述べていない。彼のめざしたことや得られた結果はよくわかるのだが、どのようにして学習者が状況認識の力を獲得していったのか、「文学の目」をもてるようになっていったのかという過程は明らかにされていないのである。そこで、彼の提案した発問例などから、その方法を探ろうと思う。

大河原氏は「現代のこどもたちにのりうつりやすい文体をもっている」作品として、安部公房「けものたちは故郷をめざす」をあげている[67]。そして「けものたちは故郷をめざす」における具体的な読みの観点を発問のかたちで示している。たとえば、次のような発問がある。

　　問一、「野火」が、地図の上から考えると「小っぽけ」であるはずなのに、それが「こんなに大きく恐ろしげに」見えるのはなぜか。
　　（大河原忠蔵、前掲書、p.99（初出・「状況認識の方法」『日本文学』1963.12））

「野火」が「小っぽけ」であるという判断は、客観的で冷静な判断である。地図を見れば、誰にでもそれはわかることである。久三も地図を見て、「野火」が「小っぽけ」であることを知っている。にもかかわらず「大きく恐ろしげに」見ているのはなぜなのかと問うのである。

「野火」を「大きく恐ろしげに」見せる要因は、生きのびたいという久三の欲望である。「野火」を「小っぽけ」と知りながらも「大きく恐ろしげ」に見てしまっている久三の状況というのは、理性での判断と欲望での判断が異なっている状況といえる。

また次に引用する発問からは、大河原氏はとくに欲望での見えの方に読みの重点を置いていたことがうかがえる。

　　問三、夜、久三は、どんな音を実際にきき、どんな音を幻のなかできいたか。幻のなかできいた音は、久三の何と関係があるか。
　　（大河原忠蔵、前掲書、p.99（初出・「状況認識の方法」『日本文学』

1963.12))

　「野火」を「大きく恐ろしげに」見、「幻のなかできく」という、無意識の判断や行動のなかに眠っている欲望を読んでいくための発問を、大河原氏は用意している。田近氏はこうした発問に導かれる読みを、「ことばをたどることで、視点人物の立場に立ち、彼が見たように見、感じたように感じ、そのことを通して、主体と状況の緊張関係を体験する行為」[68]としているが、それだけでは「主体と状況の緊張関係」を体験できないだろう。状況認識とは「欲望との関係でもの・ことを状況としてとらえること」[69]だけではない。視点人物の見たもの・ことが、なぜそのように見えたのかを明らかにしなければならないはずである。理性の目と欲望の目があることを知らせ、ある見えに対して、その見えが理性との関係で見た結果なのか、欲望との関係で見た結果なのかという判断をさせる。そうすることによって、理性の目と欲望の目では、同じものやことでも見えが異なることがあるのだということがわかるのである。また、このように視点人物の判断や行動がどちらに駆動されたものなのかを読み解かせていくことにより、無意識による行動ほど欲望に駆動されていることがわかる。そういう読みを誘うような発問を彼は示している。

　　「久三を呼ぶ声」「恐怖の叫び」「すすり泣き」「荷車のしきり」――これらは、すべて生きのびようとする欲望のためにきこえてくる。「のがれようとする心が生みだした幻から、どうやってのがれることができるだろう」という言葉は、「欲望は、自分が生みだす幻を自分できりはなすことができない」関係をあきらかにしている。
　　（大河原忠蔵、前掲書、p.99（初出・「状況認識の方法」『日本文学』1963.12））

　大河原氏は、無意識の判断や行動からそこに潜む欲望を読むという読みの観点を、「状況認識の文学教育」における読みの方法として提案した。
　以上より、大河原氏の「状況認識の文学教育」についてまとめる。彼は、学習者の生活に生きる文学教育の必要から「状況認識の文学教育」を唱え、その目標として、文学を生きる術を与えてくれるものとして読み、文学のな

いところでも文学的なもののみかたができるひとの育成を掲げたのであった。

　その教材となる作品は、学習者が心から揺さぶられるものでなければならない。具体的には、作中人物・作家の認識姿勢が今日的であり、文体・美の現代性がある作品でなければならないとした。

　また「状況認識の文学教育」における読みかたは、表現に注目し、客観的事実と主観的事実の関係を整理することで、作中人物や作家の状況認識の方法を捉えるというものであった。

　「状況認識の文学教育」は、その時代に必要な力を授けるものであった点で評価すべきものであろう。だが、教材として適切であるといわれたものは、学習者がむさぼるように読んでいたものではなかった。教育をする側にとっては作中人物・作家の認識姿勢が今日的で、文体・美の現代性が認められる作品であったのだろうが、学習者たちにとっては今日的で現代性があるものであっただろうか。「けものたちは故郷をめざす」より「青春万歳」のほうが学習者にとってはより今日的で現代性があったのではないか、という疑問が残り、それならば大河原氏が西尾氏に発した問いは、未解決なままであると考えられる。

　また、たとえ学習者にとっても教材とされた作品が「共鳴し」「ネウチを感じる」言葉であったとしても、そういう言葉を読み味わうだけでは済ませないことは、感動してそれに満足してしまうことを否定することにつながる恐れもあるのではないだろうか。感動を発端とした学びの展開全般を悪いとはいわないが、それによって感動を学びの材として処理してしまうことへの抵抗や弊害もないとはいえないと考えられる。

　だが、読むものありきでそれをどう読むのかといった追究ではなく、目標と言葉の側面から適切な教材の条件を明らかにし、そのうえでその読みを検討するという過程は、学習者の生活と文学教育の結節点を見出すために有効な行きかたであろう。目標の立てかたについても、教育としてなにを目標とするのかをふまえて、文学教育は言葉の教育としてなにをめざさねばならないのかについて、作品が言葉でつくられている点に着目して言及している点で明解である。ただ、「状況認識の文学教育」も状況認識の力を文学で教えるものであって、文学を教えるものではなかったこともまた事実であった。

熊谷孝「文学的認識の文学教育」の場合

　ある言葉をある人が読み、美しいと感じるものが言葉の芸術としての文学であるならば、その絶対的な条件や要素はあるのだろうか。たとえば、その言葉の辞書的な意味を知っていることはその条件のひとつであるかもしれないが、それだけではない。なぜなら私たちは、知らない言葉に対しても好悪の印象をもつことがありうるからである。

　言葉を読む姿勢も、条件のひとつとして数えることはできるだろう。だが、なんら身構えずに読み始めたときに没頭したり陶酔したりすることもある。つまり、読む姿勢によってある言葉が美しくなる場合はあるがそうならない場合もあることを否定できない以上、読む姿勢はある言葉を文学とする必要不可欠な条件であるということはできない。

　このように、ある言葉に美しさを感じる要因のすべてを説明することは、不可能である。それは、読むという行為自体が現実的で個人的な行為である以上、偶然性を完全には排除することができないからである。

　しかし、ひとがある言葉に美しさを感じる現象を観察・検証し、その要因を探ることは可能である。そして、そこから実際的に調えられるものを抽出し、見極めることは、文学教育を芸術の言葉の教育として成立させることに寄与すると考えられる。

　熊谷孝氏は、文学が芸術であることを重視し、文学を芸術のものとして教育するために必要な理論を展開しようとしたひとりである。しかし、実践的手立ての提案に至っては、彼自身が立てた理論と齟齬が生じている。それは、文学を芸術のものとして教育すべきであるという理論を立てることはできても、その具体的な方法を提案することがいかに困難であるかを物語っている。ただ彼の理論には、現在にも生きるところが多いこともまた事実である。

　彼の「文学認識論」という理論や「文体づくりの国語教育」という方法論の検討は、これまでに荒川有史氏や浜本純逸氏らにより言及されてきた[70]。山元隆春氏も「テクストと読者との相互作用」という視点から取上げている[71]。しかし、言葉の芸術としての文学教育としてどうであったか、なぜ彼自身による実践的手立ての提案が彼の理論と矛盾することになってしまったのか、という角度からの考察や指摘は管見の限り見当たらない。よってここでは、とくにそうした点に着目しながら考察を進める。

まず、熊谷氏の文学観について概観する。
　彼は、「認識と表現、内容と形式、そのいずれが芸術にとって決定的なものであるのか」[72] について、認識を重視する立場をとっている。

> 芸術もまた、実践であるという意味で言うのだが、芸術の表現は自己目的的、自己完結的なものではなく、芸術作品の形象としての完結を実現するのは、受け手の鑑賞（＝作品理解・表現理解）においてである、ということが現実の事実としてそこにあるからだ。
> （熊谷孝『芸術の論理』三省堂、1973、pp.4-5）

　彼が認識を重視する立場をとったのは、現実的な国語科教育という非常に個別的な場を想定したうえで、極力、偶然性に頼ることなく、芸術を存在させるための実際的手段を求められるような理論を打ち建てようとしたからであろう[73]。媒材としての言葉は変化しないが、それを読む者は可変的であるならば、実際的手段につながる理論を求めるためには認識を重視する立場が妥当であると考えたのである[74]。
　ここまででもわかるように、彼は文学教育を芸術教育として成立させる理論においては、どのように読むかを究明することが肝要であると考えていた。そこで文学を読むとはどのような行為であるのか、どのようにふるまったときに言葉が文学となるのかについて彼は論究していくのだが、彼のなかではすでに、なにを読むのかが決められていたのである。彼の理論はどう読むかの追究でありながら、ある特殊性をもった言葉を文学と決めてかかったうえに成り立っているのであり、それを学習者にも文学として受けとらせるにはどう読ませればよいのかということであった。それは授業で読むものもいいが、生活で読んでいるもののほうがもっとおもしろいという学習者に、授業で読むもの（教師が文学と考えているもの）も生活で読むものと同じくらい、あるいはそれ以上によいと思わせるにはどう読ませていったらよいかという行きかたであった。
　なおそうした背景として彼は、①人間は、言葉なしには生活できないが、②言葉の存在を意識しなくても生活は言葉によって成立し、③感性は理性（言葉）に先行する、という三点に集約されるような言葉観をもっていた[75]。また彼は、言葉とは規定性と融通性という二つの性格をつねに含んでおり、

そのどちらかに重心が置かれた操作を受けて使用されるのであり、いずれか一方のみによる読みや、両方に同等の重心を保つ読みはあり得ないと考えた[76]。

　言葉の融通性とは、ある言葉を別の言葉で規定した場合に規定しきれない部分であり、言葉の使い手がみずからの感性により補填しうる部分である。そうした部分が多い場合、言葉はその規定性よりも融通性に重心が置かれ、その言葉は芸術の媒材になる、と彼はいうのである。感情を軸として認識される限り、あらゆる言葉はその人にとっての芸術の媒材になると彼は考えた。

　　その媒材である「ことば」の概念的抽象性をこえたところで、意味を作り出すと同時にまるごとに意味をつかむ、つかみとらせる、という《象徴体験としての芸術体験》を実現することができるのです。芸術へのそういう道筋を、ところで文学は、「ことば」という媒材をそれの融通性の面において操作されることによって、それは文学の媒体（直接の認識手段・表現手段）になる、という関係です。
　　（熊谷孝『芸術とことば』牧書店、1963、p.16）

　さらにある言葉が芸術となる場合とならない場合との差異について、彼は文学と科学とを比較することで説明した[77]。言葉は、操作する者がどのような方向性（重点）として認識するのかによって、科学的にも文学的にもなるのである。

　方向性として、科学は普遍的・一般的であるように努めるために、「規定性の極に達した用語を選ぶ」。一方で、文学はある一立場の認識の代行を務める言葉の選択が迫られるために、結果的に「きわめて融通性に富んだ」言葉の選択が可能である。つまり科学では"なにを"に、文学では"どのように"に認識の重点がある。そうした言葉の認識方法の違いが、科学と文学の差異である。「日常的体験（生活の実感）」という現実の現象を一般化して認識する（抽象的・理論的に捉える）ことをめざすのが科学であるならば、典型化によって認識する（具象的なものに移っていく）のが文学の方法であると彼は述べている[78]。

　だが、科学も文学も、主体の実感が現実の認識を求めることに終始するのであり、その手段として言葉という媒材を用いる点では共通しており、両者

は対立するのではなく、絡み合う関係にある。

　では、どのようにそれらは絡み合うのか。人間は「現実的で具体的なもの」であるために、また「自身の思考と行動とを歪みのないまっとうなものにするため」、現実をなんらかの手段で認識し、思想を得ることを必要とする。それは行動する「主体」である私の「実感」、すなわち言葉以前の「科学的な認識理論」から出発する。

　そしてまず、それを言葉として「科学的な認識理論」に結びつけるのだが、それではまだ「自身の思考と行動とを歪みのないまっとうなものにするため」の認識には至らない。そこでさらに「知性の実感（科学的世界観）」へと高め「感性の実感」として深め、それらが溶け合い、「行動の体系としての世界観にまで主体化」できたとき、「自身の思考と行動とを歪みのないまっとうなものにするため」に寄与するものとなる。なぜならそれは、その者の思想を支え、「現実的で具体的なもの」である「主体」の思考と行動が歪まないようにする助けとなるからである。

　そうした思想を得るために必要な媒材が言葉であり、その使用にあたり、科学的認識も文学的認識もなくてはならないものである（図1）。

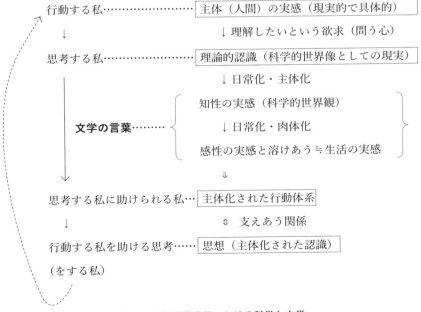

図1　現実認識過程における科学と文学

では、文学とは、芸術として言葉を読むとは、どのようなことになるのだろうか。

　熊谷氏の論に従えば、あらゆる言葉は芸術の媒材であるが、「主体」がある「実感」を「科学的世界像」として捉えようとし、まずは「科学的世界観」・「知性の実感」として捉え、それが「感性の実感」と重なって捉えられ、さらに「生活の実感」としての「思想」に結実してはじめて、その言葉が文学として読まれていることになる。ならば、そうした経路はどのように育めるのか。

　それは、文学的認識を発揮する読みの機会を経験することで、熟達するほかない。言葉を理解しようとするときに「一般的知識」以外のものが駆動される読み、すなわち先の図にあるような経路を何度も通り抜けることにより「思想」は「表現を理解する感受性」になり得る。またそれを読むとき「一般的知識」以外のものを駆動させる言葉が、その読者にとっての文学なのである。

　そうした読みが導かれるには、読者と言葉とのあいだに「体験の日常的共軛性」が必要であると彼は指摘する。なぜなら私たちは、自身の体験を自身の体験であるという実感のみを根拠に、信用しているからである[79]。

　そこで「実感」を「実感」であると自覚させる言葉に出会う経験が必要となる[80]。「実感」とは、「人間の生活のいとなみを規制する行動の体系」である。「実感」に一種のまとまりをみることにより、それは体系化され、行動を導く動機の概念に迫ることも可能になる。

　だが、「事物の克服を必要とする主体のがわの主体的な要求」なしにその概念を打ち立てることはできない。「既成の理論的成果」を会得し、「新しい成果を自分の思想のうちに生かすことで、実感は深まりもし高まりもする」のである（図2）。

図 2　実感の体系化過程

　「実感」にとって「公式」はそれを深め高める言葉の応答であり、「公式」にとって「実感」は現実的事物の克服を要求する主体である。互いが互いを求めあうことで両者は発展し、その結果、「思想」は「表現を理解する感受性」に高められ、「感覚的なもの」は「その人の生活を方向づける思想にまで高められる」[81]のである。

　ここで、熊谷氏のいう「思想」について、もうすこし詳しく述べておく。彼は「思想」を、言葉以前のものを体系化し、「人間の行動そのものを方向づけるはたらきを持っている」言葉と定義する[82]。言葉以前のものは自覚の有無にかかわらず、言葉によって整理され、「必要な体験とムダな体験とが見分けられ、自分によってたいせつだと思われる体験が知識として保存され」「生活の生きた仕組み（体系）のなかに織り込まれていく」[83]（しかし「単なる知識」に終わる、「生活の生きた仕組み（体系）のなかに織り込まれていく」ことのない言葉もある）。いい換えれば、ある言葉は「なまなましい自分の生活体験」に裏付けられなければ「思想」として、つまり「生きた知識の体系」として機能しないが、「思想」としての言葉は、「体験の仕方そのものを一つの方向に固定し、縛りつけ」もし、また「ものごとに対するその人の感じ方や、受け取り方や、判断や、さらにまたそのとりさばきかた（行動）までもを、そうした一つの方向に導いていく」[84]。

　だが「思想」は言葉であって、現実そのものではなく、また現実も一面的ではない以上、その誤差を零にすることは不可能である。「思想」は、自身の現実に応じて可変的なものであることを彼は指摘する。

　　思想は、もともと、知性だけを手がかりとした現実の認識ではない。知

性による認識が日常的な生活感情のすみずみ迄しみとおり、そのことによって感情そのものが高められ、また、そのようにして高められた感情においてもう一度現実をかえりみ、現実に触れたときに生まれて来るのが「思想」というものなのである。だから、思想は、むしろ、感情（実感）による現実の認識であるという事すらできるだろう。
（熊谷孝『文学序章』磯部書房、1951、pp.99–100）

　では、ある言葉を読み、「なまなましい自分の生活体験」で裏付け、「思想」とするには、どのような読みが営まれる必要があるのだろうか。言葉を享受することにおける文学と読者の共軛点について詳しくみていく。
　たとえば、私たちはある言葉を読み、「周囲の現実の人間から受けとる以上の感動や影響」を受けたり、「現実の体験以上にナマナマしく現実を体験」したり、またそこに「現実以上の現実を感ずる」ことがある[85]。つまり言葉が「現実の体験以上にナマナマしく現実を体験させてくれる媒材として、機能し作用する」ことがある[86]。こうしたことが起こるのは、読み手がその言葉と自身の体験の間に共軛する点をみつけるからだと彼は述べている[87]。共軛する関係とは、互いに特殊の関係を有し、転換しても性質の論究上、変化のない関係である（図3）。

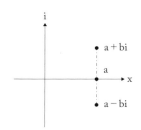

図3　読書（a + bi）と読まれる言葉（a − bi）、共軛点（a）

　上図は、熊谷氏の理論をもとに筆者が考案したものである。これを用いて彼のいう言葉と読者の共軛性について説明する。
　読者を点 a + bi とすると、読まれる言葉は点 a − bi に位置する。その場合、共軛する点は点 a である。同座標平面に、点 a + bi、点 a − bi、点 a はあるが、共軛点 a がみつけられない限りは、それらは孤立した関係にある。

点 a + bi は言葉以前のものを抱えた読者（人間）であり、点 a − bi はそうした誰かに書かれた言葉である。点 a + bi からすると点 a − bi とは、日常的煩瑣が削ぎ落とされた（自身の現実に直接的には行使されない）表現である。そして二点間には距離がある。
　その距離を縮めるのではなく、その距離を測定し、二点の関係性を摑めたときが、共軛点 a の発見であり、文学（言葉の芸術）の発見でもある。
　共軛点 a をもつ位置にあることが認知された点 a − bi の言葉は、点 a + bi のひとのなかに生き、点 a + bi のひとは、点 a − bi の言葉に生かされる[88]。
　こうした行為を、彼は読者自身の「実感のワクを越える」経験であると述べている。ある言葉が実感に裏打ちされることは、自身の行動（言葉以前のものの現れ）を言葉によって体系化した「思想」をも越えうる言葉の経験であるとしている。
　たとえば、読むと同時に自分ならば…という自己の反応様式が想起されるときに、それは成立している。それは言葉の字義を理解できる「〈わかりうる〉ところから」「〈わかる〉〈わかった〉ところへ」、字義的な理解だけではなく、なにか感じることがあるところに至ることである。そのときに想起されることは、「自分のそれとはまた別個の新しい反応様式」である。それはあくまで想起であって、行動ではない。だがそれは「その作品形象が媒介している感情にこちらの感情がつながっていく」行為であり、「自分自身の実際行動なり、実践に対する構えが準備されてくる」想起である[89]。
　そうした想起から導かれる認識を、彼は「文学的認識」と名付けている。またその認識手段とは、現実の断片を多義の一片に過ぎないと認識するものではなく、多義の現実が存在する可能性を示唆させるものとして認識するというものである。
　それは、先に示した座標平面を俯瞰することだともいえる。座標平面上に幾多もの点がばらまかれているような現実を上から眺めることにより、ある二点とその共軛点をみつけることができるからだ。
　「思想」とは、「あるきまった座標軸、あるきまった視点による現実の把握ないしそうして把握された『現実』」である。「その座標の取り方が、現実（ものの実際、ことの実際）に即している」、「当人が自分自身の認識の座標軸を自覚している」のならば、「その思想に伸びゆく可能性を約束」される。

自身を含め、現実は動的であり、それに見合う「思想」は、現実を生きる自身とともに、進歩し発展する必要がある[90]。

　そうした「進歩的な思想」は、思想と現実との間に矛盾が生じた場合、「現実のほうに思想を近づけることによって解決する」「実感そのものを絶えず新しいものにしていく」営みによるものであり、「文学的認識」手段はそれを可能にする手段のひとつであると彼は述べる。それを育むのが、芸術の享受による「準体験」である[91]。

　読者がある言葉に共軛点をみつけ、自身の実感のワクを越えていくところに言葉の芸術が成立しうる。彼はそうした読みの行為を、追体験や同化ではなく、「準体験」と呼んだ[92]。

　追体験は感情同化による独断的な理解に陥りかねないものだが、「準体験」は感情の異化による理解、相手の体験をくぐる体験である。他者との完全な同化は不可能だと知りつつ、理解可能／不可能という感覚が訪れるのを認め、ときにはそれを表明する。それを通し、自分と相手の考え方や感じかたの一致点・不一致点が意識化され、相手も自分も理解していくのである。それを「準体験」と称するのは、「自己の直接体験を超えた体験を自己に媒介する体験である」[93]からである。相手の体験をくぐることで、自身の自覚的感覚と無自覚な感覚、相手ではなく、自分の感じかたや考えかたが理解される。ただし、自分の感じかたや考えかたの更新や変更を強要されるわけではない。

　「相手の体験をくぐる」という「自己の直接体験を超えた体験を自己に媒介する体験」を通じ、表現やその送り手（相手）を理解したと感じるのと同時に、自分の感じかたや考えかたが確認され、自分に対する理解が深まっていくことが「準体験」であり、そのような「準体験のなかに読者を誘い込むことが出来る」言葉、またその読みが文学という行為である[94]。

　いわゆる体験だけでなく、「準体験」を求める必要性はそこにある。一個人の人生は、複製がきかない独自的なものであり、個々の人生は個々にとって特別なものに違いないが、それを他者と較べることは益体もないことだ。相手の感覚をも思いやれる感覚や心構えのあることのほうがずっと、有用かつ有要である。

　私たちに「なまみの現実体験」では不可能な経験でも、「準体験」において行うことができる。そこには拒絶や逃避が可能であるという安心感もある

が、「準体験」によりもたらされる感覚自体は生身の現実のものである。それを感じるのは生身の自分以外の何者でもない。そうした感覚を伴う「準体験」は、ときに「現実以上のものとして体験的なはたらきをし、人びとの生活の実感そのものを鍛えなおし、行動のもとになる人間の思想そのものをはげしく揺さぶる」。だからこそ「文学にしたしむことで、その人の思想や感覚が幅と厚みを持ったものになって」、「その人の体験の仕方そのものが変わってくる」のである[95]。

「ひとりの人間が体験できる範囲というのは高が知れています。それで、狭い体験のワクを越えるための読書を」[96]、つまり「準体験」を、と彼は訴えたのである[97]。

ここまで、熊谷氏が言葉をどのように読むことが文学となると考えたのかから、そのような読みの教育意義について整理してきた。ここからは、その理論が実践にうまく結びついていない箇所を指摘し、その原因について検証していく。

まず、「内容」という言葉の定義が、文学観から文学教育観について述べていくなかで、すこしずつぶれていく。

文学観について述べるとき、彼は、ある言葉の「内容」とは読者がそこに読んだものであり、その言葉自体や作者自体にあるわけではない、その意味で「内容」とは、読み手にとって私的なものでしかありえない、とした[98]。つまり、ある作品の内容とは、作者の意図とした内容、表現に示される内容、そして読者が理解した内容、の三点があることになる。世間ではある作品の内容はひとつに限定されるものと考えられており、先の三点のうち、どれがもっとも妥当であるかといった観点からそのひとつを決定できると考えられているが、彼はそれを誤りであると指摘している。

芸術という表現や認識というものの性格上、その理解の個人差は否めない。「内容」について確かなことは、どれも個人的な表現理解だということのみである。多数の者が支持する「内容」が正しいとも、すべての内容が同等に確かだともいえない。

しかし彼は、「方向的にズレた表現理解」や「刺激と見合うようなかたちの反応・反射」があるとも述べている[99]。そうした発言から、彼が「内容」は唯一のものではないが、ある程度の幅をもって存在するものとして考えていたようにも見受けられる。これは、彼が国語科教育において「内容」が拡

散的に放置されることや、「ある一致した共通の理解」に収束することに否定的な姿勢を示していることにつながっている[100]。

彼は文学教育の目標を、学習者が「いわば日課みたいにして、文学作品を読む習慣が自分のものになるようになる」こと、「文学作品をなにか他の実用的な関心からではなく読む気になり」、「それを読んで芸術的なある反応を起こすことが出来るようになる」ように育てることとした[101]。そのためには、まず「刺激と見合うようなかたちの反応・反射」ができるようにせねばならないので教育が必要だというのである。そしてこの時点でもすでに、彼なりの教材になりうる言葉（なにを読むことが好ましいか）は定まっていたのである[102]。

たとえば彼は、「内容」が読者によって無数に存在しうるものであり、ある言葉が文学の媒材となりうるか否かは読者による、としながらも、文学、通俗小説、良書、良心的書物、といった文章の質的（価値的）線引きをしている[103]。

確かに、小説ならなんでもよいとしない姿勢自体には、筆者にも異論はない。しかし、美しさや心地よさを感じる媒材としての可能性が、いわゆる詩や小説の言葉にのみ宿るわけではないのも事実である。ひとにより、またその都度、「良書」というものは異なってくるのが当然であって、それは誰にも否定されるものではないはずだが、彼は、彼にとっての良書を「良書」として掲げ、通俗小説を否定する。それがなぜなのかを彼自身は語らないところが、彼の理論の抱える、いちばんの問題（欠陥）である。

彼が理論において主張すること（言葉を読むときに、そこに矛盾が潜んでいないか否かに敏感になる姿勢を促し、育む必要性や重要性）については、普遍的なものとして認められ、納得のいくものである。しかし読まれる媒材となる言葉について、「良書」であるか否かの判断を（彼なりのという言及もなしに）提示していることには疑問や抵抗をおぼえざるをえない。なぜなら、彼の理論に従うなら、「良書」などという判断が一般的に下せるという考えには至らないはずだからである。

読みとは、無数の「主観」のバリエーションである。そのことを概念的に理解することは、極めて簡単である。だがそれだけでは自分の「思想」にはならない。また、「わかるけれども、どうしてわかるのかがわからない」という実感なしに、「準体験」を自覚することは不可能であるし、そうした実

感を意図的にもたせる(ような経験を引き起こす)ことは困難である。偶然性に頼る部分を完全に否定することはできないが、手をこまねいていることもできない——そういった文学教育の実情に対して、わずかでも救いになればと手を差し伸べるべく、彼は「良書」を提示したのだろうが、彼の論に則れば、差し出される相手にとってそれらが「良書」である保障はないはずである。そうした断りなしに彼が「良書」を提示してしまうことによって、彼の理論(ある言葉の「内容」は、それを読んだ者がそこに読んだものであり、その言葉や作者に内在するものではなく、読んだ者に内在する、私的でしかありえないものであるという主張)は破綻してしまうのである。

　一見すると、彼が理想とする文学の教育は、彼が「良書」を提示することで具体化したようにみえる。だがそれは、「内容」を私的なものとして読んでいく行為によって起ちあがる読みとはどういうものなのか、そうした言葉の芸術を営んでいくような読みの教育は成立(実現)可能なのか、については答えていない。彼は言葉を媒材とした芸術を教育する必要性を主張し、またそれを支える理論も確立したが、理論に基づく実践の提案には至らなかった。

　また、彼が文学における「客観」と「主観」の捉えかたの問題については述べながら、それを文学教育ではどのように扱っていくかについて看過していることも問題である。ここでは、どのようにそれを扱えばよいのかまでは論じられないが、彼の考える「客観」と「主観」に基づいて、文学教育ではどのようなことを教育しなければいけないのかについて検討する。

　先にも述べたが、ある言葉の「内容」は多様であり、その多様な「内容」は平等に認められるわけではない。たとえば世間では、より「客観的」なものがよいとされているが、「客観」も結局は「主観」であると彼は考える[104]。「主観」とは、あるひとが自身に理解可能であると自負できる立場であり、「客観」とはそれ以外の立場である。つまり、一読者にとっての「主観」は唯一であり、「客観」は多様である。多様な立場には、他の立場から理解されやすいものとそうでないものがある。「客観」するということは、自分の立場を「主観」として自覚し保持しつつも、他の立場からの見えも認めるということでしかない。自分はそこに立たないがそこからの見えもわかると多くの人に認められる一「主観」が、「客観」として認められているにすぎない。

しかし世間一般では、「どういう立場、どういう前提にも立たない」で物事を見ることが「客観」であると誤解されている[105]。また、「どういう立場、どういう前提にも立たない」でものごとを見るという立場があるという誤解は、ひとを「自分がどういう立場でものごとを判断しているのかという、自分の立場に対して無自覚」にしてしまうと彼は指摘する。

　その背景としては、言葉を読む場面において言葉の規定性に重点をおいて理解することを要求されることが多いという問題がある。言葉の規定性に重点をおく理解を要求されるということは、直接的な感情をくぐらせないよう意識して読むように勧められるということでもある。またその勧めに従った読みかたはわかりやすく、言葉の正確な読みと受け取られやすいため、そちらが優先される。そういう問題が受験のための勉強を含めた国語教育（読みの教育）という場には隠れている。しかし、それに抗うための読みの（教育がなされる）保障はない。

　たとえば教師は作者の意図や作品の主題を問うが、もし「作者がそこに意図した《送り内容》」として「A」というものがあったとしても、「A」と書かれていないなら、「A」と示さないことによって伝わるものを含みこんでの「A」というものが、作者の意図した主題である。それを、「主題＝A」と断定してしまうのは、なにかおかしい気がしつつも、白紙の答案を提出し無言の抵抗を示すほど大人にも、率直に異議申し立てできるほど子どもにもなれない学習者は、おとなしくしているほかない。

　だが、学校にいるうちに、そういうことにも慣れてしまう。それは「どういう立場、どういう前提にも立たない」で物事を見る立場で読むということに慣れることであり、また「自分がどういう立場でものごとを判断しているのかという、自分の立場に対して無自覚」になることであり、それは「主観」を喪失することにつながる。

　「主観」の喪失は、極言してしまえば、なにを読んでも（読めても）おもしろくないということである。読むということ自体がつまらなく、億劫な営みになってしまうのである。そうなると読者は、どこにも立ち位置を見つけられないようになる。このようにして学習者は、「客観」をも喪失していくのである。

　主題を断定的に述べてはいけないということではない。本質的に断定はできないことを問うているのだという前提を、学習者に知らせないまま問うこ

とが問題なのである。

　そこで彼は「典型」という「普遍性を持った現実像」、すなわち、この作品が問うことはなにかを問題にする必要があるという[106]。「内容」とは、読者個々の「主観」により摑みとられる多様なものであるが、「典型」であれば、ある程度のまとまりをみつけることができるというのである。先述の、「ヘンに規格化しようとしたり、紋切り型の表現理解にみちびこうとする」という方法は、特殊的なものを捨て、共通のものを残し、一般的解答を得ようとする「一般化」によった理解であり、主観的認識を重視する場合には不適当である。ゆえに、言葉の芸術の教育では、「典型化」という方法を援用すべきであると彼は訴えるのである。仮に、言葉の規定性にのみに則って読むことが可能で、そこから主題を導きえたとしても、それは読者の心底から込みあげるものでない以上、主題とは呼べない。

　言葉の規定性による読みで、事実を知る（いつ、どこで、誰が、なにを、どうしたのかを把握する）ことはできる。だがその事実から想起される感情なしに、主題に辿り着くことはできない。「主観」や「客観」の喪失は、言葉を芸術の媒材として読む営みを阻害する。

　実際には、言葉の規定性にのみ重心をおいて読むことは不可能である。だからといって、多くのひとが採用しそうな立場を窺い、そこにおいて想起されると思われることを客観的主題として答えていくことに順応させることが文学の教育なのだろうか。それが答えられさえすれば読めたと思ってしまうことや、そうした読みかたに終始することに疑問を感じないこと、またその反対に、そのように読むことが不得意であることに劣等感や倦怠感を覚えることが、放置されてよいのだろうか。

　一般にいう客観とは、多くのひとにとって身を置きやすいと想定される立場のことである。しかし、それが一立場にすぎないということ、多くのひとが立っている立場だけが正しいわけではないということ、さらには、あらゆる立場は正しい／正しくないという対立にさらされるべきではなく、それはすべてが正しいということを意味するのでもないということ、そうしたことを学習者には伝えなくてはいけないだろう。

　以上より、熊谷氏の文学観は言葉の芸術としての文学教育を示唆するものでありながら、彼の提案する実践においては理論と実践での齟齬や矛盾、理論で述べていたことの欠落などがあり、彼の理論が十分に反映された実践の

提案ではなかったことを指摘しておく。とくに、どう読むかの理論の裏側になにを読むべきかがすでに想定されており、そのうえ、それがなぜ読むべきものであるのかについては説明されていないことがいちばんの問題であったといえよう。

またこうしたことは、熊谷氏だけでなく、誰でも陥りやすいことである。文学や文学教育において、彼はどのように読むか（読みかた）を論じているが、そこで想定されている読むものにこそ、彼の文学観はあるはずである。そのことに彼が無頓着であったように、どのようなひとも、どのような特殊性かはわからないで、ある特殊性のある言葉が文学であると捉えているのではないだろうか。

文学観を強要しない文学教育を求めて──2.1. まとめ──
　ある言葉が文学となる要素のひとつを、言葉の特殊性にあると考えることは誤りではない。しかし、そうした特殊性がどのような言葉にもあるのか、それともある言葉とない（わかりにくい）言葉があるのか、あるとすればそれはどのように線引きすることができるのかについて等閑視してきたことは、これまでの文学教育における文学観の問題のひとつであろう。

　文学の特殊性がどのようなものであるかについては、これまでにさまざまな意見が挙げられてきたし、それらはどれも間違いではない。それらが文学の特殊性自体はどのような言葉にもあるわけではないかのような述べかたをしてきたことに問題があると、筆者は考える。ある特殊性が（ある読みかたにおいて）みつけられる言葉こそ文学である（よって文学教育の材として適切である）という主張は、どのような読みかたをしても文学が成立しない（しにくい）言葉があると暗に示すこととなり、ひいては文学として読まれるもの（言葉）を固定しようとする力が働くことにつながると考えられるからである。

　もちろん、それは文学の特殊性を主張してきた論者たちが意図するところではなかっただろう。なんらかの特殊性がある言葉が文学であるということと、その特殊性がどのようなものであるかについて明らかにすることとは、文学教育においてなにを読むのかを考えるうえで、必要な仕事でもあった。しかしそこから学ぶべきは、文学の特殊性についてその内実すべてを明らかにはできないということであり、また個々にではあるが明らかにすることができるということ、そして、その意義であろう。

ある言葉が、ある人にとっては文学であり、ある人にとっては文学でないということは、極論をいえば、みなしかた（主体の意味づけかた）の問題である。しかし、そのみなしかたの要因について説明しようとすると、結局、自分にとってその言葉がどうはたらいたのか、言葉自体（読む者のその言葉にまつわる経験）について言及するほかない。そのため、文学教育とは読みかたを教えるのだという切り口から論じられる場合も、大河原氏や熊谷氏のように、その読みかたが行使される対象（読むもの）はあらかじめ決まっている（限定されている）のである。つまりそれらは、論者自身により文学とみなされた言葉を文学としては読めない者を、文学として読めるように導く読みかたの伝授であり、言葉によってすでに成立している文学というものを正しく読んでいけば文学となるという立場からのものであることに注意しなくてはならない。

　そうした論考では、その論者の考える文学の特殊性が明らかになっているともいえるが、文学を教育するとはある主体にとっての文学（文学としての言葉の特殊性）とはなにかを明らかにしていくこと自体である。なぜなら、それがその主体にとって文学とはなにかがわかるということにつながるからである。

　そのようなこともふまえ、次の項でに文学の読みかたについて論じる。

2.2. 文学の読みの独自性について——どう読めばよいのかの視点から——

　文学の特殊性とは、その言葉自体のもつ特殊性である。しかしそれを特殊性とみなすような読みを触発することなしに文学が成立することはない（そのような読みを誘うこと自体が、その言葉の特殊性であるとしても）。文学と非文学の異なりを言葉の特殊性に求めるなら、どう読めばその特殊性が特殊性として読まれるのか、特殊性として捉えない読みについてはどう考えるのか、ということが問題となるはずである。

　ここでは文学の特殊性とその読みの独自性との関係について、文学教育においてどのように考えられてきたのかに考察を加えるとともに、どのように考えていくことが文学教育を成立させるうえで現実的（妥当）であるのか、検討する。

太田正夫「十人十色の文学教育」の場合

　太田氏は、実に多様な読みを展開している学習者を目のまえにして、教師の論理（読み）を押しつけてはならないという思いを抱いたことから、「十人十色の文学教育」という、学習者の読みをすべて切り捨てない文学教育をめざした。それを田近氏は、「"十人十色を生かす"とは、一人一人の読みを大切にするということであって、"読者論的文学教育"と言ってよいだろう。」[107]と、位置づけている。

　では、「十人十色の文学教育」がどのような読みの教育であったのか、その特質をまとめる。

　　問題意識喚起の文学教育が文学の要点をついているのは、生徒個々の十人十色の問題意識が十人十色ながらその作品の本質にふれているのだと踏み切れるところにあると思う。
　　（中略）
　　　各生徒の自由な問題意識で読みながら、そのおのおのの自由な問題意識を集団の中では個は個の問題として独立させながら関連づけ、問題意識の喚起の文学教育の意義である自由な問題意識・主体を生かした問題意識の面を生かしたいのである。十人十色をそれぞれ生かしたいからである。
　　（太田正夫「『問題意識喚起の文学教育』をどう見るか」『日本文学』1966.4、pp.46-47）

　「十人十色の文学教育」は、読者に喚起される問題意識はそれぞれだが、それらはすべて作品の本質とふれあうものであるという前提に立っている。そして読者である学習者の側に立ち、喚起される問題意識に基づいて授業を進めていけば、作品の本質を教えることになろう、という考えかたである。
　具体的には、授業は学習者の感想によって進められるように工夫する。教師は学習者の感想を回収し、分類・編集したものを印刷・配布し、学習者はそれを読み、感想の感想を書く、というように授業は進行する。学習者は、自分の感想をほかの感想との関係のなかでみずから育てていくのである。

　　喚起した問題意識を第一次感想として自由に書き、提出してもらう。そ

の集った文章については自分の生活現実をよくつかんでいるか、その生徒の文章の中でも最も作品の本質にふれるかしているところをぬき出し（全部でもよいが）分類して、漠然とふれるものから核心にふれるものへ構成し、それをプリントする。その生徒の文章の中からどこをぬき出したか、そこにひとつの指導がある。そして、ひとりのものではつまらないとみえる感想文でも全体の中では生きるように組み、一種の生活集団作品論のひとつとして定着させるのである。
（中略）他人の意見と自分の意見をならべられプリントされると生徒は自分の問題意識とそれに対する問題意識を自分の内面で戦わせる。その上に立ってさらに書かせ紙上討論をさせる、これは文章に責任をもつことになり、正反対の考え方や自分の気がつかなかった問題などを明確に自分のものとすることが出来る。
（太田正夫、前掲書、p.48）

　級友の感想を知ることにより、学習者それぞれが自分の感想と他者の感想との共通点や相違点を明らかにすることができる。そしてその共通点や相違点を手がかりに、個人の読みを深めたり、広げたりしていくのである。全員で同じ問題を共有し志向していくのではなく、他者の問題意識に助けられながらも、一人ひとりで考えていくという読みである。集団討議を通して、確固たる唯一の読みに収斂していくのではない点で荒木氏のものとは異なり、感想を教室で共有していく点では西尾氏とも異なりをみせる、ここに「十人十色の文学教育」の特色がある。田近氏はその特質について、以下のように述べている。

　　十人十色の読みの交流は、客観的・普遍的な読みに到達するための手段ではなかった。太田は、十人十色の読み自体に意味を見いだす。すなわち、太田にとって大切なのは、それぞれの読者における「私」の読みの成立であった。そのため、太田は、さまざまな主観のぶつかり合いが、一つの集団の読みにせりあがるといった授業の形をとることができなかったのである。
（田近洵一、前掲書、p.157）

このような授業を通してどのような読みが創造されていったのかについての報告はなく、「私」の読みが、どのようにして成立するのか、どのようなものが「私」の読みとして成立したと判断されていたのかを知ることはできない。また教師による感想の分類や編集についても、どのようにされたのかが不明であるので、「作品の本質」にふれるとはたとえばどのような読み（問題意識）をもつこととされていたのかはよくわからない。
　それでも、こうした授業を重ねていくことにより、学習者は「自分の生活現実」と関わらせた読みかたを学び、それを作品の本質（その内実は定かではないが、太田氏の考えるところの本質）と結びつけていくような読みかたをするようになるだろうこと、あるいは、作品の本質と「自分の生活現実」と突きあわせた読みかたをするようになるだろうことは、推測できる。「その生徒の文章の中からどこをぬき出したか、そこにひとつの指導がある。」ともあるように、どんなことを書いた箇所が教師にぬき出されるかということが経験的に学ばれるからである。
　そのような読みかたの型に、知らぬ間に流し込まれてしまうことの是非は、いまは問わない。なぜなら、初発の感想はどのようなものであれ、集団のなかで相対化され、克服されていくからである。

　　作品に対するアプローチの様々を読むことにより、また新たに自分の考えを発展させ、疑問を持ち、さらにエネルギーを沸かしてくる。そこに対話の必要性が生まれてくるのである。対話することによって、より作品への深まりを増し、あるいは作品のリアリティー不足をあばき、あるいは認識を深め進展させてゆくことが生じてくるのである。
（太田正夫「十人十色を生かす文学教育」『日本文学』1967.3、p.54）

　学習者が、相対化され、オリジナリティーを確立した読みをそれぞれもてるようになることを太田氏はめざしていた。だがその過程には、教師の手による感想の分類や編集がはさまれている。この分類や編集は学習者の読みの構築を導くための指導でもあるが、こうした分類や編集をする力こそ、学習者につけたい力なのではないか。それぞれの感想を、自分なりの視点で分類・編集できるのでなければ、自分の読みをどのように他者と突きあわせていけば拡充・深化させることができるかわからないままではないだろうか。

教師でなく、学習者自身が、十人十色であること自体を生かすのでなければならない。

　すくなくとも、編集・分類されたものを読むことから対話の必要性が生まれて来ること自体にもっと注目すべきであろう。対話を通して「より作品への深まりを増し、あるいは作品のリアリティー不足をあばき、あるいは認識を深め進展させてゆくことが生じてくる」かどうかは、対話の質や内容にもよるだろうが、対話というものを拓くものとして作品を捉えることが文学を教育するうえでは必要なのではないかと考える（この点については、後の章に詳しく述べる）。

　それでも、主体的に読むだけでなく、自分なりの読みがどのように自分なりであるのかが自分でわかるように教える「十人十色の文学教育」は、文学というものが自分なりの読みかたをゆるし、正解としてだれもが認める正しい読みを求めないという、文学の読みの独自性についてふれているものといえるだろう。「十人十色の文学教育」における文学の読みの独自性は、言葉の多義性に注目し、どの意味を選択しても読みの多様性として認め、どれかの意味を読者に取らせることにあるといえるだろう。

西郷竹彦「関係認識・変革の文学教育」の場合

　西郷竹彦氏は、自身の「関係認識・変革の文学教育」について、次のように説明している。

　　表面的な浅いあやまった関係認識をもっている子どもたちに作文・詩教育、文学教育によって（また生活指導によって）本質的な正しい関係認識へと転化させることが必要です。そのことによって、これまでの子どもの現実にたいする人間に対する関係が、より本質的な正しい方向に変革する、というのが、わたしのいう「関係認識・変革の教育」ということなのです。
　　（西郷竹彦『子どもの本——その選び方・与え方』実業之日本社、1964、p.321）

　西郷氏は、読者により関係認識に違いがあることを認めながらも、それを十人十色として肯定的に捉えてはいなかった。そして「本質的な正しい関係

認識」へと転化させる必要があることを、はっきりと述べている。先の太田氏も、作品の本質にふれさせようとしていた点では、本質的なものにふれながら自分の生活と結びつけて読むことを正しさとして認めていた（そのようになる指導があったからこそ、最終的には教師が認めうる十人十色になっていったのだ）といえるが、明確には述べられていなかった。

「本質的な正しい関係認識」をめざす文学教育を掲げる西郷氏は、文学のなかでも「すぐれた文学」があり、それを次のように説明する。

> わたしは、すぐれた文学とは、人間を歴史的社会的存在として典型的形象によって描き出したものであると考えています。つまり、人間が対象（＝自然、人間、社会、歴史）に働きかけ、それをよりよき方向に変革してゆくことのなかで、自己もまた変革されるというお互いの関係のなかに生きているものであることを、正しくとらえ描いたもの、ということです。
> （1963年春の日本文学教育連盟合宿研究会に提出した提案文・西郷竹彦『文学教育入門　関係認識・変革の文学教育』明治図書、1965、p.142）

このように、彼は文学教育における教材選定の基準を明確に示していることから、読みかたよりも文学という言葉の特殊性を重視したようにも見える。だが内容をみてみると、それは文学の読みにおいてどうすれば関係認識の変革が可能になるかを追究したものであり、それを具体的な指導の手立てとして提示するものであった。教師がどのような手引きをするかによって、そこに成立する文学はまったく違ったものになってしまうからである。教材論が土台ではあるが、作品に即した読みの成立をおさえている点で、文学の読みの独自性を追究したものとして考える。

彼の文学教育の方法論の基礎は、文学体験としての読みをいかに成立させるかであった。なお、田近氏は西郷氏の考えを次のようにまとめている。

> 読むこと自体が関係認識であり、それを体験することが現実に対する関係認識をより本質的な方向に変革するというのである。「十人十色」を否定する西郷は、安易な読者論に陥ることを避けようとしていたのは確かだが、読むことによって何かを得るのではなく、読む行為自体に意味

を見出しているという点で、その理論の根底には、読みを主体の行為とする、いわば読書行為論的な発想があった。
（田近洵一、前掲書、p.227）

　「関係認識・変革の文学教育」は、「西郷文芸学」とよばれる西郷氏独自の文学理論をもとに展開されている。ここではその理論の詳細については割愛するが、文学の言葉の特殊性を言葉そのものの特徴や作品の構造などにあるというより、それらに即しながら、言葉がどのように作用すれば文学となるのかという読むことのしくみのほうから迫ったものであった。その意味で、文学の言葉に関する理論というよりは、文学の読みに関する理論というほうが妥当である。
　そこでは「文学教育にあっては〈もの・ごと〉の関係を正しくふかく明確にとらえた作家の文章を、ことばに即してしっかりと正しく読みとらせてゆくなかで、そこに描かれている〈もの・ごと〉の本質的な関係を理屈や単なる図式ではなく、きめこまかい、いろどりあざやかなイメージによって、つかみとらせる、ということなのです。この、ことば表現をとおして、イメージとして関係をとらえるというところに、社会科教育とは違う独自なありかたがあるのです。」[108]と述べられているように、（とくに文学教育において）文学を読むという行為自体が、ことば表現を通して、〈もの・ごと〉の本質的な関係を、理屈や図式でなく、イメージとしてつかみとることであるという読みの理論に拠っている。
　また、そうした読みにより読者につかまれるものは「芸術における意味の探究・発見・想像の方法」[109]であると彼はいう。つまり、読者にとって虚構というものがどのような意味をもつのか、虚構を読むということ自体に読者自身が意味を見いだせるように読むことを促すのである。「関係認識変革の文学教育」は、虚構というものに意味を見いだすことで芸術というものの本質を捉えていく、という読みの方法を用意したのである。
　たとえば「わらぐつのなかの神様」の読みの場合、「はじめマサエの視点からひきついでおみつさんの視角に転じ、さいごにふたたびマサエの視角にもどるという構成によって、読者の認識もみごとに変革させられるというところにこの作品の説得性とあいまって虚構性がある」[110]というように、彼は作品に即して文学体験のありかたを記述していく。だが、そのような作品の

構成がいつも「読者の認識もみごとに変革」するとは限らない。変革された場合に、その要因を作品の構成や虚構性に即して述べることができるのだが、それだけが変革を引き起こす要因だとはいえない。西郷氏は読者が変革される作品を「すぐれた文学」として教材性を評価しているが、そのために変革されない文学の読みについての教育は欠落している点を指摘しておく。

読みかたを強要しない文学教育を求めて――2.2. まとめ――

　ある文章を文学ならしめる読みかたはあるのか、という問いに対しては、あるのだといってよいだろう。ある言葉がいつでも（どのように読まれても）、ある主体にとって文学（特殊性をもつ言葉）とはなりえないことからしても、それは明らかである。読みかたは、ある言葉を文学とする要素のひとつではある。問題は、ある言葉を文学ならしめる読みかたを教育できるのかということである。

　また、あるひとにとってある言葉が文学とみなされたとき、その読みかたはある言葉を文学ならしめる読みかたであったといえるのだが、ひとによってどのようなものを文学とみなすのかという基準は異なる。よって、ある言葉を文学ならしめる読みかた（文学の読みの独自性）は、読みかたとして独自のもの（文学とはならない読みかたとは異なるもの）であるだけでなく、読み手ごとに私的・個別的なものという意味でも独自的なものであるということができる。

　読みかたは、ある言葉を文学ならしめるための要素のひとつであることをふまえて、非文学の読みかたとはどのように異なるのか（文学の読みかたの独自性とはなにか）ということを、それぞれの読者が個人的に明らかにすることができるような文学の読みかた自体を教育することが、そのひとに、そのひとにとっての文学を教えるということになるのではないだろうか（ただ、私たちはある言葉を自分の意思でもって、文学ならしめるように読む力をもつ必要があるのだろうかという問題もある。その点については、次章以降で検討する）。

　そうしたことを構想するにあたり、太田氏や西郷氏からは学ぶ点も多い。「十人十色の文学教育」における学習者一人ひとりの初発の感想を育てていくという発想や、各自の読みを相対化していくことで独自性を確立する過程、「関係認識・変革の文学教育」における本質的な正しい関係認識をめざ

すという発想や、虚構を読むこと自体に意味を見出すことが芸術であるとする文学観は、言葉の芸術としての文学教育に活かせるものである。

　しかし、文学とは読者を変革する媒材であり、変革されるような読みかたを教育することが文学教育であるという読者変革主義とでもいうような文学観、および文学教育観は、今日にそのまま援用できるものではない。援用する場合には、それにより欠落するものを補う教育を含めて、検討することが必要となる。もちろんそうした配慮さえあれば、いまでも十分に生きるものである。文学教育にも、絶対唯一の目標や方法があるわけではない。それぞれの文学教育が、なにをどのように教えるものなのか、その内実を明らかにしたうえで文学教育全体としてのバランスを調えることが大切である。

　いま求められていることのひとつは、言葉の教育の領域にありながら芸術教育として文学教育を成立させるにはどうしたらよいのかを論究することであり、また言葉の教育のなかに言葉の芸術としての文学教育がどのように位置づきうるのかを明らかにすることである。国語科教育や読むことの教育全体の視点からの考察については稿をあらためたいが、さまざまな目標や方法を掲げている多種多様な文学教育が、良好なバランスで配置されるために、学習者を目のまえにしている現場の教師がバランスのよい教育内容をみずから組むことができるための準備として、目標や方法を整理することが必要であると考えられる。そのさらに前段階として、言葉の芸術として文学を捉える教育というカテゴリを明確にしていくことが、いま必要であると考える。

2.3. 文学教育がめざしてきたもの
——人格陶冶、人間形成、徳目・道徳的側面——

　戦後の文学教育は、まず文学(教材)自体の特殊性を(その有無を含めて)明らかにしようとした。そしてそれを文学の機能として教育に資する方法(指導方法)を考えてきた。表現の特質や作品の構造などに文学の特殊性を求め、それをどう捉えることによって文学としての読みが成立するのかという読みの方法そのものについての研究が進められた。

　そこに通底してきたことについて、丑近氏は次のように述べている。

> 戦後文学教育の展開をふり返ってみると、そこに共通しているのは、文学体験を主体変革の契機とするという点だと思われる。文学体験とは何

か、それはいかにして成立するのか、何をどう変革しようとするのかというさまざまな立場があったが、読者である児童・生徒の置かれた状況との関係で、文学体験の成立と主体の変革・形成との関係が問われ続けてきたのである。児童・生徒の置かれた状況と文学体験としての読みの成立との関係、あるいは主体の変革・形成のヴィジョンとの関係の違いが、さまざまな文学教育の実践的提案を生み出したが、それらとかかわり続けたという点では、すべての実践が同じ立脚点に立っていたと言えよう。
（田近洵一、前掲書、p.237）

　田近氏の言葉を借りれば、これまでの文学教育は「文学体験とは何か、それはいかにして成立するのか、何をどう変革しようとするのか」について諸説あったものの、「文学体験を主体変革の契機とする」ことをめざしていたということができる。別言すれば、文学を読むことは主体変革の契機とならなければならないのか否かについては等閑視されてきた。
　その背景として、国語科教育や文学教育も教育の一部として人間形成を引きうけているということが大きく影響していたからではないかと考える。学校はその教育全体として道徳教育を引き受けているのであるから、文学教育においてそれに該当するものを排除する必要はない。つまり、文学を教育するものでなくとも教育すべき内容を扱っているならば、それは文学教育である前に学校教育として認められてきたのだ。
　また当時の文学状況として、文学とは「人間いかに生きるべきか」という問題を扱うものであるという文学観が、ある程度、共有されていたことがある。次の西尾氏の言葉からも、そうした文学観をうかがい知ることができよう。

　　文学が人間形成にあずかり、道徳教育に触れるのは当然である。文学鑑賞が「人間いかに生きるべきか」の問題ととりくむ作業であるということは、（中略）人間の主体的な感動や思考を喚びさまして、めいめいの生活問題意識を喚起しないではおかない文学機能を依りどころとしているからである。
（西尾実「文学教育の問題点と道徳教育」『西尾実国語教育全集』第八

巻、教育出版、1976、pp.85–86（初出・『日本文学』1958.3））

　文学教育において、付随的・結果的に道徳が教育されることになることは文学の性質からしていたしかたない。しかし、道徳を教育することが第一の目的ではなく、あくまで文学を教育した結果、付随的に道徳教育がなされるのである。
　このように、文学教育において道徳教育がどのように関係するのかを押さえたうえで文学教育を行う限りにおいては、そこに道徳教育的要素が入り込んでいるとしても、それは文学教育が具たされた結果としてなのであるから、文学教育として認めることも必要であろう。
　ただし、道徳教育が主とはならぬよう、文学教育が主であることが明確であるように意図する必要はある。これまでの文学教育ではその点があいまいであり、人格陶冶や人間形成が文学を教育した結果として達成されるものとしたために、人格陶冶や人間形成が達成されたことをもって文学が教育できたとみなし、文学として読めてはいるけれども人格陶冶や人間形成には至らない読みや主体についての視点が欠けていた。
　そのようなこととあいまって、これまでの文学教育の内実は文学でなにを教えることができるのか、あるいは、なにかを教えるために文学をどのように用いるかであり、その過程において文学そのものにふれることにもなる（ならざるをえない）という結果的・付随的に文学を教えるものであった。
　そのことから、教材として適切であることと芸術としての価値があることは、ほぼ同義のものとして考えられてきた。それゆえに、たとえ学習者がむさぼるように読むものであっても、文学教材として認められないものは文学ではないかのような向きもあった。
　一方で、その読みにおける学習者の主体性も重視されてきた。それは与えられた作品が自分にとって文学であるかないかを問うものではなく、それが個人的な感想をもとに始められるとしても、最終的に自分になんらかの影響を与えるような読みをするように（暗に）強要するものでなかったとはいえない。それはその時代背景と密接な関係をもち、教育内容として否定されるものではないが、文学を教えたことにはなっていない場合があることと、文学という概念が非常に限定的なもの、生活における文学とはかけ離れたものとして受けとられる場合があることは憂慮されなければならないだろう。

とくに、これまではそれが教育における読む行為であるという側面から、読むことにより主体が変化することを目標と掲げることが多くあった。また文学が芸術であるという性質上、内容教化的な側面が前面にでてしまうこともあっただろう。田近氏は、内容教化的とまではいえなくても、言語理解の結果としての感動を認めてきたことに異論はないが、言語理解すなわち「読解・解釈の指導すべてが、文学教育になるわけではない」のならば、「文学作品を教材とする文学教育の独自性」を明らかにしなければならない、と次の引用で述べている。

> 文学は、言葉を媒材としたもの＝言語芸術であり、その読みは、媒材である言葉との関わりに視点を置いて見るなら言語理解（読解・解釈）であり、文学の機能による読み手の反応に視点を置いて見るなら文学体験（鑑賞）である。したがって、文学の読みの指導は、言語作品の読解・解釈指導ということでは言語教育であり、また、その文学形象の鑑賞指導ということでは文学教育だということになる。しかし、文学体験は、言語理解を通して初めてなされるものである、というよりも、言語理解とともにあるのであって、文学教育は、言語作品の読解・解釈という作業を通さずしては成立しない。
> 　文学教育は、文学作品の読みの指導として実践されるのである。文学体験の成立をめざしつつも、それは言語教育そのものだとも言えよう。それを逆に言うと、文学作品の読解・解釈の指導は、それが言語教育としてなされようとも、文学作品を対象とする以上、共感や反発あるいは感動や問題意識・批評意識など、何らかの情意的な反応を触発するのが当然であり、したがってそれは、実質的に文学教育になるはずである。すなわち、文学作品を教材としながら、情意的反応をともなわないようなものは、文学作品の読解・解釈の指導ではないのであって、言語教育としても不十分なものと言わざるをえない。
> 　文学作品の読みの指導が、必然的に感動や問題意識・批評意識を触発するような適切なる言語理解を成立せしめるならば、それは、言語教育であって、しかも、文学教育である。しかし、読解・解釈の指導すべてが、文学教育になるわけではない。そこに、文学作品を教材とする文学教育の独自性があるはずである。では文学教育の独自性とは何か、言語

教育としてどのような位置を占めるべきか。
（田近洵一、前掲書、pp.29–30）

　しかし、生活のなかでの読書において、私たちはいつも変革されるわけではない。なにも変わらないこともあるし、変わるために読むわけでもない。だから、変わらないことに不服を覚えることもないし、何度でも同じものを読むこともある。変わらないのだけれども読むということ、そのような読むことをなぜ行うのかということについても、これからの文学教育で考えていかねばならない課題のひとつだろう。たとえば、とくに大きなストーリー展開がなく、リアリティーの判断がしにくいという特徴をもつ現代文学[111]の読みにおいては、授業で読んだとしても、その内容から教化されるとは考えにくい。もし教化されることがあったとしても、それは先に述べた作品の特徴を捉えたものでもなければ、そのような文学がなぜ読まれるのかの答えには結びつくものでもない。なにかを得るためではない読みや、読むという行為自体を得るための読みについては、西郷氏も触れていたが、そうした読みがなぜ存在するのか、読むという行為を与えるものである言葉そのものの性質についての学びについては、さらに突き詰めて考えていく必要がある。

　たとえば、戦後のある時期などは、読むことにより自己が変革されることを望む読みが数多く存在していたのだろう。そのような状況であれば、内容教化的な読みをすることは、言葉の実状に即しているともいえる。しかしいまはそうではない。いまなぜ文学が読まれているのか、どのようなものが文学として求められているのか、ということは2章に詳述するが、それを抜きにして文学教育を考えることはできない。

　ひとりの読者として学習者が作品をどう読むのか、作品のどこにどう反応するのかといった、学習者の作品との主体的なかかわりを大事にすることは、独善的・恣意的な読みを手放しに許すことではない。いま一度、一人ひとりの作品とのかかわりを大事にするとはどのようなことなのか、またそこにどのような問題があるのか、考える必要がある。

3. 環境としての文学教育

1では、文学教育は言葉の教育の一環であるから、国語科教育内のものであることについてを確認した。また2では、文学教育が国語科教育内にどのように位置づくべきであるのかについて検討するにあたり、留意すべき項目について検討した。

教師は学習者にある言葉(教材)を与えること、それを文学として認めるある読みかたを紹介することはできる。しかし、文学そのものを手渡すこと、文学と認められる読みの選択を強制することはできない。文学の特殊性もその読みの独自性も、それはある言葉が文学とみなされたときに存在するものであり、その逆を辿ることである言葉を文学とみなさせる指導は、生活上の言葉の姿(文学の読み)に即しているとはいいがたい。なぜなら、私たちは、どのようなものとして読まなければならないかについて指示されて読むことはないからである。

もちろん、読むモードの明確な指示がされていなくとも、このようなものであろうと、自身が想定した読むモードで私たちは読んでいる(読み始める)。だから「このようなものとして読みなさい」という指示にそって読むことが完全にできるように教育するということは、このようなものであろうと自分が決めた通りにしか読めないようにする可能性も孕んでいる。

文学教育がめざすことは、ある言葉(あらゆる言葉)を文学として読めることではない。どのようなものとして読むのかを、みずから操作できることでもない。事後的に、どのようなものとして読んだのかということをふり返りながら読んでいくひと、読み続けていくなかに文学としての読みがあるひとであると筆者は考える。生活における読むことと文学の実態については、2章に詳述するが、文学教育における読むことと文学の関係が、生活上のそれとかけ離れることのないようにしなければならないと考えるからである。

1・2をまとめると、文学とはあくまで言葉であって、それが読まれ、字義を理解され、主体的に意味づけられたところに存在しうるものである。ある言葉が文学として認められる過程として、まずそれが読まれるということがあり、言葉として理解されるということがあり、さらに主体的になんらかの意味づけがなされるということがある。国語科教育においての(言葉の教育の一環としての)文学教育としては、教材となる文章が学習者に読まれな

くてはならないし、言葉（字義）を理解することに関わる指導（言語技術的な指導）を抜きにすることはできない。これら二点については、指導意義や指導内容がわかりやすい（具体的である）ため、実践にあたり大きな疑問を抱かれることはないだろう。問題は、主体的な意味づけである。主体的であるとはどういうことかの不明確さに加えて、その言葉を文学とはみなさないという主体的な意味づけについてどう考えるのかという問題がある。

　たとえば、細川太輔氏は「国語科教育では、本当の意味での学習者が主体となって課題を見つけたり、目的をもって言語活動を行ったりするような実践は少ないのではないだろうか。」という問題意識から「国語科教育における学習環境論の導入」を提起している[112]。ここでは、「学習者の主体性を基本とする」学習観から、「主体的な言語活動」がなされることを求めている。「主体的な言語活動」とは、具体的には以下の引用の通りである。

　　学習者が主体的な活動を通して、人工物を結びつけ、知識を構成していく過程を学習と捉える。国語科教育であれば、目的のある言語活動を通して、言葉などの記号や、言葉の指し示す意味、他者や自分の学習経験などを結びつけ、内省することである。
　　読むことの学習で言えば、学習環境論では目的のない読み、客観的な読みなどは学習ではないとされる。教師が突然「今日からごんぎつねを読みましょう」などと言って、学習者はわけがわからないまま読み始めるような学習では、学習者の主体性がない。学習者自身が主体的にテクストと向き合ってこそ、テクストと活動、自分の既有知識、他者の読みなどと結びつけて、言葉の奥にあるイメージや、自分なりの意見、自分なりの読む方略を作り出していくことができ、そのような過程こそが学習であると言えよう。
（細川太輔「国語科教育における学習環境論の導入―実装主義からのパラダイム転換を―」『全国大学国語教育学会　国語科教育研究　第123回富山大会研究発表要旨集』全国大学国語教育学会、2012.10.27、p.157）

　上の引用からわかることは、読むことの学習の場合、国語科の授業で、教師に読むようにいわれたから読むという言語活動は、本当の意味で学習者が主体になっているとはいえない、ということである。なぜそれをいま自分が

読まなければいけないのかがわからないまま、読みたいという気持ちがないままそれを読むことは、主体的な読むこととはいいがたいからである。学習環境論に基づく学習は、先に教材があってそこから学習が始まるのではなく、教材は「学習者が学習のリソースとして選び出すもの」[113]であるので、それを選び出す対象領域である環境が重要となる。

もちろん、「学習者が読みたいものを読みたいように読んでいても有意義な学習が生起する可能性は少ない」[114]。学習者が読みたいものを教材として選択するだけでは主体的な読むことの学習にはならないことは、いうまでもない。

そこで細川氏は、「学習が生起するような活動を子どもがしたいと思うよう、教師が学習環境を整えていく必要がある。」[115]とし、1次のまえに0次段階を設ける意義について、大熊徹氏を引いて説明している。

大熊氏は、「学習指導過程の発想の転換」で、1次のまえに置く0次段階を、次のような時間としている。

> 導入の前に、子どもたちに課題意識や興味・関心を充分に醸成する時間をとりたい。さらに言えば、子どもの捉えた課題意識なり興味・関心なりが抽象的なものではなく、子どもを取り巻く現実生活の中からであることが望ましい。
> （大熊徹「学習指導過程の発想の転換」『教育科学国語教育』No. 692、明治図書、2008、p.9）

0次とは、教材として読むまえに読みたい・学びたいという気持ちを十分醸成する段階であり、またその気持ちが生活のなかから発生したものであるように工夫することが教師には求められている。課題意識や興味・関心を、具体的・明確にもつことにより、主体的に学習が生起するからである。主体性をもてるように喚起するという意味では、「問題意識喚起の文学教育」とも通じるものがある。しかし、「問題意識喚起の文学教育」が、一読することによって問題意識が喚起されるものであるのに対して、「学習環境論」では読むまえに課題意識や興味・関心を喚起させる、またそれがあたかも自身の生活環境のなかから自然に発生したかのように喚起させる点で新しいといえる。

さらにその学習過程としては、「学習環境論では、学習と経験を内省の繰り返しによって構成されると見る。そのため内省が欠かせない。内省がなければ、ただの経験になってしまう。自分が何を学んだのか、その内容面、方法面で振り返ることが重要である。」と述べられているように、学習者自身が学んだのかどうかを自身に問いかける、学びを求める主体としての内省を重視したものとなっている[116]。また「学習環境論では、学習は個人の頭で行われるものではなく、他者と作り上げて行く。（中略）それは、学習環境論では、個人が主体的に共同体のなかで固有な知識を構成していくからである。」[117]ともある。「共同体のなかで固有な知識を構成していく」ことは、「十人十色の文学教育」とも似てはいるが、「固有な知識」[118]を編むに留まらず、それによってなにを学んだのかを内省する点で、知識を構成することが学習として成立している実感を学習者自身が求めるよう（得やすいよう）に工夫されている。

　確かに、学習環境論に拠った授業を行えば、読みたい・学びたいという気持ちからある言葉が読まれ、0次で明確にされた課題意識や興味・関心から言葉としてそれを理解することを厭わずに行い、「共同体のなかで固有な知識を構成していく」ことで主体的にその言葉に、なんらかの意味づけをすることができ、それをもって学習をしたという実感を得ることにもなり、学習者は最初から最後まで、主体的に学んだという気持ちを強くもつことができるだろう。継続して行えば、主体的になることで学べるのだということを学ぶことにもなるだろう。

　ただ二点、問題を指摘するならば、ひとつは、どうすれば自分が主体的になれるのかということを知らせない（教えない）ということである。0次では、教師の環境の工夫によって学習者は教材選択を誘導され、課題意識や興味・関心を喚起させられているのだが、主体的であるように誘導されているということに学習者自身は気づかない。

　筆者は、学習の動機づけをしてはいけない、課題意識や興味・関心を教師から誘ってはいけないといっているのではない。むしろ、教師に動機づけられているということがわかっていてもいいのではないかといいたいのである。なぜならば、学びたいと主体的に思ったことしか学ぼうとしない、そのようなものからしか学べないひとになってしまう可能性があると思うからである。

主体的になることによって学習が深化することを学び、そのことからひとに与えられたものに対してであってもそこから学ぼうとすること、そのために主体的になろうとすること、さらには主体的に向き合えるような姿勢をとれること(あるいは、とりあえず向き合うということができること)、そのようにするにはどうしたらよいかがわかっていること——主体的になれば学べる(主体的にならなければ学べない)ということを知らせ、主体的になるにはどうしたらいいかを試行錯誤させる機会を与えることが、真に主体的であること(主体性をもつこと)の教育であると考える。

　主体的な意味づけができるとは、ある言葉を自分なりに読める、自分の生活に引きつけて解釈できるという程度のことでなく、そうすること自体を自分に必要な行為(とくに、なにかを学ぶにあたり)として設定できることをも含んで考えていくべきではないだろうか。

　問題のもうひとつは、読みたいものを教材とするのであるが、それを読みたいように読むということの禁止が暗になされるのではないかということである。なんとなく読んでみたい、課題意識が不明確であったり、興味・関心が低かったりするけれども、とりあえず読んでみるということとそれによる学びの存在を、否定するかもしれないということである。これについては、次の節で詳しく述べる。

4.　国語科から独立した文学教育の提案

　筆者は2で、これまで多種多様な文学教育の研究や実践があったけれども、その目標は大きくみれば、人間形成をめざした変革を学習者に迫るためには、なにを、どのように、読めばよいのかの追究であった点で一貫していたことを指摘した。また結局のところ、なにをどう読むにしても主体的であることが学びを生起させるうえで重要であることから、3では、主体的であることを重視する学習環境論について取り上げた。

　ここでは、なにをどのように読むのかについて、自分が読みたいものを読みたいように読めるひと、理由はなんであれ読むということを続けていけるひとを、文学教育によって学ぶものとして認める場合には、どのような方法が考えられるか、これまでにあった提案のいくつか取り上げて検討する。

第1章　文学教育における文学の定義　77

読み続けるひとの育成をめざして——難波博孝、倉沢栄吉、奥野庄太郎の提案——

　読むことをつづけるひとの育成という目標を達成するためには、文学を国語科から独立させて（たとえば、非文学と文学とを分けて、読解指導を超えた読書指導として、国語科をはみ出して）教育する必要があるという主張は、ずいぶんまえから現在に至るまでなされている。

　現在でいえば、難波博孝氏が国語科を解体／再構築する必要を主張している。彼は自身の論文「国語科授業を文学から解放しよう——現状把握と解放のためのロードマップ——」（2007）を次のように要約している。

　　（1）何を残すべきか
　　1．評価規準による絶対評価
　　2．文学のおもしろさ、その学習者にとっての価値への誘い
　　（2）何が問題か
　　3．文学教材の試験……特に選択肢の試験
　　4．文学教材についての評価規準作成
　　5．教師の「信念」

　簡単にまとめれば、明確な評価規準による絶対評価は、教育を進めていく上で重要であること、また文学への誘いも、教育においては必要であることを考え、この両者は残すのだけれど、この両者を同じ土俵に立たせてしまうことは問題が多いことを、文学教材の試験・文学教材の授業の評価規準・教師の（文学教材といえば「心情」を探ることであるという）「信念」という三つのアプローチから考えた。その上で、「国語科授業を文学から開放しよう」という目標のもと、以下のような解放のためのロードマップを考えた。
（難波博孝『母語教育という思想——国語科解体／再構築に向けて——』世界思想社、2008、p.277（初出・『「思想科」の教材としての文学——あなたが心ひかれる文学作品に心ひかれる、そのわけの根底にある思想をみつめるために授業が用意される——」田中実・須貝千里編『「これからの文学教育」のゆくえ』右文書院、2005））

　彼の提案するロードマップは、短期・中期・長期の三期間の目標により形成されている。以下は、『母語教育という思想——国語科解体／再構築に向

けて──』[119]をもとに筆者が要約したものである。(「　」内は、難波氏の言葉である)。

　まず短期目標は、「教師の『信念』への揺さぶり」である。この目標達成は、教師たちに「文学教材の授業の困難さ、特に『評価』の困難さが教師個人の力量に還元されるものではなく、文学と『教育』の根本的な相克も問題であることを知らせ」るとともに、「表現としての文学教材の授業」、「読書指導としての文学教材の授業」、「ことばの授業としての文学教材の授業」といった、三方向で授業方法の開発・提案をしていくことで達成される。

　つづく中間目標は、「文学の、国語科教材としての無力化」である。短期目標で示された「読書」や「表現」の授業を現在の国語科の枠で行うと、どうしても無理や困難が生じる。具体的には、以下のとおりである。

> 　短期目標で示した「読書」授業では理科的な文章や社会科的な文章、人生に関わる文章や絵本など多岐にわたる本に出会わせたい。そうなると、国語科の枠で行うことは窮屈である。また、「表現」の授業にしても「絵」や「音楽」「映像」など多岐にわたる表現を行いたい。ただ文学作品を読んで音楽を作りたくなっても今の国語科の枠ではむずかしい。
> (難波博孝、前掲書、pp.277–278)

　こうした無理や困難を解消するために、「文学教材の授業を国語科からはずし」、「読書」や「表現」の授業独自の「国語科の評価規準とは別の評価規準を作」ることにより、文学を国語科教材としてのみ扱うということをやめる(つまり、「国語科教材として無力化」する)のである。

　最後に長期目標として、「国語科の解体／再構築と文学教材の再配置」を掲げる。国語科を六つの科目(コミュニケーション科、表現科、思考科、イメージ科、思想科、メディア科)に解体／再構築して、「それぞれの科目で、必要ならば、文学教材が用意され、授業がされる」ようにするのである。

　以上のような流れに沿い、国語科の解体／再構築は達成される。このなかでとくに注目したい点を二点あげる。ひとつは、国語科を解体／再構築をするにあたって、「文学のおもしろさ、その学習者にとっての価値への誘い」は残すべきであるとされていること、もうひとつは、「読書指導としての文

学教材の授業」が用意されることである。

　読書指導の必要は、過去に倉澤栄吉氏によっても訴えられている。そこで彼がめざした「よい読書人」とは、たとえば次のようなものである。

> とにかく何かの目的をもって意欲的に文献を利用する子どもをつくりたいものです。ひまができたら、そのひまでテレビのチャンネルをまわすこともあり、外でドロンコになって遊んだほうがいいとも思う。けれど、きょうは雨の日だし、本でも読もうか、という子をせめてつくりたいものです。
> （倉澤栄吉「『これからの読解読書指導』」『倉澤栄吉国語教育全集11 情報化社会における読解読書指導』角川書店、1988、p.64（初出・国土社 1971））

　以上の引用からは、倉沢氏が、生活のなかに読むという営みがあるひとを「よい読書人」として育てようとしたのだということがわかる。読むという営みがあるというのは、つねに本を読んでいるということではない。それはいつでも読むための環境や気持ちの準備（態度）ができている、ということである。

> 　読むというはたらきを、人間行動の全体のうえでとらえると、いきおい単一ではなく、行動の各相や各因子とからみあい総合的なものになっていく。梅棹忠夫氏は『知的生産の技術』の中で、つん読も読みの一つであるといった。なるほど、積んでおくだけでその本に接することがなければ読みにはならない。しかし、積んでおくということは、他日読むために、必要に応じて調べるために、「選んで、求めて、用意しておく」ことである。（中略）読みとは、読み手のこのような文献選択の準備の行為に支えられている。読む力では、活字を見分ける技能だけでなく、このような根本的態度もたいせつにする。
> （倉澤栄吉「読みの本質」『倉澤栄吉国語教育全集11 情報化社会における読解読書指導』角川書店、1988、p.359（初出・倉澤栄吉・藤原宏編『読解・読書指導事典』第一法規、1973））

また以下の二つの引用からは、彼は学校教育を受けているあいだだけではなく、その先につづく人生のために「よい読書人」の育成の必要があるのだと考えていたことが窺える。

　　ゲーテもいったように、読みは生涯の仕事である。義務教育の基礎的段階よりも、その発展的段階と考えられている。大学生やおとなに読みの学習指導をしなければならない。ストラングは、グレイ（W. S. Gray）のことばを次のように引用している。
　　　　過去三十年間における読みの指導の著しい進歩の一つは、高校から大学にかけての読みの組織的な指導の拡張であった。
　　まさに読みの指導は、成人社会において、もっと強力に進められなければならない。個性の伸長が、人間の生涯の目標である限り、個性の伸長に深く寄与する読みもまた生涯稽古あろう。ストラングらの共著に載せられている読みの指導重点一覧表のなかで、第十八項目の「読むことの興味と鑑賞」の中の、
　　・おもしろい本を読んだら自ら微笑をたたえたり、ふき出したりすること。
　　・読みさした本を他の仕事のために中止したり、何か一仕事終わったあとなどで、また本を手に取るようにすること。
　に、小学校から成人にかけて全段階に〇印（この印^{マーク}は、いつでも随時経験させつつ次の段階への準備をする時期という意味である）をつけている。当たりまえの条項である。けれどもこのような当然のことが意識的に目標化されていないわが国では、読書指導という最も大事な終生の仕事が、学校教育の、しかも義務教育段階のさらに一教科の国語の中に限定されてしまっている状態である。当然のことが当たりまえに行われていないのである。
（倉澤栄吉「新しい読みの指導」前掲書、p.348（初出・東京教育大学内児童研究会『児童心理』第21巻第7号、金子書房、1967.7.1））

　読みを子どもたちがほんとうに楽しむように、生活的に実感を持って読んでいって、しかもやがては彼らが、品格の高い、自分たちの永遠のかてになるような生活として、読書生活を経験することができるようにし

ていこうではないかという、学校における読みの指導というものの改善と拡充のために、読書指導ということが、最近強く叫ばれるようになったのです。
（倉澤栄吉「『これからの読解読書指導』」前掲書、p.417（初出・国土社1971））

　彼は読まれる対象を文学に限って考えていたわけではない。だが、「よい読書人」を育てるためには、読もうと思う意欲を養う必要があり、その育成にもっとも有効な材料が感性に働きかける「文学的文章」であると考えてはいた。

このような（必要な教材、有効な学習過程だけでなく、読み手自身の内面的な欲求から読み迫っていく——引用者注）姿勢を、深く確立させるために必要な生活の核は、理性的なものであるよりも感性的な認識によっていろどられている。読もうと思うのは、悟性ではなくて、感性のはたらきである。必要感、目的感、意欲である。したがってこれらの感性的なものを触媒として主体がその自立性を確立させるために、もっとも近い材料は、いうまでもなく文学的文章である。（中略）文学はそこにあるから読むのであるが、しかし読みたいと思う主体が、生活的に求め、自分の自由にしうる余暇を善用するのだ。この生活習慣のうえに始動させるのが感性で、感性は揺り動かす契機である。だから文学を教えるときに、子どもたちに読み手の自然な欲求なしに、たとえば教科書の教材として上から与えたのでは、本物ではない。
（倉澤栄吉「読書指導の展開」前掲書、p.176（初出・『国語の教室』第24号、1970.4.20））

　「よい読書人」を育てるためには、読解指導、授業、教材、教科書というものには限界がある。それを超えていく方法として読書指導を行う必要があり、その材料として文学を用いるべきだ、というのが倉澤氏の主張であった。またその主張は、奥野庄太郎氏の影響を受けたものであったと彼は告白している。

わが国の読み方指導の歴史の中で特色ある先覚者のひとりとして、奥野庄太郎を挙げることができる。奥野の代表的な著書の一つ『心理的読方の実際』(昭和五年)は、「読方の新しき交響楽的行進」を目ざして当時の読み方教育を転回させようとした野心作である。その第三章に、読むことの本質を述べ、脱教科書的な方向を示唆している。人間の生活と結びつけて読むということは、もっと創造的でなくてはならないし、生活の文化拡充を目ざすべきだと説いている。
(倉澤栄吉「国語教育における読書指導」前掲書、pp.454–455（初出・東京教育大学内児童研究会『児童心理』第 26 巻第 12 号、金子書房、1972.12.1))

なお、奥野庄太郎氏は、「読方」の発展的段階として「文学科」という科目の設置を主張していた。

　日本にはまだ文学科といふやうなものは特設せられてゐない。けれども将来に於てはこれが特設せられることが至当であると思ふ。文学教育の人間として必要な事は今こゝに述べる必要はあるまい。それはもう智識階級の人達にとつては常識といつてもよい程明瞭なことである。
　小学校の読方もずつと上級になればそれは文学といつた方がよいと思ふ。そして専ら文学的教材を取扱つて文学教育を行ふのである。それが必要である。即ち読方から文学科に発展するわけである。読方の時代は主として読む能力をつける時代である。文学科の時代は文学鑑賞を行ふ時代である。読方の一般的能力をつけて（それまでゞも勿論教材によつて内容、感情、意味の教育は読方本来の目的として取扱ふが）進んで分科的研究に入ることが最も自然であると思ふ。こゝで読方の大きな目的の一つ――善良な文学を鑑賞する習慣――も養はれて行くのである。文化が発達するとともに文学に於ける教養、指導、善良なる文字を読むの習慣は特に必要なものとなつて来るのである。文字を通して潤のある人間、感情裕かな人間、デリケートな感じの人間、よき文化人を作ることが大事なことになつて来るのである。この意味に於て文学科の特設は大いに意義のあるものであることを信ずるものである。
(奥野庄太郎『心理的科学的読方の教育』文化書房、1928、p.244)

文学科設置の目的は、「善良な文学を鑑賞する習慣」を養うためである。そして文学鑑賞の習慣を養う目的は、「読書することを愛するといふ性格を作上げる」ためであり、それは生活や人生を射程に入れた読書教育をめざすものであった。

(14)書物を愛する習慣をつけること
　書物を大事にするばかりでなく、書物を読むことを愛し書物を所有することを愛するやうに育てゝ行かなければならない。これは後の蔵書家の目的に添ふものであるが、子供の時分からの習慣はやがて性格を作り上げてゆくものであるといふことを記憶しなければならない。
(奥野庄太郎、前掲書、p.101　※「2、中間学年読方の詳細目的」のひとつとして、挙げられている。)

(2)読書愛の性格を構成すること
　読方教育の最後の目的の一つとして、読書することを愛するといふ性格を作上げることが考へられ又指導もされなければならない。読方は人類文化の精神的遺産を読書を通して継承しこれを実生活に役立てやうとする働きであるのであるから、読方の教育は学校内で行はれたことだけで終結を告げるべき性格のものでない。どこまでも人生に連絡し人間生活に深い交渉をもたらさなければならない。故に読方は文学語句や解釈、鑑賞批評等の仕事ばかりでなく、実に読むことを愛する読書を愛する性格を作上げてゆくことを、常に考へなければならない。
(奥野庄太郎、前掲書、pp.107–108　※「3、高学年読方の詳細目的」のひとつとして、挙げられている。)

　時代を遡るかたちで難波氏、倉澤氏、奥野氏の主張を簡単に述べた。三者は文学を読み続けるひとを育てる必要や、文学を「国語科」や「読解」という枠のなかで教える限界について主張している点で共通していることが確認できる。まえの節と併せて考えると、読者変革主義的な文学教育が国語科では求められながら、それでは足りないものを補うように(よい)読書人育成主義的な文学教育の必要性も訴えられて、現在に至っているということができよう。

では、もう 80 年も以前から主張されつづけていることがなぜ叶わないのか。それはある言葉を（まとまった文章に限らず、文や単語という単位でも）文学／非文学と区別することが不可能だからである、ということに尽きるのではないだろうか。「文学の、国語科教材としての無力化」をしよう、「文学的文章」により感性にはたらきかけよう、「文学科」を設置しよう――理論として、そうしたほうがよいのだということはいえても（理屈として適っていても）、たとえば、教科書を作る、授業を構想するなどという実際的なことを考えていこうとすると、文学とはなにか（具体的にどれなのか）という問いにぶつかってしまって、先に進めなくなってしまうからである。

　ある文章を、文学として教えるのか、非文学として教えるのか、どちらも可能ならばどちらがよりよいのか、なぜそういえるのか――そういうことは、文学／非文学という区分けが明確にはできない以上、断言できない。ならばあえて文学／非文学と分けずに、国語科という枠のなかに含ませておいて、時と場合によって（現場の裁量で）融通をきかせていくほうが現実的であるというのも、ひとつの考えかたであろう。

　言葉の面でも、読みかたの面でも、文学／非文学という線引きは厳密には不可能であることは、ここまでに繰り返し述べてきた通りである。しかし私たちは、ある言葉を読んだとき、それを文学だと感じることもあれば、文学ではないと感じることもある。そのことは、文学／非文学ということを客観的に分類することは不可能だが、主観的に判断を下すことは可能であることを示している。

　文学／非文学という判断ができるかどうかということと、文学とはなにかがわかっているかどうかということは、直接につながることではないが、先の三者は、あるひとがある言葉を文学／非文学と判断しつづけていくことも生活における読むことに根差した文学教育として考慮しながら、文学を読みつづけていくひとの育成を文学教育として述べたのだ、という見方もできる。

　現場の教師たちは、学習者をまえに、文学を片手に、その魅力や感動を伝えんとする。それは多くの教師たちが文学でつけたい力、育てたい姿として「文学に親しみ、文学を楽しみ、それによって日常の生活に豊かさと潤いをもたせる習慣や態度を養うこと」[120]を目標としているからであり、またその目標が、「感動の追体験による『了解』によって」[121]達成できると考えてい

るからである。

　教師たちは、文学には魅力や感動がある（あるいは、魅力や感動のあるものが、教える価値のある文学である）という漠然とした偏見を無意識にもってはいないだろうか。たとえば、「作品の魅力をプレゼンテーションで伝え合う活動を通して読書の幅を広げる」[122] など、文学の授業においてその作品の魅力や感動を出発点とするものがすくなくないのはそのためであろう。そうした想い（想い、としかいいようがない）から、文学は教育されてきている。文学とは価値のあるものなのだと（教育する側によって）考えられてきたからこそ、文学は教育されてきた。

　しかし、学習者（教育される側）にとって、それが文学（感動するもの、魅力あるもの、価値のあるもの）であるという保障はどこにもない。

　文学教育（を行うべきである）、というときに想定されている文学観とは、どのようなものだろうか。いかなる思想から導かれた、いかなる価値基準を用いて、文学には（教育に値する）価値があるとしているのだろうか。文学教育とは、文学とは、なにか——そうした哲学なしに、言葉の芸術としての文学教育を行うことはできない。

　以下、文学とは、文学を読むとは、またそれを教育するとは、どのような意味があると考えられているのか。そういう思想について考えていく。具体的には、それらに意味があると考える背景、つまり価値の背後にある思想について考察したい。

　この種の研究が行われる意義について、難波氏は次のように述べている。

　　授業の因果律をなんらかのパラダイムで記述・説明することとは、没価値的な、一般的な所作である。そこには、「どうなるのがよいか」という発想は入るはずはない。一方で、授業の目的を語ることは、授業がまた学習者が「どうなるべきか」を問うことである。授業の因果律が完全に明らかになったとしても（そんなことはありえないが）、それで授業の目的が明らかになるものではない。授業の目的の研究は、きわめて価値的な所作である。

　　授業研究においても、国語教育研究においても、「授業はどうあるべきか」「学習者はどのように発達すべきか」という問いばかりが先走り、「授業はどうなっているか」「学習者はどのように発達するか」とい

う研究が、乏しかった。(中略)
　しかし、目的論的研究が不必要なのではない。そのためには、「よい授業とは何か」「よく読めているとはどんな状態なのか」などの、価値についての思想研究、いいかえればイデオロギー研究がもっと必要である。
(難波博孝「1.2.　国語教育研究の方法論の再構築」前掲書、pp.11～12(もととなった論文は、「国語教育研究をどう構築しなおすか」『国語教育理論と実践　両輪』神戸大学発達科学部国語教育研究室第25号、1998))

　もちろん、実践を支える思想について、これまで研究が行なわれてこなかったというわけではない。そういうことが、まったく論じられてこなかったわけでもないだろう。ただそのことだけに焦点を絞って考えていく、述べていくという立ち位置を明確に示したうえで論じるというかたちではなかったのである。

　　従来の(国語教育――引用者注)研究でもそれぞれのモード[123]の研究が行われていたわけだが、モードの区別に意識的ではなく、そのため、実践研究が不必要な一般化を目指したり、ある理論の応用的な研究になったり、また逆に実証的な研究でありながら、具体的な授業への展開を無理して行ってきたことがあった。国語教育研究を、二つのモードの研究が出会う場とし、それぞれを峻別して、再編成する必要がある。
(難波博孝、前掲書、pp.13-14)

　難波氏は、国語教育研究の方向を、記述研究、説明研究、思想研究、実践研究の四つに分けている[124]。そして思想研究とは「国語教育の基盤となる、言語観・発達観・教育観・授業観・教育内容観などの思想の研究」[125]であるとしている。
　「どうあるべきか」の研究のまえに、「どうなっているか」という現実の姿を捉える研究がある。そのまえに、「〜〜とは、なにか」、「〜〜とは、どんな状態なのか」という、価値を明らかにする研究がある。本研究は、文学教育の「価値についての思想研究」であるといえるだろう。

倉澤氏は「言語環境は整えるだけでなく、豊かにするべきものである。」[126]という。それは、読み書き、話し聞くということに、こまらないようにするというだけでなく、愉しげな（きもちがいい）ことにする（したい思う）ということだといえるかもしれない。それはひとが生活していくなかでの志向として、とくべつなことではない。自然で、素朴な欲求である。

　たとえば、生存するのに必要な栄養を摂取しさえすればよいならば、「食事」をする必要はない。生命を保持するためだけなら、「食餌（えさ）」でことは足りる。また食事は毎日の営みの一部であり（習慣的な行為）、いちいち気に留めていられるようなものでもない。しかし、誰もまずいものや、味気ないものを食べたいとは思わない。まずくなければいい、というのでもない。誰でもおいしいものが食べたい。それはわがままでも、ぜいたくでもなく、「ふつうに、おいしい」ものが食べたい、とでもいうような、そんな感覚ではないだろうか。つまり、味や盛り付けなどはとくべつではない（その意味で「ふつう」だ）けれど、「おいしい？」と訊かれたら（訊かれなければ、口に出すほどではないけれど、自分にとっては、単純に、まようことなく）「おいしい」といってしまうようなものが食べたい。そういう欲求をもつことは、あたりまえのことではないだろうか。

　言葉というものにも、同じようなことがいえないだろうか。文学を読まなくても、詩を綴らなくても、生活はしていける。読書や作文は人生を豊かにするものであったとしても、必要不可欠なものではない。しかし、「人生を豊かにしたい」と勢い込まなくとも、ふいに本を読みたくなったり、ふと物語が思い浮かんだりする。そういう状態が、言葉と私との「ふつうにおいしい」関係であるということは許されるだろう。

　　ゆで卵を完璧にゆでることに凝っています。
　　（中略）
　　ゆで卵を食べるか、ゆで卵を上手くゆでて食べるかの違いです。
　　僕はゆで卵を上手くゆでて食べたい。
　　どうせやるなら。それだけのことです。
　　（中略）
　　そんなゴージャスなことはやらない。
　　手の込んだことはやらない。たくさん並べない。

（深澤直人『デザインの輪郭』TOTO出版、2005、pp.140–142）

　食事にせよ、言葉にせよ、「どうせやるなら」なのである。食べない生活というものがないように、読まない、書かない、話さない、聞かない生活は、ない。どうせやるならおいしいほうが、愉しげなほうがいい。ただ、毎日のことだから「ゴージャスなこと」、「手の込んだこと」はやらない（やれない）。しかし、ないがしろにはしない。それだけでなく、たいせつにする。それが、「豊かにする」ということであり、健康的であるということだと思う。

　私たちは日常生活において、言葉というものをつねに意識しているわけではない。それはとくに不自由を感じてはいないからである。「わたしたちは空気を呼吸して生きている。そしてあるばあいは空気を呼吸していることをまったく意識さえしていない。おなじように私たちは言語をしゃべり、書き、聴き、読んで、生きている。しかしある場合には、言葉をまったく意識さえしていないのだ。これはとても健康な状態だというべきだ。」[127]と吉本隆明氏はいう。健康かどうかなどと考えない、健康であるということが意識にのぼることすらないときこそ健康な状態であるように、言葉というものを意識することなく、すらすらと使えているときとは、言葉が健康な状態であるときだといえる。それは、のぞましい状態であり、国語科教育が言葉の教育としてめざすべき状態でもあるだろう。

　では、すでにそういう状態にあるひとは、なにもしなくていいのだろうか。たとえば、そういう状態の学習者に対して言葉の教育をしなくてもよいものなのだろうか。それは違うと筆者は考える。健康であっても定期的に健康診断に行くように、言葉の状態が健康であったとしても言葉の教育は受けるべきものである。

　私たちは健康だからこそ、治療ではなく、健康診断を受ける必要があるのである。健康診断に行くと、自分では健康だと（日常生活になんの支障も、不都合もない、問題ない）と思っていたが、このままではまずいかもしれないということに気づかされることがある。たとえば、血圧が高め、体重が多め、視力がわずかに低下した、ということが判明する。健康診断に行って、病気の兆候を知ることによって、私たちは病気にはならないように予防することができる。

もちろん、病気の兆候をみつけることだけが健康診断の目的ではない。身長がちゃんと伸びているのがわかったり、血液検査で異常なしといわれたりすることにも意味がある。自分が健康であるという、普段は意識されないことがきちんと確認できる（そのうえ、それは安心をもたらす）からだ。

　健康である（と思っている）のに健康診断に行くというのは、面倒なこと、億劫なことのように感じてしまうこともある。しかし、自分で気がつけない病気の兆候を見過ごさないために、また健康であることを確認するために（つまり自分の身体を知り、このままでよいかどうか判断する材料を得るために）、健康診断には行くべきなのである。健康であるからこそ、それを守るために。

　そして、それは言葉の教育を受けるか受けないかに関しても、ある程度、同じであるといえるのではないかと筆者は考える。

5. 国語科教育における文学の定義

　これまでの文学教育は、文学という芸術がどういうものであるかについてその都度、定義してきた。芸術それ自体に教育的機能があるとし、その可能性についてさまざまな理論や方法が提唱されてきた。そこでは芸術でなにを教えられるか、どのような力をつけることができるかが問題であった。そのため、芸術自体を教えるとはどういうことなのかについては、十分に明らかにされてはこなかった。

　筆者は、これまでの文学教育が正しくなかったというつもりはない。文学による教育が文学を教育することを否定するわけではないのは、文学で教育するときも、文学を教育されていなかったとはいいきれないからだ。さらにいえば、文学で教育することを否定するつもりもない。

　戦後長らく、平和教育や同和教育、また道徳教育に、文学教育が（部分的にでも）寄与してきたならば、そしてそれがその時代に必要な教育であったのなら、それは文学教育のひとつの成果でもある。しかし今日においては、「見せかけの豊かで平和な日常の中で、戦後の文学教育がその出発点において持っていた状況との厳しい緊張関係は、ともすれば忘れがちになっている」[128]、つまり文学による教育の限界、あるいは終わりがみえているのではないだろうか。

「今日、状況との緊張関係を失ってその性格が不鮮明になりがちな文学の教育のあり方を問い直す」[129]ために、過去の文学教育状況（学習者や教師という主体と、その状況や言葉との緊張関係がどのようであったか、その時代の文学教育の特質とその成立過程）について明らかにすることは重要である。またそれを、主体が「状況との緊張関係を失っている」（と捉えるかどうかについては、検討の余地があるが）現在において、批判的に継承していく視点が必要である。

田近氏は、戦後の国語教育の特質を次のようにまとめている。

> 戦後の国語教育の特質の一つは、実践の根底に学習者論があり、国語の学習を児童・生徒の主体的な行為としてとらえてきたことである。
> 単元を設定するにあたって、先ず、児童・生徒（学習者）の学力や興味・関心の実態を問い、それを土台に単元の趣旨を明確にしようとしたのは、そのことの一つあらわれであろう。文学教材の読みの学習で、学習者の初発の感想を重視するようになったのも、また学習活動として、発表や話し合いを取り入れるようになったのも、学習者重視の思想に基づくものと言える。
> （中略）
> 戦後は、さらに国語学習としての言語行為を児童・生徒のものとして成立させるにはどうしたらよいかの実践的追究が多様に展開した。
> （田近洵一、前掲書、pp.iii-iv）

一方で、先述したように、現在の国語科教育では、本当の意味で学習者が主体となっている実践はすくないという指摘もある[130]。

このことから、文学教育に限らず国語科教育は、現在に至るまで、学習者の主体性とはなにか、なにをもって主体的な学びであるといえるのかという課題を抱えながらも、学習者重視の立場を重視した主体的な学びをめざしてきたことがわかる。それが達成されてきたかどうかは「主体性（主体的）」という言葉の捉えかたによって異なるため一概にはいえないが、すくなくとも多くの研究者や実践者が学習者主義的な国語教育をめざしてきたということはいえる。

また、学習者の主体性によりそうかたちで学習者の感想への注目は促され

ながらも、感想をもつこと自体を大切にする配慮は十分ではなかった。読むことの教育において、学習者はなんらかの（学習につながるような）感想を求められたが、その感想は教材文を読み深める（学習の材として読み進める）ためのきっかけ程度にしか扱われてこなかった。

そのことから、現在、ある現場では、「どんな読後感も自由に抱けること」を保障することの必要と、自由な読後感をもとにした学習の可能性についても考えられている。

> どんな読後感も自由に抱けることを、まず保障しなければならない。物語全体を捉えられない、あるいは感じたことを簡潔にまとめられない児童もいるだろう。ある部分の印象でもよいこと、長くなっても構わないことを伝えたい。読後感そのものよりも、しっかりと読み直し、その根拠となる言葉や表現を見つけられることが重要だからである。また、部分的な印象であっても、授業で発表し合うことで、多角的な読みを認識し合えるからである。
> （加古有子「語句に着目した読み方指導――読後感に結びつくことばを中心に――」『全国大学国語教育学会　国語科教育研究　第123回富山大会発表要旨集』全国大学国語教育学会、2012.10.27、p.256）

「本当の意味での」主体性の担保、「どんな読後感も自由に抱ける」保障、という言葉にも表れているように、これまでの文学教育では、文学そのものを教えることを明確にはめざしてはいなかっただけでなく、文学そのものを教えるのであれば必要となってくる本来的な読みの態度や感想というものをもてなくしてきた面もあるのではないだろうか。文学とはなにかについて考えることを教えてこなかっただけでなく、学習者が文学とはなにかについて考え、多様な解を求めることを暗に否定してきたようにもみえないだろうか。

読むことの教育はつねに、ある文章を教材としてどのように読めばよいのかを考えてきた。つまり、ある文章を学びがあるように読むにはどのような読みかたをすればよいのかについては探究されてきた。それは、読むことの教育のうちにある文学教育においても同様であったし、学習環境論においても同様である。

そのような読むことの教育の行きかたについて異論はない。なぜなら学ぶことがあってこそ、教育として成立するからである。
　しかし、文学教育においてのそのような行きかたは、言葉の芸術としての文学教育を成立させることを難しくしてきた側面があることを指摘することは許されるだろう。
　先にも引用したが、『国語科重要用語300の基礎知識』では、文学教育の定義を「文学作品のもつ教育的機能を教育の現場に生かそうとする営みである。」[131]としている。それは、ある文章（文学作品）に教育的機能が内在していることを意味しているのではない。すくなくとも、その文章を読みさえすればはたらくというような機能をもつ文章を文学作品としているのではない。
　つづけて「文学作品は、虚構の方法と形象的表現により、読み手に虚構の世界を体験させ、知的、情動的な働きかけをする。」というのは、「虚構の方法と形象的表現により、読み手に虚構の世界を体験させ、知的、情動的な働きかけをする」文章が文学（作品）であるという意味であろうし、そのような文章は「人間や人間を取り巻く世界についての認識を深め、時には変革を迫り、美的感動を呼び起こす。」こともある。
　ここで問題なのは、「人間や人間を取り巻く世界についての認識を深め、時には変革を迫り、美的感動を呼び起こす」ような「知的、情動的な働きかけをする」虚構の文章だけが文学なのか、ということである。虚構の文章が、必ず「知的、情動的な働きかけ」をするとは限らないし、「知的、情動的な働きかけ」が「世界についての認識を深め、時には変革を迫り、美的感動を呼び起こす」ことにつながるとは限らない。
　これまでにさまざまな文学教育観がありはしたが、それらは「知的、情動的な働きかけをする」虚構の文章を文学とした上で、そうした文章から「人間や人間を取り巻く世界についての認識を深め、時には変革を迫り、美的感動を呼び起こす」ような読みかたを教えるのが文学教育であるとしてきた点については通底しているといってよいだろう。
　そのことは、「知的、情動的な働きかけをする」虚構の文章のすべてが、世界についての認識を深め、変革を迫り、感動を呼び起こすわけではないという読むことの現実について等閑視することにつながったのではないだろうか。虚構の文章から「知的、情動的な働きかけ」を受けないこと、「知的、

情的な働きかけ」を受けながらも認識の変化や変革、感動には至らないような読みを許容していくことも、生涯にわたって読むことを継続させていくための教育として重要であると考える。感動しない(できない)読みをも許容していくことが、生活における読むことの教育としては現実的ではないだろうか。

　詳細は後述するが、芸術とはそのひとの生を豊かにするものである。しかし私たちは、生を豊かにするという明確な目的をもって物語や小説を読むわけではない。また生を豊かにすることに寄与するような読みかたを心がけて読むわけでもない。生が豊かになるのは、読み終えた結果であり、読むまえや読むときに目的として意識されてはいないのではないだろうか。

　結果的に生を豊かにするような文章とより多く出会うためには、どのように読むかという読みかたの質的な問題もあるが、それ以上にどれだけ多くの文章を読みうるかという量的な問題がある。生活に文学があるひととは、文学しか読まないひとのことではなく、つねに多くを読むので、文学との出会いも多くあるというようなひとではないだろうか。いかに効率よく文学と出会うか、ということ以上に、読むこと自体が多くなるようなことを考えるほうが、文学教育として合理的である。

　無論、読む量さえ多ければよいというのではない。ここでいいたいことは、言葉の芸術としての文学教育が育成をめざすひととは、与えられた文章を文学として読めるひとではなく、みずから読むことを求めるひとであるということである。

　言葉の芸術としての文学教育とは、ある文章を読むことで変革を迫られたり、美的感動を呼び起こされたりするような読みかたに習熟しているひとを育成するものではない。ある文章を読むこと自体にある種の快楽をおぼえるひとである(2章に詳述する)。

　ある文章が、読者の「世界についての認識を深め、変革を迫り、美的感動を呼び起こす」こともあればそうではないこともある理由について、すべてを明らかにすることはできない。だが、そのことについて考えなくてもよいということにはならない。むしろ同じ文章でありながら読むひとや状況により、文学であったりなかったりする点こそ、なにをもってひとはそれを芸術(作品)とするのかという命題にとって重要であり、そのような命題にふれずに言葉の芸術としての文学教育を成立させることは不可能である。問題は、

その命題にふれることと学びをどのように結びつけていくのかである。具体的には、ある文章のそのような命題について考えさせる機能を発揮させる方法と、それについて考える教育的意義について明らかにすることが、言葉の芸術としての文学教育の可能性を拓くひとつの行きかたになると考える。

注

1 本書における文学教育観とは、どのように教えるか(指導方法)よりも、なにを教えるのか(指導内容、さらにいえば、なにを教えることをもって文学教育が果たされたと考えるのか)に焦点をあてたものとする。なぜなら、文学教育の価値的な追究を目的とするからである。
2 時枝誠記『国語学原論続篇』岩波書店、2008(初出・1955)、p.130
3 (2)に同じ。pp.130–131
4 時枝誠記の言葉「二　討論　言語教育か文学教育か」『西尾実国語教育全集』別巻二、教育出版、1978、p.412(第二回全国国語協議会での発言)
5 (4)に同じ。p.416
6 彼は読者が主体的立場において作品を理解することを重視し、「文学教育の第一歩は、与へられた表現(作品)を理解することでなければならない。」((2)に同じ。p.140)と述べている。
7 (2)に同じ。p.130–131
8 寺田守『文学教材の解釈』京都教育大学国語教育研究会、2011、p.2
9 西尾実の言葉「三　対談　言語教育と文学教育」(4)に同じ。p.419(初出・『言語教育と文学教育』金子書房、1952)
10 西尾実「これからの国語教育の出発点」『国語と国文学』1947.4、p.12
11 西尾実「文学活動とその指導」『言語教育と文学教育』武蔵野書院、1950、pp.103–104
12 (11)に同じ。p.116
13 (9)に同じ。p.420
14 「文学的契機」について西尾氏は、「話もしくは文における意味構造の体系」、「主題・構想・叙述と呼ぶ三契機の有機的・発展的な作用関連」だという(西尾実「国語教育における文学教育の位置」『日本文学』、1949.7、p.122)。
15 (11)に同じ。p.96
16 西尾実「言語生活指導における文学教育」『西尾実国語教育全集』第八巻、教育出版、1976、p.31(初出・『文学』岩波書店、1952)
17 田近洵一「七　関係認識・変革の文学教育——虚構の方法に即した実践理論の構築

──」『戦後文学教育問題史』[増補版] 大修館書店、1991、p.224
18 (17)に同じ。p.224
19 森山重雄「文学教育について」『日本文学』、1949.12、p.93
20 (19)に同じ。p.93
21 (19)に同じ。p.93
22 昭和26年版の「国語科学習指導の一般目標」として、「3 <u>知識を求めたり、情報を得たりするため、経験を広めるため、娯楽と鑑賞のために広く読書しようとする習慣と態度を養い、技能と能力をみがく。</u>／今までの国語教育では、読むことの目標があまりに狭すぎた。それは文学の鑑賞か、知識を求めることか、あるいは、人格の修養であった。それらのことはもちろんたいせつであるが、<u>これからの読むことでは、知識というほどのものでなくて、単に情報をうるための読みということも、考えられていなければならない。</u>ごくわずかの材料を詳しく読むことも必要であるが、<u>広く読んだり、</u>たくさんの書物の中から、自分に必要な書物を早く見いだしたり、また、その書物の中から、自分の必要な項目を早くさがしだしたりするような技術も、大いに必要である。」と述べている(下線は引用者)。
23 一方で、文学が言語生活にとってどのような意味をもつものであるのかについてふれていない点では不十分な反映といえる。益田勝実氏は、昭和26年版学習指導要領試案について、「言語生活を貫徹しようとして、国語教育における文学の機能を、全くといってよいほど認めていなかった」と指摘している(益田勝実「解説　問題意識の文学教育前後」(16)に同じ。p.411)。
24 西尾氏のいう言語生活主義が、文学活動の性格を、娯楽とか教養といった実用的・目的的なレベルで捉えたものではなかったことは「文学という特殊性をもった言語生活」という彼のいいかたからも推察できるところだが、当時の経験主義の思潮のなかでは正当に受けとめられなかったのであろう。田近氏は「戦後の経験主義教育は、教育の内容と方法とにおいてさまざまな可能性を内包しつつも、実際には、生活に必要な技術を、学力をして体系化せぬまま、活動に即して断片的に習得させようとするにとどまった。」と、まとめている((17)に同じ。p.59)。
25 こうした文学観については、西尾氏も次のように語っている。
「文学鑑賞は、文学作品を読むことによって得られる、『人間いかに生くべきか。』の追体験であって、読む人の個性により、境遇に応じて、あるいは人間性を鼓舞し、あるいは悲哀を慰め、あるいは苦悶を解消し、あるいは幸福の自覚を深めるなど、あらゆる人間の生存の意義あらしめる文化活動の一つである。」((11)に同じ。p.96)
26 桑原武夫『文学入門』岩波書店、1950、p.108
27 (26)に同じ。p.60
28 (26)に同じ。p.60
29 (26)に同じ。p.60
30 (26)に同じ。pp.107–108

31 国分一太郎「『文学教育の方法』について」文学教育研究会『文学教育』第二集、泰光堂、1952、p.8
32 「四　文学教育について」『西尾実国語教育全集』別巻二、教育出版、1978、p.449（初出・『日本文学』1954.9）
33 「一九四六（昭和21）年六月一五日に発足した日本文学協会は、『文学』および季刊『日本文学』（一九四九年七月創刊、日本評論社）を通して、「民族の未曾有の危機の中で、父祖の遺した文学遺産を建設的にうけつぎ新たな国民文学を創り出すための困難かつ重大な任務」を果たそうとしてきた。」（(17)に同じ。括弧内は「創刊のことば」（『日本文学』、1952.11）の一節）
34 伊豆利彦「文学教育の任務と方法」『文学』岩波書店、1952.3、p.17
35 益田勝実「文学教育の問題点」日本文学協会編『日本文学の伝統と創造』岩波書店、1953、p.170
36 (35)に同じ。p.177
37 荒木繁「民族教育としての古典教育――『万葉集』を中心として――」『続　日本文学の伝統と創造』岩波書店、1954、pp.139–149
38 「たしかに私の実践は多くの人によって、主として方法論の面で理論化され、実践化されていったということがある。その場合、その方法論はけっして技術的な意味のそれにとどまることなく、文学の本質的な機能と結びつけられて深められていったには相違ないが、『民族教育としての古典教育』の報告が持っていた方向性は、方向性として、深められていかなかったことは否定できない。」（荒木繁「古典教育の課題――民族教育としての古典教育の再検討――」『日本文学』1968.12、p.60）
39 益田勝実「しあわせをつくり出す国語教育について（二）」『日本文学』1955.8、熊谷孝「解説」熊谷孝ほか編『日本文学大系(6)――文学教育の理論と実践――』三一書房、1955、高橋和夫「戦後国語教育史」『教育科学国語教育』明治図書、1960、磯貝英夫「文学教育理論の歴史検討――日本文学協会の理論史を中心に――」『日本文学』1966.10・11合併号、浜本純逸『戦後文学教育方法論史』明治図書、1978
40 荒木氏の実践報告は、難波喜造氏から「万葉集の作品をどういうように読んで、その中からどういうようにして民族の誇りというものを生徒が考え、討論するようになったのかということを考えて行けば、これは文学の問題になって行くのじゃないのかと思うのです。」（「討論」日本文学協会編『続　日本文学の伝統と創造』岩波書店、1954、pp.168–169）と指摘されているように、民族としての古典教育が、どのようにどうして文学の問題になって行くのかという点が明らかにはされていない。荒木氏の言葉を借りれば、「生活問題意識の追求と文学そのものの学習との関係およびその統一」（荒木繁「文学教育の課題――問題意識喚起の文学教育――」『文学』岩波書店、1953.12、p.1）はなされなかったのであり、また「生活問題の追求」のほうが「文学そのものの学習」より前面に押し出されたかたち（「文学そのものの学習」は結果的・付随的なかたち）であった。

41 「作品の分析その他の点においてやはり典型化の問題というような、文学の独自の方法について入って行くということを抜きにしてやられたのでは、覚悟とか決意みたいなものはできますけれども、それが私小説的なものから、どういうふうに科学的な方向に展開できるのだろうかという点について疑問を持ったわけです。」(広末保の言葉「討論」『続　日本文学の伝統と創造』岩波書店、1954、p.160)

42 「貧窮問答歌という歌が一つの作品としてどういうふうに成功しているか成功していないかという問題を或る程度追及してみて行ってもいいのではないかと思うのです。私はあの歌はやはり破綻していると思うのです。なぜこういう破綻がでてきたかということを追及しないで、すぐそれを農民問題に持って行って、あとは農民問題で解決するというふうにいったのではやはりいけないので、それを文学の上でなぜそういうふうになったか、そういう憶良の立っていた地点を突き破るにはどういう方向があるかというような問題を出して行く必要があるのではないかと思うわけです。」(西郷信綱の言葉「討論」『続　日本文学の伝統と創造』岩波書店、1954、p.163)
「荒木さんの報告で、文学の教室がもっぱら社会科の教室みたいになり、文学独自の力と本質が大事にされなかったのは、現実的であるかのようで、実は非現実的なのである。それは日本の現実を甘く考えそして生徒の生活の実体を浅くとらえていることになるとおもう。」(西郷信綱「『科学的』ということ　対立する矛盾の中に人間変革を」『東京大学学生新聞』1953.7.13)

43 「僕が教育の場から言っているのに、文学の場からいっているといおうか、発想の相違というようなものを感じるのである。」(荒木繁《広末氏に答える》頭の中の理解をどう実現するか――相互の場の調整が急務」『東京大学学生新聞』1953.6.29)

44 荒木繁「文学教育の課題――問題意識喚起の文学教育――」『文学』1953.12、p.5

45 (44)に同じ。p.5

46 (44)に同じ。pp.5-6

47 西尾実「文学教育の問題点　その二」(16)に同じ。p.56(初出・『文学』岩波書店、1953.9)

48 「個人的主観による着色としてかたづけ、偶然的事情によるひずみとして退けたものの中に、その人としては見逃してはならない『問題意識』を文学教育の主要方法の一つとするためには、その人の、その場における個人的、偶然的な着色やゆがみをもむげに切り捨ててしまうわけにはいかない。」((47)に同じ。p.56)

49 (47)に同じ。p.57

50 言語生活主義の考えからすれば、言語生活において文学というものが存在しているから、それが言葉である以上、国語科で教育しなくてはならないし、文学にはほかの言葉とは異なる性質があるのだから、ほかの言葉の教育をもってそれに変えることはできない、だから、文学教育というものをやらなければならないということにはなる。しかし、文学の言葉としての固有な性質に教育的価値があるのかどうかを明らかにしなければ、言葉の教育としての文学教育を行う価値は判然としない。

51 西尾実「文学教育とその歩み」(16)に同じ。p.128（初出・日本文学協会編『日本文学講座Ⅶ　文学教育』東京大学出版、1955）

52 荒木繁「文学教育の方法」『文学の創造と鑑賞5』岩波書店、1955、p.49

53 (52)に同じ。pp.49–50

54 (44)に同じ。p.1

55 「しばしば、教科書の文学教材を、生徒が、面白がらないという指摘がなされる。教材のとられ方に問題はあるしても（検定のワクなど）、芥川龍之介『蜜柑』、有島武郎『溺れかけた兄妹』など、ヒューマニスティックな作品がないわけではない。にもかかわらず、それらの教材による主体の高まりが、教師の期待ほど出て来ない。作品の主題からそれたところで、作品の題材との単なる連想で引き出される自分の好奇心を、勝手に喋りあうときにしか、活発な授業が展開できないという状態も出て来る。」（大河原忠蔵「主体を高める文学教育」『状況認識の文学教育』有精堂、1968、p.183（初出・「文学教育の課題」『教師のための国語』河出書房、1961））

56 (17)の pp.181–183 を参照。

57 当時、大河原氏がどのような子どもたちを目の当たりにし、なにに危機を感じていたのかは、「頽廃とたたかう文学教育」（『日本文学』1955.4）に詳しく述べられている。

58 具体的には、以下のように述べている。
「『くもの糸』でも『こころ』でも、その感想文が示す人間理解の特徴、『カンダタ』のエゴイズムを、人間一般のエゴイズムに拡大し、『先生』の罪悪感を現代人一般の罪悪感に拡大するという仕方でなされている。それは、けっきょく『人間性とはこういうものである』という、あの歴史はかわっても人間性の本質はかわらないという観念的発想の地固めをすることによって、一九六〇年のシチュエーションに必要な具体的な人間理解の視点を追い出してしまっている、ということなのだ。」（大河原忠蔵「状況のなかにいる人間」(55)に同じ。p.31（初出・「人間理解と文学教材」『日本文学』1960.12月号））

59 (55)に同じ。pp.316–317

60 大河原忠蔵「文学教育における文学の概念」『日本文学』1958.11、p.19

61 (17)の p.186 参照。

62 大河原忠蔵「文学的認識がとらえる状況」(55)に同じ。（初出・「文学的認識と作品鑑賞」『日本文学』1959.9）

63 「それならば（今日的人間理解に――引用者注）、どんな作品が、具体的に、第一教材と言えるだろうか。／「文学界」（六〇・一〇）にのっている、柴田翔の書いた『ロクタル管』の話などは、その一つの実例と言えよう。この作品では、今日的なひとつの状況のなかに生きる主人公の直接的な価値感覚や緊張感覚の内面に、綿密に言葉があたえられている。」（大河原忠蔵「状況の中にいる人間」(51)に同じ。p.43（初出・「人間理解と文学教材――文学教育観の検討」『日本文学』1960.12）
　さらに具体的には、「『羅生門』は下人と老婆の行動と心理を、外側から描写してい

るにすぎず、これによって、混沌とした社会に生きる人間についての一定の解釈は示されるが、主体と状況の緊張関係を、内側から捉える視点は与えられない」と述べている。（大河原忠蔵「いつでもどこでも書く」(55)に同じ。p.122（初出・「文学教育の問題点」『国語教育』明治図書、1962））

64 「生徒に乗りうつる力をもっている作品。それは、まず、現代性をもっているものだ。あるいは、現代性をひきださせるものである。素材の現代性ではなく、文体の現代性、美の現代性だと思う。それを具えている作品でなければならない」（大河原忠蔵「のりうつる文体」(55)に同じ。p.94（初出・「状況認識の方法」『日本文学』1963.12））

65 (17)に同じ。p.212

66 小川洋子『物語の役割』筑摩書房、2007、p.98

67 大河原忠蔵「のりうつる文体」(55)に同じ。p.96（初出・「状況認識の方法」『日本文学』1963.12月号）

68 (17)に同じ。p.212

69 (17)に同じ。p.212

70 荒川有史『文学教育論』三省堂、1976、浜本純逸『戦後文学教育方法論史』明治図書、1978

71 山元隆春『文学教育基礎論の構築』溪水社、2005

72 熊谷孝『芸術とことば』牧書店、1963、p.164

73 熊谷孝『芸術の論理』三省堂、1973、pp.17–18、熊谷孝編『十代の読書』河出書房、1955、p.127を参照。芸術認識論選択の理由は明確に述べられてはいないが、彼が芸術認識論における欠かせない論理的・必然的前提の解明を試みていたことから、そのように推測することは許されるだろう。

74 熊谷孝編『十代の読書』河出書房、1955、p.3, pp.11–12, pp22–23, p.127、熊谷孝『文学序章』磯部書房、1951、p.3参照。書店や図書館で文学に排架される本が文学なのではなく、それを文学に仕分けるのは、読者自身にほかならないと彼は考えた。また、暮らしのなかに文学があるひとを理想として、自分を育んでいくという読書の目的は、それが生活の一部となることで果たされると考えていたことも追記しておく。

75 (72)に同じ。pp.171–172

76 (72)に同じ。pp.211–212

77 熊谷孝『文学序章』磯部書房、1951、pp.81–83

78 (77)に同じ。pp.71–72

79 (77)に同じ。pp.77–78

80 (77)に同じ。pp.88–89

81 熊谷孝編『十代の読書』河出書房、1955、pp.164–165

82 (77)に同じ。pp.92–93

83 (77)に同じ。pp.92–93

84 (77)に同じ。pp.93–94

85　（72）に同じ。p.63
86　（72）に同じ。p.225
87　（77）に同じ。p.61、pp68–70
88　（77）の pp.68–70、（81）の pp.141–142
89　熊谷孝『芸術の論理』三省堂、1973、pp.65–66、（77）に同じ。p.79
90　（77）に同じ。p.101
91　（77）に同じ。pp.101–102
92　（72）に同じ。pp.264–265
93　熊谷孝『芸術の論理』三省堂、1973、p.30
94　（77）に同じ。p.63
95　（81）に同じ。p.156
96　（81）に同じ。p.162
97　（81）に同じ。pp.143–144
98　（72）に同じ。p.228
99　（72）に同じ。p.178
100　（72）に同じ。p.231
101　（72）に同じ。p.178
102　（81）に同じ。pp.23–24, p.128, p.156
103　（81）に同じ。pp.139–140, p.153
104　（72）に同じ。p.233
105　（93）に同じ。pp.40–41
106　（72）に同じ。p.238
107　（17）に同じ。p.152
108　西郷竹彦『子どもの本――その選び方・与え方』実業之日本社、1964、pp.321–322
109　西郷竹彦「虚構としての文芸」『西郷竹彦文芸教育著作集20』明治図書、1978、p.163
110　西郷竹彦「文芸における伝達性と虚構性」(109)に同じ。p.222
111　現代文学のすべてがそのようであるわけではない。しかし、これまでの文学とはちがった潮流・傾向として、ストーリー展開とよべるような展開がなく淡々と話が進み、その内容も全体としてはリアリティーがないようでありながら、細部には非常にリアリティーあり、リアリティーがないとはいい切らせないような工夫が、現代のとくに女性作家（江國香織、川上弘美、小川洋子など）の作品に認められる。（拙稿・修士論文「文学教材としての現代小説の可能性」参照）なお彼女たちの作品は、中学校・高校の国語教科書に採録されている。
112　細川太輔「国語科教育における学習環境論の導入――実装主義からのパラダイム転換を――」『全国大学国語教育学会　国語科教育研究　第123回富山大会研究発表要旨集』全国大学国語教育学会、2012.10.27、p.155
113　（112）に同じ。p.157

114 （112）に同じ。p.157
115 （112）に同じ。p.157
116 （112）に同じ。p.158
117 （112）に同じ。p.158
118 学習環境論における「知識」とは、以下のようなものとして考えられている。
「学習環境論で考えられる知識は客観的で可能なものではない。だからどのような目的でも使える言語技術は存在しないとされる。（中略）また知識は一人の頭の中にある記憶ではなく、他者と協働したり、リソースを用いながら作り出されたりしたものが知識となる。」（（112）に同じ。pp.157–158）
119 難波博孝『母語教育という思想──国語科解体／再構築に向けて──』世界思想社、2008
120 加藤明「文学でつけたい力、育てたい姿」『月刊国語教育』東京法令出版、2008、p.29
121 （120）に同じ。p.30
122 富田泰仁「感じたい想い、伝えたい感動」『月刊国語教育』東京法令出版、2008、p.12
123 「M・ギボンズ編（一九九四）のいうモード論における、知識生産におけるモード1とモード2」のこと（p.12）。その内実については、以下のように説明されている。「ギボンズらによれば、モード1は、従来の「科学」の概念と変わらない、ある領域の学問分野の方法と目的に合致しその分野の訓練を受けた、いわゆる「科学者」が行う知識生産の様式である。それに対し、モード2は、「より広いコンテクスト、トランスディシプリナリな社会的、経済的コンテクストのなかで生み出され（二〇頁）」、その担い手は「実践家」であり、実際の実践の最中に問題発見と問題解決が行われ、さまざまな分野の人々がコミュニケーションをとるものであり、そこでは「流動的な問題解決能力（二八頁）」が必要である。」（p.12）
124 （119）に同じ。p.13
125 （119）に同じ。p.13
126 倉澤栄吉『国語教育　わたしの主張』国土社 1991、p.120
127 吉本隆明『定本　言語にとって美とはなにかⅠ』角川書店、2001、p.74（初出・1990.8）
128 （17）に同じ。p.55
129 （17）に同じ。p.55
130 「国語科教育では、本当の意味での学習者が主体となって課題を見つけたり、目的をもって言語活動を行ったりするような実践は少ないのではないだろうか。教師が読む教材を決めて、無目的に場面ごとに読むのでは、学習者が目的意識をもてず、学習者の主体性は担保できない。」（（112）に同じ。p.155）
　ほかに、細恵子氏も「小学校国語科『読むこと』の授業をするときには、教科書教材の読解だけでは将来につながる主体的な読み手を育てることはできないととらえ、一単元の中に教科書教材と関連した本との比べ読み、重ね読み等を取り入れ、本の多

様な読み方の技術と意欲・態度を合わせた、幅広い読む力（読書力）を高めるよう努めてきた。」（「児童の読む力を育てる読書生活指導――児童の実態に即して――」全国大学国語教育学会第 123 回富山大会・自由研究発表での発表資料、2012.10.28、p.1）と述べており、文学教育として主体的な読み手を育てるには、教科書教材の読解だけでは限界があり、国語の授業の外に読むことの環境を整えることの必要があると指摘されている。

131 大槻和夫「70 文学教育」大槻和夫編著『国語科重要用語 300 の基礎知識』明治図書、2001、p.82

第2章　生活における言葉の芸術の役割

　1章では、過去の国語科教育において文学教育とはどのようなものとして考えられてきたのか（文学教育観）、また、それはどのような文学観を背景にもってなされていたのかについて考察した。そこから浮かび上がった事実のひとつは、西尾実氏が言語生活主義を提唱して以来、そのありかたは多岐にわたるが、どのような文学教育においても学習者の生活における文学の役割を意識してきたことである。どういったものを文学（教材）として想定しているのかは異なっていても、つまり文学観の違いはあっても、文学教育観において文学を読むことの意味を学習者の生活と結びつけて考えられている点では共通していた。

　そこでこの章では、文学というものが現在の私たちの生活において、どのような意味をもつものとして存在しているのか、生活における文学の姿と、その存在価値について考究する。

1.　ある言葉を文学とみなす行為について

　文学は、言葉の芸術である[1]。文学というものについてそのことだけは、誰にも不服を唱えることができないことであろう。また、文学についてそれ以上に定義することは不可能であるとしても、文学を読むためにそれ以上の説明ができなければならない理由もない。

　言葉の芸術であるとしかいいようのない文学であるが、それを教育するとは、どのようなことなのだろうか。それもまた、言葉の芸術を教えるとしかいいようがなく、あいまいなものを多く含んでいるのであるが、それでも文学を教えたいというひとがいる。それは、国語科教育や学校教育という場に限らず、大人たちのなかには子どもたちに文学を与えたい、文学を読んでほしい、と思うひとたちがいる。そういうひとたちは（なにが、誰にとって、

どのように、ということを一様にはいうことができないが)、文学というもの自体をなにかよきものであると思っているひとたちである。

　文学、芸術、教育。この三者は、どのように関わりあっているのだろうか。

　繰り返しになるが、文学とは言葉の芸術である。そのことだけが、文学の内実に関する確かなこと、当然のことである。ところがその教育(たとえば国語科教育のなか、文学教育のなか)においての文学の扱われかたをみてみると、必ずしも言葉の芸術自体を教える材(教材)となっているわけではない(1章を参照のこと)。よって、文学とは、芸術とは、教育とはなにかを明らかにし、言葉の芸術としての文学教育を行ううえでの三者の良好な関係について考えていくことが、いま必要であると考える(この章では、前の二者(文学、芸術)について論じ、残り(教育)を3章に譲る)。

1.1. 文学とはなにか

　文学という言葉を定義することは、不可能である。そこで逆に、私たちは、なにを文学と思うのかという問いを立て直して考えてみることにする。ある言葉を読み、文学だと思う／思わないとはどういうことなのか、というふうに考えていくことは可能であるからだ。

難波博孝──「他者される」行為としての文学──

　言葉を読み、それを文学だと感じるとは、たとえば言葉にゆさぶられることであるといえるかもしれない。では、ゆさぶられるとはどういうことだろうか。難波博孝氏のいう「他者される」行為を参考に考えてみたい。

　まず、難波氏は「他者」について以下のように定義している。

> 私はここで次のようなカテゴリーを考えて、整理したいと思う。まず、「私」は他者とは「者」でも「状態」でもなく、受動的な行為だと考える。つまり「他者される」という受動態の形でしか表されないと考える。次に、「私」と別の人との関係を、情緒的なつながりの強弱によって、敵(マイナス)〜風景(ゼロ)〜他人(マイナスまたはプラス弱)〜家族(プラス強)(形式的な家族を指すのではなく、情緒的なつながりが深い関係を有していることを示す。飼っているペットが家族であることは十分ありうる)というように考えてみる。通常の私たちの人間関係はこの

情緒の強弱の直線の中で動いていると考えられる。私たちは別の人をその人との情緒的な関係の中で規定し、「そのような人」として「私」のなかに所有しているのである。
(難波博孝『母語教育という思想——国語科解体／再構築に向けて——』世界思想社、2008、pp.183–184（初出・「母語教育の一つの可能性に向けて」『社会文学』日本社会文学会第16号、2001））

　難波氏は、「私」というものが別の人との関係においてしか規定されないこと、またその関係の深さは「情緒的なつながりの強弱」であるとしている。
　またここでは、対人間における「私」について論じられているが、人間関係以外にもこうした考えかたをすることはできるだろう。なぜなら、私たちは、あらゆるものを「情緒的なつながりの強弱」により規定しているからである。それは言葉というものについてもいえる。私たちはある言葉について、その言葉を情緒的な関係のなかで規定することによって、そのような言葉として所有している。
　次に、難波氏は「他者される」ときについて次のように述べている。

　　では、「他者される」ときはいつなのか。変容が起こるのはいつなのだろうか。例えば、自分の娘が援助交際をしていることを知ったとき、友人があとわずかの命であることを知ったとき、ライバルと思っていた人間が自分の仕事を評価してくれていることを知ったとき、私たちは衝撃を受け、自分が変容させられてしまう。つまり、「他者される」とは、情緒的つながりが、「急に」「ひどく」揺さぶられたとき、そのときなのである。
　　(難波博孝、前掲書、pp.183–184、)

　彼によれば、「私」にとっての「他者」とは、つねに存在しているものではない。なぜなら「他者」というもの自体の存在に、私たちは無自覚なまま日常を過ごしているからである。「他者」とは、「情緒的つながりのある存在から否応なく与えられる衝撃」[2]を受けたときにおいて（「私」が「他者された」と感じたとき）、はじめてその存在が、意識され、自覚されるものなのである。つまり、「他者された」ときにはじめて、私たちはそのものとの情

緒的つながりの有無に気づくことができるのであり、その程度(強弱)も確認できるのである。

「他者される」ことによって、私たちそれまでと同じようには「日常世界」を見ることができなくなる、と彼はいう。その意味で「他者される」とは、私が否応なく変容させられてしまうことなのである。

> 敵は敵である、家族は家族であると考えていた日常世界が、「他者される」ことによって破られる。一方「他者した」相手は、その後も、敵のままであり、家族のままであり、他人(友人)のままではある。だが「他者された」「私」は以前と同じようには、相手を所有できない。相手が敵のままであり、家族のままであると考えていた「私」にとっての日常世界も異なって見えるはずである。そのとき、私たちは否応なく変わらざるをえないのである。
> (難波博孝、前掲書、p.184)

つまり、「私」が「他者され」たとしても、「他者」そのものは変わらない。その一方で、「私」が「他者」を見るそのみかたは「他者され」たことによって変わってしまう。

ここで「他者される」行為について、実際にどのようなことであるのかを掴むために、「神田川」[3]を例に、言葉によって「他者される」行為とはどのようなものか、筆者なりに説明してみる。

「神田川」の歌詞は、以下の通りである。

　　貴方は　もう忘れたかしら
　　赤い手拭い　マフラーにして
　　二人で行った　横丁の風呂屋
　　「一緒に出ようね」って言ったのに
　　いつも　私が待たされた
　　洗い髪が　芯まで冷えて
　　小さな石鹸　カタカタ鳴った
　　貴方は　私の身体(からだ)を抱いて
　　「冷たいね」って　言ったのよ

若かったあの頃　何も怖くなかった
　　ただ貴方のやさしさが　怖かった
　　貴方は　もう捨てたのかしら
　　二十四色の　クレパス買って
　　貴方が描いた　私の似顔絵
　　「うまく描いてね」って　言ったのに
　　いつもちっとも　似てないの
　　窓の下には　神田川
　　三畳一間の　小さな下宿
　　貴方は　私の指先見詰め
　　「悲しいかい」って　聞いたのよ
　　若かったあの頃　何も怖くなかった
　　ただ貴方のやさしさが　怖かった

　注目したいのは、「若かったあの頃　何も怖くなかった／ただ貴方のやさしさが　怖かった」の、後半の一文である。「やさしさ」という言葉を知らないひとはいないと思う。また多くのひとにとって、どちらかというとよく聞く言葉であり、使う言葉であると思う。「怖い」という言葉も同様である。
　ところが、「やさしさが怖かった」というくだりに私たちは衝撃を受ける。なぜなら、「やさしさ」も「怖い」も、「そのような言葉として所有している」と思っていた言葉であったのに、「やさしさが怖かった」という一文は、それに反した（あるいは、はみ出た）言葉の用いかたであり、それまでに「そのような言葉」として捉えていたものが裏切られてしまうからである。
　だが、「やさしさ」や「怖い」という言葉を「そのような言葉として所有している」と思っていたことが、それまでに意識（自覚）されていたわけではない。「やさしさが怖かった」という言葉に出会って、裏切られたと感じた、あるいは違和感を覚えた、つまり「他者された」ときに、それは意識（自覚）されるのである。「『やさしさ』と『怖い』という言葉は、どうにも結びつかない」、「やさしさが怖い、ということがあるのか！」という感覚が呼び起こされることによって、「私は『やさしい』、『怖い』という言葉を、『神田川』（の文脈）で使われているような言葉としては、これまで所有していなかった」ということに気づくのである。

しかし、これまで「神田川」(の文脈)で使われているような言葉としては所有していなかったからといって、「やさしさが怖かった」という詩の意味がまったく理解(解釈)できないわけではない。わからなくはないのである。変だな、おかしい、と思うことすらないかもしれない。むしろ、わかるような気がするのではないだろうか。そのようなとき、私たちはかなりの度合いで「他者され」てしまっているだろう。既存の言葉の枠に気づくだけに終わらないで、言葉の枠が変形させられるからである。

ただし、あくまでそれは変形であり、変更ではない。それは単純に、拡張・拡大ともいい切れない。なぜなら、縮小したように感じる場合もないとはいえないからだ。たとえば、日本語には雨や雪の降りに関する言葉が多いが、そのことによって、ひとつひとつの言葉のもつ意味の許容範囲が限定されていく。言葉のきめを細かくしていくような場合には、新しい言葉を知るたびに、すでに知っていた言葉の枠がちいさくなることもあるだろう。よって、単純に拡大・縮小ということはいえないが、更新される、変形するというのであれば適切であろう。

「神田川」の場合、依然として「やさしさ」は「やさしさ」のままであり、「怖い」は「怖い」のままではある。言葉のもつ音声や表記が変わらないというだけではなく、その意味やニュアンスも含め、そのすべてが改められるのではないという意味でそのままである。にもかかわらず、その言葉に「他者された」経験から、私たちはそれまでとまったく同じようにはその言葉を所有することができなくなることがあるのである。

以上より、言葉を読み、それを文学とみなす行為は、「他者される」という「受動的行為」や、「衝撃」と同様のものであるということができる。

また難波氏は、「他者される」「衝撃」は「情緒的なつながり」が強いほど大きくなると述べている。

> だが、そのような「他者される」ことは怖い。普段生きている日常世界が揺さぶられることは怖い。だからその衝撃を最小限にしようとするために、「他者される」出来事を解釈しようとする。なんとか理屈や因果で解釈しようとする(中略)。だが、「私」の心には、「他者された」衝撃は残り続ける。その残響は、相手との情緒的つながりが強ければ強いほど(プラスのつながりであってもマイナスのつながり(つまり敵)であっ

ても）強いだろう。
（難波博孝、前掲書、p.184）

　先に挙げた「神田川」の場合においても、「やさしさ」や「怖い」といった言葉が比較的なじみの深い言葉である分（極端にいえば、日本語であるからこそ）、その衝撃が大きいのである。
　ここまで、ある言葉にゆさぶられることがその言葉を文学とみなすことにつながるということから、ゆさぶられる感覚とはどのようなものであるのかについて、難波氏の「他者される」という行為を参照し考察した。その結果、ゆさぶられるとは「他者される」ときの感覚とよく似ており、私たちはある言葉に「他者された」とき、ゆさぶられたと感じ、その言葉を文学とみなすのではないかということがわかった。また、ある言葉に「他者される」とは、たとえば、その言葉を読む以前の自分が所持していたその言葉の枠が変形・更新されるときであるともいえる。またその言葉への馴染みの度合いにより、「衝撃」の強さは比例することもわかった。
　しかし、ある言葉を読み、「他者される」ときにしか文学が成立しないわけではないだろう。「他者される」ものを文学とすると定義することもできなくはないが、それは生活のなかの読書においての、文学の姿の一部でしかない。よって、そのように定めてしまえば、文学教育の枠は狭まり、学習者が文学というものを非常に限定的なものとして捉えることにつながってしまうだろう。
　次の項では、ある言葉を文学とみなすとはどのようなことであるのかについて、「他者される」以外のものを検討する。

吉本隆明――「自己表出」の言語としての文学――
　前の項では、文学を「他者される」という衝撃的な行為のもとに発生するものとして捉えた。
　ただし、「他者される」ときの「衝撃」（ゆさぶり）の強さが文学性の度合いに比例するわけではない。その言葉が文学であるか否かということはいえたとしても、文学性が高い／低いということはいえない。ある言葉がそのひとにとって、またそのときおいて、文学であるかないかという判断がいえるのみである。

ある言葉を読み、強烈な「衝撃」を受けない場合でも、私たちはその言葉を文学ではない、あるいは文学性が低い（乏しい）とみなすわけではない。たとえば、いいなとか、好きだなぁ、よくわかるなぁ、という感じを覚えるときや、その言葉を読みながら、言葉を読むこと自体に惹きこまれてしまうとき、活字を目で追うこと自体に没頭してしまうときがある。そういう場合、「衝撃」を受けたという感覚はあまりない（自覚されない）だろう。しかし、そのときもやはり、読者はそれを文学の言葉として読んでいるはずだ。そういう情況について具体的に述べられたものを、例としていくつか引用する。

　池のそばに大きな　大きな木があります。その木にはたくさん　たくさん実がついております。風が吹きますとその実が落ちます。落ちた実は下の石に当って　かちんと音をたて、はずんで池に　ちょぽんと入ります。（中略）
　てな文章がありました。正確に写しているわけではありません。記憶を深って書いてみたまでで、こんな状況ということです。記憶の中では、
　　かぜがふけば
　　かちん　ちょぽん
　　かちん　ちょぽん
　　いつまでたっても
　　かちん　ちょぽん
　　かちん　ちょぽん
という具合に詩のような調子で、それも数頁にわたってそれこそキリがなく活字が組んであったような気がします。とりあえず呆れた文章ではあります。なにしろ大きな大きな木であって、たくさんのたくさんの実がついておるのだ、と書き手が言うのです。だからいくら書いてもキリがないね、と言うわけです。いや、そんなことないでしょ、いくら大きい木だと言ったって、そこは木でしょ。いくらたくさんの実と言ったって、なにしろ木の実でしょ。どんぐりとかでしょ。そのうち必ずなくなるでしょ。だいいちすべての実が同じように石に当って　かちんとなって、ちょぽんと池に入るわけないじゃん。木と石と池とがどんな構造の位置関係してんのさ。どう考えても変だぜ、と幼かったぼくでさ

えちょっと腑に落ちませんでした。でも腑には落ちなかったけれど、ぼくのどこかに確かに落ちました。かちん　ちょぽん　と落ちました。落ちたのでしょう。五十年経った今、その文章を読んだときの不思議な快い感覚を思い出せるのですからね。

　こんな感覚がことのほか好きです。好きだということに気づかされた最初の文章だったのでしょう。なんとなく為になったような気がした本とか、ちょっと学びましたねというような文章、あるいは単に面白いやつとかちょっと凄いものにはそれこそ数多く出合って来ましたが、何故かそのまま理由も理屈もなくすとんと入ってきたものはそう多くはありません。(中略)もちろんそうなるための相性というものは無視できませんが、どうやら眼に入って頭に入る寸前にちょっとバイパスを通って脊椎に入るような感覚に弱いのですね。腑に落ちるというよりは骨盤に落ちるというような気分、少しザワッとします。
(五味太郎「かちん、ちょぽん」『文藝春秋SPECIAL（平成二十一年季刊春号）』文藝春秋、2001.4.1、pp.172–174)

小学校五年生だったか六年生だったか、ヘッセの『知と愛』を読み出した。内容は難しくてよくわからなかったが、しかし、何かがとても心地よかった。本の匂い(紙の匂い、活版印刷の匂い)を嗅ぎながら、活字を読んでいること自体が気持ちよかったのだと思う。
(小池真理子「父の蔵書とお・ま・る」『文藝春秋SPECIAL（平成二十一年季刊春号）』文藝春秋、2001.4.1、p.60)

私は、中学三年の夏休み、教科書に「名作」と挙げられていたので、ほとんど人生最初の小説として(太宰治の「人間失格」を──引用者注)読んだ。読み終わり、本を置くと、夏の庭が暗くなっていた。読みふけって夕暮れになっていたのを、世界自体が暗くなったかと、虚を衝かれたのだった。それほど心奪われたのに、いや、それだからこそか、今回読み返して、私もほとんど覚えていなかったことに驚いた。(中略)
　ただ、はっきりと思い出したのは、かつて読んだときの、話の中を進んでゆくのだが、いま来たところを読むそばから忘れて、それでも振り返る気はなく、先に先にと気は急いて、しかし、どこに向かうかはわか

らない、「現在」しかない宙づりの感覚である。太宰の描く細部の嫌らしいまでの的確さと、転換の冴えは、そこにとどまって話のおもしろさを味わうためだけにあるのではなく、こうした無時間の感覚を読者に与え、それによって私たちは丸ごと持って行かれる。

　ただし、今回読み返して、この「丸ごと持って行かれる」とは、「心奪われる」読書の体験ではない、と分かった。(中略)『人間失格』を読んだ「衝撃」は、主人公への強い同一化に隠されて、実は、小説を読むこと、そのものだったような気がする。それは、動き出したら止まらない時間というもの、それを、ずれていることを承知で表現すれば、人生の持つ条件としての「宿命」を知ることに似ている。それは決して、主人公の退廃、といった、小説の中の「内容」に関わったりするのではなく、自己自身の内側を歩む小説自体が持つ「方法」と言えばよいか。『人間失格』が私の心に、輪郭も細部もぼんやりとしたまま残っていたのは、その自分を探る「方法」を習ったからだろう。(船曳建夫「『人間失格』」『文藝春秋SPECIAL（平成二十一年季刊春号）』文藝春秋、2001.4.1、p.170)

　「何故かそのまま理由も理屈もなくすとんと入って」くるような言葉の場合、言葉を読みつつ、「活字を読んでいること自体が気持ちよかった」りする、「話の中を進んでゆくのだが、いま来たところを読むそばから忘れて、それでも振り返る気はなく、先に先にと気は急いて、しかし、どこに向かうかはわからない、『現在』しかない宙づりの感覚」をおぼえる場合——そのような場合も、私たちは「文学を読んでいる」と感じているのではないだろうか。

　こういう状態におけるある言葉を文学とみなす行為について、吉本隆明氏の論考を参考として検討したい。

　吉本氏は、「すべての言葉は指示表出性と自己表出性とを基軸に分類できる。言葉を文法的にではなく、美的に分類するにはわたしの考え方のほうが適しているとおもう。いいかえれば文学作品などを読むにはこの方がいいとおもっている。」[4]と述べている。しかし、「指示表出性」や「自己表出性」については、彼自身の明確な定義づけはなされていない。よって、論考全体からその内実を捉えて以下に示すこととする。

「指示表出性」とは、言葉の役割のうち、なにかを指し示すはたらきのことであり、言葉の伝達性や意味と深い関係にある要素であるといえる。そして「自己表出性」とは、言葉の表出性自体のはたらきのことである。たとえば、うつくしいものに思わず、「ああ」と声を洩らす場合の「ああ」ような、表出されること自体に重点がある言葉は、「自己表出性」が高い言葉である。つまり、言葉の印象(ニュアンス)や価値と深い関係にある要素であるといえる。

では、こうした要素は、読むという行為のなかでどのようにはたらくのか。吉本氏は、読むという行為において、「指示表出性」を中心として読む(読める)場合と、「自己表出性」を中心として読む(読める)場合とがあるという。つまり、意味のほうに重きをおいて読む(読める)場合と、価値のほうに重きをおいて読む(読める)場合があるという。

「辰男は物をも云はず、突如に起き上つた」という文章では、わたしたちは、ただたんに各語の指示表出としてみられた関係が、この文章の意味であるといってもそれほど不都合を生じないが、この関係がうねりをうみ、ついには指示表出としてたどることができなくなるというばあいに、しばしばつきあたることは、はじめに実例をあげたとおりである。こういった意味のうねりや、指示性の関係としてはたどれないのに、なお、なにかを意味しているような表現にぶつかるとき、言語の意味がたんに指示性の関係だけできまらず、自己表出性によって言語の関係にまで綜合されているのを、はじめて了解するのだ。
(吉本隆明『定本　言語にとって美とはなにかⅠ』角川書店、2001(初出・1990)、p.92)

わたしのかんがえからは、言語の意味と価値との関係はつぎのようになる。つまり、言語の意味は第5図のaの径路で言語をかんがえることであり、言語の価値はbの径路で言語をかんがえることだ。
(吉本隆明、前掲書、p.103)

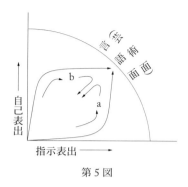

第 5 図

　先ほど、「中心として」、「重きをおいて」という言葉をもちいたのは、どちらか片方のみで読むということはできないからである。たとえば、目的地にむかうためだけに歩いているときでも風景を無視する（見ない）ことができないのと同じように、私たちはある言葉をなんらかの目的をもって読む場合でも（とくに目的を意識しない場合でも）、その言葉の「指示表出性」のみを読む、「自己表出性」のみを読むということは実際的には不可能な行為であると吉本氏は考えている。態度（の傾向）として、どちらをより重視するのか（重視している、してしまっている、という事後的・無意識的なものも含めて）なのである。

　よって、ある言葉をaの径路で考えるひと・こと・ときもあれば、bの径路で考えるひと・こと・ときもある（同じひとでも、ときによって異なる、ということも含める）。そして、その態度こそが、ある言葉が文学（芸術、美）であるかないかの決め手なのである。

> 　一般に、ある言語を価値としてみるか、意味としてみるかは、ソシュールのいうようにまったくちがうが、でもたがいに相補的（Komplementär）なものだといえる。文学作品を、たんに意味を伝達する非芸術としてみることができる（芸術を鑑賞する一定の諸感覚をもたないものにはいつもそうみえる）とともに、ある哲学論文、科学論文を表現の価値としてみる（すぐれた哲学者や科学者の論文はそうみえる）ことができるのはそのためだ。
> （吉本隆明、前掲書、p.104）

つまり、bの径路で読まれる場合、すなわち「自己表出」や価値として読まれる場合にその言葉は文学（美、芸術）になるというのが、吉本氏の主張である。以下の引用はそれを具体的に述べているものである。

　わたしたちは、言語の価値を自己表出からみられた言語の全体的な関係としてかんがえた。だからA（「彼はまだ年若い夫であった。」（庄野潤三「静物」）──引用者注）という言語の表現の価値は、「彼」という代名詞の自己表出、「は」という助詞の自己表出、「まだ」という副詞、「年若い」という形容詞、「夫」という名詞……の自己表出の関係からみられた文章全体である。
　Aという文章で、たんに文法的にみれば「彼」ということばは、第三者を意味する代名詞にすぎない。しかし、作者の意識の自己表出としてみるとき、この代名詞「彼」は作者との関係をふくむことになる。この文章をよんで「彼」ということばが、作者がじぶん自身を第三者のようにみたてた表現のようにもとれるし、また、作者とある密接な関係にある他人ともうけとれるような含みを感ずるのは、作者の自己表出として「彼」ということばをかんがえたうえで「彼」という意味をうけとっているからだということがわかるだろう。Aの文章で価値として「彼」ということばをかんがえるとは、このことをさしている。「年若い」という形容詞のばあいもまったくおなじで、たんに〈若い〉と表現しても意味にかわりはないが、作者の意識に年齢としての強調があって〈年〉という名詞とむすびついたあらわし方をしたといえる。「夫」という名詞もおなじで、〈男〉とか〈亭主〉とかで意味としては代置できるのだが、作者の自己表出が「夫」という語感をえらばせたのだ。
　このように「彼」という人物が、まだ若い妻をもった男だという意味の文章Aがふくんでいるニュアンスが、それぞれの語の自己表出の関係からきていることがたやすく了解できるとおもう。このときわたしたちは、たんに意味としてではなく、価値としてこの表現をたどっているので、文章を言語の表現としてみるとは、このことを意味している。
　たとえば〈彼〉とか〈夫〉とかいう言葉の意味をしったばかりの小学生を想定してみれば、かれはこの文章を意味としてしかうけとれないにちがいない。だが一定の水準をもった読者を想定すれば、「彼はまだ年

若い夫であった。」という単純な文章を、本人が意識しているかどうかにかかわりなく、含みのある文章として、いいかえれば、文法的にではなく、自己表出を含んだ価値としてよんでいると確言できるとおもう。
（吉本隆明、前掲書、pp.122–123）

　私たちは自分が「意識しているかどうかにかかわりなく」、「たんに意味としてではなく、価値として」言葉を読んでいるときがある。それは「自己表出を含んだ価値」であり、ほかの言葉でも意味としては代替できるけれども、価値として代替できない言葉であって、なぜその言葉であるのかといえば、作者の「自己表出」がその言葉を作者に選ばせたからである。だからこそ、「自己表出を含んだ価値」なのである。
　これは、難波氏の「他者される」という感覚が（読者にとっての）意外性や新奇性に起因するものであるのに対し、妥当性や親和性の高さに起因するものであるといえよう。
　さらに吉本氏は、ある言葉の意味（「指示表出」）が了解できない場合であっても、価値（「自己表出」）としてその言葉を了解できる（受けとることができる）場合があることについても説明している。それは、読者が作者からの信頼を感じる場合である。

　　この古典詩（「天飛む　軽嬢子　いた泣かば　人知りぬべし　波佐の山の
　　鳩の下泣きに泣く（『古事記』武田祐吉訳註）――引用者注）で〈軽嬢子
　　よ、あまりひどく泣くと人にしられてしまうだろう、それだから波佐山
　　の鳩のようにしのび泣きで泣いているな〉の意味がわからないとすれ
　　ば、現在まったくつかわれていない死んだ語法や、死語があるためだ。
　　いままでかんがえてきたところでは、死語というのは自己表出としてあ
　　る過去の時代的な帯のなかにあり、指示表出として現存性が死んでし
　　まった言語をさしている。この古典詩の意味がわからないのは指示表出
　　として現在死んでいて、言葉の流れがたどれないからだといえる。それ
　　でもこの詩の情感がいまも何かをあたえるのは、自己表出面から現在に
　　連続する流れが感じられるからだといえる。
　　（吉本隆明、前掲書、p.76）

危い目にあった人間がとっさに〈畜生！〉と叫んでも、〈助けて！〉とわめいても〈畜生〉や〈助けて〉というコトバに意味があるのではなく、ただその状態で発せられた叫びとして意味があるように、これを自己表出の励起にともなう指示表出の変形とかんがえ、いわば、言語が自己表出を極度につらぬこうとするために、指示表出を擬事実の象徴に転化させたものとしてみるのがいいのだ。
　「夢の中での日常」[5]の作家の想像力は、この文章の直前の、頭の瘡をかきむしるというところまでは、どうやらかゆさの表現を対象の指示によってつらぬいてきた。しかしもはや、事実指示の限界にきたにもかかわらず、なお、かゆさとそれから逃れる感覚を溶接するには、胃袋のなかにじぶんの右手をつっこんで身体をうらがえしにし、さらさらとして清流のなかに身を沈めているという擬事実を指す表現へふみこまざるをえなかった。この擬事実はかゆさの感覚の自己表出の励起にうらうちされて、リアリティを獲得することができている。この文章が、誇張や逆説とうけとられず対象の事実と擬事実との溶接がとても自然なのは、もちろん作者の手腕による。でもこの手腕のいわば核は、この種の擬事実ににたズレの感覚がしばしば生活の体験としてあることを作者が信じているからだと思える。
（吉本隆明、前掲書、p.78）

（清岡卓行「氷つた焔」[6]という詩において――引用者注）すでに意味は擬事実をさすことさえ拒んでいて、拒むことにひとつの当為がみとめられる。これを詩脈全体のなかにもどしても意味がよみがえってくる可能性はない。だが意味がないのではなく、ひとつの緊張した表出感が完結されているのをよむことができる。この詩人のなかで、したしい女性の裸身のイメージが、やわらかい愉楽であるが、たしかなたたかいでもある生活についての思想とむすびついて表現されていることが了解できる。言語の指示性を仕掛け花火にたとえてみれば、この詩はいわば打上げられて、頂きに火粉を散らして消える打上げ花火のように言葉をつかっている。仕掛け花火は、滝や人形や家の形を火粉によって描いて消えるが、打上げ花火はうちあげられた高みで飛散すればよいのだ。
　言語はここでは、指示表出語でさえ自己表出の機能でつかわれ、指示

性をいわば無意識にまかせきっている。言語はただ自己表出としての緊迫性をもっているだけだ。
（吉本隆明、前掲書、p.79）

　ひとつめの引用は、言葉の古さゆえに言葉の意味が理解できないという例である。二つめの引用は、意味としてはありえないことが書かれているという例である。三つめの引用は、書かれていることが現実としてありうるかどうかという判断すらできない、像を思い描くことができないという例である。
　この三つの例に共通の特徴をまとめるなら、読者がそれを意味として読むことをあきらめさせる要因を孕んでいる、ということである。そして、そのとき、私たちはその言葉を文学として（芸術や美として）みなしているのではないかということである。
　意味をとろうとしてもわからないという場合に限らず、ナンセンス詩[7]やことばあそびなどのように、意味として読むことを必ずしも求めていない場合、読者がそれを意味として読むことを積極的には選択しない場合がある。しかしそのような場合であっても、私たちはなんらかの魅力を感じられることがある（もちろん、感じられないひと・こと・ときもある）。それは、そのとき読者が、その言葉を意味として読むことを重視しなかったことによって、価値として読むように促されたからである。吉本氏の言葉を借りていえば、その言葉をただ作者の「自己表出」の結果として了解していこうとし、さらに「自己表出」としては機能している言葉なのだと感じられるとき、私たちはその言葉を文学とみなすことができるのである。
　そのような場合が、なぜ読者が作者からの信頼を感じる場合であるのかというと、それが発生するときとは、作者が伝えたかったことはわからないけれども作者がなにものかを伝えたかった（あるいは表現したかった）のだということだけは伝わったということを、読者が了解するときだからである。意味として読むことをあきらめるというのは、妥協や落胆の行為ではなく、読者が、自分はなにかを伝えたい相手として作者に信頼されている存在なのだ、という感覚を喚起されてこそ成立する行為なのである。
　ナンセンス詩やことばあそび、また擬音語・擬態語などに、すべてのひとがこのような反応をするわけではないので、すべてのひとにこのような反応

を期待することはできないことだろう。ここでいいたいのは、そういう反応をしてしまう種類のひとが(どれくらいいるのかはわからないが)いるということであり、そのようなひとたちは、作者(書き手)への信頼を感じながら、言葉を読んでいるのではないかということである。その言葉を読めるひととは、それがどのような言葉であれ、作者が読者(である自分)に対し、こう書けば伝わる、この言葉なら伝わる、と信じてこれを書いたのだという感覚をもって読んでいるひとなのではないだろうか。この言葉は伝えられるために書かれているということを感じられるかどうかは、その言葉を読めるということに深く関わるであろう。

　つまり、「この種の擬事実にたズレの感覚が」読者にも「しばしば生活の体験としてあることを作者が信じているからだと」、読者が「思える」とき、意味(「指示表出」)が了解できなくとも、価値(「自己表出」)として了解できるということが起こるのだと考える。

　以上より、私たちはなにを文学とみなすのか、という問いに対して、「自己表出性」として読めるもの(作者が自己を表出をした結果のものとして感じて読めるもの)を、文学とみなしていると答えることはできるだろう。はじめに示した、活字を辿ること自体に酔う、とでもいうような読むという行為には、ただただ「自己表出」として、言葉を夢中で追いかけている状態であろう。「指示表出性」については脇目も振らずに走っているような状態であるといえる。

　では、見知らぬ作者に対して、読者はどうしてそんなふるまいができるのだろうか。それは、言葉というものの本来的な性質にある。

　ある言葉を読むときというのは、実際にだれかと言葉を交わす(話すとき、聞くとき)に比べ、その言葉が自分に向けて発せられたものであるという意識は、弱いと思う。しかし、言葉というものは誰かに発せられなければ存在しないものなのであるということを私たちは知っている。

> 誰かによって発せられたものではない言葉は存在しない。すなわち言語はまず発話文としてあるのであって、言葉は必ずそれを発する主体と(想像上の存在であれ)その受け手を必要とする。フランスの言語学者バンヴェニストの出発点は、人間なくして言語は存在しない(彼にとってはその逆もまた重要である)ということであった。言語コミュニケー

ションが成立するためには発話の主体と受け手とコンテクストが不可欠の要素であることはヤーコブソンの六機能の図式でも明らかであるが、バンヴェニストが発見したのは、あらゆる発話文が、発話の状況（誰が、いつ、どこで、誰に、どのような文脈や意図のもとに発したものであるのか）を示す痕跡を不可避的にそなえているということであり、広い意味での文の意味作用は、このような発話状況（「談話の審級」instance de discours）の理解をぬきにしてはありえないということであった。
（青柳悦子「虚構言語行為論」青柳悦子ほか『現代文学理論　テクスト・読み・世界』新曜社、1996、p.91）

　つまり、言語自体が発話状況を示す痕跡を不可避的にそなえるという性質をもっているため、なにを読むときにも（発話行為が捨象されているように思えるような、ナンセンスな言葉の場合であっても）、それが言葉である以上、私たちは無意識的に、発せられたもののとして受け取っている可能性が十分にある。よって、読者は思わず、「自己表出」として言葉を辿ってしまうことがあるのであり、そこに美を感じる可能性がひらけるのである。
　このことは、別のいいかたをすれば、読者が思わず「自己表出」として辿ってしまうような言葉が文学であるということである。またそういった言葉は交換や省略が不可能である。なぜなら、その言葉がなくなるということは、それを発した存在（作者）が消えてしまうことに等しいからである。いらない言葉は一文字もないのである。
　こうした主張を最初に示したのは、ロラン・バルトであった。

　「物語のなかではすべてが意味作用をもつ」というテーゼを掲げるバルトは、まずストーリーを構成する要素（「機能体（フォンクション）」）について、その「核」とそれらの自然な展開を保証するいわば埋め草である「触媒」とを区別することで「シークエンス」より綿密な分析の準備をする。『S/Z』の「行為のコード」の分析でも顕著なとおり、バルトはこの「触媒」のさまざまな働き、とりわけ、いわゆるサスペンスやはぐらかし、あるいは伏線などの効果を強調する。つまりバルトは筋の要素が保証する、テクストと読み手の多様なコンタクトの問題に着目したのである。

また一方でバルトは、作品中には筋にはかかわらない要素があること、そしてそれもまた物語の内容にとって重要なさまざまな情報をもたらすことを発見し、これを「指標」（人物の性格を示す徴候や〈雰囲気〉の表記など）と名づけた。
（青柳悦子「物語の潜在構造」前掲書、p.45）

　「作品中には筋にはかかわらない要素があること」は、誰にも認められることであろう。だが、「それもまた物語の内容にとって重要なさまざまな情報をもたらす」のかどうかは、ひとによるだろう。それは、ひとり一人の読者が、それを読むときに下す価値判断に委ねられている。
　たとえば、「物語とは長大なひとつの文である（一文に要約することが可能）」といういいかたがあるが、一文にしてしまったら、それはストーリーではあったとしても、もはや文学ではなくなってしまうのではないかという感覚はないだろうか。その一文を読んでも、文学を読んだことにはならないとか、この一文には感動しないが、そのもとである物語には感動するのはどうしてなのか（そこに文学というものや、文学の言葉、文学の本質があるのではないか）という疑問は残らないだろうか。
　物語は一文に要約することが可能で、その一文ともとの物語に文学としてのちがいはない、というひともいるかもしれない。しかし本能的に、どんなひとでも文学を存在せしめる可能性をもっていると筆者は考えている。なぜなら読むという行為において、その言葉を現実のものとして読みたい、現実に近づけて読みたいという、リアリティへの願望が潜んでいると考えるからである。
　私たちは、人生のストーリーだけを生きているのではない。人生、生活、現実の中身というのは、ストーリー以外の部分のほうがずっと多くを占めている。そして、それらのひとつひとつに対して、自分にとって完全に無価値なものであってほしいとは思わないだろう。いまはわからないかもしれないい、私にはわからないかもしれない、死ぬまでわからないかもしれないし、死んでもわからないかもしれない（なにしろ、私がいなくなるのだから）、という要素が寄せ集まって人生や生活、現実は構成されている。究極的には、自分の人生の価値について私たちは判断することはできない。しかし、生きていく過程においては、それをいいものだと思っていたいということはある

のではないだろうか。
　そういった希望や期待が、文学を読むことで叶えられることがある。それは、読者になるということは同時に作者にもなるということだからである。

　　テクストを読む読者は、多次元性、多元性の場において、読む行為とエクリチュールの相互関係に陥り、新たな意味創造を始める。作家によって記されたエクリチュール(書かれたもの)を、テクストとして読者が再びエクリチュール(書く行為)するのである。古典的な読者が受動的であったのに対し、テクストを前にした読者は積極的に意味生成に参加し、生産行為を行なう主体へと変貌する。
　　(伊藤直哉「テクストと記号」青柳悦子ほか『現代文学理論　テクスト・読み・世界』新曜社、1996、p.67)

　このように、読むことは書くことであると考えると、ある言葉を文学とみなす(ある言葉を読みながら、文学と感じている)行為は、文学を書いている行為であるといえる。そして、そうした言葉を読むとき、すなわち書いているとき、読者は自分がそういう言葉を書きたかったのだと感じるのである。

　　ジラールがロマネスクの系譜を通じて明らかにしたことを一言で述べるならば、欲望における「他者の先在性」ということになるであろう。つまり、われわれは自ら主体的に欲望するのではなく、あくまでも「他者」の欲望を通じて、あるいは「他者」の欲望を模倣することで欲望するということである。こうしたジラールの問題意識は、「欲望とは他者の欲望である」とするラカンの主張だけでなく、「主体性」の転覆・解体、さらには近年ますます重要となりつつある「他者(性)」の問題に連動するものとして再評価されなければならないであろう。
　　(土田知則「欲望・貨幣・テクスト」青柳悦子ほか『現代文学理論　テクスト・読み・世界』新曜社、1996、p.137)

　このことを、「自己表出」として読むということと合わせてまとめると、次のようになる。
　私たちは、ある言葉を「自己表出」として読む(読める)ときに、そこに文

学を感じる。また「自己表出」として読むということは、その言葉を作者の自己を表出したいという欲望として読むことであり、それは同時に自分の欲望を読むことでもある。

　どんなひとでも、生活のうえでなんらかの言葉を使用している。その意味で、私たちは使えるある言葉を所有(共有)し、それを使用している。だが、欲望の表出としての言葉の所有やその使用は、日常生活において必須のものではないために十分にもち合わせていないのである。そのため、自分が書いているような心地になれるような言葉を読んでいるとき、私たちは「自己表出」をしているような快の感情を覚え、それを文学であるとみなしていくのである。

　ここで、「他者される」文学と「自己表出」としての文学について、簡単にまとめる。

　ある言葉が文学であるかどうかは、読者がどのような言葉としてそれを読むのかによる。つまり、文学としてそれを読み始めるか(読んでいるか)どうかという態度にも、左右されるところはあるだろう(言葉が読まれてから事後的にすべてが判断されるのではない。読前、読中、読後、そのすべての瞬間に私たちはその言葉を文学であるかないかを無意識であれ判断しているはずだ)。

　「他者される」行為としての文学とは、言葉を意味として辿ろうとする読みの態度をとりながらも、辿れなくなった場合に発生するものである。また、「自己表出」の言語としての文学とは、言葉を価値として辿ろうとする読む態度をとることで、辿りえた場合に発生するものである。

　どのような態度でその言葉を読むのか、意味あるいは価値として辿りうるか否かは、そのときの読者の状態によってどちらにもなりうる可能性がつねにある(状態により決まるということは一応いえるのだが、こういう状態であれば必ずこうなるという具体的なことについては、いいようがない)。

松永信一──「感動」の「行動」としての文学──

　ここまでは、おもに読む側の視点から、文学とはなにかについて考察してきた。読まれる言葉がすでにそこにある状態であり、それがどのように読まれるときに文学とみなされるのかいうことを中心に論じてきた。ここでは、読むことは書くことでもあるということから、書く側の視点からも文学とは

なにかについて考えてみたい。文学を書くとはどういう行為なのかについて深めたい。

この章のはじめに、文学は言葉の芸術である、それだけが確かなことだ、と宣言した。文学を構成している材料はまぎれもなく言葉であり、それによってできあがったものが文学という芸術である。厳密にいえば、ある言葉が芸術にされたとき、それが文学になるのである。それをなすのは、まぎれもなく作者(としての読者)である。そうしたことから、作者の視点から文学というものについて考えることは、有意義であると考えられる。

また、その手がかりとして、ここでは松永信一氏の『言語表現の理論』[8]を取り上げたい。田近洵一氏はこの理論について「言語行動の原理への根源的な究明」であるとし、文学教育にとっての価値が「作品研究教材研究、ひいては、文章の目のつけ方に理論的示唆を与えてくれるところにある。」と評価している。なぜなら、そこには「文学と非文学との微妙な重なりを把握する見通しが生まれる可能性」がうかがえるからである。ただし、田近氏が「氏の関心は、『文章表現の定性的研究』にあったため、論究は、文学と非文学とをきっぱり分けた上で(そのような文例を標本として選んだ上で)、『対象表現』と『対応表現』とを対置するという方向に収斂していくことになった。とは言え、文学表現の特性の独創的アプローチが見られる。」とも指摘しているように、松永氏の理論はあくまで文学と非文学の(重なりを認めながら)その差異を明らかにすること、別言すれば、明らかな差異を示すことであったといえよう[9]。

まず松永氏は、言語はその内容によって五つに区別することが可能であるとした[10]。以下に、その分類を筆者がまとめなおしたものを示す。

(1)交換可能な言葉
　例：「子供」という言葉が、「少年、少女、幼年、幼児、乳児」など他の言葉に置き換えても、問題がおきない場合。
(2)指すことば((1)に、主体による指さすはたらきが加えられたもの。)
(3)意欲によって指す言葉
　例：「子供」という言葉では満足できず、「少年、少女、幼年」などと言い換えてみるが、それでも満足できず、さらに「乳児期、幼児期」と言い換えてみる、という吟味のくり返しを経た言葉。

(4)経験の記憶を指す言葉（それにより、経験・記憶が自動的に呼び出される言葉）
(5)実体的側面（音声・文字など、言葉の外面。外面とはいえ、それは内容（印象、ニュアンス）にまったく関わらないとはいえないので。）

　松永氏は、(1)(2)を「対象表現」、(3)(4)を「対応表現」とする（ちなみに(5)は、両者に副次的にはたらくものである）。そして、文学は「対応表現」により構成されたものであるとしている。なぜなら文学は、作家の「文学行動」の結果としての「文章表現」だからである。

> このような文章表現の全体の前提をなすものの中に、文学行動を考えてみる。対象表現の対象は、対象界であるのに対して、対応表現の対象は、主体である。それを対象として捉えようとするのもまた主体である。その両者はともにまた変化する。そういう困難な情況におかれてはいるが、その両者の変化そのものは価値の意識で貫かれている。そこに、困難ではあるが不可能ではないという根拠がある。価値の基準は、単一ではないようである。生命を球体とみて、球の中心から発して、球面の一点を通る直線を、価値基準にたとえ、その直線が球の外の世界とかかわるところに価値意識を想定するとすれば、価値基準は可能性として無数に成立することになる。無数にあるとしても、変化の中に置かれてある主体の「今」を把握するものは、その「明日」を把握することは不可能ではない。まして価値意識が人間に成立するのは、球体間の共鳴によるもの、つまり社会的に作られるもので有限のものであることを考えれば、その「未来」を把握することは不可能でない。
> （松永信一『言語表現の理論』桜楓社、1971、p.116）

　作者の行動、すなわち「文学行動」とはどういうものか、さらに詳しく述べる。それは、作家が自分の感じたもの（感じているもの）や、自分の内側にあるものを、読者の内側に存在させるにはどうすればよいのか（どの言葉を書けばよいのか）という方法を模索する行動である。

> どうしたら今の自分の胸の中の感動と同じものを読者の胸の中に現存せ

しめることができるか。文学は、こういう方法上の課題の追求をはじめた。その結果発見せられたのは、イメージの結像点を読者の胸中に転移させることであった。（中略[11]）この方法は、鑑賞者や読者を傍観者的な位置に放っておくのではなく、作家行動の一部を分担させる方法である。それだけ鑑賞者・読者の中に起こる「対応」は強烈である。作者がその制作によって文化の進むべき方向の探知なり理念の生産に全エネルギーを賭けたのと、きわめて近い活動が読者の中に起こる。その活動によって読者の内部に樹立された精神の姿勢は強固であると言えよう。
（松永信一、前掲書、p.119）

　つまり、「対応表現」とは、作者による、作者の内側（にある感動）の実況中継である。それは同時に、作家の創作過程そのものを実況中継しているものでもある。

発見ないし創造し終わったものを読者に伝えるための作品でなく、その作品の中で創造するのである。作品は実験室で、実験室には材料と実験のための手順があるだけ、その結果の読みは、読者（作者も同時に読者でもある）の胸中にゆだねられる。詩表現のところでふれたように、結像点を読者の中に置くことである。そのために読者は作者が過去の時代にやっていたことを一部肩がわりしてやるしくみになる。同時にそれはその作品の実験結果の読みに対して読者が強い責任を持つということになる。言いかえると読者に強烈な印象と行動性が与えられるのである。
（松永信一、前掲書、1971、pp.126–127）

　読者が、作者のそういった言葉（「対応表現」）を読みながら、おもわず作者の「文学行動」を辿ってしまうとき、読者はその言葉を、作家の文学行動の結果であると感じる。そのときそこに、文学が発生するのであろう。

したがって感動は、全人間的な活動であって、いろいろな側面、いろいろな下位のまとまりに分解できる。イメージの構造・作品の構造も、感動のちがった側面であり、モチーフ・テーマ・プロットも感動の下位の構成種別であるということができる。ところが感動は、それに触れる人

（読者）の中に生きた活動として実在するものという特性をもっている。したがって、そうした生きた活動状態に高めるためには分解せられたいろいろなものを、読者の神経系の活動を調整しそれを組織だてることによって、読者の中に実際に構成していく具体的ないとなみがないと、それは実在するにいたらないということがある。この面も早くから文学における「実感」の問題として重視せられている。
（松永信一、前掲書、p.143）

　私たちは、ある言葉により作者のように行動させられるとき、その言葉に文学（感動）をおぼえる。つまり私たちは、自分を感動の行動に導く言葉を、文学とみなすのである。
　読者の読むときの態度次第で、言葉が文学になったりならなかったりすることは先に述べた通りである。また読者の態度は、言葉を意味として辿ろうとする場合と価値として辿ろうとする場合があり、意味として辿ろうとして失敗した場合や価値として辿ろうとして成功した場合に、その言葉が文学とみなされる。なお、意味や価値として言葉を辿るという行為とは、読みながら書く行為、読者が作者の言葉を借りて「自己表出」をしているように感じる行為である。そこにその言葉に文学（感動）をおぼえる可能性がある。

1.2. 文学とみなす行為の必要性について
　難波氏、吉本氏、松永氏の論考を手がかりとして、文学とはなにかについて考えてきた。明らかになったことのひとつは、すべての言葉は文学になる可能性をもっているということである。このことは同時に、すべての言葉は文学でない可能性ももっているということでもある。それは読者に委ねられており、読み手次第で、言葉は文学になったりならなかったりする。
　では、もしもあらゆる言葉が文学ではない、というひとがいたとしたら、そのことにはなにか問題があるのだろうか。なにか不都合があるのだろうか。あるなら、それはどのようなことか。つまり、ひとにとって、なぜ芸術というものは必要なのかということも考えねばならないだろう。
　「役に立たないことが、芸術の本質」[12]であると吉本氏はいう。生存する、という視点からすれば、芸術は役に立たないものであるというのは頷くほかないところである。

ただ、幸福につながることが芸術の本質であると筆者は考える。生活するという視点からすると、芸術は幸福につながるものである。生活を、ゆたかにする、うるおす、よりよくする——そのひとにとって、生活の幸福につながること（苦悩や、かなしみも含めて）が、そのひとにとっての芸術なのではないだろうか。

そういう意味で、芸術は（そのひとにとって、という注を加えることにより）生に意味があるもの、役に立つものということもできる。そのひとにとって必要不可欠なものであり、なくてはならないもののはずである。

松永氏は、「文学の真の機能」について次のように述べている。

> 文学の真の機能は、生活の中ですでに経験した感情体験の報告ないし伝達とちがうものといえる。まして単なる感情の放出やカタルシスで終わるものではないようだ。文学は、自分および他人（作者と読者）を記号の原材とし、原材としての条件反応に加工することによって、未来の社会（一分後の事態も未来である）に適応するための理念を想像する、つまり未来の自己を造形するいとなみが、文学の真のすがたではないかと思う。自己はつねに時代の病根を宿して病んでいる。その精神的な病巣を、正確にとりあげ、治療し、未来の社会においての幸福を約束しようとするためには、精度の高い方法が必要となろう。
> （松永信一、前掲書、pp.219–220）

作者が文学を書くその目的は、伝達自体や表現自体ではない。もし、そうだとしたら、それは言葉にしたそばからすぐに「だから、それが、なんなの？」と切り返されてしまう。書いているそのこと自体、書きたいということ自体が目的であって、作者にとっての幸福にむかう行為なのである。

私たちは幸福になるために生きている。しかし、幸福になること自体が目的になることはない。幸福になるために生きているということ自体（幸福にむかっているという行為の、ただなかにある状態）が幸福なのである。そういった人生の宿命のようなものを、文学は指さしている。だからこそ、文学を読むということは、「『蓋然的に真実らしきものをつかんだということになる』（『レス・ノン・ヴェルパ』）といえる」[13]のではないだろうか。

前項では、私たちはどのようなときにある言葉を文学とみなすのかについ

て考えてきた。次の節では、なぜ私たちはある言葉を文学とみなすことがあるのか、別言すれば、私たちの生活になぜ言葉の芸術としての文学が存在しているのかを考えていく。

2. 生にとっての芸術の必要性

福田恆存──「カタルシス」としての文学──

　福田恆存氏は、『藝術とは何か』[14] において、「芸術の本質と機能と効用」を次のように述べている。

> 　アリストテレスはギリシア悲劇の本質を論じて《恐怖と哀憐》の感情の浄化作用、すなわちカタルシスにあるといっております。ぼくはカタルシスということこそ、あらゆる芸術の本質と機能と効用とを一言のもとにいいあらわした千古不磨の名言だとおもいます。
> （福田恆存『藝術とは何か』、中央公論新社、2009、p.101（初出・1977））

　ここで福田氏は、「カタルシス」が「芸術の本質と機能と効用」であるとしているが、後述ではその本質についての結論はさし控えている。なぜなら、芸術のさまざまな現象についてそれぞれに適当な解説を与えることは可能であるが、芸術そのものについて解説することは不可能だからである。

> 　芸術とはなにかについて、まだほんとうには答えが出ておりません。ぼくはただ、芸術と文明との関係について、すなわち芸術の効用について語ってきただけにすぎない。が、そのほかになにができましょう。美そのものを解明する美学などというものを、ぼくは頭から信じていない。それが観念的な立場からこころみられたにせよ、唯物的な立場からこころみられたにせよ、結局は従事であります。芸術とはなにかについてまったく諒解しないひとだけが、そういうことをやるにちがいないからだ。
> （福田恆存、前掲書、p.141）[15]

　芸術の本質についていい当てることはできない。しかし、機能や効用につ

いて語ることはできる。よって、以下では芸術を「カタルシス」という機能や効用をもたらすものとして話を進めることとする。
　福田氏は、芸術によってもたらされる「カタルシス」とは、人間を現実から可能性へと解放するものであると述べている。

> 芸術は、人間をその現実からその可能性へと解放してやるものであります。たとえ瞬間にもせよ、そのとき人間は人間としての美しさを信じることができる。鑑賞者もまた創造に参与するというのは、この完全なる可能性に到着するカタルシスの運動を、かれらもまたみずからおこないうるばあいだけであります。
> （福田恆存、前掲書、p.139）

　つまり、芸術がこのように機能した結果、「カタルシス」という効用がもたらされるのである。「現実からその可能性へと解放してやる」というのがどのような現象なのかについては後述するが、そのまえに、なぜ「現実からその可能性へと解放」されることが「カタルシス」となるのかについて説明する。
　なぜ「現実からその可能性へと解放」されることが「カタルシス」となるのか。それは私たちの生に対する欲望に起因している福田氏はいう。

> われわれが望んでいるのは、実生活に喜びがともなうということではなくて、喜びそれ自体を実生活から分離せしめて純粋に味わいたいということだからです。現実の生活にたいする慾望でありながら、それが現実のうちに効果を見いだしうると知った瞬間に、もうおもしろくなくなるのであります。（中略）慾望は慾望のままでとどまることによって、生の充実感を保持しえるのです。生の役にたつ行為としての労働とその連鎖からなる現実よりの解放――それによってのみ、われわれは生きる喜びを自覚しうる。
> （福田恆存、前掲書、p.21）

　私たちには、生存しているという事実がある以上、死を選択しない限り、その生を保持するだけのことをこなしていく必要に迫られている。よって、

私たちの現実とは「生の役にたつ行為としての労働とその連鎖」である、といえよう。
　しかし、「生の役にたつ行為としての労働とその連鎖」だけでは生は充足しない。なぜなら、生の役に立つ行為をするのは生に寄与するためであるが、その大前提である生をなぜ営んでいかねばならぬのかが判然としないからである。
　生とはなにかがわからない(生きてみないことにはわからない)からこそ、それを知るために生きるのだというのも一理あるだろう。ただ、その理由のみで、生を継続していくことができるだろうか。生の役に立つ行為を続けていくための気力がもつかだろうか。
　そこで、私たちは生の役に立つ行為を行っていくに足るような、生自体の価値を探索し始める。生きるとはなにかをわかるため、という以外の生きる目的を探すのである。しかしそう簡単にはその答えがみつかるはずもなく、そうしたことを考えていること自体がくだらなく思えてくる。たとえば、こんなことを考えるのは、ばかばかしい、こんなことに時間を割かれるのは、あほらしい、と思い、だから、もう考えないことにしようと思うこともあるだろう。しかし、意識的に考えないようにするというのもまた、難しい。
　そういうとき、私たちが手を伸ばすのが「喜びそれ自体を実生活から分離せしめて純粋に味わ」えるものである。それは、生きがいというには大袈裟なもの、ささやかなものであるかもしれない。それがあるからこそ生きられる、そのために生きたいと思えるような、大仰なものや、はっきりしたものである必要はない。「生の役にたつ行為としての労働とその連鎖からなる現実よりの解放」とは、現実が「生の役にたつ行為としての労働とその連鎖」であると定義されることにより発生する問いや苦悩からの解放である。だからこそ、「生の役にたつ行為としての労働とその連鎖からなる現実よりの解放」＝「カタルシス」なのである。
　あるいは、そうした問いに絡め捕られることのないように、まえもって手助けしてくれるという意味での「カタルシス」でもある。なぜ生きるのかという生への根源的な問いは考えなくてよい問いではない。だが、つねに考え続ける必要はなく、休み休みに考えたほうがよい問いである。いつまでも考え続けていられるという点こそ、この問いの価値であって、急いで結論することを求めている問いではないからだ。本人さえ意識しない間に、その問い

に没頭してしまう危険を防ぐことも「カタルシス」といえよう。

　また、「カタルシス」が、あるひとにとっては「現実のうちに効果を見いだしうる」ものとして、生きがいとなることもある。

　音楽が好きで音楽家になるひともいれば、音楽が好きだからこそ、音楽を職にしないひともいる。後者は、音楽をあくまで趣味のものとする。音楽は気の趣いたときに味わう限りにおいて楽しく、美しいのであって、しなくてはならないものとなったら「慾望は慾望のままでとどまる」ことができなくなり、「もうおもしろくなくなる」と考えている、あるいは、そうなることを危惧しているのである。音楽を職としてしまえば、音楽はなりわいとなり、「現実のうちに効果を見いだしうる」ものになるからである。

　もちろん、音楽で食べているひとにとって音楽がつまらないものである、というのではない。そんなはずはない。彼らは、歌わなければ稼げないが、稼ぐためだけに歌うのではないからである（そういうことを、いちいち考えないでいられる質なのであるかもしれない）。

　話を戻すが、なぜ「現実からその可能性へと解放」されることが、「カタルシス」となるのか。それは、あえて「現実のうちに効果を見いだ」そうとはしないことによって、「慾望は慾望のままでとどま」り、「生の充実感を保持しえる」、「生きる喜びを自覚しうる」からである。

　だが、芸術に「カタルシス」という効用があるからといって、「カタルシス」を得るがために芸術を行えば、それは「現実のうちに効果を見いだしうる」ことになり、「おもしろくなくなる」だろう。

　たとえば、雨乞いをするとき、その効果として期待されるのは降雨である。しかし、その儀式が気象になんらかの影響を与えるとは考えにくい。よって、雨乞いという行為には、雨を降らせるという現実的な効果を見いだすことにできない。つまり雨乞いは「現実のうちに効果を見いだ」せない行為である。

　ではなぜ雨乞いという儀式があるのかというと、それはそれを行うことで、雨が降って欲しいという気持ちを発散したり、雨が降らないことによる不安を解消したりすることができるという意味で、「カタルシス」をもたらすからである。

　しかし、雨乞いを行うひとは「カタルシス」を目的として掲げたりはしないだろう。もしそれを自覚して行うのだとしても、それはいってはならない

ことである。

　雨乞いの第一の目的は、降雨である。それは結果的には叶わないかもしれないし、雨が降ったとしても儀式との因果関係はないに等しい。しかし、「雨乞いをしたのだから、大丈夫だ」という、ひとときかもしれないが安心感は得られる。これは儀式がもたらす、もっとも確実な効果でありながら、表面的には（すくなくとも、第一のものとしては）目的化されない。そうされた途端、それは不純なものになりさがるからである。

　福田氏のいう「現実のうちに効果を見いだしうる」ものとは、その目的と結果がずれていないものである。結果として効果はあるのだが、その効果が本来の目的とはずれているもの、または、ずれていてもいっこうに構わないもの、そもそも目的というものが志向されないもの、目的をもつことを忘れさせるものが芸術なのである。

　では、芸術はどのように機能することで「人間をその現実からその可能性へと解放して」くれるのか、「現実のうちに効果を見いだしうる」と知らないでいさせてくれるのかについて、詳しく述べていく。

　芸術の創造（鑑賞を含む）とは、「現実のうちに効果を見いだしうる」かどうかという思考法を停止させる機能をもつのではないだろうか。つまり現実が「生の役にたつ行為としての労働とその連鎖からなる」ということ自体を忘却させる行為であるときに、「カタルシス」がもたらされるのではないだろうか。次の引用における「実生活を拒絶する」というのも、現実を否定するという意味ではなく、現実への効果を要求することを忘れてしまうということであろう。

> 　カタルシスのあとで、ひとびとの精神はゼロの状態に復帰し、平静な均衡状態におかれる。それは一種の虚脱状態でもありましょう。それはみずからにおいて満ちたり、無為に住して行動をおこさない。いや、行動を必要とせず、実生活を拒絶するのです。カタルシスがおこなわれ、自己のうちになにものかが死にはて、精神はそこに得られた均衡状態の破られることを欲しない。
> （福田恆存、前掲書、p.137）

　結果としてそのものに刺激されて行動を起こしたり、そのものを実生活に

役立てたり、知らぬ間にそのものからの影響を受けていることはある。だが、それはあくまで結果である。結果として、実生活に効果があったということで、そのものがそれを要求したのではない。また自分がそれを目的としたのでもない。

　たとえば、同じ小説でも、試験の問題文で読む場合と、あこがれるひとに薦められて読む場合、つまり、読まねばならずに読む場合と、読みたくて読む場合では、楽しめる度合いが異なってくるだろう。試験問題を解くため、という生活上の結果を得るために読む場合には、楽しむという目的は二の次となる。試験中に問題文に思わず涙することも十分に起こりうるが[16]、それは予期せぬこと、期待されていないことである。

　最大の目的が、読むこと以外か読むこと自体か。一番の目的が、その行為以外の実生活にあるのか、その行為自体にあるのかは、「カタルシス」をもたらすか否かに大きく関わる。

> 現代は効果においてのみ行為の価値を測定し、信仰の信憑性を判断しようとしています。なるほど原始人は信仰ということについてルースであり、ノンシャラントであったかもしれない。が、かれらが信憑性に無頓着であったのは、うちに信ずる力を蓄えていたからであります。逆説めきますが、かれらは信ぜられなくても信じることができたのです。なによりの証拠に、われわれ現代人は近代宗教のリゴリズムにとらわれ、信仰の潔癖を保とうとして、かえって神をも人をも信ずる力を失ってしまったではありませんか。
> （福田恆存、前掲書、p.18）

　福田氏が芸術の本質について答えを言及しないのは、それを断定することには意味を感じないからである。答えがないのではなく、なんとでもいえるのでなにもいいたくない、なにもいわないのである。芸術という行為の価値をその「効果においてのみ」測定したのでは、答えにならないからである。

　効果があるかないかという問いを棚上げするもの、あるいは現実に鑑みることを忘れさせてくれるもの、つまり「現実のうちに効果を見いだしうる」かどうかという思考を停止させる機能をもつものが芸術である。

　もしあらゆるものの価値はその効果によって測られると割り切れるのだと

すれば、感情などの内的な現実も、実生活という外的な現実に鑑みられることになる。そうした場合の問題について福田氏は次のように述べている。

> 実生活上のリアリズム——これこそ十九世紀人が実証科学から骨身に徹して教えこまれたことにほかなりません。不渡り小切手を濫発するな——これが現代の生活の、処世術の、金科玉条にほかなりません。小切手の額面の裏づけをするものは、いうまでもなく現実であります。こうしてわれわれのことばの真偽は、つねに現実に照合することによって決定されることになった。うっかりしたことはいえない。(中略)
>
> 真相は、おそらく現代人には、それができなくなったということにあるらしい。演戯能力の喪失というのは、けっきょく生活力の、生命力の衰退を意味する主体の心理的真実が実地検証をまってはじめて自他ともを納得させうるというのは——すなわち、現実の割印を附した証明書なしでは主体の真実が信ぜられないというのは——それだけ主体の生命力が稀薄になってきたということにほかならない。

(福田恆存、前掲書、pp.46-49)

以上より、「現実のうちに効果を見いだしうる」かどうか思考することを忘れさせる機能をもつものが、芸術であると考える。なぜなら、そうした思考法が停止されることによる「カタルシス」があり、それこそ私たちが探し求めているものだからである。

ただし、ひとつ付け加えることがある。それは、あくまで一時停止であるということだ。

私たちはどんなにつらく思い悩んでいる状況にあったとしても、すぐさま現実を追い出されたり、立ち去ったりはできない(したくない)。非常に肯定し難い現実ではあっても、やすやすと切り離されたくはない、戻れないほど遠くへは行きたくないものである。それをほどよく叶えてくれるのが、芸術(芸術を享受すること)ではないだろうか。

芸術という行為は、先にも述べた通り、現実を拒絶や遮断、否定するものではない。あくまで現実のうえに、浮遊する行為である。芸術という行為のなかで、私たちは宙に浮かびながら現実という地を足元に見ている、足がついていなくとも、地がしたに広がっていることをちゃんと知っている。それ

を承知のうえで現実をひととき忘れる、それが芸術という行為であると考える。

次の引用にある、「陶酔」しながらもどこかで「醒めている」ことが快楽にとって重要である、という主張も、同じような意味あいでのものであろう。

> もちろん、瞬間における陶酔ということはあります。それがなければ、いかなる演戯も迫真性をもちえないでしょう。(中略)重要なことは、陶酔よりも、そのあとで醒めるということではありますまいか。いや、陶酔しながら醒めていることではないでしょうか。醒めているものだけが、酔うことの快楽を感覚しえます。

（福田恆存、前掲書、p.61）

現実という「醒めている」状態があってこそ、「陶酔」が味わえる。鬱屈とする現実に直面しているのだとしても、永遠に目を伏せたくて芸術を求めるのではない。煩瑣な現実から、いくばくかの距離を置く、一時的に忘れる、そうすることで現実を休むのである。

芸術に心をあそばせることは、現実からの逃避ではなく、あくまで浮遊なのである。

3. 生にとっての文学の必要性

読む目的の無償性

福田氏は、芸術とは、その行為の結果として現実的にある効果を見いだしうるものではなく、現実に効果をみいだすかどうかについて思考すること自体を忘れさせる機能をもつものである、とした。なぜなら、そうした思考法が停止されることにより、私たちはある種の「カタルシス」を覚えるからである。「現実の割印を附した証明書なしでは主体の真実が信ぜられない」いま・ここを生きるためには、一時的に現実からわずかに離れるような術が必要であり、芸術によりそれが可能となるのだ。

このことは、文学という言葉の芸術、さらに限定的には言葉を読むことによる芸術においてはどういうことになるか。それは、ある言葉を読むときに現実的な効果を求めない、無償の読みということにならないだろうか。

ここでは、読む目的の無償性はどのように求められるのか、水村美苗氏の論考を中心に考察をする。

まず、どのような文字も読まれなければ印刷物でしかない。そこにはまだ、美しさの優劣はない。それが誰かに読まれてやっと、読んだ者によって文学であると認められることが起こるのである。

では、文学を読むとはいかなる行為といえるか。

水村氏は小説を読む行為を、「読むという行為に内在する快楽のほか何一つ見返りを期待しない、無償の行為」[17]だと述べている。彼女にとって(小説を)読むという行為とは、快楽を得る手段としての行為でなく、行為自体が快楽だというのである。

彼女がそのように読むという行為を行えるのは、それまでの読みの経験が幸福として記憶されているからである[18]。読むことを厭わない(とりあえず読む、ということが苦にならない)のは、読むことが快楽であったという彼女自身の経験の記憶により支えられている。彼女は過去の読書の経験を思い起こすと同時に快楽の感覚が伴うがゆえに、「読むという行為は純粋な快楽」[19]であると捉えられるのである。

しかし、行為の無償性を意図することは、快楽を約束しない。その快楽はあくまで「読むという行為に内在する快楽」であり、読む行為の結果として得られる快楽ではないからである。ある言葉が文学であるか否かと読む行為の目的は、無関係でもないが意図的に結べるものではない。

松岡正剛氏は、読むという行為とは「自分がその本に出会ったときの条件に応じて読書世界が独特に体験されるということ」だと述べている。

> 何か得をするためだけに読もうと思ったって、それはダメだということです。そういうものじゃない。
>
> それから読書には、「読んでいるとわからなくなるもの」もたくさんあるということです。これは著者のせいでもあるし、読者のせいでもある。また、ある読者にとっておいしいものが、他の読者においしいとはかぎらない。それはどんなテキストでも同じことで、ということは、自分がその本に出会ったときの条件に応じて読書世界が独特に体験されるということです。
>
> ここまでの前提で言えるのは、読書をしたからといって、それで理解

したつもりにならなくてもいいということです。だって、絵を見たって、どのように理解したかどうか、なかなかわかりませんよね。でも「なんとか展」に、また行くでしょう。セザンヌやカンディンスキーや現代美術を見るって、そういうことです。言葉だって、文章だって、そうなんです。けれども絵をいろいろ見ているうちには、ピカソの何かが忽然と見えてきたりする。本も、そういうものです。
（松岡正剛『多読術』筑摩書房、2009、pp.79–80）

　たとえば、趣味としての読書は無償の行為であるが、それがいつも快楽を伴うわけではない。また、試験問題などを事務的に読んでいるつもりでも、感涙しまうことがある。どのような場合も、「自分がその本に出会ったときの条件に応じて読書世界が独特に体験」された結果だといえるのみである。
　試験の問題文の読みによってもたらされた快楽は、（狭い意味での）理解を目的とした行為の、直接的な結果ではない。快楽は、試験問題に解くために不可欠のものではないし、正答するのに必要十分なものだけを抽出する読みも不可能ではない。それでもふと、快楽的読みが入り込んでくることがある。
　こうしてみると、文学（その行為自体が快楽となるような読み）は、読むという行為の目的と無関係ではないが、操作される（できる）ものでもない、ということはいえそうである。
　ならば、文字を読む目的と読む行為とは、別に考えられなければならない問題だといえよう。ある言葉について、そこに文学が存在するか否かと、それを目的としていたか否かには、明確な（絶対的な、必然的な）関係性が認められない以上、分けて考えたほうがよいだろう。
　読むという行為に目的はあってよい。ただしその目的を達成するためだけに、機械的に作業として読むということが行えるなら、そこに文学が訪れる可能性は低められる。その行為の目的が、たとえ快楽を求めることであっても、それに徹して読めば肩透かしに終わる可能性が高い。
　読むという行為に限らず、芸術にまつわる行為というのは、無償の行為である。確かにそれは「何か得をするためだけ」に行うものでも、しなくてはならないから行うものでもない。「見返りを期待しない」で行うという意味での無償性が、そこにはある。無償だからこそ、そして無償であることを意

識しないからこそ、芸術は快楽的な行為として成立するのである。

　ここでいう快楽とは、先に述べたような現実から解き放たれることによる「生の充実感」や「生きる喜び」としての「カタルシス」である。そうした種の快楽をもたらす作用が芸術にはあり、読むという行為にも潜在しているのである。

　水村氏は『嵐が丘』を読んだ経験について、それは「『快楽』と命名するのは、ためらわれ」、「快楽であると同時に、何かとてつもなく恐ろしいもの」であったと告白している[20]。それは、文学を読む（読んだ）ということが、おもしろおかしいとか、楽しい、というものに留まらないで、「どこか遠いところまで連れてゆかれる」、つまり現実からほどかれるという快楽にまでなりえるからである。

　「どこか遠いところ」とは、現実から遠いどこかである。その地が「とてつもなく恐ろしい」のは、それが定まったところではないからである。文学を読むとは、どこかに到達点があって、そこへ行けることではない。目的地に向かっている、いつかどこかに辿り着くことをめざす行為ではなく、ただ、いま・ここから離れる行為なのである。

　同じ距離でも、現実という平面上を水平方向に行けば、現実に足を着いたままの移動になる。しかし、垂直方向に行けば、現実から足が浮く。しかも垂直に浮き上がっただけであるので、本を閉じれば（読みやめれば）すこんと、もとに居た場所に落っこちることができる。どんなに遠く離れても「本を閉じると」、読者は「あたかも穴ぐらから生還したように」再び現実に引き戻される。そして現実を、まぶしく感じるのである。このように、現実から遠くに行き過ぎたと思うほどに離れても、一瞬にして戻ってこられることに、「生の充足感」を、現実を「生きる喜び」を得るのではないだろうか。

　このような快楽は、いつ、どのようなひとも、無自覚に求めているものだろう。意図して強く求めるひと・こともあるが、意識はしていなくとも本能的に求めつづけているものである。生において快楽が希求されない瞬間などないのだ。快楽を求めぬ生というのはあり得ないことを前提とした、無意識の意図として、読む行為の目的の無償性に言葉の芸術はあると考える。

読まれる言葉の非道具性

　読むという行為の目的の無償性に言葉の芸術はあるとして、ではなぜ読む

という行為を無償の行為として行うことができるのだろうか。それは、書かれたもの読むという行為が「自分をとりまく言葉から抜け出」すことを可能にするからである。

辻邦生氏は、人間には「今ここに流通している言葉から抜け出したいという欲求」があるのだという。

> 人間の精神には、今ここに流通している言葉から抜け出したいという欲求がある。外国語というものは、その欲求にもっともじかに呼応するものなのです。逆にいえば、その欲求を満たすのに、必ずしも外国語である必要はない。今ここに流通する言葉との距離さえあればいい。古典でもいい（事実、荷風は江戸の人情本は読み続けている）。もっとも根源的には、孤立した人間の言葉ならいいのです。
> 自分をとりまく言葉から抜け出したいという欲求は、その言葉が閉塞的なものであればあるほどつのって当然でしょう。
> （辻邦生「荷風の心の自由」辻邦生・水村美苗『手紙、栞を添えて』筑摩書房、2009、p.126）

潜在的な欲求として、「人間の精神には、今ここに流通している言葉から抜け出したいという欲求」があり、ある言葉を読むことがそれを満たす。ゆえに、「自分をとりまく言葉から抜け出」すことを可能にする行為として、読むという行為が行われるのである。

どのような言葉によって「自分をとりまく言葉から抜け出したいという欲求」が満たされるのかは、個々人の問題であって、言語や文章の種類は問題ではない。そのひとの「今ここに流通する言葉との距離さえあればいい」のである。

「自分をとりまく言葉」について、もうすこし具体的に説明する。辻氏はそれについて、以下のような説明を加えている。

> 私たちは日本語を毎日使う便利な道具と思っています。あまり便利なためにほとんど無自覚に使っています。しかし水村さんの言われるように、「今ここに流通する言葉」がべっとりどこにでもくっついてくるものとなったらどうでしょう。

こうした言葉の氾濫は、その中にいると、まったく感じられない。その暴力性も、閉塞性も、一度日本の外に出てみると、はじめて、目も耳も口もふさがれ、一億一心で同じことを言っていたと気づきます。
（辻邦生「日本語のマユを破って……」前掲書、p.130）

　辻氏の言葉を借りるなら、「自分をとりまく言葉」とは、「毎日使う便利な道具」として「ほとんど無自覚に使っている」言葉である。それは現実と関係を切り結ぶための言葉、ノン・フィクションの言葉[21]、といえるかもしれない。
　そういった道具ではない（と、みなされた）言葉が、文学である。「書物はものを見る眼鏡だと言われるが、実際には、現実の目まぐるしさから弱い目と心を遮る覆いと言ったほうが当っていることが多い。」[22]と外山氏が述べるように、現実をつぶさに見る道具としては機能しない（機能することが期待されない）言葉が文学である[23]。
　しかし、道具ならざる言葉のすべてが現実に切りこむ言葉なのではない。生活の役に立つでもなく、現実に切りこんでもこない言葉もまたあるからだ。水村氏の言葉を借りていうならば、それは「絵空事」である。

（ドストエフスキー『貧しき人びと』の主人公の――引用者注）男が、（ゴーゴリの――引用者注）『外套』を読んだとたんに怒り出すのです。彼には『外套』という小説が、どうしても自分のことを書いているとしか思えない。彼は憤慨する。自分の人生をあんなふうに無遠慮に、赤の他人に書き立てられるなんて！
　男のこの怒りこそ、『外套』が男の「現実」に切りこんだ証にほかなりません。「小説」（フィクション）の反対語は、「現実」ではない。それは「絵空事」です。「小説」というものは、まさにそれが「絵空事」ではないこと、すなわち、「現実」に切りこむことによって命をえるのです。
（水村美苗「『外套』が語る小説の『命』」辻邦生・水村美苗『手紙、栞を添えて』筑摩書房、2009、p.142）

　水村氏は、「現実」とは別に、「小説」と「絵空事」があるという。前者は

「現実」ではないが、「『現実』に切りこむことによって命をえる」言葉であり、後者はそうでないものである。水村氏のいう「小説」とは、道具として使える言葉ではないが「絵空事」でもない、現実に切り込んでくる言葉である。そしてその言葉とは、私たちに現実からの浮遊を可能にする言葉なのではないだろうか。

　文学の言葉は、「今ここに流通する言葉」に切りこんで、私たちを現実から引き離してくれる。だが、現実を壊しはしない。「今ここに流通する言葉」は「毎日使う便利な道具」として、現実に必需のものだからである。

　道具としての言葉からちょっと手を離すための言葉が、文学の言葉（芸術の「媒材」）である。それはたとえ嘘であったとしても、現実に直接的な害がないものである。

　ノン・フィクションの言葉とフィクションの言葉の差異を平たくいうならば、その言葉が現実に対して、なんらかの行使目的を（それが果たされるかどうかには限らず）どれほどもっているか否かである。ただしフィクションの言葉がそうした目的をまったくもたないということではなく、程度の問題である。

　文学の言葉も、感動（読み手の心に届く）という大きな影響を現実に与えうるし、作者がそれを目的に掲げる場合も往々にしてある。しかし、仮になにも影響を及ぼすことがなかったとしても、それはその言葉を受けとった者にとって（ときには、言葉を発した者にとってさえも）、問題にならないのである。それはそこに存在するだけで、意味をもつものなのである[24]。

　反対に、ノン・フィクションの言葉は、その目的を果たせなかった場合、現実に不都合や不和が生じる言葉である。言葉として表出されただけでは用を為さない言葉である。現実になんらかの効能を発揮することや、目に見えて生の役に立つことを目的とするからである。そういった言葉と随時、また適度に距離を保つために、私たちは文学を読むという行為に走り、現実から浮遊するのである。

　以上より、「今ここに流通する」、「自分をとりまく言葉」が「現実」の言葉であり、それ以外の言葉のうち、現実に切り込みながらも現実をことごとくは破壊しない言葉が「文学」の言葉（そうでないものが「絵空事」の言葉）であるといえる。それは、次のように整理することもできる。

表1　言葉の文字性における分類

道具としての言葉	非道具としての（道具ならざる）言葉	
「現実」の言葉 （今ここに流通する、自分をとりまく言葉）	「文学」（小説）の言葉 （現実に切りこみ、現実浮遊を可能にする言葉）	「絵空事」の言葉 （現実に切りこまない言葉）

　表中の「現実」の言葉と「文学」の言葉の線引きは、現実との関係によるものである。たとえていえば、「現実」の言葉とは、掃除機のように現実という床に沿って動かすことで床をきれいにするものである。それは掃除を楽にはするが、こまめにしなければ埃は溜まる一方である。しかし、使いかたを熟知し、工夫次第で、効率よくよりきれいにすることは可能である。

　一方、「文学」の言葉は、魔女の箒のように現実から浮きあがるためのものである。魔女も箒も単体で飛ぶことはできないが、魔女が箒を触媒として、双方に浮力を生じさせることで、高く飛ぶことも、地面すれすれに飛ぶことも、好きなときに着陸することも可能である。しかし、魔女とは生まれつき飛べるのではなく、それなりの練習を積んではじめて飛べるようになるのであり、魔女であっても（練習をさぼったわけでもないのに、原因不明の理由で）飛べなくなることもある。

　掃除機と箒は、地面に対する移動の方向は異なるが、双方ともひとを助けるものであって、現実という地面と動力としての自分が不可欠である。また箒は本来、掃除道具であって、そのように使うことも可能であるため点線としている。

　「文学」の言葉と「絵空事」の言葉との間が実線であるのは、「絵空事」の言葉の現実における存在価値が、ほかの二者に比べて極めて低く見積もられ、存在感の稀薄な言葉であるためである。先の比喩に乗っかっていえば、「絵空事」の言葉とは、飛べない魔女にとっての箒である。掃く以外の用途がわからない、邪魔でもないが掃除機もあるし、なくてもさして困らない。

　しかし、この表は読み手のある時点での言葉の状況でしかない。たとえば、十六歳のころの筆者にとって江國香織「落下する夕方」[25]は、突拍子のない展開の先に唐突な結末を迎える、まさに「絵空事」でしかなかったが、十年後の筆者にとっては、いったん本を閉じて息を整えないと先を読めない言葉だらけの「文学」であった。同じ言葉でも、読み手の状況により表にお

ける位置づけは変わるのである。

書かれたものであることの親和性──他者との交際として──

　醒めているということなしに陶酔という快楽は感覚しえないからといって、陶酔しながら、あるいは陶酔したのちに醒めようと意識して醒めるわけではない。陶酔しているあいだは、このまま醒めなければいいのにと思いもする。もちろん、醒めざるをえないと知っているからこそ、そう思うのではある。だが、文学のほうにも読み手を浮遊させっぱなしにはさせない理由がある。

　それは、どのような言葉も、何者かによって書かれたものである、という事実である。

　読むという行為は、書かれた言葉ありきの行為である。いかに独特な読みであろうと、それは書かれた言葉に自分が感じさせられたことでしかない。読まれたら最後、その言葉とそのときに感じたこととは、分離不可能なのである。

　　　読書は、誰かが書いた文章を読むことです。それはそのとおりです。けれども、自分の感情や意識を無にして読めるかといえば、そんなことは不可能である。読書って、誰もが体験しているように、読んでいるハナからいろいろのことを感じたり、考えてしまうものなんです。だからこそ、ときにイライラしてもくるし、うんうんと頷くこともある。
　　　つまり読書というのは、書いてあることと自分が感じていることが「まざる」ということなんです。これは分離できません。それはリンゴを見ていて、リンゴの赤だけを感じることが不可能なことと同じだし、手紙の文面を読んでいるときに、こちら側におこっているアタマやココロの出来事を分断できないことと同じです。そこは不即不離なんです。
　　（松岡正剛、前掲書、pp.76–77）

　松岡氏のいうように、読書とは「書いてあることと自分が感じていることが『まざる』」ことである。厳密にいえば、読まれる言葉のすべてがそうなのだが、つねに書いてある言葉と、自分の感覚が不即不離だと感じるわけではない。

言葉が自分の感覚に憑依してしまうまさにそのとき、その言葉は「『現実』に切りこ」んでいる。それは、（見知らぬ）誰かの言葉、すなわち「自分をとりまく言葉」ではない言葉が「自分が感じていること」と「まざる」という現象であり、「絵空事」とは感じられないフィクションの言葉、文学の言葉に出会う現象である。前述のことを踏まえていうなら、他人にとっては「絵空事」であるかもしれない言葉を、自分はそのようには感じられない、という現象である。

　そのような現象が起こるのは、それが読む者の現実に切りこむ言葉だからでもあるが、それに加え、何者かに書かれたものだという事実も重要である。

　　まず、書くのも読むのも「これはコミュニケーションのひとつなんだ」とみなすことです。人々がコミュニケーションするために、書いたり読んだりしているということです。このとき、著者が送り手で、読者が受け手だと考えてはいけません。執筆も読書も「双方向的な相互コミュニケーション」だと見るんです。ここまではいいですか。
　　次にそのうえで、著者と読者のあいだには、なんらかの「コミュニケーション・モデルの交換」がおこっているとみなします。それがさっきから言っている「書くモデル」と「読むモデル」のことなのですが、そこには交換ないしは相互乗り入れがあります。正確にいうと、ぼくはそれを「エディティング・モデル」の相互乗り入れだと見ています。
　（松岡正剛、前掲書、pp.95-96）

　書くという行為はそれが読まれるということをめざさざるをえない。それは、具体的な読者像を思い描くということではない。書くという行為により、読まれるものになることを知っている、ということである。
　だが読むという行為においては、それが書かれたものであることを忘れる（無意識である）ことがある。新聞の一面を読むとき、あるいはテレビ欄などを見るとき、意識の前面にあるのはなにが書かれているかであって、誰によってどのように書かれているかは意識の後ろに退いている。
　それでも、誰が（どのようなひとが）書いたのか意識せざるをえないことがある。それがいつか誰かの手によって書かれたものなのだと思い知るとき、言葉の向こう側にそれを書くひとを感じ、言葉が現実に切りこむのである。

松岡氏の言葉を借りていえば、書き手と読み手の間に「なんらかの『コミュニケーション・モデルの交換』がおこ」る。

　書かれたものと読まれたものは、基本的には同じ言葉である。しかし書き手が感じていたことと、読み手が感じることが、まったく同じであるはずはない（確かめようがない）。

　ところが、読み手がある言葉を「メッセージ」込みのものとして受けとめるときには、それが実際の書き手が込めた「メッセージ」とずれていても（書き手が「メッセージ」を込めていない言葉であっても）、それはまったく問題にならない。ある言葉とそれを読む自分が、分離不可能であると思えるほどに「まざる」とき、読み手は想定上の書き手と通じる。そのとき、読み手と書き手は（書き手はすでに読み手を想定しているので）、お互いを想定しあう関係になる。

　　では、メッセージが途中で変化しているのに、それでもコミュニケーションが成立すると思えるのはどうしてか、それは、社会のどこかに必ず「理解のコミュニティ」があるからです。そういう"理解の届け先"をそれぞれが想定しあっているからです。それが社会というものです。だからみんなも生活できたり、仕事ができる。ただし、全員一致のコミュニティなんかではありません。何らかの「ズレと合致のゲーム」が成立しようとしているようなコミュニティです。
　　ぼくはそういうものを想定して、コミュニケーションでは「メッセージが通信されている」のではなく、「意味を交換するためのエディティング・モデルが動いている」のだというふうに考えたんですね。
　（松岡正剛、前掲書、pp.97-98）

　書き手から読み手に送られるのは、言葉という「媒材」である。それは「メッセージ」そのものではなく、「意味を交換するためのエディティング・モデル」である。「メッセージ」が読み手に届く保障はなく、もし届いたとしても、それが書き手の想定していたような「メッセージ」であるかは、判別ができない。書き手と読み手が別々の個人である以上、書き手の発信した「メッセージ」と読み手の受信した「メッセージ」が、寸分違わずということはまずないに等しい、いくらかのズレがあると考えたほうが妥当であろ

う。

　しかしたとえ大幅にずれていたのだとしても、書き手から読み手に、言葉という「意味を交換するためのエディティング・モデル」が届いていること、互いが互いを「理解の届け先」として想定していることは疑いのない事実である。「メッセージ」が正確に伝わることがないとしても、「コミュニケーション」は成立していると思えるのである。

　ただ「双方向的な相互コミュニケーション」の完了を見届けることができるのは、読み手のみである。言葉は書かれ読まれるという順序を辿るので、これはいたしかたない。どうしても書くのが先で、読むのが後であり、その順番を覆すことはできない。

　書き手は「双方向的な相互コミュニケーション」が成立することを祈りながら書くことはできるが、書きあげてもそれが果たされたと感じることはできない。果たされる用意はできている、どうか果たされますようにと、願うばかりである。

　反対に、読み手は「双方向的な相互コミュニケーション」を祈らなくとも、読むことはできるうえに、不意にそれが果たされたと感じることに出くわす可能性が十分にありえる。期せずして、「双方向的な相互コミュニケーション」の完了に居合わせることさえある。

　書き手にとって読み手は、言葉という雲のうえの存在（確かに存在しているけれども、目で確認できない存在）である。また、雲の上からは（うっすらと、ではあるが）雲のしたに広がる地上が見えるように、読み手にとっての書き手は、彼方にではあるが目に見える存在である。

　松岡氏が「読書は他者との交際」というのも、読むという行為がそれを書いた他者を意識することだからである。ときとして、その「他者に攫われてもいい」とさえ思うことだからである。

　　読書は他者との交際なのです。
　　これまで、本には「書くモデル」と「読むモデル」が重なっているんだという見方を何度かしてきましたが、それは本を読むということは、他者が書いたり作ったものと接するということだったからです。それを一言でいえば、「読書は交際である」ということです。
　　しかし、その交際はとても微妙で、どぎまぎしたものを含んでいる。

いや、そうではなくては、読書はつまらない。だからぼくの読書術があるとすると、その根底には、なにかぎりぎりのところで他者に攫われてもいいと思っているという感情があるわけです。けれども、その感情はとてもナイーブなので、自分のコンディションがかかわるし、またなれなれしく読みたいとも思わない。それゆえに、ついつい恋心がゆらゆら動くような読み方をすることになり、それをさまざまに求めるために、それで多読にもなるのです。そこをいま一度、強調しておきたいですね。
（松岡正剛、前掲書、pp.199–200）

　文学の言葉を読む（ある言葉を文学として読んでいる）ということは、書き手の「書くモデル」と、読み手の「読むモデル」が言葉という面で接し、書き手と読み手がその面で一体となることである。言葉という一枚のガラスを隔てていながら、体温を感じるほどお互いに近接している、あたかもそこにガラスがなく、直に触れあっているように錯覚をする、あいだにあるはずのガラスも、そこに触れている自分の部分さえも、溶けてしまったような気がする——文学の読みにおいて、「陶酔」や「書いてあることと自分が感じていることが『まざる』」感覚が伴うのは、それが読むという行為に終わるのではなく、「他者との交際」に発展した行為だからだともいえよう。
　しかし、その交際の相手である他者は実際の書き手ではない。「交際」しているという判断は、読者に委ねられているからである。書き手と読み手とは「双方向的な相互コミュニケーション」を想定しあう関係にあって、双方が「交際」を申し出てはいるのだが、それが成立したか否か判断するのは、「交際」を認め、宣言をするのは、読み手だからである。
　よって読書とは、読み手と、読み手が言葉から憶測した想像上の書き手（その想像は読み手の内部に出現するものであるから、結局は読み手自身）との交際である。
　だが、そのことに無頓着であるゆえに芸術は生まれる。自分ではない誰かが書いた言葉なのに、なぜか、どうしても、自分と親密であるという感じをもつことが、ある言葉を芸術とすることにつながるからである。
　まとめると、読書とは他者との交際であるが、その他者とは生身の書き手ではなく、書かれた言葉から読み手が推定した、読み手にとって都合のよい書き手、つまり、結局のところ、読み手自身である。

言葉というガラスに反射する自分の姿を、自分だとは気づかずに、ガラスの向こう側に誰かがいるのだと思って魅入ってしまう。なぜなら、それは自分の目で直接見ることのできない、こちら側だからである。

それは、あるひとに会えたとき、その瞬間に初めて、ああ、こんなにも会いたかったのだと知り、どれほど待ち焦がれていたのかがわかるというようなことと似ている。ある感覚が想起させられることによって、会えた時点から遡り、過去の感情が（現在とつじつまが合うように）更新・付加されるという、（冷静に考えてみると妙な）現象と似ているのである。

「書いてあることと自分が感じていることが『まざる』」というのは、初めて読んだ言葉に対し、自分が書いた言葉ではないが、自分が書きたいと思っていたかのように読めるということである。以下に、その具体的な例として、荒川洋治氏が書いた文芸時評を読んだときの感覚について鷲田清一氏が書いた文章を引用する。

　　　記憶にまちがいがなければ、その十年間のある時期、荒川洋治の文芸時評も連載されていた。声の出てくる場所、というか、作法が、とても気に入った。文芸に特段強いわけでもないじぶんがいちばん聴きたい声がここにある、とおもった。
　　　理由は至極かんたん。その声があちら側から届けられるのではなく、こちら側からするということだ。わたしの声とはちがう、別のこちら側から壁越しにひびいてくる声。作家や評論家や研究者による文芸時評を読んでいると、ガラスの向こうでのバトルを窓越しに観戦しているような気になる。いかにその刃が鋭利であっても。
　　　荒川洋治の文章にふれて、こんな声もありうるのかとおもった。荒川も、詩にうといじぶんからすれば、たぶん「あちら」のひとなのだろう。が、「こちら」から読んでいる。いや、「こちら」はどこか「あちら」と密通しているのだろうから、「こちら」のもっと「こちら」、つまり「こちら」の背後からいわば背中越しに聞こえてくる声とでも言ったほうがいい。
（鷲田清一『〈想像〉のレッスン』NTT出版、2005、pp.60–61）

こうした現象は、読む行為に特有のことではない。たとえば江國香織氏

は、お気に入りの画家の作品を取り上げて綴ったエッセイ『日のあたる白い壁』の「まえがき」で、「出会った絵について書くことは、でも勿論私について書くことでした。」[26]と述べている。またロラン・バルトは、シューマンのピアノ曲「クライスレリアーナ」[27]を聴くという経験について、以下のように語っている。

> しかし、歌曲を聴く真の空間は、頭の内部、私の頭の内部といってよいでしょう。歌曲を聴く時、私は、自分自身と一緒に、自分自身のために、それを歌っています。私は、自分自身の内部で、一つの「イメージ」に語りかけます。愛する人のイメージです。私はそのイメージの中に迷い込み、そこから、私自身のイメージが、棄てられて、私のところに戻ってきます。歌曲は厳格な対話を想定しますが、この対話は想像的なもので、私の最も奥深い所に閉じ込められています。(中略)歌曲においては、反作用する唯一の力は愛する人の取り返しのつかない不在です。つまり、私はひとつのイメージと戦います。それは、欲求され、失われた他者のイメージであると同時に、欲求し、棄てられた私自身のイメージでもあります。どんな歌曲でもひそかに人に献げることができます。私は、私が歌うもの、私が聴くものを献げます。ロマン派の歌には、一つの語り口があります。それは、シューマンの『クライスレリアーナ』の幾曲かの中に、非常にはっきりと聴き取れます。なぜなら、そこでは、どんな詩も、この語り口の周囲をかこんだり、中を満たしたりしていないからです。要するに、歌曲の対話者は「分身」──私の「分身」──です。
> (ロラン・バルト、沢崎浩平訳『第三の意味』みすず書房、1984、pp.219-220)

耳という器官を通して外部から音を取りこむだけならば、それは無機質な音の記憶にしかならないはずだ。それに聴き惚れているとき、私たちは自分にとって心地良いようにその音を聴いているのである。音が自分の外側から入って来て、それに触発されるようにして、快感が自分の内側から湧きあがってくる。そうして、自分の聴きたいように自分に聴こえているのだ。

それは、「愛する人」の耳にはどのように聴こえたら美しいのかを知りた

い、というけなげな気持ちからそうするのである。「愛する人」の慰めになる音楽として聴くからである。

　そしてその「愛する人」というのは、「欲求し、棄てられた私自身」である。だからこそ、「愛する人」を救うためにその音楽を聴く、また「愛する人」に捧げる音楽として聴く（聴こえる）ことにより、自らの心が癒えるのにふさわしいように聴こえるのである。

　書くことも読むことも、みることもきくことも、あらゆる芸術の創造の場において、その「媒材」に反射する自分の姿を自分だとは思わずに（あるいは知らないふりや、忘れたふりをして）魅入ってしまうという現象は起きているのである。

　しかし、なぜ、反射する自分の姿を自分だとは思いたくないのだろうか。「欲求し、棄てられた私自身」という「分身」を、「愛する人」（自分でない者）に取って代える必要があるのだろうか。それは、自分が自分のためだけに自分で生きているのだと考えることは、極言すれば、いつ死のうと自分の勝手でよいと断言することであるからだ。つまり、自分はあくまで自分の自由な意志によって（死なない、という選択を、積極的にすることによって）生きているのだということなのだが、そんなことを自信をもって宣言したいひとはいないだろう。

　それと同様に、美しい音楽に浸りながら、都合のいいように聴いているに過ぎないのだなんてことも、考えたくはないこと、忘れていたいことなのである。まるで、音自身にその快感が含まれており、それが雨のように降ってきたのだと、私たちは錯覚（したくて）するのである。そこに、「私の『分身』」を「愛する人」にすり替えて（そして、すり替えていることも忘れて）想定する理由があると考えられる。

言葉の芸術の所在 ──読む者にとって──

　ここで、ここまでに述べたことを簡単にまとめてみたい。

　まず、文学とは言葉の芸術である。それは読むという行為が読み手に無償とみなされるところにある。なぜなら、行為の目的の無償性により、それが快楽につながる行為、芸術を呼ぶ行為となるからである。

　また、芸術の行為における快楽のひとつは現実からの浮遊である。文学はフィクションでありながら、「今ここに流通する言葉」としての現実に切り

こむ。しかしそれを破壊することはしないため、読む者は現実から断絶されるには至らずに済むのである。

　さらに、すべての言葉は誰かによって書かれたものであるという事実を、必ず背負っている。そのことで、言葉が読まれるとき、書き手と読み手との「コミュニケーション」としての「交際」が成立する。

　それを読み手は、書き手という「他者との交際」であるように感じる。しかしその「他者」とは、読み手本人が「欲求し、棄てられた私自身」を「他者」として見立てたものである。自分で自分を救うための、無意識の工夫（カモフラージュ）によるものである。

　以上を踏まえた上で、文学の所在を尋ねる。文学はどこにあるか。

　それはやはり読み手(の内部)としか答えられない。どんな言葉も、読み感じいる者なくしては存在しないからである。ある言葉が芸術の「媒材」として価値を認められるところに、文学があるからである。

　その一方で、読み手にとっては言葉自体こそ、芸術の宿る場所なのである。感動の根源は言葉であって、感動はそこに含蓄されたものであり、自分はそれを発掘したにすぎないのだ、と感じるからである。また、そうした言葉を敬う心が感動でもある。

　音楽にしても絵画にしても同様で、感動している者の内部（その者の解釈の仕様や理解のしかた）に芸術の芸術たる由縁はある。にもかかわらず、当の本人はきこえるもの、みえるものを、感動の単なるきっかけとみなすことができない。それどころか、感動の源泉であると信じて疑わないのである。

　以下の引用は、バルトが音楽の芸術性について述べたものであるが、文学や美術に置き換えて解釈可能な、広く芸術というものに通じるものである。

　　では、音楽とは何なのでしょうか。パンゼラの芸術は答えます。言語活動の質である、と。しかし、この言語活動の質というのは、全然、言語活動の諸科学（詩学、修辞学、記号学）には属していません。というのは、質となることによって、言語活動の中で昇格したものは、言語活動が語らないもの、分節しないものだからです。語られざるものの中に、快楽が、やさしさが、繊細さが、満足が、もっとも微妙な「想像物（イマジネール）」のあらゆる価値が宿るのです。音楽はテクストによって表現されたものであると同時に、含蓄されたものです。発音された（抑揚に従った）もので

すが、調音〔分節〕されていません。それは意味の外にあると同時に、非＝意味の外にあるものです。テクストの理論が、今日、仮定し、位置づけようとしているあの意味形成性の真只中にあるものです。音楽は、意味形成性（シニフィアンス）と同じように、どんなメタ言語にも属しません。ただ、価値の、賞賛の言述（ディスクール）にのみ、愛の言述（ディスクール）にのみ属します。《成功した》陳述——含蓄されたものを調音〔分節〕せずに語ることができた、調音〔分節〕を経ながら、欲望の検閲に、あるいは、語り得ないものの昇華に堕することがなかった、という意味で、成功した陳述——、このような陳述こそ、音楽的と呼んで然るべきものです。多分、自分の隠喩的な力によってのみ価値あるものが一つあります。多分、それが音楽の価値なのです。よき隠喩であるということが。
（ロラン・バルト、前掲書、pp.210–211）

　芸術とは「質」や「価値」の領域のものであり、「語られざるもの」、「意味」とは別次元にあるものである。そのもの自身ではなく、「賞賛の言述」や「愛の言述」に属するものである[28]。それは享受した者が音楽の「隠喩的な力」を言葉で表現することにより「価値」を与え、しかし言語活動自体ではなく、言葉では「語られざるもの」をも含んだ言語活動に「含蓄された」「言語活動の質」に属するということである。音楽は、それ自身が「語らないもの」でありながら、「賞賛の言述」や「愛の言述」を引き出し、しかしそうした言述でもやはり「昇華」[29]されない、「語り得ないものの昇華に堕することがなかった」点に、つまりその本質は、音楽それ自身にのみ「宿る」ということである。

　よって、言葉や旋律など、芸術を届ける「媒材」そのものは「よき隠喩」でありながら、その本質はそのもの自体に存在しているように感じさせるのである。享受する者はそれを「賞賛する言述」や「愛の言述」と重ねながら、それでは語られないところにその本質をみるのであり、それはつまり、読んでいるもの、みえているもの、きこえているもの自体に内在しているという感覚につながるのである。

　また、美の「媒材」には必ずそれを創造した作者がいるはずなのだが、「媒材」ほどには芸術の在りかだとは思えない。それは、いかなる解釈も絶対的ではないこと、すなわち「媒材」だけを手がかりに作者にまで辿り着く

ことは不可能であるという「媒材」の限界をも、読み手は知っているからである。

> 多様なエクリチュールにおいては、すべては解きほぐされるのであって、読み解かれるのではない。可能なのはエクリチュールの構造をたどり（ストッキングのほつれについて言うときのように）、「伝線」することである。そこにはいくつもの反復があり、いくつもの層が重なっている。けれども「底」(fond)というものは存在しない。エクリチュールの空間はさまよい歩き回るためのものであって、その向こう側に突き抜けることはできないのである。
> （内田樹「Ⅱ　ロラン・バルト」難波江和英・内田樹『現代思想のパフォーマンス』光文社、2004、pp.118–119（ロラン・バルト『作者の死』からの引用））

　読み手は「エクリチュールの構造をたどり」、「エクリチュールの空間」を「さまよい歩き回る」ことはできる。そうしてエクリチュールは「解きほぐされる」。しかし「向こう側に突き抜けることはできない」のは、「読み解」くことができない以上、「底」、すなわち作者という、唯一のものに辿り着くことが不可能だ（ということを知っている）からである。
　文学は、読み手のなかにある。だが読み手は、文学は言葉に在りと思っている。文学の所在については、そういうのが正しいと思う[30]。
　ひとはその言葉を自分の内側に存在させる。そして蓄えていく。それは、なにごとにも、なにものにも、侵されたり奪われたりされるものできない。そういう言葉をもっていることや、そういうものを私はもっている、という自負や自覚が、そのひとを強く、たくましくするのではないかと考える。

> 病んで動けないような時に、じーっと思い出してるだけで気持ちが動くような、目の中にしまっとけるものがあるといいよ。
> （「幸田文の生活学校」『ku: nel』マガジンハウス、2008.11.20 より、幸田文の言葉）

文学の固有性──言葉という媒材──

　芸術とは、享受する人間を、その現実から一時的に解放するという意味での「カタルシス」として作用するものであり、それはひとに賞賛や愛の言述（語り）を引き出すとともに、言葉では語り得ぬところに芸術の本質をみせるものである。これは、ある言葉に「他者される」、あるいはある言葉により「自己表出」する、文学（言葉による芸術）に限らない、芸術一般についていえることである。

　ここでは芸術の「媒材」として、言葉にはどのような固有性が認められるかについて考える。

　福田氏は、「ことばは媒材として、絵画における色彩や線、音楽における音階よりも、はるかに現実の重量をもっている。いや、ことばは現実そのものなのであります。色彩や線や音階のように現実から抽象され整理されたものではなく、それはわれわれが日常生活で用いているそのままなものであります。」[31]と述べている。芸術の「媒材」は、音でも色でもよいのだが、言葉というものの利点をあげるとすれば、誰もが「日常生活で用いているそのままなもの」だということである。

　たとえば美術（視覚芸術）ならば、あるものを描くとき、その背景を完全に消去することはできない。それはみる者にとっても同じであり、意図されたものとされないものの区別は（文字と行間ほどには）つけられない。音楽（聴覚芸術）も、「日常生活で用いているそのままな」音楽というものはない。

　紙（画面）に文字、という至ってシンプルな形態（メディア・パッケージ）をとる文学は、ほかの芸術の「媒材」に比べて物質的に単純である（だからこそ、「日常生活で用いている」のだといえよう）。

　またその想起しやすさにおいても、文学は優位にある。音調、色彩、言葉という芸術の「媒材」を記憶することで、私たちは自分の内部に、取り出し可能なかたちで感動の「媒材」をしまっておくことができる。そして、そのものがないところでも再現することができる。つまり、これは文学に固有の特徴ではない。

　しかし、そっくりそのまま「媒材」を自身に内蔵できる（と感じられる）点において、言葉は圧倒的に有利である。

　たとえば、すばらしい絵画や演奏をそのままのかたちで再現することは、不可能であろう。音楽の場合には録音、絵画の場合には印刷することはでき

るが(それでも、生のものとはやはり別ものであると思うが)、自分で演奏をしたり、自分で描いたりして再現することはできない。文学の場合には、書き写した文字、コピーした原稿などが再現になる。そしてそれは原本(書き写されたもの、コピーされたもの)より、言葉として劣ることはないのではないだろうか。すくなくとも、再現されるものと再現されたものとの差異は音楽や美術と較べて小さいのではないだろうか。たとえば、「つめたいメロン／つめたいくちびる／官能的なきもちになりました」[32]という言葉に陶酔し、その言葉を記憶として内蔵するとき、言葉はすこしも過不足なく内蔵できる。一字一句、違わずに所有することができる。その言葉をそのまま、紙に書くことも、声に出すこともできる、ひとに伝えることもできる。言葉という「媒材」は、いったん内蔵できればそれを覚えているあいだずっと、損なわれることなく、そのまま再現することができる。しかし、ほかの「媒材」の場合、多くのひとにとってそれはほとんど不可能なことである[33]。

　言葉が「現実そのもの」であること、すなわち「色彩や線や音階のように現実から抽象され整理されたものではなく、それはわれわれが日常生活で用いているそのままなもの」であることで、文学はその「媒材」の完璧な所有が可能である(完璧なかたちで所有できていると思うことで、安心することができる)。これはほかの芸術の「媒材」と較べた場合における、言葉の芸術である文学に固有の性質である。

　なおこれは、作家への畏敬の念にもつながる。それは、文学とみなす言葉が、作者が独自に創造した言葉ではなく(もしそのような言語で書かれたら、読者は読むということができない)、それは読者も日常的に使用している言葉でありながらも、読者には現出(創出)することのなかった言葉であるからだ。そのような点から、読者は作者を尊敬し、敬愛もするのである。その言葉を書いたひとに、その言葉への思い入れがなかったとは思えない(考えにくいし、考えたくない)からである。読者はある言葉を文学とみなしたとき、その言葉への愛情や愛着を感じるだけでなく、その言葉に対して思い入れを託した作者というひとの人間性や感性をも、その言葉に感じるのである。

　　　あらゆるエクリチュールは、話し言葉には見られない閉鎖的な性格をもっている。エクリチュールはけっして伝達の道具ではない。(中略)エ

クリチュールは、言語活動の向こう側につねに根をおろしており、線のように伸びるのではなく、芽のように成長してゆく。ある本質を明らかにしたり、ある秘密でおびやかしたりする。反-伝達行為であり、ひとを威圧してくる。したがって、いかなるエクリチュールのなかにも、言語でありながら強制でもあるものという両義性が見出されるだろう。エクリチュールの根底には、言語活動とは関係のない「状況」がある。言葉を伝えようとする意図ではすでになくなっている。べつの意図によるまなざしのようなものがある。そのまなざしは、たとえば文学的なエクリチュールにおいては言葉への情熱に大いになりうるし、政治的なエクリチュールにおいては刑罰の脅しにもなりうる。
(ロラン・バルト、石川美子訳『零度のエクリチュール』新版、みすず書房、2008、pp.28-29)

　作者は存在するものをただ写し取って言葉にしているわけではない。読み手の前に存在していないものを(存在していないからこそ)、書くことによって言葉として存在させるのである。その「媒材」は必ずしも言葉でなくてもよいのだが、ある者は言葉を材として選ぶのである。
　文学を読む(読める)とは、言葉によってなにものかを存在せしめられる(と信じている)ひとがいるということを、実感を通して知ることなのである。

　　書くとは、自分の最高に向かって書くことです。しかしこの〈最高〉と判断するのは、小説家自身ですから、あなたの言われるように、「自分で自分に最後の審判を下しながら書いてゆかざるをえない」ということになります。
　(中略)
　　しかし、エミリー・ブロンテのように完全な孤独の中で書くことは、読者がいないという絶望的状況でもありますが、同時に自分にとって最も大切なことを、自分に向かって書くという根源的な意味を開示してくれます。
　　書くという行為は、誰かに伝達する行為でもありますが、それ以上に、何か大切なことを言葉で定義することです。それは、そのものが言

葉で存在になることです。
（中略）
　小説を書くとは、まだ形をとらない大切なものに、言葉によって形を与え、言葉の建物を建てること、といえましょう。
（中略）
　小説家は読者に向かって書くと思えますけど、もう一つ深い場では、こうした想念（イデー）と言葉のドラマが繰りひろげられています。エミリーも『嵐が丘』の世界を書きながら、栄光への期待も生活を豊かにする希望もあったでしょう。しかし、それ以上に彼女を駆り立てたのは、彼女にとって痛切な存在であるキャサリンたちの空間を言葉の存在として、地上に実現することだったのです。
（辻邦生「書くことの根源的な意味」前掲書、pp.84–86）

　文学を書くという行為は、「自分にとって最も大切なこと」を、言葉という、再現の「媒材」を通じて存在させることである。文学を読むという行為は、ある書き手の「自分にとって最も大切」だという感覚を、言葉という「媒材」を通して再び存在させる（再現的な）行為だともいえる。ある言葉を読んで、その言葉が心に触れるとき、それは読む自分を起源とする感情ではなくて、書いた誰かの心の震えこそが起点であると感じ、その言葉を「再現の媒体」として自分の記憶にしまうことなのである。

　　真実を知るとは、何かこうした恐ろしさを伴うように思いました。アリストテレスは「悲劇は人間の再現ではなく、行為と人生の再現である。幸福も不幸も、行為にもとづくものである」と言っています。私はその頃まだ小説を書き出す前でしたが、小説もまた言葉で書くのではなく、行為で再現するのだと知ったのでした。
　　おそらくそのとき、私は言葉を記号ではなく、「再現の媒体」のようなものと感じたのだと思います。私は字を「書く」のではなく、「媒体」を重い石のように積み上げるような気がしたのです。
（辻邦生「重い石のように字を積み」前掲書、p.202）

　芸術を創り出す者は、内なる情熱や感動をもっている。芸術は、その情熱

や感動の「再現」である。よって、創り出された作品は単なる「再現の媒体」ではすまない。個人的で生々しい感情を自分以外の者にも想起させうる（ことをもめざす）「再現の媒材」である。

4. 生活における文学の必要性

　先に、生活にとっては芸術というのは役に立たないものであり、その役に立たなさや、役立つことを求めないことが芸術が成立する（「カタルシス」をもたらす）ことにつながると述べた。

　しかし、一個人にとってそのように捉えられるものであることと、芸術が社会的に意味があるものとして存在し、機能していることは、分けて考えなければならないだろう。

　そこでここでは、芸術がひとの生活においてどのような役割を担っているのかについて、検討する。

語り合う材としての文学

　芸術は文化のひとつであるが、それは私たちの生活において、どのような役割をもつものなのか。

　バルトは、芸術とは「質」や「価値」の領域のものであって、「語られざるもの」や「意味」とは別の次元にあるものであり、そのもの自身にではなく「賞賛の言述」や「愛の言述」に属するものであるとした。芸術の本質が、媒材自身ではなく、それを享受する者が発する「賞賛の言述」や「愛の言述」にあるということは、ある媒材がそれを享受する者に「賞賛の言述」や「愛の言述」を誘うとき、それは芸術と定められるということでもある。また、「賞賛の言述」や「愛の言述」を誘うところに芸術の本質があるなら、そうした言述や言述が誘われること自体への注目は、この先、言葉の芸術としての文学教育を国語科教育（言葉の教育）の範疇で行うにあたって重要になることだろうと考える。

　そこで、西研氏の述べる、対話の媒材としての芸術の役割について、取り上げる。

　西氏によれば、文化とは「単なる消費財ではなく、ほんらい、作品をめぐる語り合い（批評）を含みこんでいるもの」である。絵画、音楽、小説などの

文化は、「それぞれ個々人が楽しむための」、「消費財」であるだけではなく、「その『よさ』を語りたくなる」ものであり、その「作品をめぐる語り合い（批評）」も含めて文化である、というのが西氏の考えである[34]。

さらに西氏は、ある作品を材料に語り合うことを通じて、「自分がいままでに無自覚につくってきた『よい・わるい』の感覚が、他者の感覚と照らし合わされ、検証されていく。そのプロセスを経て、『やっぱりこれはいい。これはよくない』という価値観の軸ができあがっていく。」、そこに文化（芸術）というものの存在理由があるとする。換言すれば、「自他の価値観を照らし合せながら、ほんとうに納得のいく価値観をともにつくりあげていこうとする」、そういう関係を人々にもたらすという役割を文化としての芸術はもっているということにもなるだろう[35]。

彼はそうした「語り合いの関係」こそ「創造性に必須」であるとし、「語り合い」という行為を「表現のゲーム」と名づけている[36]。そして「表現のゲーム」が行われる意義について、次の三点を挙げている。

①他者へのあり方の感度を育てる——さまざまな他者たちがそれぞれどのような仕方で生き、どのような生に対する姿勢をとっているかを実感する。そのさい繊細な言葉を用いた〈尋ね合う関係〉（後述）が大切。
②自己の生き方をふりかえる——他者たちのあり方から、自分のあり方をふりかえってみる。自分のあり方を見つめ直す柔軟な視座を獲得できる。
③生きるうえでの価値と目標を育てる——何がよいことなのか、よくないことなのかについて、自分なりの考えを育てる。作品をつくる・享受する・批評するというプロセスのなかで、「よいことってほんとうにあるんだなあ」という信頼が生まれることが大切。
（西研「ニーチェ『ツァラトゥストラ』」『NHK 100 分 de 名著』NHK出版、2011.8 p.100）

以上から、芸術の（文化としての）役割は、人々に「語り合う」材を提供することであり、「語り合い」を通して他者へのありかたや自分のありかたに向き合わせ、自他の生きる世界に対する信頼をもたらすことであるといえる。

語り合う場を生むための条件

　ここまでは、芸術の文化的な機能として「語り合い」の場をもたらす機能をもつことや、その「語り合い」がもたらす効能として「物事のよし・あし」を確信すること（および、その確かめかたを習得できること）について述べてきた。「語り合う」空間を創出する力を育成する教育について考えることは3章に譲り、ここではそれを考える前段階として、「語り合える」空間を創出するためにはどのような条件があるのかについて検討する。

　西氏は「表現のゲーム」（「人が各自の「生に対する態度を語り合う」こと、またそれによって他者へのありかたや自分のありかたに向き合い、自他の生きる世界に対する信頼をもたらすこと）が行われる際に重要なことは、「『間違っているかもしれないことを、不十分な言い方でいっても大丈夫』という安心感を、この場に対してもてるかどうか」であると述べている。なぜなら、それが本気の「語り合い」でなければ意味をなさないからであって、安心感がなければ、「人は自分の『生に対する態度』つまり『生き方の姿勢』について本気で語ろうとはしない」からである[37]。

　このことから、芸術作品は「語り合う」材として有効である（語り合う関係を構築することを人々に動機づける役割がある）が、本気で語り合えるような、安心感のある空間をつくる努力や工夫も必要であることがわかる。

　そのような安心感を、語り合う者たちがその場に創りあげるためにどのようにふるまえばよいのかについて、西氏は「尋ね合い」が大切であると述べている。「尋ね合い」ができることにより出てくる、「『たしかに受け止めた・たしかに受け止められた』という呼応する感覚」や、「呼びかけて応える」という感覚によって「『安心できる空間』が成り立ってくる」からである[38]。

　また「尋ね合う」を行う前提として、「だれかが何かの意見をいったときには、まずそれをきちんと聴き取ろうとする姿勢」をとることがある。そのような姿勢があれば、相手の意見に対して自分の尺度で即断したり否定したりすることがなくなるからである[39]。

　そうした姿勢がとられたうえで、「その人のいいたいことのニュアンスを確かめる作業」として「尋ね合い」が行われる。「尋ね合い」とは、「相手の意見を確かめて、場のメンバーがその人の言いたいことを共有する、という手続き」のことであり、それが「コール・アンド・レスポンス」の感覚を生

むのである。そして、その感覚から「安心できる空間」が創りあげられていくのである[40]。

　こうしていったん「安心できる尋ね合う関係」が成り立つと、「発言するほうも、自分の感覚をどういう言葉にすれば相手に伝わるか、本気で工夫するようになって」、「それは、自分自身の感覚に対する鋭敏さを磨くことにもなっていく」[41]。「このように、尋ね合いが土台となって、ものすごい速さと勢いで言葉が展開する『創造的』な空間が出現してくることがある。創造性と共振性とがすごい勢いで噴出してくるのです。創造性は尋ね合いが土台となってはじめて展開する、のです。」[42]と西氏は述べている。

　発現する言葉を耳に入れるだけの「聞き合う」、身を入れて、耳を傾けるための「聴き合う」、そして、まだ発現していない言葉を求めての「訊き合う」＝「尋ね合う」という行為によって、「語り合う」空間に安心感がもたらされ、価値の創造に有用な「語り合い」が、行われるようになる。

尋ね合う場を醸す材としての芸術

　芸術とは、作品そのもの（だけ）を指すのではなく、その作品をめぐる語り合いを含みこんだものである。つまり、芸術とは、個人的な楽しみであるだけでなく、それについて他人と語り合いたくなるものである。

　1～3節では、個人がある作品をどのように受けとめたときに、それを芸術とみなすのかについて明らかにした。4節では、個人がある作品を芸術とみなしたのち、それだけに終わるのではなく、そこから語り合いが始まり、それを含みこんだ文化としての芸術の価値、とくにその現在的な価値について述べてきた。

　また、芸術作品は語り合いを人々に動機づけるものでもあるが、それが実行に移されるためには、本気で語り合える、安心感のある空間が必要であること、そのような場を創りあげるためには「尋ね合い」が大切であるということを、ここまでに述べた。

　つまり、文化としての芸術を成立させるためには、そこに作品が置かれるだけではなく、皆が「だれかが何かの意見をいったときには、まずそれをきちんと聴き取ろうとする姿勢」をとり、「その人のいいたいことのニュアンスを確かめる作業」＝「尋ね合い」を行うことが要求されるのである。

　これは、たとえば芸術教育において、環境を工夫したり教師が支援をした

りするときに留意すべき点でもあるが、芸術が「語り合い」を誘うものなのであれば、芸術というもの自体に「尋ね合う」ことを厭わせない性質が内在しているのではないだろうか。

　芸術をまえにして、なぜ「語り合い」がはじまるのか。その理由のひとつは、その作品に対する自分の感想の普遍性や妥当性を図りたいからであろう。「語り合い」を始める目的は相対化するためではなく、あくまで普遍性・妥当性を確認するためである。もちろん、結果としては相対化されるのだが（文学の授業ではしばしばそのような光景を目にする気もするが）、それが第一の目的ではないと考える。

　ここで片山善博氏がカントの『判断力批判』を手がかりに論じた「書くことの公共性はいかにして成り立つのか」を参考としたい。この論考では、「公共性」を「だれも排除しないこと、つまり異質性の承認と自由な議論が保障されていること」と捉えて、近年「多様性や複数性を認める原理として公共性に関心が寄せられるようになった」ことをふまえながら[43]、カントが『判断力批判』で述べる「共通感覚」について精緻な考察がされている[44]。

　カントは『判断力批判』において、「美感的な判断」の根拠づけを試みている[45]。そしてその根拠の基準とは、「人間の認識能力である『悟性』と『構想力』が合目的的に一致（つまり調和）している状態（合目的性）である」とし、そのときひとは「そこに何らかの普遍的なものを見出している（と言ってもあくまで主観的な）」という[46]。

　では、なぜひとは、個人的にみいだされたはずの「美感的判断」に「普遍的なもの」をみいだすのだろうか。それについて片山氏は、次のように解釈している。

　　カントは「美感的判断力の分析」の「美の分析」において、美感的判断力、とくに経験的なものを捨象した純粋な美感的判断とは何かを分析する。この判断には、悟性の働きが関わっているという理由で、論理的なカテゴリー（質、量、関係、様相）に従って、分析が行われる。美感的判断は、感覚的とも悟性的とも道徳的とは異なる「質」をもった判断であり、あらゆる関心を欠く（純粋に美しいという）判断であるとされる。そしてこの判断は、「量」のカテゴリーとして、〈すべて〉の主観において成り立ち普遍妥当的である判断とされる。ではこのことはなぜいえるの

か。この判断において見出された判断基準(普遍)は、あくまで個別を通して見出されたものであり、したがって客観的概念でも普遍的概念でもない。にもかかわらず普遍妥当性をもつとはどういうことか。「関係」のカテゴリー(とくに原因―結果のカテゴリー)において、カントは、この判断が普遍妥当性をもつ理由を判断基準の合目的性(構想力と悟性の合目的的な合致)にあるとする。つまり、構想力と悟性の二つの認識能力にすべての人間に共通しているから、当然その合目的的な合致もすべての人間に見出されるのだと説明する。そして、「様相」のカテゴリーでは、この判断にすべての人が賛同することの必然性が問われるが、その必然性を、カントはすべての人に共通するある根拠(この根拠の下に正しく包摂されていることの確信)としての共通感覚(伝達可能性)の理念から正当化する。
(片山善博「書くことの公共性はいかにして成り立つのか」助川幸逸郎・堀啓子編『21世紀における語ることの倫理――〈管理人〉のいない場所で――』ひつじ書房、2011、p.103)

　個人的に見出されたはずの「美感的判断」に、「普遍的なもの」をみいだすことができるのは、「構想力」(概念をまじえないで、直観的に物事をイメージしていく能力)と、「悟性」(概念を通して物事を明確化していく能力)は、その内実は個々に異なっているのだとしても、そのもの自体はすべての人間に共通する「認識能力」であるので、その「合目的的な合致」(ある目的にかなっているかどうか)も、すべてのひとに共通していると考えているからである。確かに、ある作品に感動したとき、ほかのひとも感動していると思いがちであることや、絶賛されている作品に感動できなかったときでも、同じ感覚のひとがいるはずだと信じていることがある。だからこそ、多くのひとがその感想を口にする(できる)のである。先の西氏が述べていた、芸術を材とした「語り合い」が始まるのも、「美感的判断」がなされただけでなく、それが「普遍妥当性」と「必然性」を要求するものだからである。
　また「美感的判断」が「普遍妥当性」と「必然性」を要求するものであることの前提として、「共通感覚」が想定されている[47]。
　では、「共通感覚」とはなんなのか。それは「あらゆる他者の立場で考えることができる」ということである[48]。この「あらゆる他者の立場で考える

ことができる」という原則に従って、ひとは「他者の立場を自己の判断の基準に据え」ようとするのである。つまり自分が考える他者の立場で考えられることを、自己の判断の基準とできるのである。自分は個人的な判断をしているのではなく、他者の立場の判断を基準として判断しているので、それは当然、「普遍妥当性」や「必然性」をもっているというのである。

　もちろん「他者の立場」は個人が考えたものにすぎないのだが、「あらゆる他者の立場で考えることができる」という原則があるので、主観的に客観的であるとみなされるのである。

　「あらゆる他者の立場」を主観的に考えてしまうということは、自己中心的であるようにも見えるが、一方では「他者の固有性を認めるということ」でもあり、「〈個別の固有性〉を否定せず、むしろ〈個別の固有性〉の承認を通して、その固有性の根拠となる理念を見出すこと」や、「個別の外にある普遍から個別を説明することではなく、個別との関係を通して自分の中に普遍を見出すこと」に向かっていることも確かである。片山氏は、「美感的判断においては、全体というのは、個別の外部に確固としてあるものではなく、個別との関係で個別を生き生きと感じ取られるものなのである。」と、カントの考えをまとめている[49]。

　さらに片山氏は、カントは自己と他者の統一の理念、すなわち公共性の成立を全体（あらゆる他者）に回収されない個別の固有性を互いに活性し合う「共通感覚」に基づいた「美感的判断力」にみたのだという[50]。

　「共通感覚」に基づくとは、「あらゆる他者」の立場を想定してから、それを基準に自分の判断をするということである。それは「全体を見渡して自分の意見を述べるということ」であり、「公共性を考えるうえでのキーポイント」となる。「『他のあらゆる人の立場に自分を置き移す』ということによって、自分の狭さから抜け出すことができ、それを可能にするのが共通感覚の理念である」からだ。つまり、片山氏は「公共性」を成立させるにあたり、カントの「美感的判断」の前提となる「共通感覚」に注目しているのである[51]。

　「共通感覚」とは、あらゆる他者に共感できるとみなされる感覚である。ひとはあらゆる他者に同情することはできない。しかし、あらゆる他者に共感をすることは、理屈としてはできる。よって、「あらゆる他者」を想定したうえで、それに共感することができるからこそ、それを基準として自分の

判断をすることができるのである。

　この姿勢は、「その人のいいたいことのニュアンスを確かめる作業」としての「尋ね合い」と、非常によく似ている。「美感的判断」に至るまでの他者の個別としての固有性を認め、それに共感していこうとする作業は、実際に他者と「尋ね合う」ことはしないが、内的には「尋ね合い」を行っているといえるのではないだろうか。

　内的な「尋ね合い」が外的なものに開かれることもあるだろう。また外的な「尋ね合い」を通して、内的な「尋ね合う」力を育むこともできるだろう。

　以上より、ひとに「美感的判断」を下させる行為としての芸術は、内的な「尋ね合い」を要求し、「語り合い」を拓く力がある。そうした他者を求める行為に導くことこそが生活において芸術が失われない理由だろう。人々の生活において、芸術は必要なものなのである。

　そのようなことをふまえて、芸術を（文化としての側面を等閑視せずに）教えることができれば、いま・ここで必要とされている「尋ね合う力」や「語り合う」力の育成に寄与することができるだろう。生活における芸術とは、つねに文化としての価値をめざして存在しているといっていい。教室においてはそれが疎外されてしまうことがないように留意すべきであって、「尋ね合う」ことができるような配慮をわざわざすることは、かえって文化をめざす芸術の機能を抑制してしまうことにならないとはいえない。

　問題は、ある学習者にとってそれは芸術であるのか、ということである。「語り合い」が拓かれるために、まず誰かが語り出さなければならないからである。すべての学習者にとってでなくてもよいが（多くの学習者にとってであれば、そのほうが望ましいが）、その教室にいる誰かにとってそれが芸術であることが必要である。

　授業の方法などについては、第4章で詳しく扱う。続く第3章では、第2章でふれた芸術の現在的意義から、それを教育する現在的意義について、論を深めたい。

注

1 たとえば、吉本隆明氏は文学というものの内実について、次のように述べる。「文学は言語でつくった芸術だといえば、芸術といういい方に多少こだわるとしても、たれもこれを認めるにちがいない。しかし、これが文学についてたれもが認めうるただひとつのことだといえば人は納得するかどうかわからぬ。いったん、言語とはなにか、芸術とはなにか、と問いはじめると、収しゅうがつかなくなる。まして文学とはどんな言語のどんな芸術なのかという段になると、たれもこたえることができないほどだ。」(吉本隆明『定本　言語にとって美とはなにかⅠ』角川書店、2001(初出・1990)、pp.18–19)このうえで、「わたしは、文学は言語でつくった芸術だという、それだけではたれも不服をとなえることができない地点から出発し、現在まで流布されてきた文学の理論を、体験や欲求の意味しかもたないものとして疑問符のなかにたたきこむことにした。」(同、p.22)と宣言し、言語にとって美とはなにかについての論を展開している。

2 難波博孝『母語教育という思想──国語科解体／再構築に向けて──』世界思想社、2008、p.186

3 南こうせつとかぐや姫が歌った日本のフォークソング。1973年9月20日発売。歌詞は、南こうせつから作詞の依頼を受けた喜多条忠による。

4 吉本隆明『定本　言語にとって美とはなにかⅠ』角川書店、2001、p.10

5 吉本氏が例として挙げた引用部分は、以下の通り。「私は胃の底に核のようなものが頑強に密着しているのを右手に感じた。それでそれを一所懸命に引っぱった。すると何とした事だ。その核を頂点にして、私の肉体がずるずると引上げられて来たのだ。私はもう、やけくそで引っぱり続けた。そしてその揚句に私は足袋を裏返しにするように、私自身の身体が裏返しになってしまったことを感じた。頭のかゆさも腹痛もなくなっていた。ただ私の外観はいかのようにのっぺり、透き徹って見えた。」(島尾敏雄「夢の中での日常」)

6 吉本氏が例として挙げた引用部分は、以下の通り。「朝／きみの肉体の線のなかの透明な空間／世界の逆襲にかんする／最も遠い／微風とのたたかい」

7 森田繁春は「ナンセンス詩の記号論」(『大阪教育大学英文学会誌(33)』大阪教育大学英語英文学教室、1988、pp.3–13)において、「ナンセンス」の意味について「日常世界の論理を意図的に無視することによって作られる」意味とし、「ナンセンス詩はいわば衣服を脱いだありのままの姿で読者の感性に訴えかける詩であるとしている。それゆえ、それを読む側にもかみしもを脱ぐことを要求される。読者は聴覚的想像力を頼りとしてひたすら感覚的に読み進まねばならない。(中略)ナンセンス詩こそはその詩の原点を限りなく指向する詩であるからである。」と意味にとらわれない読みを求めるものとしている。ただし、「ナンセンス詩を謎解きゲームとして読む大人の読み方が存在することを否定するわけではない。また、その意味では、作品の謎解き作業が完結するまでは作者の想像力を読者自身のものとして回復することはできないとい

う主張を無視するわけでもない。」とし、ナンセンス詩であってもその意味を解釈していくような読みは否定されるものではないとしている。なお、森田氏は「聴覚的想像力」にしかふれていないが、e.e. カミングス "1(a" や、日比野克彦「絨毯の上のカブトムシ」山村暮鳥「いちめんのなのはな」など、視覚的想像力に頼るものもある。

8 桜楓社、1971
9 田近洵一「松永信一『言語表現の理論』をめぐって」『日本文学』1972.12、pp.70–71
　　松永氏の理論については、ほかにも森本正一氏が「児童文学教育論―1―未来行動の理念を追求する文学教育の構造化」(広島大学教育学部『広島大学教育学部紀要　第二部』1975、pp.79–86) において、文学の指導過程という観点から整理し、現場に生かそうとしている。
10 (8)に同じ。pp.146–147 を参照。
11 直接的に関係しないので略したが、引用部分の理解を助けると思うので、以下に中略部分を示す。
「それは美術の世界でまずはじめられたようである。十九世紀後半の印象派の画家たちが『明度の高い色を並列して、これを網膜において混交させる方法』を創案したのが、文学の方に波及したと考えられる。くわしくはスーラーの手紙に次のようにある。『網膜に光の印象のつづく現象を認めるなら、その結果、網膜の上に必然的に合成がおこる。表現の手段は調子と色相(固有色および太陽やランプや瓦斯などに照らされて生ずる色)の視覚混合である。いいかえると、光とその作用(陰)の視覚混合である。』美術の方でも古くは、目ざす色をパレットの上で画家が調合して画布の上に置き、画家の胸の内にできあがっている『対応』を鑑賞者に受けとってほしいと提供していた。その色の調合を鑑賞者の神経機構にゆだねる方法に切りかえたのである。」
12 吉本隆明『ETV特集』NHK教育テレビ、2009.1.4放送での発言。
13 (8)に同じ。p.130
14 中央公論新社、1977 (2009改版)。福田氏はこの著書を通し、芸術に価値を見いだせない現代文明を批判している。氏の分析によれば、現代文明は実生活にとっての効果という基準においてのみ、ものごとの存在意義を判断するという性質をもつ。またその性質は、芸術のような、本来その存在意義の測りようがないものの存在を否定してしまう。それは自分の存在の意義を簡単には測れないがために否定することにもつながる。そうした問題を指摘し、現代文明への抵抗として芸術の存在を意義づけることがこの著書の目的であるとのこと。
15 あとがきではさらに、「芸術とはなにかを知ろうとすれば、芸術作品につくのがなによりです。」と述べ、自身はあくまで芸術のはたらきについて述べたまでだという姿勢を示している。
16 2001年大学入試センター試験国語Iの問題に江國香織「デューク」の全文が出題され、試験中に涙を流す生徒が続出した。(江國香織文・山本容子画『デューク』講談社、2000、帯より)

17 「まさに辻さんのおっしゃるように、読むという行為は純粋な快楽です。それは読むという行為に内在する快楽のほか何一つ見返りを期待しない、無償の行為です。そしてその無償性は、「読むべき本」が何であるかをまだ知らない、あの、まったきもって無償であった子供のころの読書に、もっとも鮮やかに現れるのです。」(水村美苗「天下の剣豪小説『宮本武蔵』」辻邦生・水村美苗『手紙、栞を添えて』筑摩書房、2009、p.41)
18 (17)を参照。
19 水村美苗「天下の剣豪小説『宮本武蔵』」(17)に同じ。p.41
20 「『嵐が丘』を読む経験──それを「快楽」と命名するのは、ためらわれる。辻さんもそうお思いになりませんか。少なくとも私にとって、それは快楽であると同時に、何かとてつもなく恐ろしいものです。読み始めるたびに、悪夢の中にずるずると引きずりこまれるようです。偉大な作品というのは、かならずどこか遠いところまで連れてゆかれるものですが、『嵐が丘』の場合は、これ以上先へ行ってはならぬという、まさにぎりぎりのところまで連れてゆかれるような気がします。読み終わって本を閉じると、あたかも穴ぐらから生還したように陽の光がまぶしい。」(水村美苗「『嵐が丘』が導く世の果て」(17)に同じ。p.73)
21 それが言葉というものである以上、事実か虚構かという線引きをするのは、非常に困難なことである(ナンセンスである)と思う。現時点ではそのことについては特に言及をしないで、話を先に進めたい。
22 外山滋比古『ことばの教養』中央公論新社、2009(『ことばのある暮し』1988 と『男の神話学』1982 の二冊を合わせて、再編集されたもの)、p.161
23 このように述べたからといって、1 章で述べたような「問題意識喚起の文学教育」や「状況認識の文学教育」などの背景にある文学観を否定しているわけではない。現実に目を開かせることも文学の力のひとつであるかもしれないが、現実に目をつむる機能も文学はそなえているということを見落としてはいけないのである。
24 ある言葉に対する書き手の思惑と読み手の想いは、相関することもあるがそれぞれのものである。だが言葉というものは常に、それが何者かにとって書くに足ることであったことを証明するものなのである(それは備忘のためかもしれないが、それにしても、忘れてはならぬことだったことの証明である)。その痕跡は読み手に、バルトの言葉を借りていえば「シニフィエのないシニフィアン」、つまり「鈍い意味」を宿す「白いエクリチュール」として受け取られる。その言葉はなにか特定のシンボルやメタファーではなく、そこに明白なメッセージも隠されたメッセージも読み取ることはできないのだが、その言葉として存在することだけは認めざるを得ない、その言葉の存在を消すことはできない、そんな言葉である。とにかく、なんらかの意味への収斂や、他の言葉への書き換えを嫌うということだけは確からしい、省略不可能な言葉である(参考・内田樹「Ⅱ　ロラン・バルト」難波江和英・内田樹『現代思想のパフォーマンス』光文社、2004)。それは、なんでもない名詞一語、かもしれない。江

　　　　國香織氏がボナールの『浴槽』について、「どこが好きかというと、まず、描く対象。
　　　　どう描いたか、ということ以前に、何を描いたか、ということだけで、私はこの画家
　　　　に惹かれずにはいられないのだ。」(江國香織「ボナールのバスタブ」『日のあたる白い
　　　　壁』集英社、2007、p.33)と述べるように、それがある者にかかれたという事実は、
　　　　あらゆる作品の重要な前提である。
25　江國香織著、角川書店より 1996 発行。あらすじは、以下の通り。
　　　　主人公の梨果は、同棲していた恋人の健吾に出て行かれ、入れかわるように押しか
　　　　けてきた健吾の片想いの相手・華子と暮らすはめになる。梨果と華子の家に健吾がと
　　　　きどき遊びに来るという奇妙な三角関係のなかで、梨果は華子の捉えどころのない魅
　　　　力に惹かれていきながら、喪失や孤独というものについての思いを巡らす。そして、
　　　　華子の死（自殺）を、華子の不在であると理解したとき、かつてのようではない自分を
　　　　現実のものとして受けいれはじめる。
26　江國香織『日のあたる白い壁』集英社、2007、p.8。さらに 4 行あとでは、「様々な時
　　代に様々な場所にいた、そしていたさまを見せてくれている、美しい画家たちに嫉妬
　　しつつ、憧れつつかきました。」(p.9)と述べており、作者へ羨望のまなざしを向けて
　　もいる。「ホッパーの絵の前でなぜ立ち止まってしまうかといえば、その絵の喚起す
　　る感情が──なつかしさであれ、孤独感であれ──、まぎれもなく私の内部にあった
　　ものだからだ。描かれた人物の感情に共鳴しているのではないし、描いたホッパーの
　　感情に共鳴しているのでもない。（中略）ここに私がみてしまうもの、感じてしまうも
　　のにどうしても、私に属しているとしか思えない。私の性質に、記憶に、そして感情
　　に。」(pp.26–27)「そこ（ユトリロの色、と言われて江國氏が思い浮かべる、孤独な白と
　　寒くさびしいブルーグレイ──引用者注）にユトリロの経歴──アルコール中毒の治
　　療の一つとして絵を始めた、とか、ほとんど独学で絵を学んだ、とか──が重なっ
　　て、孤独と憂愁のイメージになったのだろう。現実がそれにどのくらい近かったのか
　　はわからない。かなり近かったのかもしれないし。でも、イメージを知ることと画家
　　を知ることは全然ちがう。イメージは絵をみる者に与えられるものであって、画家に
　　与えられるものではない。／「雪の積もった村の通り」という絵をみたときに、私は
　　そんなことを思ったのだった。／孤独な白や寒くさびしいブルーグレイは、ユトリロ
　　の色というよりパリの色だったのかもしれない。無論ユトリロの目と手を通して描か
　　れたのだからユトリロの色ではあるのだが、でもまずパリの色だった。ユトリロとい
　　うひとは、もしかして愚直なまでに忠実な方法で絵をかいた画家なのではないか。
　　だからこそ、あんなにあかるい雪景色もかけたのではないか。／たしかに絵は画家の性
　　質なり体質なり心持ちなりを映すと思う。でもそれは、画家が映すのではなく絵が映
　　すのだから。」(p.60) こうした記述から、江國氏は、絵に対し、それをみたときに抱く
　　感情は（作者や描かれた対象への憧憬も含め）、自身の内部にあったものが引き出され
　　たに過ぎないと自覚しながら、作者や描かれた対象を憧憬の的にすることを臆しない
　　（「現実がそれにどのくらい近かったのかはわからない。」と、用心深くはあるが）態度

をとっていることがわかる。なぜ、そうした態度をとるのかについての言及はない（し、また意図的にそうするわけではないと思う）が、その理由のひとつは、第3章3節1項に述べたようなことにあるかもしれない、と筆者は考えている。

27 「クライスレリアーナ」はホフマンが1814年に出版した「カロー風の幻想曲」の中の「クライスレリアーナ」という空想的音楽物語に由来しているピアノ曲であり、歌曲ではない。バルトがなぜ「歌曲」について述べているこの箇所で「クライスレリアーナ」を引いているのか疑問ではあるが、「歌曲」という言葉が「歌曲（リート）」と「歌曲（メロディー）」の二種類があることから、声部があるものだけを「歌曲」として考えているのではないのだろうと考えることができる。また、シューベルトのピアノ三重奏曲第一番アンダンテ楽章の冒頭の楽句(フレーズ)についても「シューベルトの楽句については、私は、<u>それが歌っているとしかいえません</u>。ただ単に、恐ろしいほど、ぎりぎりのところまで、歌っているのです。しかし、歌がこのように本質にまで引き上げられるということ、歌が栄光に包まれて出現するようにみえるこのような<u>音楽的行為が、まさに、歌を生む器官、つまり、声を生む器官の協力なしに生じるということは</u>、驚くべきことではないでしょうか。まるで、<u>人間の声が、今、他の楽器、つまり、弦に委ねられたために、一層生々しくなった</u>かのようです。身代わりが本物より真実になるのです。<u>ヴァイオリンとチェロの方がソプラノやバリトンよりももっとよく歌うのです——より正確にいえば、もっと多く歌うのです</u>。なぜなら、感覚的な現象に意味作用があるとすれば、それが最もはっきりと現れるのは、いつも、転移において、代理において、要するに、結局は、<u>不在</u>においてだからです。」(p.214。下線は引用者)と述べていることから、器楽によって歌うことが声によって歌うことを超越する、と考えていることがわかる。つまり、「クライスレリアーナ」についても、ピアノで歌う語り口が詩（言葉）によってかこまれたり、満たされたりしていないことによって、より多くを語ると考えることができるだろう。ちなみにシューマンは、ホフマンの作品に登場するクライスラーの鬱積した心情に、自分の妻・クララへの満たされぬ愛情を投影し、「この作品は君と、君への僕の想いが主役を果たす音楽です。」と書いた手紙をクララに送っている。しかし、この曲が献呈されたのは、クララではなくショパンであった。

28 芸術の本質が、媒材自身ではなく、それを享受する者が発する「賞賛の言述」や「愛の言述」にあるということは、ある媒材がそれを享受する者に「賞賛の言述」や「愛の言述」を誘うとき、それは芸術と定められるということでもある。また、「賞賛の言述」や「愛の言述」を誘うところに芸術の本質があるならば、そうした言述や言述が誘われること自体への注目は、言葉の芸術としての文学教育を国語科教育（言葉の教育）の範疇で行うにあたり、重要であると考える。詳しくは後述する。

29 ここでは「昇華」という言葉が用いられているが、「昇華」という言葉（日本語）が意味する「ある混沌の状態から純粋なものに高められること」、「物事が一段上の状態に高められること」の意味で解釈すると、音楽より言語のほうが高次のものであるような印

象となる。バルトがそのように考えていたのか、訳語の問題であるのかはわからないが、「変換」や「置換」という言葉のほうが適切であるかもしれないことを付記しておく。

30 正確には、文学に限った話ではない。あるものが芸術の「媒材」になるという行為は、あるものから誰かからのなにかが伝わってくるとき、それが錯覚でもかまわないことである。それは、そのあるもの自体が誰かがなにかを閉じこめたものであり、そこに馴染む自分がいるからである。そして、そのとき最も確かな対象は、作家でも自身でもなく、あるもの自体なのである。だから、その「媒材」自体をそっくり記憶することが、その芸術を所有することにもなるのである。(参考・『『想い』の女性はほとんど画面いっぱいに描かれており、これといって背景もないわけなのに、じっとみているうちに、部屋全体の空気が伝わってくる。暗さとか、温度とか、時間とか。勿論それは錯覚で、想像とか類推とか呼ばれるたぐいのものなのだろうけれど、『伝わってくる』としか思えないたしかさで、それはやっぱり伝わってくる。／描かれる、ということは、それ自体すでに何かなのだと思う。言葉にせよ絵にせよ映像にせよ、それらを使って何かを閉じこめるということ。／波長の合う絵、というのがある。好き嫌いとは別で、もっと生理的なものだ。絵の中の気配と自分の気配がしっくり合う、というか、肌に馴染む、というか。／私にとって、カリエールの『想い』はそのような絵だ。／そのような絵は、一度みたら忘れられない。心の中にしまうのではなく、心の中に飼ってしまう、という感じ。頬杖をついたこの女性を、彼女が何を考えているのかもわからないまま心の中に飼っているのは不穏なことだ。本当に不穏なことで、その不穏さや野蛮さこそ、芸術の本領であり、カリエールの技量なのだろう。」((26)に同じ。pp.20–22。))

31 福田恆存『藝術とは何か』、中央公論新社、1977(2009 改版)、p.145

32 江國香織「つめたいメロン」『すみれの花の砂糖づけ』新潮社、2002(初出・1999)、p.152

33 詳しくは、拙稿「伝いあう言葉」(国語教育思想研究会『国語教育思想研究』第1号、2009)を参照されたい。

34 「文化というと、『消費財』というイメージをもつ人が多いかもしれません。絵画や音楽にしても、映画や小説にしてもアニメにしても、それぞれ個々人が楽しむためのもの、という感覚です。でも、そのアニメが素晴らしくいいものであるとしたら、その『よさ』を語りたくなることもあるでしょう。ではどういう言葉でいうとそれをうまくいえるか。かなり難しい場合もありますが、その『よさ』をうまくいえて人がそれを理解してくれるととてもうれしい。このように文化というものは単なる消費財ではなく、ほんらい、作品をめぐる語り合い(批評)を含みこんでいるものだとぼくは考えます。」(西研「ニーチェ『ツァラトゥストラ』」『NHK 100分 de 名著』NHK出版、2011.8、p.93)

35 「なぜ『この作品はすごい』のか、なぜ『この考えはいまひとつダメなのか』。こう

やって互いに語り合われることを通じて、人生に対する態度や、他者に関わる態度、社会に対する姿勢など、自分がいままでに無自覚につくってきた『よい・わるい』の感覚が、他者の感覚と照らし合わされ、検証されていく。そのプロセスを経て、『やっぱりこれはいい。これはよくない』という価値観の軸ができあがっていく。こういうことが文化の本質でしょう。一言でいえば、自他の価値観を照らし合せながら、ほんとうに納得のいく価値観をともにつくりあげていこうとすることです。」((34)に同じ。pp.93–94)

36　「こうした語り合いのないところに、『創造性』や『高まること』はない、とぼくは考えるのです。そしてもちろん、生まれつきの体力でそんなものが決るわけではない。創造性に必須なのは語り合いの関係であり、それをぼくは、あらためて『表現のゲーム』と呼びたいのです。」((34)に同じ。p.94)

37　「『安心して語り合える空間はどうやったらつくれるのか』ということです。／表現のゲームとは、人が各自の『生に対する態度』を語り合うことでした。たとえば文学を材料にして語り合ったり、哲学であれば何かの『問題』(正義とは何か、幸福とは何かなど)について語り合うことになります。しかしそのさいに重要なのは、『間違っているかもしれないことを、不十分な言い方でいっても大丈夫』という安心感を、この場に対してもてるかどうか、という点です。／もし何かいってみたとしても、すぐに『それは違うよ』と否定されたり『それはヘーゲルによればさあ』と知識を見せびらかすような発言が続いたりすると、人は自分の『生に対する態度』つまり『生き方の姿勢』について本気で語ろうとはしないでしょう。『生き方の姿勢』とはその人の内側のことで、ときには内密にとっておきたいこともありますから、それが他者に対して出せるということは、ここが『安心できる場でなければなりません。」((34)に同じ。p.103)

38　「そういう安心感はどうやったら育つか？この点についていちばん大切なことは『尋ね合い』だとぼくは考えています。／だれかが何かの意見をいったときには、まずそれをきちんと聴き取ろうとする姿勢が大切です。その姿勢があれば、相手の意見に対してすぐさま『それは違う』と自分の尺度で即断したり否定することがなくなります。そしてさらに、その人のいいたいことのニュアンスを確かめる作業が必要になってきます。『ねえ、君のいいたいのは、たとえばこんなことかな？』というふうに、こちらで例にして尋ねてみる。そうやって相手の意見を確かめて、場のメンバーがその人の言いたいことを共有する、という手続きが大切です。／このような尋ね合い・確かめ合いができてくると、『たしかに受け止めた・たしかに受け止められた』という呼応する感覚がでてきます。コール・アンド・レスポンス——呼びかけて応える、そのような感覚が出てくる。その感覚があってはじめて『安心できる空間』が成り立ってくるのです。」((34)に同じ。p.104)

39　(34)に同じ。p.104

40　(34)に同じ。p.104

41 「そして、このような安心できる尋ね合う関係が成り立ってくると、発言するほうも、自分の感覚をどういう言葉にすれば相手に伝わるか、本気で工夫するようになってきます。それは、自分自身の感覚に対する鋭敏さを磨くことにもなっていく。(中略) そしてときには、すごく細かく繊細なところにまでふれるような言葉や、また問題の核心をズバリと射貫くような言葉が生まれてきて、それに反応して場がうねってくることも起こります。」((34)に同じ。p.103)

42 (34)に同じ。p.103

43 「本稿では、公共性ということを、だれも排除しないこと、つまり異質性の承認と自由な議論が保障されていることとして捉えておきたい。近年公共性が論じられるようになった背景の一つには、共同体論に対する批判がある。共同体論のもつ閉鎖性に対する批判であり、多様性や複数性を認める原理として公共性に関心が寄せられるようになった。多様性を認める原理としては、たとえば、A・ホネットやCh・テイラー、J・バトラーなどの承認論(複数性の承認 普遍性と個別の承認 自由と協同の両立)などがあり、さまざまなレベルでの承認にかかわる議論が生み出された。そこでは、文化的あるいは個々のアイデンティティの承認をめぐる闘争だけでなく、自由と協同の両立の原理を問う者としてのフィヒテやヘーゲルの承認論にも目が向けられるようになった。／公共性を考えるとき重要な視点として、誰も排除しないこと、多様性の承認を挙げたが、これは自己と他者との関係で見れば、互いが認め合う原理の探究であり、全体と個別の関係で見れば、全体が個別を抑圧するのではなく(個別を全体に従属させるのではなく)、個別の固有性を認めたうえで、個別を全体の中に位置づけていく原理を探究することになる。自己が他者を、全体が個別を抑圧している場合には、そうしたあり方をいかに問い直す原理を提示するかが公共性論の課題となる。」(片山善博「書くことの公共性はいかにして成り立つのか」助川幸逸郎・堀啓子編『21世紀における語ることの倫理──〈管理人〉のいない場所で──』ひつじ書房、2011、p.104)

44 (43)に同じ。pp.105-106

45 「美感的な判断、たとえば『このバラは美しい』というような判断が成り立つとすれば、それはどのような根拠からなりたっているのか、その根拠づけをカントは試みる。カントの思考の特徴は、徹底した分析(区画立て)を通してものごとを定義ししかし同時に区別できないもの(あいまいな領域)を探究の対象とする点にある。カントは、この『判断力批判』の前半(『美的判断力の批判』)で、美という、客観的な認識対象でも、道徳の対象でもない領域において成り立つ判断がいかなる根拠によって成り立っているのか、分析と演繹によって明らかにしていく。」((43)に同じ。pp.101-102)

46 「『この花は美しい』という判断は、この特定の花を見ることを通して、『美しい』と判断させる『何か』が自分の中に見いだされ、これを基準にこの花を『美しい』と判断しているわけである。では、そのとき、この基準は何か。カントはそれを、人間の認識能力である『悟性』と『構想力』が合目的的に一致(つまり調和)している状態

(合目的性)であるとする。美しいという判断において、人は誰でも構想力と悟性を働かせている。そして、そのさい人はそこに何らかの普遍的なものを見出している(と言ってもあくまで主観的な)という。この『悟性』とは、いわゆる思考能力(物事を文政、分類する能力)であり、『構想力』とは、直観の表象の能力つまり、概念をまじえないで像を与える(イメージする)能力である(ちなみに『理性』とは推論する能力である)。この悟性が、概念を通して物事を明確化していく能力であるのに対して、構想力は、直観的に物事をイメージしていく能力ということである。」((43)に同じ。p.102)

47 「美感的な判断力、いわば趣味判断の特性は、その判断の普遍妥当性と必然性が要求できるという点にある。そしてその判断の根拠には、人間の共通感覚が想定されざるをえないとカントは考える。」((43)に同じ。p.103)
　　カントは、「反省的な判断力」、「美感的な判断力」、「趣味判断」を同義に使用している。「趣味判断」という言葉を使うのは、私の舌と口で試して下す判断と同じように、強制することできないもの(趣味)だからだと説明している。

48 「反省的判断力(趣味判断)は、個別を見ることを通して普遍的なもの(あくまで主観的な)を自分の中に見出し、それをもとに個別を判断するものであったが、同時にその判断の普遍的妥当性を他者に要求できた。しかしだからと言って、この判断内容を他者に強制したり他者から強制されたりはできない。趣味判断は、あくまで判断する主体の自律性による判断なのだとカントは主張する。なぜこの判断が普遍妥当性を要求できるのかは、あらゆる他者の立場で考えることができるという共通感覚の理念の下で判断しているからというのがカントの説明である。」((43)に同じ。p.107)

49 「『あらゆる他者の立場で考える。』この原則は、他者の固有性を認めるということであると同時に、そうした他者の立場を自己の判断の基準に据えるということである。これを美感的判断力として考えると、その判断力の基準となるものは、悟性と構想力が活気づけ合いながら調和している合目的性であり、そのもとで、構想力は概念(客観的な概念)を突き動かし、それを構想力の拡張のために用いている。客観的な認識が一般的な概念によって〈個別の固有性〉を否定せず、むしろ〈個別の固有性〉の承認を通して、その固有性の根拠となる理念を見出すことなのである。個別と普遍の関係で考えると、個別の外にある普遍から個別を説明することではなく、個別との関係を通して自分の中に普遍を見出すことである。全体(公)と個(私)が区別されなければならないが、美感的判断においては、全体というのは、個別の外部に確固としてあるものではなく、個別との関係で個別を生き生きと感じ取られるものなのである。」((43)に同じ。pp.107-108)

50 「カントは、美感的判断力ということで、全体に回収されない個別の固有性、他者に回収されない自己の固有性を、それぞれが互いに活性化しあうという理念の下で、認めようとした。美感的な判断力は、活性化された個別と普遍、自己と他者の統一の理念を、個別や自己の固有性を判断するさいの主観のなかの判断基準とした判断であ

る。(中略)カントはあくまでこの理念を、個別を通した主観の中に見出された主観的な理念にとどめた。カントは、公共性を成立させる根拠を、普遍と個別、個別と個別が、互いが活気づけながら調和する共通感覚の理念に基づく判断力に見た。」((43)に同じ。p.108)

51 「『判断力批判』に戻ると、全体を見渡して自分の意見を述べるということが公共性を考えるうえでのキーポイントとなる。自分勝手な意見を自由に述べることは視野の狭い人間の行いである。他者の立場に身をおいて全体(普遍)的に自分の意見を述べることが公共性を成立させるということになる。カントが美感的な判断力の根拠として見出した『共通感覚』の理念は、他者の立場に自分を写して考えることである。(中略)『他のあらゆる人の立場に自分を置き移す』ということによって、自分の狭さから抜け出すことができ、それを可能にするのが共通感覚の理念であるという。」((43)に同じ。pp.105–106)

第3章　芸術を教育する現在的意義

　1章では、これまでの文学教育は、文学の読みは生活に資するものとして教育することを構想してきたことの弊害として、生活に資するという目的の内実の明確化を求めることにより、文学というもの自体の定義が矮小化・固定化されてきた側面について指摘した。これは文学で教えることの否定ではなく、文学を教えることがなかったことの指摘である。

　そこで2章では、そもそも言葉の芸術としての文学がどのようなものなのであるのか、とくにそれが芸術であることに焦点をあてながら、また生活に資するものであるという視点ももちながら考察した。そして、文化的な側面も含めての芸術というものが、なぜ人々の生活に存在しているのかということについて明らかにした。芸術とは、まず「カタルシス」を得るなど、個人的に享受するものとしての価値がある。だが、それを芸術として享受する個人のなかには「あらゆる他者」の立場の想定があり、それを基準に自分の判断をするという「共通感覚」が働いていること、また芸術は文化として他者との「語り合い」を求めること、つまり他者性を志向することがわかった。

　「尋ね合う」ことのできる関係をつくる「語り合い」を芸術は求め、そうした力はひとが社会生活を営むうえで必要な力であるとともに、個人主義化が進んでいるいま・ここにおいて、とくに必要とされる力でもある。そこに、芸術というものの社会的・現在的価値がある。

　では、それを教育する意義はなんであろうか。芸術そのものを教育で取りあげる意義について、なにを目的として「芸術で」ではなく「芸術を」教えるのかということを、ここでは述べていきたい。

1. 芸術と教育のつながり

1.1. 目的の同一性

　社会的・現在的に芸術が欠かせないものであり、ひとが自然と欲するものであるならば、わざわざ教育において扱わなくてはならない理由は、どこに求められるだろうか。

　芸術と教育に共通する目的は、幸福のためだということである。教育は、それを受けるひとの幸福を願って行われるのであり、そのひとの現在に限らず、未来をも見据えて、幸福への筋道を示すものである。その意味で教育はつねに、こういう方法を知っていたら幸せに近づけるのではないか、という一種の賭けのもとに行われているといえる。賭けがあるということは、その賭けがこの先どうなるか（どうなってほしいのか）という未来を予期することだからだ。次に引用する倉澤栄吉氏の言葉では、教育の賭けとして側面を、「創造の楽しみである」と述べており、教育という行為が「創造」という営為であることを示している。

> 　賭けがないということは、未来を持たないことである。賭けとは、未来の不安定に挑むことである。失敗するかもしれないが、創造の楽しみがある。
> （倉澤栄吉『国語教育わたしの主張』国土社、1991、p.32）

　芸術もまた、幸福をめざすものである。吉本隆明氏が「芸術言語は、宿命をゆびさす」[1]と述べたように、芸術はその人生の行先を指す。そのひとの生活に重みを与えもし、軽やかにもするもの。それが芸術というものであるなら、それは教育と目的を同じくするものである。

　さらにいえば、教育や芸術は、生活をするにあたって、なくてもいいものであるという論理が成り立つ点でも共通している。たとえば、教育や芸術がないところに幸福がないとはいえない。しかし、芸術や教育は幸福につながる（すくなくとも、つながろうとする）こともまた、確かである。

　私たちは、ただ生きているのではない。「健康で文化的な最低限度の生活」という言葉が日本国憲法にあるが、いま注目したいのは、「健康」であることだけではなく、「文化的」でもあることが「最低限度の生活」内容と

して要求されていることである。「文化的」とは、具体的にどのようなことを指すのか、その内実についていまは言及しない。「文化的」であることがひとの「生活」にとってどれほど重要なこととみなされているかの参考として述べたまでである。

憲法を引くまでもなく、「人はパンのみにて生きる者に非ず」[2]という事実はキリスト教信者でなくとも首肯するところであろう。

　二〇〇二年度IBBY朝日国際児童図書普及賞受賞団体、アルゼンチンの「読者の権利を求めて」プロジェクト代表のセシリア・ベットーリは次のように述べました。「私たちは食べなければ考えられず、また考えなければ未来はないことを知っています。誘惑にはきびしいものがありますが、パンと本に順位はありません。私たちにはパンも本も必要なのです」。
（島多代「バーゼルへの道」美智子『橋をかける　子供時代の読書の思い出』文藝春秋、2009、p.88（初出・『バーゼルより』すえもりブックス、2003））

教育は、学習者観を捉えることから始まる。いま学習者たちが、どのような問題に直面しているのか、今後どのような問題に直面するかということから、それを克服したり、予防したりする力を考え、その力を学ばせる方法を考えていくからだ。

そうした視点や行きかたは、教育が幸福をめざす、よりよい生活をめざすという視点からも、もちろん重要なことである。また「幸福」や「よりよい生活」という理想を掲げるまでもなく、ひとは「健康」で「文化的」であることを「最低限の生活」として保障されるという憲法上の約束がある。ひとは「文化的」な生活を求めることを、法的に認められているのだ。そうしたことからも、「文化的」であるとはどういうことであるか自体を教育しなければならないということはできるだろう。また、「芸術」とは生活にとってなんであるのか自体を教育する必要も、認められるだろう。

1.2. 目的に求めるものの相違

　1章で述べた通り、これまでの文学教育が、文学を芸術として教えてこな

かったわけではない。しかし、これまでの文学教育は、文学を言葉の芸術として教育するための理論を打ち建てながらも、理論としてまとまり、その方法が唱えられた瞬間、それはあるひとつの文学観をより正しきものとして教えるものになってしまっていた。本来的に、言葉とは多義的なもので、さまざまな立場から、多様な判断を同時にされうる。そうしたところに、言葉が芸術（文学）となる契機があるのだが、これまでの文学教育の多くは、そのことを等閑視してきた。ある理論を下敷きにした方法が、その理論と齟齬を来たしていることがままあったのはそのためである。芸術（文学）教育の意義が理論的に証明されても、それが具体的な方法へと転用されると、理論が破綻してしまい、本人の提案する方法が、本人の理論をなしくずしにしてしまっていたのである。

　なぜそうした齟齬が生じたのかといえば、芸術と教育というものの性格的な異なりを看過したからである。

　芸術とは、必ずしもある目的を成就するものではない。文学でいうなら、書かれたものはある書き手が「『今』と『ここ』を一生懸命生きた結果」[3]であり、読みとはある読み手が「『今』と『ここ』を一生懸命生きた結果」であり、それは不確実性（感動はしないかもしれない自由）を容認されるところに存在する、つまり感動は結果であり、目的ではない。

　一方、目標を設けずに教育を行うことは難しい。よって、芸術を教育する場合、感動すること自体が、目標であったり、評価の対象であったりする。

　こうした芸術と教育の性質の相容れなさに、芸術教育の意義と方法が矛盾する根本的な問題がある。芸術教育はその意義については理論上明白であり、方法についても多く提案されているが、ひとの内面に存在する（本人にしかわからない）感動という現象を、他人が外側から評価していくという教育の場に取り入れるには、両者の性質の相違を明らかにしたうえで、どのような形でそれを克服していくのかを考察しなければならない。

　それは乗り越え困難な壁ではあるが、芸術教育の意義を唱える理論を芸術教育の方法へ援用していくためには踏み損ってはならないステップである。先人たちが訴えてきたように、感動および芸術の教育は普遍的に必要なものである。よってその実現可能性を問い、考えていくためにも、言葉の芸術としての文学を捉える教育の基礎として、感動により引き出される力が、これからを生きる力でもあること、それゆえに教育に値するものであることを、

以下に述べていく。

2. 芸術教育により育成される力とその意義

　ここでは文学教育には限らず、芸術教育はなにをめざすのかについて、ここまでの論を参照しながら述べていく。芸術で、ではなく、芸術を教育することによってどのような力が育成されるのか、あるいは、芸術教育はどのような力の育成をめざして行われるべきなのかについて考えていく。

　なお、ここでいう「力」とは、獲得する能力というより、引き出される姿勢や態度というものに近いものとして考えている。誰もがもっているのだが、自分を導く「動力」として認識されていないために発揮できない、潜在的にある「力」である。

　また、そのような「力」は私たちには生まれたときから備わっているが、筋肉と同じで鍛えなくては衰えていってしまうものと考える。晩年のオードリー・ヘップバーンは「私たちには生まれたときから愛する力が備わっています。それは筋肉と同じで、鍛えなくては衰えていってしまうのです。」[4]という言葉を遺している。「悩む」「愛する」などの行為を、潜在的な「力」と考えてただ引き受けていくだけでなく、積極的に選択していくことで鍛えていかなくては、「力」として十分に発揮できるようにはならないだろう。悩むことは、次へ向かうための「力」だが、その「力」を最大限に発揮するためには、繰り返し悩み、愛することで「力」を鍛えておくことが必要である。

　しかし、まずはそうした「力」を意識することができるようにすることが、その「力」の育成であると考えていることを先に述べておく。

2.1 「受け入れる力」

　「受け入れる力」とは、姜尚中氏が著書『あなたは誰？　私はここにいる』[5]などにおいて提唱したものである。彼は自身の人生に決定的な転機を与えた感動経験[6]から、「受け入れる力」を学んだという。そしてそれはこれからを生きていくうえで、どのひとにも必要な力であると述べている。

　人生の決定的なモーメントとなる感動をもたらすものはひとによって異なるが、そのなにかは確かに存在するもので、そのものなしにはその感動は語

れない。そのものは、感動そのものではないが、感動に不可欠な媒材である。感動するということは、あるものがそのひとにとって単なるものではなくなることである。

　また感動とは、否応なき反応でもある。なぜ自分がそのものに感動させられたのか、その状況や経緯を説明することは不可能ではないが、言葉をどんなに尽くしてもそれは一事実の説明であり、感動そのものは言葉に還元されきらない。感動が言葉で説明可能なら、感動をよぶものを言葉に置換可能なら、美術も音楽も文学も、不要になりかねない。感動の翻訳がつねに不完全であるのは、あらゆる感動が、いかなる論理をも超越し、駆逐すらしうるからだ[7]。

　感動そのものは説明しようがないが、それでも自分は感動したという事実を認め、しっかりと受けとめていく――そういう「力」を、姜氏は二十八歳のときに、デューラーの「自画像」との出会いから学んだという[8]。

　それは言葉に収まらないことを心に納めていく「力」である。そういった「受け入れる力」が今後、より必要となってくる、というのが姜氏の意見である。

　その「力」をもつためには、姜氏のように、強く感動しながら、その理由のいわくいいがたさに落胆せず、むしろただうちふるえるに身を任すことしかできない自分をみつけ、また認めて、受け入れていく経験をし、身をもって学ぶほかない。感動による教育である芸術の教育において[9]、その現在的な意義を検討するにあたり、「受け入れる力」について考察する。

姜尚中氏自身の「受け入れる力」の経験

　姜氏は20代後半でドイツに留学したが、会話が苦手なために、引き籠って独学に励んでいた。勉学しつつも、ドイツにまで来て自分はなにもなしていない、なにかせねば次のステップがみえないと焦り、現実から逃避したい気持ちに苛まれていた。

　そんな彼を見兼ねたギリシャ人の友人が彼に声をかける。友人は彼の生活をつまらないといい、とにかく外に出て人生は楽しまなくては、といった。

　彼は友人に連れられ、ミュンヘンにある美術館、アルテ・ピナコティークを訪れた。彼は絵が好きなわけでもなく、ただ連れてこられただけであった。しかし、そこで彼は、アルブレヒト・デューラーの「自画像」と運命的

な出会いをする。

　ひと目見て彼は、自分はこの絵に出会うべくして会ったのではないか、と感じ、このままではいけない、なにかをしなければいけない、と心の底から思った。お前はどうするんだ？——その絵にそう訴えられていると信じ、疑うことができないほどの衝撃を受けた。

　この経験から、姜氏は「受け入れる力」を学んだという。自分の感じたことを受け入れざるをえない、それほどの衝撃から、どうしても受け入れられない自分がもてあましていた自分をも受け入れる決断ができた（そうした決断を、自然に強いらせるものがその絵にはあったと信じ込めた）というのである。

　デューラーが500年前にこの絵を描いたのは、500年後に自分（姜氏）に観られるためであったのだと、彼は思い込むことができた。それが勝手な思い込みに過ぎないとことは承知のうえで、である。そしてそのように思い込むことがないということが苦しみなのだ、と気がついたのである。どのようなものでも、「そういうものなのだ」と思い込むことができたら、楽になるのではないかと考えたのである[10]。

「受け入れる力」とは

　科学や技術を知ってしまった私たちは、ある意味、なにかを信じたり思い込んだりすることが簡単にできなくなっている。だが、そのような状況でも無条件に信じられるものに出会い、信じられる根拠がわからないまま、ふと信じている自分をみつけることもある。

　そうしたときに、なぜ自分はそれを信じられるのかを問うことは無意味ではない。だが、完全な説明ができないままいつまでも悩んでいると、信じられるものが存在したという事実や、それを信じた自分がいたという事実を忘れてしまったり、あるいはその事実が揺らいできたりしてしまう。なぜなら、説明がつかないことを受け入れる耐性がないからである。

　なお姜氏がいう「力」とは、2節のはじめにも述べたような、ある行為を力として捉え、引き受けていく、いわば姿勢や態度といったものである。たとえば「悩む力」とは、悩むための能力ではなくて、悩むとはどこかへと向かうための行為であると考えることで、悩みを引き受けていける姿勢である。

「悩む力」をつけるためにひとは悩むわけではないが、悩むのも「力」のうちだ、と捉えられるような姿勢をとればよいと彼は提案しているのである。悩むことも受け入れることも、よりよく生きていくための「力」であるとすれば、ひとはもっと生きやすくなるはずだというのである[11]。

しかしそうした「力」は、自ら引き出そうとして引き出せるというものではなく、不意の外側からの刺激によって覚醒されるのだと姜氏は述べている。また、「アート」[12]はそうした刺激を人に与えるもののひとつであるとも述べる。ひとには「生きていくための力」が潜在しており、「アート」とはそれを触発させる触媒だと彼は主張する。

つまり、「受け入れる力」とは、潜在的に私たちがもっている「生きる力」のひとつであって、なにかを信じる根拠をほかに任せず、自分に求め、それを引き受けていく姿勢である。私たちはつねに、時代とともになにかに馴らされ無意識にどこかで受け入れて生きてきた。そのことからも、私たちが生きていくために必要な「力」は、どうしようもないものをどうしようもないものとして「受け入れていく力」であるといえよう。

これは決して、「諦める力」ではない、憂いたり、嘆いたり、怒ったり、僻んだりせず、自分が生きる現実世界を「引き受けていく力」である。

いま、なぜ「受け入れる力」なのか 1――姜尚中氏からみた現代の状況――

私たちは、数値化可能なものや科学的立証可能なことにある種の確かさを感じ、それを論拠とすれば、論理的に思考し合理的な判断を下せると信じてきた。だが現在、それだけでは十分ではないのではないかという不安を感じずにいることが難しくなってきた。私たちは自分をとりまくすべてのものについて、その不確実性を思い知らされる機会の多さに疲れ果てている。なぜなら、不確実であることだけが確実なこととして了解されたなかでも、私たちは自分の精神的基盤(自分が自分であり続けることの意味づけ)を希求するからである。すべてが不確実であることが確定したいま、私たちは自分の精神的基盤をなにに求めればよいのかわからないので、不安を抱かずにいられないのだ[13]。「生きるに値する意味や可能性を与えてくれるものがしっかりと固定されず、不安定で決定されない」[14]ことが確実なこととして突きつけられていると、姜氏は分析する。

あるひとはある時代にしか生を得ることはなく、生の意味や価値に関する

問いは普遍的問いである。にもかかわらず、どの時代にあっても、ひとは各々が生きている時代に対し「この時代はどうして自分の問いに答えてくれないのか」と苛立ちを覚え諦念を抱くのである[15]。ほかの時代を生きてきたわけでもないのに、「この時代は…」というのである。

　自分ではどうにもならないものに悩まされることのない時代はない[16]、という意味で、苦難のない時代はないが、現代は受け入れざるをえなさをより感じやすい時代ではあるかもしれない。それはひとが科学や論理というものを、ある種の正しさとして知ってしまったからである。それを差し置いて信じるということがしにくい（科学的な根拠や論理的な裏付けのないことを、それでも信じるとはいいづらい）だけでなく、いまでは科学や論理でさえも絶対的には信じられないことが既知の状況である。そんな状況で私たちは、真偽、善悪、美醜などの基準を自分で定め、それに拠った判断をせざるをえない。

　なにもかもを絶対的には信じられないということが明確である以上、なにかを信じるか否かの基準を自分なりに設定することは非常に難しい。しかしいま、ある基準を一般的なものとして共有していくのは、もっと困難である。

　よって、それを信じるか否かは究極的には自分が信じられると感じられるか否かにより決定するほかない。個人も社会の一部なのだから、完全に私的な判断は下せないとはいえ、そうした判断が自己責任として個人に委ねられていること、またその判断は自己の感覚に頼るしかないことは確かである。

　だが、その判断基準である自分さえ信じられないことに問題はある。先述した通り、私たちは「生きるに値する意味や可能性を与えてくれるものがしっかりと固定されず、不安定で決定されない」[17]ことで、精神的基盤を失っているのだ。

　自己判断の妥当性は、それを誰かと共有するか、誰かに認められない限りわからないが、それを誰に求めればいいのかわからない。信じたいけれど、信じられない——現代の悩みはそうした葛藤に起因するのではないだろうか。

　姜氏が、デューラーの「自画像」から受けた啓示を信じることができたのは、その絵が姜氏に衝撃的な感動を与えたからにほかならない。デューラーが絵にメッセージをこめたのかどうかは知る由もないが、だからこそ、啓示があると感じたなら信じようと思える力＝「受け入れる力」がはたらいたの

かもしれない。

　世界の見えかたや考えかた、視点や切り口ではなくて、世界の見えそのものの変容をもたらすような経験[18]はどのような時代の人にも生きる力を与えうると考えられる。それが現在において、意図的に引き出されなければならない必要について次項で述べる。

いま、なぜ「受け入れる力」なのか 2
――「受け入れる力」を引き出さねばならない理由――

　繰り返しになるが、苦しみのない時代がこれまでなかったように、現代という時代にも苦しみはある。そしてどのような時代の苦しみも「受け入れる力」により情熱へと転化しえたし[19]、私たちはあらゆる変化に馴らされつつ、どこかで「受け入れて」きた。つまり「受け入れる力」は、どの時代のどのひとにも潜在するものでありながら、いまという時代はそれを発揮しにくいゆえに、ことさら苦しく感じられるのである。

　その理由として、なにかが起こったときに、私たちはその事態が自分の力ではどうにもできないことしかわからない、そしてそういう世界に生きているということだけは身に沁みて知っているからであると姜氏は述べている。

> もともと、人間は、自分が自分であるというアイデンティティ、すなわち自分の物語をもつことによって、生きる根拠のようなものを得ています。
>
> （中略）おおむねは、多かれ少なかれ過去にあった物語になぞらえて形成されます。言い換えれば、それが、自分と世界とのつながりと言うものなのです。その予定調和の関係性によって、人は自分に起きた出来事を理解してきたのです。
>
> ところが、近現代においては、自分の物語と過去の物語とがつながらないことが多くなりました。自分と世界との関係が脱臼して、因果関係の糸が切れたのです。そして、世界は断片化しました。自分のアイデンティティがつかめず、自分が存在している意味もわからず、自分に起きている出来事の意味もわからなくなったのです。自分と世界とのつながりが理解できなくなったために、人は生きづらくなったのです。
>
> （姜尚中『あなたは誰？　私はここにいる』集英社、2011、pp.112–113）

さらに姜氏は、自分の力ではどうにもならない、避けがたいものとしての自分の属性などを、与えられたものとして受け入れるという捉えかたの有用性を訴える。

> 　この世では、自分の力ではどうにもならぬ、避けがたく与えられてしまったものをどう引き受けるか、そのことが問われることがあります。(中略)容貌や体形から始まって血統や家系、さらには遺伝や生まれ落ちた国や時代。これらは自分の力では動かしがたく、選びようのないものです。わたしたちは、選びようのないものを与えられて、生まれてくることになるのです。それでいて、人間は本来、自由な存在であるということになっています。この理不尽さをどう考えたらいいのでしょうか。
> 　自分に与えられたものが生きていく上でとてもつらいものばかりであり、それについてあれこれが考える自由はあっても、受け入れるしかないとすれば、考える自由があるぶん、そうでない場合より、もっとつらくなるかもしれません。しかし、この不条理を生き抜き、自分に与えられたものを受け入れることで、むしろ創造性豊かな作品を残した人々がいます。彼らは不可避なものを「受け入れる力」を通じて、時代を越えた光芒を放つ作品を世に送り出すことができたのです。
> (姜尚中、前掲書、pp.190-191)

　ひとは必ず、自分で選択していないものを与えられ、生まれてくる。生まれたいと思ったから生まれるのではなく、ある時代にある特定の男女の交わりの結果、生まれる、その時点で、ある身体的な特徴や境遇は定まっている。そうした先天的なものは、絶対的ではないし生後の環境的作用も大きいが、人間がなにかをもらって生まれてくることに変わりはない。
　つまり、これまでもひとは先天的な自分ではどうしようもない自分の属性や、それに起因する事態に対応するために「受け入れる力」を発揮してきたのである。だが現在、それ以外の事態にも発揮していかねばならなくなったのである。
　私たちはいま、現在進行形のものとして自分の内にある衝動や感情よりも、過去や未来からの影響や自分をとりまく制度や環境に振り回されざるをえない。そのために、自分の先天的にある要素を顧みることを忘れている。

そのようないまだからこそ、自分の衝動や感情、生得的な性質への意識を喚起する機会を提供することが重要視されなければならないし、またその可能性をもっているもの（「アート」による感動など）が重要視されなければならない、と姜氏は主張する。

非-予定調和（未定かつ不調和）な世界に対応するために必要なのは、既存事実として確かな「いま」と「ここ」に調和を感じることであり、その姿勢を引き出す方法に一役買うのが、芸術（姜氏のいう「アート」）なのである。

「受け入れる力」はどのように引き出されるか

姜氏は、「受け入れる力」を引き出すのはえもいわれぬ感動であるが、感動は自力で作りだせるものではないと述べる[20]。感動には、その起爆剤となるものが存在する。また、あるものに媒介された感動はそのものと「不可分な関係」になることを、姜氏は自らの経験を引きながら言及している。

> 何かを押し付けたり、あるいは媚びたりせず、ただ目の前に「在る」だけで、絵には人間の深い部分に隠され、普段自分でも気づかないような「感動する力」を呼び起こしてくれるのです。
> 　ただ目の前に「在る」だけの絵。少なくともわたしたちがそこに近づくことさえすれば、「在る」だけで、視覚だけでなく、心身のすべてを揺るがす絵。それは確かに特定の線と形と色から成り立っています。
> 　けれども、その「仮象」を通じて、いやそれと不可分な関係にあることで、絵はその美の真実をわたしたちに開示してくれるのです。
> （姜尚中、前掲書、集英社、2011、pp.14-15）

「美の真実」の内実については詳細に述べられていないが、推察するに、なにかに感動した場合、その「感動する力」を呼び起こしてくれたそのもの自体は「仮象」にすぎないのであるが、感動をした本人にとっては、そのものと感動は「不可分な関係」であって、そのもの自体が絶対的に代替不可能なものとなる。平たくいえば、同一の感動がほかのなにかからは成りきたらない、という絶対的な事実がそこに置かれる。そのような感動の経験により、「受け入れる力」は引き出されるのである。

「受け入れる力」を引き出す教育的意義

　いまという時代を生きていくために、私たちは危険かもしれない、間違っているかもしれないけれども、それを承知のうえで、ある程度割り切って、なにかを思い込むことが必要であることは先述した通りである。姜氏の場合は、絵画に向き合ったときにそう直観したことも、先に述べた通りである。

　なにもかもに対し、そのすべてを受け入れることはできない。真や善、美について、絶対的な基準はない。それが自明のこととなっているいまとは、絶対的な正解がないということのみが、絶対的なこととして了解されている時代ともいえる。

　「受け入れる力」とは、そのようななにものをも完全には信じられないという（ことのみ信じられる）時代を打破し、先へと進んでいくために必要な思想であると筆者は考える。だからこそ、それを引き出す教育は早急に求められるべきであり、芸術教育にその可能性があるのではないかと筆者は考えるのである。

　他人に否定される可能性を承知のうえで、それでも自分が、真である、善い、美しい、と感じられるものはなにかを知り、それを信じる自分を受け入れられる姿勢や態度を身につけていく教育が、「受け入れる力」を育成する教育である。またそれこそが、これからを生きていく力であり、強さにもなるだろう。

　姜氏曰く、苦しみがあるからこそ、ひとはより深くもなり、そこから哲学や芸術が生まれる。またそうした苦しみから生まれたものが、私たちになにかを訴えかけるのだ。それは必ずしも結論めいたものでなく、問いでもありえるのだが、それを訴えと感じること自体に感動がある。

　それらはものをいわない。「あなたはどうなの？」という言葉が、自分のなかで聴こえることがあったとしても、絵画や音楽や文学は、実際には黙っている。観られるまで、聴かれるまで、また読まれるまで、そこで待っているのである[21]。

　これを姜氏は「絶対的受容性」と呼ぶ。観る者や聴く者、読む者を拒まない性質をもっているもの自体に、「受け入れる力」が絶対的に内在しているというのである。だからひとは美をまえにすると、絶対的になにかを受容したい気持ちになるのであると。

　これからの世界を生きる力として「受け入れる力」が必要であることにつ

いては先に述べた。それを引き出す可能性が芸術にあり、すべてのひとに必要なものであるならば、また日常生活において自然に身につく保障がないものであるなら、「受け入れる力」の育成は芸術教育がいまなすべき仕事であるといえるだろう。

2.2.「自己安心感をもつ力」

「受け入れる力」では、これからを生きていくためには、自分の衝動や感情、生得的な性質を信じて受け入れていくことが大切であることを述べた。

ここでは、自分の衝動や感情、生得的な性質を、「属性」との関係でとらえながら、さらに詳しくみていくとともに、そうした要素が自分を安心させる力につながることと、いま「自己安心感をもつ力」の育成がなぜ必要であるといえるのかについて述べていく。

「自己安心感」のもてなさ

2010年7月16日から11月3日、21_21 DESIGN SIGHT（東京ミッドタウンガーデン内）にて、「属性」をテーマとした展覧会、企画展・佐藤雅彦ディレクション「これも自分と認めざるをえない展」が開催された。この展覧会では、「属性」というものが「その本体が備えている固有の性質・特徴。」であると同時に、「それを否定すれば事物の存在そのものも否定されてしまうような性質。」[22]でもあることを意識的に扱ったものであった。

「事物の存在そのものも否定されてしまう」とは、どういうことなのだろうか。存在そのものの否定、つまり存在自体が危ぶまれるということはあり得るのだろうか。

存在の否定とは、それがいまここには存在しないという事実である。しかも「事物Aとは○○である」というある定義による、ある瞬間（ある時間、ある空間）での、限定的な一事実でしかない。

また、ある属性が否定される前提として、それを備えるか否かが問われるものの存在はあるわけで、その属性が否定されることでそのものとしての存在は否定されてしまうとしても、存在自体を消すことはできないのではないか（事物Aとしての存在を否定されたとしても、事物Aでない、なにかの存在は依然として残っているのだから、存在自体を否定することにはならない。それをなにものなのかを特定する固有の性質・特徴に触れていないとい

うだけのことである)。

　もうすこし話を具体的にしたい。たとえば、存在するものは、不在の選択はできるが、非在は選択肢にない。不在は存在の未来形であり、非在は存在の過去形である。そして、時間を逆に辿れない以上、存在するものは非在にはなりえない。

　「それを否定すれば事物の存在そのものも否定されてしまうような性質」が自分のなかにあるように感じることはある。だがそれは多くの場合、属性として外化可能な要素ではないものではないだろうか。

　いま、指紋や虹彩を否定されることで、自分の存在そのものも否定されてしまう(かのような経験や場面に直面する)事態が起こりうる社会のなかで、私たちは生活している。しかしそういう社会に生きながら指紋や虹彩に「それを否定すれば事物の存在そのものも否定されてしまう性質」だという危惧を感じることは、多くのひとにとっては稀であろう。個人が特定可能なものであるとされていることを、あまりにもなめらかに思いすぎているきらいがありはしないか[23]。

　指紋や虹彩は、確かに「その本体が備えている固有の性質・特徴」であるし、個々が装備済みのものであり、それは社会的に「固有の性質・特徴」として認められるものである。また、それによって自分が(社会的に)固有の存在として認められるとき(そういう要素をもっていること)、私たちは特に違和感も覚えない。むしろ安心感を覚えるくらいである。いや、安心感すら覚えずに過ぎていくことのほうが多いかもしれない。

　しかし、指紋や虹彩は自分にとって日常的な愛着の対象ではない。指紋も虹彩も唯一無二のものである(らしい)が、本当にそうなのかは、自分では確かめようがない。ちいさいころにけがした痕のほうが、よほど自分(という固有性)を感じられるのではないだろうか。なぜなら、それがまちがいなく自分の痕跡であると知っている、感じられるからであり、それはそのものから呼び出される記憶が自分のなかにあるからだ(ただ、記憶自体の外化は基本的に不可能であるため、その傷跡が、社会的・客観的に「その本体が備えている固有の性質・特徴」と認められうるのかは疑問であり、個人を他から確定する要素としては機能しにくいと思われる)。

　もし指紋や虹彩によって自分が自分でないといわれてしまったら、私たちはどのようにして自分が自分であることを証明すればよいのだろうか。自分

が自分であることが、自分では証明のしようがないもので証明(否定)されてしまうことに、筆者は違和感をもつと同時に怯えている。

　「受け入れる力」のところで述べたこととも重なるが、社会的に認められるような固有の性質・特徴を模索し、確認(受容)する以前に、自分自身が認める自分が備えている固有の性質・特徴を、もっとじっくりとみつめるべきではないだろうか。

　ある属性を自分の固有の性質・特徴であると認めると同時に、もしそれを否定されたとしても自分の存在そのものまでも否定されはしない。ある属性に対し、それが属性であることに疑惑を抱き、疑問に思いながらも、とりあえず回避し、割り切っていくことも必要になってくる。自分が存在する現実(社会)に対する逞しさと、自分という存在に対する慎重さ、そして自分は自分であるという潔さ——外側からの作用に適応しつつ、それを押し返す反作用の力も備えていること——どちらも、いまという時代に要求される課題であり、真摯に取り組まねばならない課題でもある。

　とくに属性を自分の固有の性質・特徴として割り切ってしまうことに無防備であることは、非常に危険な状態であり、切迫した問題である。なぜなら、自分の存在自体が外側から一方的に奪われうることにつながるからだ。また自分の存在を否定された場合、自分の存在は非在(社会から抹消された存在)になりうるものだと思いこんでしまう可能性があるからだ。奪われる、ということは、所有している器としての自分の存在が前提にあるはずなので、存在自体が否定される(非在になる)ことは不可能性なはずなのだが、それに気づいていない状態にあることが危険なのである。このような状態では安心して生を営んでいくことが困難であるばかりか、生計を立てていくことすら崩壊しかねない。

　比喩的にいえば、いま私たちに必要なのは、安心して羽を休めることのできる巣である。その巣を作るなり、みつけるなりして、確保する(できる)ことである。そうすれば、どんなに遠くへ行ったのだとしても、どんなにせわしい一日も、報われるのである。夜、ことりたちが巣に帰り、羽に顔をうずめ、ひとつの巣のなかでまるまりこみ、安心しきって眠りにおちるように。そして、次の日の朝には、また気持ちよくさえずり、えさを求めて飛んで行けるように。

　「自己安心感」とは、その巣のようなものである。その巣はすぐにはみつ

からないし、作るとしても、即席ではすぐ壊れてしまうだろう。安心するための巣作りには時間がかかる。できあがったとしても、しばらく住んでみないことには安心できないだろうし、手直しも、そのときどきに応じて必要になるだろう。長い時間をかけてやっと、ひとつの巣は安心を産出する、ねぐらとなるのである。

しかし卵を産み、ひなが孵ると、巣を作ることに専念してはいられないので、二の次になる。ひなは、理想的な巣を作らねばならないという焦る思いを忘れさせる。そして、成長という時間の蓄積をもたらす。そのひなが巣立つとき、その巣はひなが育った巣である、という事実を備えることとなり、いわくいい難い安心をもたらす、ゆりかごのようなものになっているだろう。意図せずして、よき巣になっているのである。

「これも自分と認めざるをえない展」が訴えるのは、「存在そのものも否定されてしまうような性質」としての属性を見せつけられるときに感じる、いいようのない違和感や安心感などから、属性は決して本性ではない、ということではないだろうか(属性や本性の詳細については後述)。筆者の言葉でいうならば、属性に「自己安心感」が付随するとは限らないが、それは悲しむことではない、ということではないだろうか。

『美術手帖』944号[24]は、この展覧会の製作者である佐藤雅彦氏を特集し、「これも自分と認めざるをえない展」や、現在、佐藤氏が活動を展開する教育やNHKの新番組の現場から、佐藤氏がいまという時代に対してなにを語ろうとしているのかに迫っている。

そこで『美術手帖』944号を中心に、属性について検討を重ねることによって、芸術を教育することにより育てられる可能性のあるものとして、「自己安心感」というものを提唱する。

属性の外化を要請される時代 1 ── 自分という属性を発見することの強要 ──

佐藤雅彦氏は、いまを生きる若い人たちが「自分が何者かにならなくてはいけない」と「強迫観念的に」社会から要求されていることへの違和感を吐露している。そしてその違和感の根底には、「自己実現と言ったときの『自己』」がなんなのかという問いが置いてきぼりにされている感が流れているという。

(佐藤——引用者注)僕は慶應義塾大学と東京藝術大学大学院という2つの学校で、十年以上教鞭をとってきましたが、卒業を控えて就職の段になると、学校側の指導で、必ず出てくる言葉として、自己実現とか自分の存在意義とか、それを確立しなさいというものがある。だけどそこになんとなくの違和感をずっと感じていたんです。自己実現と言ったときの「自己」ってなんなのでしょうか。
——しかし自己実現という言葉には、自分の属性にぴったり合う環境を手に入れ、社会から認められることこそ素晴らしいというニュアンスがありますよね。
佐藤　この言葉には自分が何者かにならなくてはいけないというのが強迫観念的に含まれています。少なくとも若い人たちは社会にそう強要されている。何者かになれ、と。言われた若者は何者かになろうとするのですが、そこでひとかどの人物になれないと周囲からは負け組と言われ、自分も諦めてしまう。でもそこで自分ではなく、世界に意識がいっていると希望がもてるんですよね。諦める必要なんてないんです。
　そういった「自己や個性を強要する社会」と、「自己や個性に無頓着な自分」、そのギャップに気がついたのも、タイトルが「認めざるをえない」とネガティブな方向に変化した理由の一つでもあります。
(佐藤雅彦の言葉「インタビュー　デザインという領域から逸脱をはじめた、佐藤雅彦のいま」『美術手帖』、美術出版社、2010.10、p.33)

「自己や個性を強要する社会」に応えられることは、この時代を生きぬくために必要なことである。自己を実現できる、つまり自己の属性を外化できることが、いま・ここに生きる者に共通の課題としてあるわけである。

そうした状況では、自己というものがあまりにも強く意識させられているので、自己そのもの(概念としての自己)がなにかという問いが看過されてしまう。自己とは、在るに違いないものであるという前提から、みつけるものであると帰結し、血まなこになって自己を見つけることに躍起になることが当然になってしまっているのが現状である。

佐藤氏の感じる違和感の由来は、そうした時代性のひずみにある。だが、いますぐに打てる手があるわけではない以上、まずはいまできることを考えねばならない。

自己実現できる自分を重用することの大切さが、無意識のうちに叩き込まれる時代であるが、そうした価値体系に、誰もが適応できるわけではない。そうした社会的価値体系に包囲されて、四苦八苦するとき、「自己や個性に無頓着な自分」への気づきがその人を救うことにはなるのではないかと佐藤氏はいおうとしているのではないだろうか[25]。
　「自己や個性に無頓着な自分」に気づくことは、まだ見つからない個性や、突き止められない自己をも含みこんだ者として、すでに自分は存在しているのだということに気づくということである。たとえばそれは、自己という概念を問うときに外せない前提とし、それを問う自分が現実に存在しているという絶対的な事実があるということ、さらにいえば、それは不在の可能性は孕みつつも、非在にすることは時間を遡らない限り不可能な存在であるという現実の絶対的事実があることに気づくことでもあろう。
　そのとき、そのひとは自分自身の存在ではなく、自分が存在する「世界に意識がいっている」。そして、それによって「希望がもてる」のならば、「無頓着な自分」の存在に気づき認める経験をくぐることは、この時代を生きるための鍵となるだろう。
　次の引用で、佐藤氏は、「自己実現」、「存在意義」、「個性」は各々にありきであるとしながら、それを個々に突きつけてくる社会と、それを背景としてなされる教育について、本質的な問題が抜けているのではないかと、疑問を呈している。

　　この十年以上、大学の教員をやってきて、学生が「自己実現」や「存在意義」という意識を持たされることに違和感があるんです。（中略）個性は考えて見つけるものじゃなくて、自分と世界との関係、虫が好きだとかで伸びてくるものでしょう。なのに、個性、個性と連呼する教育は学生を窮屈にするだけなんじゃないかと。
　　ところがいまは、大学生と話すと自分を言葉でたんたんと説明できたりする。そんなとき妙な感じを受けることがあります。自分ってもっとわからないものじゃないか、もっと何かに夢中になっているほうが健全なんじゃないかと思う。
（佐藤雅彦の言葉「対談　福岡伸一×佐藤雅彦　私たちの"本性"はどこにあるのか」前掲書、pp.55–56）

「自己実現」、「存在意義」、「個性」というものは、なにかに夢中になり、それが事後的に確認されたときに私的に感じられるものであり、「言葉でたんたんと説明できたりする」ものではない。まして、つくるものでもない。

しかし「個性、個性と連呼」されると、とりあえず自分の持ち合わせの言葉で埋め合わせねばならないので、その場しのぎの説明でおざなりにパッケージする。まるで、自分を売り物として並べられるように、パッケージをし、場合によってはできるだけ高く売れるようなパッケージ・デザインをすることすら迫られる。

「個性、個性と連呼する教育」とは、未完成な型に自分を流し込むように煽るだけではなく、手っ取り早く成型(完成)できることをよしとするので、「学生を窮屈にする」。そして当の学生たちが、それにろくに気づきもせずに、自分を「たんたんと説明できたりする」型に抵抗や疑問すら覚えないとすれば、その姿に切なさに似た痛々しさを感じる。舞台では、そのつま先の痛みにすら気づかずに耐え、完璧に舞い終えたバレリーナが、幕が下りた瞬間、その痛みのあまり悲鳴をあげ、立っていることすらできず、崩れ落ちてしまうかのような事態を予測してしまうからだ(いつのまにか、つま先を粉砕骨折しており、そのバレリーナは二度と舞台に立つことができないのだ)。

佐藤氏は、「自分と世界との関係」で「伸びてくるもの」が「個性」だというが、個性を伸ばす教育は「個性、個性と連呼する」ことなく可能なのだろうか。それについては4章でふれることとする。

属性の外化を要請される時代 2——ネガティブな属性も承認することの強要——

属性の外化を要請される時代とは、自分の属性を探索・収集させるだけの社会ではない。外化されている属性を、社会のほうから個人当てに押しつけてもくる。みつけるまえに見せられ、有無をいわせず認めさせる属性というものが存在する社会なのである。

そうした押しつけられる(押しきられてしまう)属性に対する感覚を、佐藤氏は「疑問符付きのネガティブな気持ち」という。

> 「最先端の技術を使ってこんな面白いことができる」だけではなく、「これも本当に自分……?」「でも認めざるをえないんじゃないか」という疑問符付きのネガティブな気持ちも、「属性」の周辺には存在すると思

うようになってきたのです。
(佐藤雅彦の言葉「インタビュー　デザインという領域から逸脱をはじめた、佐藤雅彦のいま」前掲書、p.31)

　虹彩や指紋などは、ある個人を特定し、認証してくれるもの(として社会的に通用するもの)でありながら、そのもの自体が提示されても、それが自分のものかどうか本人がわからないものである。だが、私たちはそれを安易には否定することができない。
　その理由のひとつは、「それを否定すれば事物の存在そのものも否定されてしまうような性質」をもつものだという認識があるからだろう。つまり、それらを私たちは属性のひとつだと思っているのである。それを否定すれば、社会的に自分の存在が否定されてしまう以上、「認めざるをえない」と思ってしまうのである。
　その一方で、「疑問符付きのネガティブな」後味が残る。肯定できる自信はないのに否定できない事実(情報、データ)を表向きには認めながら(認めざるをえないことには納得しながら)、無自覚な自分の欠片の存在に脅かされてもいるのである。なぜならそれは、自分が自信をもっては認められない、しかも部分的な自分でしかないのに、自分という存在を特定する部分として機能してしまうからである。
　佐藤氏に企画展の依頼をした三宅一生氏は、この企画展をそうした「世界(社会)を読み取る機会」になったと振り返っている。

　　先日も本展の醍醐味を佐藤(卓)さんや深澤さんと話をしていました。「自分を自分自身が知らない、という事実。それも体を通して感じることで、世界(社会)を読み取る機会をつくっている」と深澤さんは言っていましたが、「社会がとらえる自分」に来場者が驚きの声をあげながら、様々なことを考え始めている。これは一体、デザインなのかなんなのか、という問いも含まれていて、皆の記憶に残る展覧会となることでしょう。
(三宅一生「佐藤雅彦と模索した、新しい可能性」『美術手帖』944号、美術出版社、2010.10、p.43)

「自分を自分自身が知らない、という事実」を、「体を通して感じること」によって、「社会がとらえる自分」が自分がとらえることが可能な自分を超越して存在していることに気づかされる。そして、「社会がとらえる自分」のなかに自分をうまく読み取れないがために、かえって「世界(社会)を読み取る」ことになるのである。

　前項の引用で、「何者かにならなくてはいけない」と社会に強要されて、「何者かになろうと」もがく若者たちが、「そこで自分ではなく、世界に意識がいっていると希望がもてる」という佐藤氏の言葉があった。それは、自分が何者かが自分では捉えられず、何者にもなれなかったのだとしても、自分は世界(社会)から何者かとして捉えられていることに安堵し、「諦める必要なんてない」と思えるからだろう。

　つまり、自分の属性を掴んでいる者は「自分自身が知らない」自分が「社会がとらえる自分」であることに慄かされるのだが、反対に自分の属性を掴み損ねている者は「社会がとらえる自分」が存在することに安堵するのである。属性により、自分では捉えかねる自分、自分であることを確かめようもなく、認めかねる自分(部分)や、自分の捉えとは大きく異なっている自分が提示されたとしても、社会が自分の存在を捉えているということ、自分は世界(社会)に認識される存在であることだけは確かなので、そこに安堵と希望を見出すことは可能であろう。

　しかし、「世界(社会)を読み取る機会」は同時に、その世界(社会)を生きる自分を読み取る機会でもある。「来場者が驚きの声をあげながら、様々なことを考え始めている」のは、たとえば自分を自分で捉えられている自分と自分で捉えられていない自分に二分するとして、それぞれをさらに、「社会が捉える／捉えない」に二分すると、自分は四分割される(次頁上図を参照)ことに気づかされるからではないだろうか。

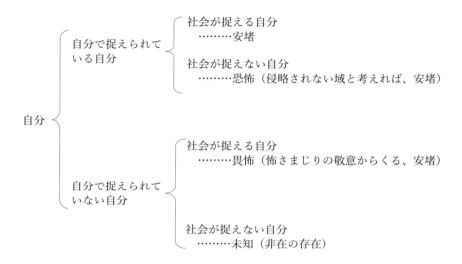

　こうしてみると、自分にも社会にも捉えられない自分がいる（かもしれない）ことがわかる。自分とは、捉えどころのなさをもつものだ、ということが鮮明になる気がする。それがわかったからといってどうなるわけでもない。楽観的になれる人もいれば、こころもとなさを感じる人もいるだろう。いずれにしても、「これも自分と認めざるをえない展」は来場者が自分というものについて系統的に考える機会として機能しうるものだった、ということは許されるだろう。

　また、来場者がそこまで整理された思考に至ることはなかったとしても、それ以前に、新しい驚きを覚え、くらくらさせられることを楽しむ展覧会であり、「記憶に残る展覧会」だったのではないかと推察する。思考は、遅れていつかやってくるかもしれないし、やってこないかもしれない。それでも、なぜだかわからないけれども記憶に残っていること、というのはいくらでもあるし、そうしたものはすべて、自分の糧（活動の本源、力づけるもの）にちがいない。

　ネガティブな属性をも認めざるをえないことはかなわない、と思う感覚を簡単に払拭することは難しいが、それをどうにかして受け入れられる、ネガティブな属性をも認めざるをえないという事態に屈しない心の準備がいま、求められている。

属性に仕分けられない部分への困惑――「自己安心感」の喪失――

　佐藤氏は、属性について、それは「自分から分離可能なもの」でもあるという。確かに、指紋や虹彩というのはそのひとの物理的に外的な一部であって、個人の特定し識別する部分ではあるが、断片的なものである。だがそうした「とらえることができる性質・特徴」をどれだけ集積しても、「本性そのもの」を掴むことにはなってこないのだと述べるのである。

> 佐藤　属性は確かに自分から分離可能なものではありますよね。展示の最後(《佐藤雅彦さんに手紙を書こう》、p.39、p.56)で、自分の属性の一つである筆跡を取り出し、それに裏切られるという体験ができます。だからと言って、自分の本性がすっとんでしまうことはない。このように属性一つひとつはとらえることができる性質・特徴ですが、本性そのものは一向につかめない。
> 福岡　属性によって本性を求めようとすると、「本性は属性によって取り囲まれた、ボイド(void＝穴、空洞)でしかない」ということが見えてくるわけですよ。
> (中略)
> 　そう考えると、本性というのは属性によってのみ規定可能で、本性を自ら定義するものは何もないという恐ろしい答えに行き着いてしまう。
> (佐藤雅彦・福岡伸一の言葉「対談　福岡伸一×佐藤雅彦　私たちの"本性"はどこにあるのか」前掲書、pp.54-55)

　「本性」とは、普段は隠れていて見えない性質があり、そこにこそ自己の本来的な性質(生来の天性)があるという発想から考えられるのだが、そうしたものがあるに違いないという前提を考えること自体を忘れてしまっているところから、「自己安心感」の喪失は始まる。自分のことは自分がいちばんわかっている、しかしすべてをわかっているわけではないと留保されることがないと、「本性そのもの」(自己をまるごと)が把握しきれないと安心できないために、つねに不安な状態になる。そしてそれを解消しなければという焦燥感に苛まれ続ける状態になる。逆にいえば、自分は自分のことをいちばんわかってはいるが、把握できない自分が必ず残っているのであり、そういう隠れていて掴みにくい自己があるからこそ、私たちはその本性がそう簡単

には暴かれずに済んでいるのでもある。

　人はどうしても「なぜ」と聞きたがります。しかし私はなるべくそれを避けて HOW の疑問文に答えるようにし、一方で「なぜ」の疑問は宗教や文学や芸術の人に聞いてください、と逃げているんです。今回の展示からは、そんな WHY と HOW がせめぎ合っている印象を受けました。
（中略）
　生物学の考え方を引用してお話ししますと、どうして「なぜ」がやっかいかといえば、属性の対象にある「本性」にキーがあるんじゃないかと思います。属性には、身長・体重のほかに虹彩や指紋、体の輪郭線の長さなど、普段気がつかないものもあります。それは、そうだけれど、じゃあ、私の本性は何かと聞かれると、実はこれにも生物学は答えられない。物質的に私という本性を規定している物はないからです。
（福岡伸一の言葉「対談　福岡伸一×佐藤雅彦　私たちの"本性"はどこにあるのか」前掲書、p.53）

　福岡伸一の言葉を借りるならば、「WHY と HOW がせめぎ合っている」状態に、どれだけ自分は耐えうるのか、寛容でいられるのか、ということが「これも自分と認めざるをえない展」では試されるのである。いつわかるかわからないものを、いつわかるかわからないことだということも知らされずに、抱え込まされる現在、わかるときがくるのを待ち続ける耐性は育ちにくく、またそういう体勢をとることが意識に上りにくいため、「自己安心感」を喪失しやすい時代状況にあると考える。

　外化可能な属性が次々と露呈され、属性の外化が、個人的にも社会的にも推し進められることにより、どこまで自分の属性は外化できるのかを突き詰めていくことになる。すると、外化不可能な属性のほうが色濃くなってくるのである。それが属性といえるのかもわからない、自分のなかの、無色透明な部分が目立って見えてくるのである。

　そして、そのことが人を生きにくくする要因になりかねないと椹木野衣氏はいう。

生が円滑に能率よく営まれるためには、僕らの生がそれなくして成り立たない属性など外化しないほうがよいに決まっている。外化は分身をつくることで自己分裂を生み、ついには影が自己を支配するに至る。文学ではおなじみのテーマだ。けれども本展ではこの主題が文学よりももっとドライに推し進められてしまう。そこに従来のアートが謳うたぐいの自由はない。ここでは、アートとして見られる対象(本体)よりも、そもそも作品を見る者は誰なのかという属性のほうが際立ってしまうからだ。そして結局、そこには答えがない。解答不可能な負の穴がぽっかりあいているだけだ。それは「死」によく似ている。誰もが必ず宿命づけられているにもかかわらず、個別にしか訪れない死という属性に。いったい死ぬのは誰なのか。それは私にほかならないが私自身はそれを認められない。死者を弔うことができるのは結局は他者でしかない。
(椹木野衣「属性の中で死に逝く自分を認められるか――」『美術手帖』、美術出版社、2010.10、p.71)

　属性の外化は、自己は自分で規定可能なものであるという錯覚を起こす。なぜ錯覚かといえば、外化した自己が他者に認められなければ(自らが事後承諾することも含んで)、それは外化の失敗とみなされるからである。
　「これも自分と認めざるをえない展」では、「そもそも作品を見る者は誰なのかという属性のほうが際立ってしまう」のだが、来場者は属性として外化できない部分をそこに見てしまう。作品への感想や解釈を言葉にしてしまうことで、失われてしまうものを感じる。あるいは、どんなに言葉を積み重ねても満ち足りることのなさを感じる。なぜなら自分という答えが定まらないこと(一瞬ごとにうつろいゆく、とらえきれないもの)を語るほかないところへと放り込まれるからである。
　また、日常生活においてひとは、そのようなことを深々と突き詰めていると益体もないので、無意識に顧みないようにしているのだが[26]、それを否応なくみつめさせてしまうのが「これも自分と認めざるをえない展」の特徴でもあると椹木氏はいう。

　　僕らは本展で与えられるような自己の属性を歴史化しようにもその術がない。普段から自分の指紋をじっと眺める人はあまりいなかろう。

じっと眺めることがあるとしたら、それは押印などして外部に投影した時だけだ。虹彩に至っては自分を認定するもっとも精度の高い属性だろうし、ある意味「自分自身」とすら呼べるものであるにもかかわらず、僕らはその形状を知らないし見ようとしても見られない。目が目を見ることは原理的にできないから、鏡に映すか写真に写すなどして外化しないかぎりそれを見るのは不可能だ。そして外化される時、それは自分の分身（影）ではあっても自分自身ではありえないにもかかわらず、社会的にはその影のほうが生身の僕らを放り出しても自己証明として働いてしまうのだ。逆に言えば、この展覧会から次々に提供されるこの影であり分身を自分の属性と認めるのに、僕らはあまり大きな抵抗を感じない。抵抗があるとしたら、それが影ではなく僕ら自身として一人歩きする余地が十分にあることに否応なく気づかされる瞬間だ。（中略）
　そういう時、僕らは目の前に打ち出された悪しき属性と、この生身の私という実感の内で進行している生という過程とを、うまく結びつけることができない。（中略）結局、この展覧会で得るのは自分の分身にほかならないのだが、容易にそれを生身の自分に組み込めないために、いわゆる鑑賞や解釈のたぐいが宙に浮いてしまうのだ。
（椹木野衣「属性の中で死に逝く自分を認められるか──」前掲書、2010.10、p.70）

　自分は自分の本性を属性としてしか外化することができない。だがそれは、本性そのものではありえず、あくまで部分的で可変的な、本性の要素である。つまり、自分を自分でまるごと全部掴むことは不可能である。指紋も虹彩も、「それは私にほかならないが私自身はそれを認められない」ものであって、それを認められるのは「結局は他者でしかない」。
　では、私たちは私自身が認められない属性に対し、どのように処すべきなのだろう。
　自分の属性が、それを否定すれば自分の存在そのものも否定されてしまうような性質をもつものだとしても、それを社会という他者に否定された場合、自分の存在自体が（自分自身には）否定されまではしないこと、自分とは無数で可変的な属性の集合体でもなく、誰にも否定されえない（外化不可能な）ところに自分（本性）があるのだと知っておくこと、覚えておくことであ

る。それは属性からこぼれ落ちるものをも含みこみ、可変的である個を全体として覆うことのできる、一枚のあたたかな毛布のようなものである。社会からとらえられてしまう自分という属性が存在することに、寛容であろう、柔軟であろうとする志である。

しかし、属性の外化を要請され、自分という属性の発見が強要される時代にそうあろうとすることは、よほど意識しなければ困難なため、「自己安心感」が喪失の一途を辿ることになりやすいのではないかと考える。

だからこそ、「自己安心感」をもてるための教育を行う必要があるのであり、それは芸術の教育に求められるのではないか、というのが筆者の意見である。

「自己安心感」喪失の時代に求められる教育

佐藤氏は、「なぜ生きるか」は、「『生』だけでなく『死』をも範疇として扱わなくてはならない」「やっかいな命題」であり、だから自身はそれを避けてきたのだという。

> いかに人生をよく生きるか、生活しやすいようにするか、その方策を決めるのがデザインという行為ですよね。例えばいま僕がいま使っているこの手帳だって、いかに使いやすくスケジュールが書き込めるようにするか、打ち合わせ用の机なら、机を囲んだときに周囲と適度な距離がとれるのはどんな机か、それを決定していくことです。だからデザインには前提として必ず「生」がある。
>
> ところがアートはそうではありません。アートは「いかに」ではなくて「なぜ」で始まります。なぜ生きるか。そうすると、「生」だけでなく「死」をも範疇として扱わなくてはならない。生きる意味が見つからなければ死という選択もありうるわけで、僕はいままでそこには一線を引いてきました。「なぜ生きるか」というのはとてもやっかいな命題だからです。
>
> (佐藤雅彦の言葉「インタビュー　デザインという領域から逸脱をはじめた、佐藤雅彦のいま」前掲書、p.28)

しかし繰り返し述べているように、「なぜ生きるのか」という問いが迫っ

てくる力のほうが大きすぎて、上手にかわすことが難しいのが、いまという時代である。

　「なぜ生きるのか」という問いも、生きているからこそ問われるのである。だからといって、それを問われることが苦痛であるなら死を選択すればいい、ということにはならない。死は選ばずともいつか必ずやってくる確かなもの、生において唯一、断言可能なものなのだ。生を問うことで辿りつく先にあるのは、死の選択の自由ではなく、死と向き合わねばならない、死を選択してはならないという絶対的事実のうえに立っているという気づきなのである。死は生を断絶するが、生の存在をうち消すことはできない（生と死とは、生か→死か（前後の関係）であって、生か／死か（並列の関係）ではないと気づくのである）。

　そのように「死に正面から向き合う人生態度が失われてきている」ことの問題について、山折哲雄氏は以下のように述べている。

> 　人生五十年時代の生活では死生観、つまり死が人生の中心的課題となっていた。死というものが物事を考える場合の重要な軸だった。生きることに緊張感を与え、殺すことにも自殺にも抑制的に働き、ものを考える基盤になっていた。人生八十年時代になって生と死の間に老いと病の問題が割り込み、死に正面から向き合う人生態度が失われてきている。いつ死が襲ってくるかわからない緊張感と不安感は他者への思いやりにつながっていくが、成長成長、長寿長寿といくと、幸福をいかに手に入れるかが主要な目的になり、反省がなくなっていく。思想が非常に薄っぺらになるというのかな。
> （山折哲雄の言葉「『生き方』考　新春対談　山折哲雄さん×宮内勝典さん」中日新聞朝刊、2011.1.1付、17面）

　こうした山折氏の発言に対し、宮内勝典氏も「今後、毅然とした姿勢、ある種の優美さを保ちうるか、それは死生観の強度にかかっていると思います」[27]と述べている。「老いと病の問題」は現在、抜き差しならない問題であり、看過することはできない。だからこそ、それを在と慈愛の問題へと感化していくことが、これから一層、重要になってくると考える。

　自分という存在は、他者にしか認めようがない、ということはもっともな

ことであるが、それを確認する／しない（できる／できない）以前に、現に自分が存在していると思われる以上、他者を思いやるのはふつうのことなのに、それを忘れている（ちなみに他者のなかには自分を含んでもよい）。それを思い起こさせることが、芸術という教育の使命ではなかろうか。芸術とは、多種多様な解釈が、同時に可能であることが前提にある（これは芸術なのかと問うことも含め）。またそれを芸術と認めうることは、畏敬の念をもつことにつながる[28]。「それが文化の力」なのだと宮内氏はいう。

> かつて日本たたきの時、米国の議員たちが日本製のラジオをぶっ壊して、喝采を浴びていた。その時に思ったのは、ラジオがドイツ製だったらどうだろうかということ。ハンマーをふりかざしながら、ふっとためらうかもしれない。そのラジオから流れてくるドイツ音楽を思い浮かべて。ドイツ文化への畏敬の念が、ハンマーをそっと下させるかもしれない。日本から輸出されてくるラジオは、文化ではなく、ただのハードウエアでしかない。だから平気で壊せる。例えば第二次世界大戦の時、奈良や京都は爆撃しなかった。それが文化の力であると思います。
> （宮内勝典の言葉「『生き方』考　新春対談　山折哲雄さん×宮内勝典さん」中日新聞朝刊、2011.1.1付、17面）

　芸術を教育する、芸術を公の場で扱うことによってなされることは、あるものを芸術とすることに、寛容に構える姿勢の育成である。あるものを作品である、芸術である、というひとがいることを知って、それを受け入れていくことが育まれるのである。そのうえで、自分はどうか、ということを深めていく。他への寛容性と個性をうまく同居させていかれるような姿勢は、いまの時代を生き抜く力として必要なものである。
　そういったいい意味でのいいかげんさ、あいまいさ、寛容の精神を日本人はもち合わせていると山折氏は述べ、それが今後さらに洗練されていくとよい、と述べている。

> 日本人は無という言葉が好きでしょう。無私、無常、つまり無の世界というのは何か奥深いものがある。セクトとか教会、寺とかを乗り越える、かなたにある理想的な世界が無というわけです。西洋人にとっては

単なる虚無、ニヒリズムの思想だろうが、すべてのものを包み込む一種の包容力、柔軟性みたいなものを表した言葉だと思う。日本は外から入るものはどんどん受け入れ、発信機能がないと言われてきたが、私はこの受信機能を精密化させ、洗練されていくことで寛容性というのを発揮できると思っている。
（山折哲雄の言葉、前掲）

　たとえば、言語に関していえば、日本人は他国に比べて英語を話せるひとがすくない。それは日本で生活している限り、英語が必要不可欠な場面に遭遇することがほとんどない状況にあるため、幼いころから叩き込まれない限りは話せないという一現象に過ぎない。そのことが、国際的な競争力や対抗力としての発信機能が弱いとみなされる場合もある。だが、受信機能が働いているのだから、閉鎖的であるわけでもない。逆に、すべてを包み込む可能性をもっているといえるのではないだろうか。

　　これ[29]は映画『ブレードランナー』に出てくるレプリカントが、人間にはあるけれど自分たちにはない「記憶」いう属性を欲しがるところにヒントを得た作品です。体験者の好きな食べ物などの情報を組み合わせて、過去の物語を新しくつくり上げて、それを読み聞かせるというものです。意図としては、体験した人に新しい過去の記憶を植え付ける可能性を示すつもりでした。もちろん完璧に記憶を書き換えることなどできないのですが、その可能性を示すことでジーンとくるものを感じとれるようにしたかった。（中略）
　　ここでは、強い属性の一つである「過去」について可塑性を示すことで、自分の属性が入れ替え可能であると示したかったのです。（中略）現実と異なる記憶を示されても、そこに何かしら肯定的な自然な気持ちを持てるほどに、人間は可塑的な存在であるとメッセージを送りたかった。それが体験できれば、人はすごく自由になれるんじゃないかと思います。
（佐藤雅彦の言葉「インタビュー　デザインという領域から逸脱をはじめた、佐藤雅彦のいま」前掲書、p.35）

「可塑的な存在である」とは、外部から力が加わったときに、その形を変えられる存在であるということである。たとえば、一度知ってしまったら、それを知らないことにはできない（忘れることはあっても）。なお「可塑的」とは外からの力を取り去っても、そのひずみが残って、変形する性質であることでもある。個人の記憶というものにも、そうした性質があるのだと知る（思える）ことにより、自己の属性に対して神経質になりすぎ（過敏になる）ことを避け、自由になれる可能性（精神的ゆとり）が生まれる。

可塑的なものであるとは、簡単に脆く崩されるものであるということではなく、歪む可能性をもつものであるということである。いつ外からの力によって歪められるかわからないし、その歪みを否定したり修復したりするのもいいが、そもそも可塑的なのだということを知っていれば、歪められること自体に馴れていくこともできるだろう。

《新しい過去》という作品を鑑賞するひとは、どうして「現実と異なる記憶を示されても、そこに何かしら肯定的な自然な気持ちを持てる」のだろうという感覚的な問いを抱えさせられることにより、「自分の属性が入れ替え可能である」、「人間は可塑的な存在である」ということを言語化できなくても感じさせられている状態になる。むしろ、この気持ちはなんだろうという問いが、言語化できないという意味で解けない状態に留まってしまえるほうがいいのかもしれない。

21_21 DESIGN SIGHT 企画・広報チームとして、展覧会の企画・進行を担当していた田中みゆき氏は、「今回、展覧会をつくる過程でも、『こんなに徹頭徹尾、ある概念を丁寧に伝えようとする展覧会ってこれまであっただろうか』と考える場面が何度かありました。なぜそこまでする必要があったのでしょうか。」[30]と述べている。そしてその理由は、佐藤氏がたびたび口にしていた言葉、「答えを考えるより、問題をつくる方がずっと難しい」[31]ということにある、としている。

来場者に「答え」ではなく、「問題」をもって帰ってもらうためには、どのような「問題」を、いかに投げかければよいのか——問題の意味を理解しないとそれについて考えることはできない、ならば、問題の意味がよくわからない問題を投げかければよいのだが、それが難しい。あまりにも（まったく）わからない問題である場合、問題の意味を理解しよう（したい）と思うことすらもできない（そもそも問題として映らない）ので、それについて考える

ことも自動的に放棄されてしまうからだ。
　差し出された問いに答えられる力や問われるのを待つ姿勢も、生きていくうえで必要なものにちがいないが、生そのものを根底から支えうるものではない。自らに問う姿勢や問い続けていける力、問いを抱え続けていけるだけの力（基礎的な力）、そこに留まり続けることに堪えうる（問い続けていくべきと直観する）問いをつくる力、そして、その問いに迷走・暴走してしまわない力――そのようなものを育まなくてはならないのである。

> 私たちは意識を意識する時間的なゆとりがあって、自我が肥大している。そこに経済偏重や、格差、グローバリゼーション、画一化といった外圧がかかって、自我はいやおうなく内側に崩れ落ち、ブラックホールのように自壊していく。そうした外圧と戦うこと、どうしたら生きている喜びや、生の実感を回復できるか。私は文学で戦おうと思っています。
> （宮内勝典の言葉、前掲）

　受動的な自己育成力だけでなく、「問題をつくる」というような営み、自分を本当に育てる力を自分のなかから引きだす力（能動的に自己育成する力）こそ教育されるべきである。
　（もちろんこれは、国語科教育のみで引き受けきれるものではないだろう。どの教科でも育てていく必要のある力である。だがいまは、他教科との連携や統合的な教育については今後の課題として、国語科教育における可能性、とくに文学教育における可能性について、論究する。）
　なぜ生きねばならないのか、その答え（理由）がないからといって、自ら死を選択していいということにはならない。また自分という存在がなければよかった（そもそも生まれてこなければ、本当はよかったのに）、という結論に行き着いたのだとしても、積極的に死を選択することは許されない。
　生きる価値のない人間なんていないなどといっても、綺麗ごとにしか聞こえないだろう。そうではない。死を選択するだけの権利が生きている人間にはないのだ。
　死の選択の前提には、生がある。つまり、私たちは死によって不在を選択するのであり、非在を選択することは不可能である。死者は、生存したという痕跡をひとの記憶に残していく責任をとることすらできない（実際に死ん

でみなければ、自分の不在が人々の記憶にどのような痕跡として残るのか、わかりようがないので、事前に責任を取ることもやはり不可能である)。

　誰も、しかたなく、死ぬのでなければならない。死なないひとなんていない。では、なぜ生きるのか。それはその問いを考え抜くためである。生きる者が死ぬときになってやっと片づけられる宿題なのだ。

　死ぬために生きているのではなく、死ぬまえに生きていたという揺らぐことなき事実を、単なる事実に終わらせないために考え抜く。そうすれば、なんとか生きていくことができる。それは、つまりちゃんと死んでいくことができるということにつながる。いかに死ぬか、につながっていくのである。

2.3.　「語り合う力」

　「語り合う力」の内実については2章で述べているので、ここでは割愛し、なぜそのような力の育成が必要であるのかを、いまそのような力が失われつつあることとその問題を述べることで示すこととする。

語り合う場の縮小とその問題

　「語り合い」がどのようにもたらされるか、また「語り合い」の必要性については先に述べた。ここでは、現在、「語り合う」場が縮小していることと、その問題について指摘する。

　西研氏は、個人主義化が進んでいるいま、「語り合う場」がすくなくなり、「語ろうとする姿勢」や「語り合うことの仕方」が忘れられていることを危惧している。なぜなら「人は、語り合う関係のなかで自他の意見を確かめ合うことによってはじめて、物事の『よし・あし』を確信できるから」である[32]。

　先にも述べた通り、「語り合い」は、他者へのありかたや自分のありかたに向き合わせ、自他の生きる世界に対する信頼をもたらす行為である。自他やその世界のありかたの「よし・あし」を確信できない、あるいはその確かめかたがわからないことは、生そのものへの不安となる。その不安を解消するために、ひとは「マニュアルにたよったり、集団の多数意見に合わせたりして、生きていくしかなくなる」のだと西氏は指摘する[33]。

　また、そのような生きかたが生存戦略としてこれから通用しなくなることについては、内田樹氏が次のように指摘している。

今の日本を見ていると、「他の人と変わらないように標準的にふるまっていれば安全」という生存戦略はもう通用しなくなりつつある。帰属している集団のサイズが大きいということは、その集団が正しい方向に進んでいるということを必ずしも意味しません。今の日本のような、地殻変動的な社会の変化が起きているときは、むしろ最大集団のほうが環境に適応できなくなっている可能性がある。マジョリティが「正しい方向」に進んでいたら、これほどの社会変動が起こるはずがありませんから。マジョリティが「行ってはいけない方向」に逸脱していったからこそ、制度がきしんで、システムのあちこちが綻びている。そうじゃないかと僕は思っています。マジョリティが危ない方向に向かっているとき、生き延びるためには、みんなが「向こう」に行くけど、自分は「こっち」に行ったほうがいいような気がするという、おのれの直感に従うしかない。そういう危機に対する「センサー」を皆さんにはぜひ身につけていただきたいと思うんです。
（内田樹『街場の文体論』ミシマ社、2012、pp.35–36）

　「語り合う」機会が減少し、マニュアルや集団の意見をいつでも参照する（できる）社会になれば、ますます「語り合う」機会は失われる。深く考えることをしなくても生活していける社会が形成されていけば、人々は深く思考する姿勢をとることもなくなり、深く思考する力はさらに退化していく。その結果、熟慮をされていない意見が多数派をしめるようになって、それが集団の意見として力をもつようになれば内田氏の指摘にある通り、その社会は全滅（崩壊）の一途を辿るほかないだろう。
　たとえば、このような問題を克服していく方策として、いま考えなければいけないことは、「語り合う」空間を創出する力をどのようにしてつけていくかということである。「語り合う」空間としての教室や、「語り合う」姿勢を醸成する教育、また「語り合う」方法について学習する教育について、考えていく必要があるだろう。

3. 言葉の芸術としての文学教育の可能性

3.1.「受け入れる力」の場合

　現在、国語科で育てる力として「伝え合う力」が唱えられている。その内実や解釈を巡ってはさまざまな論議があるが、「伝え合う力」は「受け入れる力」なしにはありえないのではないかと筆者は考える。

　たとえば、ポスト・モダン的思想であったり脱構築的な思想というのは、断定的である理論を批判[34]したりはぐらかしたりすることには長けていながらも、代替となるなにかを断言することはいやがる（自分を矢面に立たせることになるので）。そのような思想が漂う、現代という気運のなかで「伝え合う」ことが成立するためには、そもそも、「伝わる」（同意・同情するかは別にして共感できる）と信じ、そのための努力を怠らない姿勢をとることが必要であろう。相手はなにかを自分に伝えようとしているのだと信じて、伝わろうとすること、相手が伝えようとしているように伝わったのだと感じ、それを信じること、相手に伝わると信じて、なにかを伝えようとすること──「伝え合う力」を育成するためには、伝え合えると信じていける土壌を耕す必要があり、「受け入れる力」はその鍬となると考える。

　文学の読みの例でいえば、同じ作品を読んでも読むひとにより好悪が分かれることについて、多くのひとは当然のこととして受け入れることが可能であろう。また、自分と好悪の異なる者の言葉にも耳を傾けていくことができるだろう。

　ただ、皆それぞれで一様ではないと結論するところに、伝え合いは発生しない。それは互いが発信したものをただ受け取っただけであるからだ。お互いが発信したものが空中ですれ違い、相手のもとに届いただけである。空中でぶつかって砕けてしまうのは無残だが、受けとりあうだけでは密にふれあっていないのだ。相手のものが相手のもの（異物）のままで、自分のものにはなっていない。自分とは異なる読みに対してそういう読みもあると納得するだけでは、伝え合いとして不十分である（それは、ここまで述べてきた意味での「受け入れる」ことでもない）。

　自分の読みを変更してはいけないことはないが、自分と異なる読みに、安直に説得されてはいけない。異なる読みを頑として受けつけないのは問題だが、自分とは異なる読みを知ることによって、自分はそのように読まなかっ

たということがまずわかる。そしてそういう読みもあるのかと納得のうえで、そう読めなかった自分を「受け入れる」、あるいはその読みに説得されながらも、自分の読みを変更できない自分を「受け入れる」、そしてそれについて、なぜなのだろうと時間をかけて考えていくことによって、相手にそういうことがあっても「受け入れられる」——自他もろとも、なぜなのかわからないような、どうしようもなさをも含めて「受け入れ合える」土壌なしに、ほんとうの意味で「伝え合う」ことはできない。表面的な感想の交流や、形だけの意見交換が傍から見ていると痛々しいのは、それが「伝え合い」として結実していないからである。

　意見が空中で衝突し、粉々になるのも無残であると先述したが、それは相手を自分の論理で批判することほど簡単なことはないからだ。ルールが違う相手をこちらのフィールドに立たせて、こちらのルールで試合をし、負けさせるようなものである。相手の論理に従うことで相手の見えを知り、そんな見えもあるのかと許容していかなければ、相手をねじ伏せ黙らせることはできたとしても、相手に自分を理解してもらい、認めてもらうことはできない。自分が相手を理解して認めていないのだから、当然である。

　相手は自分に伝えようとしていると信じる姿勢、相手が伝えようとしているように伝わろうとする姿勢、伝わったという感触を信じること——実は、そうした姿勢は、文字を読むという行為においては不可欠なものである。そういった姿勢がなければ、ほとんど読むということができないのである。

> 批判は知的な行為ではない。批判はこちら側が一つか二つだけの限られた読み方の方法論や流儀を持っていれば簡単にできる。本当の知的行為というのは自分がすでに持っている読み方の流儀を捨てていくこと、新しく出合った小説を読むために自分をそっちに投げ出してゆくこと、だから考えることというのは批判することではなくて信じること、そこに書かれていることを真に受けることだ。
> (中略)非-当事者的な態度を投げ捨てれば、書かれていることを真に受けるしかない。言葉では「しかない」と、とても限定的な表現になるが、そこにこそ大海が広がっている。教養や知識として通りいっぺんの小説なんかではない、生命の一環としての思考を拓く小説がそこに姿をあらわす。

（保坂和志『小説、世界の奏でる音楽』新潮社、2008、p.10）

　先ほどから述べているように、「伝え合う」とは、相手が伝えようとしている、その行為自体を、まず「受け入れる」ことから始まる。こちらが了解や納得をできるか否か、その理由を言明できるか否かという問題以前に、了解や納得ができた、あるいはできないけれどもしようとする姿勢や態度なしには「伝え合い」は成立しない。

　そこで「書かれていることを真に受けるしかない」読むという行為は（読むという行為がそのような行為であると知らせることは）、それを養う助けになると考える。そこには、姜氏の言葉を借りていえば、「絶対的受容性」が隠れている。

　だが、国語科における読みでは「書かれていることを真に受けるしかない」読みの本来的な性質について問題されることはない。国語科の授業や試験は、そうした原理はとりあえず置いておいて、その文章になにが書かれているかを問うか、なにを感じたか訊くだけだからだ。それを確認することは大切な言葉の教育に違いないが、言葉の芸術としての文学教育ではない。

　そこになにを感じたのかを問うていくこととは、読みの感触を確かめさせていくことである。それは、言葉に翻訳不可能なものの存在を認め、そのような捉えどころのないものは、そういうものとして引き受けていくほかない、ということを教えるだろう。それは紛れもなく、言葉では説明不可能な、感情というものについての教育であり、先述したような、現在的な芸術教育の意義を果たすものでもある。

　「どう読めばいいのか？」と考えることによって、「どう読んでいるのか？」を感じないように育てることは、「伝え合う力」の育成を標榜する国語科教育の本義ではないはずである。だがそうなってしまいかねない現状であることを指摘したい。

　　読むことも同じで、「この小説はどう読めばいいのか？」と考えながら読むことが「小説とは何か？」という問いを追い越してゆく。私の場合には小説を読むということは、それを読みながらそこから刺激されたことをどれだけ多く考えることができるかに賭けられていると言ってもよい。

（保坂和志、前掲書、p.10）

　筆者は読みの教育において、「それを読みながらそこから刺激されたことをどれだけ多く考えることができるか」に目を向けさせることは、「受け入れる力」を引き出すことに寄与すると考えている。
　これは文字だけでなく、あらゆる読まれるものに援用可能な方法であるが、文学の固有性を求めるならば、「まさに言語によって作られている。というか、言語によってしか作られていない。」[35]というに尽きる。
　また、なにかに媒介されての感動において、その媒材の性質に差があるとするなら、文学[36]には本物か複製かという線引きができないこと[37]、そして、知識（教育）なしにはありえないことが挙げられる。
　絵や音楽が視覚や聴覚で直接感じえるものであることに対し、文学は文字という、それ自体の知覚ができないものに拠っており、文字がある記号として理解されることなしには、文学が成立しない。そのことは保坂氏も指摘している。

　　絵や音楽だったらほとんどすべての人が共通に感じるであろう絶対的な違和感のようなものを即物的に提示することができる。たとえばダ・ヴィンチのモナリザの頬のあたりにショッキング・ピンクの正方形を描いたり、パブロ・カザルスが演奏するバッハの『無伴奏チェロ組曲』に「コンニチワ」という九官鳥の声を紛れ込ませたりすれば、誰だって「そこが違う」と感じる。（中略）
　　それに対して小説では、いったん文字による意味としての理解を通過させなければ違和感が生まれない。仮に書体を変えたり文字の色を変えたりしても、読者はまず「視覚効果か？」と思うだけで、絵における違和感と同じものにはならない。
　（保坂和志、前掲書、p.137）

　それは楽譜が読めることにもあてはまるが、文字が読めることとまったく同様であるとはいえない。なぜなら、文字が読めるということ自体や、読むものが在るということ自体が、楽譜が読めることや楽譜が在ることに較べれば、現在の日本の（子どもたちの）日常の生活において特別なことではないか

らだ。そのために、いかにして自分は文字というこの記号を読めるようになり、また読んでいるのか、そもそも読めるとはどのようなことなのか、ということは、生活の読みにおいて意識されることがあまりない。

だからといって、日常生活にありふれている文字という記号について思いめぐらせることがなくてよい、ということにはならない。そんなただの記号でしかないはずの文字に感動させられてしまうからだ。

> 小説とはただの記号でしかない言葉をいろいろに組み合わせることによって、人と人との会話が本当にそこにあるかのような気持ちにさせたり、文字の中にしか存在していない（つまりは存在していない）人物のことをかわいそうでどうしようもない気持ちにさせたりする工夫のことであって、読みながら起こる読者の気持ちの変化をあたり前すぎるほどあたり前の前提としているために、書き手も読者もそこにある文字が記号でしかないことを忘れがちなのだが、本に印刷された文字はつまるところ生命のないただの記号なのだ。
>
> テンポよくいきいきと語られたり、話の流れの中である言葉に出合ったときにふわっと体じゅうの力が緩むような気持ちになったりするために、言葉ないし文字に何か特別な力が宿っているような錯覚を持っている人がいるかもしれないが、文字そのものは譜面上の音符と同じで受け手の気持ちに訴えかける響きは持っていない。
>
> （保坂和志、前掲書、p.137）

しかし筆者は、文字は記号であるということを教えればよいといいたいのではない。

読める自分と読むものが揃ってはじめて、文学という、読むことによって感動するということがある——この事実に気づくように導くことが、文学教育が芸術教育として成立する第一歩だと筆者は考える。

芸術とは感動の結果である。よって、芸術教育とは感動した結果から学ぶことであって、感動することが目標ではない。また本書では感動というものを広義に考え、「なにも感じないということも含め、なにかを感じる」こととし、そこから学ばせることが芸術教育だと考える。そう考えれば、芸術教育とは感動ありきで、感動のない芸術教育はない、といっても差しつかえな

いだろう。

　たとえばある作品を読み、自分はなにを感じているのかを徹底して観察する、というのもひとつの方法である。そこになにが書かれているかではなく、そこになにを感じているのかを問うのである。

　また、翻って、それがただの記号であるはずの文字によって引き出されるという事実に戻ることも、文字自体は無機質な物質だが、それが読まれる（読まれた）ときにはそうではなくなる、その可能性を知る契機となり、それは文字という物質、読むという行為、その両者により導かれる感動、という、三者の関係を捉えることであり、間違いなく言葉による芸術の教育であろう。

　私たちは、文字という記号に、ただの記号ならざる機能を、身勝手ともいえる自由さで、あたかもそれが許されているかのように吹き込んでしまう。なぜなら、それが記号であるということだけは、（知らぬ間に）知っているからである。読むこと、すなわち読めるということは、とりあえず文字を記号とみなす、という了解や判断があっての行為である。しかも、そうした了解や判断は、ほとんど自動化されている。私たちにとって文字という記号が、いかにありふれたもの（生活に必需のもの）であるかがうかがえる。

　ひとは、ある記号を「記号」として認識した時点で、それを「ただの記号」としては扱えなくなるが、一方で、ある文字にどれだけ感動が吹き込まれているように見えたとしても、それはただの記号の連なりでしかないことに、異論を唱えることはない。つまり、あるひとがある文字を、感動が吹き込まれたなにかであるように錯覚してしまうことと、それが自分以外のひとにとってただ記号に過ぎないかもしれないことの両方を認めることは可能である。逆に、自分にとってはただの記号であっても、ほかのひとにとっては親密な記号であるかもしれないということを認めることもまた、同様に可能である。

　しかし純粋な記号（ただひとつのことを指し示す）というものは、理論上あるかもしれないが、現実的にあるのだろうか。記号とはなにかを指し示すものであるが、そのなにかが絶対的に唯一のものであるということ自体は、証明不可能ではないだろうか。

　その記号から受ける感じは、あいまいであったり、なんとなくであったりするかもしれない。しかしある意味を必ず想起させる記号としての文字に、

完全になにも感じないということはないのではないか。

　その記号はなにかを指し示すが、ある程度の幅を許してもいるし、言葉自体が変化していなくても、その内実（指し示すもの）が変化していくことをも許しており、言葉は絶対に、ひとつの意味には回収されえない。それでも、ここに文字がある以上、それが言葉というただの記号にすぎない、とはいえなくなる場合がある——それが読まれるということであり、なにかを感じるということである。そのようなことを繰り返し知っていくことが、「受け入れる力」を引き出すことにつながるであろう。

　どう読めばいいのかという、答えることのできる問いが、文学とはなにかという答えにくい問いを追い越していく。後者の問いは、ああでもない、こうでもない、という否定形でしか答えていけないかもしれないが、そうした言葉では掬いとれない残滓があることこそが、文学であるということなのだ。

　言葉のざわめきからこぼれ落ちた沈黙に頷くことが、あるいは、ないということがあるということを認めることが、「受け入れる」ということではないだろうか。

　　哲学者のダニエル・シャルルはケージの作品を分析して次のように書いている。「沈黙の真の性質——すなわち沈黙は存在せず、絶えざるざわめき、次から次へと生まれてくるつぶやき、つまりは沈黙ならざるものが存在する——を前にすれば、（中略）創造するとは意図するよりもむしろ受け入れることではないか？」（岩佐鉄男・訳）
　（梅津時比古、『フェルメールの音』、2002、東京書籍、p.175）

　なんとも捉えどころがないのに、びくともしない——感動とは、そのようなものだといえるかもしれない。

　なにかを伝えようとしている誰かの存在に対して、また、その行為をとること自体に対して、そのための言葉（媒材）の存在に対して、どこまで受け入れていけるかわからないけれども、受け入れていこうとするために「受け入れる力」の育成が肝要である。またそのための芸術教育は、今後ますます重要となってくるだろう。そしてそれは、いま「伝え合う力」の育成を求められている国語科においての文学教育の鍵となると考える。

信じるものを求める自分も、信じられないことや信じたくないことがあるということも受け入れる。自分なりに、自分の触れているものはそれがそこにあるということだけが確かなことで、反対にいえば、それ以外のことは不確実である――そんな不確実性を抱きしめながら、世界を見守っていくことで、私たちは徐々にその世界を受け入れられるようになっていくのである。

「伝え合う力」を育成する足場を築くための「受け入れる力」を育成するものとして、言葉の芸術としての文学教育には、意義を認めることができるだろう。

3.2. 「自己安心感をもつ力」の場合
「個性」を伸ばしていくこと

いま、そして今後、より重要な芸術の機能として「自己安心感」をもたらすことがあると筆者は考えているが、「自己安心感をもつ力」の育成を言葉の芸術としての文学教育に求める場合は、どのような可能性があるだろうか。

「自己安心感」をもつためには、外化不可能な自身の属性として「個性」を伸ばしていくこともある。佐藤氏は「自分と世界との関係」で「伸びてくるもの」が「個性」だと述べているが、個性を伸ばす教育は「個性、個性と連呼する」ことなく可能なのだろうか。佐藤氏の考えに同意を示す[38]福岡氏は、その難しさと可能性について次のように述べている。

> なぜ好きになったのかは自分でもわからない。しかし、夢中になれたものがその後その人を支え続ける糧になる。それは誰かに教わるものではなく、自分で発見しなくてはならないのかもしれません。教育で何をしてあげたらいいかは難しい問題ですね。（中略）
> 何かを伝えることは本当はできなくて、自分はこれが好きだというものを見せるしかない、その場として教育はあるのかもしれないですね。その人のセンス・オブ・ワンダーは伝達できないけれど、センス・オブ・ワンダーにとりつかれている姿は見せられる。
> （福岡伸一の言葉「対談　福岡伸一×佐藤雅彦　私たちの"本性"はどこにあるのか」前掲書、p.56）

「個性」について意識的になることや、考えを深めていくことは重要だが、それは簡単に実現したり意義づけたり、定められるものではない。にもかかわらず、それが切迫した課題として社会に立ちはだかっていることは先に述べた通りであるし、そのもとで教育は行われている。

社会を無視することはできないが「なぜ好きになったのかは自分でもわからない。しかし、夢中になれたものがその後その人を支え続ける糧になる」のならば、それに触れる（つかまえる）機会や時間をふんだんに与えることも教育の仕事であろう。「それは誰かに教わるものではなく、自分で発見しなくてはならない」ものなのだから、できるだけさまざまなものに（それも子ども向けのものに間口を狭めることなく、またできるだけ偏りのないように配慮しつつ）出会う機会を与え、なにかに夢中になるきっかけをつくること、また夢中になれるだけの時間的余裕や精神的余裕を用意することに努力を惜しまないこと、そしてなによりも「センス・オブ・ワンダーにとりつかれている姿」を見せること——そこから、「個性」というものの教育は始めることができるのではないだろうか。

そうあることができないのならば、いくら「個性、個性と連呼」したところで教育にはなってこない。自分という属性を発見することが強要されると、それが強迫観念となって、とりあえず何らかの属性が発見できたことで安心しきってしまうからである。そして、できることならそれ以外の属性を探索せずに過ごしたいがために、あるいは属性をもたない状態に身を晒すことを避けるために、それが一時的な（可変的な）ものであるかもしれないとは思わないようになるのである。

しかし、属性はひとりにひとつのものではないし、属性は個性ではない。それに気づくことを遅らせてしまうのが、属性の外化を拙速に要請する時代の弊害である。

社会からの要請を一気に覆すことはできないので、「自己や個性を強要する社会」に応えられる自分を否定することはない。その一方で、「『自己実現』や『存在意義』という意識」を忘れてしまうような自分、「自己や個性に無頓着な自分」をないものとしないで、大切にできる力の育成が必要であるし、そこに、そのような力の育成に寄与する芸術を教育する意義を認めることができる。また「『自己実現』や『存在意義』という意識」を忘れてしまうような自分、「自己や個性に無頓着な自分」を認めることが、「自己安心

感」につながるのである。

「自己安心感」を育てる場の条件——畏怖と安堵の経験の場であること——

　自己とは、属性とそれに囲まれた空白によって成り立っているものである。だが、「自己の属性に執着することで見失うもの」が多くある。たとえば属性に囲まれた空白の存在や、属性というものにより「自分を生かしている大いなる世界への畏怖」といったものを感受する力が弱まってしまう。
　それをとり戻すという意図も、「これも自分と認めざるをえない展」には込められていた。

　　——開催前に、この展覧会は楽しむだけではなく属性の「怖さ」を感じてほしいとおっしゃってましたね。
　　佐藤　怖さといっても、恐怖ではなく、畏怖のほうですね。展示作品の中には、個人の属性を取り出すことに執着する社会の怖さや、属性の否定によってその人間性までが否定されてしまう怖さを下敷きにしたものもあります。しかしここでいいたいのは「私が私が」と、自己の属性に執着することで見失うもの、自分を生かしている大いなる世界への畏怖を感じてほしいということです。
　　以前、数理曲線をテーマにした高校生のワークショップをやったことがあります。トンカチを投げたときの軌跡を映像で記録し、重心のところに赤いシールを貼っていくだけの簡単な実験です。シールの数が増えるにつれ、そこにきれいな放物線が現れ出すのですが、それを見てみんな黙ってしまった。あれは畏れの表情でした。投げたトンカチが放物線を描くことは知識として誰でも知っています。でも、あまりに明確で美しい「理」が日常の中から突然顔を覗かせたことで、何かえらいものを見てしまったという気持ちになったのでしょう。
　　今回の「属性」もそれと同じ要素を含んだテーマです。自分なんてちっぽけな存在で、世界から許されてここにいるのを忘れてほしくない。(中略)いい悪いは別として、社会システムの中に「いてもいいよ」と認められた安堵です。
　　（佐藤雅彦の言葉「インタビュー　デザインという領域から逸脱をはじめた、佐藤雅彦のいま」前掲書、p.38）

「自分なんてちっぽけな存在」と思うときであっても、自分は（ちっぽけな存在として）存在してしまっていること、誰もがすでに、「世界から許されてここにいる」のであり、「いい悪いは別として、社会システムの中に『いてもいいよ』と認められた」存在なのである。その事実を甘んじて受け入れるばかりではなく、世界への畏怖も伴って感受することで、自分がこの世界に存在することへの「安堵」を感じられるのではないだろうか。
　同様のことを、杉浦康平氏も次のような言葉で述べている。

> 　僕にはある直観があるんです。いまここに人が集まって話をしているでしょう。でも、世界はここだけではない。無限に広がる世界が私たちを包んでいる。そしてその豊かな世界の集約が、まぎれもなくここにある。こうした二つの世界の同時性のなかに、人は生きていることをつねに思ってきました。
> 　一方で、これまで多くの人間が生まれ、死んでいった。歴史のなかには、無数の人たちが考え、行ってきたことの堆積がある。文字にしても図像にしても、すべての文化は単独で存在するのではなくそれをつくり、作ってきた無名の人々による行為の集積であることを強烈に意識したいと思いました。

（杉浦康平の言葉「アートの地殻変動 Vol. 18　杉浦康平」『美術手帖』、美術出版社、2010.10、p.138）

　芸術教育も、彼らがいうような世界への畏怖と安堵が感じられる場として、まずあるべきではないだろうか。「学校という場は商業化された空間ではなく、世の中の文脈にのった価値観とは離れて新しいものがつくれる空間」でもあるからである。

> 学校という場は商業化された空間ではなく、世の中の文脈にのった価値観とは離れて新しいものがつくれる空間です。とくに義務発生せず、失敗も許される環境にありますから、すでに価値が定着したものをここでやるのでは面白くない。例えば自分の体験で、『あのとき見た虫の動きはやけに面白かったな』とか、そうした商業化されていない部分は、まだまだいろいろあって、そこには、人と共有できる普遍性を持ちえてい

るんじゃないかと思っているんですね。
（佐藤雅彦の言葉「教育をデザインする」前掲書、p.79）

　佐藤氏のいうように、「学校という場は商業化された空間」ではないが、社会から切り離されて設置された空間でもない。ひと口に学校といっても、芸術の教育以外の場では、「世の中の文脈にのった価値観とは離れて新しいものがつくれる空間」であることは（芸術の教育の場以上に）難しい。すくなくとも、受験や学力という背景を無視することはできないし、学習者が学期末にテストや成績をつけられることを完全に忘れることはできないだろう。
　しかし芸術の教育という場には、わずかもしれないが「世の中の文脈にのった価値観とは離れて新しいものがつくれる」余地が残っていると考えたい。そこで感じる世界への畏怖と安堵を、いまの社会の文脈にのった価値体系にうまく組み込むことは、すぐにはできないとしても、それが暗黙裡に組み込まれていることで、いずれ社会という文脈にも返していけるのではないだろうか。

芸術教育の方法としての可能性
　ここでは、「自己安心感をもつ力」を育成するような芸術の教育が、どのようなことに留意していけば可能となるのか、その方向性について三つの段階にわけて示す。ここまでをふまえて、具体的に芸術の教育はどのような手筈を調える必要があるのかを考えたい。

① 気づいていないことへの気づき
　まず、「何者かにならなければならないという強迫観念を全部はずした状態」を作ることである。その状態は、自分の「センス・オブ・ワンダー」を知ることのできる状態に近いものではないかと思う。

　　僕が教育をやっている大きな理由の一つに、
　　ステュディオスという状態をつくり出したい、というのがあるんですね。
　　ステュディオスとはラテン語で、英語のスタディの語源です。
　　（中略）
　　そもそもステュディオスの意味は、熱中している状態・夢中になってい

る状態のことです。
(中略)
そしてステュディオスという状態は、「この世界に自分がいてもいい」という証なんです。
(中略)
僕は夢中になれることと、この世界にいるということが同じことだと思っています。
でも、いまは「人との関係性」に過度に目がいくようになっています。
(中略)
その結果、より多くの人と共通できる浅い面白さが重要になってくる。
本当のステュディオスの状態を知らないで、人との関係性だけで「ここにいていい」となると、
知っているだけの友だちがやけに多かったり、テレビに出て一億人に知られているとか、
有名になることが何者かになったような感じを与えるんですよね。
さらに、いまの若い人は、社会や大学から自己実現や個性を強要され、何者かにならなければならないという強迫観念を与えられてしまっている。
でも、それはまったく違うと思うんです。そうではなくて、すごく夢中になって
何かを体得したり具現化したりすることから自然に自己や個性は生まれてくるものです。
だから僕の教育は、教室という場であろうとテレビというメディアであろうと、
具体的なモノや自分の体を使ったワークショップや事例を多用し、
自分が本当に興味があることを発見する方法をベースとした授業内容・番組内容になります。
何者かにならなければならないという強迫観念を
全部はずした状態であるステュディオスから、僕は希望が生まれると思っています。

(佐藤雅彦の言葉「教育をデザインする」前掲書、pp.72–73)

引用にある「ステュディオスという状態」とは、先述した「センス・オブ・ワンダーにとりつかれている」状態と、ほぼ同義であろう。その状態を作り出す方法として、たとえば佐藤氏は、「面白さの蒐集」を試みている。

　　面白さの蒐集の始まりは、個人的なことでもいいし、世の中で起こった出来事でもかまわない。大事なのは（心の中に残っていることを──引用者注）「うまく思い出す」こと。これがなかなか難しいのだと佐藤はいう。
佐藤「最初から、言葉で探してはだめです。言葉になっていないもの、わからないものを言語化するんです。（中略）世の中にはすでに言葉になって定着している面白いことがいっぱいありますけれど、それをやるのでは新しくないですから。
（佐藤雅彦の言葉「教育をデザインする」前掲書、pp.78-79）

個人的に気になるけれど理由がよくわからないこと、なぜかはわからないけれども心に残っていること、なんともいえないわからなさを含有したものをうまく思いだし、そのわからなさをわかり合うことが「面白さの蒐集」のおもしろさである。

誰かをわかる、誰かに理解されることとは、曲解（誤った解釈）や深読み（本人が思い及んでいないことまで敷衍された解釈）であるかもしれないが、共感可能の意をもつ（もたれる）ことではないだろうか。たとえ、曲解や深読みだとしても、共感可能なものとして解釈する（される）ことは、お互いに安心感をもたらす。

また、なにをいわんとしているのかわからないけれども、わかりたい（知りたい）と思わせることが理解されることの出発点であろう。わかりそうな気配がするとか、わかってみたいという気を惹くと、理解されることにつながっていく。

わかる気がする──その感触は、そのひとのなにか（心の機微のようなもの）に触れた、触れられたという感覚そのものであり、それは未知の部分やわからない部分をも補填し、両者の関係を充足した安定状態へと導くものである。

私たちはどこかでつながっている、いつかつながれる──わからなさを受

け入れつつ信じる覚悟ができたあとで、ゆるい、おだやかな安堵の状態に進み、また落ち着くことができるのだと思う。

　　佐藤「いま、日本はリズムがガタガタになっています。昔の子どもたちは、土曜日の午後から学校が休みになり、日曜日は思いきり遊び、夕方家に帰って『サザエさん』を見て、妙にしんみりしながら明日から一週間、がんばろう、なんて思って自然とリズムを刻んでいました。それがいま、24時間営業のコンビニが当然のようにあり、ハッピーマンデー法によって曜日の感覚も持ちにくい。そんな中、みんなでこの世界を生きているんだ、という共有感も、薄くなってきていると思うんです。そこでテレビがもう一度、その役割を果たすことができないか、と考えたのが、この番組なんです」。
　　かつてテレビにしか果たすことのできなかった多くの役割。同時中継で世界中の出来事を知ったり、毎週同じ時間に、同じ番組を人々が楽しみにして見ているということ、媒体の多様化により、その役割を変えようとしているテレビに新しい価値を見出そうと、まずは『2355』を構想したのだという。
　　（佐藤雅彦の言葉「課題解決としての『0655』『2355』」前掲書、p.92）

　共有しているらしいという、そのなんともいえない安堵の感覚――究極的にはそういうことになるのだろうか。しかしその共有の背景には、同時に同じものを記憶したという事実が大きくかかわっている。たとえば、ある時代の「記憶」を共有することについて、小説「ノルウェイの森」の著者である村上春樹と、それを原作に映画「ノルウェイの森」を作成したトラン・アン・ユイの関係について森直人氏は「情報や事実」だけではない「質感」としてのその時代の「記憶」を共有しているのだという。

　　両者の融通性を考察するにあたっては、「記憶」というキーワードが最大の手掛かりになる。（中略）
　　記憶とは、現実と夢が混濁したまどろみの世界とも言えよう。（中略）
　　すなわち村上春樹とトラン・アン・ユイにとって、「記憶」の肝は情報や事実ではない。重要なのは、観念のテクスチャー（質感）だ。彼らは

その肌触りを、あるいは「記憶」が発する香りを愛しているのである。
（中略）
　先ほど、本作の「記憶」にとって情報や事実は肝ではないと書いた。しかし肝であるテクスチャーには、やはり当時の情報が発する匂いが自然に編み込まれている。この微妙な転倒を押さえたとき、「時代」というもうひとつのキーワードが浮上してくる。
　もう何者も「時代」に無関係ではいられない。
（森直人「Critique 耳をすませば『普遍』の歌が聴こえる」映画『ノルウェイの森』プログラム、東宝、2010、p.30）

　同じ時間にいる、同じ場所にいる、同じことをしている——そうした感覚は、「情報や事実」ではなくて、それにともなう「質感」にある。それは言語化されないもの、目に見えないものでもある。そうした「質感」を知覚していく方法としては、目に見えるものを一旦、意識的に遮断してみればよいのである。そうすれば、目では見えないものを感じ取ることができるからである。

　　話が飛ぶようですが、人がなぜ瞼をもっているか。人間の感覚で中心的な働きをするものは眼と耳ですが、眼は、つぶることができる。眼をつぶると、外光は完全に遮断される。瞼を閉じたとき、開いたとき、人間はつねに二つの極限状態を抱えています。眼を開くと燦々と外光が入ってきて、これが世界の広がりだと感じうる。眼を閉じると一切のものが消失して、生暖かい闇がじわっと体内に広がる。
　　僕たちは、生きている日々のなかで、見えすぎて困っている。白く光る怪しげなパソコン画面から送りこまれる情報を矢つぎばやに受け取りながら、右往左往させられている。どうしたらいいか。たまに目をつぶることを、意識的にするといいのではないか。そうすると、余計な情報は一切見ないですむし、世界が変わる。耳が敏感に働くし、眼以外の五感が活気づく。生暖かい闇に包まれた世界に全感覚を集中せざるをえなくなる。身の中に広がる闇をじっと観察していると、体内が発する信号の豊かさに気づかされ、身体のなかに蓄えられた堆積物が、沸き立つように現れてくる。外界と内なる世界の往還をしていると、葉っぱから枝

へ、枝から幹へ、幹から根へ……という木の全体も見えてくるのではないでしょうか。
（杉浦康平の言葉、前掲書、p.139）

　私たちは「情報や事実」というものがはっきりと見えている場合、「質感」が見えていないのではないだろうか。そういう場合、意識的に「情報や事実」に目をつぶることで、「質感」が見えてくるということがあるのではないだろうか。まばたきは、無意識のうちの行動でありながら「それを意識的にしようと思えば、いつでも意識に上がらせることができる」行動でもあるように、私たちは無意識に「情報や事実」に無頓着になっている場合もあるが、意識的にそうすることもできると考える。そしてその結果として、「これまで無意識だったことが、急に意識されるようになることを知る」ことができる、と考える。自分がなにに無意識であったのか、まばたきをすることで知る（意識する）のである。

　しかし、見えていない部分にも個性や違いはあるもの、私たちの生活は9割がたは意識に上がらず無意識のうちに感覚し、行動しているのではないかと思われますが、それを意識的にしようと思えば、いつでも意識に上がらせることができるというのが人間の特性でもあります。この展示を見て、おそらく7〜8割の人は、何が起こっているのか即時にはわからないでしょう。しかし、ある状況にきづいたとき、これまで無意識だったことが、急に意識されるようになることを知るのです。我々はどのタイミングで無意識→意識と変わるのか、こうした意識変化の瞬間のデータを集め、科学者として検証してみたいという思いも、この展示には込められています。
（入來篤史の言葉「佐藤雅彦と模索した、新しい可能性　三宅一生、入來篤史、桐山孝司」『美術手帖』、美術出版社、2010.10、p.44）

②　言語化されえないものへの気づき
　意識下にあったものを意識に上らせることはできたとしても、それをどのように抽出するか、たとえば、他者に伝えられるものとできるのかということについて考えたい。

自分のなかに確かにある感覚なのだが、それがどのようなものであるのかはっきりとしない、わからないものをどのように取り出すか。次の佐藤氏の言葉を参考に考えていく。

　僕がいままでやってきたことは、自分の中でいったん解決したものをわかりやすく形にしてみんなに見せるというものばかりでしたが、三宅さん[39]が言っているのは、解決したものはつまらないから、僕が現在進行形で切り拓こうとしているものを見せてほしいということではないか、と思ったんです。
　ところが世の中に既にある文脈にのっとって探すだけだと、ほぼ解決されたものしか出てこない。だから本当に面白いものを見つけようとしたら、文脈ではなくて言語化されていないものの中から、もがいて切り拓かなくてはいけないのだと気がついたんです。
（佐藤雅彦の言葉「インタビュー　デザインという領域から逸脱をはじめた、佐藤雅彦のいま」前掲書、p.29）

　たとえば、《指紋の池》という作品[40]は、「なぜ面白く感じられるのか」が未解決であり、それについて何度も熟考することで作品が改良されていく、という過程を経て、完成したものである。わからなさを内包するものを、とりあえず抽出する（かたちにしてしまう）、わからなさについて、試行錯誤し、考えて浮かび上がってくるものをまた精査する。そうしていくことで、わからなさ自体を共有したり、わからなさに近づいていくことができたり、わからなさから期せずして生まれてくるものに感動させられたりするのである。そうした過程を経て、《指紋の池》のおもしろさは次のようにまとめられた。

　これがなぜ面白く感じられるのか、周囲の人と話し合ってみたのですが、まず自分の指紋が動き出すことで分身化するというのが、普通に面白いのではないかということが出ました。さらにもう一度指にセンサーを押し当てると、たくさんの指紋の中から自分が放流した指紋だけが反応して戻ってくるというアイディアが浮かびました。そうすると、戻ってきた指紋にいとおしさが感じられるんじゃないか。自分には自分だけ

の指紋があることは知っていても、そこに「いとおしさ」を感じるということはまずありません。なのにこの表象はなんなんだろう？そして指紋じゃなければダメなのか？とも思う。それを考えるうちに今回のテーマとなった「属性」が浮かび上がってきたのです。

だから、属性に対して非常にポジティブな気持ちをもっていて、面白いものを見せようと考えていたのが、スタート時でのスタンスです。
（佐藤雅彦の言葉「インタビュー　デザインという領域から逸脱をはじめた、佐藤雅彦のいま」前掲書、pp.29–30）

《指紋の池》が面白く感じられる理由は、自分の属性が分身化することであり、自分の属性の分身がちゃんと自分のもとに返ってくるところに、いとおしさを感じることである。属性とは、本来的には複製されることがないからこそ属性なのである。それが分身化してしまうので、おもしろいと感じる、またそれが自分のもとに返ってくることで、やはりそれが属性であることが感じられ、そこに属性というものに対するいとおしさの感覚が生まれるのであろう。自分が属性を備えているということを、知識として知らされるだけでなく、属性というものの「質感」を感得することができる点がおもしろいのである。

なにかをほんとうに知るということは、感得[41]するということではないだろうか。「情報・事実」として記憶しているのではなく、「質感」として記憶しているということである。そのもの自体がなくても残るものが、そのものの「質感」であり、本性であろう。

そして、なにが残るのかというところに属性（あるいは、本性・質感）の問題がある。「わからなさをはっきり体験できるようにするためには、逆にわかるところは理解して消化していくことも必要」だと、桐山孝司氏は述べている。

　　今回属性についての展示に向かったのは、生体認証が新しいからではなく、まだわからなさを内包しているからです。そしてわからなさをはっきり体験できるようにするためには、逆にわかるところは理解して消化していくことも必要です。佐藤雅彦教授とは大学院で映像研究科の講義を一緒に担当していますが、その中では面白いと思ったことを表現

するために、論理やプログラミングを使いこなすことを重視しています。今回の展示も、表現のために理解を深めるという方向性の上にあると見ていただければと思います。
（桐山孝司「佐藤雅彦と模索した、新しい可能性　三宅一生、入來篤史、桐山孝司」『美術手帖』、美術出版社、2010.10、p.47）

　《指紋の池》のほかにも、「これも自分と認めざるをえない展」では、いわれてみれば「誰もが共通して感じる、独特な感覚」でありながら、気づいていなかった感覚に気づかせる作品が中心である。「世の中でまだ名前すら与えられておらず、未だ意識化されていないけれど、確かに人々の中にある感覚や認識、それを名付け、社会化していくことで、新しいコミュニケーションが生まれる」という思いがそこには込められている。

　《1組・2組・3組・4組》[42]は、カテゴリー分けされることで誰もが共通して感じる、独特な感覚についての気づきに始まります。世の中でまだ名前すら与えられておらず、未だ意識化されていないけれど、確かに人々の中にある感覚や認識、それを名付け、社会化していくことで、新しいコミュニケーションが生まれると考えます。佐藤さんご自身、学校や仕事でやりとりする人を、ご自分のルールでクラス分けしているそうで、僕も「もう少しで1組なんだけど」といわれると、嬉しいような嫌なような妙な気分になる。その実体験も作品に反映しています。
（齋藤達也「参加作家に聞く！属性に対するアプローチ」『美術手帖』、美術出版社、2010.10、p.50）

　また、自分の属性が問われるのみでなく、物質に残された属性（痕跡）について扱った作品も展示されている。

　ある家族が住んでいた家の壁紙を撮った作品[43]です。子どものいたずら書きやポスターが貼られていた跡が壁紙に残っている。それを見ていて感じるのは「安堵」の気持ちなんですね。新しい壁紙よりも安心できる。属性の持つ一面が安堵であると僕は思っているのですが、その表象を与えてくれるものとして展示しています。

(佐藤雅彦の言葉「インタビュー　デザインという領域から逸脱をはじめた、佐藤雅彦のいま」前掲書、p.37)

「ある家族が住んでいた家の壁紙」に安堵を感じる。自分とその家族とは面識すらなく、その家族が何人家族で、何年ここに暮らし、どのような生活をしたかなどという情報もないのに、この安堵の感覚はなんなのだろうか。

いまここに存在しない、直接的に知ることのできない存在という意味では、不在と非在は同じである。しかし、すくなくともかつて存在したことだけは確認可能なものが不在であり、非在は、存在するのかどうか未知の可能性である。そして、それが非在ではなく不在であると確認できるものがみつかることは、安堵をもたらすことにつながるのである。

もちろん、それは場合によってはであり、あるひとにとってはである、という限定的な要素が絡むことではある。また、不在の確認が哀惜につながることは往々にしてあり、多くのひとが経験的に知っている（意識されている、あるいは意識されやすい）ことに較べて、そればかりではないということは気づかれていない（気づかれにくい）。しかし、まっさらで傷ひとつない新品のものに取り囲まれてしまったときに落ち着かなさを感じたり、緊張したりそわそわするのと同じように、わりと多くのひとが共有できる感覚なのではないかと思う。

「子どものいたずら書きやポスターが貼られていた跡が壁紙に残っている」こと（物質に残された属性）から、「ある家族が住んでいた家の壁紙」だということがわかり、不在というものをなんとなく確認できる（想像に難くない、素直な推察が可能である）。確認可能な不在から呼び起される、いいようのない安堵感に向き合うことによって、私たちのなかにはまだ眠っていて、言語化されていないが共有可能な感覚が発掘できるのではないだろうか。

「質感」から感じることを、言語化することは難しい。だが、その「質感」を発するもの（たとえば、壁紙）を、私たちは共有することで、その「質感」を共有していくことができる。そういうことを信じていける。

そういう媒材に出合わせる機会として、芸術は教育の場に確保されているのだと考えることはできる。言語化できないけれども確かにそこにあるものとしての「質感」やそこに潜む本性というものについて、感得していく経験

を芸術教育では意図しなくてはいけないだろう。

③　言語化することへの畏怖と、言語化されないことへの安堵
　属性とは、言語化可能な自分の部分（部分的な自分）ではあるが、自分のすべてを言語化することは、原理的に不可能である。だが先に述べたとおり、属性は一時的ではあるにせよ、「それを否定すれば事物の存在そのものも否定されてしまうような性質」である。それは裏返せば、それを肯定されれば事物の存在そのものも肯定されて（認められて）しまうような性質をもっているものだともいえる。そしてそこには、「自分という存在を認識される喜び」があると安本匡佑氏はいう。

　　この作品は、一つの属性だけでは自分と特定されず、あやふやな存在であるという感覚を与え、別の属性を追加し積算することで、一気に絞り込まれる。そのときに自分の存在を見つけられたという嬉しさ、認識される喜びを感じられる作品だと思います。
　　（安本匡佑「参加作家に聞く！属性に対するアプローチ」『美術手帖』、美術出版社、2010.10、p.51）

　「この作品」とは、《属性の積算》（ユーフラテス＋安本匡佑、2010）という、「身長と体重をもとに、その人が誰であるかを特定する。特定しきれない段階では「○○あるいは△△」と、該当する人の名が次々と表示される。」[44]作品である。これについて佐藤氏は「普段自分について『あるいは』と呼ばれることはない。不思議な違和感を覚えるかもしれません」[45]と述べている。
　「あるいは」といわれたときの不安に似た違和感、自分ひとりに特定されたときの安堵がそこにはある。特定されること自体に安堵というものがあるように、特定されないことへの不安、特定しかねられることや想定外のものに特定されることへの恐怖や不満がある。
　一方で、言語化可能なものでは特定されないこと（いい尽くすことの不可能性）の魅力というものも、私たちは感じることがある。
　入來篤史氏は「サイエンスと芸術に共通する本質的な魅力は、最初から予想可能な範囲で結論を出すことではなく、基本的な知識をもとに、現状では見出せない可能性を追究すること」[46]だと述べる。彼のいうとおり、限りな

く試行錯誤や実験的行為を連続していくことが許されることも十分に魅力的であり、それが永遠に続き得るということに対する安堵もあるだろう。

ずっと一か所に居着いてしまうことの、変化のなさからくる硬直への不安は、「基礎的な知識をもとに」「可能性を追究する」ことで解消される。できるだけ多くの可能性を求めうることの渇望が満たされる状態にあることは、科学や芸術に限らず、ものごと一般の本質的な魅力である。

ただし、可能性の追究をするためには、「基礎的な知識」が必要であることを忘れてはいけない。

たとえば、言語化の可能性を追究するためには、どこまでは言語化することが可能であるのか、ということが試行錯誤できなければならない。それを通して、言語化の限界性を思い知ることもあるだろう。そしてのちに、やはり言語化不可能なことが残ってしまう、ということを経験的に知ることにより、言語化の本質的な魅力は、その可能性を追究することであるとわかるのである。

> できるだけ誠実にかつ直截に、いかなる虚偽をも交えずに語り尽くそうと語り手は懸命の努力をした。その真率を疑うことは誰にも許されない。けれども、書き終えた作品を読み返してみて、作者は愕然とした。地下二階で経験した、生々しいできごとをそのまま書いたはずなのに、それは「すばらしくよく書けた胸ときめく冒険譚」に美しく結晶化していたからである。自分の経験を「適切に表現する」ために費やした文章上の努力が、彼の文章を「ほんとうのこと」を書くにはあまりに精緻で機械的なものに作り上げてしまったのである。
> 　実際に「ノルウェイの森」は作者にとってまったく想像しなかったベストセラーになった。「これは『そういう話』じゃないんだけど…」と作者は何度も呟いたはずである。というのが私の暴走的仮説その一。
> (内田樹「Essay 村上春樹のただ一つのリアリズム文学」映画『ノルウェイの森』プログラム、東宝、2010、p.28)

言語化されていないものが原石だとするなら、言語化は研磨であり、原石を宝石にすることである。それは輝きを増したものであると同時に、原石を掘り出した者の目には、とってつけたような美(美し過ぎて、怖いもの)とい

う印象を与えるだろう。それは、誰かに日常的に身につけられることによって、肌に馴染むことによって美しい(似合う)ものになる。宝石になったその瞬間には、そのものだけでの価値を計りかねる(とくに、もとの状態を知っている者には計り知れない)。それは、原石からは想像もできないようなきらめきに目が眩むからではない。生々しさが欠損してしまっているからである。だが、生々しさとはまた別の魅力(価値)をそこに見出しもするのである(一種の混乱状態に陥ると考えられるかもしれない)。

　言語化することへの畏怖をもつとは、言語化してしまうことへの恐怖だけではなく、畏れ多いという意味をも含みこんだ怖さが言語化には潜んでいることを知ることである。

　　　囁き続けた直子は、二度だけ、大きな声を出す。
　　　ひとつは草原の中を歩き続けながらキズキと寝なかった理由を話す美しいシーン。もうひとつはワタナベと寝ようとして、寝られなかったときに「何故分からないの。あなたの存在がわたしを苦しめるの」と声を荒げる。
　　　直子が大声を上げた理由はそのとき「誰かを説得」[47]しようとしたからだ。自分を、ワタナベを、そしてキズキの亡霊を。しかしその声は直子の思惑のようにはワタナベには届かない。ワタナベは何も答えず、直子を抱きしめるだけだ。もしワタナベにその声が届いて、「そうだね、その通りだよ」と説得されてくれていたならば、もしかしたら直子は死なずにすんだかもしれない。
　　　などと、思ってしまった。誰かを説得する必要のない世界。それが直子の望んだものだったんじゃなかろうか。
　　　わたしたちも、もっと小さな声で話しあえたらいい。囁き声の届く範囲で生きるのだ。生者の世界のものも死者の世界のものも、一緒に、雛鳥のように肩を寄せ合って。
　　　それはとても美しい光景じゃないか。
　　(狗飼恭子「Essay 囁き声の届く範囲で」映画『ノルウェイの森』プログラム、東宝、2010、p.32)

　言語化する、ということを通して、私たちは言語化されえないことがある

ことに安堵する。その一方で、言語化されてしまったことで失われるもののことを思い、言語化することを畏怖する。しかし、言語化しなければ言語化されえないものに迫ることができない。だからこそ、畏怖しながらも言語化を行い続けるのである。そうした姿勢を求めることが、言葉の芸術としての文学教育の可能性を拓いていくだろう。

「自己安心感」をもたらす文学教育

　自分で自分を安心させることができる力としての「自己安心感をもつ力」を育成するために、芸術を教育する必要があるならば、それは言葉の芸術としてどのような可能性があるか。

　まず、自分がどのようなことには意識が向いていて、どのようなことには意識が向いていないのか、どのようなことは言語化可能で、どのようなことは言語化不可能かを明らかにしていく。そして、意識下にあったものや言語化不可能なものを、自分はどこまで知覚できるかということを確かめていく。そのなかで、意識していなかったものや言語化できないものの存在に気づいていくとともに、その価値を認めていくことができる。そうしたことから、外化しえないものを含みこんだ自分を認めていけるような土壌が育っていくと考える。

　なお、自己安心感とは、自己肯定観や自己満足とはことなるものである。

　自己肯定観とは、自己の存在を認め、自己に価値があると判断し、また、その評価の妥当性を承認することである。つまり、確固たる自己というものが定まっていることが前提である。

　また、自己満足感とは、自分自身を十分であり、完全であるとみずからが思えることである。それは、望みが満ち足りて不平のない楽園的なところへ自分を導くことである一方、自己満足に陥るといういい回しをされるように、よくない状態にはまり込むという場合もある。満ち足りたという感覚から、さらなることへの思考が遮断され、閉鎖的な思考となり、自己完結的な幸福に諦念してしまうことでもある。

　もちろん、自己肯定や自己満足ができることは生きる術として否定されるものでない。しかし自己を肯定したり、自己に満足したりする以前に、自己を熟知することが求められる昨今の社会においては、自己肯定観をもつことや自己満足することがしにくい状況でもある。肯定したり、満足したりする

対象の自己自体が確定できないからである。自分は未知をも含みこむ存在であるのに、そのことを認められない、そればかりか拒否したい衝動や不安に駆られるからである。

「自己安心感」とは、自分が何者であるかはよくわからないけれどもいまここに存在している、ということに対する安心感である。自分の存在の安定性については、理屈で説明をされて納得ができる範疇のことではない。またひととの関係性ばかりにあまりにも傾倒した「自己安心感」は、自分に対して無責任なものである。よって、なにごとにつけても過度に他人にもたれかかってはいないかと危惧しながら、「自己安心感」を自分の内側から醸すことができれば、生きやすくなるだろう。

無意識に「自己安心感」が通底していた時代は、終わりを告げようとしている。あるいは、無意識な「自己安心感」が脅かされ、意識的に「自己安心感」を装備しなくてはならない時代が来ている。「知を愛する」だけではなく、「愛される知」をもたらすことができるのが、芸術教育の仕事ではないだろうか。

芸術とは、なにかをつくりだす営みそのものである。そうした営みがあってこそ、豊かな生活というものがありえる。益川氏も「豊かな社会とは、消費をしてそれを楽しむ空間があるということ。だから、何かをつくり出さないといけない。」[48]と述べている。

しかし、なにをつくり出せばいいというのか。それをじっくりと試行錯誤するだけの余裕がないので、豊かな生につながるなにかをつくり出すことができないまま、即席の豊かさ、生活をまにあわせるだけのものをつくるのに忙しく過ぎてしまうのではないか。そうした社会を背景とした経済や教育について、益川氏は次のように述べている。

> 人間は最初から自分の個性、能力がわかっているわけじゃない。適性なんてそう簡単にはみつからない。失敗しても「うまくいかなかった原因を分析する機会に恵まれた」と思うぐらいでいい。一度トライしてみて駄目だと思ったら、やり直すことができる懐の深さが社会に必要だ。（益川敏英「飛躍のために」中日新聞朝刊、2011.1.1付、24面）

懐の深さ、それは包容力であり、寛容であることだろう。公正に肯定的

(好意的)であるということではなく(そんな明朗快活で、強烈なものではなく)、閉鎖的で残酷な(皮肉っぽくいうなら、孤高に自惚れて、引きこもることによる)沈黙でもなく、もっと深いところで包み合うような、おだやかでおごそかな静けさ、鎮まりである。乱れた気持ちが落ち着き、騒ぎや痛みがおさまるようなものである。

> 今の教育は、多くの問題がある。僕は「教育汚染」と言ってるんだけど、今の学校は覚えるだけで考えない子を生みだしている。(中略)子どもは本来、理科が好き。知らないことを知ったときの驚きが大好きなんですよ。それなのにハウ・ツー教育の繰り返しで、知的好奇心を刺激できていない気がするなあ。それが「教育結果熱心」な親の拡大生産につながっている。先生も生徒も結果を求めて忙し過ぎて余裕がない。(中略)
> 考える力が必要だ。考えても変化を見通した答案はなかなか書けないけど、いざ変化が起きたときに最初に気が付く、それが大事になる。(中略)
> 経済でも教育でも、今の社会は悪い面ばかりが目に付く。だけど、それが収まった段階でまったく新しいものが芽生える。顕在化する矛盾を克服する努力を続けていけば、やがて脱皮して新しいチョウチョが生まれる。
> (益川敏英、前掲)

「自己安心感」をもたらしてくれる「新しいチョウチョが生まれる」ような教育の可能性を、言葉の芸術としての文学教育はもっているのではないだろうか。

3.3.「語り合う力」の場合
尋ね合う文学教育

「語り合い」の材料として芸術作品が機能することは、先に述べた通りである。そこで文学作品をその材料とし、「語り合う」空間をつくる力の育成をめざす教育が、言葉の芸術としての文学教育として可能ではないかと考える。「語り合う」態度と能力を身につける場として教室を機能させるために

文学という材を用いることの可能性(有用性)について考えたい。

「語り合う」空間をつくるための鍵となる行為は、「尋ね合う」ことである。そこで「尋ね合う」という行為を習得していくための文学教育という意味で、これをひとまずは、「尋ね合う文学教育」と呼ぼうと思う。

先述したが、いま、「語り合う」空間を創出する力を育成する必要がある。そのことから、「尋ね合う文学教育」は、まずそうした力をつけるために行うものとして現在的な価値があるものだといえる。

またそうした力をつけるために行われる「作品をめぐる語り合い(批評)」を通して、学習者は「価値観の軸ができあがっていく」ことを学ぶ(知る)ことになるだろう。それは、「文化の本質」にふれることにほかならない。そこに、言葉の芸術としての文学教育が成立してくる。

つまり、「語り合う力」をつけるための教育の一方法として「尋ね合う文学教育」はあるが、それが成立しうるのは、語り合う材となる文章を、文化的機能を擁する言葉の芸術であるととらえるからであり、「語り合う力」の育成をめざす「尋ね合う文学教育」は、言葉の芸術としての文学を教育する可能性について示唆するのである。

これまでにも、文学教育を通して対話をひらくことについての示唆は、須貝千里氏などによりなされている。また、山元隆春氏の「『オツベルと象』における対話構造の検討——対話をひらく文学教育のための基礎論」では、「互いが新しくなるためにこそ〈対話〉は必要」[49]と述べられている。そこでは、ひととひとの関係において〈対話〉の必要があること、またそれをひらくための機能である〈対話喚起性〉をもつ文学作品があることについて、「オツベルと象」を手がかりに論じられている。

山元氏の述べる「互いが新しくなる」とは、〈対話〉によって読みの変更を必ずしも迫るという意味ではない。彼がテクストの〈対話喚起性〉の説明において「生身の読者同士の関係を新しくするためにテクストが有する機能のこと」[50]と述べているように、「読者同士の関係」を新しくしていく、という意味であり、そのための〈対話〉が文学教育において行われる必要があるという主張がなされているのだ。

ここで、山元氏のいう、「読者同士の関係」についてさらに詳しく考えてみたい。彼は「〈私〉ひとりであれば形のさだかならぬ声が、他者の声を想定し、他者の声に反応していくことで、何らかの形や色合いを帯びてくる。」[51]

と述べている。読者が自分ひとりで納得しつつ読み進めて、また読み終えるのみの場合、読者のなかにあるのは「形のさだかならぬ声」としての読みであろう。それは、ほかの読者の存在を想定し、彼らから呼びかけられる声を想定し、それに反応していくことによってはじめて、「何らかの形や色合いを帯びてくる」ようになる。

もちろん、「目の前のテクストも、それ自体ではどのような色にも染まっていないのだが、そこに読者が関与し、働きかけていくことによって〈作品〉として成り立つ」[52]のであり、私たちはそこに書かれていることをただ同語反復的に読むということはしない（できない）。だが、自分が読者として文章に関与したという感覚や、どのように働きかけているのかの具体は意識されなかったり、よくわからなかったりする。それは、読みというものがそもそも「形のさだかならぬ声」としてあるものだからである。それは「テクストの叙述の中に、複数の声を読み取り、読む自己と異なる他者を見出していくことで、自分の読みをさらに立ち上がったものにしていくことができる。」[53]が、「読む自己と異なる他者」を自力で見出していくことは、易しいことではない。そもそも読者は、複数の声があることに気がつかずに読み終えられている場合には、わざわざ複数の声を読み取ることや、読む自己と異なる他者を見出すことに意義を感じないかもしれない。

「尋ね合う文学教育」は、山元氏に説明されるような「対話をひらく文学教育」と類似するものであり、「生身の読者同士の関係を新しくするためにテクストが有する機能」を活かすという点では共通している。ただし、「対話をひらく」その方向が、「生身の読者同士の関係」としてどのようなものをめざすのかが、より明確であるのが「尋ね合う文学教育」の特徴である。人間同士の〈対話〉をひらくことの重要性に同意したうえで、どのようにすれば「互いが新しくなる」ような〈対話〉をひらいていけるのかについて焦点化し、〈対話〉をひらいていく力、すなわち「語り合う」空間を創出する「尋ね合う力」の育成に重点をおくのが「尋ね合う文学教育」である。

山元氏は〈対話〉をひらく要素である〈対話喚起性〉が文学（テクスト）にあることについて述べている。そこでは、そうした〈対話喚起性〉をもつ文学（テクスト）が〈対話〉をひらく材として有用であることが、明らかにされている。「尋ね合う文学教育」は、どのようにその材を用いたら〈対話〉がひらかれるのか、〈対話〉がひらかれることに（それにより「互いが新しくな

る」ことに）どのような魅力や意義が感じられうる（感じさせたい）のか、それを明らかにするものとしたい。

「尋ね合う文学教育」と「伝え合う力」の関係について

　平成20年版の国語科学習指導要領における目標のひとつに、「伝え合う力を高める」というものがある。これは、小学校・中学校・高校に共通する目標であり、平成10年の告示改訂から引き継がれているものでもある。また、「伝え合う力」とは、表現する能力と理解する能力の育成を基盤とするものであり、国語科全体で、つまり「話すこと・聞くこと」、「書くこと」、「読むこと」のすべて領域の指導を通しての育成がめざされている。

　そこで、「受け入れる力」のところでも、「伝え合う力」と関連してその重要性を述べたように、「尋ね合う文学教育」が「伝え合う力」の育成にどのように関係するのかについて明らかにしておく。

　「伝え合う」とは、「伝える」と「合う」をつなげた言葉である。よって、「伝え合う」という行為とは、「伝える」という行為を双方向的に行うことであると考えられる。

　また、「伝える」とは「相手に伝わる」こと（あるいは、それを目的とすること）であるから、「伝え合う」という行為には自ずと、「伝わらせ合う」、「伝わり合う」という行為が内包されることになる。

　「伝え合う力」というからには、それは育まれる能力として、また身につけるべき姿勢として捉えることが必要であろう。そこで、「伝え合う力」とは、「伝える」という能動的行為、「伝わる」という受動的行為（行為は、態度といい換えてもよい）を、学習者が自覚的にとれるようにする力であると考える。教室で、ただ伝えている・伝わっているという状況を創出するだけではなく、伝え伝わることの意義を学びとらせ、伝え合う関係を築こうとする心性を養うこと、また伝え合える関係性を築くためにはどうしたらよいのかという術を身につけさせていくことが、「伝え合う力」の育成としてめざされる。

　そこで、文学の読みの教育において「伝え合う力」を育成する一方法として、「尋ね合える文学教育」を提案することができる。学習者が、伝わろうとする能動的な働きかけとして「尋ねる」という行為を考え、また尋ねることができる環境として教室という空間を調えていく力は、「伝え合う力」を

育成する基盤ともなると考えられるからである。

　文学の読みとは、ある文章から自分に伝わったことであり、伝えられたことである。ひとりで読み、納得するときにも、それは読者としての自分に伝わる力があるからであり、読むための伝える文章が存在したからであり、そしてそれを書いた人がいるからであるということができる。ここにおいても「伝わる力」の自覚化（伝えられる者としての自覚）を育てることはできる。

　また、そうして伝わったことを相互に受けとっていくことによって、「伝え合う力」を育むことができる。相互に受けとるとは、各々がどのように読んだのかを差し出し合うだけでなく、興味・関心をもち尋ね合い、できるだけ伝わろうとすることである。あらゆる読みに対し、尋ねていくこと、そしてそれに誠実に答えていくことの積み重ねによって、「伝え合う」ことのできる環境が成立していくと考える。

　尋ね合う行為は、互いをより正確に知ろうとする努力を伴う行為である。それは、自己や他者の変革をねらうものではない。確かに、尋ね合うまえとあとでは、ほかのひとの読みを知らない自分と知っている自分、という意味ではちがっている（新しくなっている）が、それに影響されなくても（読みが変わらなくても）よいのである。山元氏がいうように、「他者と語り合う上で生じるわりきれなさ、合意に至らないばあいの苦しさをも引き受けていく必要が、文学の授業にはある。」[54]と考える。

　たとえば、「オツベルと象」について、鎌田均氏は「難解である。読めば読むほどに疑問が湧き起こる。部分部分の解釈は成立しても作品全体としての全体像が結ばれてゆかない。研究史を繙いてみても同様の印象を受ける。例えば阿部昇氏や清水正氏のように一字一句を丁寧に読み解いた大部なものはあるが、作品の構造を明らかにしてトータルに読み深めたものは皆無と言ってよいのではないか。」[55]と述べている。この指摘は、全体を解釈することはできていなくても、部分ごとに解釈ができれば、それで済ますことができてしまえる、ということでもある。「オツベルと象」を読めば、「『オツベルという名の経営者が、ある日仕事場へやってきた白象を自分の物として働かせ、酷い扱いをしているうちに、象の大軍によって滅ぼされてしまう』というお話」[56]であることはわかる。それがわかれば、とりあえず、読めたことにもなるだろう。しかし、「オツベルと象」という〈作品〉が語るのはそれだけではないことも、読者はわかっている。〈作品〉としての「オツベル

と象」は、「形のさだかならぬ声」として、読者のなかに無意識に聞こえている。それは、尋ねられることがなければ聞こえることにさえ気づかないものかもしれない。しかし、翻ってそのことが、「伝え合う力」を揮う場を用意するための、尋ね合う行為を促すきっかけとなるのである。

　文学の読みの教育における尋ね合いは、「伝え合う力」を育む（環境をつくるために、尋ね合える関係を築いていく）一助となるだろう。

4.　芸術を教育する意義

　ここまで、芸術を教育することの意義について、おもに現在的な社会の問題と照らし合わせながら考察し、芸術教育は、いま、どのような力の育成をめざすべきなのか、またそれはどのような方向性で具体化する手立てをみつけていくことができるか、とくに文学教育においてはどうか、ということを述べてきた。

　ここでは、ここまで述べてきたもののなかにある、いま・ここに限らない問題についてふれることで、芸術教育は根源的にどのようなスタンスであるべきなのかについて筆者が考えることをまとめる。

　芸術というものなんたるか。学校教育という限られた空間でそれを教えることは、非常に困難である。それは時間や場所という物理的な制限のせいでもあるが、それ以上に芸術というものの性格ゆえである。芸術と教育は幸福を目的とするという点では共通しているが、芸術が幸福を求め続けていく営み自体に意味を見出すのに対し、教育は幸福になるという結果を出すことをめざしている点で相違している。

　そのような、教育と芸術の性格の不一致に加え、そもそも芸術というものはその実体のつかみどころのないものであり、なにを教えれば教えたことになるのかが明快にいえるものではない。芸術教育とは、そうした芸術の性格について告げること、示すこと、そして知らせることであると捉えるべきであろう。

　また、芸術というものがなぜ存在するのか、芸術の価値とは何であるのかということもふまえたうえで芸術教育を意義づけていかなければ、教育する側のもっている文学観を教えるだけの文学教育となってしまうことは、1章で述べた通りである。

言葉の芸術における文学教育は、「これを文学とする」と仮定をして、ある作品を学習者に与えることから始まるのではないだろうか。そして、「それを文学とする」ことについて、問うことなのではないだろうか。学習者たちはそれを「受け入れる力」でもって、それぞれに享受していくことを求められる。また、その作品を材料として語り合っていく。自分が受け入れたものについて語り出すのである。そして言語化していくうちに、どこまでいっても言語化できないことが残ることに気づく。それは言語化する能力が不足しているからと断定するのではなく、そのいわくいいがたさに価値を見出していくように促すことによって、言葉の芸術としての文学教育は成立する。そのことは、言語化されえないものの価値が言語化されることによって鮮明になることを学ぶことでもある。ひいては、自分のなかのそのようなものに対する不安や恐怖を軽減し、自己安心感をもつことに寄与するだろう。

　芸術の教育というのは、そのようにして世界に対する感覚（価値体系）をより広げ、きめこまやかなものにするためのものではないだろうか。

　それは道徳や宗教とはちがう方法で、「自分たちの世界を微塵の疑いようもなく」[57]生きていく方法を指し示すだろう。筆者はそこに言葉の芸術としての文学教育の可能性をみる。

注

1　吉本隆明『ETV特集』NHK教育テレビ、2009.1.4 放送での発言。
2　新約聖書マタイの福音書 4 章 4 節
3　「幸せというのは、なにか目的があってそれを成就することではない。『今』と『ここ』を一生懸命生きた結果として与えられるものだ」（姜尚中「イノセントな時代は終わった　清も濁も併せ呑む大人の価値観を持とう」『婦人公論』中央公論新社、2012.1.22、p.22）。
4　山口路子『オードリー・ヘップバーンという生き方』新人物往来社、2012、p.214
5　姜尚中『あなたは誰？　私はここにいる』集英社、2011
6　(5)に同じ。pp.25–26 参照。
7　2 章を参照されたい。
8　(5)に同じ。p.172 参照。
9　芸術の教育を"感動による"と述べたのは、2 章でも述べてきたとおり、芸術とは媒材によって定まるものではなく、それを享受する人に芸術としての機能が作用したかと

いうことである。よって、ここでいう"感動"とは、2章で述べたような「カタルシス」をもたらすことなども含めた、広義の意味に捉えてもらいたい。芸術の教育において、学習者の感情を無視することはできないが、感動の強要はできない（感動そのものは教えられない）。「感動する力」は教育することはできないが、"感動"という"感情"を信じるための教育は可能であろう。

10　(5)に同じ。p.14、pp.18–20 参照。
11　姜尚中・講演「受け入れる力」スズケン市民講座「21 世紀　心の時代を拓く」、NHK 文化センター・名古屋教室、2011.11.5（NHK ラジオ第二で 2012.1.22・21: 00 〜 22: 00 放送（再放送 2012.1.28・6: 00 〜 7: 00））にて、筆者が質問した際にいただいた回答をまとめた。以下も同様。
12　おそらく、「絵画」という意味で述べられていたかと思われるが、そのままに記しておく。
13　「東日本大震災以前の不安や焦燥に放射能汚染への恐怖が重なり、多くの人々がこれまで経験したことのない心の動揺や空虚感に苛まれているように見えます。平凡でも幸せな普通の日常生活の安全や安心が失われていくようで、わたしたちは『めまい』に近い、方向感覚の喪失に陥りつつあるのです。」((5)に同じ。p.10)「たとえ健康に影響は及ばないとしても、自然は以前のように癒しを与えてくれる、懐深いものだという感覚は抱けなくなっています。これらのことは、われわれは今後幸せというものをどう考えていったらいいのか、という模索につながります。」((3)に同じ。p.21)
14　(5)に同じ。p.11
15　「わたしは、『在日』という自分の出自だけでなく、そもそも生きることの意味や自分がどうして生まれてきたのか、なぜ生きるのか、この時代はどうして自分の問いに答えてくれないのか、そうしたもろもろの問いによって堂々巡りを繰り返し、悩んでいたのです。」((5)に同じ。p.13)
16　「思えば、八〇年代の終わり、バブル経済華やかなりしころ、「今どこにいるのだ？」と叫ぶ人びとはまだ少数派だったかもしれません。／しかし、二〇一〇年代の今、「いずこともなく歩きすぎていく無数の人々」の多くが、小説（村上春樹「ノルウェイの森」——引用者注）の主人公と同じように叫んでいるのではないでしょうか。わたしたちの多くが、今、自分たちがどこに位置しているのか、を問わざるをえない時代は決して幸福な時代とは言えないかもしれません。／でも、不幸な時代はある意味で今に始まったわけではないのです。／二〇世紀の歴史を決定づけた第一次世界大戦勃発寸前のサナトリウムでの出来事を綴ったトーマス・マンの名作『魔の山』にも、大震災後の日本社会を彷彿とさせるような時代の空気が語られています。／『時代そのものが、外見はいまに眼まぐるしく動いていても、内部にあらゆる希望と将来を欠いていて、希望も将来もないと途方にくれた内情をひそかに現わし、私たちが意識的にか無意識的にか、とにかくどういう形かで時代に向けている質問——私たちのすべての努力と活動の究極的な超個人的な絶対的な意味についての問いにたいして、時代が

17 (5)に同じ。p.11
18 「『そうだ、自分はどこにいるのか、どんな時代に生きているのか、そして自分とは何者なのか、それを探求していけばいいんだ。ただ、どこからか与えられる意味や帰属先を待ち続けるのではなく、自分から進んで探求していけばいいんだ』／そう決めると、何だか生きる力が湧いてきたのです。」((5)に同じ。p.14)
19 ドイツ語では苦難をライデン（Leiden）といい、情熱はライデンシャフト（Leidenschaft）という、つまり情熱は苦難が感情へと転化されたものという発想もできるとも述べられていた。（姜尚中・講演「受け入れる力」前掲）
20 「感動というのは、自分の中で自家発電的に起こせるものではなく、外から何かに媒介されなければ起こりません。だからこそ、デューラーや円空、ミレーたちは、『祈り』に『形』を与えることを模索し続けたのではないでしょうか。」((5)に同じ。p.172)
21 「文字もなく、音もなく、ただ沈黙のうちにわたしたちに見られることを願いながら、数十年、数百年の歳月を閲し、そしてまた数十年、数百年の歳月を待ち続ける絵。その中の一枚に出会う僥倖に恵まれ、わたしは美の真実に触れた気がし、その静かな感動を今でも反芻しています。」((5)に同じ。p.15)
22 大辞林。前者も同じ。（『美術手帖』、美術出版社、2010.10、p.11）
23 たとえば、おみくじを引くとき、人は「何が出るかな」、「大吉がでますように」、「せめて吉」、「大凶が出ませんように」などと思うだろう。楽しみだけれど、悪い結果が出るのがちょっと怖くもあり、緊張したり躊躇したりする。また、「大吉あるいは吉」という不特定・不確定な結果が出ることは予想しない。吉であれ凶であれ、特定された結果が判明することを前提に、私たちはおみくじを引く。ところが、天地混沌兆（吉凶未分）と書かれていたおみくじを引き、唖然としたことがある（厳島神社にて）。また、「待人來るべし」「悦事十分也」「よめとりむことり　　　　たびだちよし」という空白のあるおみくじを見たときは、一瞬、印刷ミスかと思った（廬山天台講寺にて。ちなみに大吉であった）。私たちは特定されて当然だと思っているものが特定されないことによってやっと、それは特定されるべきものであるはずだということを、感覚として強烈に気づくのである。それは、自分という存在についても同じである。

ちなみに、廬山天台講寺は、紫式部ゆかりの地である。彼女は「平安京東郊の中河の地」すなわち現在の廬山寺の境内（全域）に住んでいたとされている。それは紫式部の曽祖父、権中納言藤原兼輔（堤中納言）が建てた邸宅（堤第）であり、この邸宅で育ち、結婚生活を送り、一人娘の賢子を産み、長元四年（西暦1031年）五十九歳ほどで死去したといわれている。「源氏物語」、「紫式部日記」、「紫式部集」などは、ほとんどこの地で執筆されたため、世界文学史上屈指の史跡、世界文学発祥の地ともいわれ

ている。昭和 40 年 11 月、廬山寺境内に紫式部の邸宅址を記念する顕彰碑（紫式部が幼友達に贈った歌「めぐりあひて見しやそれともわかぬ間に雲がくれにし夜半の月かな（思いがけず出合って、その形を見たのかどうか分からぬうちに、雲の中に隠れてしまった夜中の月のように、久し振りにお目にかかって、お姿をみたかどうか分からぬうちにもうあなたはお帰りになられましたのね）」が、刻かれている）が建てられた。また、源氏物語の花散里の屋敷はこのあたりであったといわれている。

24 美術出版社、2010.10.1
25 「自分に無頓着でいられれば、人はすごく自由にいられるのではないか。」（佐藤雅彦の言葉「インタビュー　デザインという領域から逸脱をはじめた、佐藤雅彦のいま」『美術手帖』、美術出版社、2010.10、p.28）
26 なぜ生きるのかは目新しい問いではないが、これまではそんなことを考えている暇もない日常があるのがふつうで、そういう状態がもたらす幸せというのもあるのだと佐藤氏は考えている。
（「そのおじさんは、存在意義とか、自己実現のために魚屋になったとかではなく、おそらく代々の家業が魚屋だから、その後を継いだのでしょう。でも不満もないし過度な期待もない。生業として与えられた仕事をやっているんです。／別に何者かにならなくてもいいじゃないですか。自分が自分であることの証を求めるのは、本来、無理があります。その魚屋のおじさんは決して何かを諦めたわけではないはずです。過度に自己を主張しないことの中に希望があるんです。（中略）／生きるのは当たり前で、なぜ生きるのかなんて誰も思わない。でもそれで幸せですし、自分を生かしている海、あるいは自然という存在への感謝は忘れていないですよね。日々感謝して生きている。／――「自分はこうだ」という定義より、自分を取り巻く世界に目が向いているのですね。／佐藤　自分の属性に固執するのは、結局自分を窮屈にするだけだと思うんです。（中略）自分にあまりにもぴったりなものは窮屈でしかない。しかもちょっとずれただけでひどく違和感を感じる。少しゆるみのあるものをまとったほうが、自分が生き生きできるものなんです。」（佐藤雅彦の言葉「インタビュー　デザインという領域から逸脱をはじめた、佐藤雅彦のいま」（25）に同じ。pp.33-34））
　　何者かになろうとしなくても、何者かになっているのがふつうだったのに、自分は何者なのかを考えねばならない、自分は何者かになるものであるということが当然とされ、その何者かを見つけることが最優先課題としてふつうの人に突きつけられること（現状）がもたらす不幸（なんでもないような日常がすっぽかされること）を、なんとかして解決（うまく回避）できないものかと佐藤氏は模索しているのである。
27 宮内勝典「『生き方』考　新春対談　山折哲雄さん×宮内勝典さん」中日新聞朝刊、2011.1.1 付、17 面
28 たとえ自分にとっては美しさを認めがたいないものだとしても、それを芸術だと認める者が多数であったり、身近にいたり、すくなくともいると知っていることで、それを畏敬の念のこもったものであるとみなさなくてはならないという思いがちらついた

り、頭をもたげたりする。
29 「これも自分と認めざるをえない展」で展示された作品のひとつ、佐藤雅彦＋藤本直明《新しい過去》2010。「体験者が登録した情報をもとにして、新たな過去の経験を構成、ノスタルジックな物語に仕立て上げる。事実ではないはずの「過去」に思わず感情移入し、しんみりする体験者も。」((25)に同じ。p.37)
30 田中みゆき「試行錯誤の末にたどりついた展覧会制作ドキュメント」(25)に同じ。p.67
31 田中みゆき「試行錯誤の末にたどりついた展覧会制作ドキュメント」(25)に同じ。p.67
32 「私たちの生きている現在、語り合う場も語ろうとする姿勢も、きわめて縮小してきているように感じます。大学でゼミ(議論し合う授業)がなかなか成り立たないといわれたのは、もうかなり前のことになります。それだけではなく、さまざまな職場においても、忙しさのなかで語り合いを大事にしない。一人ひとりが個人主義化していくなかで、語り合うことの仕方も、その大切さも、忘れてしまっているように見えます。しかしこれは、とても(とても！)危険なことだと思います。なぜなら人は、語り合う関係のなかで自他の意見を確かめ合うことによってはじめて、物事の『よし・あし』を確信できるからです。」(西研「ニーチェ『ツァラトゥストラ』」『NHK 100分 de 名著』NHK出版、2011.8、p.94)
33 「しかし、あまりに忙しかったりしてこの語り合いの空間がやせてしまうと、人は自分のやることに確信をもてなくなる。語り合いの空間は『よし・あし』を確かめ合う空間でもあったからです。そして確信がもてなくなると、何かマニュアルのようなものが欲しくなる。これは、医療現場、NPO、会社などでも同じでしょう。／語り合い確かめ合う空間が縮小すると、一人ひとりはますます個別化され不安になる。そしてマニュアルにたよったり、集団の多数意見に合わせたりして、生きていくしかなくなるようにぼくには思えます。」(西研(32)に同じ。p.95)
34 「批判」することの是非については、後述する。
35 保坂和志『小説、世界の奏でる音楽』新潮社、2008、p.136
36 本稿では、「芸術」とは「感動を得ること」とし、「文学は読むこと、音楽は聞くこと、美術は見ることによる芸術」とする。
37 このことについては、拙稿「伝いあう言葉」(国語教育思想研究会『国語教育思想研究』第1号、2009)でも述べているので、詳しくはそちらを参照されたい。
38 「小学校、中学校と進んでいくうえで、個人の考え方が分節化されて制度化されていくと思うんですよね。好きなものを追いたい気持ちが抑圧されて、もっと勉強しなさいだとか、微分積分はこのようなそうさによって行えばもっと点が取れますよというふうになって、いつしか風や光が美しく見えていた世界を忘れてしまう。(中略)だから、勉強というのは学べることもあるけれど、センス・オブ・ワンダーを損なう原因にもなってしまってもいるわけです。(中略)教育のプロセスが、制度化された『属性』を押し付け、本人は本人で『私の属性はこれ』と身にまとうことで、本来ボイドであった輪郭を埋め尽くしてしまう。だけどたくさんの属性で自分を規定することに

39 　企画展を佐藤氏に依頼した 21_21 DESIGN SIGHT のディレクターの一人である、三宅一生氏のこと。
40 　ユークリッド（佐藤雅彦＋桐山孝司）、2010。
　　この作品は、「自分の属性である指紋が泳ぎ出す」というものである。「センサーに指先を当てると、読み取られた指紋がモニターに映り、魚のように泳ぎ出す。再度センサーに指を当てると、無数の指紋の群れに混じっていた自分の指紋だけが反応し、一目散に戻ってくる。それを目にしたとき、あなたの心にわき起こるのはどんな感情だろうか」（「佐藤雅彦『これも自分と認めざるをえない展』」(25)に同じ。p.13）
41 　「例えば、十五 cc のアルコールが入ったビーカーに十 cc の水を足すという問題。合わせて二十五 cc と言うんだけど、実際にはアルコールの分子の方が大きく、水の分子が隙間に入るから実際には二十四 cc ぐらいにしかならないんだ。そう教えるだけで『分子』を実感できるんです。」（益川敏英「飛躍のために」中日新聞朝刊、2011.1.1 付、24 面）
　　抽象的な概念を、覚えるために知るのではなく、実感を伴って知ることで、知的好奇心や知識欲が掻き立てられ、学び（研究を追求すること）への接ぎ穂となる
42 　入來篤史＋齋藤達也＋佐藤雅彦、2010。
　　この作品は「なんらかの理由で決められる属性」について問いかける作品である。「普段字を書くときのようにペンを持つと、そのしぐさが 1〜4 組のいずれかに分類され、「あなたは〇組です」と画面に表示される。根拠がわからずに自分を何かに分類されるときの気持ちとはどのようなものだろうか」（「佐藤雅彦『これも自分と認めざるをえない展』」(25)に同じ。p.13）
43 　米田知子《トポグラフィカル・アナロジー》1998。「壁紙に残された汚れやいたずら描きなどを収めた写真作品。かつて誰がこの家に住んでいたという、確かな気配に焦点を当てている」（「インタビュー　デザインという領域から逸脱をはじめた、佐藤雅彦のいま」(25)に同じ。p.37）
44 　「インタビュー　デザインという領域から逸脱をはじめた、佐藤雅彦のいま」(25)に同じ。p.31
45 　佐藤雅彦の言葉「インタビュー　デザインという領域から逸脱をはじめた、佐藤雅彦のいま」(25)に同じ。p.31
46 　入來篤史「佐藤雅彦と模索した、新しい可能性　三宅一生、入來篤史、桐山孝司」(25)に同じ。p.45
47 　京都の山奥にある阿美寮（精神を病む人が療養するための施設）についてのレイコさんの科白。「ここは静かだから、みんな自然に静かな声で話すようになるのよ」（中略）「それに声を大きくする必要がないのよ。相手を説得する必要もないし、誰かの注意をひく必要もないし」（村上春樹「ノルウェイの森（上）」講談社、2004（初出・

1987)、p.219)
48 (41) に同じ。
49 山元隆春「『オツベルと象』における対話構造の検討――対話をひらく文学教育のための基礎論」『日本文学』、日本文学協会、1989.7、p.51
50 (49) に同じ。p.51
51 (49) に同じ。p.52
52 (49) に同じ。p.52
53 (49) に同じ。p.52
54 (49) に同じ。p.51
55 鎌田均「『オツベルと象』――その語りを読む」田中実・須貝千里編『文学が教育にできること―「読むこと」の秘鑰〈ひやく〉―』教育出版、2012、p.134
56 (55) に同じ。p.135
57 「自分たちの世界を微塵の疑いようもなく生きているものたちが、とても好きだ。なんとか反グローバリゼーションをテロとかの形ではなく、しかも、情緒に訴えるのでもなく、正しく行う方法はないのだろうか。」(佐藤雅彦「ちょいちょきらっぱっぴ」『毎月新聞』、毎日新聞社、2003、p.93(初出・2002.5.15))

第 4 章　言葉の芸術としての文学教育の可能性

　ここでは1章で指摘したこれまでの文学教育に残された課題を乗り越えるために、2章で述べたような生活における文学の状態を損なわないかたちで教材化しながら、3章で述べた芸術を教育するものとしての文学教育の成立をめざし、言葉の芸術としての文学教育が、どのように可能かを示すこととしたい。

1.　言葉の芸術としての文学の定義

1.1.　言葉の芸術としての文学教育観

　これまで、文学教育は国語科において行われてきた。それは、文学が言葉の芸術であるから、ということからである。また文学を教材として用いることが文学教育であり、必ずしも文学を教えることを文学教育とするという行きかたではなかった。そのために、なにをもって文学を教えたとするのかについての追究は充分になされることがなく現在にいたっている。

　もちろん、これまでの文学教育の実践や研究において、文学とはなにかということがまったく考えられてこなかったわけではない。しかし、あくまでその時代に要請される育成したい力が文学教育を通じて行えるということを証明するのみで、その作品を文学として読むことに留まらず、芸術(文化)とその言葉についての教育を飛び越えて、認識や変革を誘うものであった。それらはその作品の文学的な要素を引き出してはいたかもしれないが、ある正解(読み)を示すことは、「誰にも共通の正解がない」、「(あらかじめの)正解がない」[1]という文学の芸術としての本質を(無自覚に)教えないことにもつながっていった。

　文学教育を、言葉の教育かつ芸術の教育として成立させるための文学教育観を確立することが必要である。言葉とはなにか、芸術とはなにか、という

ことがわかる文学教育の可能性を拓く必要があるのではないだろうか。

　では、言葉の芸術としての文学教育における文学教育観とは、どのようなものであるか。それは、文学とは言葉の芸術であるということ自体を教育することであり、言葉を教育するという意味で国語教育でありながら、芸術教育としても成立していなければならない。

　甲斐睦朗氏は文学教育にどのようなありかたがあるかについて、次のように示している。

　　④美的な機能、情報機能、対人関係機能　国語科では、長年、特に美的な機能に目が注がれている。しかし、情報機能と対人関係機能も重要である。これは、これまでよく論じられてきている「言語文化の学習と言語技術の学習」のどちらを優先的に扱うかという問題を、異なる観点から指摘したものである。
　　　美的機能の育成と他2機能の育成のどちらを優先すべきかについては、学習指導要領でも長年揺れが続いている。
　　（甲斐睦朗「言語教育としての国語教育と日本語教育」全国大学国語教育学会編『国語科教育学研究の成果と展望』明治図書、2002、p.59）

　甲斐氏の整理に沿って述べるならば、「美的な機能」は芸術の教育であり、「情報機能」は言葉の教育、「対人関係機能」は文化・社会の教育である、と考えることができる。よって、言葉の芸術としての文学教育とは、そのうちどれかを優先するかではなく、どれも教育するものでなくてはならない。その系統性は考えられなければないが、どれかに偏ることがないよう留意することが必要である[2]。

　2章でも述べたが、言葉を文学と非文学に区分けすることは容易ではない。もし文学教育を、言葉としての文学教育と芸術としての文学教育とに分けるとすれば、それは（その教材となる）言葉（作品）は文学／非文学とにあらかじめ明確に分けられるのだという価値観を植え付けることになる（隠れたカリキュラムのように機能してしまう）。

　また、言語技術の学習と言語文化の学習のどちらを優先して扱うのか、といえば、まずは言語技術としての言葉の機能（情報機能と対人関係機能）をおさえる必要があるという意味で、言語技術が優先とも言える。だが現実的な

言葉のありかたとして、伝達する(される)内容があって、相手があって、それを表現(理解)するとき、美的な機能についてまったく問題とならないことはない。そのことからも、言葉を文学と非文学に区分けできないのと同じように、言語技術の学習と言語文化の学習の区分けも実際には困難である。

たとえば、言葉の芸術としての文学教育は、言語文化の学習と言語技術の学習のどちらなのかと言えば、一見、前者のようである。だがそれは、言語という技術が情報機能・対人関係機能としてだけでなく、美的な機能として働く可能性をもつという価値観からであり、言語技術の学習を看過してよいことにはならない。それどころか、そうした機能同士の関係に迫るものでなくてはならないだろう。

次の引用で、高木まさき氏は、読むことの教育において、指導内容や目標(なにを教えるか)から教材選択(なにで教えるか)を整理する必要があること、また読みの技術とはなにか、読むおもしろさとはなにかを整理したうえで、両者がどのように関係しているのかを整理する必要があることを指摘している。

　読むことの教育の「指導内容論」の今後の課題について簡単に述べる。まず第一は、文学教材も説明的文章教材も、それを読みの教材とすることの意味を再度整理する必要があるという点である。文学教材の読みについて言えば、田中・須貝などのように「作品」を非常に重く位置づける立場から、そうでない立場へといろいろな考えがある。(中略)どちらの立場も、いずれかが正しいというのではなく、何を目標と考えるか、という観点から整理される必要があろう。

　次に、読みの技術的な側面をどう位置づけるか、という問題である。管見では技術を否定する論者はいないようだが、では技術は文学体験や説明的文章を読む面白さをどう支えているのか。あるいは逆に技術重視の立場は、読むことの面白さをどう考えるのか、など冷静な議論が必要であろう。なお、言語技術とは何か、読む面白さとは何か、という点も整理が必要であろう。

(高木まさき「読むことの指導内容論の成果と展望」全国大学国語教育学会編『国語科教育学研究の成果と展望』明治図書、2002、p.234)

では言葉の芸術としての文学教育における、指導内容や目標と教材選択について、読みの技術と読むおもしろさそれぞれの内実とたがいの関係について、どのように整理することが可能だろう。

指導内容

言葉の芸術としての文学教育が、文学で教えるではなく、文学を教えるという立場を取ることはすでに何度も述べてきたとおりである。

では文学を教えるというときの、文学とは何であるのか。それについては、2章で述べた通り、読者によって芸術とみなされる言葉である。その言葉に、意味はもとより、価値を見いだす読みが成立したとき、その言葉は代替不可能なものとなる。

さらにそうした言葉（芸術）に、人々は（カントのいうような）普遍性を見いだし、語り合いを始め、尋ね合うことを求めていく。

そこで指導内容はどうなるのかといえば、ある言葉がそのように機能しうることを学ぶことであり、それは、文学にふれるということがどういうことなのかを学ぶことである。

では、具体的に読みの技術と読むおもしろさとして、なにを教えるのか、両者の関係をどのようなものとして教えるのかを以下に述べる。

読みの技術

言葉の芸術としての文学教育では、読みの技術を大きく三つに分けて考えたい。

ひとつめは、ある言葉を自分がどのように読んでいるか（評価しているか）がわかる技術である。好悪、美醜、賛否などはもちろんであるが、よくわからないという判断も含める。自分がそれをなにとして読んでいるのか、それを言語化し、そのものについて語りを始めることは、尋ね合いにつながっていく。

二つめは、ある言葉を文学であると仮定して読む技術である。もし、ある言葉を文学でないとみなす学習者がいたとしても、それを否定することはできない。おもしろくない、くだらない、つまらないという評価を斥けることはできない。

その理由を明らかにする（言語化していく）技術については、ひとつめで述

べた通り必要である。それとともに（あるいは、のちに）、それが誰かにとって文学であるという事実から、そのような立場を仮定して読むことはできると考える。そうした読みによって、それまでの自分にはない、うつくしさや楽しさ、おもしろさなどの感覚をみつけていくことになるだろう。もちろん、そうした感覚があることを知ることと、そうした感覚をもつことは同義ではないが、自分以外（他者）の感覚を知り、他者の感覚に歩み寄っていくための技術として「これを文学とする読み」の技術がある。

　なお、これら二点は、自分の読みを（語り合いや尋ね合いを媒介しながらではあるが）、それぞれに形づくっていくものである。作品の解釈や読後感、評価にかかわる技術であり、それらはひとり一人でちがうものである。

　それに加えて、いわゆる読解に関わる技術として、作品における物語年表の作成や登場人物の列挙、語りの構造の把握などの作業を行う技術を三つめつとして挙げる。これは共同で行える技術である[3]。

　このように、読みの技術には、解釈を求める個人的な技術と読解を求める共同的な技術がある（教室では、そういうことをしっかりとわかったうえで取り組ませる必要があると考える）。

読むおもしろさ

　文学が、また芸術が、生活および生にとって、どのように意義深いかは、2章に詳しく述べている。そこではある言葉を文学とみなすひとにとって、その言葉やその現象にどのような意味があるのかを明らかにした。

　しかし教室においては、ある言葉がそこにいるすべてのひとにとって文学であるとは限らない。文学とみなす者は、少数であるかもしれない。それは自分がいくら読んでもわからないのである。誰にとって、どのような言葉が、なぜ文学となるのか、またならないのか。

　松浦寿輝氏は、文学というものは、（書き）言葉は知（情報）を運ぶ媒体であるということが自明でなくなること、すなわち自明性の欠如にあるという[4]。私たちは、言葉というものは読めばわかるものだと、あるいは、わかることが読めるということだと思っているが、そうした一見、自明であるかのようなことをある意味で裏切っていくことが文学である。

　読んでも理解しえないことが残る。そのようなとき、その残余をどうするのかがおもしろいのだと松浦氏は言う。そして、残余が含まれるものとして

その言葉を手渡していくことが、文学のリテラシーであると述べている。

　わからなさを含んだものとして言葉を手渡していくということは、理解の対象（わかりうるもの）として言葉を伝達していること（言葉の自明性）に気づかせることにつながる。私たちが、言葉にとって自明であると思っていることに気づかされるおもしろさ、それが自明ではなくなる場合があることを知るおもしろさが、文学にはある。

　なお、そのようにわからないのであるがそれを読んでいけるのは、それが書かれたものであり、書いた者がいるものとして読んでいるからである。書かれたものであることの親和性については2章にも述べたが、ここでさらに加藤典洋氏の言葉を引用する。

　　作品を読んでいると、あることがらが、あえて「語られないでいる」という感触を読者は受けとる、ということがあります。文学理論上、レディサンス、「故意の書き落とし」と呼ばれるあり方などがその典型的な例です。（中略）読書行為のなかで、テクストを読みながら、ここで何かが「故意に言い落されている」と感じられるとすれば、そこに読者は、作者の存在、作者の介在を受けとっているということです。作者の項目が抜け落ちていれば、「書かれていないこと」がテクストから感じられることはありえないからです。
　　（中略）
　　そのことでは、ラカンが、イメージと言葉の違いを、イメージは、不在（ないこと）を指し示せない、と言っています。机の上にリンゴがある。そのリンゴを取ってしまう。すると、言葉では、机の上にリンゴがない、と示せるが、これを図で示せば、机がある、としかならない。リンゴがない、は、図＝イメージでは示せない、というのです。
　　つまり、言葉には「ないこと」があるが、イメージには「ないこと」がない。それと同じように、作品には「ないこと」があるが、テクストには「ないこと」がないのです。
　　（中略）
　　「書かれていない」ことがあると感じられるとき、読者には「作者」の像ともいうべきものが思い浮かんでいます。その「作者」が、ここに書かれてもよいAを、ここに書いていないのだ、と読者は感じている

のだからです。ここに浮びあがっている「作者の像」は、読書行為の外に、外在的に存在する実在の作家とは、まったく関係がありません。そういう意味でそれは匿名の書き手でもあります。しかし、これは了解不可能の他者ではなく、どのような了解可能性にも開かれた、誰の手でどのような書き込みも可能な、複数の了解可能性のせめぎあいの場としての「作者の像」なのです。
(加藤典洋「理論と授業——理論を禁じ手とすると文学教育はどうなるのか」日本文学協会第67回(2012年度)大会、国語教育の部・テーマ「〈第三項〉と〈語り〉」発表資料、2012.12.1、p.8)

決定的にはわかりえないのだけれども、複数の了解可能性に開かれたものとして私たちはある言葉を読むのである。また実在の作家を知らなくとも、私たちは言葉を読むとき、それは誰かに書かれたものということはわかって(自明のこととして)読んでいるのである[5]。

あるものの「不在」から、存在(像)としての作者を組み入れることができるのである。そのことは、私たちはなにが書かれているかを読んでいるようでありながら、なにが書かれていないかも読んでいるということを示す。しかし書かれていないのだから、故意に書かれなかったことなのか(不在)、ないことなのか(非在)、わからない。それでも、書かれていないことがあると感じるというところに、その読者の「コレシカナイ」性があると、加藤氏は述べる。

> テクストは、書かれていることは明示します。でも、作者を想定しないと、テクストに「不在」は組み入れられません。そして、テクストの内部に、人が一対一の関係を持つたび、「コレシカナイ」という形で作者の像が浮びあがっており、それが、作品の「コレシカナイ」性を作り上げているのです。
> (加藤典洋、前掲、pp.8-9)

このように、言葉のないところをどう読んでいるか(読まないか)に、私的に絶対的な読みの個性がある。それは個人的に「コレシカナイ」という確信をもつことが許される部分でありながらも、完全な「正解」には到達するこ

とができない部分でもあり、「作品はさらに読み替えられ得る可能性を秘めつつ、また、なお「コレシカナイ」という了解を帯びて、未来に読みつがれる」のである。

　　この「作者の像」の長所は、この文学理論が、作品を読むという行為の「コレシカナイ」性を保証しながら、「コレシカナイ」の複数形をも、保全していることです。文学作品は、色んな人がそれを読んで色んな評価を下す、その評価がせめぎ合う、そのせめぎ合いを可能にし、そのせめぎ合いの中から、その人それぞれに〈正解は〉「コレシカナイ」という確信を届けます。でも、それは最終の「正解」ではありません、その到達不可能さゆえに、作品はさらに読み替えられ得る可能性を秘めつつ、また、なお「コレシカナイ」という了解を帯びて、未来に読みつがれるのです。
（加藤典洋、前掲、p.9）

このことから、「読者と作品の関係性の一回性に基礎を置く文学理論しかない」[6]と、加藤氏はいう。それは「コレシカナイ」という読みは、つねに読み替えられ得る可能性をもっているからであり、読むたびにそこにあるものだからである。いま私はどのように読んでいるのかという、一回性に基礎を置くことで、それが可変的であることを認めながら（複数の了解可能性を認めながら）、そのときの絶対を求めることができる。逆に、一回性を重視しない場合には、そのときの私の読み以外も考慮に入れることになり、あらゆる場合の読みを志向することになるため、「コレシカナイ」ものが現われなくなり、「ナンデモアリ」になってしまう。

　　テクストは、読者がそれと作品を読むという行為を通じて「一対一」の関係を取るとき、読者にとって「コレシカナイ」ものとして現れます。つまり、作品として現れます。しかし、読者が、解読者として、恣意的な関係を取るとき、どのようにも解読可能なテクスト、「ナンデモアリ」のテクストとして現れるのです。
（加藤典洋、前掲、p.10）

なお教室での読みでは、読者と作品の一回性を基礎として、自分にとっては「コレシカナイ」という読みをもちながら、複数の了解可能性があると知れるところにおもしろさがある。それは、ひとりで読んでいてもどのような了解可能性があるのかが知りたくなるような読みのおもしろさを知ることでもある。

　　感動したときには、あるいは、いいなと思ったときには、それを、口に出す。相手が口に出し、自分がそうは思わなかったら、なぜそう、思わなかったかを、やはり言葉にしようとする。それは自分の「読み」を他の人と競わせることです。その教室にいる誰もが、同じ一つの小説を読んでいるということが、いまや、どんなに奇跡に近いことなのか。違う場所で、一人一人が、時間をかけ、同じ小説を読み、この場所に参加している。そういうことを、10回も続けると、受講者は、文学に触れるということが、どういう経験であるのか、それが、たとえ一人で読んでいる場合でさえ、他の人とつながることなのだということがわかります。小説を読んで、あ、いい！、と思うと、この小説は、どんなふうな評判だったのかな、と知りたくなるのです。こうして、ともに読むことが、どんなに他では得られない経験であるのかを、痛感します。
　　（加藤典洋、前掲、p.5）

　このようにして、ある言葉（作品）自体のわからなさや、自分以外の了解可能性のわからなさ（自分には「コレシカナイ」があり、またほかのひとにも「コレシカナイ」があるということ）が、自分のなかで、また教室のなかでせめぎ合わされていくことが読むおもしろさである。

読みの技術と読むおもしろさの関係
　読みの技術と読むおもしろさについてまとめることとする。
　端的に言えば、同じものを読んでいるという事実（読みの技術の三つめ）と、読みが複数存在する事実（読みの技術のひとつめと二つめ）が、同時に生起してくることが、読むおもしろさにつながると考える。
　まず、言葉を読めば、私たちはそこに書いてあることがなにかがわかると思っている。それを言葉にとって自明なことだと思っている。確かに、作品

における物語年表を作成したり、登場人物を列挙できたりするのは、そこに書かれていることがわかるからである。

　しかし、言葉をどんなに読んでもわからないところや理解しえないところが残るのが文学である。その残余を引き受けていくことができない場合には、文学を（文学として）読むことが、難しく感じられることだろう。そうして文学を読めない・読まないことは、わからなさを引き受ける機会を逸することになり、よりいっそうわからなさを引き受けられない性質になるという、悪循環を招くことになる。わからなさを引き受けられないから、文学を（文学として）読めない、文学を読まないからわからなさを引き受けられない、という悪循環が発生するのである。

　だが、そのわからなさが起因するものとしてその言葉自体を手渡していくことで（わからなさが解消されるわけではないが）、わからなさをわからなさとしてほかの人に手渡すことはできる。わからなさとは、ひとりですべてを引き受けていくものではなく、たとえばこのようにしてひとと共有していくものでもあるのではないだろうか。わかりえない言葉を誰かに手渡すことで、ひととつながっていくためのものと捉えることができれば、わからなさを引き受けることを拒否しない耐性ができるだろう。

　わからなさとは、それ自体は引き受けられないけれども、その発端となるもの（たとえば、それは言葉であり、文学である）をほかの人に手渡すことができるものであり、共有していくことでほかの人とつながることにもなる、そういうものとして受け入れていくことはできるだろう。

　これは文学を言葉の芸術として教えることによりつく力であり、現在的に教育の意義がある力ではあるが（3章参照）、この力をつけるためだけに文学を用いるのではないことを強調しておく。文学を、言葉の芸術として教育すればこのような力がつくということが先にあって、その力に意義があるから実行しようという行きかたであることが重要である。

教育目標

　では、読む技術と読むおもしろさの関係をふまえたうえで、言葉の芸術としての文学教育がなにを目標とするのかを述べていく。

　まずめざすことは、学習者それぞれが「コレシカナイ」をもつことである。「コレシカナイ」というのは、その作品に対する好悪や美醜の感覚でか

まわない。よくわからないということも許容される。「作者の像」が曖昧模糊としていてうまく結べない者や、複数の了解可能性が自分のなかでせめぎ合うために特定できない者、つまり「コレシカナイ」をもてない、という者もいるだろう。しかしそれすらも、どうしても「コレシカナイ」が断定できないという「コレシカナイ」であるのである。そういうものも含めて、自分がそれをどう読んだのかを言語化することがめざされる。

　次に、それぞれの「コレシカナイ」をほかの学習者とせめぎ合わせていくことがある。それによって、ほかの人となにかを共有していく（つながる）媒材として言葉をとらえていくことをめざしたい。自らの「コレシカナイ」を吐露しあうなかに、正解なしの状況に耐えていく力の育成がめざされたい。個々人に「コレシカナイ」がもたらされるのは、カントのいうように、私たちが普遍的なものとして美を確信するからである。だからこそ、「コレシカナイ」がせめぎ合っていくのであり、そこでは普遍であると思っていた「コレシカナイ」が裏切られていくことになるのである。その衝撃に打たれ、未到達のものとして普遍性を求めていく美への姿勢が鍛えられていくのである。その意味で、複数の了解可能性をただ認めていく、「ナンデモアリ」を単純に許容していくのではなく、せめぎ合っていくこと、「ナンデモアリ」に落着しないことが、正解なしの状況に耐える力をめざすうえで肝要である。

　そこで学ばれることは習得可能な技術なのであると、加藤氏は次のように述べている。

　　そこで何が学ばれているかというと、「正解」の獲得の仕方ではないのです。（中略）「正解がないこと」に耐えること、そして、やがてはそのことの「面白さ」を味わう力が身についてくること。また「正解」がないなかに、他の場合とは別の仕方で、「正解」が立ち上がってくることを身をもって知ること。
　　（加藤典洋、前掲、p.5）

　　正解ないまま、人の考えに自分の考えを対置し、相手を刺激し、また自分も刺激を受ける取ることは、一つの技能の領域をもっており、それは、習得可能だからです。
　　（加藤典洋、前掲、p.16）

また、「コレシカナイ」のもてなさを告白していくことは、正解なしを共有していくことにつながる。たとえば、「コレシカナイ」がもてない者が多数いた場合でも、どのようによくわからないのかは私的なもので、それが表現(言語化)できないとしても、それぞれに違うのだろうということは想像に難くない。それでも、「同じものを読みえたのだ」ということだけが、確かな事実として残る。そしてその事実が、ともに正解なしの状況に耐えている実感をもたらすだろう。

　このようにして、「コレシカナイ」を個々人が、また教室全体が求めていくことで、正解なしに耐える力(つまり、耐えようとする姿勢)を培うことがめざされる。

　この正解がないこと自体を、加藤氏は国語教育(言葉)の本質であり、だから「国語教育は、教育として、他の科目の教育とはまったく違うのです。」[7]と述べている。

> 　国語教育とは、学校で生徒・学生を相手に国語、日本語の表現について教えることですが、日本語表現の中心をなすのは文学です。ですから、文学の教育ということになります。すると、国語の教育としての特徴は、たとえばそれが数学・算数などと違って、誰にも共通の正解がない、ということだということがわかります。漢字の書き取りなどだと、正解があるのですが、言葉の表現の問題へと、教育の段階が進むと、そこに、数学・算数、理科とは違って、あらかじめの正解は、なくなってくるのです。しかも、教育の程度が高まれば高まるほど、この「(あらかじめ)正解がないこと」が、この国語教育の本質として、ありありと現れてくるわけです。(加藤典洋、前掲、p.2)

　しかし、国語教育において数学・算数の場合のようには「正解がないこと」は、作品の解釈には「正解がない」、だから、「ナンデモアリ」なのだ、ということではありません。算数のような、どんな場合にも、誰が計算しても、必ずそうなる、という形での外在的・客観的な「正解」こそないが、しかし、別の仕方で、これが「正解」だ、ということの確信が、各人に立ち上がり、各人はそれを言葉に表して、互いに競い合わせる。その競い合いのうちに、「正解」がいよいよ多くの人間を納得さ

せるところまで、彫琢を受け、完成態に肉薄していくのです。
（加藤典洋、前掲、p.2）

　繰り返しになるが、正解がないことが国語教育の本質であるということは、国語教育が正解のないことに甘んじていいということではない。語弊を恐れずにいえば、正解がないということを正解としたところから、それでも正解を求めようとするところに学びが始まるのである[8]。またそれが本質的に文学にふれるということでもあるのだ、と加藤氏は述べる。

　　文学の授業の本質は、そこに事前的には、正解がないことで、「正解がない」なかで、「正解を探す」ことが、その本質なのだ、ということです。もう少し言えば、「正解がない」なかで、互いに「正解を探しあう」。そのことが、その人のその人なりに「正解はこれだ」という手応えをもたらす、そういう経験。それこそが、文学にふれることの本質をなす、ということです。
（加藤典洋、前掲、p.4）

　「正解を探しあう」ことを「楽しい」と気づくところに、文学が芸術として学ばれた、ということはある。「作品という一個のボールをめぐって、頭を動かすことが、楽しい、とわかること」[9]があれば、文学という芸術をよきものとして知る経験になるだろう。だが、楽しさを強要することはできないのだから、それを指導目標としてめざすというのは、いささかナンセンスであろう。
　そこで、「作品は、作品だけで存在するのではなく、読者が作品を読む、という関係性のうちに存在してい」[10]る、ということを知ることをめざしたい。2章でも述べたが、文学はその読み手にとって、「読まれた」言葉に存在しているとしかいいようがない。そうした関係を言葉と結んでいくことが文学的行為であり、そうした関係を結べる言葉や結べない言葉がある、同じ言葉でも結べるひとと結べないひとがいる——作品と読者とのさまざまな関係性を知ることから、文学の読者としての自分を知ることをめざすことは、可能であると考える。
　また3章で、文学教育が育てる力として挙げた「受け入れる力」や「自

己安心感をもつ力」、「語り合う力」は、そうした正解なしの状況を楽しめるために必要となってくる力であるということもできる。「受け入れる力」や「自己安心感をもつ力」、「語り合う力」を求めていく先には、正解ではなく、正解なしが待っている。自己安心感をもちながら、語り合い、その言葉を受け入れ合い、正解が出ないまま言葉が尽きてしまうところに文学があった、という事実が共有されるものとしておかれる。そこまで導いていくことこそが、文学を教育するひとの仕事である。

　言葉の芸術として文学を捉える教育は、言葉がなくなるところに文学を直観することをめざしながら、現実的な指導を行ううえでは先に述べた三つの力を指導の目標として掲げて差し支えないと考える。正解なしとは、正解を求めながらも決定できない状態が継続している状態を指すのであって、正解がないという正解に落ち着く状態ではない。まだ正解に辿り着いていないのに、言葉のほうが先に尽きてしまう、あるいは言葉は続くけれども、終わりそうにないことがわかってくるという状態を、価値として直観させるところに、言葉の芸術として文学を捉える教育はある。だが、直観することを目標として掲げるのは評価の観点から現実的ではないと考え、直観できる素地としての三つの力の育成を目標とするほうが妥当であると考える。

教材選択

　ここまでに幾度か述べてきたとおり、原理的にはどのような言葉（作品）にも文学である可能性がある。よって、教育的配慮や時間的制約などは加味されなければならないとしても、本質的に不適切な教材というものは存在しないといえる。

　ある言葉をともに読み、それを媒介して互いの意見や感想などを語り合い（尋ね合い）、せめぎ合わせていくなかにこそ、言葉の芸術としての文学教育の成立可能性があるのであり、教材自体の文学性にもとめられるのではない。そのことから、その場に居合わせる者が、その作品に対してできるだけ同じ距離にあるものを選ぶことが望ましい。たとえば、学習者間に圧倒的な知識の差がある場合、知識のある者の意見が有利になりやすく、話し合いの場の自由や平等が保ちにくくなることが考えられるからだ。それは学習者間だけでなく、教師と学習者のあいだでも同じことである。そのことから、加藤氏は大学の授業において、「同じスタートに立つために、定説のない作品

を多く選ぶ。そして学生にも、教師が同じ地面に立っていることがありありとわかる共通の場を作る。」[11]ように配慮している。

　文学ではないが、長きにわたって採録されている丸山真男「『である』ことと『する』こと」や加藤周一「日本文化の雑種性」、小林秀雄「無常ということ」などの論理的文章教材は、「指導者にも定番を超え、古典と認知される教材は、学習者にとって批判的な読みを許容しない絶対的権威で筆者も縁遠い無機的存在と感じられる。結果的に受動的な内容主義的指導を助長してきた。」[12]ことが指摘されている。学習者も教師も、主体的な読みができないばかりか、紋切型の読みに収束するように(無意識にも)誘導されてしまう恐れがあるのである。そのような読みでは、「これが『正解』だ、ということの確信」はあったとしても、それが「各人に立ち上がり、各人はそれを言葉に表して、互いに競い合わせる」ことはできない。よって、そうした教材は避けるよう配慮する必要がある。

　たとえ小学校であっても、このような配慮は可能であり、またより有効であると考える。児童のように、教師よりも明らかにおさない(年少であり、発達段階としても低い)と感じている者たちほど、教師に誘導されるような(教師に正解を求める)学びのかたちになりやすいからだ。教師を頼りやすい状況だからこそ、年長者が必ずしも頼りになるわけではない作品、社会的評価の定まっていない新しい作品やナンセンス詩などのほうが、より適切であり、用いやすいと考える。

　無論、新しければよいというわけでない。また新しい作品を用いればそれでよいというのではない。鮮度の高い教材を扱っていくこと自体の重要性や注意点について、青木幹勇氏の意見を参考として引用する。彼は鮮度の高い教材の供給のために教材の発掘や創作を視野に入れなければならないとし、それがよい授業を進めるための条件であるとした。そして、教材の鮮度について次のようにまとめている。

1　教材には鮮度の高いものとそうでないものとがある。
2　鮮度の高い教材は子どもの学習意欲を触発する力をもっている。
3　教材の鮮度如何は、教材そのものの属性でもあるが、それよりも、それを学ぶ学習者と、その教材との関係がそれを左右する。
4　教科書の教材の場合、必ずしも鮮度が高いとはいえない。むしろ鮮

度の落ちていることがある。（名の通った教材についても）
5 鮮度の高い教材でも、指導の如何によって急速に鮮度が落ちる。
6 鮮度の高い教材を発掘する、創り出す、つまり教材の開発は、いい授業をすすめるための大切な条件である。
7 それとともに、ともすると鮮度の落ちたがる教材の鮮度を保つこと、落ちた鮮度を引き上げる指導の技術も求められなければならない。

（青木幹勇「わたしの授業」131回『国語教室』、青玄会、1983.4、p.10）

　引用にある通り、「鮮度の高い教材」とは、発表されてまもない作品ということではなく、学習者に新鮮さが感じられる作品である[13]。新鮮であることがなぜ「学習意欲を触発する力」となるのかについては、詳しく述べられていないが、好奇心旺盛な学習者であれば新奇のものに興味がそそられることは想像に難くない。個人が自分にとって新しいものに惹かれることから、教材にも新しさという魅力を与え保つ視点をもつことは、学習者の意欲を引き出すために有効であろう。
　ここでは、自分にとっての新しさはもとより、その場にいる皆にとって、あるいは多くの人にとって新しいと感じられるということが（また、新しいという感覚が共有されていることがわかっていることが）、その作品に関する対話を引きだしやすいことから、言葉の芸術として文学を教育する場を拓くひとつの手立てとして、鮮度の高い教材を用いることを提案する。
　ただし、その言葉はすくなくとも誰かにとっては文学でなくてはならないだろう。教室のなかの誰か（教師も含む）にとって、あるいは社会的な評価として（現在の評価だけでなく、過去においての評価も含む）、それが文学とみなされるという事実がまったくないのに、それを文学を教育する材として用いることはできない。当たり前のことだが、教室にいるすべてのひとにとって文学でありそうなものを教材とすることは可能かもしれないが、教室にいるすべてのひとにとって文学ではないものを（芸術としての文学教育の）教材とすることは難しい。しかし、社会的に文学とみなされていないものであっても、教室のうちにひとりでもそれを文学とみなす者がいれば、それは教材となる可能性がある。
　これに、その言葉が教材となるまえにどうであるかということに関わる。

その意味で、教材を選択するにあたっての0次について検討したい（0次の仔細については、1章を参照のこと）。

　学習者が自ら教材を選択できるまでの過程を0次とした場合、教師が0次に対してどのような支援ができるかについて考えることは重要であろう。興味・関心をそそられる教材であるほど、学習意欲も湧き、効果的(効率的)な学習が展開されるからだ。

　ただし自分が学びの対象として選び取ったものから学ぶことができることを推奨しながらも、学びの材として与えられたものから、つまり自分が選び取ったのではないものであっても、学びの材として与えられる限りにおいて、そこから学ぼうと努力することができる力も重要ではないだろうか。そうでないと、自分の選択したものから学ばないということになりかねない。

　学びに対する主体性の重視に関しては、なにをもって主体的とみなすのかを含めてさまざまな見解があるが、学習者に主体的になることが学びを深化させること自体を学ばせること、学習者が自分はどうすれば主体的になれるのかがわかるように支援することは、主体的な学びの教育につながるだろう。

　言葉の芸術としての文学教育においても、教材の選択を学習者自身が行うことは、教材が誰かにとって文学であることが保障される意味で有効な方法であると認められる。しかし、芸術としての文学教育を成立させていくには、自分にとって文学でないものであっても文学として学ぶことができるような文学教育も保証していく必要があるので、そればかりにはならないように、考慮する必要がある。

　以上のことから、2では、3.11以降の文学から、川上弘美「神様2011」による言葉の芸術としての文学教育の一方法を提案する。また具体的な方法を示すまえに、言葉の芸術としての文学教育を行う素地となる「『言葉とは媒材である』という言葉観」の育成について提案する。

1.2. 言葉の芸術としての文学教育における言葉観

　国語教育とは言葉の教育である。また言葉は、情報伝達や意思疎通の道具であるのと同時に、芸術を表現する「媒材」でもある。よって、言葉を扱う国語教育という場ではつねに、芸術の「媒材」となりうるものを扱っていることになる。その意味で、国語科の授業はいつでも文学を教育する可能性を

もっている。

　筆者は、すべての言葉を芸術の「媒材」として扱わなければならないといいたいのではない。ただすべての言葉に芸術（文学）の「媒材」となる可能性が孕まれている以上、ある言葉の教育が文学教育であるか否かは、教材として扱う言葉の種類によってのみ規定できるものではない。それは、教材とするその言葉を、芸術の「媒材」として扱うか否かという問題なのである。教育を行う側が、ある言葉を暫定的に文学と判断し、それを教材として用いる場合、それが文学教育となるのである。文学教育において学習者は教材文を文学として読むのである。

　佐藤雅彦氏は、ある価値観について「これを、〜とする」と仮定的に認めることが創造の原点である、と述べている[14]。なぜならそのことによって、それを含有するような価値体系が見えてくるからである。

　ならば、「この言葉を、芸術とする」と仮に認めて読むことによって、それを文学とする価値体系が見えてくるのではないだろうか。文学を教える教育とは、文学とはこういうものである、と教師が一方的な価値観を押しつけることではない。学習者がみずから文学とはなにかを問いながら、ある言葉を文学とする価値体系を創造していくことである（それが、個々人の「コレシカナイ」にもつながっていくのである）。

　そのために、教える側は「これが文学である」というのではなく、「これを文学とする」という立場であるように意識すべきである。そうすることで、「これを文学としない」立場（学習者）のあることを認めることもできるし、そのような者に、仮に「これを文学とする」ならばどうかと問いかけていくこともできるからである。教師は学習者に、その言葉が文学であることを強要してはならないが、文学であるという立場を拓く支援をする必要がある。

　言葉の芸術としての文学教育は2章で述べたように、目的や手段ではない、純粋な芸術の行為としての読みの成立は、言葉を代替不可能な「伝えの媒材」[15]として捉えさせ、言葉とは伝えの「媒材」の一種である、という言語観を授くだけではなく、芸術とはある「媒材」固有の伝えであるという芸術観や、ひとは芸術（表現）言語の所有者であるという人間観を育むことにも、寄与するだろう。

「文学＝言葉を媒材とする芸術」という文学観──熊谷孝氏の理論の援用──

　まず、文学は(言葉の)芸術であり、それは読み手の認識によって判断されるのだということを再度、押さえておきたい。

　そのうえで、熊谷孝氏がいうように、ある言葉がその融通性に重心を置かれた操作をされることにより、それは芸術の媒材にもなりえ、「思想」が成る読みにもなる。ならば芸術の媒材としての言葉の教育とは、ある言葉とそれを読む自身の体験との、「共軛点」をみつけられる読み手を養うことであろう。

　現実に即する言葉以前の感情が、言葉にされることなく過ぎていくことはすくなくない。それは、私たちがそれらを、言葉以前のものとしてわかっており、生活の進行に問題が生じないからである。

　しかしそれが感応する言葉に出会った場合、それは事後的に理解される。文学(言葉を媒材とした芸術)とは、ある読者が、芸術の媒材としてその言葉を享受したときに発生するのであって、読みがそういう行為に至るときに、読者はその言葉を文学とみなすのである(それは、自分の感情を容れるのに適当な言葉をみつけたということに限らず、ある言葉に疑問を抱く、抵抗を感じる、という場合をも含んでの読みである)。

　そのような読みにより、「思想」が更新されていくからこそ、芸術の媒材としての言葉の教育は必要であり、それが成立する可能性はそこにあると考えられる。

　芸術の媒材としての言葉を知ることに始まり、言葉が芸術の媒材となるとはどういうことかと考えられるところへ導き、それが解けないことの尊さに至るという過程を経ることが文学の教育、すなわち芸術の媒材としての言葉の教育になる。

　では、言葉が芸術の媒材になりうるものであることを知らせるには、どうすればよいのだろうか。一度でも、芸術の媒材としての言葉に出会えばそれは可能だろう。だが誰しもに芸術の媒材だと認められる言葉などないため、それを意図的にもたらすこと、つまり、教育をすることは容易ではないのである。

　加えて、言葉は変化していくものでもある。新しい言葉が生まれる一方で、滅びていく言葉がある。淘汰、という現象は言葉に限ったことではないが、どの言葉も誰かがなんらかの必要に迫られて生み出されてきたことは確

かである。しかし生活場面で、そのように言葉を生み出す必要に迫られる感覚を味わうことはすくない。それゆえに、そうした感覚の欠落に気づかせることを意図的に行うことは可能である。

音楽が耳を、絵画が目を、楽しませるためだけにあるのではないように、文学も余暇のためだけにあるものではなく、生を支えうるものである。その媒材である言葉を、記号としてのみ捉えることも可能ではあるが、そうしてしまうことの危惧を学習者に示すことはできる。

鑑賞という行為は、必ずしも対象の美の追究結果ではない。音や色、言葉といった具体的な事物を通して、生活において望む必要すらなかったものにふれるときに、欲することのなかったものを欲すると同時に、享受している自分に気づくとき、つまり、ある事物が「それを望む努力をも捧げてくれる」ときに、その事物を私たちは芸術とみなす（ある事物が芸術の媒材となる）のであり、鑑賞行為が成立するのである[16]。

言葉もそうした事物の一種であるという認識が、国語教育という、言葉の教育の場で取りあげられることにより、言葉という事物を淘汰し享受しうる存在としての自負と自覚は芽生える。また言葉を芸術の媒材として知る教育の可能性もそこに拓ける。読みは個別的なものであっても、読まれた言葉は同じであること、その事実を、真実として重く受けとめることができることへの注目[17]を促すことにより可能となる。

それは、すべてのひとの生活に、芸術としての言葉が存在することを望むという意味ではない。ある事物を心から求めることを助け、またその欲求を満たしてくれる事物があって、それは生を助けうること、言葉も、ひとをそうした行為に至らしめる媒材のひとつであることを教えたい、という意味である。

2. 国語科教育における言葉の芸術としての文学教育の方法

2.1. 「『言葉とは媒材である』という言葉観」の教育

学校は、子どもにとって（教師にとってもかもしれないが）空間的・時間的に保護された場である。聖域とまではいわないが、社会からやや隔離されている（完全には晒されていない）場であるという側面は否めない。

ある程度、保護されたところ（空間）に保護されているうち（時間）に、子ど

もたちになにを授くべきなのか——それが、学校教育というものを考えるうえでの筆者の基本姿勢(始点)である。

　学校での教育が、どのような社会にも適応していけることを志向することに対して、異論はない。むしろ、そうした志向は必要であると考える。ただ社会というものが多面的・動的なものであって、さらには個別的なものである以上、それらすべてに対応可能な教育のために努力し従事すること、あるいはその研究に尽力することは可能ではあるが、完璧に施すことは不可能に近いというのが現実的な話である。

　それぞれの直面する社会において必要な力とは、その荒波に揉まれることなくして学ぶことはできない。逆に言えば、必要に迫られさえすれば、それなりに適応していく[18]ものである。ひとは誰しも、それぞれの置かれた状況に慣れていくうちにこなしていけるようになるものでもあり、馴染んでいくにつれてこなれていくようになるものである。

　いま、慎重に未来を見据えようとするいとまがないほどに、時代の変化は著しく劇的である。不透明で見通しが利かないというより、未来というものが無色透明で見えないいま、"時代"という区分すらあやふやで細分化することも困難ないま、学校での教育において、なにを志向することは可能であるのかが確認されねばならない。

　換言すれば、それは言葉の教育における、不変事項の精査でもある。また極言するなら、想定可能な未来や可視である現在の重視・偏向に陥らない、教育の創造への貢献である。それは可変なものであるということのみが予測可能であるいまだからこそ、なお必要な志向であると考える。

　ここで提案する「『言葉とは媒材である』という言葉観」は、鈴木孝夫氏の論に依拠した発想であり、これまでの文学教育論でもまったくいわれてこなかったことではない[19]。まったく新しいものではないが、いまでも通じる、そしてこれからも通じる、不変と思われることを確認しておきたいと考え、ここに提案する。

　言葉の教育において「『言葉とは媒材である』という言葉観」に立つことは、文学／非文学(教育)という区分けを超越することでもある。あらゆる言葉は、文学教育の対象になることを厭わないし、文学教育という枠組みを設置することは便宜に過ぎないのである。教材とする言葉が文学であるか否かはもはや問題ではない。芸術を教育する際の媒材が言葉であるときに、それ

が文学教育と呼ばれるにふさわしい。

　ある言葉が文学か非文学かが可変の事項であるなら、国語科を細分化することは無意味、あるいは不可能（国語科、という名称はさておき、国語科を解体するまでもない）と考える。これまでに、文学教育を、国語科教育との関係においてどのように位置づけるかについて、さまざまな論考が提出されてきたことを１章で述べたが、言葉の教育という、ざっくりとした枠組みのなかにしか文学教育を措定することはできないのである。

　ただ、なにをもって文学教育の成立とみなすのか、またその可能性はいかにして保障されるのかという問題意識から、これからここに述べることは、部分的に新しく、また現在性のあるものであるといえるだろう。

　いまとは、未来における過去である。それを生成することと、蓄積に寄与することが、いまできる、確実に可能な行為である。ならば、それぞれが自らの過去について（それがいつなされるのかは、未知であるが）、あることを記憶している（忘れている）ということを、なにか意味があってのことなのだと思える思考の素地を創造する教育を、志向することはできるのではないだろうか。

　そのような教育について、言葉の教育、とくに読むことの教育の場合について考える。読むことの教育において、そのひと（学習者）にとってよりよい過去の創造を志向する教育は、読むことをどういう行為として捉えることにより可能になるのか。それを検討する足場となるような構想を述べる。

　安藤修平氏は、これまでの国語科教育を振り返り、「国語科固有の仕事」のうちにおける「読むこと」の学習について、以下のように述べている。

　　「国語科固有の仕事とは、百年近くも前から「普通ノ言語、日常須知ノ文字及文章ヲ知ラシメ正確ニ思想ヲ表彰スルノ能ヲ養」[20]うこと、「日常ノ国語ヲ習得セシメ其ノ理会力ト発表力ヲ養」[21]うことであった。それは今も変わっていない。

　　だから、「国語科は『ことばの力』をつける教科」である。もっと強調して言えば、「国語科は『語学・科』である」と言ってもいい。

　　一方「国語科は人間形成」だとの主張もある。（中略）しかし、少し考えてみれば、人間形成は、全領域で培うものであって、国語科の専有ではないということは理解されるはずである。算数・数学では算数・数学

の内容を通しての人間形成がある。理科も同様である。だから国語科も「ことばの力をつける」こと、そのことが国語科の人間形成なのである。文学作品を読ませることが人間形成なのでは決してない。
(安藤修平「二十一世紀の国語科教育にむけて」『富山大学国語教育第22号』富山大学国語教育学会、1997、p.3)

　私は、まず、読みの授業は読書を目指していなければならないと考えている。読解の後に読書というのでは時間が足りなくなるのは当たり前である。それよりも読解指導の中に読書への芽を作っておくことである。それは「読むことは楽しいことだ」という経験を数多く積ませることである。だから読みの授業改革の第一歩は「楽しい読みの授業」を絶対作るのだという意志を持つことである。
(安藤修平、前掲書、p.7)[22]

安藤氏の意見は、次の四点に集約できる。

① 国語科は、言葉の力をつける教科である。
② 教育という営みは、学校や授業という場を通して(全教科、全領域において)、人間形成に関与する。
③ 読みの授業は、読むという行為の経験を蓄積していく。
④ 読みの授業の目的は、読書である。

　上記の①②③は、現在でも賛同を得やすいと思われる。だが④については、懐疑的な声もあろうし、慎重に検討する必要があると考える。④は、ある意味では読書の神聖化とも言えるが、現在それは、世間的に当然の事実でなくなりつつある。なぜ読書はよいことなのか、読まなくともよいという意見を覆せなくとも、読まないよりは読んだほうがよいと明言できなければ、今後、文字や文章が読めること以上をめざす読みの教育が行われていく意義は確立できない。
　筆者は、「楽しい読みの授業」がなされることを否定したいわけではない。ただ、「『楽しい読みの授業』を絶対作る」という約束や「『読むことは楽しいことだ』という経験を数多く積ませる」努力は、なんのためにしなく

てはならないのか、子どもたちの未来になにをもたらさんとしてなすのかについて示唆を加えることは、よりよい過去の創造を志向する読みの教育に寄与すると考える。読めることではなく、読むことの教育の意義を、子どものそばに立つ者が胸を張って言えるように、また読みの教育の意義が再考される一助として提示したい。

　国語教育とは、端的にいえば日常に使用している言葉の教育である。生活に支障なく使用可能な言葉を、洗練する必要に駆り立てる努力や工夫がなければその教育を受ける意義は感じにくい。

　ならば、言葉とはなんなのかを考える媒材としてはどうだろうか。日常的に言葉を用いているということは、私たちはなにものかを伝える媒材として言葉を機能させずにはいられないという言葉の本質に気づき、戦慄を覚えるような授業、自らが日々使用している言葉の存在自体に敬服してしまう時間を提供するために留意すべき言葉観のひとつとして、「『言葉とは媒材である』という言葉観」を育成するための構想を示したい。

「『言葉とは媒材である』という言葉観」とは

　知らない言葉に出会うと、私たちはまず辞書を引いてその意味を知ることを思いつくが、辞書は完全にその言葉の「意味」を説明しうるのだろうか。鈴木孝夫氏は、ある言葉の意味を別の言葉で説明すること自体の不可能性について次のように指摘している。

　　　基礎的な語彙[23]は、したがって一つの言語社会に属するすべての人々の間で、殆ど例外なく共有されているものと考えることができる。すべての人がその人なりに自由に使いこなせることばなのである。

　　　しかしそれでは、基礎語に関する限り、すべての人の理解が全く同じであるかと言えば、決してそうではない。なぜかと言えば、人によって或ることばをめぐる経験が違うからである。

　　（中略）

　　　私はことばの意味とは一般的にいって、次のようなものと考えるべきだと思っている。

　　　「私たちが、ある音声形態(具体的に言うならば『犬』ということばの『イヌ』という音)との関連で持っている体験および知識の総体が、その

ことばの『意味』と呼ばれるものである。」ことばの「意味」をこのように規定すると、次の二つの性質が「意味」に含まれるということができる。
（一）　ことばの「意味」は、個人個人によって、非常に違っている。
（二）　ことばの「意味」は、ことばによって伝達することはできない。
（鈴木孝夫『ことばと文化』岩波書店、1973、pp.91–92）

　ある言葉の意味は、すべてのひとにとって、まったく同一ではあるはずはないのだが、重なり合う部分もあるために、言葉の授受はとりあえず成立している。また、重なり合わない部分の確認をすることは容易ではない。だが、鈴木氏はそれらを区別する必要はなく、そもそも区別できないのだという。なぜならば、「或ることばの『意味』は、その音的形態と結合した個人の知識的経験の総体」だからである[24]。「ことばの『意味』をこのように規定すれば、それが単なることばで、他の人に伝達できる筈がないのは当然であろう（勿論人は自分の経験について他人に語ることはできる）。たとえば、チョコレートを食べたことがない人に、チョコレートの味を、ことばだけで伝えることはできない。これが、ことばの『意味』というものは、ことばによっては伝達不可能であるという理由である。」[25]と鈴木氏は述べている。
　彼の主張に則って考えると、〈言葉を交わすこと＝意味を交わすこと〉ではなく、〈言葉を交わすこと≒意味を交わすこと〉であり、〈言葉を交わすこと＝言葉という伝達媒材の授受行為〉と考えたほうが現実的に妥当である。
　ある言葉が用いられたときにいえる確かなこととは、その言葉を発した者に、その言葉にまつわる経験があった、ということのみである。また、その言葉にまつわる経験の有無や近似性が言葉を交わす当事者間で問題になる。なぜならそれが、言葉の通用性や意味の伝達性の実感に関わるからである。
　「『言葉とは媒材である』という言葉観」に立つとは、ある言葉を知る経験自体が、その言葉にまつわる経験であり、読むことの教育をそうした経験の一環として考えるということである。また読める言葉により読むことの教育を行う場合に言葉の非絶対性（不確定性）を意識させることは、言葉というものの存在価値に気づき、認めさせることをめざす教育を可能にすると考えられる。それがなぜ必要なのかと言えば、日常生活においてある言葉の使用が自分の思惑とはちがった解釈を生んでしまう経験（思い通りに通用するとは

限らないことを思い知る経験)はあっても、通じないことの苦々しさやもどかしさ(その裏返しとして、通じるということの喜ばしさや貴さ)を痛感することに比すれば、その経験から「ある言葉が存在するがゆえにそのようなことが起こったのだ」という事実(流通する言葉が現存するという前提)には思い至らない、そのような学びにまでは到達しえない場合が多いのではないかと思われるからである[26]。

　誰もが、自分という経験により自動的に更新される辞書を必携している。そしてこの世に完全な辞書は一冊もないし、同じ辞書は二冊ない。だから、自分の辞書をぞんざいに扱ってはならないし、誰かの辞書を引き裂いたり、ページを破ったりするようなことがあってはならない。

　言葉の意味というものは、非常に私的であり厳密には伝達不可能なものである。それでも、言葉というものがこの世に存在しえているのは、言葉が、なにものかは伝達しうる媒材であるからである。現に、私たちはそれを使用することにより、誰かと交信し、日常生活を、とどこおることのないように送っている。

　ある言葉の意味の完全な伝達が不可能ならば、言葉によって絶対的に伝達可能なものとはなにか。それは、世界にふれているという感触である。言葉が使用されるとき、それを授受するひとたちには、そのひとたちがそのときその世界にふれていた(つながっていた、結節点をもっていた)という事実が共有されるものとして築かれる。たとえ本人が気づいていないとしても、そういう事実がそこには置かれるのである。

　自らの感じとった意味らしきものに対し、自らのものに過ぎない(ほかのひととは微妙に異なるのだ)と卑屈になるのではなく、むしろ、自らの感じとったことを自らのものとして大切にしながら、どこかで交われる可能性を孕んだ存在として言葉を捉えていく、そして誰かとなにかを共有できる可能性を求め、言葉を使用していく逞しさを育むために、「『言葉とは媒材である』という言葉観」の検討が、読むことの教育、とくに文学教育に必要であると考える。

　鈴木氏は、言葉を構造的に捉える方法について、「主として欧州および日本の学者の手になるこの方法とは、簡単に言えば『あることばの内容を有効に理解するためには、そのことばの使い方を規定している、必要にして、充分な条件を発見し記述すること』」[27]と述べている。

「『言葉とは媒材である』という言葉観」に立った読みとは、どの言葉も等しく尊重し、どのような言葉でも切り捨てない読みである。そのような読みのなかであれば、「有効に理解するため」の、「必要にして、充分な条件を発見」することはできる。また、そのような(遅々とした)読みは、意図的に設けなければ行われない可能性があるため、学校という場でそれを用意することは価値のあることだと考える。学校という、区切られた空間・時間に、そのような場所や時間を確保することが比較的容易であるのならば、まず教える側に「『言葉とは媒材である』という言葉観」をもつことを訴えることが必要となるだろう。
　次項では、鈴木氏のいうような方法を国語科教育という場に活かす可能性について検討する。

「『言葉とは媒材である』という言葉観」と文学教育のつながり
　ひとは言葉を使用(読み書き聞き話し)しながら、その経験とともに記憶していく。そうすることを通して、自分に必要な言葉を自然に習得していく(日常生活に困らないだけの言葉を習得していく)。ひとは日々、言葉を消費しながら保存していく(消費していくような言葉の使用のなかで保存したい言葉に出会い、ときにその言葉を思い出し、反芻する[28])。そのような、「言葉とは、『この言葉は…』という思想を呼ぶ媒材である」という言葉観を育むことなしに、日常生活で読み書き聞き話すことが・で・き・て・い・る・言葉にも、教育されねばならない意義があると主張することは、難しいのではないだろうか。
　文学とは、言葉の芸術であり、ある言葉がうつくしい(うつくしいだけではないが)とみなされたところに文学は生まれる。そのような文学の発生を前提とする(知識として認める)には、「『言葉は媒材である』という言葉観」が必要である。またそうした言語観をもつに至るためには、「その言葉が文学であるか否かを左右する存在としての私」の発見が必要である。読む私(ひと)とは、ある言葉が文学として読まれているという事実の一端を担う存在なのだ、そういう感覚を経験的に学ぶことが不可欠なのである。
　文学教育とは、ある言葉を文学とすることがどういうことか(文学の発生)について、それを知識として認めていくだけでなく、その知識を手がかりに、「私にとっての文学があるひと」を育てることであり、また「あなたに

とっての文学」にも寛大なひとを育てるものでもある。

　それは、ある言葉が文学とみなされて読まれているという事実（いま、どのような言葉が多くのひとに文学とみなされているのか）に、「なるほど。」と思わせることに始まるのだろう。それに加え、「なるほど。」と思うと同時に、「私も！」と同意するのか、「いや！（そんなふうには読めない）」と反抗（過激な反発）をするのか、「でも…（なんともいえない）」と違和（繊細な反発）を覚えるのか、その言葉に対しての自分の反応がかんがみられることで結実すると考える。そうでなければ、それは言葉の教育ではあるのかもしれないが、芸術の教育にはなってこない[29]。

　これは文学を教育するための授業を行う者が、どのような言葉観、授業観、教育観をもつべきかという問題とも密接に関係する。それらは繰り返し述べてきたように、すでに意識化され、つねに問われ続けていることではある。しかし、ここで述べたような「『言葉は媒材である』という言葉観」、文学の授業はそうした言葉観を教育する場のひとつであるという授業観、文学の教育はすべての時間と空間で可能であり、生に寄与するものであるという教育観は、文学を教育する者たちに、普遍的なものとして認められているわけではなく、常識と化してはいないことも事実である。

　とはいえ、筆者は、多種多様な言葉観（それにまつわる授業観や、それの背景となる教育観）があって構わないと考えている。それは学習者によって、また時代によって変わるものであるし、変わっていかなければならないものだろう。ただ、「『言葉は媒材である』という言葉観」は、あらゆる学習者や時代状況において通用するもの、つまり言葉の教育における普遍的な言葉観である。よって、言葉を教える者が言葉に対してもつべき最低限の共通認識として見直されてもよいのではないだろうかと考える。

　ある言葉について、それがどのような文脈にあり、どのような意味であるのかと問うそのまえに、言葉とは、なにかを含みこむ媒材であって、「ことばというものが、世界をいかに違った角度、方法で切りとるものかというような問題を、学生が理解することの方が、遥かに意義があり、しかもどこでも、誰にでもできることなのである」[30]ということ自体に、言葉を教育する者はもっと自覚的であるべきではないだろうか。

　そのような言葉観の背景にあるのは、次のような教育観や世界観である。

　教育とは、未来を見据えた人間の営みである。子どもを育てるということ

は、未来の大人を育てることだからだ。それはよりよい未来を創造するためのものであり、未来に対して責任を負っているものでもある。教育によって未来を破壊することは許されない[31]。しかし、想定外の未来が訪れることもある。その場合、それに対する用意が充分に教育されなかったことは、必ずしも責められることではないかもしれないが、すくなくとも問題となる可能性のあるものは避ける（除外しておく）べきであるし、想定外があるということは想定内としておかなければならないだろう。

　またひとは誰しも、とるにたらないようなことだが欠かすことのできない、とでもいうような要素（文化）を顕在的にもっていて、それによるすれ違いは、それがどんなに小さなすれ違いであっても、大きく裏切られた感を覚えてしまうものである。また、その衝撃の巨大さや傷の深さに圧倒されているただなかでは、思考停止に陥り、即時に理解不能である状況から、永遠に了解不能なものであるという刻印を捺してしまいかねない、そのような危険に晒されながらもひとは生きているのだと冷静に思えるときが到来するために、教育という人間の営みはある。

　鈴木氏のいうように、私たちは「かくれた文化（covert culture）」に対し無意識であることが多い。それは同時に、無防備であり、傷つきやすく、脆弱であるということでもある。しかし、傷つきやすいことはうつくしくなる条件にもなる。ひそやかに覆われ隠されてきた扉（covert door）に錠をかけ、自己防衛をはかるのは手っとり早いことだが、その力を少しでも、秘密の扉（hidden door）をそっと開く（土足でずかずかと踏み込んでいくのは、かなり果敢で勇気がなくてはできないし、失礼である。その園に住む者ですら、そこに扉があるとは思ってもいないかもしれないのだから）力にすることができれば、ひとはもっと、うつくしくあれる。

　あるものを、「媒材」として考えること——それは、あるものを、なにかを内包するものと信じて、考えてみる力である。疑ってみることができる、穿ったみかたをすることができる、そういうことができるようになるまえに、どうしても培っておかねばならない力である。それは学校（教室という、自分と異なる誰かと数多く接触する機会が否応なく、ふんだんに与えられる場）でこそ、教え育んでおく必要のある力ではないだろうか。

　この項のはじめにも述べたように、筆者は言葉が芸術の媒材となるとき、文学は生まれるのだと考える。そして、文学を読んでいこうとするひとを育

てることが、文学教育という仕事のひとつであると考えている。その前提として必要となる言葉観が、「『言葉とは媒材である』という言葉観」である。

「『言葉とは媒材である』という言葉観」を教育するための構想

　言葉の教育を行う側がもつべき言葉観のひとつとして、「『言葉とは媒材である』という言葉観」が必要であることは、先述のとおりである。よって、この項では、そのような言葉観を育成するための構想をいくつか述べたいと思う。

　それは、言葉はなにを伝達するのかを知ることに始まる。言葉は「意味」を伝達はしないが、「定義」を示す、そしてその意味するところへとひとを誘導する媒材なのである――言葉とは、世界にふれていく経験を手助けする媒材であり、またその経験を記憶（記録ではない）するための媒材なのである。

　言葉を媒介する教育、つまり、すべての教育的な行為は、いかに内面的なものであるか、感情の機微にふれずにいられないものであるのかを、教師となるひとは心得ていなければならないと考える。言葉とは、どんなに大切に扱われても慎重すぎるということはない（非常に繊細な）ものであることを弁えられたい。

　記述がひとに読まれることによって、記憶を呼ぶ媒材して刻まれる――胸に言葉を刻むとは、そういうことであろう。読むことの教育が、そのようなことをめざしてはいけない理由はない（いま、めざしていないといっているのではない。また、それだけをめざすのであれば、なまぬるい教育だと思う）。筆者はそのことを認める重要性を、教師として言葉を発するすべてのひとに、つまり、すべての大人に明確に示しておきたいのである[32]。

　「言葉は媒材である」とは、「言葉は媒材に過ぎない」と、否定的にいい換えることも可能である。「言葉は媒材に過ぎない、だがそれは素晴らしい媒材である。なぜなら、それはひとにある種のうつくしさをもたらしうる媒材であるからだ。」――「『言葉とは媒材である』という言葉観」がそういい換えられるとき、それは文学教育に寄与する言葉観となる。

　そのような言葉観を教育するための、具体的な構想を述べたい。

①うつくしいものを定義すること──美は、ひとをカタルシスに導く──

　芸術(うつくしさ)を教育するならば、うつくしいとはどういうことなのかを考える必要があろう。うつくしさについて教育をする必要があるのは、美の基準を与えるためではない。うつくしいと感じる経験によって、うつくしさを自分にもたらす媒材をみずからの生のなかにみつけられる力を育むためである。

　よって、教える側がうつくしさをあらかじめ定義してしまうことは賢明ではないし困難であるが、うつくしさの作用として、それは「カタルシス」をもたらすということだけは、定義しうることである[33]。

　うつくしいものに触れると、忽然と現実感が抜け落ちる、現実に、すっと切り込みを入れられたような感じになる。また、そのようなことが生きていくうえで不可欠であるがゆえに、うつくしさ(芸術)には教育される価値が与えられてもいるのだ(ある作品は、社会的・時代的な美的感覚で裁かれ、価値を定められるという事実を知らせるためだけでなく)。脳科学者の茂木健一郎氏は、うつくしいものを感じているあいだは「いやなものに接しても心が荒立たなかった」と述べている[34]。現実から嫌なできごとを排除したり避けたりすることはできないが、それによって、心が荒立たせられることがない状態を作る力が、うつくしさにはある。

　また、うつくしいの反対は、うつくしくないではない。うつくしいかどうかが(私には、いまは)よくわからないであり、対極となるものがない(おぼろな)概念である。うつくしさとは、段階的なものでもなく、基準のあるものでもなく、あるものをうつくしいものとしてその存在を認めるひとがいて、そこにうつくしさがあるというだけのことなのである。内藤礼氏が「きれいとか汚いとか、いいとか悪いとか言えなくなったとき、そこにほんとうに美しいものはある」[35]というのは、そのようなこと(ある悟りのようなもの)であると思われる。

　美は、人をカタルシスに導く──それだけが、うつくしさについて定義できることである。

②うつくしいものは、どこにあるか知らせること
　　　　　　　　　　──つよく、はかなく、うつくしく──

　仮に、芸術(うつくしさ)の教育の目標とは、うつくしいものの存在を認め

られるひとになることだとする。しかし、うつくしさを感じる(感じない)ということは、教育されるまでもなく感覚としてある。

　では、教育はなにを施せるのだろうか。芸術の教育がなすべき仕事とは、内藤氏が言うところの、そのひとの「心の中の美しいものを見つける」[36]練習をすることである。それは、うつくしいと感じた(感じない)ことを、そのひとのなかに、記憶として残していく経験の積み重ねていくことでもある。うつくしいものの存在を認めるとは、自分のなかにそれがしまわれている(しまうことができる)ことを認めるということであり、芸術の教育とは、それを助けることである。

　「人の心の中にある美しいものは、見ることも触ることもできない。記録することも留めることもできない、つまり保存できない。すごく瞬間的なものだったり、心の中の美しいものを見つけたその人にしかわからない。その人が死んでしまえば、本当にあったのかどうかもわからないはかないものですよね。本当に美しいものとはそういうものだっていう気がする。」[37]と、胸なかでわかっているひとを育てたい。

　だが、言うは易し、行うは難しである。そういわせることは簡単だとしても、心からそう思わせることが意図的にできるだろうか。けれども、教える側はそうなることを信じ、試行錯誤する(もがく)のみである。

　　　(茂木——引用者注)内藤さんの作品に表れている、なんというか幽けきものって世の中にはどこにでも存在しているんだけど、それはこういう粗い時代には目につきにくい。我々現代人って大きいもの、強いものに目を奪われがちで、そうでないと生きていけないんだけど、本当は大きいものや強いものと同時に小さくてかよわいものがそこに存在しているんですよ。世界のそうしたあり方に気づけるかどうかっていうのは人生を豊かにできるかどうかの境目かもしれない。
　　内藤　人があまりピントを合わせないところにそういうものってあると思うんです。人の視界の中には見るべきものと見なくていいものっていうのが自動的に振り分けられていて、見るべきものからピントが合わされていく。私の作品が表しているのはピントの合わない、通常だと見なくていいものに近いんです。
　　茂木　それが人生の福音というか、恵み。せっかくそこにあるのに、受

け取っていなかったものを受け取れるっていう。
（「世界と自分を結ぶ「なにか」を求めて vs 内藤礼」茂木健一郎『芸術脳』新潮社、2011.（初出・フリーペーパー『dictionary』2005.5）、p.43）

　うつくしさ（芸術）を、「人生の福音」（よろこびを伝える知らせ）として受けとれる心を養う、そのことがそのひとの生を豊かにするのならば、その足場を広げてやる、「大きいもの、強いもの」や「見るべきもの」に目を奪われるだけでなく、「ピントの合わない、通常だと見なくていいもの」にも目を凝らせるひと、「小さくてかよわいものがそこに存在している」ことにも気がつけるひと、つよいものにもはかないものにも目が届くように、はかないものをみつけ、じっとみつめる目を育てる時間を提供すること、それが芸術の教育として現実的に実施可能な仕事である。

③「うつくしいものとは、世界と自分を結びつけるもの（媒材のひとつ）」と、感服する時間を与えること

　筆者は、はかないものをみつめることは大切だと思うが、ささいなことを見過ごすこともまた生活に必要な術であると考える。そのうえで、もっとも罪なことは、ちゃんと見たふり（傲慢な見方）をすることであり、そうしてしまえるようにする教育もまた、罪であると考える。なんでもかんでも、せせこましくまとめあげる技量に長けてしまうことは、あるものについて「自分なりに考えたり感じたりする時間という自由」があることを忘れさせる。どうでもよいことに時間を割いて対峙していくことを選ぶ（選ばない）自由があることを忘れていること、それに気づくことがいま、必要であることを内藤氏は指摘している[38]。

　世のなかに出てしまえば、そんなことを忘れてしまうくらい、忙殺されてしまうのかもしれない。しかし、そんな日々に生きていかねばならないからこそ、そのことをいつか思い出せるような力を与える教育が用意される必要がある。そうでないと、「世界と自分を結びつけるなにか」[39]を私たちは永遠に見失ってしまうだろう。

　「世界と自分を結びつけるなにか」を、私たちは模索しているし、それをみつけていくことが生きるということでもある。しかし、それは「でも自分がひとりになったとき支えになるようなものじゃないと難しいですよね。自

分がこうやって世界の中で裸で生きている、ただ一つの心と体をもって存在しているっていうことのなかに見つけ出さないと最後は厳しいことになる」[40]と内藤氏は述べている。たとえ「それがどんなものでも」だ。「状況が変わっても、最後まで持っているほかないものは"自分"」[41]だけだからである。「自分が生きていることと世界があるっていうことの間に、いろんな人との出会いがあり、出来事がある。他者がいないと生きてはいけない。でも一方で、すべてないとしたうえで、この地上で生きていくためのなにかを見出そう」[42]とする逞しさこそ、「世界と自分を結びつける」[43]綱なのだ。

そこで鍵となってくるのが、どのような時間を過ごしたのかである。

> 茂木　きっと人間って、いろんなことを考えていろんな悩みを持ちながら、でも自分と世界をつなぐ糸を見つけるためにいろいろとやっていた時間を生きる生物なんでしょうね。
> 内藤　そうそう。その人ごとにいろんな時間があると思うんです。逆に言うと人間にはその人の過ごした時間しか最後には残らない。私は美術をやっていて、こういう作品は残るけど、むしろ作品という形になったものよりもこれらをひとりで作っていた何年かの時間のほうが自分という存在のよすがになるのかもしれない。
> 茂木　作品は人と共有できるけど、それを作っていた時間というのは他人と共有できないですもんね。（中略）形になったもの対しては毀誉褒貶があるわけですよね。（中略）そこで、でも、自分にしかわからないそのモノの成果を作るための時間をどう一生懸命に、誠意を持って過ごしたかで、他人からの評価はわりとどうでもよくなる。自分が胸を張って過ごせた時間ならそれでいいじゃないですか。自分の生きる糧になる。他人を気にするんじゃなく、自分のやりたいように、自分に誇れる時間を作っていくというのが、この地上に生まれてきた人間の"すごく大切ななにか"なのかもしれない。
> （「世界と自分を結ぶ「なにか」を求めて vs 内藤礼」、前掲書、pp.47–48）

「世界と自分を結びつけるなにか」は、「自分に誇れる時間を作っていく」ことにより生成することが可能である。それが「この地上に生まれてきた人

間の"すごく大切ななにか"」であって、世界と（現在進行形で生きている）自分を結びつける。またそれは自身の記憶としてしかとっておくことができないものである。そういうことが腑に落ちる経験をする機会（時間）をふんだんに用意することは、観たもの聴いたもの読んだもの自体は、そのものに喚起された感情の経験を記憶しておく、また思い出させてくれるための媒材であるということを知らせることにつながるだろう。

　うつくしい（うつくしくない、わからない）と感じているとき、そう感じている自分がいま、ここにいるということ、そう感じさせるなにものかが、いま、ここにあるということ、またそのなにものかが世界と自分を結びつけるということ（あるものへの感覚自体は、個別的で私的なものだが、そのもの自体（の存在を認めること）は他者と共有可能であるということ）――そうした自覚をもたらせる（暗に至らせる）言葉を用いた教育的営みによって、「『言葉とは媒材である』という言葉観」は育まれる。

　そこで学ばれることとは、「いま、ここにおいて確かなことは、不確かさが存在するということである」、すなわち、不確かさの確かさを実感するとともに自覚する（学ぶ）のである。それは、まさにいま、必要な学びである。

　　わたしたちはいつからか、未来の奴隷のように暮らしています。中学校や高校生のうちから早くも将来の職業を考えさせられ、会社員になれば老後の生活資金を準備せよとうながされ、果ては自分で自分の墓を買ったりもする。死ぬまでの毎日が、未来からの前倒しの連続で、「いま」は、未来への助走期間でしかない。
　　私が川上弘美さんの小説にひきこまれるのは、未来からやってくる「ああしないとこうしないと手遅れになる、ほらほら」と尻を叩く声が、どんどん小さく静まってゆくからです。生きることとは、どんな匂いがし、どんな手ざわりで、どんな持ち重りがするものなのか。未来にそなえて「いま」をぎゅうぎゅう絞り続けているうちに、からからに乾いて、はかないほど軽く硬くなってしまった自分という名のタオルに、「いま」の水をたっぷり吸わせたらどうなるか。硬かったものがどんどん柔らかくなり、重たくなって、かたちは自由で不定形なものに、不確かなものになる。
（松家仁之「解説」川上弘美『どこから行っても遠い町』新潮社、

2011、pp.359–360)

　「生きていくということはどうやっても、不安に充ち満ちたものなのです。だからこそ、ときどき舞い降りる喜びが深くなる。」[44]などという文句は、いい古されたもののようにも聞こえる。しかし、そうした、いわれ続けてきた言葉にもいちいち響く存在でいることが不可能だとは思わない。そうした声が自らの内側から聴こえてくる機会を重ねていけば、いい尽くされた文言を古き良きものとして丁重に扱うだけでなく、新鮮なものとして大切に守っていける素養のあるひとに育てていけると考える。
　それは文学に限らず、音楽や美術など、芸術(うつくしきもの)の教育のすべてにおいて、めざされることであるだろう。そして、言葉の芸術である文学の教育をなし得るにあたって、まずもって必要なことは、文学の媒材である言葉に対する既成概念を解体することであり、「言葉とはなんなのか」と問い、「『言葉とは(なにかを伝達する)媒材である』という言葉観」に導くことであろう。

　　　　「できるだけ、事は起こらないでほしい。それがわたしの人生に
　　　おける、唯一の、いつわらざる、望みなのである」(「長い夜の紅茶」)
　(中略)
　　この「長い紅茶」を読み終えるころ、あなたはすでに何が幸せで何が不幸か、何がよろこびで何がかなしみか、当たり前と不可解の境目もわからなくなりはじめているかもしれません。あるいは、「平凡な人生」なんてどこにあるのか、という誰のものとも知れないつぶやきが、頭をぐるぐるめぐっているかもしれません。そして小説が進んでゆくにつれ、うたがうことなく使っていた言葉の意味合いが、だんだんと揺さぶられてゆくようにも感じるでしょう。
(松家仁之、前掲書、pp.358–359)

　　川上弘美さんの小説を読むことは、いまを生きる感触が、わたしたちのなかで息を吹き返すことなのです。明日どうなるかわからない。「いま」は単なる「いま」に過ぎない。未来に隷属するものではなく、「過去」につらなり、そのうえにはかなくのっているものが、「いま」なの

だ。わたしたちは十一の物語を読みながら、そのことを肌身をもって感じるでしょう。
（松家仁之、前掲書、p.361）

　文学（言葉を芸術の媒材とする行為）の教育を通して、私たちは言葉（の意味）というものの不確かさに気づかされ、揺さぶられるだけでなく、その感触を覚える瞬間瞬間の「いま、ここ」が、ついついと自動的に「過去」へとうつろっていくただなかで、「いま、ここ（に存在している自分やその他諸々）」の感触が、確かに感じられるものとして残るようにしていかねばならないのである。現在を、過去と未来のはざまの点であると、相対的な視点で捉えるだけではなく、自分が「いま」足を着いている「ここ」に、こまめに点を印していけば、おのずとそれは過去という線になっていき、その延長線上に未来が描かれることを知りつつも、まず現在を直視し、絶対的な価値を置ける視点をもつことが重要であると考える。

芸術の媒材としての言葉の教育の学校教育上の位置づけ
　倉澤栄吉氏が、茂木健一郎氏の「希望の道具箱」という言葉について感想を述べられているのをお聞きしたことがある[45]。茂木氏が、ひとり一人、脳という「希望の道具箱」をもっているのだと書いているのを読み、唸らされたことについて、嬉々として話されていた。
　あるひとがはさみを使うには、まずその箱のなかに、ひとつの道具として、はさみが入っている必要があるが、はさみが入っている＝はさみを使える（どのような用途に使うものかを熟知しており、それを必要に応じ使いこなせること。また、ほかのひとのはさみもそれなりに使えること。また、それを使いなれ、その使い心地に馴染み、愛着もわき、刃がやや錆びてきて多少、使いづらくとも、なんとなく買い換えるのがはばかられ、不自由を感じつつも、つい使い続けてしまうこと）ではない。
　使える道具として、自分という道具箱のなかに言葉があるようにすることが、言葉の教育ではないだろうか。また、言葉自体も道具箱である。実生活上の使用頻度に拘らず、ある言葉にまつわる記憶が蓄えられていくことは、その言葉の中身を充実することに繋がる。その営みのひとつが、読むことである。言葉にふれる機会にでかける時間を設けてやること、そうした努力を

積み重ねていくこと（善意100パーセントのはたらきかけを、誠心誠意、施しつづけること）も、言葉の教育に違いない。

　それは、評価することを求めづらい教育でもある。評価のしやすさと教育的価値は必ずしも比例するものではないし、評価不可能な事項にも、教育の意義はある。うえに述べたことは、手応えのなさにどこまで耐えうるのかを、教師だけではなく、教育を受ける者にも問うことであり、その過程において学習者は、見返りを求めないことにより拓けてくるものを自らみつける力をつけていくだろう。

　それは、自分への無反応に対する耐久性を育むことに寄与する。ひとはつねに、なにか特別な見返りを求めて行動しているわけではないが、それなりに考え、よきに計らって行動しているはずだ。しかし、結果的にそうはならなかった局面において、悲観的になりすぎず、開き直ったり居直ったりもせず、単に事実として受けいれられる力も必要だと考える[46]。

　自分が世界と関係を切り結んでいる確かさ（感覚）を感じることが、学校という場では比較的容易である。基本的に発信することを求められ、促される機会が多く、発信すること自体が奨励されているといっても過言ではない。発信すれば、それは必ず受信されるし、なんらかの反応が返ってくる。

　もちろん、学校が完全に保護された安全な空間だとはいえない。しかし、集団を構成する一員であることが当然である空間であるとはいえるだろう。そういう意味で、学校とは特殊な空間であり、そこでは特殊な時間が経験されるのである。

　　「ちゃんと食べないとね。生きている限りは」
　　自分に言い聞かせるように良太さんはいいました。
　　そうです。ひとは死ぬまで、生きていかなくてはいけないのです。
　　（でないと、もったいないから……）
　　もしかして、誰も自分のことなんてどうでもいいのかもしれなくても、あの手の温かさを覚えている限りは、地上にひっそり生きていてもいいかな、と、良太さんは思いました。
　　良太さんは、自分の手で自分の頭にふれて、そうして、玄関のドアを開けたのでした。
　　（村山早紀「本物の変身ベルト」『コンビニたそがれ堂　星に願いを』ポ

プラ社、2010、p.190）

　ときにひとは、自分で自分を励ますことや、安心させることも必要なのである。誰にもかまってもらえないと感じるときは、誰にでもあるだろう。それに対処するには、なにか手段や方法を講じればいいというものでもない。ある手段や技術・技量をもって解決される問題ではない。
　だが、ひとまずやり過ごすために思い出せる過去が、記憶があればと思う。なぜなら、誰もが（個々に）そこには確かさがあると、私的で絶対的な確信をもてる（そうした要素が眠っているものだ）からである（それが、うまい具合に思い出せるかどうかはともかくとして）。

　　誰もが「未来はどうなるのだろう」と考えるけれど、本当の答えは、「過去」のほうにあるんじゃないかと私は思う。
　　たぶん、村山さんも、それがわかっているのだ。
　　「過去に執着するのはよくない」「前向きに生きよう」とたくさんのエライ人が言うけれど、私たちはそんなこと、信用しない。
　　人は「欲しいもの」を求めて未来に手を伸ばすけれど、真に「必要なもの」は、過去の方にあるのだ。
　　（石井ゆかり「解説」村山早紀『コンビニたそがれ堂　星に願いを』ポプラ社、2010、p.243）

　ティラミスというお菓子があるが、ティラミスとは、イタリア語で、直訳すると「私を引き上げてよ」、つまり「私を元気にして！」という意味である。私たちは未来に引っ張られていってしまうばかりではいけない。過去からも引き上げられるからこそ、元気にいまというさら地を踏みしめて歩いていけるのであり、その足は未来へと向かっていけるのだ。ティラミスの甘い記憶を舌の上に思い浮かべ、しあわせな気分にひたるひとときをもつことで、しばし現実の苦みが忘れられる──教育とは、そんな方法（処世の術）を、またそれに必要な材を与える機会であり、また世界はそのような材で溢れているのだ（そのひとつとして、言葉というものがある）ということを知らせてやれる機会でもあるだろう。教育というものが、どんなに困難を抱えるものであるとしても、そうではある（あるのだろう、ありたい）のである。

芸術の媒材としての言葉の教育の芸術教育上の位置づけ

　言葉の芸術である文学の教育は、どこに、どのように位置するのが、現実的に望ましいのか。

　国語の授業では、教材としての言葉が次々に差し出される。またその言葉は、何度も繰り返し、読まされる。そんな読みかたは、普通の生活ではあまりなされない。目に留まったものをさっと読んで、そのまま読み流していくことが、いかに多いことか。ひとつの文章をいくつかに区切って、いちどきに、何度も繰り返して読む。それも、ひとりではなく、大勢で、同じ時間に同じ場所で。それが日常生活における読み（黙読）と較べて、いかに特殊なことか。つまりどのような言葉であっても、授業で読まれるということ自体が特殊な事態なのである。

　では、なぜそのような特殊な場が用意されるのか。自らの経験から読めていくだけでは得難いなにか（経験）がそこにはあるのか（教育である以上、なくてはならない）。

　芸術の言葉の教育として、自分はこの言葉をどう読むのかを意識することへ誘い込まれる経験がそこに用意されるべきだと筆者は考える。

　授業とは、問うことを学ぶ場である。そこで答えるという振る舞いにより、「自分はそう思っていたのだ」と自覚する、そしてそれが自己の意見や感じかたに影響する。

　　　何かを「よい」と評価するなど、自分がある行動をとる。すると「そういう行動をとった以上、自分はそう思っていたのだ」と自覚する面が私たちにはあるそうだ。自己の振る舞いが自己の意見や感じ方に影響する。心理学では「自己知覚理論」というらしい。
　（「中日春秋」、中日新聞朝刊、2011.1.5 付、１面）

　教師や級友に問われ、心を静かにし、丁寧に答えていく営み――それが芸術の教育としての授業の一形態であろう。答えた言葉から自分はそう思い感じていたのだという自覚に至り、それがその後の思考や感じかたに影響していく。それを意図的に発生させる機会として、芸術の教育はあるともいえる。

美術館は、人に美術と出会うことを意識する場所と言った方がいいかもしれません。その意識に誘われて、自分にとって美術が何であるのかを考え、絵や彫刻が与えてくれる感動や深い印象を通して、生きていることの充実を感得したり、生について思いをめぐらせたりする場所とも言えるでしょう。
（中略）
　美術館は、美術がもたらす感動をできるだけ損なわないように、その感動が美術の醍醐味であることを伝えようと絶えず工夫を凝らし、動き続けています。
（山梨俊夫（神奈川県立近代美術館館長、全国美術館会議副会長）「本物と出会う醍醐味を伝えたい」中日新聞サンデー版、2010.9.19付）

　ある言葉を差し出し、これはどうか…、ではこれはどうか…、では…、と問い掛け続けていく場所であることにより、意識的に言葉に対する「自己の意見や感じ方に影響」を及ぼしていく。美術館が、「美術がもたらす感動をできるだけ損なわないように、その感動が美術の醍醐味であることを伝えようと絶えず工夫を凝らし」ていくように、その言葉がもたらすなにものかを、できるだけ損なわないように、自分で掬いあげるように誘い、導いていく。私たちはなにかに心動かされることによって、「生きていることの充実を感得したり、生について思いをめぐらせたりする」のだということを、経験的に学ばせることを芸術教育は目標として据えていくことができる。
　確立した自己をもった自分であることと、なにものかに心動かされる自分であることは、矛盾することではない。心を動かされる、しなやかな自分を失わせないためにも、そうありたいと思うことを忘れないためにも、まずはやはりそうしたことを意識できる機会を何度も繰り返し与えることが、芸術の教育には必要であろう。
　差し出されたものに対し、自分である判断を下させる。それが教師が授業で行うことである。
　そういう判断をした以上、自分はそう思っていたのだと自覚する。それが授業を通して子どもたちが行うことである。
　では、それによって学ばれることはなんなのか。それは、ある行動が自己の意見や感じかたに影響するということを経験則として知る、ということで

ある。またそうした経験が蓄積されることは、感動や印象は、自己(自身の経験)の反映の賜物であることに馴れていくことでもある。つまり、読みとは自己の反映であることは、もはや自明の事実となり、読みが自分の反映であることすら忘れる(とくに意識されない)境地にまで行き着くのである。

　たとえとして適切ではないかもしれないが、青山俊董氏は「葉っぱでもトウが立つと食えぬようになる」、「宗教とは、何ものにもダマサレヌ、マッ新し(真新しい)の自己に生きることである」という沢木興道の言葉を挙げて、次のように述べている。

　　　人間同士が敵味方にわかれ、正義をかざして戦う。立場が変わることによって逆転するような正義は、正義でも何でもない。こりかたまり、のぼせあがっているだけのことなのに。
　　　みんながやっているから、大多数の人が賛成だから。流行だから美しいとは限らず、多数だから正しいとは限らないのに。多数決の名のもとに一人の正義が抹殺されることだってある。
　　(中略)
　　　心して「トウの立たない」、マッ新しの透明な目を持った大人になるとはどういうことか考えてみた。
　　(青山俊董「今週のことば」、中日新聞朝刊、2011.1.15付、15面)

　言葉を媒介するという場には、伝達の不確かさを解消しようとする(けれども、ゼロにはできないことを思い知る)コミュニケーションの場であるという側面が必ずつきまとう。言葉の教育としての国語の授業であれば、なおさらのことである。

　だが、芸術の媒材としての言葉の教育を行うなら、そこに留まっていてはいけない。ある媒材の共有の確かさを会得しようとする(誰もがその存在を肯定されていく現象によって安堵感が生まれるような)コミュニケーションが成立する場にならなければならない。それが先述した、生きるうえで記憶(されていること、していくこと)や、自分が自分自身に信頼を置くことが、いかに貴重な行為なのかを感得させる手立てになるからである。

　ピアニストであり芸術の教育の研究者でもあるマリア・ジョアン・ピリス氏は、音楽について次のように述べている。

音楽は生きるよろこびをもたらしてくれます。音楽は勝敗をつけるものではなく、人と争うものでもありません。人生を豊かにしてくれるものなのです。
(マリア・ジョアン・ピリス「ピリス　こども・プロジェクト in NAGOYA 2011」ちらし裏面)[47]

　四歳のころから公の場で演奏をしていた彼女にとって、音楽は表現手段としてあるのが当たり前のものであり、言葉と同等のもの(あるいはそれ以上に日常的な、馴れ親しんだもの)であっただろうと推測される。音が誰かに紡がれ、記譜され、演奏され、聴かれる——それが叶う瞬間というのは、伝達する媒体をもつということへの喜びに溢れている。
　誰かに書かれ読まれる言葉にも、そうした感情を抱く可能性が豊富に潜在しているということ自体を学習者に感得させることが、芸術の媒材としての言葉の教育であると考える。

2.2. 川上弘美「神様 2011」による文学教育

　先に、言葉の芸術としての文学教育を行うにあたって、その教材として、社会的に評価のまだ定まっていない作品を取りあげることの有効性について述べた。現在でも、いわゆる現代文学は教科書に採録されているが、まずはそのことの問題について指摘する。
　江國香織や川上弘美など現代を生きる作家の作品が、高等学校の「国語総合」や「現代文」の教科書、また中学校の教科書に採録されるようになってきた[48]。その背景として、阿武泉氏は、国語科において読まれる文章(教材文)の性質との関係から次のことを指摘する。

　　　国語の授業においては、他教科以上に「教科書を教える」ではなく「教科書で教える」実践が重要視される。というのは、他教科の教科書は「教える(生徒サイドから見れば「学ぶ」)内容そのもの」が書かれているのに対し、国語では「教える(学ぶ)ための材料」が収録されているからだ。文章は学習内容そのものではなく、国語の力をつけさせるための手段である。だから、国語科の場合、教科書収録作品が入れ替わるのは、学習指導要領の改訂にしたがったものだけでなく、時代性すなわち

鮮度という側面も大きい。(中略)また、現代文においては、現代を映す文章である以上、先に述べたように鮮度が必要である。よって、学習指導要領の「内容」にそれほど変化がなくても、よりよい学習効果をあげるために、生徒の実態に即した材料が選ばれるのは必然であろう。(中略)小説においても、2007年4月の報道にあったように、昭和はすでに過去となり、平成の時代に活躍する作家の積極的な採録が目だった。
(阿武泉『読んでおきたい名著案内　教科書掲載作品13000』紀伊國屋書店、2008.4.25、pp.(3)–(4))

「昭和はすでに過去となり」という見解については検討の余地があるが、平成生まれの学習者が、昭和に活躍した作家の作品に対し、同じ時代を生きる者の書いた作品であるという感覚は、平成に活躍する作家の作品に比べればもちにくいため、同時代文学(現代文学)としての読みはしにくいと推測される。

阿武氏によれば、教材文とは「学習内容そのものではなく、国語の力をつけさせるための手段」であり、現代文のそれとしては「現代を映す文章」である必要もあるので、「時代性」や「鮮度」が考慮されている。実際、大修館書店のホームページでは、高等学校の教科書「現代文2」の「内容の特色」について、「『檸檬』『舞姫』といった定番教材のほかに、川上弘美『離さない』のような新鮮な教材を組み合わせ、幅広い学習が可能。」[49]と、記されていることからも現代文の教材として、いま読まれている文章(いま書かれている文章)が学びの対象とされていることがわかる。

このような理由から、教科書には同時代文学が採録されてはいるのだが、教材文はあくまでも「国語の力をつけさせるための手段」であるためか、それが「現代を映す文章」であることや、その「鮮度」自体に、学習者を注目させるような指導は明確に要求されているわけではない。しかし、学習者と同じいま・ここを現実とする文学だからこそ学べる、ということはないのだろうか。

自由な語り合い(尋ね合い)を開くこと、平等性を保ちながら意見をせめぎ合わせることが比較的行いやすい点で、現代文学には言葉の芸術としての文学教育の教材として価値がある。ただそれだけではなく、阿武氏が指摘した問題を乗り越えるためにも、現代において同じ時代を生きる者が書いた作品

であるという感覚を伴った読みを意識した学習指導の可能性について、川上弘美「神様 2011」を中心に考究する。

同時代文学の教材性

　この節では、文学のなかでもとくに、読者と同じ時代に生きる作家の作品を読むことについて考察する。

　同時代文学を読むとは、自分と同じ時代に生きる人間のひとりである作家がどのような言葉を発していくのかを読むことである。それは読者と作家の両者が同じくするいま・ここという現実では、どのような虚構の言葉が伝え合えるものと信じられているのかを知ることでもあり、いま・ここにおいての伝え合う行為について、伝え合うためにある言葉を発するという行為を取ること自体への是非も含んで考えることでもある。

　換言すれば、同時代文学としての読みとは、その作家と自分とが同じ時代に生きているということや、その作品が自分の生きている時代に書かれ、発表されたということをふまえての読みである。それは、すべての同時代文学の読みに強要されるものではなく、そのようなことをとくに意識しない読みも存在する。

　しかし、同時代文学を読むことの教材として用いるならば、同時代文学の読みならではの学びが用意されなくてはならないのではないだろうか。そうした学びが意図されないなら、「現代を映す文章」を教材とする意義は、その目新しさから学習者の興味・関心をひく程度であり、同時代文学固有の教材価値はないということになる。

　そこで、この作品の発表当時にどう読まれたのかという事実を作る存在として、あなたはこの作品をどう読むのかを問うことを同時代文学ならではの読みを誘うひとつの方法として提案する。

　平成 22 年版の高等学校学習指導要領では、「言語文化に対する関心を深め」ることを目標としている。なお「言語文化」については解説で、「我が国の歴史の中で創造され、継承されてきた文化的に高い価値をもつ言語そのもの、つまり文化としての言語、また、それらを実際の生活で使用することで形成されてきた文化的な言語生活、さらには、上代から現代までの各時代にわたって、表現、受容されてきた多様な言語芸術や芸能などを幅広く指している。」(下線は引用者)と定義している。また「国語を尊重してその向上

を図る態度を育てる」という目標については、「国語を尊重するだけでなく、その向上を図る態度を育成することまでをめざしている。国語を尊重し愛護するのは国民として当然のことであるが、その長所を伸ばし、不十分なところがあれば改善していこうという態度が、その上に望まれる。なお、国語の向上を図るには、個人として国語を運用する能力などを向上するという側面と、このことを基に、<u>社会の一員として国語の向上に取り組む</u>という側面との二面がある。」(下線は引用者)と解説されている。

　この学習指導要領に則して言うなら、現代という時代に表現され、受容されている言語芸術である現代文学を、この時代に生きる社会の一員として読むことの教育によって、文化としての言語の継承や発展に寄与できる主体を育てるということが、現代文学を同時代文学として読むことの教育で扱う意義のひとつとして考えることができる。

3.11 以降の文学の教材性
　3.11 以降の文学状況を概観すると、震災にまつわるものを書こうとする作家や震災前とは同じようには書けなくなったという作家もいれば[50]、虚構の創作活動に影響がなかったという作家もいた[51]。こうした差異は、作家本人が作家という仕事を社会的にどのようなものとして位置づけているかに拠るのだろう。

　たとえば『それでも三月は、また』[52]というアンソロジーには、谷川俊太郎、小川洋子、川上未映子ほか、17 人の作家が 3.11 以降に書いた詩や小説、エッセイが収録されている。そのなかには震災の直接的な描写を含むものもあれば、震災にまつわる、あるいは震災を想起させる言葉のない作品もある。後者は、震災後に書かれたことやこうしたアンソロジーに含まれていることをふまえて、作品世界が震災後の世界であることを前提として読まれることを想定しているという見方もできる一方で、必ずしもそのように読まなくてもよいことを、つまり震災と切り離して読むことも許容し、どのような前提で読むのかは読者に委ねられていると受けとることもできる。いずれにせよ、すべての作品は震災後に書かれ発表されたものであることだけは確かであり、そのことは、すべての作品は作家という人間が、震災後の世界に直面しつつこの世界に発した言葉であることを意味する。

　また、こうしたアンソロジーの出版も含め、震災に関するものを書くこと

自体に抵抗を覚え、執筆を差し控える作家がいたとしても、それもまた言葉を社会に発していく存在としてのひとつの姿勢であり、震災後の世界と向き合った真摯な姿勢のひとつである。いま・ここに言葉を発しないことも、作家としての選択としてありうるからだ。

　作家本人が、作家というものをどのような社会的存在として考え、言葉をどのように発していくかいかないかの差異とは関係なく、3.11以降の日本において、すべての作家が想定可能である事実として、いましばらくは、なにを書こうと震災に絡めて読んでしまうひとがいるだろう、ということがある。いつどこに、なにを、どのようなかたちで発表するべきか——そういうことを考えるにあたり、震災に関すること、震災を想起させることについて考慮される（考慮するのかしないのかも含めて）必要が出てきた。そうしたことには左右されずに書く覚悟を決めることもひとつの答えではある。ただし作家としての自分の保身のためだけで、ともに生きている読者に対しての配慮が欠けることは社会的に許されるものではないだろう。なぜなら、すでに作家として認識されている人間は、言葉を発すること自体によって伝えてしまうことがあるからだ。そして3.11以降は、そのことがとくに意識されやすいと考える。

　たとえば、豊崎由美氏は「昨年の三月十一日以来、哲学者のアドルノの〈アウシュヴィッツ以後、詩を書くことは野蛮である〉という言葉を引いて、文学の無力を語る作家は多かったし、正直わたしも、急きょ大震災をテーマに取り込んだ（第百四十六回直木賞の候補になった真山仁の『コラプティオ』みたいな）作品を読むと、心穏やかではいられませんでした。」といい、その理由を「この機に乗じて話題になってやろう的な商魂を、野蛮というか下品だと思ってしまったから」と述べている[53]。豊崎氏の指摘の通り、商魂から書いたのではないとしても、震災を思わせる言葉は、3.11以降の読者に商魂逞しいと思われる（あるいは単純に嫌われる）可能性を孕んでいる。

　しかし豊崎氏は、川上弘美「神様2011」については、「その黒い感情を吹き払ってくれた」と述べるのである。この作品が3.11以降という、それ以前とは変わってしまった世界でも「日常は続いていく。変わってしまったからこそ、愛おしいと思える生活がある。そのことを伝えて、震災後のざわつきがおさまらない心を、平らかにしてくれたんです。感謝。」と好意的に評

している[54]。なぜ震災に直接ふれているにもかかわらず「神様2011」だけがよいとされるのかについては疑問であるが、ただ言えることは、豊崎氏が3.11以降の文学を同じ時代を生きる者の発した言葉として（つまり、同時代文学として）、自分はそれをどのように受けとめるのかという視点から、評価しているということである。豊崎氏が、震災について書かれている作品の多くに対し、震災に絡めて書けばいい（売れる）というような傲慢さを感じ、嫌悪するのも、「神様2011」が「日常は続いていく。変わってしまったからこそ、愛おしいと思える生活がある。そのことを伝えて」いる、と受けとる限りにおいて下品だとは思えなかった、「震災後のざわつきがおさまらない心を、平らかにしてくれた」と感じたことも、同時代文学としてのひとつの読みではある。

　3.11以降の文学を読むとき、それが3.11以降に書かれたことを意識するか否かは読者の自由である。しかし文学教育においては、3.11以降の文学に同時代文学として教材価値を与えるとすれば、3.11以降に書かれたことや、それがすでに発表されていることをふまえ、どのような読みが展開できるのかを問うような方法が考えられる。そのように問うことで、現代においての同時代文学を読むとはどういうことなのかを学ばせる材とすれば、3.11以降の文学にも現代文としての教材価値があるといえるだろう。

川上弘美「神様2011」について

　「神様2011」は、川上弘美が福島原発事故を受け、自身が1993年に書いたデビュー作「神様」をもとに、作品世界を震災以降（放射能汚染の危険性を伴う世界）に移して新たに書かれたものである。発表されたのは2011年6月で、震災から3か月足らずの時期であり、雑誌『群像』においてなされた。

　梗概としては、「神様」とほとんど変わらない。主人公の「わたし」が、近くに引っ越してきた「くま」にさそわれ散歩に行き、最後にその一日をふり返り「悪くない一日だった。」とまとめる話である。

　だが、その「悪くない一日」の内実が「神様」とは微妙に異なっている。簡単に言えば、「神様2011」では、道や川が放射能に汚染されているかもしれないことを気にしつつ生活をすることが「悪くない」、ごく日常的なものとされている。

第4章　言葉の芸術としての文学教育の可能性　299

「神様」と「神様2011」との異同については、以下の表の通りである。

「神様」「神様2011」参照表
〔　〕内は削除・加筆箇所、下線部は訂正箇所。
頁はそれぞれ、『神様』（中央公論新社、1998）、『神様2011』（講談社、2011）

神様	神様2011
〔歩いて二十分ほどのところにある川原である。〕(p.5)	
春先に、熊をみるために、行ったことはあったが、暑い季節にこうして弁当まで持っていくのは、初めてである。(p.5)	春先に、熊をみるために、〔防護服をつけて〕行ったことはあったが、暑い季節にこうして〔ふつうの服を着て肌をだし、〕弁当まで持っていくのは、〔「あのこと」以来、〕初めてである。(p.23)
ちかごろの引越しには珍しく、引越し蕎麦を〔同じ階の〕住人にふるまい、葉書を十枚ずつ渡してまわっていた。(p.5)	ちかごろの引越しには珍しく、〔このマンションに残っている三世帯の住人全員に〕引越し蕎麦をふるまい、葉書を十枚ずつ渡してまわっていた。(p.23)
確かに、と答えると、以前くまがたいへん世話になった某君の叔父という人が町の役場助役であったという。(p.6)	確かに、と答えると、以前くまが〔「あのこと」の避難時に〕たいへん世話になった某君の叔父という人が町の役場助役であったという。(p.24)
川原までの道は<u>水田に沿っている。舗装された道で、時おり車が通る。</u>(p.8)	川原までの道は<u>元水田だった地帯に沿っている。土壌の汚染のために、ほとんどの水田は掘り返され、つやつやとした土がもりあがっている。作業をしている人たちは、この暑いのに防護服に防塵マスク、腰まである長靴に身をかためている。「あのこと」の後は、いっさいの立ち入りができなくて、震災による地割れがいつまでも残っていた水田の道だが、少し前に完全に舗装がほどこされた。「あのこと」のゼロ地点にずいぶん近いこのあたりでも、車は存外走っている。</u>(p.26)
〔たいへん暑い。田で働く人も見えない。〕(p.8)	

| | 〔「防護服を着ていないから、よけていくのかな」
と言うと、くまはあいまいにうなずいた。
「でも、今年前半の被曝量はがんばっておさえたから累積被曝量貯金の残高はあるし、おまけに今日のSPEED Iの予想ではこのあたりに風は来ないはずだし」
言い訳のように言うと、くまはまた、あいまいにうなずいた。〕(pp.26-27) |
|---|---|
| 「もしあなたが暑いのなら<u>国道に出てレストハウスにでも入りますか</u>」(p.8) | 「もしあなたが暑いのなら、もちろん僕は容積が人間に比べて大きいのですから、あなたよりも<u>被曝許容量の上限も高い</u>と思いますし、このはだしの足でもって、<u>飛散塵堆積値の高い土の道を歩くこともできます</u>。そうだ、やっぱり<u>土</u>の道の方が、アスファルトの道よりも涼しいですよね。そっちに行きますか」(p.27) |
| もしかするとくま自身が<u>一服したかった</u>のかもしれない。(p.8) | もしかするとくま自身が<u>土の道を歩きたかった</u>のかもしれない。(p.28) |
| <u>たくさんの人が泳いだり釣りをしたりしている。</u>(p.9) | 誰もいないかと思っていたが、二人の男が水辺にたたずんでいる。「あのこと」の前は、川辺ではいつもたくさんの人が泳いだり釣りをしていたりしていたし、家族づれも多かった。今は、<u>この地域には、子供は一人もいない。</u>(p.28) |
| 荷物を下ろし、タオルで汗をぬぐった。くまは舌を出して少しあえいでいる。そうやって立っていると、<u>男性二人子供一人の三人連れ</u>が、そばに寄ってきた。<u>どれも海水着をつけている。男の片方はサングラスをかけ、もう片方はシュノーケルを首からぶらさげていた。</u>
「お父さん、くまだよ」
<u>子供が大きな声で言った。</u>
「そうだ、よくわかったな」
シュノーケルが答える。
「くまだよ」
「そうだ、くまだ」
「ねえねえくまだよ」(pp.9-10) | 荷物を下ろし、タオルで汗をぬぐった。くまは舌を出して少しあえいでいる。そうやって立っていると、<u>男二人</u>が、そばに寄ってきた。<u>どちらも防護服をつけている。片方はサングラスをかけ、もう片方は長手袋をつけている。</u>
「くまですね」
サングラスの男が言った。
「くまとは、うらやましい」
長手袋がつづける。
「くまはストロンチウムにも、それからプルトニウムにも強いんだってな」
「なにしろ、くまだから」
「うん、くまだから」(pp.28-29) |

第4章　言葉の芸術としての文学教育の可能性　301

シュノーケルはわたしの表情をちらりとうかがったが、くまの顔を正面から見ようとはしない。サングラスの方は何も言わずにただ立っている。子供はくまの毛を引っ張ったり、蹴りつけたりしていたが、最後に「パーンチ」と叫んでくまの腹のあたりにこぶしをぶつけてから、走って行ってしまった。男二人はぶらぶら後を追う。(p.10)	サングラスはわたしの表情をちらりとうかがったが、くまの顔を正面から見ようとはしない。長手袋の方はときおりくまの毛を引っ張ったり、お腹のあたりをなでまわしたりしている。最後に二人は、「まあ、くまだからな」と言って、わたしたちに背を向け、ぶらぶらと向こうの方へ歩いていった。(p.29)
「小さい人は邪気がないですなあ」(p.10)	「邪気はないんでしょうなあ」(p.30)
「そりゃいろいろな人間がいますから。でも、子供さんはみんな無邪気ですよ」(p.10)	「そりゃあ、人間よりは少しは被曝量は多いですけれど、いくらなんでもストロンチウムやプルトニウムに強いわけはありませんよね。でも、無理もないのかもしれませんね。」(p.30)
「〔おことわりしてから行けばよかったのですが、〕つい足が先に出てしまいまして。大きいでしょう」(p.11)	「つい足が先に出てしまいまして。大きいでしょう」(p.31)
釣りをしている人たちがこちらを指さして何か話している。(p.12)	さきほどの男二人がこちらを指さして何か話している。(p.31)
「さしあげましょう。今日の記念に」 そう言うと、くまは担いできた袋の口を開けた。(p.12)	「いや、魚の餌になる川底の苔には、ことにセシウムがたまりやすいのですけれど」 そう言いながらも、くまは担いできた袋の口を開けた。(p.31)
くまは器用にナイフを使って魚を開くと、これもかねてから用意してあったらしい粗塩をばっぱと振りかけ、広げた葉の上に魚を置いた。(p.12)	くまは器用にナイフを使って魚を開くと、これもかねてから用意してあったらしい〔ペットボトルから水を注ぎ、魚の体表を清めた。それから〕粗塩をばっぱと振りかけ、広げた葉の上に魚を置いた。(p.31)
「何回か引っくり返せば、帰る頃にはちょうどいい干物になっています」(p.12)	「何回か引っくり返せば、帰る頃にはちょうどいい干物になっています。〔その、食べないにしても、記念に形だけでもと思って〕」(p.32)
わたしたちは、草の上に座って、川を見ながら弁当を食べた。(p.12)	わたしたちは、ベンチに敷物を敷いて座り、川を見ながら弁当を食べた。(p.32)

少し離れたところに置いてある魚を引っくり返しに行き、ナイフとまな板とコップを流れで丁寧に洗い、それを拭き終えると、くまは袋から大きいタオルを取り出し、わたしに手渡した。(p.13)	少し離れたところに置いてある魚を引っくり返しに行き、ナイフとまな板とコップをペットボトルの水で丁寧に洗い、それを拭き終えると、くまは袋から大きいタオルを取り出し、わたしに手渡した。(p.32)
「昼寝をするときにお使いください」(p.13)	「昼寝をするときにお使いください。〔まだ出発してから二時間ですし、今日は線量が低いですけど、念のため。〕(p.33)
目を覚ますと、木の陰が長くなっており、横にくまが寝ていた。(p.13)	目を覚ますと、木の陰が長くなっており、横〔のベンチ〕にくまが寝ていた。(p.33)
川原には、もう数名の人しか残っていない。みな、釣りをする人である。(pp.13–14)	川原にはもうわたしたち以外誰も残っていない。男二人も、行ってしまったようだ。(p.33)
くまは305号室の前で、袋から鍵を取り出しながら言った。(p.14)	くまは305号室の前で、袋からガイガーカウンターを取り出しながら言った。〔まずわたしの全身を、次に自分の全身を、計測する。ジ、ジ、という聞き慣れた音がする。〕(p.34)
	〔くまはあまり風呂に入らないはずだから、たぶん体表の放射線量はいくらか高いだろう。けれど、この地域に住みつづけることを選んだのだから、そんなことを気にするつもりなど最初からない。〕(p.35)
それから干し魚はあまりもちませんから、今夜のうちに召し上がるほうがいいと思います」(p.16)	それから干し魚はあまりもちませんから、めしあがらないなら明日じゅうに捨てるほうがいいと思います」(p.36)
部屋に戻って魚を焼き、風呂に入り、眠る前に少し日記を書いた。(p.16)	部屋に戻って干し魚をくつ入れの上に飾り、シャワーを浴びて丁寧に体と髪をすすぎ、眠る前に少し日記を書き、最後に、いつものように総被曝線量を計算した。今日の推定外部被曝線量・30 μSv、内部被曝線量・19 μSv。年頭から今日までの推定累積外部被曝線量・2900 μSv、推定累積内部被曝線量・1780 μSv。(p.36)

異同の多くは放射能汚染にまつわる記述である。たとえば冒頭では、「くまにさそわれて散歩に出る。川原に行くのである。(あるいて二十分ほどのところにある川原である。)春先に、鴫を見るために、防護服をつけて行ったことはあったが、暑い季節にこうしてふつうの服を着て肌を出して、弁当まで持っていくのは、「あのこと」以来、初めてである。」というように、加筆・訂正されている(括弧内が「神様」から削除された部分、下線箇所は、加筆された部分である)。防護服を着て散歩にいくことは、昔はなかったことであるようだが、いまでは外出時の常識となっていることが窺われる。そうなってしまった現実に対し、否定的な感情の記述はなく、こうした現実が「わたし」にとって(よくもないのだろうが)「悪くない」こととして語られている。

　これは、その他の加筆・訂正箇所ついても同様であり、作品全体を通して現実は変わってしまったけれども(もともとは放射能汚染に気をつけるような世界ではなく、「あのこと」以来そうなってしまったという設定である)、すでに「悪くない」ことになってしまった世界が「神様2011」の作品世界である。

　また、「くま」に対する「人間」の目も変化している。「神様」では、水辺で出会った男性ふたりと子供ひとりが、「くま」に対して言うのは「「くまだよ」／「そうだ、くまだ」／「ねえねえくまだよ」」とだけで、「くま」が「くま」であり、それ以上でも以下でもない。「子供はくまの毛を引張ったり、蹴りつけたりしていたが、最後に「パーンチ」と叫んでくまの腹のあたりにこぶしをぶつけてから、走って行ってしま」い、「くま」はそれに対し「小さい人は邪気がないですなあ」と反応する。

　それが「神様2011」では、子供の姿はなくなり、男のひとりが「くまとは、うらやましい」といい、もうひとりが「くまはストロンチウムにも、それからプルトニウムにもつよいんだってな」と応じる。そして、「なにしろ、くまだから」「うん、くまだから」といい交し、「くまの毛を引っ張ったり、お腹のあたりをなでまわしたりして」、最後には「まあ、くまだからな」と言って、去る。それに対し「くま」は、「邪気はないんでしょうなあ」「そりゃあ、人間より少しは被曝量は多いですけれど、いくらなんでもストロンチウムやプルトニウムに強いわけはありませんよね。でも、無理もないのかもしれませんね」とこぼしている。

このように、「神様」では（「わたし」以外の）「人間」にとって「くま」は「くま」以上でないのだが、「神様2011」では、人間より放射能に強くて、うらやましい対象であると誤解されている。「神様」でも「人間」と「くま」は区別されるものとして描かれてはいるが、「神様2011」では区別されるだけでなく、比較されるものとして描かれている。そしてそれも「無理もないのかもしれませんね」と「くま」がいうように（またそれに対し、「わたし」が特になにもいわないように）、邪気はなくてもつい比べてしまうということが当たり前になっている。

以上が、「神様」と「神様2011」における「悪くない」日常の内実である。

「神様2011」の教材化

これまでにも、川上弘美作品は高等学校の現代文の教材として扱われてきた。「神様」については筑摩書房の『国語総合』、明治書院の『新精選国語総合』に、2003年から採録されており、筑摩書房のホームページでは、「自身による改作も出たデビュー作」と紹介されている。

また「神様」以外の川上弘美の作品では、「春野」（東京書籍『精選国語総合』にて2007年以降）や、「離さない」（大修館書店『現代文2改訂版』にて2005年以降）、「水かまきり」（東京書籍『新編現代文』にて2008年以降）が採録されており、随想も「境目」（筑摩書房『精選国語総合改訂版現代文編』にて2003年以降）、「春の憂鬱」（数研出版『国語総合』にて2007年以降）が採録されている。

こうしたことから、川上弘美作品は現代文の教材として妥当と評価されている、すなわち川上弘美が現代作家として扱うに足る作家であるとみなされていると考えることができる。川上弘美を現代作家としていま扱うことは、妥当とみなしてよいだろう。

そのうえで、「神様2011」を現代文学として教材とする場合、どのような可能性があるかを検討する。

まず、「神様2011」の作品としての社会的な評価は、問題にしないほうがよいと考える。なぜなら、ある文章の現代文の教材としての価値は、先にも述べたとおり、時代性（鮮度がある）という側面が大きいからである。その文章の鮮度について問うことが、あってしかるべきことであると考えられる。現代文としてどうか、ということを問いたい。具体的には、震災から一年を

待たずして「神様 2011」が書かれたのだという事実についてふれ、その意味をどう考えるかに徹して読むこととする。

　発問の例としては、「この作品の個人的な好悪はさておき、川上弘美に、どうしてもこの作品をいま書かねばならないような抜き差しならない理由があったと仮定した場合、どのような理由が考えられるか」といったものになる。学習者によって、この作品の好悪は異なるだろうが、川上弘美にこの作品を書かせた、発表させた理由を考えることは、その作品の好悪とは別に考えることができる。

　ただし、こういう事情により書かざるをえなかったのだろう、と推測することと、その作品は(いま)発表されるべきだったか否かは別の問題である。仮に、作品が書かれるべきもっともらしい理由が現実にあったのだとしても、その作品自体が評価されるか否かは、また別の問題である。学習者には現実にその作品がどう評価されているかに囚われず、自分なりにいまこの作品が書かれ、発表され、読まれているということについて思考してほしい。

　とくに留意すべき点として、なぜ新たな作品を書くのではなく、「神様」に加筆・訂正をした「神様 2011」であったのかという点を挙げる。

　先ほどの問いを、「神様」という作品がすでに存在していることもふまえて換言すると、なぜ川上弘美は「神様」を 3.11 以降の日本(放射能汚染の可能性のある土地)のできごとに置き換え、適宜、加筆・訂正をした「神様 2011」を書き、発表したのかということになる。また、それを考える手引きとして、「神様」の読みが 3.11 以前と以降ではどのように変化しうるのか、「神様 2011」が書かれたことにより「神様」の読みはどのような影響を受けるのかについて考えることが助けとなるだろう。

　以上の問いをもとにした場合、川上弘美が「神様 2011」を書いた理由については、次のような推測が可能である。

　まず、3.11 以降の「神様」の読みについてであるが、大きく二つに類別できる。

　ひとつは、作品世界を 3.11 以前とする読みである。これは 3.11 以前と同じ読みかたであるが、3.11 をふまえた読みを選択しないという、ひとつの選択的な読みである点で、これまでとは異なっている。

　二つめは、作品世界を 3.11 以降の日本とする読みである。こちらは、放射能汚染の可能性の有無によって、さらに二つに分けることができる。放射

能汚染の可能性が危惧されない土地でのできごととして読む場合は、作品世界を 3.11 以前とする読みと近いものになる。だがそうではない土地があることを意識している点で異なる。また、放射能汚染の可能性のある土地でのできごととして読む場合には、非常に危険で怖い物語となる。ただし、前者を想定できるかどうかは読者によって、日本全域において放射能に汚染されていないと保証できる土地はないと考える場合には後者となる。

　これらの読みに優劣はなく、いずれの読みも可能であることが重要である。私たちは「神様」を 3.11 以前とまったく同じように読めなくなったわけではない。ただ、そうした作品世界は過去の世界のできごと、あるいは限られた土地のできごととしても捉えることもできる、作品世界は 3.11 以前か以降か、放射能汚染の可能性があるのかないのかという線引きができてしまうことを指摘しておく。

　そのことをふまえて、川上弘美がなぜ「神様 2011」を書いたのかを考えてみると、作品の最後の「悪くない一日だった。」という一文の、「悪くない」という感覚を 3.11 以降の現実にそぐうものにするための試みと考えることができる。なぜなら、「神様」でのできごとを「悪くない」といえるような現実は過去（3.11 以前）か、放射能に汚染されていない土地か、という限定をもつようになったからだ。

　「神様」において、「わたし」が「悪くない」と判断する感覚が、すでに読者の感覚とは大きくずれている、あるいは今後ずれていくだろうという推測のもとに、いま、そしてこれから、私たちはどのような現実を「悪くない」と感じていくのか、どのような現実が日常となるのか、ということを想定し、川上弘美は「神様 2011」を書いたのではないかと考えることができる。つまり、読者の現実における日常の定義が変更されたことに伴っての書き換えであるという推測ができる。

　繰り返しになるが、「神様 2011」は「神様」の作品世界を 3.11 以降の世界に移した物語である。これが意味することは、「神様」における作品世界を 3.11 以降の世界に移したら、「神様 2011」のようになるということであって、「神様」の作品世界は 3.11 以前の世界だ、ということである。「神様」の作品世界を明らかに 3.11 以降であると設定した作品「神様 2011」が存在することによって、「神様」は 3.11 以前の物語として守られるのである。

　もちろん、「神様 2011」があるからといって、「神様」の作品世界を 3.11

以降の日本とする読みが否定されるわけではない。ただ、作家として、川上弘美が書き分けているということに着目すべきである。

「神様2011」は、放射能に汚染された可能性のある土地に暮らす者の日常として読める話だが、そうした土地に住んでいない者にとっては、もしこれが日常になったらたまらないと感じさせる作品である。しかしそれが日常となっている土地や未来があるのかもしれない、という不安を消すこともできない。

なにが起きても日常というものは続いていくという「神様」。たとえ、日常の内実（定義）は変化することがあっても、それまでとは別の日常が続いていくだけで、やはり日常は続いていくという「神様2011」。3.11をふまえると、「神様」の日常は日常として読めなくなるかもしれない。もうすでに読めないひとがいるかもしれない。そう考えて、すべてが夢としてしか読まれなくなることをすこしでも避けるために、川上弘美は「神様2011」を書いたのかもしれない。放射能に汚染されているか否かを考える日常を前提として読むことを求めるような「神様2011」を発表することによって、「神様」のほうはそんなことを考えない日常を前提として読むようにと暗に指示し（強要しているのではない）、「神様」における、日常は続いていくものである、という読みを、「神様」の3.11以降版としての「神様2011」を発表することによって守るのである。

無論、「神様2011」がそのためだけに書かれたというわけではない。「神様2011」は「神様」とは別の、いまありうる日常を描いた作品であるという読みもできる。「神様」を読まずに「神様2011」だけを読み、この作品が書かれた理由について考えることもできる（それは3.11以降に書かれた、ほかの作品も参照しながら考えていくことになるので、それについての言及は稿を別にしたい）。

「神様2011」のように、ある作品がその作家自身によって書き換えられ、新たな作品として発表される（もとの作品の改訂版としてではなく、新規のものとして発表される）ということは稀なことであるが、なぜいま、この言葉が発せられるのか（加藤氏の言葉を借りれば「作者の像」）を学習者に問うには、格好の作品である。なぜいま、この言葉が発せられたのかを考える手がかりとして、「神様」と「神様2011」を読み比べながら、なぜすでに存在する作品があるのにその違うヴァージョンが書かれたのだろうか、なぜ新た

な作品ではなくて別ヴァージョンでなくてはならなかったのだろうか、そのような作品を提出する必要があるとすればどのような理由があるだろうか、ということを考えることができるからである。同じ時代を生きる読者として、「神様2011」が書かれたという事実をどのように受けとめるのかということもふまえながら読むことができるだろう。

またそこから敷衍して、同じ時代に生きる自分以外の読者(たとえば東日本の読者は、福島の読者は、大飯町の読者は、大阪の読者は、あるいは広島や長崎の読者は、どう読むのだろうか)を意識しながら読むこともできる点に、「神様2011」の現代文としての、すなわち現代における同時代文学としての、読むことにおける教材価値を認めることができる。

「神様2011」が、いま書かれたという事実自体が伝えることを考えることから、現代において同時代文学を読むとはどのようなことか、学習者は身をもって学ぶことができるだろう。

「神様2011」の同時代文学としての教材性

この項では、「神様2011」が3.11以降に創作・発表された文学であることに注目し、現代(とくに3.11以降の日本社会、つまり、これからの日本社会)における同時代文学教材としての価値について述べる。

高橋源一郎氏は「いうまでもないことだが、3月11日以降は、それ以前と同じように『読む』ことも『書く』ことも難しくなった。以前は面白かったものが、面白かったはずのものが、そうは感じられない。以前なら、楽に書けていたことが書けない。それとは逆に、以前には無視していたものが気持ちにすっと入ってくる。あるいは、ふだん通りに書いているつもりでも、書き方が変わっている。それは、こちらの問題でもあり、また同時に、ぼくたちが生きている世界の問題でもあるのだろう。」[55]という。実際は「それ以前と同じように『読む』ことも『書く』ことも難しくなった」と感じているひともいれば、そうではないひともいるので、「3月11日以降は、それ以前と同じように『読む』ことも『書く』ことも難しくなった」ことが「いうまでもないこと」とはいえない。だが「3月11日以降は、それ以前と同じように『読む』ことも『書く』ことも難しくなった」ひとが、いま・ここにすくなからずいることは認められる。またそのようなひとはいても、依然としてひとは読み書きしていくこと、書かれる言葉や読まれる言葉が在るという

ことこそ、確認すべきことである。

　書かれた言葉すなわち読む言葉があるということは、なにげなく読んでいるときには忘れがちなことだが、忘れてはいけないことである。つねに意識していなくてはいけないことではないが、心に留めておくべきことである。

　たとえば、言葉が出てこない状況を思い浮かべれば、そこに言葉があること自体に感慨をもつことができる。高橋氏が「あの、頭の中が『真っ白』になって、なにもことばが考えられない時のことを、大切にするべきではないだろうか。そもそも、『すぐにことばが出る』というのは、異様な状態ではないのか。」[56] というのも、そうしたことにつながっていよう。

　作家であっても、つねに言葉を出せるわけではない。作家の仕事が、いま・ここにどのような言葉を発していくかを考えることであるなら、いま・ここで言葉を待つということが、読者の仕事であるかもしれない。読者はたとえ読んだ言葉が好ましく思えない場合でも、言葉を発した相手の行為には敬意を示すべきである。拒絶や批判をするのは簡単だが、それはいつか自分が発する言葉であるかもしれないことを思えば、いま、ここにこういう言葉があるというひとつの事実として受けいれていくこともできるだろう。不快感や嫌悪感を覚えるかもしれないが、それ以上のことがないようにするために、謙虚で誠実な言葉の受け手であるよう努力はできる。自分が言葉を発していくことが難しいと感じているときには、とくにそうあるべきである。

　コミュニケーションのための摩擦が起こることも、ときにはあるだろう。その摩擦を悪意と混同することもありうる。しかし、それを混同してしまう恐れがあるからといって、言葉を遮断したり、コミュニケーションを取ることを諦めたりしていいことにはならない。摩擦を起こしながらも、相手の言葉を通してその相手に心を傾けるようにする。悪意を伴う言葉を発してはいけないが、そういう言葉がこの世にまったくないとはいい切れない。それでも誰かとつながることを求めるからこそひとは言葉を読むという行為を成立させることができるのではないだろうか。

　どの言葉にもそれを書いた相手がいることを思えば、その立場や考えを尊重しようとし、理解していこうと努めることはできる。それは3.11以前から変わらないことであるが、3.11以降に、より必要な言葉への向き合いかたではないかと考える。震災や原発に関する情報はいくらもあるが、私たちはいまだに、なにをどう信じていいのかわからずにいる。今後も、正しさの

判断に迷い続けるだろう。言葉の真偽や、その背景にある意図（悪意や好意）の見えにくさを思い知らされることの多いときであるからこそ、思慮深く、言葉をみつめ、言葉の書き手がどのようであるかを熟考したうえでその言葉を受けとめていく、そうした態度がより必要である。

　3.11 以降の文学を読むことの教材として用いるときには、そうした読みの態度を学習者に求めることが必要になってくる。3.11 以降に創作・発表された、あるいは 3.11 以降に読むからといって、絶対に 3.11 以降であることを読みの前提としなければならないわけではない。ただ 3.11 以降であることを強調する作品を読むときや、3.11 以降であることを意識した読みをしてしまうとき、それを拒絶したり、批判したりすることもできるが、作家はなぜ虚構としてそれを書いたのか、自分はなぜ虚構の言葉であるのに現実を介在させて読んでいるのかを考えることはできる。なまみの作家とふれ合うことはないけれども、いま言葉を発するという行為自体について推し測ったり、いま発せられる言葉を受けとるという行為をみつめることで、現代という時代に表現され受容されている言語芸術である現代の小説を、その時代に生きる社会の一員として読むことの教育をなすことができると考える。

現代文学の教材化についてのまとめ

　3.11 以降のいま・ここにおいて、3.11 以降に創作・発表された文学の、同時代文学としての教材とする価値についてまとめる。

　それは、なぜこの言葉がいま発せられたのかをふまえながら読む、という行為を経ることによって、言葉を読むとはどのような行為なのかを問う姿勢を育むための、ひとつの手立てとなることにあるのではないかと考える。

　現代文学とは、同時代に生きる作家によって、同時代を生きる読者に発せられた言葉である。作家がどのようなことを伝えたかったのか、どのような意図があったのかはともかく、作家と時代をともにする読者として、自分はその言葉をどのように受けとめるのかを考えていくことにより、現代文学の同時代文学としての教材価値は高められるだろう。いま、どのような言葉が発せられているのかという視点から言葉を観察するだけに留まらずに、その言葉がいま、ここで、なぜ発せられているのかを考えていくことが、社会の一員として読むということではないだろうか。いま、ここに通用する言葉を獲得していくひとつの手段としても、現代文学を読む価値はあるだろうが、

そこになにがどのように書かれているかだけではなく、なぜそのようなことが書かれるのかということを問いながら読む姿勢もただ言葉を獲得するだけでなく、自分の血となり肉となる言葉にするためには必要であると考える。

3. 言葉の芸術としての文学教育の課題

　言葉の芸術としての文学教育にとって肝要な点は、読むおもしろさを損なわないように、またそれを読みの技術と関わらせていくことである。芸術の教育としての成立と言葉の教育としての成立、その両方を果たすこと、めざすことが言葉の芸術としての文学教育であるからだ。

　それは、ある作品（教材）を、芸術でありうる言葉として捉えるために、「『言葉とは媒材である』という言語観」を育成し、その上で学習者それぞれの「コレシカナイ」をせめぎ合わせるような語り合い、尋ね合いを通して、芸術そのものの意義や、芸術の媒材としての言葉の価値を学ぶものである。

　では、そのようなことが学ばれたのかどうかは、どのように判断しうるのか（評価の考えかたについては、5章を参照のこと）。複数の「ナンデモアリ」が放逐されている状況と、複数の「コレシカナイ」が競合している（が収束を求めない）状況の違いは、簡単に見極められるものではない。

　芸術教育の評価（外部のものさしを用いて子どもの学習を測定するという行きかた）について、F. Sedwick は、「詩の、いちばんたいせつな機能は（そしてあらゆる芸術においても）、チェックリストに示されないことがおそらく私たちの学習のもっともたいせつな局面だと、学習成果によっては予測しえないことが他の何よりも重要だと、私たちに教えるという機能なのである。」[57]と述べている。教師だけでなく、子どもたちにとっても測定不能な事態のなかでこそ学ばれる点が、芸術の教育としての特質でもあるのだという指摘であるが、教師が評価を下しにくかったり、子どもたちが学習できていたとしてもその実感を得にくかったりする点は、芸術としての教育の行いづらさのひとつでもある。言葉の教育としての文学教育ほうが成立しやすいのではなく、成立したかどうかの判断がしやすいために、また国語科で行われているということも手伝い、芸術としての文学教育がおざなり（適当に、いい加減に済ませてしまう）になり、またなおざり（なりゆき任せで、まともに着手すらしない）になってしまうのである。

そのような国語科教育のなかでも、とくに文学教育における"ものさし"の不在について、住田勝氏は算数科教育と引き比べて、次のように述べている。

　私は、無理矢理、とにかく無理矢理に、「九九」を覚えさせられた。それはつらくていやな経験で、私の数学的認識の形成に悪い影を落としている。しかし、私がそんな目に合ったのは、それなりに、子どもの私には納得ができなかったかもしれないけれど、理由があったはずである。小二でどうしても「九九」を覚えなければならない理由。(中略)ここでそのことの是非を論じるつもりはない。問題は、私はそうやって、無理矢理にでも机につかされて、うまくは行かなかったけれども、曲がりなりにも、かけ算の基礎としての「九九」という数のシステムを諳んじることができるようになった。それは、絶対にこの学年で、この時期に、こうした学力形成を行う必要がある、という教師や、そしてこの例の場合保護者の確信があったということである。(中略)とても逆説的な言い方ではあるが、私は、教師のそうした確信によって、「九九」の学習につまづいている算数学習者の一人として、「見いだされた」と言ってもよい。「この子は、「九九」しんどそうだから、もういいにしようか」とは誰も言ってくれない状況。だからこそ、宿題やテストによって繰り返し評価され、個別指導を通して、なんとか突破させるための工夫が積み重ねられたはずである。(中略)
　さて、国語学習において、こうした「ものさし」があまりにも不明確であることは、どのような問題をはらむのかが、明らかになってきたように思う。言うまでもなく、国語教材と出会い、国語の授業を通して読解力や表現を豊かに培っていく子どもたちは大勢いる。教師が「ものさし」を自覚的に持っていようといまいと、関係なく、「うまく育っていく」子どもたちは存在するのである。しかし、そうした子どもたちが、学習の場をくぐりながらなんとか身につけていく、読むための方法、着眼点、約束事を、充分にはとらえられない子どもたちも、確実に存在するはずである。(中略)何となく読むのが苦手な、気持ちや状況を前後と関わらせて言語化するのができない、その子が、今、何につまづいて、どのような手立てによって改善する可能性があるのかを発見すること

が、国語学習のなすべきことであるということは言を俟たない。そのためには、私が苦しんだ「九九」に当たるようなものが、国語科学習指導の「ものさし」として一定の明確さでとらえられているべきではないだろうか。読みにくさの本質とはどのようなもので、どのような言語作品との出会いがそれを解きほぐす可能性を持つのか、どのような読み方を手に入れることによって、彼や彼女らは、それまでとは違った形で言語作品と向き合うことができるようになるのだろうか。ことは深刻である。「ものさし」不在の国語学習は、私が無理矢理「九九」を覚えるような不幸なやり方で"さえ"子どもたちに、「この時期にこのことを絶対に習得させる」という強い意志を持って、迫っていくことができないということである。

(住田勝「小中連携国語科学習指導のための一考察――物語教材の系統性の検討を通して――」全国大学国語教育学会　第120回京都大会自由研究発表資料、2011.5.29、pp.1-2)

　教育内容における「絶対にこの学年で、この時期に、こうした学力形成を行う必要がある」という意志の見出しにくさは、言葉の芸術として文学を教育する際に限ったことではなく、これまでの文学教育から引き続いての問題である。住田氏のいうように、「何となく読むのが苦手な、気持ちや状況を前後と関わらせて言語化するのができない、その子が、今、何につまづいて、どのような手立てによって改善する可能性があるのかを発見することが、国語学習のなすべきことであるということは言を俟たない」。だがその一方で、それが「国語教材と出会い、国語の授業を通して読解力や表現を豊かに培っていく子どもたちは大勢いる。」ことや、「教師が『ものさし』を自覚的に持っていようといまいと、関係なく、『うまく育っていく』子どもたちは存在する」ことへの着目も必要ではないだろうか。なにかを学ぼうとせずに、それでもなにかを学んでいること自体を捉え、そこに芸術(文学)の機能を見いだすこともできるだろう。つまり、九九は暗記しようと努力をしなければできない学習であるなら、読みながらなんとなくなにかを学んでいる(なにを、とは言えないが)という学び自体を学ぶということが、芸術(文学)の学習として「絶対に習得させる」べきことなのではないだろうか。

　住田氏は"ものさし"不在の問題について、「今何を学習することが、この

後に続く物語を読むときに不可欠であることを意識しないまま、現単元を行い続けるということは、そうした現単元の物語に対して読みにくさを抱えた子どもたちの『読みにくさ』と、教師が正対せずに通り過ぎる可能性をはらむ。そしてそれは、そうした読みにくさを抱えた子どもたちを発見し損なうリスクを潜在的に温存し、結果、読みにくさを克服する積極的なチャンスに恵まれず、国語が苦手という自意識を抱えたまま、義務教育を終えていく学習者の存在を放置することにつながるのではないだろうか。」[58]と述べている。「今何を学習することが、この後に続く物語を読むときに不可欠であることを意識」できるようにするにはどうすればよいかの究明や、意識できるような「この後に続く物語を読むときに不可欠である」今学習すべきことの明確化は、文学を読むことの教育にとって急務のことである。それは、「読みにくさを抱えた」学習者を見いだしていくために必要な仕事である。

　だが、「読みにくさを克服」させることだけが、「国語が苦手という自意識を抱えたまま、義務教育を終えていく学習者の存在を放置」しない手立てではないだろう。「読みにくさを抱えた子どもたちの『読みにくさ』と教師が正対する」とは、学習者に「読みにくさを克服する積極的なチャンス」を与えていくだけでなく、「何となく読むことが苦手な、気持ちや状況を前後と関わらせて言語化するのができない、その子」のその状況を受け入れながら、「その子が抱える『読みにくさ』の本質」を見極めていくことに伴走すること、さらには、読むことへの苦手意識があることや気持ちや状況を言語化できないことの本質が「読みにくさ」であるのかを見極めていくことも必要である。たとえば、気持ちや状況を言語化できない理由が、そもそも言語化する必要が感じられないからであるならば、どのようにそれを感じさせるか（学習すべきこととして明確に捉えさせることができるのか）といったことを考えていく必要があるが、一方で言語化できなくても学ばれていることを捨象しないような配慮を怠ってはならない。「読みにくさ」を認めながら、その学習者がなには読めているのかを教師がみつめていくこと、また学習者自身にもみつめさせていくことで、読むこと自体からの学びを知ることにつながっていくだろう。学ばれていない（学びの実感がない）という状況に対して、本当になにも学ばれていないのか見直していくこと（見直させていくこと）、そうした状況を放置しないこと自体が肝要なのである。自然と、そこには言葉を重ねていく（語り合っていく）場が開かれるだろう。

先に筆者は、「コレシカナイ」に「わからない」も認めると書いたが、「わからない」を放置してよいということではない。「わからない」としかいいようがない読後感もあるだろう。しかし、そのままではいられない、なぜわからないのか、なにがわからないのか、どうしてわかるひとがいるのか、わかっているひとはなにをわかっているのか…というように、「わからない」からでも教室においてせめぎ合っていく状況に参加していくことはできるので、認めてもよいと述べたのである。

　山元隆春氏は、博士課程前期での演習「教育実践記録『村を育てる学力』（東井義雄著）の考察〈二〉―東井氏の「いのちの思想」を中心に―」[59]で、「『いのちにふれる』ということは、読んでいけば、ついついひきこまれてしまうが、『いのちにふれる』とはどういうことかを考えていくとわからなくなってしまう。」とまとめをした際のことについて、次のように振り返っている。

> ○この末尾の「わからなくなってしまう」をめぐって、野地先生から次のような指摘があった。
> ・この言葉を言ってはだめだ！
> ・東井氏の代弁をするつもりで、それはなぜかということを問い返していくことだ。
> ・ひきこまれながら、突き放す。
> ・「わからない」ことをどのようにわかっていくかを出し合うのが研究の場である。
> （中略）
> ・「いのちにふれる」ということはすべての分野にかかわる。感情の部分である。「いのち」のただごとでなさの認識、他力、それは信仰といってもよいのではあるまいか。
> ・人間存在をゆるがすものに出くわした時に感じられる点である。
> （中略）
> ・一方では入り込み、一方ではひややかにみる。
> ・体験から哲理へ。それをあらわす一つの言葉が「いのちにふれる」である。
> ・「ほんものにふれる」とある。「ふれる」という言い方を選んだこと。

わざわざ理論化しないで書いてある。第Ⅰ部や第Ⅲ部とは書き方がちがう。
・東井の「感覚」は、括弧付きである。そのものが何であるかを明らかにしなければならない。
（山元隆春「あなたが私の共著者としてあなた自身を読む／私があなたの共著者として私自身を読む」第112回全国大学国語教育学会・宇都宮大会、パネルディスカッション「大学における国語教育研究はどうあるべきか―全国大学国語教育学会に『大学』が付いている意味を問う―」発表資料、2007.5.26、pp.2-3）

　野地潤家氏が「わからなくなってしまう」を禁じるのは、わかることではなく、どのようにわかろうとするかに研究があるとするからである。「ひきこまれ」「入り込」むものだからこそ研究するのだが、彼に（筆者・作者）にぴったり重なっているような状態では、そのひとを「代弁する」（解釈・翻訳し、発信する）ことはできない。同一化しながらも、対象化するためには、「突き放し」、「ひややかにみる」必要がある。書かれている内容だけを取るのではなく、書きかたや言葉の選択（ここでは、「『ふれる』という言い方を選んだこと。わざわざ理論化しないで書いてある。」、「東井の『感覚』は、括弧付きである。」点を野地氏は指摘している）に気づき、それがなぜであるのか、そのことによってわかることの仮説を立てていきながら、その妥当性を精査していくこと（たとえば、「体験から哲理へ。」「『いのち』のただごとでなさの認識、他力、それは信仰といってもよいのではあるまいか。」「人間存在をゆるがすものに出くわした時に感じられる点である。」といった解釈を、整合性をもちながら述べていくこと）が研究の場（行きかた）である。「『わからない』ことをどのようにわかっていくかを出し合う」、「それはなぜかということを問い返していくこと」が研究なのである。

　言葉の芸術としての文学教育が求める、「作者の像」をもちながら（代弁するように）、未到達の普遍性としての「コレシカナイ」を求めていく教室の場とは、山元氏が書き留めた野地氏の指摘にあるような、研究の場としての教室であると考えられよう。

　そのように考えることで、教室という場に居合わせるひとたちによって、その集団が研究する集団として高められていったかという観点から、言葉の

芸術としての文学教育の成果について判断することはできよう。

　そのことは、たとえ研究として成立しなくとも（研究内容自体の深まりは見られなかったとしても）、それを語り合っていくなかに語りきれぬものを見いだしていった結果であり、言葉を尽くしていった先に言葉を失うところに行き着いたのだとすれば、そこに文学が教育されたとする、ということでもある。文学として学ぶとは、その作品を研究し、成果を出すことではない。その作品の研究が、決して終わることがないことを明確にしていくところに、その作品の文学性を学ぶことがある。言葉の芸術として文学を捉えた教育は、対話する言葉が尽きてなくなるところにある。そしてそこには、ただ文学の言葉が共有されて残っていくのである[60]。

注

1　加藤典洋「理論と授業――理論を禁じ手にすると文学教育はどうなるのか」日本文学協会第67回（2012年度）大会、国語教育の部・テーマ「〈第三項〉と〈語り〉」発表資料、2012.12.1、p.2

2　なお甲斐氏は「⑤国語科の授業は「国語の美的な機能の学習」に時間を割きすぎている　例えば平成元年版学習指導要領（中学校国語科）の「理解」に関する3年間の指導項目を整理してみると、美的な機能（鑑賞的な機能）に該当する項目は全項目中の1割にも満たないが、教育現場ではその比重がたいへん大きい。指導材料を提供している国語教科書とその扱いに原因があるように考えられる。教材の位置づけと指導目標を明確にする必要がある。」（甲斐睦朗「言語教育としての国語教育と日本語教育」全国大学国語教育学会編『国語科教育学研究の成果と展望』明治図書、2002、p.60）と述べ、国語科の授業には「美的な機能の学習」に偏っていることを指摘しているが、美的な機能に目を注ぐということは、言語技術自体についてそれが誰かになにかを伝える情報機能・対人関係機能としてだけ働いているわけではないことや、情報機能・対人機能以外の機能が作動していることへ着目することでもある。言葉の情報機能や対人関係機能が捨象されるわけではなく、それを除いてもまだ残る機能への着目だと考えることもできよう。そしてそこに言語技術に支えられた（情報機能や対人関係機能を含みこんだ）言語文化をみる、ということがある。現状にどのような偏りがあるのかを見極めることは難しいが、「教材の位置づけと指導目標を明確にする」ことができれば、偏りがあるのかないのか、はっきりと識別できるようになるだろう。

3　「作品における物語年表の作成、登場人物の列挙、語りの構造、等の作業は、共同でできます。つまり、作品読解には、まず、誰にも共通の取り出しの基礎領域がある。

しかし、解釈、読後感、評価は、二人の間で違う、一人一人が違う。その両面が作品の解釈と読解には含まれる。そういうことをしっかりとわかってもらわなければなりません。」（加藤典洋、（1）に同じ。p.4）

4　松浦寿輝「言葉を手渡す」日本文学協会第67回（2012年度）大会、文学研究の部・テーマ「書物とリテラシー」での発言、2012.12.2

5　「この読者と作品の関係性の中に浮上する「作者」とはどういう存在でしょうか。それは、読者によって、作品を読むという一対一の関係性の中で作り出された「作者」の想像上の像です。実際の作者がどうであるかとは、関係しません。（中略）一つの作品を読んで、そこからある感動を受けとるのに、その作者が誰であるかを知っていることは、必ずしも必要不可欠なことではないのです。どんなドストエフスキーの愛読者も、最初の作品としてたとえば高校生で『罪と罰』を読むときに、ドストエフスキーが誰か、なんて知らない。でも、それが誰かによって書かれたものであるということは、——風と波の作用でできた断崖の形のように自然にできたものでないことは——わかっているのです。」（加藤典洋、（1）に同じ。p.9）

6　加藤典洋、（1）に同じ。p.9

7　加藤典洋、（1）に同じ。p.2

8　「複数の主観的な「正解」の「コレシカナイ」の確信があり、そのせめぎ合いが保証されれば、それこそが、文学作品の読解の「正解」の本質だからです。」（加藤典洋、（1）に同じ。p.12）

9　「「読み」の違いに驚くことが、ちょうどスポーツをするときのように「楽しい」ことに気づくことです。身体を動かすことが、楽しい、とサッカーに興じる子供が思うように、作品という一個のボールをめぐって、頭を動かすことが、楽しい、とわかること、それが文学を読み、自分の感じたことを言葉にし合うことの内奥をなす経験なのです。」（加藤典洋、（1）に同じ。p.5）

10　加藤典洋、（1）に同じ。p.6

11　加藤典洋、（1）に同じ。p.4

12　阪根健二「3 高等学校におけるNIE、（1）国語科：批判的読解力育成の中核としてのNIE、1）批判的読解力育成の理論、①国語科「読むこと」の教育における主体性の喪失、ⅲ教科書教材の権威と筆者の消失・無力化」日本NIE学会『情報読解力を育てるNIEハンドブック』2008、p.178

13　文学や歴史についての知識があまりない場合、古典的な作品も現在のものと信じて（疑うことなく）読む場合も想定することができる。ベルンハルト・シュリンク「朗読者」では、文盲であったが字を読めるようになった女性から、読んだ文学についてのコメントが主人公に書き送られる。その手紙について主人公は、「彼女は作家について何も知らなかったので、そんなことはあり得ないとはっきりわかる場合を除いて、どの作家もみんな現代人だという前提で感想を書いてきていた。事実、多くの古い文学作品がまるで今日の話のように読めることや、歴史の知識のない者から見れば、過

去の生活環境というのは、遠い地域にいまでも存在している生活環境として理解できることを知って、ぼくは驚いた。」(ベルンハルト・シュリンク／松永美穂訳『朗読者』新潮社、2003（初出・2000）、p.214)と述懐している。このように、その作品についての予備知識（背景知識）のなさがその作品に新鮮さをもたらすことがあることを付記しておく。学習者は教師に比べてそうした知識がすくない状態で教材に向かうことが多いと考えられるが、その場合、教師は学習者が感じた新鮮さを減じないよう配慮する必要もあろう。

14 「『これをおいしいとする』。／この言葉は、その後もずっと心に残った。自分が理解できないということは、自分の中にその価値を認める体系が無いと言うことである、だから『このスープはおいしい』と仮に認め、改めてそのスープを飲むと逆にその価値を含んでいる"ある体系"の存在に気づくことがあるのだ。／そう考えると、多くの文化や自然科学の成り立ちはみなそうである。茶道や俳句も『これを美とする』『これを面白みとする』というところからなっている。『光の速度を常に一定と考える』『量子と呼ぶ極めて小さいモノは物質と同時に波とする』と言ったとんでもないことを仮に認めると、それを包含している新しい体系が見えてきて、現実のこの世界をより上手く解釈できる。これは、単純に違った価値観でものを見るべきであるといった教訓話ではない。創造というものの原点を示していると僕は思うのだ。」(佐藤雅彦「これを、〜とする」『毎月新聞』毎日新聞社、2003、p.69（初出・2001.5.16）下線は引用者)。「新しい体系が見えてきて、現実のこの世界をより上手く解釈できる」とは、世界をよりよく（好意的に）解釈していける術になるという意味合いであり、すべての価値観を肯定せよということではない。

15 熊谷孝『芸術とことば』牧書店、1963、p.186

16 「静物画を見るとき、静物の高邁な象形がもたらす美を追求することなく鑑賞するとき、我々はみだりに欲しがる必要のなかったものを享受し、望む必要のなかったものを凝視し、欲する必要のなかったものを慈しみます。静物画は、他人の欲望によって生まれた自分の欲望に応える美を示しているように、計画せずとも欲望に合っている、それを望む努力をも捧げてくれるように、芸術の真髄という時を越えた確実性を具現化するのです。音のない世界では命も動きもなく意図のない時間、すなわち時間とくたびれた欲望を剥ぎ取った完璧さが具現される――欲望のない快楽、時間のない存在、意志のない美。／芸術とは、欲望のない快楽だから。」(ミュリエル・バルベリ、河村真紀子訳『優雅なハリネズミ』早川書房、2008、pp.223-224)

17 「思い出や過去は、人を裏切らない。／それは事実で、何よりも真実だからだ。」(石井ゆかり「解説」村山早紀『コンビニたそがれ堂　星に願いを』ポプラ社、2010、p.24)

18 適応していくとは、適応できないなりに妥協点を見出していく、適応できるところへと移動するなど、それなりに処することも含めて。

19 例えば、「文学は言葉を媒材とした芸術である」という定義に基づいた文学教育の理論と実践を呈したものとしては、熊谷孝氏の論考をあげることができるし、彼に関す

る先行研究も数多くある。「文体づくりの国語教育」という方法論の検討は、これまでにも荒川有史氏や浜本純逸氏らにより言及されてきた。山元隆春氏も「テクストと読者との相互作用」という視点から取上げている。
20 明治三十三年八月二十一日制定・小學校令施行規則(文部省令第十四號・第三條)
21 昭和十六年三月制定・小學校令施行規則改正(國民學校令施行規則)の引用。
22 ちなみに「第二は、読みの学習の基本的な考え方を決めることである。」と述べ、そのひとつとして、「(一)文学的教材と説明的教材との年間での割合をどうするか。」と挙げている。しかし筆者は、ある文章を文学的に読むか説明的に読むかは、まったく読む者の自由であって、そのような計画を立てることが、読みの制約や読み方の拘束につながることを危惧している。
23 鈴木氏はこれらのことばを「基礎語」と称し、「いわゆる分り切ったことば」、「更にやさしい一語またはいくつかのことばの単なる羅列で置き換えることができないもの」であると述べている(鈴木孝夫『ことばと文化』岩波書店、1973、p.89)。「基礎語」とは、「もっぱら無自覚のうちに習得」するもの、つまり「小児が成長する過程において日々の生活の場の中でなんとなく身についてくる」ものであり、「ことばの音形と意味内容が渾然一体をなして学習される」ものである(同書、p.90)。よって、「他の言葉によって説明したり、言い換えたりすることを原則として必要としないもの」である(同書、p.91)。
24 「もちろん今までのことばの意味に関する考え方でも、使う人によって同一のことばの意味に喰違いのあることは認められている。ただ、この個人個人によって相違する部分は、情緒的意味とか、含蓄的意味などという名で、ことばの意味の周辺的、付加的なものであるとされていることが多い。そして意味の中心部分は指示的意味などと呼ばれ、個人によって変動することのない、社会的に安定した共通項と考えられ、この共通項を見出す努力、この共通項をどのように一般化して捉えることができるかに全力が向けられてきた。／私の考えでは、このような情緒的意味と指示的意味を区別する必要はないし、それは全くできないというのである。もちろん犬のような私たちに身近な動物の場合には、人々の持つこのことばの「意味」に共通部分が多くなることは確かであろう。／しかし犬を狼と置き換えてみると、人々の間の、同一の動物に対する理解が、いかに違い得るかが直ちに明らかになる。おとぎ話や童話、たとえば赤頭巾からだけの、狼についての知識しか持っていない子供と、狼の形態、足跡、糞、通り道、習性などを熟知している猟師、そしてまた世界中の狼の種類、分布、解剖学上の分類学的知識を持った動物学者という三者の間にある、「狼」という同一のことばに関する理解の内容の相違は、「共通部分こそ社会的に共通された意味である」とする従来の考え方が、たとえ作業的仮設的な操作概念であるとはいえ、現実の裏付けにとぼしい空疎な虚構でしかないことを示すものと思う。(中略)／このようなおかしな結果にならないためにも、或ることばの「意味」は、その音的形態と結合した個人の知識的経験の総体であると考える方が、ことばの現実に合致すると思う。」(鈴木

孝夫(23)に同じ。pp.92–95)

25　鈴木孝夫(23)に同じ。p.95
26　言語学者たちが「ことばを構造的に捉えなければならないという考え方」を基本として共通認識しながら、「ことばの意味や使い方には構造があって、それが言語によって異なっているという認識が、教える側に欠けている」ために、「実際の教育や辞典の編集には、殆んどまだ利用されていない」状態が長く続いているのも結局は同じことに端を発しているのではないだろうか（「実は、ことばを構造的に捉えなければならないという考え方は、過去約二十年間、互いに多少の表現の差はあっても、多くの言語学者の基本的な考え方なのであり、ほぼ一致した方向に向かって、意味や使い方の分析および記述の方法が開発されてきている。ただ残念なことに、種々の理由で、これが実際の教育や辞典の編集には、殆んどまだ利用されていないのである。」(鈴木孝夫(23)に同じ。p.10)また「種々の理由」のひとつとし、鈴木氏は「どうしてこのようなことになるのかと言えば、ことばの意味や使い方には構造があって、それが言語によって異なっているという認識が、教える側に欠けているからである。」(鈴木孝夫、(23)に同じ。p.7)と述べている。

　　余談だが、『アクティブジーニアス英和辞典』(小西友七ら編集、大修館書店、1998)はその好例のひとつではないかと思う。その内容を出版社自ら「用例は、対話用例多く収録したほか、Ph. Rideout 氏（Newbury House Dictionary の編者)による新鮮で活用度の高い用例を掲載した（掲載権取得)。重要動詞の文型・語義インデックス、成句の語源、語義の図解など、辞書をわかりやすくする新工夫満載」と紹介しており、まさに、その通りであると高校生の折に拝見して、驚いた次第である。

27　鈴木孝夫(23)に同じ。p.10
28　それは、ある言葉を自分なりにいい換えられるようになることを意味せず、またそれを目的とすることでもない。ただ反芻するほかないが、反芻したいと思うことのある言葉をもっている、ということである。例えば、次の引用のように――「マチエール＝絵の具の物質性、モダルニテ＝モダニティ。翻訳という作業は、ときとして私を困惑させる。マチエールという言葉はマチエールでしかあり得ないのではないだろうか。モダルニテとモダニティでさえ、それぞれ固有の意味と気配と質量を備えており、片方がもう片方より理解しやすいというだけの理由で、置き換えたりしていいはずがないのではないか。」(江國香織「がらくた」新潮社、2010（初出・2007）、pp.44–45)

　　これはある言葉が自分になにかしらかを考えさせる媒材として脳裏に残っている（そういう言葉がある）状態だともいえる。次の引用の独白は、そのような状態がありうることを端的に語っている――「しり切れとんぼな話、だろうか。けれどうか、このしり切れとんぼなところを、非難しないでほしい。ぼくは、しんじつ考えつづけているのだ。「長所と短所は表裏」という母の言葉について。「おれはそういう人間なのだ」という、社長の言葉について。「蛇は穴に入る」という、辰次さんの二番目の

奥さんの言葉について。そして、半生がすでに終わってしまったぼくの人生を、これからいかに生くべきかについて。」(川上弘美「蛇は穴に入る」『どこから行っても遠い町』新潮社、2011（初出・2008）、p.122)

　ある言葉について反芻するうちに、その言葉が突然、わかる瞬間が訪れることがある。ただそれはその言葉について考えているときに起こるとは限らない。生活上に起こるということ以外、予期不能の事態である。「l'enveloppe＝周囲を包むもの。／印象派の時代の画家や批評家が好んで使っていた言葉だ。モチーフを包む大気に及ぼす光の効果、を意味する。／浜辺でデッキチェアーに寝そべって仕事を進めながら、<u>これまでに飽きるほど読んだり聞いたりしてきたその言葉が、私のなかでふいに立体的になった。理解できた、というべきかもしれない。こういうことは、ときどき起こる。何の問題もなく理解していると思っていたものが、いきなり新しく理解される瞬間。／訂正ではないし、深さとか程度とかの問題でもない。</u>いわば近視の人間が初めてコンタクトレンズをつけたときのように、<u>目の前のすべてが鮮明になるのだ。</u>／l'enveloppe＝周囲を包むもの。」(江國香織、前掲、p.44-45、下線は引用者)言葉を一字一句変換することなく、自分とその言葉との関係性がぐっと色濃くなる、ひと文字も揺るがせにはできないことを確信する、ということがある。そうなることを望んでいたわけではなくとも、唐突にそういうことが起こりうる。文学教育とは、そうしたことが起こる可能性を知らず知らずに与えていく、そのような可能性を秘めた（内在するという意味でも、孕まざるをえないという意味でも）教育である。

29　異質に思える（感じられる）ものにも価値を認めよということではない。それはとてつもなく難しい。嫌いなものを良いと思うことができるなら神業である。もしそれを強要されるのであれば、それは苦痛でしかない。価値として認めるというのは、そんな生半可なことではないはずだ。しかし、嫌い（無関心）なものに対し、そう思うのは自分であるのだから、そのもの自体に非はない（責めたてる理由はない）と思うことはできる。そうすれば、その存在を否定する（敵対する）必要を感じることはなくなる。目ざとく異質なるものを見つけ、それを撲滅、籠絡することができたとしても、つねに警戒態勢をとっているところに平穏は訪れない。

　また、自分という世界を健全に保つためには、そこに籠っているだけでは叶わない。なぜなら、侵蝕される恐れはあるからだ。それを防ぐためには、私は自分以外の世界を侵蝕しないし、自分以外の世界の存在を全面的に承認するということを表明するほかない。

　その反対の行為が過度に推奨されること、またそちらに偏った教育がなされることは憂うべき事態である。批判的であることを否定するつもりはないし、批判的な言論もある局面においては必要であろう。また、相手を否定するものであるにせよ、自分の感情に率直であれないことはいびつである。いつでも、思うのは自由である。ただし、それは表現のしかたを考えることはできるはずだからである。率直である（正直を最上のポリシーとする）ということは、思慮がないことではない。素直さとはむし

ろ、慎み深くあることにより近い。愚直と実直は、一線を画すものである。
　しかし、「批評家はどうして『マーラーはこう』と考え、それに応じて採点するようになっているのか？『そういう事情のあった人はこの音楽をこうやるのか？』と考えずに、誰も彼も、『この曲をやるなら、こういうのが望ましい』と主張するのはどうだろう。いつも書くことだが、いろいろのアプローチがあり、いろいろの結果があるのは、むしろ楽しいことではあるまいか。ただ、好き嫌いは別だ。これは嫌い、ぼくの肌に合わないという時は書くのは当然だ。」(吉田秀和「カラヤンのマーラーふたたび」『マーラー』河出書房新社、2011、p.112（初出・『レコード芸術』2007.8））と吉田氏が指摘しているように、プロの批評家ですら、そうした姿勢を貫ける人ばかりではないのもまた事実である。手厳しい批評を下すことができるのは、なにをおいてもその演奏（音）があるからにほかならないのだが、そのことに気がつかず、それを提供してくれている存在に対して無遠慮に批評を書きたてる人がいることは、褒められたものではない。正直を最上のポリシーとすることもまた、思慮がないことではない。
　たとえば、カラヤンという指揮者がマーラーの楽曲にアプローチすることを最期までやめなかったように、嫌いなものでも容赦なく切り捨てたりしない、理解を拒否したり諦めたりせず、保留するという振る舞いをすることもできるはずだ。吉田氏が、「カラヤンはついに死ぬまでマーラーに完全に同化することはできなかったのだろうという気がする。それは彼の残したこれらのCDのでき具合だけから言えることではなく、むしろ、彼がいろいろやってはみているが、限られた数のCD制作しか残さなかったこと、それから実際の定期演奏会その他でマーラーの曲をとり上げた数がごく限られたものに止まった（つまり、あんまりプログラムに組入れたがらなかった）ことを見てもわかるのである。また彼が、やるからには、ずいぶん時間をかけて自分の満足と（もちろん、彼の誇りと自尊心に裏づけられた）良心を裏切らない演奏をしていたことも、これらのCDには充分に明らかに出ている。／肌に合わないものは、ついに、終わりまで変わらなかったりしても、晩年に至るまで努力をしていたのだ。くりかえすが、そういうことを私たちは簡単に忘れてはいけない。人間のやることの意義、あるいはおもしろみというものは、成功したものだけをみて判断するのではなく、そうでないものの中にも、もったいないくらい、深い意味のある場合だってあるのだ。（吉田秀和、前掲書、pp.114–115)」と述べるように。

30　鈴木孝夫(23)に同じ。pp.18–19
31　例えば、女優のオードリー・ヘップバーンが「大人による、子どもへの怠慢と蔑みは、信頼、希望、可能性の抹殺です」（ステファニア・リッチ『オードリー・ヘプバーン私のスタイル』朝日新聞社、2001、p.187）と述べたように、子ども（自分より年若く幼い者）を大切にするとは、彼ら自身の存在に対してだけでなく、彼らの未来に対して敬意と尊厳をもって接するということであると考える。
32　筆者は、言葉を用いる者は皆、その言葉の教育に携わっているし、その言葉の未来を左右する存在であると考える。とくに子どもに大人が発する言葉の多くは、その子の

言葉の育ての親の役割を担うことが多くあると思う。

33　カタルシスの詳細(定義)については、2章を参照のこと。
34　「ある仕事で内田百閒の小説ばかり読んでいた時期があって、そのときに意外なことに気がついた。百閒の小説を読み続けていた1か月ほどの間、日々の気持ちがとても穏やかだったんですよ。毎日の生活をしていると、そこに必ずいやな出来事やニュースがあるじゃないですか。そういうものに接していると心がどんどん荒立ってくるんですけど、なぜか内田百閒と過ごしていた1か月にはいやなものに接しても心が荒立たなかったんです。(中略)たしかに人間って、きれいなものに囲まれて生きていると悪いことを考えたりへんなこともしないなって、あのときに感じたんですよね。美しいもの、きれいなものって世界をギスギスさせないためのものすごく大切なものだという気がする。人間が脳のどの部分で美しいということを感じているのかはもうわかっていて、その部分が機能しなくなると、人間は鬱状態になるんです。美しいものを感じていると鬱にならない。」(茂木健一郎の言葉「世界と自分を結ぶ『なにか』を求めて VS 内藤礼」茂木健一郎『芸術脳』新潮社、2010.(初出・フリーペーパー『dictionary』2005.5)、pp.36–37)
35　「"地上はどんなところであったか"という言葉を思いついたとき、最初はよいことや美しいものだけがイメージされて、その後は"なんでもあった、全部あった"という気持ちになっていきました。きれいとか汚いとか、いいとか悪いとか言えなくなったとき、そこにほんとうに美しいものはあるんだなあと。私の作品ははっきりした色彩や強い素材をつかってないけど、そのことで、"いま一瞬、そこにあったような気がする""気のせいかもしれないけど、存在するような気がする"ってものが作品に宿るような気がするんです。」(内藤礼の言葉、(34)に同じ。pp.42–43)
36　「だけど鬱傾向にあるときでも、美しいものにだけは反応したりするということはありますよね。どんなに極限状態にあったときでも、そこで見たり感じたりした美しいもののことだけは鮮明に憶えていたりとか。(中略)いちばん厳しい状況にあっても美しいものを感じるというのは不思議なことだと思う。以前「なにもいえないときも、ただ美しいといえた」という一文を書いたことがあるんだけど、ずっと思っていることなんですよ。美しいというのは、もちろんただ単に色がきれいとか形が美しいということじゃなくて、いちばん美しいものは人間の心の中にあると思うから、美術っていうのは、ではなんだろうということになるのかもしれない。人の心の中の美しいものを見つける仕事とか生活ができたらいいんだけど。」(内藤礼の言葉、(34)に同じ。p.37)
37　内藤礼の言葉(34)に同じ。p.38
38　「私は作品をつくるときに、見ている時間、認知されるまでの時間っていうのをすごく大切なことだと思って作っています。実は認知できないまま放っておかれるというのがほんとうなのではと思っている。見てすぐに"なるほど、こういうことね"って理解するのは違うだろうという気がしています。私自身がちいさなことをずっとずっ

といつまでもいつまでも考え続けるたちなので、なんだろうと、自分なりに考えたり感じたりする時間という自由を、いま多くの人が忘れているのかなって気がしてるんです。」(内藤礼の言葉(34)に同じ。p.41)
39 「自分が望んだわけでもないのに、ある日いきなりこの地上に投げ出されるように生まれてきて、どういう運命が待っているのかもわからないままに最後まで生きていかなくてはならないというのは、世界と自分を結びつけるなにかがないとやっていけない。そのなにかってなんだろう、って。(中略)みんな探してますよね。自分の錨はなんだろうと。それが仕事だったり、大切ななにかだったり人だったり……。でも自分がひとりになったとき支えになるようなものじゃないと難しいですよね。自分がこうやって世界の中で裸で生きている、ただ一つの心と体をもって存在しているっていうことのなかに見つけ出さないと最後は厳しいことになると思う。状況が変わっても、最後まで持っているほかないものは"自分"じゃないですか。そしてそれがどんなものでも、眼前の風景。自分が生きていることと世界があるっていうことの間に、いろんな人との出会いがあり、出来事がある。他者がいないと生きてはいけない。でも一方で、すべてないとしたうえで、この地上で生きていくためのなにかを見出そうと思うんです。」(内藤礼の言葉(34)に同じ。pp.45-46)
40 内藤礼の言葉(34)に同じ。pp.45-46
41 内藤礼の言葉(34)に同じ。pp.45-46
42 内藤礼の言葉(34)に同じ。pp.45-46
43 内藤礼の言葉(34)に同じ。pp.45-46
44 松家仁之「解説」川上弘美『どこから行っても遠い町』新潮社、2011、p.360
45 第三十四回・日本国語教育学会西日本集会(高知大会)での講演「国語・国語力・国語科」においての発言。(2009.6.13)。茂木健一郎『脳を活かす生活術』(PHP出版、2009)を読まれたときの感銘を述べる際に出た言葉であった。「希望の道具箱」という言葉は、茂木氏の言葉を引いたものであるが、どういった意味合いで述べられたのかは、講演の一聴衆である私の推測の域を出ない。詳細についても自らの記憶に頼るのみであるが、倉澤氏が茂木氏のそういった発想に大いに唸らされた経験をした、というようなことを述べられていた。そしてそれを聞いた私もまた大きく共振させられたことが忘れがたい記憶として残っている。講演後、倉澤氏に「なにか言葉をくださいませんか」と手帳を差し出すと、「他人の字は美しい。上手でなくてよい。くらさわ」と書いてくださった。そうか、と思いつつ、神妙に頷いた。だが、後日、ふいにその言葉が思い出され、再び、またより深く頷かされる機会に出会った。それは、由美かおる氏が「(三歳からバレエを始めたが――引用者注)上手な人はたくさんいたし、自分は下手で…でも、好きだからやめなかったんです。」といわれているのを聴いた折のことであった。上手下手(上手になるためという目的)以前に、好きだからやめない、好きという理由だけで続けてみてもいいのだといわれたようで、またそうしてきた人のうつくしさ(見目麗しいとだけではない、うつくしさ)を目のまえにしたことに

より、自分の胸のうちが一瞬にして秋空のように澄み、未来にさっと、色みが射した。〈スズケン市民講座、講師：由美かおる「心とからだの健康」NHK文化センター名古屋教室（会場：ヒルトン名古屋）2011.10.11〉

46 「（俺、いままで何をしてたんだろう？）／誰かに喜ばれていると思っていました。／自分が見つけた、心に感じた感動や嬉しいことを、インターネットでみんなに教えれば、誰かが喜んで、ちょっとでも幸せになってくれるような気がしていました。／そんな声が、ほとんど聞こえてこなくても、きっとそうだと思いながら、誰かの笑顔を想像しながら、良太さんは、毎日、美しいものを探し、みんなにわけてきていたのです。／（でもそれも、自己満足でしかなかった……）／（たぶん、きっと）／（もし、俺のしてきたことに、意味や力があったなら、きっと誰かが、俺のことを気にかけて、心配してくれたんじゃないかな、と、思っちゃったりしちゃうわけで）／良太さんは、さみしく笑いました。／（しょせん、アリのような人間のひとりだもの。この世界で俺が何を思っても、感動しても、心を動かされても、みんなどうでもいいんだ）／生きていることだって、きっと、どうでもいいことなのです。平田良太という人間が、この地上に生きていてもいなくても、地上にいる他のひとには全然関係がないし、今日も明日もあさっても、世界は続いていくでしょう」（村山早紀「本物の変身ベルト」『コンビニたそがれ堂　星に願いを』ポプラ社、2010、pp.168–169）彼は見返りを求めていたわけではない。彼が望んでいたのは、反応である。ただし、それはやさしくてあたたかな反応に限定されている。そうでない反応を彼は望まない。無反応にも怯えているのである。そんな反応でも、気にしないことはできないからである。架空上のよき反応を壊すような、攻撃的で辛辣な反応は（悪意はないかもしれないが）、願い下げなのである。あとがきにおいて作者も「ひとは誰でもいってほしい一言というのがあるのだな、と思います。誰かにいってほしかった一言。」と述べている（村山早紀、同書、p.238）ほんのいっときでいいからそっとしておいてほしい（よき反応を予期し、悦にいり、ほくそ笑むことを許してください）という声が聞こえる。しかし、その声の奥底から、どうかあまり長くは無視しないでくださいという悲痛な声も聴こえてくる（彼自身には聴きとれない声、聴きとりにくい声、あるいは聴こえたくはない声として）。彼を弱いということはたやすいが、彼は果敢な賭けに出ているとも言える。発信したものになにも反応がなければ、それは誰かに確認された（見られたり、聞かれたり、読まれたりした）のかどうかもわからない。それはそれでさみしいが、多くの称賛や報酬などはじめから期待していたわけじゃないと納得して、極度に落ち込むことを回避しながら、かすかな希望を託して、発信し続けるのだから。

47 「1944年7月23日リスボンに生まれ、1948年には公開の場で初演奏を行った。（中略）／ピリスは1970年以来、芸術が人生、社会、学校に与える影響の研究に没頭、社会において教育学的な理論をどのように応用させるか、その新しい手法の開発に身を投じてきた。破壊的で、物質優先の論理を強調するグローバリゼーションに対して、個人の成長を尊重する新しいコミュニケーションの仕方を研究した。」（プロフィール

引用）なお、彼女の言葉、"Keep on enjoying music. Stay peacefull. Try to learn with music and through music..."（「マリア・ジョアン・ピリスへ"5"つの質問」『ピアニスト Now!』YAMAHA ホームページ、2009.6.23）は、彼女の芸術や教育への姿勢をより象徴的に示している。

48 たとえば江國香織の作品は、「デューク」（教育出版「伝え合う言葉中学国語1」2006、三省堂「現代の国語3」2006、筑摩書房「新現代文」2004）、「草之上の話」（三省堂「新編国語2」1999、「新編国語総合」2003・2007）、「ねぎを刻む」（三省堂「明解国語総合」2007）、「子供たちの晩餐」（大修館書店「新編国語総合」2003・2007）、「風の色」（三省堂「現代の国語3」2002）に採録されている。「デューク」は2001年度の大学入試センター試験「国語Ⅰ」でも全文出題で取り上げられている。

49 大修館書店ホームページ（2011）
http://www.taishukan.co.jp/kokugo/gendai_2.html

50 「『あの日』の前にも、もちろん、ぼくはたくさんの『ことば』を話し、書いてきた。けれども、『あの日』からは、それより前とは、同じように『ことば』を話すことも、書くこともできなくなった。そして、その理由を説明することは、とても難しかった。／『あの日』の後、ぼくはいつにも増して、たくさんの『ことば』を書いた。あるいは話した。それは小説であり、評論やエッセイであり、その他、さまざまな形をしていた。」（高橋源一郎『「あの日」からぼくが考えている「正しさ」について』河出書房、2012、p.5）

51 「今年は3月に日本のみならず、海外にも影響を与えるような大災害、大事故がありました。しかしながら、私自身の心情を正直に語れば、3.11以前と以降で自分の創作になにかしら変化があったとは思えないのです。このことは私自身をまどわせました。なぜなら多くの人が震災・原発事故を境に『ものの見方が変わった』と述べていたからです。この価値観の変化は『起こっている』のか『起こされている』のか。」（田口ランディ「リアルの所在・内と外のあいだ」『日本文学』、2012.4、pp.78–79）

52 講談社、2012

53 豊崎由美「週刊読書かいわい」中日新聞朝刊 2012.4.11付、15面

54 豊崎由美（53）に同じ。

55 高橋源一郎「選評　2011年の詩――第19回萩原朔太郎賞」(50)に同じ。p.295（初出・『新潮』2011年11月号）

56 高橋源一郎「評論　連載「ぼくらの文章教室」特別篇・第6回　冒頭」(50) に同じ。pp.246–247参照。（初出・『小説トリッパー』二〇一一年夏季号）

57 Sedgwick, Fred (1997), Read my mind: Young children, poetry and learning. London and New York: Routledge, p.172（訳は、山元隆春「現代イギリスにおける詩の指導」『中国四国教育学会第59回大会』研究発表資料、2007.11.23、p.12 より）

58 住田勝「小中連携国語科学習指導のための一考察――物語教材の系統性の検討を通して――」全国大学国語教育学会　第120回京都大会自由研究発表資料、2011.5.29、

pp.1–2
59　1983.9.30（金）
60　作家・小川洋子の読書案内『みんなの図書館2』の帯には、「同じ本を読む……ただそれだけで、心の距離は近づいている」と書かれている（小川洋子『みんなの図書館2』PHP研究所、2012、帯・表紙面）。実際、同じ本を読むだけで心の距離が近づいているかどうかはわかりようがない。しかし、同じ本を読むことで心の距離が近づくように感じるのもまた事実であるとすれば、たとえ同じ物語として胸にもっていなくとも、同じ言葉を（それを読んだという同じ経験を）もっていることは確信でき、またそこに共有感が生まれるからではないだろうか。そう考えると、ベルンハルト・シュリンク「朗読者」の次の一節、主人公が文盲の女性宛てに贈っていた朗読テープを、彼女が字を読めるようになってからも送り続け、それが会うことのない「彼女に対して話しかけ、ともに話をする方法だった」という理由がわかる気がする。「ぼくからハンナには何も書かなかった。しかし、朗読テープはどんどん送り続けた。一年間アメリカに滞在したときも、そこからテープを送った。休暇で出かけるときや、特別仕事が忙しいときには、次のカセットが完成するまでに間があくこともあった。決められたリズムはなく、毎週テープを送ることもあれば、十四日で一本、あるいは三、四週間で一本ということもあった。字を読めるようになったハンナにはぼくのカセットはもう必要ないのではないか、と頭を悩ませることはなかった。彼女が自分で読むことは構わない。朗読がぼくの流儀であり、彼女に対して話しかけ、ともに話をする方法だった。」（ベルンハルト・シュリンク、松永美穂訳『朗読者』新潮社、2003（初出・2000）、pp.214–215）ふたりが交わすのは、朗読テープに吹き込まれた彼の声（作品の言葉）と、ある作品についての彼女の感想のみである。作品という言葉を共有する者の感想（バルトのいう「賞賛の言述」「愛の言述」）を聞くことで心の距離を近づく（伝え合う、通じ合う）ことがあり、そうしたところに芸術というものがこの世に存在する価値を認めることができる。芸術を教育するという場合、このような芸術の価値について悟らせるような行きかたも考えられよう。

第5章　言葉の芸術としての文学教育を可能にする評価観

　ここまで何度も繰り返し述べてきたように、文学とは、言葉を媒材とした芸術である。そして国語科教育においての文学教育とは、いわゆる文学作品をただ教材として使用している言葉の教育を指すのではなく、芸術としての言葉について教えるものであると考える。それは、芸術の教育でありながら言葉の教育として成立するものでなくてはならない。
　1章でも述べてきたように、文学教育とはなんなのか、具体的に、なにを教えることなのかということは、国語教育の実践の場でも、研究の場でも、つねに問題となり、考えられてきた。たとえば、1980年代以降、浜本純逸氏が文学体験の重視を訴え、田近洵一氏が感動を重視する論を展開する一方で、向山洋一氏などは「感動は教育できない」とし、言語技術教育としての文学教育を主張している[1]。また井関義久氏は「感動というのは教えるとか学ぶとかいった教育の分野に属するものではないから、感動だけが文学のすべてであるとしたら、そのようなものには教育の必要はない。」[2]といい切っている。
　なにをもって文学教育が果たされたとするのか、という問題は、なにを教えることができるかという問題でありながら、ときに、なにを教えたと判断することが可能なのか、つまり、文学教育における評価可能性の問題も内包してきた。教育可能であることと評価可能であることは、同義である場合もあるが、必ずしも同義ではない。教育すべきことのすべてが評価できることがらであるとは限らないだろう。
　文学教育の評価可能性について言及する、あるいは評価不可能性を克服する提案をすることは、文学教育自体の可能性を拓く糸口になると考えられる。そこで、言葉の芸術としての文学教育にとって、評価とはどのようにあるべきか、その可能性も含めて考えてみたい。

1. 言葉の芸術としての文学教育における評価の問題

1.1. 評価することの問題——教育する側から——

　国語科教育とは、言葉の教育である。よって、文学教育に限らず、国語科教育全体を通して、「子どもが身に付けている言葉の力を評価し、よりよく成長させる手だてを考え、今以上に豊かで確かな言葉の力を身に付けさせることが教師の務め」[3]である。

　また、これは国語科に限らないが、評価というものは「よりよく成長させる手立てを考え」るためのものではないだろうか。なにが評価できるか、という評価事項の可能性も検討する必要があるが、そのほかに、なにかを評価すること自体が「よりよく成長する手立て」であったり、「豊かで確かな言葉の力を身に付けさせること」に寄与したりすることもあるだろう。

　しかし、評価困難（測定不可能）なものは、その見えなさゆえに軽視されやすい傾向になることもまた現実である。それに加え、言葉の教育では言語技術など評価しやすい事柄を含むために、かえって「情操」や「内面的な力」など、見えにくい力[4]の教育ではないとされる傾向があると、辻昭三氏は指摘する。

　　現在一般に行われている教育というのは、主知主義、物質主義教育であり、眼に見える世界を専ら重視したものである。それは精神とか魂とか言った言葉によって表現されるところの、眼に見えない人間の内面世界を軽視する教育である。こうしたやり方が成長期の子供の、内面の世界を無視した教育いなり、このような教育では、将来人間らしい感情を具えた、深い悦びをも含む充実した人生を送る力は育まれないとして、全人格的な心の教育を主張するのが、シュタイナー教育で知られるルドルフ・シュタイナーである。このシュタイナーのいう、内面的な力が、次第に活発に活動し、独立的、自立的な思考力、判断力が培われ、若芽のような活力と希望が漲っているはずの、この青少年期の、いじめ事件や、兇悪犯罪によって、浮かびあがってくる心の荒廃といったことが話題になると、殆どの場合、人々の反応は「それは情操教育の問題でしょう。音楽など、情操の問題ですよ」などという答えが返ってくるので戸惑わされる。もちろん、そうしたものも感情の豊かな成長にとって大切

ではあるが、心の世界というものが、先に触れたように、言語を媒体として構築されている有機的存在である以上、問題は言語教育なのである。一国の言語教育、つまりその国の国語教育が、その社会の質に深く関わっているのだ。
(辻昭三『失格の国語教育』扶桑社、2003、pp.157–158)

　実際、そのような見えにくいもの（評価しづらいもの）について、国語教育の現場は次のような困難を抱えている。

　現場の先生としゃべっていて、教育の世界では読者論というんですが、何でも読んでいいよという、あれが先生にも子どもにも大変な苛立ちとなって表れているという現実があるからです。それはただどう評価していいのかという問題だけではなく、まさしく松澤さんがおっしゃったように、文学教材あるいは広く国語教育とは何をすべきものなんだと。何でもいいんだったら何にもできない、立ち止まり感があるんですね。そこに「いや、文学には価値があるんだ、そしてそれはこういう価値なんだ」ということを非常に明確に見せようとしてきているのが今、文科省あるいは国立教育政策研究所が、僕はあえて「発布した」と言うんですが、発布した評価規準というものです。規準の「き」は規則の「規」なんですよね。文学教育者にとってこの評価基準、俗名「評価ののりじゅん」が現場に与えている影響は大変なものがあると思います。評価が相対評価から絶対評価になることによって一体何によって評価していけばいいのかと当然みんな迷ってしまうわけですね。国の方、お上から「こういう規準で評価してはいかがですか」というようなものが発布された。それまでの指導要領はガイドラインが非常にあやふやなものです。この評価規準は非常に明確なかたちで評価の基準を出してきたために、そしてそれが評価できなければ授業じゃないという、いわば手段と目的が逆になっていくような動きが出たために今の国語の教室というのは、かなりしんどいものになっていると思っています。
(難波博孝「座談会　文学教育における公共性の問題──文学教育の根拠」『日本文学』2003.8、pp.5–6)

なにをどう評価していいのかがわからないと、なにを教育したらよいのかわからなくなる。なぜなら、それが達成されたかどうかが判然としないからである。だがそれを明確に提示されてしまうと、今度はそれが評価できなければ教育したことにならないことになる。すると、達成したかどうかが測定可能な目標しか立てられないという、評価という手段と目的（目標）が順序として逆になっていく、というジレンマが現場では生じている。
　とくに国語科教育に関していえば、それが定式化しやすい。「国語を専門としていない教師が圧倒的に多い小学校で、とりわけ指導過程の定式化が求められやすいのは無理もないことで」、「読みのパターン化」が起きてしまいやすいことを、藤原和好氏は指摘している。

　　どこの国でも似たようなことは起こっているのであろうが、実践現場ではどうしても定式化された指導過程が求められやすい。日本でも、明治以後、ヘルバルト式五段階教授法、三読法（通読、精読、味読）、基本的指導過程、教科研方式、児言研方式、文芸研方式など、幾多の指導方法が編み出され実践の現場に定着している。国語を専門としていない教師が圧倒的に多い小学校で、とりわけ指導過程の定式化が求められやすいのは無理もないことであるが、弊害も多い。その弊害は、仮に名づけると、「ことがら主義」[5]「主題主義」[6]「心情主義」[7]「イメージ主義」[8]というべき読みのパターン化として現れる。
　（藤原和好『国語教育の現状と課題』日本書籍、1991、p.20）

　「実践現場ではどうしても定式化された指導過程が求められやすい」のは、国語科に限ったことではないだろう。ただ国語科の、とくに文学教育においては、指導過程の定式化が「読むことのパターン化」を引き起こし、それが不可知なことを教えられなくする、という悪循環を呼ぶことにつながることについて、次節で詳しく述べていく。

1.2. 評価されることの問題——学習する側から——
　ここでは先に述べた、「読みのパターン化」について、それのなにが問題であるのかを述べる。
　読みがパターン化されるということは、換言すれば、こういうふうに読ん

でおけば、あるいはこういうふうに答えておけばいいのでしょう、という型通りに読むようになるということである。
　それは自分の感情や考えより先に、求められている答えがなにか志向する（思考する）訓練にほかならない。このことは、次の引用にあるように受験のための作文指導などの弊害にもみることができる。

　　　皆さんも中学生くらいから、受験のために作文のしかたを習ったはずですけれど、その中で「読み手に対する敬意を大切にしましょう」ということを教えられた経験はないと思います。それよりは、出題者はこういうことを求めているのだから、それを書きなさいというふうに教えられてきたはずです。出題者の頭のなかにある模範解答を予想して、それに合わせて答えを書けばいいというシニックな態度は、受験勉強を通じて幼い頃から皆さんのなかに刷り込まれている。ずっとそういう訓練を積んできたせいで、皆さんのほとんどは大学生になった段階では、文章を書く力を深く、致命的に損なわれています、残念ながら。
（内田樹『街場の文体論』ミシマ社、2012、p.13）

　求められているものを答えることができることも、社会を生きていくためのひとつの能力である。問題は、それに慣れてしまうことによって、相手（書き手や教師、授業をともに受ける者たち）を侮った読みかたがつねになってしまうことである。また、そういう読みを定着させる恐れに対して無防備である（対策がなされていない）ことである。
　こういうふうに読んでおけば……というのも、ひとつの型ではある。そういう予測を立てられることも、ひとつの学習の成果であり、無駄なものではない。しかしそれでは、場を読んだことにはなっても、それ以外のものを読めていないのではないかということになる。国語科における読むことの教育、文学教育というのは、教室という場を読むための教育ではなく、言葉をどう読んでいくかの教育であるはずだ。
　芸術としての言葉を、すなわち文化としての言葉をどう読んでいくのか、という教育なしに、ある意味で実利的な読みにばかり偏っていくことが問題なのである。
　しかし、どう読んだのかが評価される以上、つまり国語科教育という枠組

みがある以上は、そのような読みの姿勢を完全に排除することはできないだろう。それでもなにか手を打つべきだ、と考えるのは、そうした読みをすることよって、相手に対する敬意が損なわれていくと考えられるからである。

> どういうふうに書いたら、この先生はいい点数をくれるか、それだけ考えて書いている。採点基準がわからない先生が相手だと、経験的に身についた「だいたいこのようなことを書いていると、どんな教師でも、そこそこの点数をつけるはずの答案」を書いてくる。
> （中略）
> もちろん、僕だって人のことは言えません。僕の授業だって、やっぱりそうです。「私は『これが合格ラインぎりぎり』というところまでは勉強しました」ということをアピールするだけのレポートや答案を僕もずいぶん読まされました。それを落とすわけにはゆきません。悔しいけれど、最低の合格点をつける。
> でも、そこには何かが決定的に欠けていると思うんです。そこには読み手に対する敬意がない。恐怖はあるかもしれない。教師は査定者ですからね。ご機嫌を損じたら、単位がもらえず、卒業できないかもしれない。でも、恐怖と敬意は違います。
> 敬意は「お願いです。私の言いたいことをわかってください」という構えによって示されます。それは「お願いです。私を通してください」という懇請とはまったく種類の違うものです。
> （内田樹、前掲書、pp.14–15）

相手の求めている言葉を差し出しながらも相手への敬意が損なわれている、そのような言葉を発していくことを教育するために国語教育を行うわけではないのは、いうまでもないことである。だがここで指摘したいのは、国語科教育という枠組みにおいて言葉を教育するという仕組み自体が、それに加担しやすい性格をもっているということである。そこでは言葉を教育していくことが、言葉を評価していく営みでもあるからだ。

内田樹氏は、それを「評価の檻」と表現している。

> 合格最低ラインぎりぎりの仕事しかしない態度のことを前に椎名誠さん

が「こんなもんでよかっペイズム」と呼んだことがありましたけれど、これはうっかり一度はまるともう出られない底なしのピットフォールです。「みんなこの程度のことを書いているんだろうから、このくらいでみんなと同じレベルで、さらに自分は誤字・脱字も少ないし、ちょいと小洒落たフレーズも入れておいたから、少し割増しで八〇点くらい？」というふうに算盤弾いて書くようなことをしていると、そこからもう永遠に出られなくなる。

皆さんが閉じ込められている「言語の檻」は、かなり複雑な構造になっています。昔だと「言語能力が低い」とか「表現力がない」とか「語彙が少ない」とか「リズム感がない」とか「音の響きが悪い」とか、そういうことが問題だったわけですけれど、君たちが閉じ込められている檻というのは「評価の檻」なんです。何を書くかよりも、それに何点がつくか、ということが優先的に配慮される。
（内田樹、前掲書、pp.34–35）

さらに内田氏は、「評価の檻」というものが存在するとしても、「情理を尽くして語る」という態度を求めていくことはできることを指摘したうえで、それがいまの言語教育に決定的に欠けていることを指摘している。

情理を尽くして語る。僕はこの「情理を尽くして」という態度が読み手に対する敬意の表現であり、同時に、言語における創造性の実質だと思うんです。

創造というのは、「何か突拍子もなく新しいこと」を言葉で表現するということではありません。そんなふうに勘違いしている人がいるかもしれませんけれど、違います。

言語における創造性は読み手に対する懇請の強度の関数です。どれくらい強く読み手に言葉が届くことを願っているか。その願いの強さが、言語表現における創造を駆動している。

でも、少なくとも今の僕たちの学校教育の中では、子どもたちに「情理を尽くして語る」という言語実践を求めることはまずありません。敬意の表現というと、ただ「敬語を使う」ということだと教えられる。それは違うと僕は思います。

(内田樹、前掲書、p.16)

　もちろん、「情理を尽くして語る」ことについての教育が、現在の国語科教育でまったくなされていないと断言することはできない。また言葉で表現や理解をする機会は、国語科教育の場に限らない。どの教科であっても言葉での表現や理解はたえず求められる。ただ国語科と他教科で、言葉による表現や理解に一線を画すとすれば、他教科では、なにが表現されたか（理解されたか）にしか着目しなくても問題ないが、国語科ではどのように、またどうして表現するのかに着目しなければならない、そのことの教育をすることが可能だということができる。内田氏の言葉を借りていうなら、国語科教育においては「情理を尽くして」いるかという点に着目しないことを問題とすることが可能である。そうした教育こそ、国語科が引き受けるべき言葉の教育であろうと考える。

　次節では、問題として、国語科のなかでも読むことの領域においてそれを果たす可能性を検討する。

1.3.　文学教育という文脈上で読むことの問題

　1.1. 〜 1.2. では、文学教育という仕組みがもたらす弊害、すなわち、評価をしなければならないことがもたらす弊害および評価されることを前提とした読みがもたらす弊害について述べた。これは文学教育という文脈において、文学（作品）は必ず教材として読まれるということに問題があるのだということもできるかもしれない。教材は、教師にとっては教えるための材であり、学習者にとっては学ぶための材である。よって、文学は教えるために読まれ、学ぶために読まれる。「情理を尽くして」読まれる以前に、である。このことは、文学教育という文脈では、言葉の芸術としての文学は教育できないことを意味する。

　教育的な文脈におかれると文学性（言葉の芸術としての文学）は損なわれるという指摘は、これまでにもなされている。たとえば竹内常一氏は、文学はそもそもそのように読まれるものではないので、教材としての読みが文学的価値を損なうことになるという指摘をしている。

　　　教材研究をするにあたって、教育関係者は小説教材を「教育的」見地

から読みこみすぎるために、その文学的価値を追究していく読みをおこたり、その結果その文学的価値をそこなう読みをしてしまう……。
(竹内常一『国語教材を読む(第一集)』風信社、1979)

また田近氏も、教育目標が優先されることにより、文学の価値とは無関係な文学教育になってしまうと指摘する。

　近代的教育の中で、教材は学習の手段もしくは媒材として用いるものであって、教師は、「教材を教える」のではなく、ある指導目標のもとに「教材で教える」のだとされてきた。それは確かに、教材をこなすことが自己目的化していた戦前の学習指導へのアンチ・テーゼとしてきわめて重要な提言であり、今後も教材論の重要な視点となるであろう。しかし、教育的立場を優先させて先に目標があるとし、教材としようとした言語作品の側から、目標そのものを問い直す視点を失った時、教育とは別次元で独自の価値を有する言語作品は、それと関係なく教育目的に奉仕させられることになってしまう。殊に、独立の文化として存在する言語作品の場合、その独自の価値を無視して、それを教育目的に奉仕させようとする発想では、教育そのものの幅を狭め、硬直化させてしまうだろう。文学の世界で、新しい文体が生まれ、文学の可能性がきり開かれるということは、そこに、新しい言語行動のあり方が人間のものになったということであり、それを取り入れようとするところで、また教育の可能性もきり開かれるはずなのである。
(田近洵一「読書案内作りの基本的立場」日本文学協会編『読書案内〔小学校編〕』大修館書店、1982、p.4)

さらに横山信幸氏は、文学が、教える・学ぶという目的に使われることを拒否するならば、文学は教材になりうるのかという問題を提起している。

　目的のために選ばれた教材は、目的に奉仕するために使われる。教育目的を達成するために行われる教材研究と、「純粋に研究という立場から」行われる作品研究とはどう違うのか。
　目的のために行われた教材研究と文学的価値とが齟齬した例を、われ

われはたくさんもっている。(中略)
　教材研究は、教育目標を達成するために行われる研究である。だが、文学作品は目的のために使われることを拒否する。だとしたら、文学作品は教材になりうるのか。
（横山信幸「第二章　作品研究と教材研究」藤原和好編著『国語教育の現状と課題』日本書籍、1991、pp.39–40）

　文学というものと教育というものとの性格的な違いからくる教育の難しさについては、大久保典夫氏や竹内好氏によっても指摘されており[9]、「文学と教育は、日常性と超越性、創造と秩序、抽象的な概念と具体的な個物、像と概念という観点からみると、互いに正反対の性格をもつ。」[10]と、横山氏はまとめている。
　また「指導する」という立場で「読み」を考えること自体の批判が、「読書指導」概念を批判するというかたちで代田昇氏にされている。

　　もちろん「密猟」[11]は確かに「密猟」であり、堂々と繰り広げられるものではない。多くの場合それは不正な営みである。しかし、書き手によって仕掛けられた罠や網の目をくぐりぬけ、テクストを自分なりに意味づけていくためには、その読者なりのテクストの「密猟」の方法を築いていかなければならないことは確かなことである。「密猟」を禁じるところには、いかなる個性的な読みも生まれはしない。たとえば、代田昇（一九七〇）が伝統的な「読書指導」概念を批判するのも、つまるところ、「指導する」という立場で「読み」を考えることが、読者たちの自由な「密猟」を禁じてしまうことになるのを懸念したからにほかならない。
（山元隆春「三章　読書指導の現状と課題」藤原和好編著『国語教育の現状と課題』日本書籍、1991、p.54）

　文学教育にしても読書指導にしても、考えなければならないのは、なにを目標とすれば自由な読みや個性的な読みなど、いわゆる文学としての読みを妨げることなく教育（指導）ができるのかということである。確かに、教育と文学とはそのめざすものの違いが認められる。それを認めたうえで、なにを

指導することが文学の教育なのかということを問うていかねばならないのではないだろうか。
　たとえば山元隆春氏は、「読みそのものから自らにとっての積極的なテクストの意味づけを行える読者の育成」を読書指導の目標としているが、これは文学教育においても目標としうることであろう。

　　読むという行為に限っていうなら、セルトーのいう「密猟」は際限なく推奨されてよい。第一に、この場合の「密猟」はだれに迷惑をかけることでもない。第二に、「密猟」によって書物が根絶やしにされることはけっしてなく、むしろ良心的な書物とは、志のある読者たちの「密猟」の積み重ねの末に産み出されていくものなのである。ささやかな読むという営みの「意味」を問い、知的な「密猟」を行うところに、実は読書行為そのものの生産性が生じる。テクストを単なる消費財として扱うのではなく、読みそのものから自らにとっての積極的なテクストの意味づけを行える読者の育成を目指すことこそ、読書指導の目標なのである。（山元隆春、前掲書、p.54）

　「テクストを単なる消費財として扱う」のではない読みは、先に述べた「情理を尽くして」読むことと重なるだろう。それはきわめて個人的で生産的な営みであるという意味で、「知的な『密猟』」としての読書行為である。
　一方で、「自らにとって積極的なテクストの意味づけを行える」ことをめざすことが、日常の読書でも求められるべきことであるかというと、必ずしもそうとはいえないだろう。ただし、次の引用にあるように、「『ひとりで』読むことのできる力」というものが読書指導のめざす読者の姿であるならば、その力のひとつとして「積極的なテクストの意味づけ」ができる力（それを任意に行える力）も含まれていると考えることができるだろう。

　　読書指導ないし読書教育固有の目的とは「ひとりで」読むことのできる力を子どもたちのものにしていくことにほかならない。読むという行為が本来一人一人の子どもたちのうちで営まれるひそやかな営みだからである。（中略）冒頭で取り上げたセルトーの比喩を借りれば、やがて社会に生きる中で、したたかな「密猟」としての読みを行う力が子どもた

ちに備わるようにしていくことなのである。
（山元隆春、前掲書、p.64）

　このように、文学と読むということとその教育について、それぞれがどのように関係しているのか、どのような関係が望ましいのか（あるいは、望ましくないので避けなければいけないのか）ということを意識して文学教育という文脈を捉え直したうえで、次節ではその評価について検討する。

2. 言葉の芸術としての文学教育における評価の検討

　武田秀夫氏は自らの経験から、文学の読みの教育がもつ可能性と不可能性について、次のように告白している。

> 　優れた作品が教師の手を通じてこのように子どもたちへと届けられるとき、そこに「一すじの幸福が虹のようにかかる」ことがあるのだということを、本書に収められている授業記録の数々は証しています。教師の深い読みに支えられて、教室における教師と子どもたちのやりとりはまるでドラマのように進行し、両者の協働作業によって作品のいのちが洗い出され輝きはじめるそのさまは、ほんとうに感動的です。文化がこうして次代をになう人びとへと伝えられていく——。
> 　が、その一方で、私は事態はいつもそのように進むとはかぎらない、いや、むしろそう進むことは稀であったということを、元中学校国語科教員として告白せざるをえません。
> （中略）
> 　楽しい作品を読みたいという子どもたちの素朴な、しかし生き生きとした意欲を、教師は、さまざまな質問を鞭のようにふるうことによって制御し、食(は)み出すものを引き戻し、彼らの両脇に狭い柵をしつらえることによって子どもたちを一つの囲いに導いていく。「正しい読み」「正解」という囲いに。教師のみが把握している特権的な「正解」という囲いに。こうした囲い込みの過程で、子どもは自分の読みに自信を失っていく。教師の顔色をうかがいながら、教師がその手に握って隠している「正解」に近づくことにのみ汲々とする心を育てていく。

そうして、読みを終えたとき、子どもは自分の読みまちがいや読み過ぎを正され、「正解」にたどりつくかもしれないが、気持ちは死んでいる。昂揚は失われている。(中略)
　文学の"読み"の授業の中で稀に「一すじの幸福が虹のようにかかる」ことのあるのを認めつつ、私は、同時に、文学の"読み"の授業のいやらしさとでもいうべきものについてどうしても思わずにいられないのです。
　文学の"読み"の授業において、いわば、その可能性と不可能性がこのようにない合わさっている姿。それは、教育というもの、学校という者、教師というものがどうしようもない矛盾と根を同じくするものだと思うのですが、それについて教師が意識的であるかどうかが、事を分けるもっとも重要なポイントだろうと私は思っています。
（武田秀夫「［解説］学校の金網の外で　文学作品の"正しい読み"はありうるか」『ひと』編集委員会『文学作品の読み方・詩の読み方』太郎次郎社、1991、pp.299-301）

　彼は、教師の質問によってある種の「正解」にたどりつく授業自体を否定してはいない。その過程が、教師と学習者「両者の協働作業によって作品のいのちが洗い出され輝きはじめる」ような感動的なものとなる場合もあるが、「教師がその手に握って隠している『正解』に近づくことにのみ汲々とする心を育てていく」ことにしかならない場合もある。同じ授業を受けていても、ある学習者にとっては感動的でありながら、別の学習者にとってはつまらない、ということもあるだろう。
　それは「教育というもの、学校という者、教師というものがどうしようもない矛盾と根を同じくするもの」なのだろうか。「それについて教師が意識的であるかどうかが、事を分ける」ことなのだろうか。
　もちろん、そのようなことに教師が意識的でなくてはならない。しかし、それだけの問題ではないだろう。
　たとえば、「正解」に辿り着くということ以外の目標を立てることが必要なのではないだろうか。そういった目標を立てることはできないのだろうか。また、それは評価とどのように関係していくことが望ましいか、さらに検討したい。

2.1. 目標とその現在的妥当性

　この章のはじめにも述べた通り、文学教育においては、読者の感動や興味・関心と読むことの力がどのような関係と考えるのかについては、さまざまに論じられてきた。それは「結局、文学教育の目標・内容とは、『文学作品』を読み解いていくことなのか、それとも『文学作品』の読みや解釈を通じて学習者の認識の広がりと深まりを問うていくことなのか」ということであり、換言すれば「文学作品『を』教えるのか、それとも文学作品『で』何かを教えるのか」ということであると山元氏は述べ、「どちらかを強調すればすまされるわけではない。文学教育の目標と内容を考える場合に、これらをいかに統合していくのかということは、いまだ重要な問いであり続けている」、としている。

> この論争（「問題意識喚起の文学教育」論争——引用者注）の過程で、読者の興味・関心を強調しすぎると、文学の授業そのものが情緒主義に流れてしまいかねないという危惧や、読者の興味・関心を重んじるだけではその「文学作品」を授業においてきちんと読んだことにはならないのではないかという疑問が提出されたことも確かである。結局、文学教育の目標・内容とは、「文学作品」を読み解いていくことなのか、それとも「文学作品」の読みや解釈を通じて学習者の認識の広がりと深まりを問うていくことなのか、ということがこの論争の最大の争点である。端的に言えば、文学作品「を」教えるのか、それとも文学作品「で」何かを教えるのか、という問いにこの問題は収斂する。が、文学の授業の実際においては文学作品「を」教えることと、文学作品「で」何かを教えることとの双方が営まれるのであり、どちらかを強調すればすまされるわけではない。文学教育の目標と内容を考える場合に、これらをいかに統合していくのかということは、いまだ重要な問いであり続けている。
> （山元隆春「13.3.1 日本の文学教育の展開」日本国語教育学会『国語教育総合事典』朝倉書店、2011、pp.140–141）

　高木まさき氏も、「言語技術というのは評価規準になじみやすいのかもしれませんが、そうではなくて文学との出会いをどうそのなかに盛り込んでいくか（中略）そういうことをどう実現していくかということが大切だと思って

おります。」[12] と述べているように、評価規準になじみやすいものと、そうでないものを明確にしながら、それらを文学教育のなかでどのように構成していくのかという行きかたが求められている。

たとえば学習指導要領においては、文学教育は「読むこと」の教育の一部であって、独立して存在しているわけではない。そのことの妥当性について考える（意味づける）ことはできる。輿水氏は「文学的文章の読みと説明的文章との読みが明確に区別されず、読み方指導として一括されている」ことから、「文学教育的指導事項と読み方教育的な指導事項とが混在している」と述べているが、これは文学教育的指導事項が明言できないこと（しないほうがよいこと）や、「読み方教育的な指導事項」が文学的文章の読みにおいて不必要ではないことを示しているのだともいえる（そうした意図はないとしても）。

> 輿水氏は、文学教育という用語は（昭和 33 年度学習指導要領以降——引用者注）消えたが文学教育的指導事項というものが各学年に出ているという。実はそこに日本の文学教育の位置の特殊性がある。すなわち、文学的文章の読みと説明的文章の読みとが明確に区別されず、読み方指導として一括されているということである。だからどの学年においても、文学教育的指導事項と読み方教育的な指導事項とが混在しているのである。
> 　輿水氏はさらに次のようにいう。〈文学科を独立させるべきだという主張がある。すくなくとも小学校では、それはひいきのひきたおしである。現在国語科の時間数が少なくなっている。そのなかから時間を分けることになるから、ごくわずかの時間になってしまう。それよりも、国語科の中の一部分として、特に読みとの関係が深く、国語科教科書の主教材は文学作品であるという現在の状況が、いちばん落ち着いているように思う。〉[13]
> 　文学科を独立させたほうがいいかどうかという判断は今は保留し、指導要領においては、文学教育を独自の領域としては位置づけていないという事実だけを指摘しておくことにする。
> （藤原和好、前掲書、p.13）

また視聴覚メディア全盛の現在、文学で教えている（またこれまでも教えてきた）ことは、文学以外のものを教材としても教えられることである。つまり、文学で教えるというありかただけではいられない状況がある。そこで、文学を教えるとはどういうことかについて、またその教育妥当性についてより一層考えていかねばならないし、説明されなければならないだろう。

　　国分は、終わりのところで、日本の教師たちは自分も含めて文学について受け身の姿勢をもっており、この背景には、学校教育にはいってくる文学が、「教育的ネウチというものさしでえらばれたものに限るという点にあるのかもしれぬ」[14]という自省を加えていた。
　　国分のいう「教育的ネウチ」のある文学とは何か。それは、人間性の育成、人間認識の「手段」、さらには言語教育等の「手段」として採用される文学・文学作品にほかならない。教育現場に巣くう「文学を手段として扱う」発想を、国分は反省的に捉えながらも、それを克服することについては何もなさなかった。
　　現在、文学教育への風当たりは国語教育の中でも厳しくなってすでに久しい。また、周知のごとく、文学自体、視聴覚メディア全盛の時代にあって危殆に瀕した状況となっている。サルトルが反語的に慨嘆したように、「文学がなくとも世の中はそれなりに回っていく」[15]のかもしれない。しかし、こうした中で、これまでの「文学で教える」という文学教育のありかたでいいのかどうか、国語教育関係者は考え直す必要があるのではないかと思われる。
（中村哲也「文学と教育の間――『文学教育』論議で問われてきたもの――」『日本文学』2003.8、p.73）

　文学を教えるとは、文学がどのようなものであるのかを教えるということである。文学がどのようなものであるのかについて、磯貝英夫氏は次のように述べている。

　　文学のような、あいまいで、不透明な像が、人間の精神の上にどういうふうに機能し、何に役だつのかといえば、それは、基本的に意味軸によって支えられつつ、概念的意味などにはおきかえられない全体として

あらわれることによって、反転的に、概念の抽象的分解性・偏り、固定性とたたかい、さらに柔軟で、新しい思考を呼びさます刺激剤として、不断に機能する、と言うことができるだろう。（中略）

　停滞し、固定化しやすい社会通念をうちくだき、論理に飛躍の機会をあたえるものは、決して新しい論理などではなく、非論理の像である。研究者が妄想にふけっているようなときに、論理を追っているときは思いもつかなかった飛躍のきっかけをつかむことが多いように、文学は、人間の論理を不断に覚醒させる重要な機能を果たしているというべきであろう。

（磯貝英夫「文学受容の主体性の問題」『文学教育』No.4、1971春）

ここでは文学の教育的機能として、「人間の論理を不断に覚醒させる」機能が挙げられており、それは狭義の教育目標を越えたものでもある。しかし、もしそれを目標として掲げると、学習者は「論理を不断に覚醒されない」と文学を学んだことにならないというおかしなことになる。文学的な文章を読むたびに「新しい思考が呼びさま」されなければならないということはないからだ。

　目標として掲げるべきは、「文学とは新しい思考を呼びさます刺激剤として、不断に機能する」というものであることがわかる、ということであり、覚醒されること自体を目標とする必要はないだろう。

　「正解」を求める読みにおいても、「何が正しい答えなのかと文章に向かう読み方」自体は間違いではない。ただ、そこで目標とするのはただひとつの「正解」を知ることではなく、「正解」のみつからなさから「文学の読みは多様性をはらむ」ことを知ることとすればよいのではないだろうか。

　　日本の多くの教師が陥っていたこと、それは、教師の解釈に封じ込ませる読ませ方を子どもに強いてきたことである。もともと文学はその味わい方に多様性をはらんでいる。もっと言えば、その多様性こそいのちだとも言える。それなのに、学校の教室では、一つの読み方をよしとする傾向がかなりあった。何かを教えなければ教師としての務めを全うした気持ちになれないという教師意識がそうさせてきたのかもしれない。

　（中略）

こういう授業では、いわゆる「正しい読み方」は教師が握っているから、子どもたちは、それを言い当てようという意識になる。教師の顔色をうかがい、何が正しい答えなのかと文章に向かう読み方、それでは子どもは豊かに作品に触れられない。文学を味わえない。しかも、そこでは、文学の読みは多様性をはらむというもっとも大切なことが忘れられている。
（石井順治『ことばを味わい読みをひらく授業』明石書店、2006、pp.44-45）

　以下、文学を教育する現在的な価値をふまえながら、どのような目標をもつことが可能であるのかについて、述べていく。

①文化を継承していく力
　多様な娯楽メディアがある現在、文学は「必ずしもそのすべてが現代の学習者たちの興味関心をひくものだとはいえない」。日ごろ、文学に触れることなく生活している学習者もすくなくないだろう。
　そうした時代においてこそ、文学を学ぶ意味というものは明確にされなければならない。その意味のひとつとして文化を継承していく力を挙げたい。なぜなら、文学の（社会的、あるいは個人的）有用性に対する疑念について考えていくことが、その方法のひとつとなるからだ。文学の役割を疑いながらも確かめていくことが、いま文学を学ぶ（文学とはなにかを知る）ことにつながる可能性がある。

　教育の機会がより多くの人びとにもたらされるようになった結果として、「文学教育」も一部の人たちだけのものではなくなったということは、「戦後」の教育の特徴の一つとして指摘されていることでもある。だが、むしろ現在問題としなければならないのは、学習者の言語生活のなかで文学の占める割合が著しく減少しつつあるということである。たとえば、戦後文学教育の議論の中で、時折引き合いにだされた文学作品群は、必ずしもそのすべてが現代の学習者たちの興味関心をひくものだとはいえない。学習者たちの日常との「接点」をどのように探っていくのかということは依然として問題であり続けている。

メディアとその受容が多様化している今日、「文学教育」の有用性に対する疑念は、教師にも学習者にも広がっているのかもしれない。そのような現在であるからこそ、むしろ一旦は「文学教育」を疑ってみることは大切な意義があると考える。
（山元隆春「13.3.3 文学の力と文学教育―『接点』を求めて」前掲書、2011、pp.144-145）

　これは、文学を文化として保護していくために文学教育が必要であるということではない。山元氏は「『文学』守る必要は、少なくとも教育のなかにはない。しかし、『文学』の持つ力を引き出し、それを人々の育ち、生きる力とする役割が『文学教育』には求められていると言ってよいだろう。」と述べている[16]。
　ただ、いま、「文学」を読むことを「人々の育ち、生きる力とする」には、文学を文化として捉えたとき、そこに継承していくべき価値があるかないかということも含めて吟味していくような読みを考えていく必要があるだろう。
　府川源一郎氏は、「国語教育は、言語文化の伝達と創造に関わる営みであるから、言語の社会性やその言語集団が形成してきた価値観を、次代に伝えていくという側面がある」というが、それは、これまで継承されてきた文化は継承されてきたがゆえに価値あるものだとして無条件に受け継いでいくべきだと押しつけるものであってはならない。
　文化として継承すべきと考えるかどうかは、学習者が自身の生活との関係において言葉を読んでいかなければわからない。文学に限らず、文化とは、ひとの社会（生活）のうちに存在するものである。そうした視点からの読みを促す意味でも、文化を継承する力を目標とすることには意義があるといえよう。

　　国語教育は、言語文化の伝達と創造に関わる営みであるから、言語の社会性やその言語集団が形成してきた価値観を、次代に伝えていくという側面がある。ここまでは「言語文化の伝達」という観点から、学習者とことばをめぐる関係を考えてきた。
　　国語教育とは、そうした外側の枠組みによって制度化されたことばの

シャワーを浴びながら、一人ひとりの学習者が、自らの内側に自分自身のことばの世界を「創造」していく営みでもある。別の言い方をすると、国語教育とは、自らが生活の中で、感じたり考えたりしたことをことばによって確認していく中で、外側にあることばを、自らのものとして体感しながら編成し直していく作業なのである。そこでは、学習者である言語主体が、生活の中で獲得したことばを、自ら磨き上げ、自己表現や自己確立につなげていく活動が、きわめて重要になってくる。

こうした考え方に立つなら、学習者のことばと生活との関係をていねいにたどり、両者を密接に関連させて学習活動を組もうという方向が生まれる。いうまでもなくそれはこれまでの日本の国語教育の大きな潮流でもあった。つまり、国語教育を推進させる際に「言語生活」という概念を大事にしようという主張である。「言語生活」のみならず、「言語活動」「言語経験」などのタームは、日本の国語教育実践を支えるキーワードとしてきわめて重要なものだったといっていい。
（府川源一郎「1.5 国語教育の本質」日本国語教育学会『国語教育総合事典』朝倉書店、2011、p.6）[17]

なお、文化を継承していくかどうかということを問う場合、それが文化であることが自明でなければならない。つまり、自分たちがどのようなものを文化として考えているのかということが自然と問われてくる。「文学なり文化というものは、法秩序とは違って個人の趣味嗜好の領域にかなり関わる」ものでありながら、私たちは文化というものに「一種の公共的な価値、公共性」を求めてはいないだろうか。文化を問うとは、暗黙の価値体系を明らかにしていくことにもなるだろう。

たとえば、文学に文化としての価値を認めるかどうかは個人の趣味嗜好である、ということは、個人の趣味嗜好を重視する価値体系に基づいているといえる。つまり、文学が文化として価値があるかどうかは共有（強制）しないけれども、それを共有しないことは共有されている。

文学研究の場では、二〇年以上前から構造主義、物語論それからテクスト論、その後カルチュラル・スタディーズ、ポスト・コロニアリズムという動きが盛んに導入されて、従来の文学研究の根拠というもの自体

が、常に問われるという展開になったわけですね。そのなかで特にテクスト論が追求した問題というのは、還元不可能な複数性を理念的に主張し、既成の通説を崩し、さまざまな読みの可能性を追求していくということが盛んになされてきたと思います。ただ、その結果出て来た問題というのは十分に掘り下げられなかったと思うんですね。それは文学というのは、国民国家のイデオロギーとか制度的な産物であるという考え方が一方にあってネガティブに批判される対象としてのみ取り上げられてきた。そのことによって広い意味では文学研究、あるいは文学教育の根拠が十分に問われないまま、研究や教育に何らかのかたちで携わっている人たちによって文学研究が、あるいは文学なるものが非常に否定的に捉えられていくという、言わば自分の足場を切り崩していくような作業がなされてくるという一種パラドキシカルな状況となっていった。

　そうなりますと、文学というものが暗黙のうちに信じられているうちは、それが制度や国民国家の産物であるという指摘が非常に有意義に見えるわけですね。そして実際に有意義な面があったと思うんです。しかし、今日の文学というものが、研究や教育のなかでその根拠が文字通り見えなくなり、暗黙のうちに共有されていた価値として、見えなくなり、暗黙のうちに共有されていた価値として、文学というものがこのまま存在し得るのか、危うくなる状況にさえ至っているのではないかと私は痛感しているわけです。テクスト論以降見失われたものは、文学研究あるいは文学教育のもっている一種の公共的な価値、公共性という問題であり、そこでは積極的にこれが取り上げられることがほとんどなかったのではないかという気がするわけです。一つの言語文化を共有する社会なり共同体なりには、暗黙の価値体系というものが必ずあるわけです。その価値体系の一部は成文化された法のようなテクストとして明示されるケースがありますが、すべてが法律のようなかたちで文章として明示されるわけではないんですね。世代から世代に受け継がれてきた一種の遺産のようなもの、膨大なものをバックにしてはじめて現在の文学・文化というものも可能になると思うんです。私たちが生きていく上で不可欠なものであって、それゆえに逆にその存在が日ごろ必ずしも十分に意識にのぼらない。しかしそれなくして恐らく人間は人間として生きていけなくなるようなそういう不可欠な存在ではないかと考えていま

す。
　そうしますと、そういう考え方に対して当然反論が予想されるわけです。それは、文学なり文化というものは、法秩序とは違って個人の趣味嗜好の領域にかなり関わる。したがって例えばテクスト論が主張する複数性というのが、ある種の「個人の自由を最重視するリベラリズム」というような政治思想と結びついて今日、主張されてくるわけです。そうしますと、文学というのは究極的には個人の主義、私的な感性ですとか恣意性に最終的には委ねるほかないものなのかどうかというところが一つの大きな論点だろうと思います。もし文学の研究・教育の根拠が最終的に私的な個人の感性や恣意的な好悪に切り詰められてしまった場合には、文学の公共的社会的な根拠は非常に弱いものにならざるを得ないことは明らかです。ですからテクスト論が主張する複数性というのは政治的にはある種のリベラリズムと結びつくことによって一見すると反論不可能にさえ見えるほど今日、猛威をふるっていますが、しかしそれがもたらしているものは実際には公共的な価値の問題を退けるかたちになってしまったのではないかと考えます。
(松澤和宏「座談会　文学教育における公共性の問題──文学教育の根拠」『日本文学』2003.8、pp.2–3)

　さらに、文学教育において文学というもの自体を問うことを積み重ねていくことは、「今日の日本の社会の基底にある暗黙の価値というもの、共有されるべき価値とは何なのか」という、現在的な問題を考えることにつながっていくということができる。

　日本の戦後民主主義におけるリベラルな解釈共同体において複数性というものが理念化され自己目的的に追求されるようになりますと、社会や解釈共同体にとって真に共有されるべき価値の模索が実はないがしろにされて、私的な趣味に準じる矮小なモラルしか最終的には残らないというのが今日進行している事態なのではないかと思います。もう少し別な言い方をしますと、文学研究や文学教育の根拠を狭い意味での文学に求めても無理であって、それを汲み上げる源は恐らく生きた人間以外のなにものでもないと。したがってもう一度そこに立ちかえって文学の価値

というものを考えなければいけない。それは言いかえれば、今日の日本の社会の基底にある暗黙の価値というもの、共有されるべき価値とは何なのかということが今、問われていてそこに文学研究・文学教育の根拠というものが重ね合わせられていくだろうと思います。
(松澤和宏、前掲書、pp.3-4)

　以上のことから、今日の文化(芸術)の教育においては、公共的な価値をもたせる部分と個人的な部分との区別を明確にしながら、それをつなげていくような教育(評価)が必要なのではないかと考える。ある文化の価値を継承していくということは、それが価値あるものとみなされている事実や理由を知ることであって、必ずしもそれに追従することではない。それを知ったうえで、個人的にどうかということがつねに引き較べられていくべきであり、そうしたなかでこそ、まっとうに価値の継承はなされるのである(そして、互いが互いを改変していくのである)。
　また、そうしたことを引き起こすような評価をしていくこと、評価される(する)ことによって、よりその方向に進ませるように促すということが、そうしたものの教育においては大切であると考える。
　ときには、継承されてきたということが文化的価値として認められること(感じられること)もあるだろう。筆者はそれを否定しない。だが、それを継承されてきたから価値があるのだというだけでは説明不足であると考える。
　継承されてきたのだから価値があるのだと思うならば、実際にその価値を明らかにするために、読んでみなければならない。そして説明可能な価値を(なぜそれがこれまで継承されてきたのかを)解き明かそうとしていかなければならない。継承されてきたものを「簡単に切り捨てるべきではない」が、それは無条件に価値を認めよということではないことを付け加えておく。

　　わからないけれども、これは伝えられてきたがゆえにそこには、今の自
　　分にはさっとはわからないけれども、価値のあるものとしてある種の敬
　　意をもって引き継がなくちゃならないんじゃないかという気持ちも非常
　　に大事だと思いますよ。解答がわからないからはじめからやらないと言
　　うんじゃなくて。
　(松澤和宏、前掲書、p.34)

これは今の社会全体の抱えている問題で、大学でも同じような問題があるんで、例えばサンスクリットやインド哲学だとかそんなものは必要なのかという議論は常にあるわけですよ。いつまでも万葉集や古事記を研究する必要があるのか、今の社会に必要があるのかという議論がよくあるわけです。だけど僕たちはそれは即効性はないけれどもそういうものに価値はあると思うんですね。それは自分には説明する能力はないけれども、それは価値として継承されてきたからですよ。仏教の歴史を知ることが、サンスクリットを勉強する人が何人いるかということが、私はサンスクリットの価値や意味を説明できませんが、だってサンスクリットの勉強をしなくてはサンスクリットの本当の価値や意味はわからないですよ。だからって勉強しない人間にサンスクリットの意味がないといえるかというと、私はそれは非常に乱暴で、それ自体非常にイデオロギー的な一つの近代主義的な価値判断だと思いますよ。

　つまりサンスクリットはわからないけど、受け継がれてきたものに関しては否定しがたい重みがあるというふうに感じる、暗黙の価値判断というものはそう簡単に切り捨てられるべきじゃないと思いますよ。それを一種の即効性とか今の社会のほとんどの人たちの関心がないという価値判断だけで切り捨てていいかというと、そういう判断をすること自体がすでに一つの価値判断なんですよ。
（松澤和宏、前掲書、pp.34–35）

②多様性に耐える力
　（文学の）読みは多様性を孕むということや、それを大切にすべきであるという立場はすくなくない。だが、多様性を楽しめばいいということでは、評価のしようがないだけでなく、教育的意義も求めにくい。なぜなら、多様性を楽しむことを推奨することは、その前提として多様でなければならないということであり、多様であること自体に価値を認めていくことになりかねないからだ。

　　複数であるということ自体が過度に理念化されていくと、違うことを言うことがいいことになる。何が真・善・美かじゃなくて、違うということがいいことがつまり差異を作ること自体が価値付与される。それが自

己目的化されると、それが一種の反体制度的な動きとして称揚されるということになってくるわけです。しかしこれをやっていると当然大変疲れてくるわけです。
（松澤和宏、前掲書、p.14）

　多様（複数）であるのは、結果（現実）としてそういう状況になったのであり、そのような状況をわざわざ作り出すことが目的になってしまうのは、不自然であり、おかしなことである。
　また多様であるとは、どこかで共有しているものがあるからこそ多様だということがいえるわけであって、なにもかもがばらばらであるときは、多様だとはいえない（同じものを読んだ場合には感想が多様であるといえるが、ばらばらのものを読んで感想が多様だとはいえない）。つまり、共有している部分があることを意識にのぼらせることも、多様性についての価値を認めていくうえでは必要な作業だと考える。

個人の一回しかないユニークな身体、まったく同じ身体なんてないわけですから、類似はしていてもその体験することは違うわけです。一人の人間が体験するいろいろな感覚、このユニークなものが同時に伝えわる、共有することを可能にしているのは何かというと、それは言語の力なんですよね。つまりそれは奇跡なんです。ユニークなものは共有され得ないにもかかわらず、何らかのかたちで共有され得る。
（中略）
　私はむしろそのユニークな個人の、かけがえのない、他人には伝えがたいようなものが共有されることは、奇跡的なことだと思うんです。そしてその奇跡をいとも簡単にするところに言語の力がある。そしてそういう言語の力を私たちは日常、全く意識にのぼらせないで水や空気のように、いわば言語の力にのっかって生活し、そしてこういう座談会もやることができるんだと思うんですね。
（松澤和宏、前掲書、p.15）

　もちろん、実際になにがどこまで共有されているのかは確かめようがないことでもある。だが、なんらかのかたちで、ある程度、共有されていくのだ

という感覚を抱くことができるのは、文字や本といった言葉が実体化されているかのように錯覚しそうになるものが目のまえにあるからかもしれない。

同じものを読んでも読みが違う、読みが複数ある、ということから、言葉の自由度や幅のようなものが感じられるだろう。ひと通りにしか読めないと思って読むこと（読めないこと）と、そのほかの読みかたもあることを知っていながらひと通りに読むこととは、まったく異なる感覚である。

> 例えば田中さんや須貝さんのおっしゃるように、小説を読むときにストーリー主義、つまり既にある物語をそこに当てはめて、例えば「羅生門」にエゴイズムは醜いとか個の解放とか、どっちでもいいんですが、そういうふうな物語を当てはめてしまう。そこに語りという視点をもち込んで、そのストーリー主義とか既にある物語を当てはめる読みというのを壊していくこと、つまり物語の世界も一つの世界ですから、それをありきたりの既にある型で読み取っていくんじゃなくて、もっと違う可能性があるということを常に読み取ろうとすることは大事なことだろうとは思います。
> （高木まさき「座談会　文学教育における公共性の問題——文学教育の根拠」『日本文学』2003.8、p.18）

引用では、「違う可能性があるということを常に読み取ろうとすることは大事なこと」とされているが、違う読みの可能性があること自体を読み取っていることはあるとしても、いくつかの読みをつねにしなければならないとは、筆者は思わない。それを禁止することはないが、読書（文学）を楽しむ限りにおいて、その必要はあまりないからである。

ただし、その自由度を知るためや感じるために、「相対化してちょっと違う見方もできるんじゃないかというきっかけを授業のなかで作」ることはあってよいだろう。

> 文学教材は例えば説明文なんかと比べてある種の自由度をもっているというのが大事で、繰り返し意味付けがされるというところがあるわけです。「メロス」の場合もそうだと思うんですが、自分のなかにすでにあって当てはめてしまう物語を、相対化してちょっと違う見方もできる

んじゃないかというきっかけを授業のなかで作ったらいいか。それは多分文学の教材ということで終わらずに人を見る目とか社会を見る目とかいろいろなことにつながってくると思うんです。
（高木まさき、前掲書、p.21）

　石井順治氏は、文学教育の授業において、「多様性をこそ愉しむこと」とし、それはどのような方法で行われてもよいが、「子ども一人ひとりがテキストと向かい合っていること、その一人ひとりの味わいが響き合っていること、そして、他者のテキストへの触れ方からすべての子どもが学んでいるということ」を条件として挙げている。

　その多様な味わい方が存在する文学を多くの子どもが集う教室において読むのが授業である。だとしたら、もっとも文学的に読む読み方は、その多様性をこそ愉しむことなのではないだろうか。つまり、読みの微妙な違いがあることが当たり前なのであり、その違いを聴き合い伝え合い、その交流を通じて一人ひとりが改めてその作品に出会い直していく、そこに文学の授業の醍醐味があるのだと言える。
（石井順治、前掲書、pp.45-46）

　教師の解釈を教えられる授業ではなく、一人ひとりの味わいから出発しその交流から読みがひらかれる学び、それは、どのような授業によって可能になるのだろうか。そこには一定の方式が存在するものではない。やり方などどんなものであってもよい。しかし、どんな方式をとろうとも落とせない原則がある。それは、子ども一人ひとりがテキストと向かい合っていること、その一人ひとりの味わいが響き合っていること、そして、他者のテキストへの触れ方からすべての子どもが学んでいるということである。それこそ、「学び合う学び」ではないだろうか。
（石井順治、前掲書、p.46）

　先にも述べたが、多様性というのは楽しむことなのだろうか。むしろ、耐えるべきことなのではないだろうか。石井氏は「解釈」に否定的だが、「解釈」なしに「対話」ができるだろうか。「学び合う」ために、まず同じ土俵

に立つために、書かれていることの確認として「解釈」が必要である。また、なには共有できるのか、どこまでは共感できるのか、ということがあって、どこが違うのか、なぜ譲れないのか、また譲らなくてもいいのか、ということがある。そしてそれを楽しむことを強要はできないし、楽しめるようになる必要もとくにないだろう。むしろ耐えることのほうが、育成すべき力であると考える。

　周知のように著者である高橋修氏はテクスト論の観点から、それまで『浮雲』は未完小説であるとされてきた文学史の常識を疑い、研究史が孕むイデオロギー性を批判してきた。それが思わぬ誤解を招いて、『浮雲』は未完か否かという安易な二者択一の議論を呼び起こすことになり、それには著者自身も本書で述べているように、ほとほとうんざりしたようで、まったく同情を禁じ得ない。
（中略）
　しかし、いま久し振りに高橋氏の論文を読み返してみて気付いたのが、氏自身の見解は、どっちでもいいというような消極的なことではなくて、『浮雲』の読みは一元化しえないという地点にじっと留まる忍耐を、身をもって示していたんだということである。
　なにをいまさらと言われるかもしれないが、後進である私は、テクスト論が当たり前となっている地点から研究者としてスタートしたおかげで、先輩たちがなぜあんなに力んでいるのか、正直なところ理解できないでいた。同じ頃の小森陽一氏が軽々とひらきなおってみせているのをみて、それが本道なのだと思い込んでいたふしすらある。無知は批評を読み取れない……。
（小林実「書評　高橋修著『主題としての〈終り〉――文学の構想力――』」『日本文学』2013.1、p.80）

　文学教育の目標について、文化を継承する力と多様性に耐える力を挙げた。いずれも、そのものの価値について探究する力であるということができよう。また文化を継承していくためには、多様性に耐える力が必要である。
　国語教育は、言語が背負っている言語共同体の伝統を引き受けつつ（そういう自覚をもちつつ）、創造的な媒体として言語を駆使し、言語による主体

的な社会参加をする者の育成をめざす側面がある。その素地として、「創造的な媒体」としての言語を知る教育の一環に、（言葉の芸術としての）文学教育を位置づけることは可能であろう。なぜ作家は書くのか、作家を「言語による主体的な社会参加」をしている者とすると、彼はどのように社会参加しているのかということを考えていくことも、文化を継承する力として考えられる。

> 言語生活
> 「国語教育」は、個人が社会における生活者として、適切な言語運用を行えるように支援することが目的である。言語は、それ自体が言語共同体の様々な伝統を背負っている。しかし言語は、それを一人一人が引き受けつつ、新しい社会を作り出すための創造的な媒体として使用することもできる。そのような言語による主体的な社会参加という問題を考えるときに、これまで「国語教育」の理論や実践の中で使われてきた「言語生活」という概念は、きわめて重要なキーワードになる。
> （〈キーワード解説〉日本国語教育学会『国語教育総合事典』朝倉書店、2011、p.11）

ここに言葉の芸術としての文学教育において掲げた目標は、理念的であり、即座に評価を下すことがほとんど不可能な内容である。よって、目標の将来的な達成に寄与するために、どのようなことを評価していったらよいのかということを評価可能な事項として考えていく必要があると考え、次の節に移りたい。

3. 言葉の芸術としての文学教育に求められる評価観

先にも述べた通り、なにを評価することが、そのひとのためになるのか（そのひとの言葉の力を育むことになるのか）という観点から、文学教育の評価について考えていく。つまり評価の目的を、目標が達成されたかというより、目標の達成に寄与するようこととして、その観点や方法を考えたい。

たとえば、評価可能な事項があったとしても、そうした評価可能なものをどんどん（なんでも）評価すればよいとは考えられない。評価可能であって

も、それを評価することに意義がないのであれば、それは評価すべきではないと考える。そこで、評価可能と思われることについて、それを評価することの意義を確認していきたい。

まず、言語技術的側面からの評価についてであるが、文学教育において、言語技術の指導や評価をすることについては賛否両論ある。高木氏は以下の引用で、文学教育において「言語技術を教えることにどんな意味があるのか見えない」ことを問題として挙げている。

> 言語技術を最大に使おうとすることの問題は、（文学教育において——引用者注）言語技術を教えることにどんな意味があるのかが見えない。もちろん言語技術を教える人たちは、それなりの説明はしているけれども、私には納得できない。全部無意味とは思いませんが。文学作品に出会うことにおいて、言語技術の例えば視点、何でもいいんですがそういうことを教え、それを通して読ませることにどんな意味があるのかが見えない。文学作品と一読者として出会ったときの出会い方の訓練というか、そういう観点から考えたときに、言語技術というのは、どうしてもためにするといった感じがするんですね。文学作品というのは一つの世界なので読者もある程度動く自由をもつ、登場人物も書かれた範囲である程度動く自由をもつ。作品世界のなかで動く自由をもつ者同士がぶつかり合い、他の読み手も、そして教師もそうなんですが、ぶつかったときに何が起るのか、ということを確認していく。私は「考える場」と言っているんですが、大雑把に言うとそういう出会いの場として機能する自由度というのが文学作品、小説なんかの価値として、大きいんじゃないかと思うんです。
> （高木まさき、前掲書、p.20）

たとえば、ひとりで読むのであれば、文学の読みとは、読み味わって（味わえなくても）黙っていればいいことである。それが教室であると、同じものを一緒に読んだはずが、読みが多様になる。それが、語句レベルの誤読のようなものによって引き起こされたものなのか、解釈の違いなのか、感覚の違いなのか、ということを明らかにしたうえで、やっとぶつかっていけるのではないだろうか。どこでどう多様になっているのかを見極めていくため

に、言語技術的指導は必要となるだろう。

　またぶつかっていくと、自分の読みに対する説明が不完全にしかできないとしても、それは違うとか、同じとかいうレベルでも言葉を交わしていくことができる。つまり、他者の読みにぶつかったときになにが起こるのかというと、言葉が出る必然(理由)が生まれる。言葉にならないところに文学があるのだとしても、ぶつかったら言葉でやりとりをし、なにが起っているのか確認していかねばならない(同じ言葉を読んだのに、こうも違うのかとか、誰がどの辺りにいるのかとか、そうしたことを確認していくことができる)。

　そこにも、言語技術的指導はある。だがそれは、文学教育という観点からすると副次的なものと思われるかもしれない。しかしそれは、言葉をどうにかこうにか紡いでいく、ひねり出していくことを要求する、そこに(他者との)出会いかたの訓練ともでもいうべきものがあるように思う。たとえば、ほかの読者を想定した個人の読みが出てきたりして、それは、公共性ということや伝統、また継承ということにつながってもいくだろう。

　鰯の群れのように、ひとりずつばらばらでありながら、ひとまとまりでもある私たちの読みは、ぶつかり合うことで、互いの読みが全体のどのあたりに位置しているのかということがわかっていき、次第に身動きが取れるようになり、教室としての読みが編成・構成されていく。

　ただしそれは、ひとつの読みにまとまるためにそうしているのではない。それぞれのこだわりや譲れなさを保持したまま、それがあることを理解し合い、共存させておく。一体となるのではなくて、それぞれがつながっている集団になることをめざす(そういう機縁に文学はなり得るのだということを学んでいるかを評価することも、意義があるだろう)。

> 　先ほどの(高木さんの――引用者注)ことばをそのまま受けとめるとすれば、譲れない気持ち、それが重要なポイントだと思うんです。とても身体的個人的なことにもかかわらず、語り合うと「お前もか」というように確かめあっていけるし、またちょっとずれているからこそすごく腹が立つ。それが文学を教材に使って「こんなふうに読んだらいい」で終わったら駄目で、読むことで何かが起こらないと駄目ですよね、文学は教材で道具ですから。じゃあ何がそこで起こるのかと言ったら、非常に個人的なものが他者とつながっていく機縁になっていくし、それが

文化的な力にもなっていくんだということを発見しながらまた再び自分を振り返るという意味では、大きな力をもっているんですが、それは別に文学じゃなくてもできるんですね。
（難波博孝、前掲書、p.23）

　次に、読みを自らにとって意義あるものとして生成していくことについてであるが、どのような言葉を読んでもそこから学ばねばならない、意義を見いださなければならない、つねに学びを意識して読む、ということがよいことなのかどうかは、判断しにくいところである。
　だが、ある言葉に価値を見出すということも「リテラシーの性能」のうちであり、「どんな書物からでも僕たちは輝く叡智の言葉を読み出すことができる」という態度をとれることは、読むことにおいて有意なことであるだろう。よって、自らにとって意味があるように読むことができているかどうかは（自己評価も含め）は評価していってよいことであると考える。

　『こんにゃく問答』じゃありませんが、どんな書物からでも僕たちは輝く叡智の言葉を読み出すことができる。こういうのは「読んだもの勝ち」なんです。僕が読んで感動して、すばらしい知恵の書物だと思っているものを、他の人はくだらない駄本だと思うということはよくあります。ちょっと考えると、「ふん、ろくでもない本だね」と切って捨てた人のほうが頭がよさそうに見えますけれど、書物との出会いという点で言えば、これは僕の「勝ち」なんです。他人が価値を見出せなかった行間に輝く価値を見出したのは、僕のリテラシーの性能がそれだけよかったということになるわけですから。
（内田樹、前掲書、p.65）

　またそこには、自らにとって意味があると信じて読むことができるという姿勢（力）も要求されてくる。

　それが自分宛てのメッセージだということがわかれば、たとえそれがどれほど文脈不明でも意味不明でも、人間は全身を耳にして傾聴する。傾聴しなければならない。もしどれが理解できないものであれば、理解で

きるまで自分自身の理解枠組みそのものを変化させなければならない。それは人間のなかに深く内面化した人類学的命令なのです。
（内田樹、前掲書、p.176）

　最後に、言葉の変容についての評価についてふれる。ひと（とくに大人）の言葉の実態は、ある意味で動的平衡の状態にあるといってもよい。言葉の内容（意味だけでなく、好悪の印象など含めて）はその言葉にまつわる経験によってたえず変化（加筆され、訂正され、書き変えられ、更新される。改訂まではされなくても、より確実性を増すなど）しながらも、その言葉自体が保持されるからである。よって、動的平衡のうちにある分子のように、私たちは言葉のよき passer であり、receiver でなくてはならない。

　　つまるところ、自分が持っていることばのイメージを揺さぶるような重要なテクストとの出会いは、読むという行為をくぐることで自分自身に新たな更新をかけているのと同じことになります。たとえそのことを強く意識してはいなくても、真剣に読書する人にとっては、ある本を読む前と読んだ後とは、自分がどこかしら違う人間になっているということを実感しているはずです。
　　物語を読むということは、もちろん純粋な楽しみであってかまいません。でも、その楽しさの背後には単なる時間の消費ではなく、私たちが自分自身と向き合い、自分の意志で新しく生まれ変わっていくという主体的な行為としての側面もあるのです。
　　私たちが毎日、全身の細胞を入れ替えることで生き続けているように、新しいことあの世界に触れることによって自分というものを見つめ直し、日々自分自信を新たなものにしていくということは、私たちが生きていることの意味そのものだとも言えるのではないでしょうか。
（土方洋一『物語のレッスン　読むための準備体操』青簡舎、2010、p.245）

　言葉を読むたびに言葉は更新されていくということに対して自覚的であることを、積極的に更新することを求めるのではなく、更新されたときに自覚できることを評価したい。

4. 言葉の芸術としての文学教育にできること

> 文学ができることはごく一部で、音楽が出来ることもごく一部で、選択肢の一つにすぎないわけです。その文学ができることの可能性をわれわれとしてはギリギリ発揮してそのことが国語科教育に携わっている研究者の人たちとの間に掛け橋ができるということに文化的意味があると期待しています。
> （田中実「座談会　文学教育における公共性の問題——文学教育の根拠」『日本文学』2003.8、p.23)

　筆者は、文学教育にはさまざまなものがあっていいと思っているが、芸術教育の一部を担っていく責任もあると考えている。その意味で、文学教育のみの目標を立てることはないのかもしれない（文学だけでは辿り着くことを目標としていない、文学とか音楽とか美術とか、どれかで辿り着けたらよいという考えかたもできる）。今回はそこまで検討することはできなかったが、今後の課題として引き受けていきたい。

　さらには、教科をこえて、学校教育とは、教育とはなにかという視点からのアプローチも必要である。「学校教育の究極の目的は、青少年たちを『理性的な認識と技術』の能力、統一された世界観、モラルの持ち主とすることであるから、文学教育でも、つねにそのことを考えていかなければならない。」[18]、ということはいうまでもないことではあるが、加えて、芸術（文化）や教育という営みは、双方ともに、社会や歴史を色濃く反映するものでもあるからだ。

　たとえば、以下の引用では教育観の変容が語られているが、それは社会的な価値観や考えかたの反映にほかならない。

> つまり教育とは何なのかみたいな話になってしまうんだけれども、結局何か学習させるわけですよね。それはいつも、とくに戦後の場合は最後にすべてわかるというのを建前としてきた。しかし歴史を遡って全体を見たときに常にそこまで求めるのが教育だったかというと、例えば今は覚えるだけでいい、あとは大人になったらわかるとかいろんな考え方があった。しかし戦後は一応みんながわかることを目指してきたわけです

よね。それで今、例えば中学校の現場を例にとれば、しかも学力差がすでに出てしまっているなかで、みんながある程度共通して理解できるものは何かということで選択肢が動いている。
（高木まさき、前掲書、pp.31-32）

　また、何度も述べてきたことではあるが、ある程度共有していける（理解できる）ものを残しつつ、そうではないものを排除しないで、しかし評価はきちんとしていくということが重要だと考えるが、それがどのように可能か、その方法については言及しきれていない。それは、芸術教育の方法全体にも関わることでもあるし、文学教育研究全体における課題でもある。

　　価値があるから価値があるんだというのは困るわけで、今おっしゃったように価値があるんじゃないかと思うことが教育の役割だと思うんですよ。つまり子どもたちが自ら読むような環境に私たちはしなければいけないわけですよね。ただそれは非常に社会的文化的に、こんなもの意味がないというふうに今、社会が言ってしまっているところを、教育だけに察せよといわれても無理ですよ、それは。
（難波博孝、前掲書、p.34）

　また、評価されなくても、意義がわからなくても、芸術なるもの、文化的なるものを価値あるものとして与え続けて行くこと自体、文化資本を豊かに（ふんだんに）享受させることであり、いわゆる「文化貴族」の育成に寄与していることの意義について明らかにしていくこともまた、芸術教育の価値を示すうえでは有効であろう。

　　　後天的な努力によって身につけた文化資本は「禁欲主義」の馬脚をすぐに現してしまいます。必死で勉強して覚えた知識なので、見たことのない映画についても、聴いたことのない音楽についても、飲んだことのないワインについてもつい「それについて知っている」ことを誇示してしまう。でも、生まれつきの文化貴族はそんなことをしません。前にそのワインを飲んだときのグラスの触覚とか、食卓での話題とか、部屋に吹き込んだ風の匂いとかをぼんやり思い出すだけで、そのワインの市場

価値を言い当てたり、その卓越性について説き聞かせる必要なんか感じない。先祖伝来の家産のように文化資本を豊かに享受している文化貴族の「ノンシャランス（お気楽さ）」だけは禁欲的に教養を身につけた人はけっして真似することができません。
(中略)
　学習努力によって文化資本を獲得した人たち（プチブル）にとって教養とは学識と同義です。だから「教養ある人」とは「学識の膨大な宝庫を所有している者のこと」だと信じてしまう。教養とは、結局のところ文化に対する関係に他ならないということ、「すべてを忘れた後にさらに残るもの」だということが理解できない。
（内日樹、前掲書、pp.131–132）

　以上、言葉の芸術としての文学教育において、なにをどう評価していけるのか、なにをどう評価していくことに意義があるのかということより、評価していくことによって教育的意義を見いだすことができないか、評価できないことに教育的意義をどう与えるかといった視点から、文学教育における評価観の行きかたを試みた。またそのことにより、言葉の芸術としての文学教育がめざすものも明らかになった。それは、言葉でなにができるのかという、言葉の可能性のひとつについて学ぶための、ひとつの教育、しかし欠かすことのできない教育ではないだろうか。

注

1　高木まさき「Ⅳ　読むことの学習指導の成果と展望」全国大学国語教育学会『国語教育学研究の成果と展望』明治図書、2002、p.230–232
2　井関義久『批評の文法〈改訂版〉』明治図書、1986（初版は大修館書店、1972）
3　牛頭哲宏、森篤嗣『現場で役立つ小学校国語科教育法』ココ出版、2012.9.10、p.174
4　なにが可知であるか、「内面的な力」は不可知であるのかといった議論もあるが、今回は、その点にはふれずに話を進める。
5　「文学教育が読み方教育の中に解消されてしまうことによって頻繁に起こりやすい現象は、描かれている事柄だけを追っかける「ことがら主義」とでも名づけたい指導の仕方である。」（藤原和好『国語教育の現状と課題』日本書籍、1991、p.20）

6 　指導要領や教科書の手引きからは「実践の場においては、作品の主題を読み取ることが文学作品の読みの最終目標になるといった傾向が、小学校高学年のあたりから現れ、中学校になると顕著になってくるように思われる。」((5)に同じ。p.24)

7 　「心情主義というのは、状況の中で揺れ動く人間の心理の把握を主として展開する授業のことをいう。しかもその心理把握は、心情の変化をもたらす認識の変化や状況の変化と切り離されたところでなされやすいところに特徴がある。」((5)に同じ。p.24)
　「物語・小説の指導というと、必ずといっていいほど気持ちや気持ちの変化を読み取るということが中心になっているところに、日本の文学教育の特徴の一つがある。」((5)に同じ。p.25)

8 　「徳目主義や主観主義から文学の読みを解放するために感動体験を重視するということが、特に、文教連などによっていわれてきた。そして、読みの感動体験はイメージ豊かに読むことによって可能であるとされ、今日ではそれは自明のこととなっているかの感がある。しかし、イメージ豊かに読むとはどういうことであるのかが必ずしも深く問われてこなかったという弱点があった。(中略)これは一見、ことがら主義の授業と似ている。しかし違うところは、ことがら主義が文中に書かれている言葉や事柄を探させるものであるのに対し、これは、文中の言葉をいくらか想像でふくらませるということに力点が置かれている点である。ただし、想像でふくらませるといっても、そこに特徴的なのは、主として視覚的もしくは聴覚的なイメージに限られているという点である。／文学的なイメージというのは、視覚的あるいは聴覚的なイメージだけでなく、感覚が意味と結合することによってもたらされる複合的イメージである。しかし多くの実践が、文学的イメージの中から意味を捨象することによって、文学世界を感動ゆたかに味わわせているつもりで、その実はせっせと文学空間を現実空間に置き換える作業をしている。そこにイメージ主義の最大の問題点があると思われる。」((5)に同じ。pp.25-26)

9 　「〈文学と教育〉というある意味では二律背反ともいえる命題について、教育現場の側があまりにも手軽に考えていないかという疑念に取り付かれたこともかかわっている。(中略)戦後の文学教育偏重は、文学者が反社会的存在でなく、むしろ社会の良識の代表として世に迎えられるようになった事情と対応しているのである。(中略)しかし、文学がその本質として、人間の日常的な生のかたちを破砕しかねない超越性への志向(聖性希求)を秘めているのは普遍の法則なので、文学は日常性の倫理(世にいう「道徳」)と根底において抵触する反秩序的な悪と同類の、ある種のいかがわしさを持った虚業(「実業」と逆)であることを忘れてはならないだろう。」(大久保典夫『文学と教育の論理』高文堂、1988)
　「しかし、文学と教育とは、深いつながりがあるにもかかわらず、本質的には背馳する一面があることを認めるべきではないかと思う。文学(この場合は芸術といってもいい)の本質は創造であり、創造は現在の秩序の破壊をともなう。一方、教育は秩序の維持が本質である。どんなに「創造的」と銘打たれた教育も、教育の本質はワクに

はめ込むことである。(中略)／こういう教育態度で文学教育をやったらどうなるか。文学教育が教育として完璧に近づけば近づくほど、文学から遠ざかることになる。少なくともその危険がある。」(竹内好「文学教育は可能か？——異端風に——」文学教育の会編『講座文学教育1』牧書店、1959(『文学教育基本論文集(1)』明治図書、1988所収))

10 横山信幸「第二章 作品研究と教材研究」藤原和好編著『国語教育の現状と課題』日本書籍、1991、pp.42–43

11 「フランスの社会思想家ミシェル・ド・セルトーは、その『日常的実践のポイエティーク』(邦訳一九八七)の第一二章を「読むこと／ある密猟」と名づけている。読むという行為を、読者たちの企てるひそやかな戦術とみなして「ある密猟」というたとえを用いているのである。」(山元隆春「三章 読書指導の現状と課題」藤原和好編著『国語教育の現状と課題』日本書籍、1991、p.54)

12 高木まさき「座談会 文学教育における公共性の問題——文学教育の根拠」2003.4.14、『日本文学』2003.8、p.9

13 輿水実「文学教育をどうするか」『教育科学国語教育』342号、明治図書、1985、pp.129–130

14 渋谷孝『文学教育論批判』明治図書、1988、p.153

15 J-P・サルトル『文学とは何か』人文書院、1998、p.280

16 山元隆春「13.3.3 文学の力と文学教育——『接点』を求めて」日本国語教育学会『国語教育総合事典』朝倉書店、2011、p.145

17 なおここでは、西尾実、桑原隆、倉沢栄吉、大村はま、芦田恵之助が「言語生活」という概念を大事にした主張をした者として挙げられている。

18 国分一太郎「文学教育の目的はなにか」文学教育の会編『講座文学教育1』牧書店、1959(『文学教育基本論文集(1)』明治図書、1988所収)

終章　「文学を」教える国語教育の可能性

　本書では、言葉の芸術としての文学を捉えることにより、どのような文学教育の可能性があるのか検討してきた。その結果として明らかになったことを三つ挙げたい。
　ひとつめは、芸術として言葉を教える場合であっても、それが言葉である以上は国語科教育として行うべきであるということである。たとえば書写と書道は、文字を正しく調えて書くことと芸術性を追究して書くことであり、いま、なにを習得すべきこととして意識すればよいのかによって、分けて考えることができる。しかし、文学教育の場合、いま習得すべきことを意識することが、その学びを促進するとは限らない側面がある。むしろ、学ぼうとして読むことこそが言葉を芸術として読むことの弊害となっていることがある。また、文学教育の教材となるような言葉が文学(芸術)であり、そうでないものは文学でないといった、誤った文学観を育てないためにも、言葉の教育のなかに言葉の芸術として文学を捉えた文学教育と、それ以外の言葉の教育(つまり、文学を言葉の芸術として捉えない言葉の教育)を国語科のなかに併存させたほうがよいだろう。そのようなことから、国語科教育のなかに文学教育を位置づけることが望ましいと考える。
　二つめは、文学で(言葉の)教育をするのではなく、文学そのものを教育する場合には、言葉の教育としての成立をめざすだけでなく、また芸術教育としての成立だけをめざせばよいのでもなく、それらの両立をめざさなければならないことである。これは、書写と書道の関係に似ているが、本来のかたちがわかっていない文字を、崩して書くことができないように、言葉を意味として理解しようとすることなしに、読むという行為は成立しない。たとえ読み間違いやよくわからない言葉があったとしても、文学は教育できる。だがそれは、意味として読むことを求めないということではなく、意味としての言葉(語義)を共有できるものとして確かめていきながら行われるものであ

り、それを拒む者に文学を教えることはできない。言葉の理解があってはじめて言葉が芸術として成立するのであるから、言葉を理解する教育を行っていけば(その言葉がその者にとって文学であるのならば)自ずと文学教育も成り立つのである、あるいは、ある言葉を文学として味わうことができているとき、その者はその言葉を理解できているはずであるから、芸術として文学を教育するところに自ずと言葉の教育も成り立っているのである、という理論は、私たちの生活における読みの姿からしても誤りではない。言葉の教育ではない文学教育も、芸術の教育ではない文学教育も、厳密にはあり得ない。しかし、意味として理解することと、芸術として鑑賞することを、教育する側の便宜で(教育を受ける側への配慮からであるとしても)分けてしまうことにより、それらを分断可能であるものであるかのように学習者にみせてしまう。そのことは、それらの分かちがたさにこそ文学があることを暗に否定していくことにもなる。その結果、生活における文学とは乖離したものを教えていくことになってしまう恐れがある。そのことから、文学を教育するのであれば、言葉の教育として、かつ芸術の教育としての成立をめざす立場を(一方の教育が、もう一方の教育の結果として付随的に果たされるものとして考えるのではなく)恐れずにとるべきなのである。すくなくとも、めざさなければならない理由について言及した。

　三つめは、言葉の芸術として文学を教えることに現在的な意義があることである。文学に限らない、芸術というものの教育的価値については普遍的なものもあるが、本書ではとくに、現在における価値について論究した。まず、芸術の現在的な価値を明らかにし、それが学校教育という場で教えられていくことの必要性について述べることで、学校教育における芸術教育の意義を見いだした。芸術のなかでもとくに文学の教育については、それが言葉であること、および国語科で扱われていることに、芸術教育として成立させていく困難さがある。そうした主張を認めながらも、なお国語科に留まらせるべきであることについては先の二点で述べた通りである。ある言葉を芸術として捉えていることの価値、あるいは芸術として捉えていくことの価値を教える教育を、言葉の芸術として文学を捉える教育とし、そこに現在的な価値を認めていった。

　そして、これらを明らかにしたことの意義は、三つある。

　ひとつめは、芸術としての文学教育を可能にするための文学観を示したこ

とである。何度も述べた通り、これまでの文学教育の研究や実践において、言葉の芸術として文学を捉えた文学教育がなかったわけではない。本書は、芸術としての文学教育論が繰り返されながらも深まってこなかった一因を、文学観や文学教育観が充分に精査されないまま、また共有されないまま論が進んでいたことにあるとし、どのような文学観に立てば、芸術としての文学教育が可能となるのかというアプローチから、文学や文学教育について定義していった。その結果、なぜ文学を言葉の芸術として教育する必要があるのか、文学を言葉の芸術として捉えること自体が言葉の教育および芸術の教育を行ううえでどのように有効であるか、その原理的な可能性を示した。また芸術として文学を教育する意義を明らかにしたうえで、その意義を達成する教育を行うためには文学をどのようなものとして捉える必要があるのかについて明らかにした。

　このことにより、文学とはなにかという問いには多様な答えが想定できるが、文学を教育するにあたって有効な考えかたを検討するという探究の行きかたを示唆することができたと考える。今日における文学の価値を明らかにし、文学の今日的な教育価値を示すことは、国語教育、および文学教育の研究者や実践者の共通認識のひとつとなる、いわば文学観を示すことである。本書で示した文学観は、文学を芸術として教えるための唯一のものではないが、文学の芸術としての社会的な価値、そしてそれを教育する価値を見いだしながら、文学教育の価値の原理的・理論的な追究に留まることなく、理論を破綻させずに具現するために有効な文学観のひとつではあると考えている。具体的には、言葉の芸術として文学を捉える（文学＝言葉の芸術、と捉える）ことは、「文学で」ではなく、「文学を」教育することを拓く可能性をもつ、ひとつの文学観であると考えている。そうした文学観が提示されること自体が、共有可能な文学観や文学教育観の有無や是非を問うことになるだろうし、文学教育論の深まり、ひいては、文学教育を可能にする国語教育の成立に寄与すると考えられる。よって、この研究の意義のひとつを、文学教育は芸術教育であるという視点からの考察を文学教育において必至のものとして位置づけた点にあると考える。

　二つめは、文学教育と言語技術教育との接点が見いだされることである。文学を言葉の教育の一環として教育しなければならない必然性について明らかにしたことは、文学教育の研究者や実践者だけでなく、国語教育の研究者

や実践者に、文学教育は「文学で」教えるのではなく、「文学を」教えるものとして成立可能であるということを知らせる。それはさらに、国語教育とは言語教育であり、言語技術を身につけるための教育だとする立場との対話を可能にする。なぜなら、本書で言う文学教育は、言葉を芸術の媒材として捉えるという言葉の教育、つまり言語教育を基盤としながら言葉を媒材とする芸術を受け入れる力の教育であり、言語技術教育であるといえるからだ。

　三つめは、ほかの芸術教育に刺激を与えることである。一般的に芸術教育といえば、音楽や美術の教育が中心である考えられているのが現状であろう。しかし音楽教育や美術教育において、その今日的な教育価値が充分に論じられているとはいえない[1]。本書は文学の芸術としての今日的教育価値にも言及しているが、それを最大限に引き出すためには国語科において言葉の芸術としての文学教育について考えていくだけでなく、教科を超えて、芸術教育の価値を考えていく必要がある。いま、芸術を教育することにどのような価値を与えることができるのかを示すことで、その可能性を多分野に問う点にも意義があると考える。

　なお今後の課題として、言葉の芸術として文学を教えるのであれば（それを国語科教育で行うのであるとしても）、芸術教育である音楽科教育や美術科教育と、どのように関係していくことが望ましいのかについて明らかにしていく必要がある。またそれに関連して、国語科教育において、学習者を言語生活者としてだけでなく、芸術生活者（芸術という営みが生活にある者）として捉えていく必要があると考えている。

　芸術の統合的な教育については、ドイツやイタリアなどヨーロッパの国々、アジアでも台湾・中国・韓国・シンガポール・香港などで、すでに行われている。その内実はさまざまであるが、日本もそうした世界の動向から影響を受けないとはいえない。それぞれの国や州・地区の経緯や実態、また利点や問題点から、日本における統合的な芸術教育の可能性について、とくに文学教育の視点から探究していきたい。

　もちろんこれまでの日本でも、国語科と音楽科、国語科と美術科、あるいは三教科での合科指導は、まったくなされていないわけではない[2]。また平成20年版学習指導要領では、全教科的において「言語活動の充実」が求められており、他教科と国語科教育との関係は、密接になったともいえる。しかし、読む芸術と、聴く芸術、観る芸術が、ほんとうの意味で統合された教

育はあっただろうか。読む、聴く、観るという活動が組み合わされているだけではなく、文学と音楽と美術の教育が、統合されることで、芸術教育として成立していたことが証明されてきただろうか。文学教育、音楽教育、美術教育が、芸術教育として統合されるための理論的考究を進め、統合して教育する場合の社会的意義について明らかにしたい。とくに、国語科教育でなく、文学教育であることに留意しながら進めたい。

　現代社会、とくに3.11以降において、芸術を享受することや、その教育の意義は大きいと考えられている。芸術そのものの価値があらためて評価されている時代状況にありながら、活字離れや読書量の減少などが指摘され、文学はその芸術としての価値を失いつつあるともいわれている。芸術教育のなかにおける文学の教育的価値を捉え直していくことは、文学の価値が下落していくことに対して警鐘を鳴らすことにもなるだろう。

　なお、ここでいう「文学」とは、なにも日本文学に限ってのことではない。統合的な芸術教育の社会的意義については近年、国内外を問わず、多く論じられているようだが、文学教育に関しては、論じられているものがすくない。文学や文学理論の終焉が、世界的に論じられているにもかかわらずである。文学教育とはなにかという問題は世界的な規模で論じられるべき問題であり、日本に留まる問題ではない。

　いま、文学教育を行うこと自体の是非や、文学教育の価値について、国を超えて再考し、議論すべきなのである。

　　「はじまりそうになればいいね」という言葉を、生涯の終わりのときにいいたい。[3]

　これは2012年3月16日に亡くなった吉本隆明氏が、十数年前に細君への遺書を問われて答えた一節である。生涯の終わりに、「何がはじまるのかわかりませんが、『はじまりそうになればいいね』という言葉を慰めとしていっておきたい」、と述べている。

　教育はなぐさめではないのだから、「なにかいいことがはじまる」というあいまいな目標を掲げたり、そのきっかけにでもなればいいと甘んじたり、期待するだけに終わってはいられない。だが、その先にとくになにも期待することがない（nothing specialな）教育などあってもいいのだろうか。十年

後、あるいはもっと先を見据えて(見通し)、いつか気づくかもしれないことや、どこかで出会うかもしれないあるものを、なにかよいもの(something good)として受けとれることを期待しているようなところが、教育という営みにはあるのではないか(とくに芸術教育には)。すくなくとも、あってもいいのではないかと筆者は考えている。

　評価の問題や方法論・授業論としては十全ではない部分を残しながらも、言葉の芸術として文学を捉え教育していく文学教育の可能性についての探究が、文学教育の実践の場でもはじまりそうになればいいと願っている。

注

1　たとえば、日本音楽教育学会第44回大会(2013.10.12–13)では、「音楽科教育は生存できるのか」という共同企画や、「社会へのまなざし、社会からのまなざし」という常任理事会企画、「学校教育における音楽科の存在意義」という研究発表があり、今日的な教育価値を明らかにすることが課題として共有されている。だが、十分な解答を得られる段階には達していないという共通認識に留まっていることが、以下の引用から読み取れる。「学校教育現場で、何故音楽科が必要とされているのか。今日ほど、音楽科の存在理由や意義—「生存価」が問われているときはない。(中略——引用者)重要なことは、音楽科とは何を学ぶ科目なのか、そしてそのことの必要性、すなわち「生存価」が誰にでも理解出来るようにすることである。そのための説明責任を我々は果たしているとえるだろうか。答えはノーである。」(森下修次、高須一、福井一「音楽科教育は存在できるのか？」『日本音楽教育学会第44回大会プログラム』日本音楽教育学会、2013、p.113)

2　たとえば、音楽と国語の合科的教育実践報告としては、森保尚美「初等音楽科教育におけるオノマトペに関する研究—学習の素材としての役割に着目して—」、小原梢「音楽学習における創作活動の追究—オノマトペを題材とした音楽づくりの実践を通して—」などがある(いずれも、『日本音楽教育学会第44回大会』2013.10.12～13で報告されている)。

3　吉本隆明『遺書』角川春樹事務所、1997

解説にかえて

　鈴木愛理さんとはじめて会ったのは、彼女が大学4年生だった年のことだ。愛知教育大学の指導教員であった横山信幸教授（当時）から、大学院でしっかりとした文学教育の研究を進めたいと考えている、みずみずしい感性をそなえた学生がいるので、会ってもらえないかというお電話を受けた夏の、とある一日である。研究室の扉を控えめにノックした鈴木さんは、おだやかでおとなしい、文学作品を読むことが大好きな真面目な女子学生という印象だった。卒業論文のため、江國香織の『ホテル・カクタス』という小説を取り上げて、くわしい分析を始めているところだと話してくれた。書くことがとても好きだということは、話していてすぐにわかった。また、芯が太くて感受性のつよいひとであるということも。この時、まさかすでに彼女が『抱きまくら』という小説集を上梓している表現者であることを知らずにいた（実はその初めての面会の後、鈴木さんには内緒で手に入れていました。どこを切ってもゆたかな世界を湛えた詩のあふれ出す本！）。気がついてみると、その夏からすでに10年ほどの時間が流れている。

　大学院では「特別研究」という時間があり、国語教育学のそれぞれの教員のゼミに属する大学院生が順番に、現在取り組んでいる研究について報告することになっている（一種のコロキウムです）。その「特別研究」で、鈴木さんは博士課程前期・後期の5年のあいだ、つねに小さめのフォントでたくさんの濃密な文章を詰め込んだ資料を準備して、発表していた。質疑応答の時間に食い込むまで熱心に発表していた姿は記憶に新しい。私はその傍らで、彼女の考察の言葉が徐々に熟していくのをずっと見届けていただけである。

　本書は、その大学院生としての研究の日々のなかで続けられた鈴木さんの文学教育研究の成果を集約したものである。あの夏から7年が経って、鈴木さんは2013年2月14日に広島大学の論文審査に合格して、晴れて博士

(教育学)の学位を取得した。

　本書のもとになった鈴木さんの「言葉の芸術として文学を捉える教育の可能性に関する研究」は、文学教育の理論と実践を跡づけながら「言葉の芸術」として「文学」を捉える文学教育の独自性を探究し、現代における文学教育の存在意義を理論的に考察した緻密な論文であった。まず、戦後の文学教育論の展開を跡づけながら文学の特殊性とその読みの独自性を探り、また、戦後の新しい教科構造を探るなかでおこなわれた「国語科」とは別に「文学科」を独立させるという見解をも検討し、国語科教育における文学の居場所を探った。次に、福田恆存ら諸家の文学論の検討や、「生」と「文学」の関係を扱った論説の分析・考察を行いながら、生活における文学や芸術の必要性に関して、西研の言う「語り合いの関係」を成り立たせることが重要な契機となることを論じた。「語り合いの関係」を保つことには「他者へのあり方の態度を育てる」「自己の生き方をふりかえる」「生きるうえでの価値と目標を育てる」という三つの意義があるとし、芸術教育において育てることをめざすべき力として「受け入れる力」「自己安心感をもつ力」「語り合う力」の三つがあることを指摘した。意識していなかったものや言語化できないものの存在に気づかせ、その価値を認めさせてくれるところに、芸術教育のとしての文学教育の担う意義があるとした。さらに、正解のない状態に耐えようとすることができることと、他のひととなにかを共有していく(つながる)媒材として言葉をとらえることができるようにすること、の二点を「言葉の芸術としての文学教育」の中枢となるべき目標であるとし、社会的評価の定まっていない新しい作品こそ言葉の芸術としての文学教育の胚芽であるとした。

　言葉足らずの要約のようなものになってしまったが、文献を博捜しながら上記のようなことを解き明かした鈴木さんの博士論文に、私は次の三つの意義を見る。

　(1)諸家の文学論・文学教育論をもとにして、学校教育における文学・芸術の意義と役割はなにかという、古くからの問いを根源的に扱い、丹念に論述したこと。

　(2)言葉の芸術として文学を捉える教育を探っていくことは、文学と芸術がひとにとってなぜ必要であり、それがひとの成長・発達にどのような役割を果たすのかを考えながら国語教育に携わっていくことになるという点を、

一つの論として明らかにしたこと。これは、おのずと、文学教育における、作品を「理解する」ことの諸相を明らかにすることになり、「理解する」ことの指導において営まれていることがらを検討する枠組みを明らかにすることにつながる。

　(3) 言葉の芸術として文学を捉える教育を提案し、その具体像を示すことによって、生きた発見を生み出す「材」としての文学作品・芸術作品の特徴を、現代の文学作品・芸術作品を渉猟し、論じることによって明らかにしたこと。川上弘美「神様2011」を素材とした具体的な学習指導法の提案など、新たな教材論につながる視点を数多く示したこと。

　いま述べたことは、博士論文本体に即したものであるので、本書の構成・内容と対応しないところがあるかもしれない。しかし、それは鈴木さんが、2013年に弘前の地で大学教員として歩みはじめ、学生指導の傍ら、精力的に研究を展開しているなかで生みだした、その思考の深まりをあらわすことであることは間違いない。新しい文学教育を求めて展開された本書を、一人でも多くの方が手に取っていただき、忌憚のない意見を示していただければ幸いである。そのような「対話」が、「正解のない状態に耐えようとすることができること」「他のひととなにかを共有していく（つながる）媒材として言葉をとらえることができるようにすること」を基軸とする鈴木さんの「言葉の芸術としての文学教育」を実現するために、とても大切な足場だと考えるからだ。文学教育の研究に取り組む仲間の一人として、本書の刊行を契機に、鈴木さんが、研究者として、表現者として、さらに大きく羽ばたいていかれることを願ってやまない。また、ともに歩んでいきましょう。

2014年12月24日

　　　　　　　　　　　　広島大学大学院教育学研究科　教授
　　　　　　　　　　　　　　　　　　　山　元　隆　春

あとがき

　ヘレンは彼が持っている本に目をとめた。「なにを読んでいるの？」
彼はそれを示した。
「『ナポレオンの生涯』ね」
「そうさ」
「どうして彼を読むの？」
「どうしてって——彼は偉大な男だったからさ、そうじゃないかい？」
「もっと別の方向で偉大な方がたくさんいるわ」
「それもみんないつか読むさ」とフランクは言った。
「本はたくさん読むの？」
「ああ。好奇心が強いからね。なぜ人間が生きているのか知りたいんだ。なぜ人間があれこれ行動するのか、その理由を知りたいのさ——こんな言い方でわかるかな？」
彼女はわかると言った。
彼はヘレンがなにを読んでいるのか尋ねた。
「『白痴』これ、知っている？」
「いいや。なにが書いてあるんだい？」
「長編小説よ」
「ぼくは真実の書いてあるものを読みたいね」と彼は言った。
「これが真実なのよ」
（バーナード・マラマッド、加藤祥造訳『店員』（原題・The Assistant）文遊社、2013、pp.162–163）

　言葉を学ぶとは、言葉でなにができるのかを知ることである。言葉の可能性、そして不可能性を思い知ることである。それはきわめて個人的な経験でありながら、つねに他者性を孕む経験である。

言葉は全能でもなければ、無力でもない。それでも生きていくために、さらなる言葉を求めることだけが私たちを救う。もちろん、どういう言葉を求めていくのかということは、どういう言葉を拒否していくのかということでもある。また、黙っていることは言葉を失うことではない。言葉によって、思考し、感受する。そのことを放棄しないことによって、守られる身があると思う。
　言葉をやめないこと——それが生きるということ、生きるという意味ではないだろうか。なぜなら、そこには真実があるからだ。真実とはいつも、private なものである。

　本書は、2013 年 2 月に広島大学の審査を通過した学位論文「言葉の芸術として文学を捉える教育の可能性に関する研究」を基礎としている。
　主査にあたっていただいた山元隆春先生には、修士論文のときにもお世話になった。大学院に入ってはじめて受けた授業で、「自分の先生から、今後の課題にしますとは言わないように、と言われたことがあります。」とお話しされたことが印象深い。山元先生は決して、私たちにそれを強いたりはしなかったが、自分もできるだけ言わないようにと思い、努めてきたつもりである。しかし、どうしても言ってしまうことがある。このたったひと言を言わない難しさ、言ってしまうときの悔しさと恥ずかしさを教えてくださったのは山元先生である。またそうした姿勢の取りかたが、研究者としての私を支えている。
　吉田裕久先生、竹村信治先生にも、お忙しいなか、論文の副査にあたっていただいた。
　吉田先生からは、「論文らしく書くように。」とのご指導をたびたび受けた。「本当に言いたいことはこういうことではないような気がする。」と。国語教育を専門としない人が読んでもわかる言葉で書きたいのだと、生意気に弁明する私に、吉田先生は首をかしげながらも耳を傾けてくださった。
　竹村先生には、最終審査の折、「文量の決められていないものであるならばこんなにものびやかに書けるのですね。」と言われたことが耳に痛かった。修了するときには「短く書くテクニックも。」と言われたのに、私はまだ、そうした術を得られずにいる。
　また、卒業論文では納得することができず、まだ勉強をしたいという私を

広島大学大学院に送り出してくださったのは横山信幸先生である。学会でお会いするたびに、私への評価をくださるのも横山先生である。安心と緊張の両方をくださるのである。
　さらに、弘前大学に赴任してからは、隣室の児玉忠先生に大変、お世話になった。自信をもてないでいる私の原稿に、いつでも目を通してくださり、適切な助言と励ましをくださった。
　いつも信念ばかりが先走って言葉がまにあわない私だが、多くの先生からいただいた教えと課題があるからこそ、こうしていま、書き続けていられる。すべての先生のお名前をあげることはできないが、私が先生と呼び慕う、すべての先生がた、心から感謝申し上げたい。
　また、大学院で学びを共にしたかたたち。学会発表や授業の場だけでなく、日々のなにげないやりとりのなかに多くの気づきと学びがあった。つくえのうえに並ぶ本の背表紙とその移り変わりに、会わない時間のそのひとを見ることもあった。このひとに読まれることが恐い、しかし読まれたい、という厳しい存在に出会えたことも、得難いことと思い、感謝している。
　それから、愛知教育大学と弘前大学の学生のみなさん。現場に立つことを避け、研究の道に踏み入った私は、「教える」という立場になり、教師になることを夢みるみなさんと関わることで新鮮な視点をたくさん得た。また育ちを願う存在をもつことは私を強くした。感謝するとともに、それぞれの幸せを祈るばかりである。

　そして私事にわたるが、家族への言葉を記すことをおゆるしいただきたい。
　まず2014年の1月と4月に他界した、祖母たちに。いつまで学校に通うのかと気を揉んでいた彼女たちは、私が仕事を得て安心したのか、その翌年の冬と春に亡くなった。名古屋から弘前に越して半年ほどの短いあいだに、何度、さみしいと言われたことだろう——遠く離れて暮らす孫娘の私に電話や手紙を通して送られた言葉の多くは、激励と心配だった。声で、文字で、いまも私を支えてくれていることに感謝したい。
　それから、祖父たちに。彼らには、女だてらに、と思われていると思う。しずかに見守っていてくれることに感謝したい。私のことはよいので、どうか祖母たちのことを忘れないでいてほしいと思う。

そして、父と母に。これまで私は、二人から大きな反対をされたことがない。進学のことも、就職のことも、そうしたいのなら、と言われただけだ。両親に不安がなかったわけではないと思う。それでも、私の意思を信頼し、応援しつづけてくれていることに感謝したい。

　妹へ。私と同じ轍を踏まないようにして歩いてくれている、そんなあなたがいることが、私にとっては大変に頼もしく、誇らしく、ありがたい。私のつけた轍が無駄ではなかったことを知らせてくれるあなたに、感謝したい。

　ひつじ書房社長の松本功さまには、論を丁寧に読んでいただき、多くの有益な示唆をいただいた。また装幀にいたるまで、万般にわたってご配慮いただいた。編集の渡邉あゆみさま、海老澤絵莉さまには、ながく原稿を待っていただいた。厚くお礼申し上げます。

　最後に、この本を手に取ってくださったかたに、感謝の念を。

2016年12月　橘 始めて黄ばむ

鈴　木　愛　理

参考文献

［和書］

青木幹勇「わたしの授業」一三一回『国語教室』第一四三号、青玄会、1983.4
青柳悦子、伊藤直哉、土田知則『現代文学理論　テクスト・読み・世界』新曜社、1996
荒川有史『文学教育論』三省堂、1976
荒木繁「《広末氏に答える》頭の中の理解をどう実現するか──相互の場の調整が急務」『東京大学学生新聞』1953.6.29
荒木繁「民族教育としての古典教育──『万葉集』を中心として──」『日本文学』1953.11
荒木繁「文学教育の課題──問題意識喚起の文学教育──」『文学』岩波書店、1953.12
荒木繁「討論」「民族教育としての古典教育──『万葉集』を中心として──」『続　日本文学の伝統と創造』岩波書店、1954
荒木繁「文学教育の方法」『文学の創造と鑑賞5』岩波書店、1955
荒木繁「古典教育の課題──民族教育としての古典教育の再検討──」『日本文学』1968.12
安藤修平「二十一世紀の国語科教育にむけて」『富山大学国語教育第22号』富山大学国語教育学会、1997
阿武泉『読んでおきたい名著案内　教科書掲載作品13000』紀伊國屋書店、2008
石井順治『ことばを味わい読みをひらく授業』明石書店、2006
伊豆利彦「文学教育の任務と方法」『文学』岩波書店、1952.3
井関義久『批評の文法〈改訂版〉』明治図書、1986（初版・大修館書店、1972）
磯貝英夫「文学教育理論の歴史検討──日本文学協会の理論史を中心に──」『日本文学』1966.10・11合併号
磯貝秀夫「文学受容の主体性の問題」日本文学教育連盟編『文学教育』No. 4、1971春、鳩の森書房
狗飼恭子「Essay囁き声の届く範囲で」映画『ノルウェイの森』プログラム、東宝、2010
内田樹「Essay村上春樹のただ一つのリアリズム文学」映画『ノルウェイの森』プログラム、東宝、2010
内田樹『街場の文体論』ミシマ社、2012
梅津時比古『フェルメールの音』東京書籍、2002
江國香織『落下する夕方』角川書店、1996
江國香織文、山本容子画『デューク』講談社、2000

江國香織『すみれの花の砂糖づけ』新潮社、2002
江國香織『日のあたる白い壁』集英社、2007
江國香織『がらくた』新潮社、2010
大河原忠蔵「頽廃とたたかう文学教育」『日本文学』1955.4
大河原忠蔵「座談会　文学教育について」『日本文学』1957.6
大河原忠蔵「文学教育における文字の概念」『日本文学』1958.11
大河原忠蔵『状況認識の文学教育』有精堂出版、1968
大久保典夫『文学と教育の論理』高文堂、1988
大熊徹「学習指導過程の発想の転換」『教育科学国語教育』No. 692、明治図書、2008
太田正夫「『問題意識喚起の文学教育』をどう見るか」『日本文学』1966.4
太田正夫「十人十色を生かす文学教育」『日本文学』1967.3
大槻和夫編著『国語科重要用語 300 の基礎知識』明治図書、2001
大平浩哉「読みの指導の改革をめざして——文学教材を中心として——」『日本語学』1998.1 臨時増刊号
奥野庄太郎『心理的科学的読方の教育』文化書房、1928
小川洋子『物語の役割』筑摩書房、2007
小川洋子『みんなの図書館 2』PHP 研究所、2012
甲斐睦朗「言語教育としての国語教育と日本語教育」全国大学国語教育学会編『国語科教育学研究の成果と展望』明治図書、2002
加古有子「語句に着目した読み方指導——読後感に結びつくことばを中心に——」『全国大学国語教育学会　国語科教育研究　第 123 回富山大会発表要旨集』全国大学国語教育学会、2012.10.27
片山善博「書くことの公共性はいかにして成り立つのか」助川幸逸郎・堀啓子編『21 世紀における語ることの倫理——〈管理人〉のいない場所で——』ひつじ書房、2011
加藤明「文学でつけたい力、育てたい姿」『月刊国語教育』東京法令出版、2008.1
加藤典洋「理論と授業——理論を禁じ手にすると文学教育はどうなるのか」日本文学協会第 67 回（2012 年度）大会、国語教育の部・テーマ「〈第三項〉と〈語り〉」発表資料、2012.12.1
鎌田均「『オツベルと象』——その語りを読む」田中実・須貝千里編『文学が教育にできること——「読むこと」の秘鑰〈ひやく〉——』教育出版、2012
川上弘美『神様』中央公論新社、1998
川上弘美『神様 2011』講談社、2011
川上弘美『どこから行っても遠い町』新潮社、2011

川上未映子『すべて真夜中の恋人』講談社、2011
姜尚中『悩む力』集英社、2008
姜尚中『あなたは誰？私はここにいる』集英社、2011
姜尚中「イノセントな時代は終わった　清も濁も併せ呑む大人の価値観を持とう」『婦人公論』中央公論新社 2012.1.22（1340）号
姜尚中『続・悩む力』集英社、2012
熊谷孝『文学序章』磯部書房、1951
熊谷孝「解説」熊谷孝ほか編『日本文学大系（6）――文学教育の理論と実践――』三一書房、1955
熊谷孝編『十代の読書』河出書房、1955
熊谷孝『芸術とことば』牧書店、1963
熊谷孝『芸術の論理』三省堂、1973
倉澤栄吉『倉澤栄吉国語教育全集 11 情報化社会における読解読書指導』角川書店、1988
倉澤栄吉『国語教育　わたしの主張』国土社 1991
桑原隆『言語生活者を育てる――言語生活論＆ホール・ランゲージの地平――』東洋館、1996
桑原武夫『文学入門』岩波書店、1950
小池真理子「父の蔵書とおまる」『文藝春秋 SPECIAL（平成二十一年季刊春号）』文藝春秋、2001.4.1
国分一太郎「『文学教育の方法』について」文学教育研究会『文学教育』第二集、泰光堂、1952
国分一太郎「文学教育の目的はなにか」文学教育の会編『講座文学教育 1』牧書店、1959
興水実「文学教育をどうするか」『教育科学国語教育』342 号、明治図書、1985
牛頭哲弘、森篤嗣『現場で役立つ小学校国語教育法』ココ出版、2012
小林実「書評　高橋修著『主題としての〈終り〉――文学の構想力――』」『日本文学』2013.1
五味太郎「かちん、ちょぼん」『文藝春秋 SPECIAL（平成二十一年季刊春号）』文藝春秋、2001.4.1
西郷竹彦『子どもの本――その選び方・与え方』実業之日本社、1964
西郷竹彦『文学教育入門　関係認識・変革の文学教育』明治図書、1965
西郷竹彦「虚構としての文芸」『西郷竹彦文芸教育著作集 20』明治図書、1978
西郷信綱「『科学的』ということ　対立する矛盾の中に人間変革を」『東京大学学生新聞』1953.7.13
阪根健二「3 高等学校における NIE、(1) 国語科：批判的読解力育成の中核としての

NIE、1)批判的読解力育成の理論、①国語科「読むこと」の教育における主体性の喪失、ⅲ教科書教材の権威と筆者の消失・無機化」日本 NIE 学会『情報読解力を育てる NIE ハンドブック』2008

佐藤雅彦『毎月新聞』毎日新聞社、2003

佐藤雅彦『プチ哲学』中央公論社、2004

渋谷孝『文学教育論批判』明治図書、1988

島多代「バーゼルへの道」美智子『橋をかける　子供時代の読書の思い出』文藝春秋、2009

鈴木愛理「文学教材としての現代小説の可能性」広島大学大学院・修士論文、2009

鈴木愛理「伝いあう言葉」国語教育思想研究会『国語教育思想研究』2009

鈴木愛理「言葉の芸術として文学を捉える教育の可能性に関する研究」広島大学大学院・博士論文、2013

鈴木孝夫『ことばと文化』岩波書店、1973

住田勝「小中連携国語科学習指導のための一考察——物語教材の系統性の検討を通して——」全国大学国語教育学会　第 120 回京都大会自由研究発表資料、2011.5.29

全国大学国語教育学会『国語科教育学研究の成果と展望』明治図書出版、2002

高木まさき「読むことの指導内容論の成果と展望」全国大学国語教育学会編『国語科教育学研究の成果と展望』明治図書、2002

高木まさき「座談会　文学教育における公共性の問題——文学教育の根拠」『日本文学』2003.3

高橋和夫「戦後国語教育史」『教育科学国語教育』明治図書、1960

高橋源一郎『「あの日」からぼくが考えている「正しさ」について』河出書房新社、2012

田口ランディ「文学のリアリティ——沈黙と孤独が生み出すもの——」『日本文学』2012.4

田近洵一「松永信一『言語表現の理論』をめぐって」『日本文学』1972.12

田近洵一『読書案内作りの基本的立場』日本文学協会編『読書案内〔小学校編〕』大修館書店、1982

田近洵一『戦後文学教育問題史』[増補版]、大修館書店、1991

竹内常一『国語教材を読む(第一集)』風信社、1979

竹内好「文学教育は可能か？——異端風に——」文学教育の会編『講座文学教育 1』牧書店、1959

武田秀夫「[解説]学校の金網の外で　文学作品の"正しい読み"はありうるか」『ひと』編集委員会『文学作品の読み方・詩の読み方』太郎次郎社、1991

田中実「座談会　文学教育における公共性の問題——文学教育の根拠」『日本文学』

2003.8
田中実、須貝千里編著『これからの文学教育のゆくえ』右文書院、2005
谷川俊太郎ほか『それでも三月は、また』講談社、2012
辻邦生、水村美苗『手紙、栞を添えて』筑摩書房、2009
辻昭三「国語教育とわれわれの未来」『失格の国語教育』扶桑社、2003
寺田守『文学教材の解釈』京都教育大学国語教育研究会、2011
時枝誠記「国語教育と文学教育」文学教育研究会編『国語科文学教育の方法』教育書林、
　　　1953
時枝誠記『国語学原論続篇』岩波書店、1955
富田泰仁「感じたい想い、伝えたい感動」『月刊国語教育』東京法令出版、2008.1
外山滋比古『読みの整理学』筑摩書房、2007
外山滋比古『ことばの教養』中央公論新社、2009
外山滋比古『日本語の作法』新潮社、2010
中村哲也「文学と教育の間――『文学教育』議論で問われてきたもの――」『日本文学』
　　　2003.8
難波江和英・内田樹『現代思想のパフォーマンス』光文社、2004
難波博孝「座談会　文学教育における公共性の問題――文学教育の根拠」『日本文学』
　　　2003.8
難波博孝「国語科授業を文学から解放しよう――現状把握と解放のためのロードマップ
　　　――」宮川健郎、横川寿美子編『児童文学研究、そして、その先へ（下）』久山社、
　　　2007
難波博孝『母語教育という思想―国語科解体／再構築に向けて―』世界思想社、2008
西尾実『言葉とその文化』岩波書店、1947
西尾実「これからの国語教育の出発点」『国語と国文学』明治書院、1947.4
西尾実「国語教育における文学教育の位置」『日本文学』1949.7
西尾実「文学活動とその指導」『言語教育と文学教育』武蔵野書院、1950
西尾実「対談　言語教育と文学教育」『言語教育と文学教育』金子書房、1952
西尾実「言語生活指導における文学教育」『文学』岩波書店、1952.2
西尾実「座談会　文学教育をめぐって――その課題と方法――」『続　日本文学の伝統と
　　　創造』岩波書店、1954
西尾実「文学教育の問題点」『文学』岩波書店、1953.12
西尾実「文学教育とそのあゆみ」日本文学協会編『日本文学講座Ⅶ』東京大学出版会、
　　　1955
西尾実「文学教育の方法」『文学の創造と鑑賞 5』岩波書店、1955

西尾実「文学教育の問題点と道徳教育」『日本文学』1958.3
西尾実『西尾実国語教育全集』第八巻、教育出版、1976
西尾実『西尾実国語教育全集』別巻二、教育出版、1978
西研「ニーチェ『ツァラトゥストラ』」『NHK 100 分 de 名著』NHK 出版、2011.8
日本国語教育学会『国語教育総合事典』朝倉書店、2011
日本文学協会編『日本文学の伝統と創造　続』岩波書店、1954
長谷川泉編『女性作家の新流　国文学解釈と鑑賞』別冊、至文堂、1991.5
浜本純逸『戦後文学教育方法論史』明治図書、1978
原善ほか『現代女性作家読本①川上弘美』鼎書房、2005
土方洋一『物語のレッスン　読むための準備体操』青簡舎、2010
深澤直人『デザインの輪郭』TOTO 出版、2005
府川源一郎「1.5 国語教育の本質」日本国語教育学会『国語教育総合事典』朝倉書店、2011
福田恆存『藝術とは何か』中央公論新社、1977（2009 改版）
福田恆存『私の幸福論』筑摩書房、1998
藤原和好『国語教育の現状と課題』日本書籍、1991
船曳建夫「『人間失格』」『文藝春秋 SPECIAL（平成二十一年季刊春号）』文藝春秋、2001.4.1
文学教育研究会『文学教育』第一集、泰光堂、1951
文学教育研究会『文学教育』第二集、泰光堂、1952
文学教育研究会編『国語科文学教育の方法』教育書林、1953
北條勝貴「過去の供犠」『日本文学』2012.4
保坂和志『小説、世界の奏でる音楽』新潮社、2008
細川太輔「国語科教育における学習環境論の導入―実装主義からのパラダイム転換を―」『全国大学国語教育学会　国語科教育研究　第 123 回富山大会研究発表要旨集』全国大学国語教育学会、2012.10.27
細恵子「児童の読む力を育てる読書生活指導―児童の実態に即して―」全国大学国語教育学会第 123 回富山大会・自由研究発表での発表資料、2012.10.28
益田勝実「文学教育の問題点」『日本文学の伝統と創造』岩波書店、1953
益田勝実「しあわせをつくり出す国語教育について（二）」『日本文学』1955.8
益田勝実「解説　問題意識の文学教育前後」『西尾実国語教育全集』第八巻、教育出版、1976
町田守弘「現代文の評価問題」『月刊国語教育』東京法令出版、1995.5 月号別冊『新しい学力観に立つ評価問題』

松岡正剛『多読術』筑摩書房、2009
松澤和宏「座談会　文学教育における公共性の問題——文学教育の根拠」『日本文学』2003.8
松永信一『言語表現の理論』桜楓社、1971
水村美苗『日本語が亡びるとき　英語の世紀の中で』筑摩書房、2008
水村美苗『私小説 from left to right』新潮社、1995
村上春樹『ノルウェイの森(上)』講談社、2004(初出・1987)
村山早紀『コンビニたそがれ堂　星に願いを』ポプラ社、2010
茂木健一郎『芸術脳』新潮社、2010
茂木健一郎『脳を活かす生活術』PHP出版、2009
森下修次、高須一、福井一「音楽科教育は存在できるのか？」『日本音楽教育学会第44回大会プログラム』日本音楽教育学会、2013
森田繁春「ナンセンス詩の記号論」『大阪教育大学英文学会誌(33)』大阪教育大学英語英文学教室、1988
森直人「Critique 耳をすませば「普遍」の歌が聴こえる」映画『ノルウェイの森』プログラム、東宝、2010
森山重雄「文学教育について」『日本文学』1949.12
山口路子『オードリー・ヘップバーンという生き方』新人物往来社、2012
山田有策「現代小説教材化の快楽」『月刊国語教育』東京法令出版、1995.6月号
山元隆春「『オツベルと象』における対話構造の検討——対話をひらく文学教育のための基礎論」『日本文学』1989.7
山元隆春「三章　読書指導の現状と課題」藤原和好編著『国語教育の現状と課題』日本書籍、1991
山元隆春『文学教育基礎論の構築　読者反応を核としたリテラシー実践に向けて』渓水社、2005
山元隆春「現代イギリスにおける詩の指導」『中国四国教育学会第59回大会』研究発表資料、2007.11.23
山元隆春「あなたが私の共著者としてあなた自身を読む／私があなたの共著者として私自信を読む」第112回全国大学国語教育学会・宇都宮大会、パネルディスカッション「大学における国語教育研究はどうあるべきか——全国大学国語教育学会に『大学』が付いている意味を問う——」発表資料、2007.5.26
山元隆春「13.3.1 日本の文学教育の展開」日本国語教育学会『国語教育総合事典』朝倉書店、2011
山元隆春「13.3.3 文学の力と文学教育——『接点』を求めて」日本国語教育学会『国語教

育総合事典』朝倉書店、2011
横山信幸「第二章　作品研究と教材研究」藤原和好編著『国語教育の現状と課題』日本書籍、1991
吉岡哲「川上弘美『神様』・『草上の昼食』の授業」『月刊国語教育』東京法令出版、2005.2
吉田秀和『マーラー』河出書房新社、2011
吉田篤弘『それからはスープのことばかり考えて暮らした』中央公論新社、2009
吉本隆明『遺書』角川春樹事務所、1997
吉本隆明『定本　言語にとって美とはなにかⅠ』角川書店、2001
吉本隆明、糸井重里『悪人正機』新潮社、2001
脇明子『読む力は生きる力』岩波書店、2005
鷲田清一『〈想像〉のレッスン』NTT出版、2005
鷲田清一『感覚の幽い風景』中央公論新社、2011
鷲田清一『語りきれないこと――危機と傷みの哲学』角川学芸出版、2012
和田敦彦『読むということ――テクストと読書の理論から――』ひつじ書房、1997
渡部直己『私学的な、あまりに私学的な――陽気で利発な若者へおくる小説・批評・思想ガイド――』ひつじ書房、2010

［その他（新聞、講演など）］
青山俊董「今週のことば」、中日新聞朝刊、2011.1.15付、15面（人生のページ）
小原梢「音楽学習における創作活動の追究――オノマトペを題材とした音楽づくりの実践を通して――」『日本音楽教育学会第44回大会』2013.10.12～13
姜尚中・講演「受け入れる力」スズケン市民講座「21世紀　心の時代を拓く」、NHK文化センター・名古屋教室、2011.11.5（NHKラジオ第二にて2012.1.22・21:00～22:00（再放送2012.1.28・6:00～7:00）放送）
倉沢栄吉・講演「国語・国語力・国語科」第三十四回・日本国語教育学会西日本集会（高知大会）2009.6.13
小西友七ら編『アクティブジーニアス英和辞典』、大修館書店、1998
森保尚美「初等音楽科教育におけるオノマトペに関する研究――学習の素材としての役割に着目して――」『日本音楽教育学会第44回大会』2013.10.12～13
豊崎由美「週刊読書かいわい」中日新聞朝刊、2012.4.11付、15面
益川敏英「飛躍のために」中日新聞朝刊、2011.1.1付、24面
松浦寿輝「言葉を手渡す」日本文学協会第67回(2012年度)大会、文学研究の部・テーマ「書物とリテラシー」、2012.12.2

マリア・ジョアン・ピリス「ピリス　こども・プロジェクト in NAGOYA 2011」ちらし裏面

山梨俊夫（神奈川県立近代美術館館長、全国美術館会議副会長）「本物と出会う醍醐味を伝えたい」中日新聞サンデー版、2010.9.19 付

吉本隆明『ETV 特集』NHK 教育テレビ、2009.1.4 放送での発言

由美かおる・講演「心とからだの健康」スズケン市民講座「21 生起　心の時代を拓く」NHK 文化センター・名古屋教室（会場：ヒルトン名古屋）2011.10.11

「『生き方』考　新春対談　山折哲雄さん×宮内勝典さん」中日新聞朝刊、2011.1.1 付、17 面

「幸田文の生活学校」『ku: nel』マガジンハウス、2008.11.20

新約聖書マタイの福音書

大修館書店ホームページ（2011）http://www.taishukan.co.jp/kokugo/gendai_2.html

大学入試センター試験「国語Ⅰ」2001 年度

「中日春秋」、中日新聞朝刊、2011.1.5 付、1 面

『日本文学』創刊号、1952.11

『日本文学』1960.11

『美術手帖　特集・佐藤雅彦』944 号、美術出版社、2010.10

「マリア・ジョアン・ピリスへ"5"つの質問」『ピアニスト Now!』YAMAHA ホームページ、2009.6.23

［翻訳書］

ジョナサン・カラー／折島正司訳『文学と文学理論』、岩波書店、2011

ベルンハルト・シュリンク／松永美穂訳『朗読者』新潮社、2003（初出 2000）

ショウペンハウエル／斎藤忍随訳『読書について　他二篇』岩波書店、1960

ステフェニア・リッチ『オードリー・ヘップバーン私のスタイル』朝日新聞社、2001

ツヴェタン・トドロフ／小野潮訳『文学が脅かされている　付・現代批評家論五編』法政大学出版局、2009

ロラン・バルト／沢崎浩平訳『第三の意味』みすず書房、1984

ロラン・バルト／花輪光訳『言語のざわめき』みすず書房、1987

ロラン・バルト／石川美子訳『零度のエクリチュール』新版、みすず書房、2008.

ミュリエル・バルベリ／河村真紀子訳『優雅なハリネズミ』早川書房、2008

バーナード・マラマッド／加藤祥造訳『店員』（原題・The Assistant）文遊社、2013

J-P・サルトル／加藤周一、海老坂武、白井健三郎訳『文学とは何か』人文書院、1998

［教科書］

『伝え合う言葉　中学国語1』教育出版、2006
『伝え合う言葉　中学国語1　教師用指導書　教材研究編　第2部』教育出版、2006
『伝え合う言葉　中学国語1　教師用指導書　授業計画編』教育出版、2006
『現代の国語3』三省堂、2002
『現代の国語3』三省堂、2006
『現代の国語3　学習指導書　学習プラン作成編』三省堂、2006
『新編国語2』三省堂、1999
『新編国語総合』三省堂、2003
『新編国語総合』三省堂、2007
『明解国語総合』三省堂、2007
『国語総合』数研出版、2007
『新編国語総合』大修館書店、2003
『新編国語総合』大修館書店、2007
『現代文2改訂版』大修館書店、2005
『現代文Ⅰ』大修館書店、2003
『国語総合』筑摩書房、2003
『国語総合改定版』筑摩書房、2007
『新現代文』筑摩書房、2004
『精選国語総合改訂版現代文編』筑摩書房、2003
『精選国語総合』東京書籍、2007
『新現代文』東京書籍、2008
『国語3』光村図書、2006
『新精選国語総合』明治書院、2007

［学習指導要領など］

明治三十三年八月二十一日制定・小學校令施行規則（文部省令第十四號・第三條）
昭和十六年三月制定・小學校令施行規則改正（國民学校令施行規則）
文部省、昭和26年度小学校学習指導要領国語科編（試案）改訂版
文部科学省、平成10年度小学校学習指導要領
文部科学省、平成10年度中学校学習指導要領
文部科学省、平成10年度高等学校学習指導要領
文部科学省、平成20年度小学校学習指導要領
文部科学省、平成20年度中学校学習指導要領

文部科学省、平成 20 年度高等学校学習指導要領
文部科学省、平成 20 年度小学校学習指導要領解説国語編
文部科学省、平成 20 年度中学校学習指導要領解説国語編
文部科学省、平成 20 年度高等学校学習指導要領解説国語編

［洋書］

Sedgwick, Fred (1997), Read my mind: Young children, poetry and learning. London and New York: Routledge,

索引

事項索引

あ

愛する人　150–151

う

受け入れる力　181–190, 192, 212, 215, 218–219, 241, 244, 264, 370

え

絵空事　141–143, 145

お

音楽　31, 78, 132, 151–153, 155, 159, 182, 189, 206, 215, 270, 286, 292–293, 330, 362–363, 370–371

か

快楽　93, 136–139, 144, 151–152
科学　46–48, 114, 135, 183–185, 228, 234
学習環境論　73–76, 91
学習者論　90
過去　137, 149, 186–187, 191, 207–208, 272, 274, 286–287, 289
語り合う力　210, 238–239, 264
カタルシス　128–133, 135–136, 139, 155, 159, 177, 281
学校教育　68, 80, 103, 243, 271, 287, 335, 344, 362
関係認識・変革の文学教育　63–66
鑑賞　2, 9–10, 13–14, 22–27, 29–30, 32, 70, 82–83, 114, 133, 203, 270
鑑賞者　26, 126, 130
鑑賞するひと　208
感性　45–48, 81, 84, 156, 350
感動　9, 14, 17–18, 22, 30, 43, 50, 68, 70, 84–85, 92, 121, 123, 125–127, 142, 152, 155, 158–159, 164, 180–182, 185, 188–189, 215–218, 229, 259, 291–292, 329, 342, 383

き

記憶　83, 110, 125, 137, 149, 155–156, 158, 162, 191, 197, 199, 207–210, 226–227, 230, 272, 277, 280, 282, 285, 287–289, 292
記号　73, 128, 158, 215–218, 270
客観　55–57, 84
客観的　41, 61, 73, 165, 191, 262
客観的概念　164
客観的事実　40, 43
客観的真実性　27
客観的な意味　13
教育観　86, 278, 362
教材　11, 16–17, 22, 26–27, 29–31, 35, 37, 41, 43, 54, 64, 67, 69–70, 72, 74–76, 81–82, 103–104, 251–252, 264–268, 271, 290, 293–295, 304, 310, 313, 329, 331, 336–338, 343–344, 354–355, 359, 367
教材価値　295, 298, 308, 310
教材研究　11, 16, 124, 336–338
教材性　66, 295, 308
教材選択　253, 264
教材文　91, 293–294, 296
教材論　64
教室　61, 166, 211, 224, 238, 241, 255, 259, 262, 266, 279, 315–316, 331, 333, 340, 345, 355, 358–359
共通感覚　163–165, 177
虚構　7, 65, 67, 92, 295, 296, 310

け

芸術活動　27
芸術教育（芸術の教育）　45, 57, 67, 162, 180–181, 189–190, 204, 214, 216–218, 222–223, 237, 243–244, 251–252, 278, 282–283, 290–292, 362–363
芸術教育の評価　311
芸術としての文学　24, 44, 129, 177, 180, 239, 251, 336
言語活動　73, 152–153,

157, 348
言語技術　73, 252–253, 329, 330, 342, 358–359, 369–370
言語教育　8, 12–13, 70, 331, 335, 344, 370
言語芸術　12, 70, 295–296, 310
言語生活　12–14, 18–19, 103, 295, 346, 348, 357, 370
言語の檻　335
言語文化　13, 252, 295, 347, 349
言語文学連続観　13
現代文学　71, 310, 293–294, 296, 304

こ

公共性　163, 165, 348–349, 359
幸福　128, 137, 158, 178–179, 205, 236, 243, 340
個性　80, 194–196, 206, 219–220, 224, 228, 237, 257
個性的な読み　338
ことばあそび　118
言葉観　45, 267, 270–271, 274–280, 285–286
言葉の意味　11, 115–116, 118, 274, 276
ことばの意味　274–275
言葉の意味合い　286
言葉の芸術　2–4, 44, 52, 55, 142, 151, 239, 277, 336
これを文学とする　243, 255, 268

さ

作者　37–39, 53, 55–56, 115–120, 122–128, 142, 153–157, 234, 256–257
作者からの信頼　116, 118
作者の像　257–258, 261, 307, 316, 338
作家　30, 33, 36, 39–40, 43, 65, 117, 122, 125–126, 149, 156, 257, 293–297, 304, 307, 310, 357

し

死　11, 130, 202, 204–205, 209
自己肯定観　236
自己満足感　236
指示表出性　113
思想　8, 17–18, 35–37, 39–40, 47–54, 85–86, 90, 117, 189, 205, 207, 212, 269, 272, 277, 350
実感　37, 46–54, 75, 80, 127, 157, 160, 203, 209, 262, 275, 285, 311, 314, 361
十人十色の文学教育　60–61, 63–64, 66, 75
主観　54–57, 61, 163
主体性　15, 18–19, 27, 69, 73–74, 76, 90–91, 122, 267
シュタイナー教育　330
主体を高める文学教育　30–31, 33, 38
準体験　52–54
状況認識の文学教育　21–22, 28–31, 33, 35, 37–38, 41–43

せ

生　93, 128–133, 136, 139, 142, 160–161, 184, 202–205, 209–210, 237, 270, 278, 281, 283, 291
正解　10, 63, 189, 251, 257–258, 261– 265, 341, 345
世界観　47, 278, 362
絶対的受容性　189, 214
0次　74–75, 267

そ

属性　187, 190–194, 196–199, 200–204, 207–208, 219–221, 230–233

た

対話　11, 34, 62–63, 150, 159, 239–240
他者　52, 61–62, 73, 75, 104–106, 122, 144, 147–148, 150, 152, 160–161, 164–166, 177, 202–203, 205–206, 210, 228, 239–240, 242, 255, 257, 284–285, 355, 359
他者される　104–109, 116, 123, 155
尋ね合い（尋ね合うを含む）　161–162, 166, 177, 238–243, 254–255, 264, 294, 311
脱構築的な思想　212
多様性　63, 163, 345–346, 352–353, 355–356

つ

追体験　52, 84
伝え合う　85, 213–214, 241–242, 295
伝え合う力　212, 214, 218–219, 241–243

て

テクスト　44, 73, 120, 122, 137, 152–153, 239–240, 256–258, 338–339, 348–350, 355–356, 361
デザイン　196, 197, 204
典型　46, 57, 64

と

同時代小説　29, 35
陶酔　44, 136, 144, 148, 156
読後感　91, 255, 315
読者論　60, 64, 331
読書（読書行為）　1, 9, 12, 53, 71, 78, 83, 85, 87, 109, 112, 137–138, 144–145, 147–148, 256, 273, 339, 354, 361, 371
読書愛　83
読書行為論　65
読書指導（読書教育を含む）　77–81, 83, 338, 339
読書生活　80

な

内容　57
ナンセンス詩　118

に

人間教育　19
人間形成　29, 67–69, 76, 272–273

の

ノン・フィクション　141–142

は

媒材　25, 45–48, 50, 54–55, 57, 67, 70, 142, 146, 151–159, 182, 215, 218, 232, 261, 267–271, 274–281, 283, 285–287, 290, 292–293, 311, 329, 337, 370

ひ

美術　138, 152, 155, 156, 182, 284, 286, 291, 362 , 370
美術館　182, 291
美的　10, 37, 112, 252–253, 281
美的感動　7, 92–93
美的享受　9, 10, 12
美の真実　188
批判　213
評価　25, 38, 77, 78, 180, 254–255, 258, 264–266, 284, 288, 290, 293, 298, 304–305, 311–312, 329–336, 340–343, 351–352, 357–364
評価の艦　334–335
表現　7, 8, 12, 17, 39–40, 43, 45–46, 48–49, 51–53, 57, 65, 67, 78, 91–92, 113–115, 117–118, 124–126, 128, 152–153, 231, 234, 241, 253, 262, 267–268, 293, 295–296, 310, 312–313, 335–336, 348
表現のゲーム　160–161

ふ

文化　12–13, 17–18, 21, 82–83, 126, 159–162, 166, 177–179, 206, 222, 239, 251–253, 279, 295, 333, 337, 340, 346–349, 351, 356–357, 360, 362–364
文学科　82–84, 343
文学観　3, 8, 16, 19–21, 26, 32, 45, 53, 57–58, 67–68, 85, 103, 180, 243, 267, 367–369
文学鑑賞　13, 68, 82–83
文学教育観　8, 17, 19, 26, 53, 67, 92, 103, 251–252, 369
文学教材　10, 20, 69, 77–78, 90–91
文学行動　125–126
文学性　109–110, 264, 317
文学的契機　13
文学的認識　36, 39–40, 44, 47–48, 51–52
文学という行為　52
文学とみなす　66, 103, 108–109, 112, 118–119, 122, 127–129, 156
文学に固有の性質　156
文学の機能　24–26, 67, 70
文学の言葉　9, 13–14, 47, 65, 110, 121, 142, 145, 148, 317

文学の真の機能　128
文学の特殊性　9–10, 12, 14–15, 19, 58–59, 67, 72
文学の目　35, 41
文学の読みの独自性　15, 63–64, 66
文学のリテラシー　256
文化資本　363–364
分身　150–151, 202–203, 229, 230
文体　30, 36–37, 39–41, 43–44, 337

ほ

ポスト・モダン的思想　212
本性　193, 200–201, 203, 230, 232

み

民族教育としての古典教育　14, 22, 25

も

目標　23–25, 32–34, 38, 42–43, 54, 67, 70, 76–78, 80, 84, 160, 180, 216, 241, 253–254, 260, 263–264, 281, 291, 295–296, 332, 337–339, 341–342, 345–347, 356, 362
問題意識喚起の文学教育　14, 21–23, 60, 74, 338, 339, 342

よ

よい読書人　79–81, 83
読みかた　7–8, 10–11, 16–17, 22, 30, 33, 36, 43, 57–59, 62–64, 66–67, 72, 84, 92, 290, 305, 333, 354
読みの技術　253–254, 255, 259, 260, 311
読むおもしろさ　253–255, 259, 260, 311

わ

わからなさ　225, 229, 230, 256, 259–260

人名索引

あ

青木幹勇　265
青柳悦子　119–121
青山俊董　292
安部公房　41
荒川有史　44
荒川洋治　149
荒木繁　14, 22–28, 32, 61
安藤修平　272–273
阿武泉　293–294

い

石井順治　346, 355
石井ゆかり　289
伊豆利彦　21
井関義久　329
磯貝英夫　23, 344–345
伊藤直哉　122
入來篤史　233, 228

う

内田樹　154, 211, 210, 234, 333–336, 360–361, 364
梅棹忠夫　79
梅津時比古　218

え

江國香織　143, 149, 293

お

大河原忠蔵　20, 28–43, 59
大久保典夫　338
大熊徹　74
太田正夫　32, 60–62
大槻和夫　7

小川洋子　37, 296
奥野庄太郎　3, 81–83

か

甲斐睦朗　252
加古有子　91
加藤周一　265
加藤典洋　256–259, 261–264, 307
鎌田均　242
川上弘美　267, 285–286, 293–298, 304–307
川上未映子　296
姜尚中　181–189, 214
カント（Immanuel Kant）　163–165, 261, 254

き

清岡卓行　117

く

熊谷孝　23, 44–58, 269
倉澤栄吉　3, 77, 79–83, 87, 178, 287
桑原武夫　19

け

ケージ（John Milton Cage Jr.）　218

こ

小池真理子　111
ゴーゴリ（Nikolai Gogol）　141
国分一太郎　19, 344
輿水実　343
小林秀雄　265

小林実　356
五味太郎　111

さ

西郷竹彦　28, 63–66, 71
西郷信綱　25
佐藤雅彦　190, 193–198, 200, 204, 207–208, 219, 221, 223–226, 229–231, 233, 268
椹木野衣　201–203

し

島尾敏雄　117
庄野潤三　115
シャルル（Daniel Charles）　218
ジラール（René Girard）　122
代田昇　338

す

須貝千里　239, 253, 354
杉浦康平　222
杉みき子　65
鈴木孝夫　271, 274–276, 279
住田勝　312–313

た

高木まさき　253, 342, 354–355, 358-359, 363
高橋修　356
高橋和夫　23
高橋源一郎　308, 309
竹内常一　336
竹内好　21, 338
武田秀夫　340

太宰治　111
田近洵一　13, 16, 24, 28–29, 36, 42, 60–61, 64–65, 67–68, 70–71, 90, 124, 329, 337
田中実　253–254, 362
田中みゆき　208

つ
辻邦生　140–141, 158
辻昭三　330
土田知則　122

て
寺田守　10

と
時枝誠記　8–15
ドストエフスキー（Fyodor Dostoyevsky）　141
豊崎由美　297–298

な
中村哲也　344
難波博孝　3, 77–78, 83, 85–86, 104–106, 108–109, 116, 127, 331, 360, 363

に
西尾実　3, 8, 12–15, 18–20, 23–29, 43, 61, 68, 103
西研　159–160, 210

の
野地潤家　316

は
浜本純逸　23, 44, 329
バルト（Roland Barthes）　120–121, 150, 152–153, 154, 157, 159
バンヴェニスト（Émile Benveniste）　119, 120

ひ
土方洋一　361
ピリス（Maria João Pires）　293
広末保　25

ふ
深澤直人　88, 197
府川源一郎　347
福岡伸一　200–201, 219
福田恆存　129–130, 133–136, 155
藤原和好　332, 343
二葉亭四迷　356
船曳建夫　112

へ
ヘッセ（Hermann Hesse）　111

ほ
保坂和志　214–216
細川太輔　73–74

ま
益川敏英　237–238
益田勝実　21, 23, 32
松浦寿輝　255

松岡正剛　137–138, 144–148
松澤和宏　331, 350–353
松永信一　123–128
松家仁之　285–287
丸山静　21
丸山眞男　265

み
水村美苗　137, 139–142
宮内勝典　205–206, 209

む
向山洋一　329
村山早紀　288

も
茂木健一郎　281–282, 284, 287
森山重雄　17–19

や
ヤーコブソン（Roman Osipovich Jakobson）　120
安本匡佑　233
山折哲雄　205–207
山梨俊夫　291
山元隆春　44, 239–240, 242, 315–316, 339–340, 342, 347

よ
横山信幸　337–338
吉本隆明　88, 109, 112–118, 127, 178, 371

ら

ラカン（Jacques Lacan）
　122, 256

わ

鷲田清一　149

書名（作品名）索引

う
「浮き雲」（二葉亭四迷） 356

か
『外套』（ゴーゴリ） 141
「神様」（川上弘美） 298–307
「神様2011」（川上弘美） 267, 293, 295, 297–308
「神田川」（喜多条忠） 106

け
『けものたちは故郷をめざす』（安部公房） 41

こ
「氷つた焔」（清岡卓行） 117
『古事記』 116, 352

さ
「境目」（川上弘美） 304

せ
「静物」（庄野潤三） 115

ち
『知と愛』（ヘッセ） 111

て
「『である』ことと『する』こと」（丸山眞男） 265

に
「日本文化の雑種性」（加藤周一） 265
「人間失格」（太宰治） 111

は
「離さない」（川上弘美） 294, 304
「春野」（川上弘美） 304
「春の憂鬱」（川上弘美） 304

ま
『貧しき人びと』（ドストエフスキー） 141

み
「水かまきり」（川上弘美） 304

む
「無常ということ」（小林秀雄） 265

ゆ
「夢の中での日常」（島尾敏雄） 117

ら
「落下する夕方」（江國香織） 143

わ
「わらぐつのなかの神様」（杉みき子） 149

【著者紹介】

鈴木愛理(すずき えり)

〈略歴〉1984年生まれ。広島大学大学院教育学研究科文化教育開発専攻博士課程後期修了。愛知教育大学非常勤講師を経て、弘前大学講師。
教育学(博士)。専門は、国語教育学・文学教育。
〈主な論文〉「文学教材としての現代小説の可能性」(『中国四国教育学会教育学研究紀要』第54巻、2009)、「『言葉とは媒材である』という言葉観の検討―文学教育の基礎として―」(『日文協 国語教育』第40号、2012)、「『国語』で読むということ―翻訳文学の教材価値に関する一考察―」(『弘前大学国語国文』第35号、2014)など。

国語教育における文学の居場所
―― 言葉の芸術として文学を捉える教育の可能性

A Place for Literature in Japanese Language Arts: Creating Education for Approaching Literature as Art of Language
Suzuki Eri

発行	2016年12月7日 初版1刷
定価	7800円＋税
著者	© 鈴木愛理
発行者	松本功
印刷所	三美印刷株式会社
製本所	株式会社 星共社
発行所	株式会社 ひつじ書房
	〒112-0011 東京都文京区千石2-1-2 大和ビル2階
	Tel.03-5319-4916 Fax.03-5319-4917
	郵便振替 00120-8-142852
	toiawase@hituzi.co.jp http://www.hituzi.co.jp/
	ISBN978-4-89476-805-5

造本には充分注意しておりますが、落丁・乱丁などがございましたら、小社かお買上げ書店にておとりかえいたします。ご意見、ご感想など、小社までお寄せ下されば幸いです。

[刊行書籍のご案内]

戦争を〈読む〉
石川巧・川口隆行編　定価 2,000 円＋税

学びのエクササイズ文学理論
西田谷洋著　定価 1,400 円＋税

テクスト分析入門　小説を分析的に読むための実践ガイド
松本和也編　定価 2,000 円＋税

[刊行書籍のご案内]

声で思考する国語教育　〈教室〉の音読・朗読実践構想
中村佳文著　定価 2,200 円＋税

「語り論」がひらく文学の授業
中村龍一著　定価 2,400 円＋税

〈教室〉の中の村上春樹
馬場重行・佐野正俊編　定価 2,800 円＋税

[刊行書籍のご案内]

〈国語教育〉とテクスト論
鈴木泰恵・髙木信・助川幸逸郎・黒木朋興編　定価 2,800 円＋税

国語科教師の学び合いによる実践的力量形成の研究
協働学習的アクション・リサーチの提案

細川太輔著　定価 4,600 円＋税

日本語・国語の話題ネタ　実は知りたかった日本語のあれこれ
森山卓郎編　定価 1,600 円＋税